水流云在 新娘

——中央戏剧学院『编剧理论与创作实践』专业研究生剧作选

安莹／著

·主编 杨 健 ·执行主编 唐 志

作家出版社

作者简介

安莹，1980 年生，中国戏曲学院戏文系副教授、硕士研究生导师。首都经济贸易大学 1998 级法学学士，中央戏剧学院 2002 级戏剧戏曲学戏剧编剧及编剧理论方向硕士，北京电影学院 2019 级电影学电影叙事艺术理论方向博士。

曾与田沁鑫、黄盈等导演合作创作多部话剧剧本，编剧作品：《永不失眠》（2000 年北京人艺小剧场首演），《俄狄浦斯》（2002 年北京北兵马司剧场首演），《新娘》（2003 年北京人艺实验剧场首演），《马前马前！》（2009 年国话实验小剧场首演），《当司马 Ta 遇见韩寒》（第一编剧，2010 年北京海淀剧场首演），《四世同堂》（联合编剧，2010 年台北国父纪念堂首演），《风华绝代》（联合编剧，2012 年北京保利剧院首演），《青蛇》（联合编剧，2013 年香港艺术节首演）等。

2003 年，受林兆华导演招募，执行制作北京人艺青年处女作戏剧展。此后，又任黄盈导演的制作人多年，制作作品：《四川好人》（2003），《审问记》（2003），《未完待续》（2007），《黄粱一梦》（2011），《卤煮》（2012 大剧场版），《枣树》（2014 国话版），《语文课》（2014），《麦克白》（2015）等。

2001 至 2005 年，曾与友人老象等一起创办天涯舞台艺术论坛、泛剧场网站，以"任诞第十一"等笔名撰写剧评逾百篇。

安莹身兼教师、编剧、制作人、评论人等多重身份，常年活跃在中国戏剧第一线，将自己定义为一名勤劳的戏剧工作者。

编者说明

这部剧作选集是根据中央戏剧学院戏剧文学系"编剧理论与创作实践"专业的部分硕士研究生在 2003—2014 年的毕业剧作和论文进行编选的。

"编剧理论与创作实践"专业,学期为三年,要求硕士生在毕业时完成一部多幕话剧和一篇论文,该论文的内容应结合创作实践进行编剧理论的探讨。

本书保存了原有剧本和论文,为使读者更多地了解剧本写作的情况,增补了"创作谈"和作者的小传和照片。

本书在编选过程中,要求作者对其剧本和论文进行再次审核和修定,除了个别剧本之外,现在呈现的剧作和文章,改动的地方不多,基本保持了原作的风貌。

本书在编辑时,针对论文中出现的文字问题,进行了纠错和删改。

为了表明各位作者在创作上的独立性质,故以分册的方式进行排版、装订。

"编剧理论与创作实践"专业的设置,体现了创作实践和

艺术制作的结合，有它的科学合理性。在本系几名写作专业教师的指导下，该专业在 10 多年中，培养了几十名编剧研究生，他们绝大多数人在编剧创作、理论研究和专业教学方面，做出了优秀的成绩。

《剧作选》的剧本和论文，折射出该专业设置的教学思想和课程设计的情况，部分地展示了教学实践的成果。

"编剧理论与创作实践"专业的设置，出于这样一种教学思想，编剧学应该是这样一门学科：它既是一个实践经验的领域，也是一个科学的范畴，它应是编剧理论与创作实践的结合，以及理论研究与技巧切磋的互动，它应体现本专业的一个美好理想——为了这个时代，培养出一批能反映时代精神的优秀剧作家。

目 录
contents

新娘

安莹——编剧

剧情简介

　　五幕喜剧《新娘》讲述公司职员苏小雅在婚礼前夕来到婆家，在举办婚礼之前发生的故事。

　　苏小雅是一个不懂得拒绝别人的姑娘，她听从未来婆家人对婚事的所有安排。由于新郎回国日程紧张，婚事的操办全凭热心的霍家嫂子沈明丽张罗。新郎的哥哥霍子丰是一个回到家后什么都不想管，只是一门心思迷恋武侠剧的单位科员，对于弟弟的婚事，他倒像个局外人。新郎的母亲很关心儿子的婚事，但她总是沉浸在旧日时光的回忆中，因而提出的建议总有些"文不对题"。

　　初入霍家，未婚夫的侄子霍然向新娘唐突地提出问题："你为什么要结婚？"这个高三男孩所提出的问题使苏小雅陷入了迷茫，她发现自己竟然从来没有想过这个问题。正不知所措之间，新郎霍远达提前归来，并立刻根据他的意志规划起婚礼的事情来。他提出与未婚妻在婚礼前便搬进新房去住的意向，实际上是打算进行"试婚"。不想，搬入新居的决定受到了家人的一致反对，热衷于筹备婚礼的沈明丽尤其不愿两人搬走，更不愿丧失在筹备婚礼中的主导地位。双方争执间，霍然站了出来，他的矛头指向了苏小雅，指责她的轻许婚约和暧昧的态度。气氛紧张起来，叔侄两人相持不下，苏小雅更加地左右为难。最终，她决定依照原计划出嫁，在仓促中她穿错了婚纱……

人物表

苏小雅　25 岁，公司职员，漂亮温婉单纯懵懂。苏小雅是那种
　　　　被动的靠本能生存的女孩，这并不是说她不够聪明，
　　　　相反在琐碎的生活细节上她的细心与善解人意是相当
　　　　的敏感和聪慧。然而，当面对重大问题时，又几乎是
　　　　有意地回避思考，哪怕危机就在眼前也拒绝去想，只
　　　　是顺应着一切的发生。潜意识里，她让自己相信到了
　　　　"那个时候"，一切都会变好，都会自然地解决。因
　　　　此，她不懂得说不，从不直接拒绝别人，比如面对霍
　　　　远达的追求。她不拒绝的态度成了默契，未经允诺的
　　　　要求也就这样被默许了。与此相应的，当危机临头的
　　　　时候，苏小雅能够想到的唯一选择就是逃跑，并且仍
　　　　旧没有态度。

霍　然　18 岁，霍远达的侄子，高三学生，志愿报考社会学专
　　　　业。他爱看书，乐于进行形而上的思考，但却没有能
　　　　力解决实际问题。他是那种能高谈阔论康德的《纯粹
　　　　理性批判》，却不知道煮面条时潽了锅该怎么办的人。
　　　　他有意无意地回避着现实生活本身。当然，他也是年
　　　　轻，因此即使装扮得再老成，也会流露出破绽，比如

受到恰到好处的夸奖时，会不自知地笑起来，并愈加滔滔不绝，那样子是十足学生气的。

霍远达　29 岁，苏小雅的未婚夫，留美博士，经济金融类专业。他是普遍意义上的精英"海归"，受宠的成功男子，自我感觉良好的时代新贵。对于俊朗又高智商的他来说，周边女性的爱慕是理所应当的，问题只在于自己选择哪一个。年近 30 的时候，他开始考虑稳定下来，苏小雅也适时地出现了，一个漂亮、乖巧又踏实的女孩，于是霍远达立刻做出了锁定她的决定。

霍子丰　44 岁，霍远达之兄，霍然之父，单位科员，慵懒的 40 多岁男人。对妻子冷淡的霍子丰并非缺乏感情，相反，他拥有某种热情，那是一种对于美丽事物的十分认真的梦想与追求。他不相信这些会在现实中存在，因此将这份感情投诸成人童话的观看里。他迷恋武侠电视剧的世界，将整晚连看武侠连续剧引为平生最大乐趣。

沈明丽　44 岁，霍子丰之妻，单位科员。是一个打心眼里认为生活就应当如此的中年女人。她热情外露、精力充沛，或许有些粗枝大叶，但也是乐观的，爱笑，有时候自己笑得前仰后合，周围人却不明就里。沈明丽对苏小雅的喜爱，以及对操办婚礼的迷恋固然有她沉浸其间的生活梦想，但其实也全然是某种发自本能的热心。当然，很多时候她的过分热情叫人受不了，甚至容易引发反感，也经常好心办坏事。与之相应的，她对生活的要求也极其简单，从不抱怨什么，或许只是一个赞许的表情，即使努力遭到丈夫儿子的否定而感到委屈也是瞬间的，旋即便又会精神百倍。

老太太　69 岁，霍子丰、霍远达的母亲。一个总沉浸于旧日回忆的慈祥老人。

时间、地点：

　　故事发生在当代都市一个普通的家庭里。正是"十一"长假，一家人聚在一起。

　　景是霍子丰家的客厅。右侧设窗户，在楼门入口的正上方。背景处有两扇门，分别通向霍子丰夫妇及其子霍然的卧室，左侧通道隐没了霍母的房间、厨房、洗手间、单元门等。厅中间摆着长沙发，正对观众。沙发前置茶几，上有电话等杂物。

第一幕

[灯亮。

[夜晚。霍子丰扒在窗户上向外望着，沈明丽坐在沙发上看着丈夫。

沈明丽　有么？

霍子丰　（并未回答，又欠了欠身子。乌里乌涂地）看不见——

沈明丽　不应该啊，小苏从来不会迟到，约定 7 点钟的话，6 点 50 分肯定到了。那姑娘，人长得漂亮，又踏实，你弟是个有福的。呵呵呵呵。

霍子丰　（回过身来，焦急地走来走去）新闻联播都快完了。

沈明丽　趁这会儿，我接着跟你说完。宴会规格有 118、158、208 的，我看中间这档最合适。

霍子丰　天气预报 5 分钟，广告 15 分钟，每集……小苏怎么还不来？

沈明丽　你说哪种好？

霍子丰　不好，不好，都不好。

沈明丽　婚宴的菜不能太寒碜，158 元一位还有附加礼品的。

霍子丰　那随便。

沈明丽　哎，我这里的事情都要和小苏商量，她不来都没法定啊。哎——

霍子丰　我开始就不同意让小苏这个时候到家里来住，哪有结婚前就住到婆家来的呢？瞧瞧，到现在都没来。都是你多事！

沈明丽　有什么法子啊？结婚这么大的事，一拍脑袋就定了，节前说，15 号就要办，也就是我紧锣密鼓地操办起来……这什么时候了？

霍子丰　7 点 40 了！

沈明丽　不对！我问你几号，（不等丈夫回答）这都 2 号了。满打满算还剩下 13 天。我就是个千手观音，总得由他们点头的吧？你弟弟过一个星期才回得来，我不找小苏还能找谁？你就说我能怎么办？！

　　　　[沈明丽挡在电视与丈夫之间，目光炯炯讨要答案。

霍子丰　呃……（想绕开妻子看电视而不得，将遥控器往沙发上一扔）可这新媳妇没过门就住到婆家来，像话吗？

沈明丽　哎呀，小苏都没说什么，你干吗反对？

霍子丰　她当时怎么说的？

沈明丽　她说……嗯。

霍子丰　嗯？

沈明丽　嗯。

霍子丰　人家是不好意思直说不愿意！

沈明丽　哎呀，人家小苏从外地过来，你弟弟嘛临时推迟了回来的时间，亲家嘛也还没到。让新娘子结婚前一个人住酒店就像话了？（见丈夫逐渐放弃争辩）你就不要想那么多啦，现在最重要的就是婚礼，婚礼办好了，谁还计较那么多？

霍子丰　反正这么着总是有问题。

沈明丽　有没有问题，都是安排计划好了的。哎呀，你接着听我说吧。

霍子丰　等小苏来，你跟她商量吧。

沈明丽　哎呀没关系，多一个人的意见做参考总是好的。（拿出一个记事本）你看啊，先算好人数大概 200 人吧，还得找婚礼司仪、买礼品、买婚纱……买婚纱的地方我已经选了几个，都是有打折卡有购物券的。我和小苏还不熟，见几次都是匆匆忙忙的，我们先去选衣服，有商有量的就近乎了。你说是不是？

霍子丰　（全不走心地）嗯，嗯。

沈明丽　婚纱这东西不一定要价格贵的，关键是自己穿起来合适，那才最好。有一个广告词……哎呀，反正就是说结婚那天的女人最好看。我都想好了，明天就带小苏去选婚纱，我们一件件地试，一定得买件最好的。你说是不是？（霍子丰没反应，她也不介意）呵呵呵呵，你可不知道，现在的婚纱的款式可多啦，上个星期我去打前站，专卖店的，大商场的，真好看啊。你说，咱们结婚那会儿都不知道要弄这些，现在真是不一样。我就想啊，要是能再办一次，我就选一件旗袍，选件好的。女人嘛，一辈子总应该穿一次……

［霍子丰再次起身，向窗户走去，向外望。

沈明丽　咱们那时候就知道着急结婚，结了婚就着急要孩子，
　　　　生了孩子又着急养孩子……着急来着急去就把自己给
　　　　急老了……

　　　　［沈明丽陷入回忆，霍子丰却全不理会，蹩进了卧室。

沈明丽　呵呵呵呵，这买婚纱也有窍门的，我跟你说……（发
　　　　现丈夫已经不在，呼唤着进卧室去找）子丰，子丰。

霍子丰　（被拉了出来，不胜其烦）干什么？干什么？我正忙
　　　　着呢！

沈明丽　一不留神你就去看那个武侠电视剧，现在是你亲弟弟
　　　　要结婚啊。（逐渐变成自言自语）……真不明白，打
　　　　打杀杀的有什么好看……我跟你说买婚纱……

霍子丰　你不要说什么婚纱，先告诉我小苏来了住在哪儿？

沈明丽　住然然的房间啊，让他到客厅来凑合几天。

霍子丰　你跟儿子说了吗？

沈明丽　只能这样，没别的办法。

霍子丰　你到底跟他说了没有？

沈明丽　还没有，不着急。买婚纱的窍门是我们单位的小姑娘
　　　　告诉我的，她去年结的婚，我还去参加来着……

霍子丰　（绕到沙发后面，去敲左侧的门）霍然！霍然！

沈明丽　待会儿再说，瞧你这人……

　　　　［霍然从左边的门中走出。一个十七八岁的小伙子，
　　　　个子不高，其貌不扬，脸上总挂着严肃的表情。

霍　然　干什么？

霍子丰　（指指妻子）你妈有件大事儿，通知你。

沈明丽　然然，你小叔的女朋友，上次来你不在。她呀，准备

　　　　他们结婚的事儿，今天开始来咱家住……

霍　然　我的房间不让别人进！

霍子丰　你瞧瞧。

沈明丽　可没别的办法啊。

霍　然　我说了，我的房间不让别人进，就是看看也不行。卧

　　　　室是我的隐私，你们没权利拿来招待不认识的人。

霍子丰　都是你惹的事儿，我就不同意。

沈明丽　怎么说是不认识的人，这不马上就要是一家人了么。

霍　然　还有，待会儿也别叫我出来阿姨婶婶地乱叫，跟我没

　　　　关系。

霍子丰　我早说什么来着。

沈明丽　好啦！（向霍子丰）那你就搬到客厅来，我和小苏一

　　　　起睡。（静片刻）对啊，这样我们姐俩说话也方便，

　　　　就这么定啦！怎么早没想到呢，呵呵呵呵。

霍子丰　这不行！我要看电视，只有过节才有 4 集连播！

沈明丽　那你就到咱妈屋里去看电视。

霍子丰　那怎么行……

沈明丽　妈——！

　　　　[老太太从左侧通道走出来。

老太太　是小苏来了吗？在哪儿哪？在哪儿哪？

沈明丽　妈，您别着急，新媳妇还没来。是子丰有话跟您说。

霍子丰　霍然，你客厅里凑合两天，你小叔平时最疼你，你也

　　　　得回报回报他。

霍　然　不行！（转身进屋去了）

老太太　还没来啊……（向窗户走去）

沈明丽　说的是呢……小苏这是怎么了？（也走到窗前）楼下
　　　　这是怎么了？车都扎在一起……哎呀！那可是辆好
　　　　车，你快看啊，我设想婚礼那天至少得租一辆这样的
　　　　加长车，多气派啊！我都想好了，到时候拿彩绸挂起
　　　　来，肯定好看，车头扎上玫瑰花，不不不，还是放洋
　　　　娃娃吧。

　　　　[霍子丰抽身出来，欲躲进卧室。

沈明丽　阳台上看得清楚，妈，您来啊。（与老太太抢着进卧
　　　　室）

霍子丰　阳台客厅不都是看？有什么不一样的？……马上就要
　　　　开始了！

　　　　[三人正纠缠的时候，门铃响了起来。

沈明丽　呦，来了！等一下，收拾收拾，别急开门……

　　　　[霍子丰不理，径自绕过沙发走进通道，还不忘抓走
　　　　电视遥控器。

沈明丽　你瞧你这人……

　　　　[苏小雅的声音：（语速很快）来晚了，不好意思，出
　　　　门的时候妈妈拉住我多说了半天，路上也特别不顺，
　　　　老是等不到车。让你们等这么久真是太不好了。

　　　　[霍子丰将苏小雅领进门来。老太太径直迎上去。

老太太　怎么才来啊，急死我啦。

苏小雅　对不起对不起，路上特别不顺，老是等不到车，路上

空空的客车还是开得特别慢，我都急死了。

沈明丽　哎呀，小苏啊，你瞧我们这乱七八糟的，真是要命！

苏小雅　出门的时候妈妈也拉住我多说了半天，让你们等着真
　　　　是太不好了。

老太太　（拍着苏小雅的手）好！好！

苏小雅　真是太不好了。

沈明丽　你瞧我们真是笨啊，怎么就没想到呢？亲家母当然得
　　　　多嘱咐两句了，真是真是。呦！咱们这儿站着是干什
　　　　么呀？快坐快坐！你可来了呀，我这边的计划都等着
　　　　你来商量哪，这下好了，咱们就赶快说吧。（将正欲
　　　　悄悄地溜进卧室的霍子丰拉回沙发）你也再听会儿，
　　　　提建议。

　　　　［四人坐定。沈明丽坐在中间。老太太仍不肯撒开苏
　　　　小雅的手，并不听人讲话，只是望着苏小雅出神地
　　　　笑着。

沈明丽　咱们时间既然这么紧了，这几天就一定得安排好了，
　　　　你说呢？

苏小雅　呃，我带了点儿东西……（将礼包递出）

沈明丽　这不着急。现在最重要的就是准备你们的婚礼。我总
　　　　结办婚礼应该有这些项目吧：先算清楚客人的数量，
　　　　然后订饭店、请主婚人还有当天的工作人员、发喜
　　　　帖、订婚车、买礼品……

老太太　你是属羊的吧？

苏小雅　属马，月份小。

老太太　哦，属马好，属马比属羊好。

沈明丽　还得选件合适的婚纱，拍婚纱照，对了还有婚礼当天请人来摄像……你看少什么不少？

苏小雅　好像挺全的，应该不少吧。

沈明丽　哎呀，还有你和远达的新房，我怎么给忘啦。

苏小雅　是啊，还有新房，我怎么也忘了……

老太太　日子查过黄历吗？还是得查查，婚丧嫁娶是大事情，日子一定要好。

苏小雅　那我回头一定看看。

沈明丽　哎呀，你怎么想的，跟嫂子说啊，咱们一块儿琢磨琢磨。

苏小雅　我……也没太想好。要不您说吧，我听您的。我们年轻，没经验……

沈明丽　嗨！我们有什么经验啊，我们结婚那会儿，哪有现在这么多花样。又是婚纱照又是彩车，还有婚宴礼宾。我们那会儿，他弄辆自行车就把我驮过来了，呵呵呵呵。（望向霍子丰，见他正向卧室伸着脖子，便猛地拽了丈夫一把，仍向苏小雅笑着）呵呵呵呵……

老太太　（已经蒙蒙眬眬地睡着，此刻说起梦话）嗯——好——

沈明丽　小苏你说，咱们应该怎么安排？要说呢应该先定宾客人数，可是小达人也不在，咱们算来算去也算不清，可如果不定人数，宴会规格什么的又定不下来，哎呀真是难办。不行就只能去选婚纱了，你说呢？咱们怎么办？

苏小雅　我……我觉得……要不，咱们明天再说？也不早了……

霍子丰　我觉得也是。

沈明丽　明天再说怕来不及啊。

苏小雅　我……有点儿累，想早点儿休息。

沈明丽　（失望）呀，你累啦？是啊，过节都挺累的。那……
　　　　就明天？

霍子丰　（忙起身，向霍然的卧室门处走）这是你的房间……
　　　　（敲着门）霍然，霍然！

沈明丽　（拉住丈夫）说好了是……不是……

　　　　[两人互使眼色，似有意见不合之意。

霍　然　（推门而出）我不同意！（转身进屋，锁门声）

　　　　[静场。

霍子丰　我儿子。

沈明丽　（转向苏小雅，说话间霍子丰似乎总有话讲，沈明丽
　　　　只是不理）小苏啊，你的房间，还没收拾好，这个……

苏小雅　其实，我每天都是挺晚才休息，之前也睡不着。我就
　　　　在这儿坐一下就行。

霍子丰　这样不合适……

沈明丽　那，也好啊！你先坐，我们再收拾收拾，等我们收拾
　　　　好了，你就去休息。

苏小雅　真是不好意思，这么打搅。

沈明丽　不麻烦不麻烦，（与霍子丰一起将老太太搀下，向小
　　　　苏）先坐啊，一会儿就好。（与丈夫别扭着进入自己
　　　　房间，看得出来两人进屋后是会有一场冲突的）

[房间里只留下苏小雅一个人。她稍稍静了静，将自己带来的礼包小心地摆在茶几上，露出些许失落的表情。

[老太太上，四下搜寻着什么。

苏小雅　您……要什么吗？

老太太　（笑着）不要什么，呵呵，呵呵，不要什么。（自顾自地将原本并不零乱的杂物按自己的意思归位。其间苏小雅几次想要帮忙都插不上手）唉，又是这样，老是这样，还是得我来，我就是跟在他们屁股后面收拾都收拾不过来，唉，操心的命！（收拾完毕，又站在通道口检视一番。笑对小雅）呵呵，挺好的，挺好，呵呵。（欲下又回）闺女啊，你晃眼不？

苏小雅　晃眼？不……

老太太　我怕这灯晃你的眼。

苏小雅　我没事儿，我不怕。

老太太　晃得慌就关上。

苏小雅　诶，那，就关上吧。（关灯）

[室内霎时暗了下来，只剩下一盏荧光的脚灯泛着蓝色的光。

老太太　呵呵，呵呵，（摸着苏小雅的脸颊）真好，真好啊。黄历查了么？没查！我就知道，现在年轻人都不兴这个，但我告诉你：得查！得到老一点的书局去找，只有老一点的书局才找得到，别忘了。

苏小雅　嗯，我记着了。

老太太　（"腾"地站了起来）我给你写个条去，好记性不如
　　　　烂笔头！（碎碎念着离开）干吗买这么多泡的灯啊？
　　　　一个灯几个泡，全家的灯就更多，全楼的就数不清，
　　　　最近楼里老停电都是这些灯泡闹的，一个不到就出岔
　　　　子，买这么多泡的灯……（下）

　　　　[苏小雅坐回沙发，独自处在黑暗里。静片刻。拿起
　　　　笔在纸条上写着什么。

苏小雅　宾客名单……订饭店……婚礼主持……发喜帖……

　　　　[她将纸条举起来，看了看。这时，主卧传来轻轻的
　　　　电视声、老太太房间传来老人呼吸的哼声窸窣声、窗
　　　　外的窗台上似乎落了只鸽子传来的咕咕声、墙壁上的
　　　　挂钟有节律地走动的声音……这些声音越来越大，苏
　　　　小雅突然将脸埋进抱枕里发出嘤咛之声。

　　　　[手机铃响。

　　　　[苏小雅惊坐起来，急忙接听。

苏小雅　（语速稍快）喂，您好……（静片刻）啊——（声
　　　　音愈加乖巧温柔）来了啊……嗯……挺好的……
　　　　嗯……都挺好的……我？没有啊……我就好好准备
　　　　呗……不说啦，今天不说啦……我不，就不……为什
　　　　么你老要我对着电话说我爱你啊……行了，我……凭
　　　　什么不算啊……我挂了，我真挂了……你先挂。你不
　　　　许再打过来，打我也不接，就不接……

　　　　[霍然从房中走出。苏小雅慌忙挂断电话扔在一边。

　　　　[静场。

苏小雅　你就是霍然吧？我叫苏小雅，以后就是你的小婶
　　　　了……

霍　然　你不比我大多少，也不用故意充长辈吧？

苏小雅　当然，你愿意叫我小雅阿姨也可以啊。

霍　然　我就叫你名字吧。现代社会家庭成员都是直呼其名的。

苏小雅　大过节的，打扰你们了吧？

霍　然　算不上，反正跟我没什么关系。

苏小雅　你高三是吧？不管怎么说都会影响到你复习读书的。
　　　　（霍然无语）待会儿我就睡沙发好了，没事儿，来这
　　　　边已经很打搅了，怎么好意思再让高三考生把卧室让
　　　　给我呢。待会儿我跟你妈说，你快去学习吧，快去
　　　　吧，别为这些事分心，去吧。（感觉霍然有话要说）
　　　　嗯？

霍　然　我说你才多大呀？用得着在我面前硬充长辈么？

苏小雅　我没有……

霍　然　没有什么呀，你不就二中的吗？我也二中的，初高中
　　　　都是对不对？说不定我们还在学校见过呢！

　　　　〔霍然像机关枪一般表达了一番后，也不等对方回应
　　　　径直转身由通道下。

　　　　〔苏小雅尴尬地站了半晌，手足无措不知该不该坐下，
　　　　这时沈明丽从房间出。

沈明丽　小苏啊，你渴了吗？我给你沏点然然的咖啡，我们家
　　　　咖啡都是他的。

苏小雅　不了嫂子！

沈明丽　没事儿，是远达从美国捎给他的。茶几里有开心果，哦，我屋里有从单位拿回来的杂志，我给你拿去！

苏小雅　嫂子，您别忙了，我喜欢一个人待着。

沈明丽　你别拘束啊。

苏小雅　（言不由衷地）我不拘束。

　　　　[手机铃声又响。两人对视片刻。沈明丽面露不解，示意苏小雅接电话。

苏小雅　喂——？嫂子在这儿呢，你要和嫂子说话吗？……妈……

沈明丽　亲家母要和我说话？（忙接过）伯母啊……好，好着呢，您放心……呵呵呵呵，您别客气，这都是我们应该的，呵呵呵呵……诶，好的，再见啊。（挂断）呦，我怎么把电话给挂了，小苏啊，快给亲家母打回去吧，我去给你收拾收拾啊，呵呵呵呵（走进霍然的卧室）。

　　　　[静场片刻，电话铃声又响。

苏小雅　（看了看手机上的号码，接听）你怎么真的又打过来啊……都是你，刚才都误会了……啊？不用不用，你不要着急，我没事儿，你把那边处理好再说，真的，不用着急回来……嗯……我先准备着就行了……你还是好好考试吧……嗯……（霍然拿着水杯从通道走出，声音很轻）那好吧……我爱你……

　　　　[苏小雅挂断电话，自己静静地回味。忽听到身后响动，回头看见黑暗中霍然的身影。

霍　然　……我什么也没听见。

〔霍然欲进入自己的卧室，与正往外走的沈明丽撞个满怀。

沈明丽　（抱着儿子的铺盖出）然然，怎么走路不看呢？（随手将铺盖交给霍然，拉着苏小雅向屋里走，全不理睬两人异样的表情）小雅啊，第一回见着你我就觉得咱们两个肯定合得来，我说点儿什么话还没说完你就明白了，不像我们家那位似的。呵呵呵呵。你说我这人吧……

〔望着两人进屋而无力反驳，霍然将铺盖扔到沙发上。

〔光渐收。

〔富于节奏感的音乐响起。音乐声渐强，贯穿换场。

第二幕

［乐声骤停，代之以吸尘器噪声的震耳欲聋。

［清晨的霍家客厅。沈明丽弓着身子吸尘打扫。霍然睡在沙发上，身上扣着一本《尤利西斯》，噪声中书滑落在地。霍然烦躁地蒙头再睡，到底睡不着。

霍　然　大清早的，您这是干什么啊？

沈明丽　过节啊就得干干净净的，窗明几净才去旧迎新。

霍　然　那也不用这么早啊。

沈明丽　等小雅一起来，我们就得出门，从北城到南城，该买的该办的我们脚不沾地也跑不过来，不抓紧早上这会儿时间就没工夫啦。（说着停下手来，扒拉着手指头点数要去的地方）

［霍然听得不耐烦，起身洗漱去了。

沈明丽　（不以为意）东单、王府井、西单、国贸……（向着通道的方向加大了嗓门）你说我们先去哪儿比较好？东一个西一个坐车都不顺呢。

［苏小雅穿着有些孩子气的卡通睡衣由房内走出，抱着一个洗漱包。昨晚她睡得并不踏实，辗转到天亮，刚刚合眼便又被吵醒了。

沈明丽　起来啦，睡好了吗？

苏小雅　好。

沈明丽　那就好。你说我也真是的，聊得投机就忘了时间。那么晚才睡，还怕你没精神呢。

苏小雅　今天天气好，晒晒太阳人就精神了。

沈明丽　呀，我都没注意，起了床就忙这忙那的。（向窗前走去）

苏小雅　我听见窗外有鸟叫，应该是个好天。

沈明丽　（拉开窗帘，明媚的阳光射了进来）可不。我们家这边环境好，每天天一亮就能听见鸟叫。我呀，年纪大了，鸟一叫就把我的觉叫没了，非得起来不可。哪像你大哥：别说鸟叫，就是打雷也起不来，照睡！呵呵呵呵。

苏小雅　我最近也都睡不了太实。

沈明丽　今天咱们一整天的安排，可得有精神。你先去收拾收拾吧，我这儿一会儿就完。

苏小雅　您别着急，时间还早。

沈明丽　怎么不着急，就剩下 12 天啦。我手边这些都是小事儿，什么时候干都行。准备婚礼可是一辈子的大事儿，不能马虎，不能像我们那样凑合。你说是吧？

苏小雅　呃，对。

沈明丽　（停下手里的活，和气地笑）快梳洗打扮去吧，我可知道现在小年轻儿打扮起来费时间。

苏小雅　那我……

沈明丽　去吧，去吧。

　　　　[苏向洗手间走去，与正出来的霍然狭路相逢。

沈明丽　然然，你小心点儿。

　　　　[苏然二人对视一眼，苏小雅不好意思地挤进洗手间。沈明丽继续热火朝天地打扫。霍然坐到沙发上翻看那本《尤利西斯》。

　　　　[沈明丽扫至自己的卧室，屋里传出两人的声音。

沈明丽　晚上看完了白天还看，有什么好看。

霍子丰　这段最精彩，高手云集……

沈明丽　（放下吸尘器）哎，他们俩后来好了没有？

霍子丰　你不是看了么？

沈明丽　我后来睡着了，你跟我讲讲，跟我讲讲啊。你告诉我就让你看。

霍子丰　什么啊？

沈明丽　他是跟第一个女孩儿好了还是跟后来出现那个？

　　　　[霍子丰不屑地蹩出房间，坐到客厅的沙发上。

沈明丽　切！（转身进屋，吸尘声小了许多）

　　　　[两人纠缠间苏小雅已经出来。霍子丰看报、霍然看书、苏小雅手足无措。

霍子丰　（随意地抬头）小苏爱看武侠吗？

苏小雅　高中的时候看过几本，都是金庸的大部头。那时候班里的同学都看，整夜整夜地看也不觉着累……（见霍子丰低头读报，便没再继续）

霍子丰　这算什么！角色和演员的名字都搞混了，这样的剧情介绍可怎么看！现在的报纸都是随便糊弄，一点儿都不严谨。（将报纸扔在一边）你喜欢哪一部？

苏小雅　啊？

霍子丰　金庸啊，看过的里面喜欢哪一部？

苏小雅　就……《射雕英雄传》吧。

霍子丰　哦，喜欢《射雕》啊？

苏小雅　不好是么？我还是小的时候……

霍子丰　怎么会不好？武侠名家里面我最推崇的还是金庸，金庸的作品里就要数"射雕三部曲"了，是其中的上上品。不过，《倚天屠龙记》比较遗憾，原来有意思的人物都没了。比如郭襄，我非常喜欢那个小姑娘，塑造得多好啊，后来竟然给写没了，真是！我觉得女子的美就在她没有结婚的时候才会存在，像黄蓉，嫁给郭靖以前多可爱的女孩子啊，可后来就不一样了。女子在结婚前是女子，结了婚就变成了女人，她原有的美就会被磨噬掉。金庸这里写得很真实，想起来真让人伤心啊。唉——

［静场。

霍子丰　那——你喜欢看武侠连续剧吗？

苏小雅　说不好，都可以……

霍子丰　是啊，有的时候我也很矛盾，有些连续剧把原著的味道都给毁了，看着真让人生气，可又总是想看，那种感觉就很微妙。你说呢？我很想听听你怎么看。咱们来探讨一下啊，我想听年轻人聊聊，你们的想法跟我们不一样。

苏小雅　我……

霍　然　哈哈哈哈！

霍子丰　你笑什么？这一点儿也不好笑。

霍　然　您还真上心啊，武侠是什么？不过是成人童话，童
　　　　话！

霍子丰　童话怎么了？我喜欢看，中国有几百万几千万的人都
　　　　喜欢看。你不喜欢，我也没有强迫你，可你不能嘲笑
　　　　别人！

霍　然　好，您喜欢是您的权利，别人无权干涉，可您喜欢什
　　　　么呢？喜欢郭靖笨得像猪一样、喜欢令狐冲没什么资
　　　　质、喜欢韦小宝一个混混？他们凭什么最后都成了武
　　　　林高手、武林盟主还娶了一大堆的老婆？不过就是
　　　　"机缘巧合"四个字，就是说没有一个人是凭自己真
　　　　本事打天下的。那些东西随便看看也就得了。凡是痴
　　　　迷武侠的，都是生活里的失败者，自己没本事才在童
　　　　话里找慰藉的。对了，天上掉下来的武林高手、武林
　　　　盟主和一堆老婆也就是自己能力不行，没权没势，做
　　　　白日梦罢了。

霍子丰　武侠里的故事是白日梦，可是是很美好的白日梦啊。
　　　　是，你是看了不少现代派小说，可你看懂了么？是装
　　　　着懂了，还是故作深刻呢？那些现代派，我在年轻的
　　　　时候也都是看过的，不仅现代派看过，巴尔扎克、雨
　　　　果、罗曼·罗兰的著作我也看过。不仅看过，那个时

候我看得泪流满面啊。（转向苏小雅）你知道那些东西都是相通的。看到最后，你发现你从武侠里面感受的东西，和年轻时候我泪流满面的那些名著里的人物是一样的。我，我是说你得知道自己在看什么，看什么啊？我是说……

[霍然不屑地耸耸肩膀，别过脸去。

霍子丰　哑口无言了吧？像你这种故作高深，早着呢！

霍　然　父亲大人说得永远是对的，父亲大人不对的时候参考上一句。

苏小雅　我觉得……人家说看什么书不重要，关键从书里看出了什么；从书里看出了什么也不重要，重要的是看书的人。

[停顿。

霍子丰　怎么讲？

苏小雅　呃就……像您刚才说的女人啊婚姻啊什么的，就是您从武侠里悟到的。

霍子丰　我从武侠里悟到的，我用心读了武侠。说得太好了！就是这么回事！

苏小雅　嗯？

霍子丰　我看武侠是用心看的，我用了心从武侠里看到的东西，比很多人从那些貌似高深的现代派里面看到的深刻得多！对对对，就是这么回事！这是你说的？

苏小雅　什么？

霍子丰　这句话，"重要的是谁在看"这是你说的？

苏小雅　别人说的，我记住了。

霍子丰　谁说的？

苏小雅　不……不记得了。

霍子丰　说得真好啊。啧啧！

　　　　[停顿。

霍子丰　不瞒你说，小苏，爱读书、读书用心这一点，我在我
　　　　周围同事中间那是没谁能比的，哦，这也是从武侠里
　　　　悟出来的。

霍　然　伟大！

霍子丰　不要阴阳怪气！

　　　　[父子之间的空气紧张起来，这时苏小雅却笑了起来，
　　　　两个男人看向她。

苏小雅　太好玩了，您家是我见过最平等的父子关系。

霍　然　啊？

霍子丰　有么？

苏小雅　真的。像您家这样父亲能跟儿子平起平坐地探讨问
　　　　题，这样的自由的家庭真不多，我周围就没见过。

霍子丰　这也是从武侠里悟出来的！自然发展是最好的！像黄
　　　　蓉那样溺爱子女只会养出个草包来，要像杨过那样自
　　　　己去闯，神雕大侠，就是这么来的！

霍　然　我敢说我猜得出你的专业。

苏小雅　什么啊？

霍子丰　又瞎说，这小子就爱得意忘形。

霍　然　我要是猜对了怎么办？

霍子丰　我就不信。

霍　然　你是学文科的，学理工科的人不会这样说话；大学学
　　　　的是经济或者管理类的，看精神面貌就差不多。也因
　　　　为经济管理类在大学教育里是最普及的，所有大学都
　　　　会开这类课程，换句话说也是最没有专业性的，所有
　　　　学校都可以开，教出来的学生也都差不多，真正进入
　　　　社会以后还要从头来，表面上就业范围很广，实际上
　　　　是没有任何竞争力的，所以万一公司裁员最先失业的
　　　　也是他们。

　　　　[**静场**。

霍子丰　你一个小屁孩儿懂什么？这些专业存在就有它们广泛
　　　　存在的理由，就也是社会需求，你怎么能说得一钱不
　　　　值呢？就好像武侠故事里那么多的门派，多数都没有
　　　　什么登峰造极的本事，只要有一两招看家本领就也
　　　　是武林一派，凑在一起就是江湖，这社会需求也一
　　　　样……

苏小雅　我是临床心理学的。

霍子丰　不会吧？

霍　然　心理学不就是……

苏小雅　心理学只收理科生，别想当然！高考的时候要考物理
　　　　化学的，我这两门还挺高的呢。心理学有很多计算在
　　　　里面，对数学要求很高的。上大学的时候一直在外面
　　　　兼职，做过家教、推销员、导购、社会新闻记者。现
　　　　在在公司里做市场研究，我们研究部很稳定，因为有

很多系统的方法，外行是很难上手的。

［吸尘器的声音停了。

霍子丰　哈哈，我就知道！看到了吗，别整天自以为是，差得
　　　　远呢！（卧室里传出片头曲的声音，霍子丰像弹簧般
　　　　反射而起，向苏小雅）那我……

苏小雅　您忙您的，不用管我。

霍子丰　好，好，有空咱们再聊。

　　　　［霍子丰颇为得意地向卧室走去，恰遇沈明丽提着吸
　　　　尘器出来，两人又有小的摩擦，最终前者进屋，后者
　　　　走进通道去了。随后，吸尘器的声音又响起来。霍然
　　　　讨了没趣，低头翻书。

　　　　［静场。

苏小雅　骗你们的。（霍然注视小雅）我刚才说的都是骗你们
　　　　的。因为，都被你说中了，一时不服气才顺口瞎编了
　　　　一堆。没想到你猜得这么准。

　　　　［受到夸奖的霍然忍不住笑在了脸上，那笑容相当孩
　　　　子气。

霍　然　我就知道！因为中国的教育就是这样：所有的人都一
　　　　窝蜂地奔着一个方向去，可都不知道自己要的是什
　　　　么，等挤过瓶颈以后又都涣散一片了，没有多少人能
　　　　独立思考，为自己的人生目标努力奋斗的。

苏小雅　是啊，现在大家都是大学学历，可是大学 4 年学下来
　　　　的东西和实践根本就是脱节的，真的上了班，特别不
　　　　适应，很紧张，全都应付不过来，老是怕自己做错了

似的。

霍　然　要我说完全没必要这样，现在所有的人都考大学，可
　　　　他们其实什么想法也没有，上大学不过是去玩儿的。
　　　　就算大学毕业也不过多了一些找不到工作的毕业生。
　　　　与其浪费资源也培养不出人才，还不如让大多数人高
　　　　中毕业就去学一门谋生的技能，然后早点儿工作，也
　　　　不必像现在这样浪费 4 年的时间。

苏小雅　那么多的大学毕业生啊，我们四年级的时候，找工作
　　　　特别困难。那时候最怕的就是去招聘会，人潮汹涌
　　　　的，挤在里面，特别绝望。

霍　然　必须得有变化，可能需要时间，10 年、20 年总该够
　　　　了吧？但关键是要有举措、有变化，不然就永远停滞
　　　　不前、恶性循环，现在就是恶性循环。就是因为人们
　　　　的想法都不对头，一个只想普普通通过日子的人为什
　　　　么要去受高等教育呢？一个秘书的职位何必招收硕士
　　　　学历的人呢？完全地浪费资源，这道理多简单啊。

苏小雅　如果真能向良性方面有一些变化，可就轻松多了。

霍　然　所以说必须要有魄力，得把以前的一切都推翻，都忘
　　　　掉，打破一切传统思维方式的束缚，彻底改变观念，
　　　　瓦解他们，把他们都解构掉。还有就是不能整天抱着
　　　　什么美国经验、日本经验、欧洲经验不放，以为是什
　　　　么至理名言似的，其实根本行不通。如果只知道模仿
　　　　别人用过的方法就永远找不到属于自己的东西。想要
　　　　行之有效就必须找到某条别人没走过的路，全新的方

　　　　　　法，只属于我们自己的方法。对于单调乏味的线形思
　　　　　　维进行创造性发挥，要得到颠覆性的构想只有发挥创
　　　　　　造性的思维才行。

苏小雅　你可真不简单。我像你这么大的时候，只知道抱怨课
　　　　　　业负担太重了，可没想过这么多。

霍　然　我的同学也都是这样：只知道抱怨，可什么也不想，
　　　　　　只知道啃书本，但不知道自己是为了什么，一点儿人
　　　　　　生目标都没有。当然啦，他们也有他们的"前程"。

苏小雅　也挺怪的，刚开始上班的时候虽然累，可特别有干劲
　　　　　　儿，每做完一份报告都特有成就感，可现在工作两年
　　　　　　了，好像什么都成了套路，做事情都不用太动脑子
　　　　　　的，一点儿新鲜感都没有了。每天上班下班两点一
　　　　　　线，自己也觉得没什么意思。

霍　然　那你就该辞职啊，换一份别的工作。

苏小雅　不，我并不是讨厌现在的工作，只不过没有最初那么
　　　　　　喜欢就是了。我的收入过得去，周围同事关系不那么
　　　　　　复杂，上司也和气，还经常有一些聚餐什么的……

霍　然　这你怎么就满足了呢？没有面对挑战的勇气，人生就
　　　　　　没有意义！生活应该是激情澎湃的，就是要不断接受
　　　　　　挑战。

苏小雅　我不能。

　　　　　　[静场。吸尘器的声音兀自盘旋着。

霍　然　是你自己说现在的工作你并不称心，还有什么好想
　　　　　　的？你的工作不能给你动力了，你就应该离开。

苏小雅　那也不能说辞职就辞职啊。其实，我觉得好多事情挺
　　　　难讲的……

霍　然　原来，你着急结婚是因为：你不敢面对自己的人生选
　　　　择，想赶快找一个避风港，好逃避现实。

苏小雅　不是的！

　　　　〔里面传来沈明丽的声音：妈，您别跟着忙活了，出
　　　　去歇会儿吧。老太太的声音：你们哪知道，家里东西
　　　　多藏灰的地界儿多着呢。

　　　　〔老太太手拿一块抹布，口中念叨着什么上。

老太太　（四下巡视，擦擦这儿擦擦那儿的）画着圆圈拖地，四
　　　　个角都是灰，以为看着干净就行，（找个犄角旮旯伸
　　　　一把手）瞧瞧，这不是土？

苏小雅　（迎上去）我来帮您吧。（去抢抹布）

老太太　呦，好孩子！不用不用。（抓住苏小雅的手，翻来覆
　　　　去地看）这手多漂亮啊，细皮嫩肉的，手指头又细又
　　　　长，真好看。快别动啦，回头手都粗啦。（拉她坐到
　　　　沙发上仔细看着，尤其多看了看掌心。随后，边按自
　　　　己的心意收拾茶几上的杂物，边有一搭无一搭地问
　　　　着）你们在这儿说什么哪？

苏小雅　没说什么。

霍　然　苏小雅跟我讲她和小叔的恋爱史呢。

老太太　呦、呦。

霍　然　我问她小叔怎么跟她求的婚，她为什么答应嫁给小
　　　　叔，她就是不说。

苏小雅　我没有，不是……

老太太　然然，瞧给你小婶儿挤对的，这种话哪是讲给你小孩
　　　　子家听的，口没遮拦。你啊，都是看电视看的，以为
　　　　情啊爱啊的都是挂在嘴边儿上，说来就来的呢，那哪
　　　　儿成！

霍　然　我不看电视！

老太太　你不看你不看，我看行了吧。闺女啊，当初就是我嘱
　　　　咐他那些个同事给多留心着点的。我说：快三十的人
　　　　啦，得着急自己啦。这不，就相上你啦。小达这孩子
　　　　也真是，相上了回来也不说，还不知道当初你们是怎
　　　　么互相看中的哪，跟我说说？

　　　　［苏小雅低头不语。

老太太　呦，不说了不说了。（向霍然）别再拿电视上的浑话
　　　　惹你小婶生气啦。（遭孙子白眼，也不计较。起身朝
　　　　通道走去，边走边审视室内的摆设）不看就不看啵，
　　　　不看电视你从哪儿来的这些个……（正欲下，又回转
　　　　过来）闺女啊，你……？

苏小雅　什么？

老太太　没什么，没事儿啦，坐着吧坐着吧，呵呵呵呵。（兴
　　　　高采烈地走回通道去了）

　　　　［苏小雅只好坐回沙发，一分钟左右的时间，两人谁
　　　　也没有说话。

苏小雅　我们不像你想的那样。我们……挺合得来的，我愿意
　　　　跟他在一块儿，我们在一起的时候一直都很高兴。

霍　然　你们在一起只待了一个来月对吧？然后他就出国了，说起来感情基础一点儿都不牢靠，说没有感情基础也不算过分吧。一年多没见面，相处才一个月，我估计你连他长什么样子大概也不记得了。

苏小雅　不会啊，他买了两个 DV，我们每天都传 5 分钟的影像给对方的。

霍　然　太可笑了！

苏小雅　我们后来就改用视频聊天了，大家都用的，就不是太怪了吧？

霍　然　你们怎么没用 QQ 视频聊天啊？那个更方便。

苏小雅　我试过，他说幼稚。

　　　　[静场。

霍　然　没看出来你原来这么积极的。

苏小雅　我没有……

霍　然　可你都快结婚了。

　　　　[静场。

霍　然　你知道什么是结婚吗？

苏小雅　结婚……就是结婚呗，就……两个人愿意就在一块呗。

霍　然　不对吧。

苏小雅　那你说结婚是什么？

霍　然　我……我……（他也没有想过这个问题，但见苏小雅目光炯炯地注视着自己）我觉得，我爸我妈这样就叫结婚！

［意外地两人都沉默了。

苏小雅　不会的，我和你叔，我们才 20 多岁。

霍　然　这跟年龄有关系？

苏小雅　他有很多计划，他跟我说结婚以后……

霍　然　你怎么老说他呀，你呢？你计划干点儿什么？

苏小雅　我，我不知道。

霍　然　你连这个都不知道？

苏小雅　我想过，可想不清楚。以后的事情谁说得清呢？

霍　然　要我说，结婚以后谁跟谁就都一样了，像你这样等结
　　　　了婚，你的人生就算结束啦。

苏小雅　不会的，你叔说他还要发展事业，我们不会。

霍　然　你这么确定？你跟他谈过吗，你问过他吗？

苏小雅　我……

［沈明丽突然从通道跑出来，后面跟着的老太太，倚
在通道口向这边张望。

沈明丽　小苏啊，我有个事儿问你：你们……打算什么时候要
　　　　孩子啊？你看，我也是刚想起来的，人家说属鸡的命
　　　　不好，属狗的……也不大好，哎，其实明年不错啊，
　　　　明年……哎呀，你们可得抓紧啦，呵呵呵呵……（边
　　　　笑边手舞足蹈地跑回通道去了）

［沈明丽的声音：她不好意思说……

［静场。

霍　然　你该不会为了走捷径好出国吧？

苏小雅　你怎么能这样想？我从来没有这么想过，他也说要回

国发展，说好我在国内等他。

霍　然　那到底是为了什么？结婚总要有个理由吧。

苏小雅　我，不为什么……挺好的，就……

霍　然　什么挺好的？

苏小雅　我爸妈也觉得挺合适的，你们家也没说不好……反正，到了该结婚的时候就结婚呗。

霍　然　你怎么不说因为你爱他呢？

苏小雅　我……

霍　然　你是不敢说吧？

苏小雅　不是。

霍　然　真的吗？那你昨天电话里为什么不说？

苏小雅　电话？

霍　然　他不是要求你说吗？你不情愿，你为什么不情愿？我猜他经常要求吧，你老是不答应对吧？

苏小雅　你说什么都没听见的，你怎么能这样！

霍　然　这不重要，重要的是有人正打算跟她不爱的人结婚呢！

苏小雅　不是这样的，不是这样的！你为什么非要追问这个呢？（仿佛想到了什么，腾地从沙发上站了起来）你……你为什么要问这个呢？

霍　然　现在是我在问你：你为什么要跟不爱的人结婚？！

苏小雅　（突然改变语气）你看北京有 2000 万人，我和你小叔认识多不容易啊，我又跟你妈妈、爸爸、奶奶也合得来，这就是缘分啊，北京这么大这样的概率多小啊。

霍　然　回答我的问题！

　　　　　[沈明丽从房中出来，收拾着自己的衣服头发。

沈明丽　小苏啊，不好意思让你等了这么半天，咱们走吧。

苏小雅　（向沈明丽凑过去）您不歇歇吗？刚干完活儿……

沈明丽　我不累，不歇了，咱们快走吧，待会儿街上人就多了。

霍　然　妈你刷牙洗脸了吗？

沈明丽　（摸摸自己的脸）呦，还真忘啦！不好意思，小苏，

　　　　再等我一会儿啊。（慌忙跑下）

　　　　　[静场。

霍　然　我看你还是想清楚，你的时间不多，再耽误就来不及

　　　　了。（进入自己的房间）

　　　　　[苏小雅独自站着，两手捂住脸颊。

　　　　　[沈明丽拿着记事本上。

沈明丽　这下好啦。小苏，快走吧，咱们先去西单，路上我把

　　　　昨天没说完的计划再详细说给你听，（翻看本子）可

　　　　了不得，像打仗一样。

　　　　　[苏小雅望向沈明丽。

　　　　　[灯骤灭。

第 三 幕

[是夜。沈明丽、苏小雅和老太太聚在客厅里。

[鼓掌声。灯亮。沈明丽在鼓掌。老太太似懂非懂地跟着看。

[苏小雅穿着婚纱在舞台前部转了个圈，雪白精致的婚纱将娇小可人的苏小雅映衬得愈加动人。

沈明丽　我帮她定的，有四五件都不错，眼都花了，最后闭着眼睛选了这件。

[苏小雅羞涩而甜蜜地笑了，跑回沙发，将头埋得很低。

沈明丽　现在的婚纱有好多种颜色，粉的蓝的什么都有，样式也特别多，我看还有穿裤子的，多逗啊，哪有穿裤子结婚的新娘子啊？小雅皮肤好，穿这种白婚纱正合适，要是我这么黑不溜秋的可穿不了。我就想啊，到时候她穿着这件婚纱去影楼和小达两个人拍婚纱照，那得多好看啊……

[静场。老太太守着苏小雅，不停地揉搓着她的婚纱。

沈明丽　现在婚纱照也便宜了，一千多块钱就能照下来，送一个相册，做得像本书似的可好了，还有三张放大的照片，新房嘛，就应该挂那种照片……

[**静场**。

老太太　针脚太糙啦，这些边边角角不应该这样缝，都是表面
　　　　功夫，太容易坏啦。

沈明丽　妈，婚纱嘛，就穿那么一次，又不要穿它干活儿。那
　　　　话怎么说来着？一生一次，一生一世，呵呵呵呵。

老太太　摸着倒还舒服。

沈明丽　好料子，贵啊！

老太太　嗯，绸子的，费这么多绸子啊，现在这样的绸子是多
　　　　少钱一匹了？

沈明丽　妈，您想什么哪？这种衣服又不是论布卖的。可比买
　　　　这么多布贵多啦。不过，人活一辈子，不就这么一次
　　　　么，再贵也是应该的。要是我，我也舍得买！

老太太　我们那时候新人办喜事儿都穿红，红衣红裙红盖头。
　　　　新房的帐子，被褥枕席都是红的。那才有办喜事儿的
　　　　样子。

沈明丽　是啊，我也喜欢红色，您看我沾小苏的光，也买了一
　　　　件。也挺好看的，我穿给你们看看啊。（跑下）

老太太　我们那时候新娘子都得自己缝嫁妆，一针一线都是自
　　　　己的手艺，出嫁前活儿做得越好，嫁得就越顺心。老
　　　　话说"良田千亩，十里红妆"，从喜床上帐子、被褥
　　　　到新娘脚上穿的鞋，还有衣裤细软都得要自己和姐妹
　　　　一针一线地缝制出来，颜色要喜兴，花样得讨吉利，
　　　　大喜的日子跟花轿一起过门儿……

[吵闹着，沈明丽身着大红的礼服与霍子丰同上。礼
服款式与苏小雅的一模一样，只是由于沈明丽身材不
好显得臃肿、紧绷，很不妥帖。

霍子丰　我忙着呢，我没空！你穿人家小苏的礼服干什么，这
　　　　不是瞎闹么！

沈明丽　这件是我给自己买的。

霍子丰　你买它干什么？

沈明丽　便宜啊，第二件就打五折，才八百块钱就买下来了。

霍子丰　便宜不便宜的，你买它有什么用？

沈明丽　穿啊，怎么会没用。（见老太太似乎没有听懂，不解
　　　　地望着他们，遂提高了音量）妈，便宜！

老太太　噢，好！好！

霍子丰　（追过去）你说你这是要干什么呀？

沈明丽　去！你别管！（向苏小雅、老太太）怎么样？

　　　　[静场。

沈明丽　不错吧？

霍子丰　你多大年纪了？

沈明丽　那有什么？人说老来俏老来俏，现在小姑娘才穿素色
　　　　的衣服呢，人家年轻，用不着。

霍子丰　你觉得好看么？

沈明丽　我看挺好的呀，小苏也说好来着，是吧，小苏？

苏小雅　是好看。

沈明丽　你瞧。

霍子丰　行啦，过过瘾就行啦，明天赶快去给退了去吧。

沈明丽　哪能退啊，人家说这是现在很流行的款式，因为我们
　　　　买两件才打折的，下次就买不着啦。

霍子丰　我还是问你，你买它干什么用？

沈明丽　你听我说啊，我都想好啦。等小达回来，他们不是得
　　　　去照结婚照吗，你们哥俩就一起去，一起去还能便宜。

霍子丰　你想什么哪？儿子都快上大学了，照什么结婚照。

沈明丽　现在好多人都是那样的。

苏小雅　我觉得（两人望向她），结婚很多年的夫妻去补照结
　　　　婚照，也挺浪漫的，也可以调剂一下，增进感情，不
　　　　用每天都是锅碗瓢盆的。去过之后感觉很好也说不
　　　　定啊。

沈明丽　你看。人家还有带着孩子一起去的哪，也不知道咱们
　　　　然然能不能答应。

苏小雅　对啊，其实情调这种东西总是自己创造的，只要两个
　　　　人想做好，总是可以不一样的。（顿一下）是么？

沈明丽　对呀，对呀，怎么不是呢？

霍子丰　有什么不一样的，结婚这么多年还不就是黄脸公对黄
　　　　脸婆？这些先别说，总之我不喜欢这件衣服，就算去
　　　　照相也不能穿这个。

沈明丽　这件有什么不好的？我仔细看了，料子针脚都是很好
　　　　的……啊！怎么开线了？买的时候没注意，哎呀，真
　　　　是便宜没好货！哎呀哎呀……（跑进自己的卧室）

霍子丰　（无奈地）一大把年纪了，这是干什么！（坐回沙发）
　　　　唉——娘们儿啊。（向苏小雅）幸好金庸没有写小龙

女和杨过后来的样子，太可怕了。对，他是故意的：杨过和小龙女，令狐冲和任盈盈，不是不写，是不能写，有一个郭靖黄蓉的失败在那儿摆着了。

[静场。

老太太 我还是觉得红色好，穿红才叫新娘子。回头你俩换换，我跟你嫂子说，她听我的。

[霍子丰做了个不耐烦的手势。

苏小雅 天不早啦，我扶您去休息吧。（搀着老太太往下走）

老太太 （习惯性地回过身去巡视客厅）唉，又是这样！（返回客厅，再次将杂物按自己的意思归位。了解情况的苏小雅与她一同收拾，动作十分麻利。老太太看在眼里喜上眉梢）好，好。

苏小雅 挺晃眼的，咱们把灯关了吧。

老太太 （关灯）好啊，呵呵，呵呵。来，跟我来一下。（拉着苏小雅走进通道去了，边走边说）现在是不时兴啦，可我们那时候新娘子都是自己缝嫁妆的，过去的老话儿你们年轻人别不信……

[两人下，舞台上只剩下霍子丰一个人。

[静场。

霍子丰 烧的！

[苏小雅上，脸上挂着诚惶诚恐的颜色，手里多了几张花样纸。手足无措的她某个瞬间又泄露出些许失落。

苏小雅 （又微笑起来）您不去看电视吗？

霍子丰　去、去。

苏小雅　我一个人待着没事儿，您不用管我。

霍子丰　嗯……其实……你知道今天开始就进入最后 10 集了，
　　　　所以我有点儿……你明白那种感觉吧？（无言以对的
　　　　苏小雅只好连连点头）四卷本的书最好看的是第一
　　　　本，搬到电视上最好看的就是前 10 集，人物都是新
　　　　的，故事刚刚开始，你会被吸引完全地投入进去，可
　　　　是到了后面，看着看着经常就跳出来了，这些人眼见
　　　　着就要各归其位了，哎——就有点儿，不愿意看，不
　　　　想……可不看又……

　　　　[苏点头示意，霍子丰怅然若失地向自己卧室走去。

霍子丰　还是得看啊……（又站住，转过身来）小苏。

苏小雅　嗯？

霍子丰　我跟你说：其实……你穿婚纱啊，好看。

苏小雅　（仍是羞涩和甜蜜地笑着低下头）谢谢。

霍子丰　真的，没别的意思啊，实话实说。

苏小雅　其实嫂子穿着也是一样的。

霍子丰　不，爱美之心人皆有之，在这个问题上我们不应该扯
　　　　谎，对吧？美丽的东西，可爱的女孩，就是好看。我
　　　　觉得有些女子真的是很美的，像件艺术品一样是值得
　　　　被人欣赏的，但不是所有人都能得到，所以才显得珍
　　　　贵。（顿一下）远达他很幸运。

　　　　[苏小雅还之以微笑。

　　　　[霍子丰暖融融地走进卧室。

[静场。

[苏小雅暗自甜蜜地静了静。

[沈明丽出。她已经换回了便装，礼服抱在手里。

沈明丽 又把你一个人扔在这儿，真是的。（说着凑到苏小雅身边）你说我怎么就这么粗心呢，就这块儿，开线了都没看见，买的时候我特意检查了的，怎么就没看见呢？

苏小雅 这个洞不是很明显，不大容易发现的。

沈明丽 我就说么！我就说不太显眼。可你大哥还是非要我去退掉，怎么说也不管用，真是死脑筋，你说他是不是死脑筋？

苏小雅 我觉得……

老太太 （手捧着更多花样上）闺女啊，我又找了这么多花样子出来，咱娘儿俩一起来挑，一定挑选个合适的。（坐到苏小雅另一边）

沈明丽 你说，这结婚照一辈子也就一次的，当然得特别精心，以后挂出来想起来的时候都是好的。

老太太 所以我说啊，再怎么着也得有点是自己亲手绣的，哪怕是朵小花儿呢，也是个意思，我这儿的花样都给拿出来了（抖抖花样上的灰）。咱们就一起来挑，总能挑着个好的。你说绣在哪儿啊？这儿，还是这儿？

沈明丽 您拿这件比画吧，（将红婚纱铺在苏小雅膝上，趁老太太比画的时候又跟苏小雅念叨）这是最后一件了，退回去怎么舍得啊，难得颜色、款式都这么称心……

（瞭向婚纱）哎呀，我真是傻啊，怎么早没想到呢，呵呵呵呵。（手忙脚乱地翻看茶几上的花样）对啊对啊，婚纱上总要有点儿自己的手工，这样，又贴身又贴心，就是自己的衣服啦。（找到一张。在破洞处比画起来）妈，您说这张的样子，绣在这里好看吗？我看样子挺简单也不费什么事。

老太太　那样子简单，可颜色多，我那儿没有这么多颜色的线啦。

沈明丽　我那儿有啊，好多呢。（拉着老太太向房间走）您来您来，我这就拿给您看。买来就没有用过的，这回可派上用场啦，呵呵呵呵。（两人下）

［苏小雅长舒了一口气。

［霍然推门而出。

［苏小雅受惊地回看又很快地转正身子。

［静场。

苏小雅　（背对霍然，声细如蚊）晚上好。

霍　然　好啊，一晚上鸡飞狗跳真不错。（向前走）

苏小雅　（起身躲开，与霍然总保持距离）我买了婚纱。

霍　然　我在里面听见了。

苏小雅　今天街上人特别多，路上一直塞车，商业区也是挤得满满的，婚纱店里也是。

霍　然　太蠢了！

苏小雅　是啊，在这种日子去购物买东西真是不太合适。

霍　然　我觉得你太愚蠢了！简直不知道你在想什么！

苏小雅　我……我选婚纱的时候一直拿不定主意，那些婚纱都太漂亮了，真为难啊，后来还是你妈妈帮我定下来的。

霍　然　（镇定下来，语气平和地）看来你是死心塌地地要嫁给我小叔了？也不错，开始过两个人的日子，独立自主的人生就算结束，好啊。那就结婚吧！

苏小雅　我……没有这么说……

霍　然　那你想怎么样？你买婚纱干什么用的？

苏小雅　我当时没想那么多，这件婚纱穿在模特身上特别漂亮，你妈妈又在旁边一直鼓励我买这件。我们整天都在一起，她一直在说，我根本就没办法想事情，所以……

霍　然　所以你就买了？你决定买这件衣服的时候想过它是什么吗？它是婚纱，不是别的东西。这就表示你确定不移想要结婚啦！

苏小雅　可是你妈妈说今天出去就是要选婚纱的，我怎么能不……

霍　然　你知道什么叫拒绝吗？你就不会找点儿借口吗？现在如果我叔叔回来了，你跟他怎么说？

苏小雅　我当时想……

霍　然　好啊！（坐到沙发上）你今天想了一整天想好什么了？

苏小雅　我没想清楚，我想不清楚。我是一定要结婚的，我……

霍　然　好啊，你决定啦。

苏小雅　可能……不一定是现在……我没有那么深刻的想法，
　　　　你问我什么是结婚，我说不清楚，可比方说看见很老
　　　　很老的夫妻互相扶着走路，我就会觉得特别好、特别
　　　　幸福，那总是真正的婚姻了吧？我说不清。我不是那
　　　　么有个性的人，有一天，我是一定要结婚的！

霍　然　没人要你做独身主义者。

苏小雅　所以，到了该结婚的时候就结婚，这应该是很自然
　　　　的呀。

霍　然　可你又说不是现在。再说，这跟你买婚纱有什么关
　　　　系？

苏小雅　这件婚纱很漂亮，我第一眼看见就喜欢。所以，我就
　　　　想试穿看看，我试穿之后，没想到它能那么合身，所
　　　　有人都说好。婚纱店的人，你妈妈，连别的买婚纱的
　　　　人都劝我买下来。你妈妈还想给自己也买一件。所
　　　　以，所以我就脱不下来了……我想三年五年……可能
　　　　就能用了。

霍　然　然后你就买下来了，太可笑了！在这个节骨眼儿上。
　　　　你想过没有这是件婚纱，婚纱！

苏小雅　我想了，一直在想，可我想不明白……

霍　然　什么？

苏小雅　我想不明白你为什么不让我结婚……

霍　然　这跟我有什么关系？是你自己糊里糊涂的。

苏小雅　原本都想好了的事情，现在都是被你搞糊涂了。

　　　　[**静场。**

霍　然　你什么意思？

苏小雅　你在生气。

霍　然　我没生气，我为什么要生气呢？

苏小雅　你脸都红了。

霍　然　我脸红是因为我气你为什么能这么随便。

　　　　[霍子丰突然从卧室冲出。苏然二人慌忙转开。

霍子丰　干什么！这是要干什么？（向着卧室门）想起什么来
　　　　了非要在这个时候绣什么花儿！只有过节才有 4 集连
　　　　播！还偏要在这儿，这么多，这么多地方……（边说
　　　　边转身，看到了苏然二人）

　　　　[静场。

　　　　[霍子丰转正身子，看到苏然二人，向他们笑笑，表
　　　　情尴尬。

霍子丰　我……去你奶奶屋待会儿。她们……（指指卧室门）
　　　　呵呵，呵呵……（又指指苏小雅）好看，呵呵，好看。

苏小雅　啊、呵、哈。

　　　　[霍子丰边嘟囔着什么边由通道下。

　　　　[静片刻。

霍　然　我就气你这么随便！

苏小雅　不是的，我没有。

霍　然　那我问你到底想结婚还是不想结婚？

　　　　[静场。

苏小雅　我不知道。

霍　然　你怎么能不知道呢？想还是不想，你怎么能不知道呢？

苏小雅　我不知道，我不知道，我不知道自己怎么想的，我什么也不知道！

霍　然　你怎么能这么随便？！

苏小雅　我……

　　　　[沈明丽扶着老太太由卧室走出。

沈明丽　行，我知道了，您就交给我吧，没问题，我这两天晚点儿睡。真好看诶，绣在那里真是太合适了，像专门就为了绣在那里似的……（两人下）

苏小雅　我只是……

　　　　[霍子丰怒冲冲地走出通道，绕到沙发处一屁股坐下，喘了喘气，又腾地起身摔门进卧室去了。

苏小雅　我只是……

霍　然　我真不知道你怎么想的，真的太糊涂了，太愚蠢了，太可笑了！

苏小雅　你又生气了。

霍　然　我生气了！我生气又怎么样，我生气管什么用！你有时间想我生不生气，干吗不好好想想你自己？（起身欲下）

苏小雅　我穿婚纱好看么？

霍　然　什么？

苏小雅　我问你：我穿这件婚纱好不好看？

霍　然　说这个有什么用！（下）

　　　　[长时间静场。

　　　　[苏小雅缓缓地转向观众，仿佛在照镜子。

〔霍远达手捧一束玫瑰悄悄上，见此情景蹑行到苏小
雅身后。

苏小雅　我穿婚纱不好看么？（面带忧愁地对着镜子摆姿势）

霍远达　好看得不得了。

〔苏转身，惊见黑影。

霍远达　（摆 pose，语音纯正地）Surprise！

〔灯骤灭。

苏小雅　啊————！

第四幕

[灯亮。

[次日上午。景同前，只是窗边多了一只插着红玫瑰
的花瓶。

[大家围坐，霍子丰夫妻、霍母三人将霍远达和苏小
雅挤在中间。

沈明丽　好好的，怎么就说要搬出去呢？

霍远达　我不是跟您说了么：新房租好了，总得收拾布置。

老太太　刚回来怎么就要走呢？你去的地方隔山隔水那么远，
你走了妈也不能去看你，这又得何年何月啊？（哭泣）

霍远达　我不是回美国，我是搬出去住，过一个半月才走哪。

沈明丽　咱们每天过去收拾不好么？我还可以帮你们啊。那边
什么都没有，你们去了多不方便。

霍远达　在家也挺不方便。昨天我和霍然都挤在这个沙发上，
也不是个事儿啊。

沈明丽　将就一下，就这几天么。咱们还有那么多的事得一件
件落实，不住在一起怎么行？

霍远达　我们可以每天过来或者您过去，那边离城里近，咱们
干什么都方便啊。

沈明丽 怎么会方便呢，现在我们是吃住都在一起，做什么说什么都方便，那不住在一起了怎么好？

老太太 上次在那边说生病了，我也不能去照看你，都急死了也没办法，你这么大孩子了，就不能让你妈少操点儿心吗？

沈明丽 对啊，冲着咱妈你们就再凑合凑合吧。

霍远达 哎呀，我怎么跟你们就说不通呢？我不是说了半天了嘛：第一，我们的新房需要整理布置；第二，那边离城区近，出来进去节省时间。我不是在乎和霍然挤着睡，不过这毕竟不从容。（沈明丽正欲张口）我们到新房去住，如果有什么事情可以电话联系，现代资讯手段这么发达，不会有任何影响的。如果一定要见面，我们想来这边也很方便，你们过去也没有问题。

[霍远达说话间，霍然从自己卧室里走出，旁若无人地四下乱转，仿佛在找什么东西。苏小雅的神经也随之绷了起来，一方面在恐惧着什么，同时似又期待着什么。而霍然只是一脸事不关己的表情，竟挤坐在苏小雅身边，在茶几里翻找。正在大家无话可说的时候，他却若无其事地开口了。

霍 然 哎小叔，你在美国拿的是什么级别的奖学金啊？

霍远达 我是全额的。

霍 然 不错啊，听说现在全奖不好拿了？

霍远达 我的语言没有问题，所以拿全奖还是比较轻松的。

老太太 你在那边吃的住的都好吗？你别蒙我，到底不是在家，

　　　　　　怎么能习惯呢？瞧瞧你都瘦成什么样儿啦。

霍远达　　所以才要娶个好老婆过去啊，有小雅照顾我，您还信
　　　　　　不过吗？

老太太　　信得过，信得过，小雅可是个好闺女……哎，我也是
　　　　　　禁不起折腾喽，（对苏小雅）往后就都得仰仗你啦。
　　　　　　我们这个岁数，这老胳膊老腿的也是真动不了啦，就
　　　　　　说那天碰见楼底下的老余，他……

霍远达　　肯定没问题，您把心放在肚子里。是吧？（亲昵地搂
　　　　　　了搂未婚妻）

　　　　　　[沈明丽看在眼里，也不自觉地往霍子丰怀中靠，又
　　　　　　被感到异样的丈夫推开。

霍子丰　　一开始呢，我是不赞成小苏搬来咱家住的，你们毕竟
　　　　　　还没结婚，又在这个时候，的确不合适……（被妻子
　　　　　　撞了一下）你听我说完！不过……既然来了，也住了
　　　　　　这么多天，索性就再住两天吧。

沈明丽　　是啊小达，我们没有你那么会说话，我们说不过你，
　　　　　　不过小苏在咱家住了这么多天，难得大家都这么高
　　　　　　兴，你们突然就说要走，我们哪能受得了呢？

霍远达　　我们每天都回来的呀，只是不在家住，白天干什么还
　　　　　　都是在家。

沈明丽　　那又何必这么折腾呢？你看啊……

霍　然　　全额奖学金就是免学费，但生活费还是要自己负担的
　　　　　　吧？

　　　　　　[沈明丽将苏小雅拉到一边，嘀嘀咕咕。这样台上出

现两组焦点。

霍远达　我是公派留学生，公司会给我一部分留学补助。

霍　然　就是说你不用打工就能活得很好是么？

霍远达　还可以吧，你高考结束了可以去找我玩，我开车带你
　　　　去兜风。

霍　然　不用了，你还是先攒钱养老婆吧。

霍远达　这倒不必，等你小婶过去，就算不工作我的奖学金和
　　　　助学金加在一起供她在家也是没有问题的。

沈明丽　你们为什么非要走呢？住着不是挺好的么？我没有亏
　　　　待过你们啊。

苏小雅　姐，我不是因为这个。

沈明丽　你们住在这儿，一起有说有笑的，家里也热闹些。你
　　　　们都年轻，懂得怎么过得好，你看他昨天刚回来就送
　　　　花给你，多有情调啊，摆在家里还有点儿浪漫气氛，
　　　　你看他……（指霍子丰）

苏小雅　姐，我懂。

沈明丽　你劝劝他，别走了，啊。

　　　　［苏小雅低下头坐回霍远达旁边。

霍远达　这些我们早就说好了，不信你可以问她。是吧，小雅？

　　　　［苏小雅十分为难，正要说话，霍然却起身走进通道
　　　　去了。

　　　　［苏小雅尴尬地低下头。

　　　　［静场。

老太太　老余的老伴儿前两天没啦，他的精神也不如以往喽。

唉，我们这个年纪的人啊。你们瞧着吧，一个个的都往那儿去啦……（当众人都望向老太太不搭边的自言自语时，她又拍着霍远达的手，自己说了回去）哦，我是看不了你几天喽，后面儿就得你们两个一起走啦……

霍远达　妈，咱回头再说这些啊……刚才说到哪儿了？

老太太　我说话你都不听啦？你们年轻，后面儿的路还长着呢，你们就不能多陪陪你妈啊？

沈明丽　我说你们就别走了。

霍远达　嫂子！

[沈明丽向苏小雅紧递眼色。

[霍然又上，仍是漠不关心的样子。

苏小雅　我想……还是不打搅了。

沈明丽　小苏，怎么你也……

苏小雅　给你们添了这么多麻烦实在不好意思。这些天，承蒙你们照顾真是谢谢啦。

沈明丽　听你这话好像不打算回来了似的。

霍远达　不是，不是，她用词不当，我们天天回来，天天回来。

沈明丽　你们看这样好不好，小达你先去那边住，先整理着，小雅留下，我们……

霍子丰　又出馊点子，这像什么话！

沈明丽　这也不行，那也不行，你倒说说有什么办法？要不你们就在这儿住最后一天，明天再搬过去，这总行了吧。

霍远达　嫂子，早一天晚一天又有什么不一样的呢？

沈明丽　不一样啊！明天一早预约了影楼拍结婚照，我是想你
　　　　们哥儿俩一起，咱们一块儿走多好啊。

霍子丰　哎呀，你怎么又说这个！

沈明丽　怎么了啊？一起去多热闹啊，再说一起去拍人家才给
　　　　打折，那分开拍还得多花钱。

霍远达　好啊，您和大哥早该补拍结婚照啦，我来出钱。

沈明丽　就是啊，大家都说好，婚纱我都买好啦，小达，你没
　　　　看过我新买的那件礼服吧？是小苏帮我选的，可好
　　　　看啦。

霍子丰　提起你那件衣服我就来气。

沈明丽　气什么呀，你呀，就是不习惯，看看就习惯了……对
　　　　吧，小苏。

苏小雅　嗯。

霍子丰　你不要自说自话的。

霍远达　大哥你先别排斥，应该去体验一下，不要一上来就反
　　　　对。夫妻之间就是应该经常创造一些温馨浪漫的机
　　　　会，才能总有新鲜感。

霍子丰　我不是一上来就反对，我只是反对她总是自作主张。

沈明丽　这不是在跟你商量嘛？

霍子丰　你这是商量吗？

霍远达　大哥有时候就是比较保守。

霍子丰　我保守？！我……

　　　　［一片混乱。

　　　　［其间苏小雅与霍然眼神相碰了一下，苏忙将视线移

开。霍然竟又向着她身边的位子走去。为避免他人起疑，也是向霍然示威，苏小雅往外坐了坐。不想，霍然竟由沙发后面探身过来，适时地将两人隔开。

霍　然　我觉得公派也还有缺陷。

　　　　[众人皆静。

霍　然　你看啊，你们公司肯资助你留学肯定会跟你签长期的合约，你签了没有？

霍远达　当然有啊。

霍　然　就是说你有卖身契在别人手上，这可不大自由。

霍远达　呵呵，你以为现在是旧社会么？我不过是签了份十年的合同，如果我想离开只需要负担违约金就是了，况且现在的合约存在漏洞，违约金不过就是资助我读书的金额，我以留美博士的学历不管在这边还是在美国挣到这笔钱都不算困难。再说，合同也未必要严格履行。哎！这里边儿学问大着呢，回头我再跟你说。（欲推走霍然）

霍　然　（不理）那要是……

沈明丽　然然！大人这儿说事儿呢，别跟这儿掺和，平时也没见你这么热心。

　　　　[霍然起身离开，但并不下场，仍在沙发后面徘徊。

霍远达　那就这么着，我们收拾收拾先过去。明天早上我们打车来接你们。

沈明丽　说来说去怎么还是要走啊，不是说好……

霍　然　妈，您还是赶快同意宣布散会吧，小叔和小婶翘首以盼着要搬过去，您这么横挡竖阻的算什么啊？你看人家急得直哼哼呢。

沈明丽　可是住得好好的啊，我是想……

霍　然　您想什么管什么用，要结婚的是人家。我就不明白您怎么就这么起劲儿。

霍子丰　怎么这么跟你妈说话？你妈也是一片好心……

霍　然　好心就能干涉别人的自由吗？小叔就要结婚了，人家愿意今天就住在一起是人家的自由，您管得着那么多吗？住在一起事儿才算定了，你们怎么不懂啊？

沈明丽　这孩子，怎么说话哪？

霍子丰　从哪儿学的这些乌七八糟的东西。

霍远达　这种话不能直说！

　　　　[长时间静场。空气中弥散着心照不宣的尴尬，早已睡着的老太太这时发出一声长长的哼鼾声，但并没有醒。

　　　　[大家正欲找话岔开这一节。

苏小雅　我不是随随便便的人！

　　　　[短暂停顿。

沈明丽　小苏，你别听小孩子瞎说，谁也没说你随便。

霍　然　你可以随随便便地答应人求婚，还能随随便便住到别人家里来，为什么不能随随便便干出那种事啊？结婚不就是为了合理合法地干那种事吗？

沈明丽　然然！怎么跟大人说话呢？快给你小婶道歉！

霍　然　做都要做了，还怕说么？现在是什么时代了，男欢女

爱你情我愿的，谁也管不着。再说了，小叔也不是第
一次了！

霍远达　霍然！

［静场。

沈明丽　然然，你说什么呢，给我回屋去！

　　　　［霍然愤怒地走进自己的卧室，重重地撞上门。

　　　　［霍子丰追上去，沈明丽与霍远达上前解劝。

　　　　［老太太在撞门声中惊醒。

苏小雅　我们不走了！

　　　　［三人回头。

苏小雅　我说真的，不走了。

　　　　［停顿。霍远达对女友低语些什么。

苏小雅　行了，我都说了不走了，就是不走了！

老太太　啊？不走啦，好啊，不走好啊。

沈明丽　对啊，这么多事情要一件件落实呢，搬出去了怎么
成？明天就要照相去啦。小苏，快来，咱俩选一下到
底照什么系列的。

霍子丰　你还真打算去拍照啊？告诉你，要去你去，我可不去！

沈明丽　去不去钱都交完了，（丈夫还要争辩）退不了了！（不
再理睬丈夫的抗议）我那儿有影楼的样品簿，好说歹
说才借回来的，你看看，不看我就自己定了。小达，
你也来看看，一起商量。你们不知道，现在的艺术照
拍得都不敢相信是你自己，呵呵呵呵。（推着苏小雅
向自己的卧室去）

老太太　（拉住几乎进门的霍远达）小达啊，你这趟回来还没
　　　　跟我说说话儿呢，你在那边念书那么辛苦，你在那边
　　　　能住得惯吗？我就不信……（拉着霍远达向通道走去）

霍子丰　（堵住沈明丽的去路）你说你到底要干什么？多大岁
　　　　数了……

沈明丽　（不理丈夫，向老太太方向）妈，我这儿有点儿活得
　　　　问您，妈，妈——（绕过）哎哟，忙死了，忙死了。
　　　　（由卧室门下）

霍子丰　（先原地转圈）你们就不能到客厅来？我那电视……
　　　　哎哟！

霍远达　（欲找女友说话）嫂子这儿找您呢，您看……

老太太　（拉住儿子不放）你肯定尽熬夜来着吧？看你这眼
　　　　睛……

霍远达　（无奈地随母亲下）妈，没事儿……

　　　　〔光收得很慢。

第 五 幕

[光起。景同前。

[傍晚，屋内却没有开灯，光线很暗。

[霍远达独自坐在沙发里抽烟。

[后面传来沈明丽的声音：我们知道啦，妈，这不问您还真不会呢。

[沈明丽挽着苏小雅由通道上。

沈明丽　原来是这样啊，你说我还真是笨啊，怎么就想不出来呢……（看见霍远达）我再占用小雅一会儿啊，就一会儿了啊，马上就好，呵呵呵呵……（与苏小雅一同进入自己的卧室）

[霍远达目送两人消失，掐灭香烟。

[老太太的声音：小达，小达。

老太太　（由通道上）可说完啦。你接着跟我讲，天天都怎么个作息的。你啊，从小就不听话，自己在外边儿住的时候也是有上顿没下顿的一点儿不规律，得亏我总是提醒。这回没了我的提醒肯定就更不注意啦……（拉着无奈的霍远达走进通道）

苏小雅　（由卧室出）那我就出去了。

[沈明丽的声音：去吧，快去吧，呵呵呵呵……

[霍然推门而出，两人狭路相逢，僵立良久。霍然走
向茶几，翻找起东西。苏小雅向通道走去。

霍　然　真忙啊，全家都是。

苏小雅　（站住）是啊，我不能走了，什么都得按原计划，准
　　　　备，（顿一下）结婚……

霍　然　搅了你们的好事真是对不起，你怨恨我也是应该的。

苏小雅　我说了我不是随随便便的人！

霍　然　你清白。你不会随便跟人发生关系，倒可以随便跟人
　　　　结婚。

苏小雅　我原本是打算回家的！

[静场。

[苏小雅站在那里眼泪盈满了眼眶。

苏小雅　我想回家……我脑子乱了，很多事情没有想清楚，我
　　　　想回家，得整理一下自己的心情。

霍　然　那，那你就快走啊……

苏小雅　我怎么走啊……

霍　然　你……你跟小叔说你还没准备好，你跟他解释啊。

苏小雅　哦，我得跟他解释的。

霍　然　你没说么？

苏小雅　我怎么说啊？

霍　然　你什么也没说，就想这么不明不白、随随便便就走
　　　　了？哈！

苏小雅　我会跟他说自己还没有准备好，至少……至少应该推

迟婚期。

霍　然　对，就这么说。

苏小雅　我就说，虽然婚礼的请柬都已经发出去了，可还来得
　　　　及再发一封。

霍　然　啊？这样么？

苏小雅　虽然，在你们家住了这么多天，你大哥你嫂子你妈你
　　　　们全家都为结婚的事情忙活了大半天；虽然订好了酒
　　　　席、司仪、婚房，订好了明天去拍结婚照，买好了婚
　　　　纱礼服，还买了两套……

霍　然　你根本就不应该搬来我们家住！

苏小雅　我如果不来这儿住就不会有这么多事情啦！

　　　　[静场。

苏小雅　我已经 25 岁了，我的好多同学都结婚了……我参加
　　　　他们婚礼的时候也不觉得他们就特别合适，但也没觉
　　　　得有什么不好的。

霍　然　我听说有的人 24 岁结婚，没到 25 就离了。

苏小雅　我是一定要结婚的。我跟你小叔……他对我挺好的，
　　　　他会体贴人……有的时候，跟他在一起像演戏一样，
　　　　我知道他喜欢我这样喜欢我那样，我就做出来给他
　　　　看。写信、交换影像也是……不过，我觉得自己还是
　　　　挺喜欢他的，他也挺喜欢我的……

霍　然　我听说现在有的网恋特干脆，两个人聊天一星期，第
　　　　六天交换照片，第七天见面登记。

苏小雅　我……是一定要结婚的……

霍　然　我听说从社会学角度来说，每一个人都需要别人，而每个人也都希望自己是一个被别人需要的人。以此来解释很多人喜欢当义工啊、结婚啊……

苏小雅　你说得一点用都没有！

霍　然　你结婚我能有什么用呢？

　　　　[霍远达由通道上。

霍远达　你们两个说话不开灯么？（开灯，一片明亮。）

　　　　[三人枯立，半晌无话。

　　　　[霍远达将苏小雅拉到自己身边坐下，亲昵地搂着她。

　　　　[霍然显得尴尬局促，但他就是不离开。

霍远达　小雅，回来以后咱们还没有机会说说话呢。你想我吗？

苏小雅　（声音几乎听不见）想……

霍　然　哈？

霍远达　我也想你啊，你不知道我在那边每天都在想你，想着放假好回来和你结婚，好把你带过去。我在那边的公寓是个大 house，很宽敞。里面住的都是中国留学生，等你过去了我介绍你认识。到那时候就好了，我们就可以天天见面了。

霍　然　我觉得你们两个要谈情说爱应该找个没人的地方，客厅可是公共场所！

霍远达　那有什么？我们就要是夫妻了！我们在你爸妈面前都不避讳，跟你还怕什么？本来……呵，都怪你。

　　　　[叔侄二人对视良久，互不让步。

沈明丽　（上）诶，哪儿去了……（见状，不好意思起来，正要识趣地走开，又看到儿子，遂上前将儿子拽到一边）然然，我有事儿跟你说……

霍　然　（蹿过去）小叔，你们结婚准备去哪儿玩啊？

霍远达　（不理霍然，更加亲密地转对小雅）你说，咱们蜜月旅行去哪儿好？

沈明丽　真是！（下）

霍远达　听说九寨沟挺好，还是丽江？要不东南亚吧。我们放假了，你想去哪儿我都带你去。

霍　然　我看都不好。蜜月旅行就是个形式，关键还是两个人在一起有心情，有心情了，回家最好。

苏小雅　你说吧，我听你的。

霍远达　我就知道！我和小雅就算哪儿也不去还是恩爱小夫妻，不过我哪能亏待她呢，是不是？（轻吻苏小雅的额头）必须你说，我听你的。

苏小雅　（声如细蚊）我都可以。

霍　然　什么叫都可以，喜欢就是喜欢，不喜欢就是不喜欢！

霍远达　又不是在问你！你不喜欢吗？那你换别的地方。

苏小雅　我没有不喜欢，我只是都可以……

霍　然　这都是什么时候了，你就没个主意吗？

苏小雅　我不行。我做不到，我是从来都不懂得脸红，从来没跟人翻过脸的，我做不到！

霍远达　我知道，我知道，我不会勉强你的。一个蜜月旅行，没什么可大动干戈的（望向霍然）。看把你小婶惹的，到此为止，别太过分了。

[苏小雅一下子哭起来。

霍远达　都是你干的好事！小雅，来，不哭了，不哭了。

苏小雅　你放假原本不打算回来的，为什么突然就要回来啊，而且回来就要结婚……我还没准备好……

霍远达　难道这样不好么？（苏小雅摇摇头）哪不好？

苏小雅　我不知道，我忽然什么也不知道了，我不知道为什么要答应你，为什么来你们家住。（停顿，向霍然）你为什么要跟我说那些话呀？我为什么要听你说那些话呀？

霍　然　谁让你自己不想的，你自己不思考，什么都不想！

霍远达　霍然你住嘴！小雅，你怎么了？

苏小雅　你那个时候跟我求婚我先开始是不答应的，后来你老说老说我就答应了……我不知道，可能我……还没有准备好……

霍远达　你还要准备多久？你跟我说，（苏小雅摇摇头）小雅你别这样，别这样好么？

[沈明丽由卧室上。

沈明丽　你们看见子丰了吗？

[无人理睬。

沈明丽　他刚刚说去楼下小卖部买点儿东西，可去了一个钟头也不回来，也不知道哪儿去了。

霍远达　该回来自然就回来了，瞎着急也没用。

沈明丽　一个大活人没了，哪能不着急啊。我就怕哪，他爱看的那个武侠片就快开始了，他从来不会耽误的。不正常，绝对不正常！（走来走去）你说他能去哪儿呢？
你说他能去哪儿呢？（忽然对着通道方向掩腮惊叫）
啊！

[霍子丰上，站在通道口，浑身湿漉漉的，狼狈不堪。
沈明丽第一个拥上，霍远达也过去，不忘拉着未婚
妻。霍然漠不关心地留在原地。

沈明丽　你这是怎么了？

霍远达　怎么弄的？

沈明丽　怎么弄成这样啊？

[霍子丰不答，径直走进屋来，将一大束配好的花束
塞到沈明丽怀里。随即抖搂起自己的衣裤来。

霍子丰　现在……这些花里怎么还包得有水的？他们包的时候
我没注意，都弄湿了……真要命，干吗放这么多水
呢？哎呀，里面儿也湿了，真要命、要命……鞋里边
儿也是，哎哟这可怎么闹啊！

[沈明丽痴痴地无语，默默地走进通道去了。霍子丰
仍嘟囔着收拾自己的衣服裤子。霍远达拍了拍大哥的
肩膀，他也不理睬，只是一味地抱怨。

[沈明丽抱着一个插花的瓶子跑出。

沈明丽　这个摆哪儿好？哪儿好啊？（摆在茶几上，向霍子丰）
别摆弄你那衣服了，快来帮我忙！

霍子丰　干什么？看我这儿都湿透了。

沈明丽　把花分类装瓶啊，这些花不赶快泡在水里，过一会儿
就该死啦，快啊！（跑回通道，又端出一瓶）放在哪

儿？放在哪儿？

苏小雅　把这束花换了吧，已经蔫了。（将窗边的红玫瑰抱起）
　　　　昨天还是鲜花呢，今天就谢了这么多啊。（沈明丽摆
　　　　上自己的，又跑下）

霍子丰　（追着妻子）我不明白，这些花，单买比现在便宜得
　　　　多，卖花的跟我说因为配在一起才比较贵的，可为什
　　　　么刚回了家，就得拆散了重装呢……（之后他一直尾
　　　　随着妻子）

　　　　［沈明丽将第三个花瓶放在沙发旁边的地板上。

霍子丰　你怎么能放在那儿呢？过来过去的踢着怎么办？（沈
　　　　明丽不理，仍是不停地将花瓶四处摆放）这不行，这
　　　　不行，哪有这么放的？

　　　　［他们的儿子不屑于理睬，霍远达则饶有兴味地观看。

苏小雅　我来帮忙吧。

霍　然　你对你未来的哥哥嫂子倒是挺关心的啊？

苏小雅　你不关心吗？他们是你的爸爸妈妈啊。

　　　　［灯突然灭，一切都陷入了黑暗。

霍子丰　怎么了这是？

沈明丽　停电了！灯都不亮了。

霍子丰　瞧瞧吧，都是你折腾的！

沈明丽　这跟我有什么关系？

霍子丰　这得停到什么时候啊？

沈明丽　什么都看不见。

霍子丰　这怎么行？这怎么行？马上就要开始了，为什么偏偏

这个时候停电哪？

霍远达 应该是电力系统负荷过重，自动跳闸了。

霍子丰 这可怎么好，这可怎么好。

霍 然 你们急什么，等一会儿有人把闸合上就没事儿了。

沈明丽 也不能就这么黑灯瞎火地站着呀。

霍子丰 我们去合闸吧。

霍远达 哪有打火机？先打着火，点支蜡烛再说。

沈明丽 茶几上有一个，我给你拿。

霍子丰 你别乱动！

〔花瓶的破碎声。

霍子丰 哎呀！我就知道！

老太太 小达、小达啊，我刚找了新的花样子，想让你替媳妇选一个，怎么一下子就黑了……

霍子丰 妈您别出来！（又有花瓶被踢碎）

〔一片混乱，抱怨、尖叫与花瓶破碎的声音杂在一起，折腾了好一会儿。

〔灯突然又亮了起来。场内一片狼藉，满是水、碎玻璃和踩坏的花朵。

〔几个人稍稍静了静，逐渐地脸上带了微笑，正打算大笑一场的时候，霍远达发现未婚妻不见了。

霍远达 哎！小雅呢？

沈明丽 真的，哪儿去了？今天这是怎么啦，不是少了这个就是少了那个的，呵呵呵呵。

霍远达 刚才乱糟糟的，我们也没注意她。

霍　然　　呵，不会趁乱逃走了吧？

霍远达　　别瞎说！

沈明丽　　她能上哪儿去呢？

老太太　　哎呀！我就知道！我一不留神，你们就得翻天，说说
　　　　　你们这群孩子啊。

　　　　　[苏小雅由沈明丽的卧室内走出，身上穿着红色礼服。

　　　　　[静场。

苏小雅　　我在这儿，我没走。我前天到这边来的，昨天买了礼
　　　　　服，明天去拍照……再过 10 天，我就要结婚了……
　　　　　所以，我到这儿来住……我发了好多请柬，请了好多
　　　　　人……都请了，我的中学同学还有小学老师，他们到
　　　　　时候都会来。（停顿）想起来，有点儿怪似的，我想
　　　　　象不出来那天会是什么样。可，肯定会顺利的，都是
　　　　　安排好的，按部就班……到时候，我就把自己嫁给
　　　　　你了。我想你是爱我的，我……也是爱你的……我
　　　　　不知道，说不清楚。（停顿）我是一定要结婚的。所
　　　　　以，所以我把自己嫁给你了。我还买了这么漂亮的婚
　　　　　纱……（她发现自己穿错了礼服）啊……穿错了……

　　　　　[众人笑了，大笑不止，仿佛很久都没有这样笑过，
　　　　　几乎难以抑制，停不下来。

　　　　　[久久地，他们终于在苏小雅错愕的注视里静了下来，
　　　　　都看着她。

　　　　　[静场。

苏小雅　　（扑哧一下也笑了）我……穿错了……黑乎乎的……

怎么，就穿错了⋯⋯

[主题音乐以舒缓的节奏响起。

[光收得很慢很慢，光线消失的时候苏小雅仍旧笑着，
仿佛找不到其他表情。

全剧终

借"契诃夫方法"反映当代生活

——以《新娘》的创作实践为例

安 莹

论文摘要

话剧《新娘》系本人受到契诃夫最后一篇短篇小说《未婚妻》启发，再结合好友的真人真事创作的一出五幕喜剧。鉴于本次创作所涉及的故事素材在情节、人物、主题等方面均与契诃夫小说存在诸多相同之处，因此在戏剧写作过程中，本人也有意识地借鉴了契诃夫戏剧的结构和笔法，并在舞台演出时收获了预期的效果。

本篇论文是对本人反复研读契诃夫戏剧作品后，归纳出的"契诃夫方法"的总结，本人将这些方法应用于自己的戏剧创作，对这些方法进行实践检验与修正，从而在一定程度上实现了编剧法理论与创作实践的连接。

论文正文共分三个部分：

第一部分主要讨论本次创作内容层面的经验。论文由笔者的创作素材切入，对这次基于真人真事的创作进行简单介绍。随后，论文对情节、人物、主题等内容层面的创作及调整过程进行总结，讨论的问题包括：原型素材与大师作品的事件、人物存在相似性时，如何借鉴大师经验？如何更为精准地提炼、确立戏剧主题？如何在此主题指导下对人物、事件进行进一步萃取、加工？

第二部分主要讨论本次创作形式层面的经验。论文对本次创作中借鉴契诃夫笔法的写作技巧及其产生的效果予以总结及分析。涉及的话题包括剧本的谋篇布局、叙事手法、场面开掘与心理冲突处理等诸多方面；

第三部分系基于以上内容和形式两方面的创作经验，对此"契诃夫方法"在内容和形式两方面显现出来的特征进行归纳，对内容与形式之间的有机关系进行剖析，对"契诃夫方法"之于今天的戏剧创作的有效性给予论证。

关键词：当代生活，契诃夫，编剧法，创作实践

目　录

绪　论

（一）研究目的

《新娘》系本人受到契诃夫最后一篇短篇小说《未婚妻》启发，再结合好友的真人真事创作的一出五幕喜剧。鉴于本次创作所涉及的故事素材在情节、人物、主题等方面均与契诃夫小说存在诸多相同之处，那么在戏剧写作技法层面假若也借鉴"契诃夫方法"，是否能更好地激发这个故事的戏剧内核呢？

带着这样的设想，本人开始了这一次充满不确定性的创作之旅。通过反复研读契诃夫的小说、戏剧作品，尝试对其创作手法进行归纳总结，并将这些总结应用于本次创作实践中，本人完成了话剧《新娘》的剧本，并在合作伙伴们（制作人老象、导演姬沛等）的帮助下排演登台，先后在北京人艺实验剧场、上海话剧艺术中心戏剧沙龙进行了商业演出。通过 15 场的演出，我和我的伙伴们回收了排练、演出的全部成本，达到了收支平衡，这样的票房成绩并不突出，但对我和我的伙伴们却是不小的鼓舞，这个成绩说明这出戏获得了观众、市场的认可，是有生命力的，也从一个侧面说明了本人所总结的"契诃夫方法"或许还不十分准确，但却是行之有效的。对这些方法进行归纳总结以对今后的创作有所启发，这是本篇论文的第一个研究目的。

在这一次模仿式的创作实践中，除了借鉴大师的技法手段外，本人还生出了更多的疑问：作为现代戏剧史上独具风格又影响绵长的戏剧大师，契诃夫戏剧在内容（情节、人物、主题）与形式（结构、语言、风格）两方面的独特性都体现在何处？两者的有机关系是怎样的？以往，也有学者对以上问题进行过探讨，但这些讨论大都停留在契诃夫既有作品的文本分析层面，本人的研究与之最大的不同点即在于我所采用的是归纳与演绎相结合、理论与实践相结合的研究方法，不仅是概念性、逻辑性的思考，而且通过实践去求证。这种理论与创作相结合的研究方法与本人的研究方向——编剧理论与创作实践的专业定位是一致的。由此，对"契诃夫方法"在内容与形式两个层面的特征及其有机关系进行总结，并通过戏剧实践对之加以印证，从而尝试建构可应用于当代戏剧创作的"契诃夫方法"，这是本篇论文的第二个研究目的。

（二）研究意义

剧作法的研究始于亚里士多德对于古希腊悲剧的研究，随着人类社会的发展，剧作法历经古希腊、古罗马、中世纪的时代变迁，又经莎士比亚、莫里哀、易卜生等剧作家的实践，及贺拉斯、莱辛、狄德罗、黑格尔、阿契尔、贝克、劳逊等理论家的总结，几经演变逐渐形成了丰富多样、行之有效的剧作方法。随着工业社会文明的发展，传统剧作观念已经很难满足表现现实的创作需要，现代主义戏剧随着时代的要求应运而生。

现代主义戏剧反映的是现代社会中人们的生活状态和精神危机，由于传统的剧作法已经很难满足表现现代精神生活的需要，于是戏剧人纷纷各辟蹊径，以自己的方式表达他们对于生活的感受，他们富于创造性的剧作风格逐渐形成新的理论，对于传统剧作法进行丰富、拓展。19世纪末以来至今的各种现代主义戏剧流派层出不穷，包括兴起于法国的象征主义戏剧、超现实主义戏剧、存在主义戏剧、荒诞派戏剧，兴起于德国的表现主义戏剧，兴起于意大利的未来主义戏剧等等，林林总总不一而足。这些新型戏剧形态，显现出明晰的反传统倾向和创新精神，在编剧、导演、舞台美术等各个方面对于传统戏剧进行着反叛与丰富。现代主义戏剧流派众多、个性突出，但是，众多研究者发现在它们风格各异的形态中有着一个共同的影子，那就是契诃夫。很多理论家都将契诃夫的戏剧看作现代主义戏剧的发端之一，是契诃夫为现代主义剧作奠定了坚实的基础。

进入新世纪以来，随着改革开放的深入，中国社会也发生着更加复杂的变化：随着信息化的迅速发展，我国也出现了工业与后工业、现代与后现代杂糅的种种现象。如何反映日新月异的当代生活，成为摆在每一个中国剧作者面前的必须面对的课题。笔者在《新娘》的构思阶段也曾因为传统剧作法在表现纷繁的当下现实生活中的力不从心而苦恼，并强烈地希望找到某种新的创作方法来补充传统剧作法的未及之处。鉴于《新娘》要表达的观点与契诃夫一贯的反庸俗主题的近似，并且契诃夫独特的潜流化、抒情性的手法也正是《新娘》写作所需要的。因此，在剧本的构思设计及编写阶段，笔者从契诃夫的剧作中吸收了很多宝贵的编剧经验，取得了比较理想的实践效果。将这些行之有效的创作手法进行总结与归纳，在契诃夫逝世百年纪念之际重新激发大师技法与当代生活之间的关系，对

"契诃夫方法"进行继承与发扬，这便是本篇论文的研究意义。

（三）研究计划

本篇论文计划通过三个部分展开论述。

第一部分在创作内容层面展开讨论。论述包括四个方面：真实故事及原型人物、确立主题、人物小传设计、文本与演出。

第二部分在创作形式层面展开讨论。论述内容包括五个方面：内心动作与心理冲突、高潮动作与开放结局、核心场面与场面开掘、心理线索与错位叙事、诗意现实与整体风格。

第三部分结合本剧创作，对契诃夫独特的编剧手法进行分析、归纳，论述内容包括六个方面：人物与原型、动作与冲突、高潮与结局、场面与风格、错位与交流、诗意与现实。

一、内容层面：情节、人物与主题

（一）真实故事及原型人物

喜剧《新娘》的构思来源于我最好的朋友的真实经历。她是一个温婉可爱的邻家女孩，在一家中型的公司做行政工作。好友漂亮、随和，有一个在国外留学的男朋友。男方外在条件很好，没有什么值得挑剔的，只是两人相亲认识后旋即确定了关系，紧接着男方便赴美留学去了。在我一个外人看来，二人相处时间较短，感情基础不是很牢靠。年近 30 的男友虽然远在大洋彼岸还不忘经常催促她结婚的事情。尽管女孩并不十分情愿，但也默认了这种关系。就这样，结婚的日期越来越近……对于即将步入婚姻的好友的前途的担忧促发了笔者为她创作一出话剧的愿望。

无论传统戏剧抑或现代主义戏剧都不能疏于人物描写。贝克曾在其《戏剧技巧》中指出："一个剧本的永久价值在于其中的性格描写。"[①] 在契诃夫的剧作中，人物描写占据着十分重要的地位，"运用详细的生活情节作为编剧的手段并不是契诃夫的创举。在这方面他走的是奥斯特洛夫斯基和屠格涅夫开拓的道路，但是他走得最坚定……如果说先前的剧作家较多的是拿详细的生活情节作为人物描写的补充，只是拿它当作背景，那么，契诃夫笔下的日常生活已经成为戏剧事件的一个因素。这就是契诃夫戏剧创作革新的出发点，产生这种革新的原因，是作家对生活有着新的看法。"[②]

从生活出发，将日常生活作为塑造人物的元素是契诃夫戏剧素材的独特之处。在此启发下，我在设定《新娘》的人物时，也尝试更多地使用人物在日常生活中的细节来塑造他/她们。源自近在身边的真人真事的创作背景与契诃夫的创作思路一致，也令我能够通过观察与回忆获取大量真实的日常生活素材，对这些素材进行汇总整理后，我初步拟定了《新娘》的出场人物并为他/她们撰写了人物小传草稿。

---

① 〔美〕乔治·贝克.戏剧技巧〔M〕.余上沅译.北京：中国戏剧出版社，2004：114.

② 〔苏〕玛·斯特罗耶娃.契诃夫与艺术剧院〔M〕.吴启元，田大畏，均时译.北京：中国戏剧出版社，1960：11.

《新娘》共有 6 个出场人物，他／她们都来自我身边活生生的人物原型。女主角苏小雅的形象源于我的好朋友，也就是剧本构思所借真实故事的当事人。

同样，笔者也能够在身边的很多人身上发现霍然的影子。他们都年轻气盛、单纯、容易头脑发热，即使年龄上早已成人，骨子里却还是个孩子。另外，一个与我曾有过一面之缘的陌生人为霍然的性格提供了更为鲜明的素材。那是个天真乐观的理想主义者，笔者是在一个沉闷无聊的座谈会上见到他的，虽然我至今不知道他的姓名，但是他慷慨激昂的发言却令我印象深刻。他为那个没有人重视的座谈会事先拟稿，稿子的内容十分不切实际，甚至幼稚可笑。令笔者记忆犹新的是那个人完全无视别人异样的目光和不友好的讪笑，满脸严肃地发表演讲的样子。他纯真的热情最终感染了我。笔者进行霍然人物设计的时候，那个陌生人念稿的情景一下子跳了出来，给我以很大启发，也令我笔下的霍然变得丰满鲜活起来。

沈明丽的人物原型是我的母亲，一个打心眼里相信生活是美好的人。看电视小品或者情景喜剧的时候，她的笑声总让人觉得那是天底下最可笑的事情，让人感到过分夸张，可同时又不由得被她感动。我的母亲还是个一刻不停的人，精力充沛干劲十足。这些我都应用在了沈明丽的身上。

霍子丰、霍远达及老太太的构思也从生活中来。为每个人物找到生活原型的创作方法，给笔者的构思奠定了基础。我与这些人物如此亲近，爱他们、关心他们、为他们担忧、被他们感动。生活为笔者提供了大量真实可信的细节，笔者尽力地将这些融会到了剧本中去，努力尝试通过他们的性格、关系，透析社会、展现时代。

（二）确立主题

事实上，本剧想谈的不是婚姻。之所以选择了婚姻题材，一来是顺应原型故事素材的真实面貌，二来也是因为这是每一个人都必须认真面对的人生大事，而现实中的确有那么多的人，尤其是年轻人对此会产生迷茫与困惑。通过新娘苏小雅的婚前故事，我想谈的是人，是日益格式化的都市生活里，身心失调的人们的错乱与迷茫。当人的身心出现了失调的时候，不仅结婚会有问题，工作、生活都会出问题。

社会学研究表明，在我国城市地区，中等收入者正在日趋成为社会人群的主体成分。而中等收入者为主体的社会结构是最稳定的社会结构。与此相应的，笔者发现在自己周围很多人的生活状态非常相似，他们在工作步入正轨和结婚成家以后，变得慵懒、萎靡起来，他们的人生不因失败挫折而终结、不因社会制约而黯淡，却因为没有远大的理想、世俗目标太早实现而呈现一种空心化的状态。笔者的很多朋友喜欢在饭局和聚会中靠闲扯八卦新闻来消磨时间，他们也经常自嘲，说自己过着一种"饱食终日，无所事事"的生活，每天都是"混吃等死"。但是，自知无趣的他们，没有勇气去突破自我，改变现状，不快乐却也将就着过。

经过一段时间的观察和思考，笔者反对慵懒的生活态度的观点愈加明确，由此价值立场而确立的戏剧主题也逐渐清晰起来。这涉及了身处小时代的当代人自身价值的寻找与实现的问题，是每一个人或早或晚都必须认真面对与思考的重大问题。

1. 历史境遇：反庸俗主题的合法性危机

当下中国"激烈的阶级斗争"已经过去、政治震荡渐趋平缓、社会日趋法治化。作为一个生长在城市里的普通人，我的同辈人大都要经历小学、中学、大学的学程，这样的人生是相似的、趋同的。在"学生的主业就是学习"的理念下与统一的课本相处至少 16 年的时间。高中生在决定未来专业之前普遍没有找到人生的方向，于是按照"热门"的社会眼光进行选择。一方面无形的社会习惯势力不允许其他的选择，另一方面不知不觉地裹挟在统一生活方式中的自我也无心去想。大学匆匆四年，然后是工作就业，结束了早八晚五的学生生涯，随即进入了朝九晚五的工作状态，从一种格式化进入另一种格式化，周而复始。需要指出的是，类如我辈 80 后这样的成长轨迹，与比自己晚近 10 年的人差别不大，回头看看，比笔者小一些的 90 后正沿着我们走过的路程随后而来。可以想见：未来很长一段时间里，年轻人的成长道路也将日益趋同。

时代环境的转变造成了人生观念的变化。与 50、60 年代出生的人不同，70、80、90 年代出生在城市里的年轻人，他们成长环境越来越相似，人生走向也愈来愈趋同，加之没有大起大落的人生经历，优裕的生活条件使他们成为驯良的一代。年轻人表面上的青春叛逆掩盖着的是他们骨子里的乖巧盲从。他们中的许多人迷失在了大众化的时代中、沉溺在时尚化的审美中。正是时代造就了苏小雅这样的典型人物。

　　处于生活洪流中的人们没有能力跳出来审视自己，他们更多地认同了这种模式化的生存状态，放弃了对于平庸盲从的审视与批判。笔者清楚地意识到《新娘》的反庸俗化主题，将与大众的观念产生对立、遭遇到普遍质疑。在很大程度上，时代的变化导致了人们生活态度的变化，使得《新娘》难以被受众认可，并造成剧作主题"合法性"的危机。

　　2. 坚持批判：直面现实的文化立场

　　笔者创作《新娘》的初衷，是希望将不乏荒诞性的生活现状展示出来，从而引发当代年轻人对当下生活的反思。笔者看到，为数不少的都市年轻人并不喜欢自己的生活方式，在其间得不到令其兴奋的快乐。但是，随着年龄增长，他们逐渐有了负担，开始供楼、供车，当每月承载还贷压力的时候，便不再有炒掉老板的勇气了。即便那些收入较低没有车房奢望的低薪职员，在失业期间并不减免的诸项保险也是不小的负担，这也逼促他们在失业的第二天便开始面试，以求尽快投入另一轮的朝九晚五。这就是都市年轻人相当普遍的生活轨迹，他们正在用自己人生最宝贵的青春换取那一份卑微的稳定，使生命在不知不觉间消失——它是被当事人自己放弃了的。

　　在这个日趋稳定的时代，社会结构无形地拘束着个体生活的可变性，那么，无奈的人们还要不要对一成不变却并不快乐的生活说不？亦如《新娘》里的霍然所提出的问题：怎么能这么随随便便地结婚？怎么可以放任人生在一次次盲从中倏忽而逝，放弃婚姻的幸福，抑或是希望与意义？甚而走向了无生气的庸俗泥沼？笔者需要再次指出，《新娘》要说的不是婚姻，而是对待生活的态度。

尤其是这个时代的年轻人，在他们青春勃发的岁月里，是否应当不假思索地丧失理想之心，俯就于习惯势力？如果青年群体没有突破前人的欲望与气魄，年轻的个体没有个人理想以及追求理想的愿望，那么社会如何发展，个人的希望与快乐又从何而来呢？

为此，笔者决定坚持反庸俗化的思想主题，即使遭到质疑，我也仍旧会坚持《新娘》的表达。明确并坚定了反庸俗的主题是笔者寻找适合本剧的编剧风格、技巧等的基础，也是笔者随后探讨问题的依据。

（三）人物小传设计

1. 苏小雅——走出自然主义的误区

在《新娘》具体的创作中，将原型人物引入作品并非一帆风顺。在《新娘》的人物构思阶段，笔者的思路总是跳不出原型人物的局限，这成了创作推进的极大阻碍。以苏小雅的人物设定为例，最初，我给她写出的人物小传是这样的：

> 苏小雅，25岁，公司职员。单纯懵懂的女孩，温柔漂亮。她是那种被动的靠本能生存的女孩，这并不是说她不够聪明，相反在琐碎的生活细节上她的细心与善解人意是相当的敏感和聪慧的。然而，当面对重大问题时，又几乎是有意地回避思考，哪怕危机就在眼前也拒绝去想，只是顺应着一切的发

生。潜意识里，她让自己相信到了"那个时候"，一切都会变好，都会自然地解决。因此，她不懂得说不，从不直接拒绝别人，比如面对霍远达的追求，甚至持续不断的求婚。慢慢地她不拒绝的态度成了默契，未经允诺的要求也就这样被默许了。与此相应的，当危机临头的时候，苏小雅能够想到的唯一选择就是逃跑，并且仍旧没有态度。

有人在读毕剧本人物栏之后说"苏小雅这个人在现实中占那么不多不少的一部分"，也有人说"我就是苏小雅"，"这戏就是为我写的"等等，这些评语证明了苏小雅人物形象的真实性及普遍性，是令笔者欣慰的。但是，这种理解有些世俗化，或者说与原型人物过分相似了，而没有上升到艺术的眼光与角度，有些自然主义了。似乎善解人意、乖巧懂事几个字便能够基本概括苏小雅的性格。

在进行具体的剧本写作时，苏小雅小传写得较为单薄，导致了诸多问题：人物形象有些模糊、动作也比较被动，也没有足够抓住人心的东西……为此，笔者对人物分析进行了拓展与丰富：

苏小雅这样的女孩身边总少不了追求者——男孩都喜欢她。大概在高中的时候，她开始了第一次恋爱。但是，苏是个老实的女孩，因此对待恋爱也总是专一的，她同每一个男朋友的交往都比较稳定，相处很长时间。苏小雅在恋爱时很注意分寸，从不做越轨的事情，直到大学毕业她和恋人也只停留在吃饭逛街拉手接吻的程度。霍远达是她的第三或者第四任男友，是从大学进入社会后认识的。苏小雅被对方的稳重所吸引，这与她学生时代的男朋友完全不同，是一种只有在社会中浸淫过的男人才会拥有的气质。

当然，霍远达是踏实、稳健、成熟的，拥有世俗层面公认优秀的全部条件：外表英俊、精通外语、海外留学的经历以及风光的工作。在苏小雅的父母眼中是绝佳的结婚对象。不过，苏小雅对此倒是并不关心，她是单纯的，没有那么多世俗的想法。当然，从另一方面来讲，苏小雅也有她过分单纯的一面，她不会去琢磨霍远达娴熟潇洒的温柔手腕是如何练就的，并不真正了解对方。另外，她对于自己的感情也没有足够的把握，不知道自己仍停留在喜欢的层面，算不上爱情，也没有深沉到维持婚姻关系的地步。她在霍远达的步步紧逼与家人朋友的鼓励推动下被动就范，为了息事宁人答应了求婚的请求，自己把自己推到了势成骑虎的窘境，权宜成了假戏真做婚期将至的局面。因此，苏小雅内心深处对于结婚的决定是忐忑不安的，她就怀着这种不为人知的踌躇走进了陌生的霍家。

　　审视丰富后的小传，我认为苏小雅仍旧过分依赖原型，甚而与人物原型一样的被动。似乎苏小雅的可爱只在外表，尽管她是漂亮、善良、拥有很多生活智慧的女孩子，然而在她的精神层面竟没有丝毫独特之处。她纯得像一张白纸，但这对于一个戏剧人物来说是远远不够的，这促使我重新审视对人物的设定是否存在问题。

　　劳逊曾经指出："戏是一连串有机结合的动作，产生这些动作的根源是各个个人和他们的环境之间的关系，即自觉意志和社会必然性之间的关系。"[①] 然而，连他自己都不得不承认，现代戏剧不再像过去那样强调人物的自由意志了。易卜生发表《卜克曼》的 1894 年，布伦退尔曾经抱怨说，"意志的威力正在削弱、松弛、瓦解"。现代戏剧尤其趋向于表现那些"不知道自己需要什么"的人的行动，醉心于潜意识、心理动机的挖掘表现。在大量的现代戏剧中，人物不再如传统戏剧那样具有坚定的自觉意志，并通过行动来改变情境，而是被动地被情境逼迫着做出反应。契诃夫这位以表现人物心理及潜意识著称的剧作家，其人物的行动方式也是特别的，"他（契诃夫）似乎以神经质的迟钝代替了易卜生的人物的神经质的紧张"。[②] 借鉴这种"神经质的迟钝"式的行动方式，我将苏小雅设定成了被动的人物，就像樱桃园即将被拍卖但仍回避着危机的朗涅夫斯卡娅一般，苏小雅在并不明白婚姻意味着什么，以及自己是否

---

① ［美］劳逊. 戏剧与电影的剧作理论与技巧［M］. 邵牧君，齐宙译. 北京：中国电影出版社，1999：128.

② ［美］劳逊. 戏剧与电影的剧作理论与技巧［M］. 邵牧君，齐宙译. 北京：中国电影出版社，1999：149.

真的想要结婚的迷茫状态下，任由婚礼在紧锣密鼓地筹备着。应当说这样的苏小雅是具备典型性的，其被动的性格也与本次创作的话题相合，但是我所遇到的问题也正是出现在这个被动性的塑造层面。

为了表现人物的被动，我令苏小雅一会儿惊慌失措、一会儿关心他人，这样的不一致的行为固然图解了任务的被动性，但也令人物显得散乱、缺乏统一性。她没有坚定而明确的信念，这使她成了一个无"心"的人物。戏在内心，这要求人物具有情感的复杂性及强度，而苏小雅散乱的行动并没有将其丰富的内心世界展现出来。我逐渐意识到苏小雅所缺乏的是那么一点梦想和想方设法达到梦想的强烈愿望。具体分析，我们发现苏小雅没有体会到过真正的爱情，她与男友的关系，似乎只能称得上喜欢，一种青春的萌动。那么将要走进婚姻的她，在内心深处会不会有一丝不甘呢？我相信是有的！

由这一点联想开去，苏小雅拥有梦想吗？在她这个年龄，又是这样一个单纯、干净的女孩，她对于未来、对于生活应当是怀有憧憬的。上班三四年的她对于千篇一律、缺乏创造性的工作是否心生倦怠？在内心深处，她真正向往去做的事情是什么？有的时候梦想很简单，或许就是找到一件真正喜欢的事情，愿意花一辈子去做它。当找到那件事并真的去做的时候，工作就不再是生存手段，而成为实现自我价值的途径，就是在向着梦想努力了。那么，什么能让她认可自己呢？经过一连串的联想，苏小雅的形象似乎丰满了些，逐渐地站立起来了。

2. 沈明丽——人物性格与戏剧主题

《新娘》中嫂子沈明丽的人物原型是我的母亲。最初，我将自己所观察到的母亲的诸多特点、细节应用在了沈明丽的身上，并设计了如下小传：

> 沈明丽　44岁，霍子丰之妻，单位科员，是一个打心眼里认为生活是美好的中年女人。她热情外露、精力充沛，或许有些粗枝大叶，但也是乐观的，比如她经常会自己笑起来。沈明丽对苏小雅的喜爱，以及对操办婚礼的迷恋固然有她沉浸其间的生活梦想，但其实也全然是某种发自本能的无私。当然，很多时候她的过分热情叫人受不了，甚至容易引发反感，也经常好心办坏事。

审视小传，笔者认为沈明丽这个人物的设计还算差强人意。或许她并不十分独特，类似形象其他文学作品中也时有出现，但是由于人物来自生活原型，拥有大量生活细节作为基础，人物在笔者心中的形象是鲜活而丰满的。与主要角色苏小雅、霍然搭配起来也能够达到性格上的反差、能够起到穿针引线的作用。但是，与《新娘》的主题相结合，这个形象的问题便暴露出来了：她的性格、行动似乎与整出戏的进展、与主题的揭示关系不是很紧密，甚至有些喧宾夺主。沈明丽的游离，牵扯观众的注意力，有时会把人们的思绪引入歧途。

就像劳逊在论及后辈作者对于契诃夫的学习时曾经指出过的那样："如果当代剧作家也通过琐细事件和情感的细微变化

来处理他的素材，结果反而会使动作的意义变得不明确。尤其那些琐细事件单纯地被用来描写那些和整个环境毫无关系的品质时，更是如此。"① 如上问题对于现代主义小情节剧作② 来讲是不可忽视的，因为与传统戏剧通过人物来体现、讨论戏剧主题的做法不同，现代主义小情节戏剧的人物就是戏剧主题。为了使作品达到更加完善的效果，对沈明丽游离于主题之外的性格进行调整是十分必要的。为此，笔者借鉴了《樱桃园》的人物关系经验，进行了如下调整：

> 沈明丽 44岁，霍子丰之妻，单位科员，是一个打心眼里认为生活是美好的中年女人。她热情外露、精力充沛，或许有些粗枝大叶，但也是乐观的，比如她经常会自己笑起来。沈明丽对苏小雅的喜爱，以及对操办婚礼的迷恋固然有她沉浸其间的生活梦想，但其实也全然是某种发自本能的无私。当然，很多时候她的过分热情叫人受不了，甚至容易引发反感，也经常好心办坏事。与之相应的，她的要求也如此简单，从不抱怨什么，或许只是一个赞许的表情，即使努力遭到丈夫儿子的否定而感到委屈也

① 〔美〕劳逊.戏剧与电影的剧作理论与技巧〔M〕.邵牧君，齐宙译.北京：中国电影出版社，1999：151—152.
② 大情节、小情节、反情节的提法源自罗伯特·麦基的故事三角理论。〔美〕罗伯特·麦基.故事：材质结构风格和银幕剧作原理〔M〕.周铁东译.天津：天津人民出版社，2014：43—57.

是瞬间的，旋即便又会精神百倍。

经过如此修改，沈明丽与霍子丰间无法沟通的夫妻关系与苏小雅允诺结婚的轻率举动便发生了对照，在很大程度上使人物性格与戏剧主题发生了关系，令全剧结构严密了许多。

3. 霍远达——时代新贵与格式人生

剧中新郎霍远达的形象源自笔者对于时下为数不少的精英人士的观察。他们年纪轻轻便拥有海外留学的经历以及大型公司中高层管理者的身份。笔者观察到，他们当中的很多人拥有极强的规划意识，喜欢用一种极其理性的思维，规划自己以及他人的一切事务，甚至在情感生活方面也是如此。譬如他们会十分严格地将女孩子划分为不同类型：什么样的女孩用来恋爱，什么样的女孩用来结婚。当自己处于不宜成家或者享受生活的规划期间，他们便选择那些开放有趣的女孩做做恋爱游戏；当自己到了应该成家的年龄，他们又如同转换阀门一般，去寻找那种踏实保守的姑娘走进婚姻的围城。

在普通人眼中，事业有成的他们无疑是时代的骄子、年轻人的楷模，这令他们中许多人不知不觉地带有了某种优越感，这在感情生活中也不自觉地流露出来。笔者观察到为数不少的青年才俊对待情感都带有不平等的观念。他们在潜意识中认为自己如果喜欢一个女孩，对她来讲该是无比的荣幸，加之此类人大都见多识广，经验丰富因而十分懂得博得女人的欢心，这更令他们认为自己没有可能遭到拒绝，尤其是那些没有多少恋爱经验的保守女孩则更应该是"百发百中"的。

霍远达就是笔者总结以上普遍现象浓缩而出的，是世俗观念中时代新贵的典型形象，我结合自己的思考为他写下了下面的人物小传：

> 霍远达　29岁，苏小雅的未婚夫，留美博士，经济金融类专业。他是普遍意义上的时代精英，受宠的成功男子，自我感觉良好的时代新贵。对于俊朗又温柔的他来说，搞定女人从来都是轻而易举的，因此经验丰富，并且十分懂得有行有止，进退自如。年近30的时候，他开始考虑稳定下来，苏小雅也适时地出现了，一个漂亮、可爱又踏实、乖巧的女孩，于是霍远达立刻做出了锁定她的决定。

在笔者看来，理性的规划能力是他们得以在世俗层面获得成功的凭仗，然而，崇高理想的缺失、满足于物质生活殷实的短视，也使得他们无从体尝追求自我价值才能获得的真正快乐。他们仍旧属于"庸人"之列。

（四）文本与演出

在自身努力及多方促成下，笔者的拙作《新娘》得以在北京人艺实验剧场及上海艺术中心戏剧沙龙上演，这些演出产生了比较热烈的剧场效果，赢得了许多的掌声。但是被搬上舞台的《新娘》却变了一番模样，令笔者几乎不敢辨认。

现代主义戏剧的一百余年也恰恰是导演从无到有、由弱变强的过程，现代主义戏剧的历史流变与现代导演的出现与发展密不可分，他们极大地改变了文学至上的传统戏剧模式。对于反映现代生活现状，剧作风格也具有现代主义风格特点的《新娘》来说，文本、演出与观众之间也凸现出现代戏剧由不同角度诠释所带来的多义性。

1. 二度创作的区隔变异

以《新娘》的排演来看，导演的二度创作与文本的区隔表现在对人物理解的大异其趣、对场面设置的气氛相左、对细节处理的意思不同等诸多方面。笔者发现，导演是从她的人生观念出发，对于《新娘》做出了自己的解读。以下是二度创作者在其导演阐述中写下的：

> "婚姻的基础是什么？是爱情吗？还是别的什么？婚姻本身又是什么？如果我们在不知道婚姻为何时选择了结婚，那么我们是否已经准备好承担婚姻之中的一切呢？我想，最后小雅是承担了，她的勇气大于霍远达。我们要看到她在经历一次被拷问后直接面对自己的选择：我接受婚姻。我希望结局是一副幸福的含着泪的微笑。含着泪是因为我们和小雅一样，在那一刻，我接受了婚姻，但我也接受了未知的将来。"

在如上观念的指导下，导演将演出的立意框定在了人们面对婚姻的态度方面。最终，舞台上的苏小雅欣然承担了结婚的定局，她甜蜜的独白仿佛对于这个选择无限满意。演出通过阖家上下其乐融融大团圆结局得出"尽管有所波折但结婚还是美好的"的结论。至此可以说，演出已经彻底颠覆了文本的原意，文本着意批判的东西在演出中被大肆宣扬。

演出与文本的背道而驰所体现的正是两种人生观念的不可调和，是对于批判庸俗的人生观与接受平庸生活的态度的对峙，这与《新娘》写作初衷产生了对应关系，至此两度创作的区隔变异也显得颇具深意、值得玩味起来。

2. 观演关系中的文本解读

一度二度创作者对于《新娘》的不同态度的观念冲突也体现在观演关系中。

有的观众直言不讳地表示："那个女孩为什么不结婚啊？如果是我肯定不会犹豫。"提出如上问题的大多是20来岁的年轻人。由此可以看出，文本与演出的抵触不仅体现出编剧与导演个人的分歧，更通过观演关系体现出当下年轻人的两种人生观念的冲突。

观念碰撞之外，观众对于戏剧的其他方面也提出了各自的意见：

有的观众提出《新娘》的冲突不够激烈、情节不够曲折，仿佛无戏可看，这涉及了现代主义小情节戏剧淡化情节及动作冲突、趋向内心化心理化的剧作风格；

有的观众看到《新娘》对当下现状提出了疑问，对庸俗的生活进行了批判，而没有提供出路、指出方向，他们对此也提出了质疑。而这些疑问实际上触及了现代主义戏剧更多采用开放式结局的做法；

还有的观众认为《新娘》现实有余而诗意不足，这则与现代主义戏剧对作品整体风格性的要求有关。

观众的观点不一而足，其中很多表现出他们对高度生活化的剧本风格的不适应，这种风格与契诃夫式的具有现代主义因素的剧作特点有关，对此笔者将在下一章节进行集中论述。

二、形式层面：结构、冲突与风格

笔者在明确了写作题材，并就题材本身进行了一定思考之后，找到一种适当的剧作风格便成了摆在面前的问题。对于现代生活的感悟及思考，要求笔者找到与之匹配的表达方式，而构思阶段体现出来的反庸俗的观点、典型人物的隐喻意义以及题材的生活味道，都使我想到了契诃夫。笔者认为，契诃夫由人物出发的朴素的现实主义风格与其不落痕迹的现代派技巧相结合，这些也都适用于《新娘》的表达。

（一）内心动作与心理冲突

1. 冲突的"内部化"

在《新娘》的初稿中，全剧高潮力度不够，这令戏显得疲软，使人产生"交不上火"的感觉。谈到高潮便不能抛开动作与冲突，高潮也是动作，是动作的顶点，动作顶点缺乏高度，暴露出动作冲突不够紧凑的问题。经过分析，笔者认为力度不够这一问题不仅存在于初稿剧本的高潮部分，其实也凸现于全剧的很多地方。

戏剧艺术的法则要求人物动作要目的明确、集中统一、因果相承，而《新娘》初稿剧本的动作恰恰是在统一性方面有所欠缺。在剧本中，冲突可以赋予人物动作以明确的目的及深刻的意义，集中的冲突更可以帮助作家从人物杂乱的动作线索中理出头绪。冲突决定着动作的内容和方向，并随其展开推进动作的发展。由此可以看出，《新娘》初稿中人物动作的问题，主要是因为笔者没有把握住其特有的戏剧冲突的缘故。

《新娘》是一出淡化情节、规避外部冲突，以求贴近生活原貌的戏。这决定了《新娘》的动作和冲突都要趋于心理化。契诃夫的戏以淡化情节著称，其人物在极其严峻的情势下也经常选择不作为的行动方式，他通过这种不作为的动作，凸显出人物异常复杂深刻的心理动作。与之相应的，契诃夫的戏也经常有意地减少甚至杜绝外部冲突的发生，而强调人物的心理冲突，将冲突也"内部化"了。

2. 心理冲突的层次性

剧中的心理冲突通过两个层次表现出来：第一层是两方势力格格不入的观念立场的对等存在。这种对立并不外化在面对面的争辩讨论或对抗中，而是通过人物动作透露出来，透露给某些人物，也透露给观众。以《三姐妹》第三幕奥里加与娜塔莎的对话为例，奥里加意识到两人立场的截然不同，以及这种立场差异所造成的无法交流，作为旁观者观众也同样意识到了这一点；第二层次表现在这种对立反射到人物内心，引起认识到这种对立的人物个体的激烈的心理冲突。还是《三姐妹》第三幕的对话场面，奥里加因为意识到了自己的无能为力而沉默，任凭娜塔莎喋喋不休，观众也可以感知到奥里加此刻的内心痛苦。这种冲突虽不能像传统戏剧那样在观众眼前针锋相对地进行，却体现在剧中人对日常生活的势力，以及他们与现实生活中一切庸俗琐事的无处不在的抵触上面。若令这两个层次的内部冲突反映在观众面前，则应当通过戏剧情境与人物的相互关系所形成特有的紧张感让观众可以感知。

　　以心理冲突的层次性来衡量，就会发现《新娘》初稿中动作及冲突的处理不当之处：笔者没有很好地把握住戏剧情境与人物的相互关系所形成的特有的紧张感。为此，笔者在修改中进行了改进。以一个片段为例，老太太和沈明丽在苏小雅还未结婚之前便急切地向她提出"打算什么时候要孩子"的问题，这令苏小雅十分尴尬，无言以对。女孩关于婚姻的遐想与老太太期盼儿子早生贵子的现实愿望之间发生了抵触，这便达到了第一个层次的心理冲突，接着意识到这种不可交流状态的苏小雅内心波澜起伏，这便完成了心理冲突的第二个层面。在这一场景中三个人物并未发生激烈的碰撞，在表面上仍是一团和气的，而其动作背后展现出的却是她们不可调和的两种观念。

　　就是这样，笔者在剧本细节中通过心理冲突的手法展现人物观念的对立，以突出动作背后的心理活动，从而加强了人物动作的统一性，令全剧紧凑了许多，高潮部分的强度也有所提高。

（二）高潮动作与开放结局

1. 人物的高潮

根据笔者的设计，《新娘》的高潮是在第五幕，由霍然、霍远达、苏小雅三人对话开始，穿插霍子丰送花不成的段落，直到苏小雅穿错婚纱的几组动作组成的。

基于《新娘》"人物即是戏剧主题"的特点，为了与淡化的情节、内心动作及心理冲突、高度生活化的场面等戏剧元素相符，笔者也有意地回避了传统戏剧的情节高潮，没有将高潮点设定在霍然、霍远达和苏小雅三人对话一场，没有让他们针锋相对地争吵冲突起来，而让他们各自都没能找到爆发点并因此都泄了气，从而延续了生活的日常形态。笔者认为，本剧贴近生活原貌的风格特点，决定了它的高潮应当是人物性格展现最充分的时刻。在笔者设置的高潮段落中，霍然表明了自己的态度，苏小雅在穿错婚纱这一象征性的人物动作中仍旧草率地做出决定，霍子丰与沈明丽尝试着以浪漫的行动改善关系，却双双在自己惯性的笨拙中毁了自己的行动……笔者认为这些人物的心理高潮，才是更加适合于本剧的高潮点。

2. 主题、形式与开放式结局

《新娘》剧本采取了没有给剧中人物指明出路的开放式结局，在首轮演出结束后遭到了一部分观众的质疑，他们说："你们说了这么多，但没有给我们答案，没有告诉我们应该怎样做。"这部分观众一定程度上是赞同笔者观点的，他们看戏认真，甚至在走出剧场之后轻声讨论："真的，为什么要结婚啊?"这些，都令笔者感动。同时，他们也因为戏剧提出的问题而迷茫:"如果我们的生活是错的，那正确的生活应当怎样呢?"他们求助于戏剧，求助于创作者，希望能够得到答案。但是，这些并没有在剧中给出。

我们知道，契诃夫也曾由于没有给剧中人、给观众指出明确的目标，而遭到过高尔基的质疑。但是，我们无法轻视契诃夫剧作的价值，他给出了面向新生活的明确态度，而将找寻新生活道路的探索留给了角色，也留给了观众。阿瑟·米勒曾对此有所评价:"这是些伟大的剧本，之所以伟大，不是因为它们没有作答，而是因为它们强烈地渴望去揭示答案，而在探索过程中把一整段历史领域引进了人们的视野。"①

笔者没有给出答案主要出于从以下几方面的考虑:

首先，笔者怀疑确定不移的万能答案的存在与否。或者说，笔者认为《新娘》未必适合明确的答案。这是由《新娘》的题材、风格决定的，本剧要表现的是一种生活状态，与契诃夫面对其笔下人物的态度相仿，笔者要表现的就是这种"活得不体面"的人生。我希望向契诃夫学习，不愿去直接地指责任何人，而努力把普通人的"不体面"的生活状态展示给他们看，促使人们反观自我。就《新娘》来讲，笔者需要一个开放式的结局，因为生活是开放的，我不能给生活一个明确的走向与答案。

其次，笔者阅历尚浅，在学养、洞见等各个方面没有达到

① Miller A. Conversations with Arthur Miller [M] . Univ. Press of Mississippi, 1987: 59.

为他人指引方向的远见卓识，我无力提出一个无懈可击的人生意见。契诃夫也曾对一位指责他视角狭窄的评论家回复说："没有人能对这世界上的任何事情都透彻地了解，一位心理学家也不应该虚伪地装作知晓那些自己本不十分了解的东西的样子。而且，他也不应该暗示别人自己无所不知。"

另外，笔者还认为时下中国观众在观看戏剧时仍抱持着在剧场里寻找答案的思维惯性。这种惯性与前面提到的盲从心理不无关系：人们在长期的工作、学习中过分习惯了接受逻辑、主题思想等固定的思维模式。因此，在某种角度可以说他们对于答案的要求未必是合理的。

（三）核心场面与场面开掘

1. 场面写作的困境

戏剧场面是戏剧情节的基本组成单位。笔者发现初稿剧本中以霍然为中心的几个场面都没能写好，而这恰是造成这个人物难以立住的重要原因。

以霍然大谈教育制度一场为例，这个场面可以说是其"大学生气质"[①]的全面体现。戏剧是选择的艺术，笔者选择要霍然"演讲"的内容，锁定教育制度，将苏小雅的关注点聚焦在工作，是与全剧主题有关的，如本文前面曾经论述过的那样，

---

① "大学生气质"来源于契诃夫名剧《樱桃园》中的角色特罗菲莫夫，他在剧中被戏称为"永远的大学生"，类如此的志大才疏的大学生气质的人物在契诃夫作品中非常常见，如小说《未婚妻》中的萨沙也是这一类人物之一。

学生的教育、成人的工作是人物性格形成的社会原因与环境背景。同时批评时弊的热情很适于展现霍然的"大学生气质"，有所疑虑而安于现状的态度也能够突出苏小雅的性格。正如《海鸥》第二幕中特里果林与妮娜交谈一场，充分展现了特里果林一样，《新娘》的第二幕霍然与霍子丰、苏小雅争论的场面，对于霍然的人物塑造来说也是至关重要的。

然而，遗憾的是笔者没能将自己心目中的霍然塑造成具有说服力的具体形象，总是不能把他写到位，尤其没能写出原型人物感动笔者的那种独特的可爱之处，反复修改仍不见效果。笔者认为，这些问题恐怕与笔者对契诃夫的现代主义风格场面的独特性缺乏足够的认识有关。

2. 高度生活化的场面

与传统戏剧在场面中推动情节的做法不同，现代主义戏剧在场面选择上有意规避那些情节发展跌宕起伏、人物命运大起大落的场面。契诃夫在《樱桃园》中将拍卖庄园的场面放诸幕后，而把不合时宜的舞会挪至前台便是最好的例子。在这些淡化了情节、命运，又没有激烈的动作冲突的场面中，剧作者展现给观众的就是人物在喝茶、闲聊、偶尔斗嘴中展现出来的态度和态度背后的性格。这在很大程度上压缩了场面在情节事件方面的纵深感，而大大地拓宽了展现人物性格、人物关系所需的"平面化"特性。

与之相应的，现代主义戏剧在人物对话的形式方面，也一反传统戏剧两人对话的形式，而更多地采用了多人对话。一个场面中对话人数的增加极大地降低了对话的清晰度，而提高对话语义结构的复杂性，从而削弱对话传递信息的功能，强调其展现人物性格及关系的作用。在对话当中，重要的不再是人们说了什么，而是他们怎样说。

3. 比较之中看场面

经过分析，笔者认为《新娘》初稿中场面的问题在于，没有展现出人物丰富的心理动作，看起来他们只是在单纯地对话，在言辞间直接地冲突。人物情绪的变化单调、生硬，与契诃夫式的复杂丰富，差之甚远，于是戏显得干巴巴，没有趣味。《新娘》里霍然大谈中国教育制度一场，与《樱桃园》第二幕特罗费莫夫谈论"自高自大的人"一场是具有可比性的。

在《新娘》的创作中，笔者构置了生活化的情境，也有意让人物在谈话时停留在自己关注的话题中，以展现他们的性格——一个小男孩煞有介事地议论着自己根本无法深入了解与把握的社会问题——那情景应当是可笑的。在笔者的设想中，观众应该笑，笑他的"学生气"。然而，当观众笑累了、剧场静下来的当儿，看到的却是男孩浑然不知地滔滔不绝，那情景又是感动人心的，人们会发现这个男孩的可爱之处：他如此真诚、如此严肃地思考着我们这些社会人已经懒于去计较的问题，这些真的就那么不值一提吗？当然，以上一切都是笔者一厢情愿的美好设想，遗憾的是我没能把握住，不像契诃夫，能够将场面写得浑然天成。

特罗费莫夫的长篇大论是从他与罗巴辛的斗嘴开始的，这引出了他对罗巴辛的评价，态度傲慢但也相当准确。这让"大家都笑了"，大家笑的是特罗费莫夫评论的精辟。这时瓦里雅插话了："彼嘉，倒还是给我们讲一点行星的故事吧。"她是在给罗巴辛解围，她爱罗巴辛。接着，关于罗巴辛的话题中断了，关于"自高自大的人"的话题就要被引出来了：

　　柳鲍芙·安德烈耶夫娜：还是接着我们昨天的话谈一谈吧。

　　特罗费莫夫：昨天我们谈什么来着？

　　加耶夫：谈的是自高自大的人。

　　特罗费莫夫：昨天我们谈了很久，始终没有得到什么结论……①

　　演讲之前我们就已经发现，这个话题是没有任何意义的，特罗费莫夫甚至忘了它是什么。它的出现只是因为剧中人无所事事，因为总要说些什么，所以就来谈谈"自高自大的人"—— 一个毫无意义的话题。但是，这还是令特罗费莫夫兴奋起来，他就是这样的人——有激情而不很实际。值得一提的是，这个演讲前的小段落让读者、观众不自觉地将注意力更多集中在特罗费莫夫的动作状态上，而不是他演讲的内容。当然，两者是紧密联系，而不是彼此脱节的。

　　而后，特罗费莫夫以先发制人的口吻批评了加耶夫的旧有意见，提出放低姿态、去工作的观点，又在加耶夫横生枝节的反驳下，发表了一篇关于死亡的绝妙理论。加耶夫以调侃反

---

① 〔俄〕安东·契诃夫.契诃夫戏剧集〔M〕.焦菊隐译.上海：上海译文出版社，1980：376.

驳："那我们也照样得死不是。"他则用玩弄概念的诡辩术来回敬："而死，又应该做什么解释呢？"这令我看到了特罗费莫夫的好胜之心与敏捷反应。之后，他不再顾及别人的反应，愤世嫉俗地论述起俄国知识分子普遍的无所事事、骨子里的不学无术与喜爱空谈而无所行动的特点。在完成了长篇大论之后，他住了嘴，表示自己不喜欢空谈。

至此，长篇大论无疾而终，我们对于自负又不切实际的彼嘉这个"永远的大学生"的性格倒可算是透彻地了解了。

从前面的分析可以看出，既然在契诃夫的场面中人物对话的内容已经无关紧要了，那么他们谈话、行动所透露出来的心理线索便尤其重要起来，深入开掘这些场面的关键在于把握住人物的性格，把人物在特定情境中必定会有的心理动作充分挖掘出来，从而取得较好的戏剧效果。比对契诃夫的场面，笔者发现自己更多的是从外部效果来考虑场面的写作，而没有细致地揣摩人物心理，也没有很好地利用人物差异的立场来开掘他们各自的心理动作。致使《新娘》的场面没能达到期望效果的原因，正是忽略了从人物性格、人物内部心理去挖掘，是创作方法的本末倒置所造成的。

找到病因后，笔者对场面进行了进一步的分析：

安排好情境是深入开掘场面的前提。在这一场面之前，霍然与苏小雅已经有过接触：男孩因为女孩闯入了自己的生活感到不适应，女孩初到"婆家"正局促不安之时便遭到"晚辈"抢白，但她以自己温和的应对软化了对方；霍然与父亲的争论中苏小雅巧妙的插话缓和了两人的僵持；霍然知道苏小雅是为了结婚这个人生大事来到家里的，对此中来龙去脉有所了解，并且偶然地听到了她与未婚夫的电话……以上情境没有传统戏剧中酝酿外部冲突的尖锐性，但作为一个力求更加贴近普通人真实生活的现代主义作品，以上情境已经比较具体。

在确定了具体情境之后，还需要对于人物有足够的了解。欲要充分发掘情境中人物的戏剧性，即需深入研究这些人物，研究其心理线索、情绪的起落。笔者把霍然称为具有"大学生气质"的人物，在我的想象中，他应当是一个个头不高，其貌不扬，甚至有些丑的男孩子。他应该性格内向，话不多，有些自闭，不善于跟人沟通。另一方面，他封闭在自己的世界里进行着同龄人不愿接触的形而上的思考。在不了解他的人看来，这是个不太可爱的男孩，不会说话、固执、爱钻牛角尖，是那种即使在大家都笑起他的天真的时候，仍旧浑然不觉的"轴人"。然而，一旦窥视到了他的内心，善良的观众尽管会对他的行动发笑，却不会讨厌他，反而会被他所感染，因为他单纯、相信理想、有勇气，虽然很多时候是不切实际的，但也是可爱的。

在完成了情境设置与人物分析之后，笔者对原有场面进行了修改：

霍　然　我就知道，因为中国的教育就是这样：所有的人都一窝蜂地奔着一个方向去，可都不知道自己要的是什么，等挤过瓶颈以后又都涣散一片了，没有多少人能独立思考，为自己的人生目标努力奋斗的。

苏小雅　是啊，现在大家都是大学学历，可是大学
　　　　四年学下来的东西和实践根本就是脱节的，
　　　　真的上了班，特别不适应，很紧张，全都
　　　　应付不过来，老是怕自己做错了似的。

霍　然　要我说完全没必要这样，现在所有的人都
　　　　考大学，可他们其实什么想法也没有，上
　　　　大学不过是去玩儿的。就算大学毕业也不
　　　　过多了一些找不到工作的毕业生。与其浪
　　　　费资源也培养不出人才，还不如让大多数
　　　　人高中毕业就去学一门谋生的技能，然后
　　　　早点儿工作，也不必像现在这样浪费四年
　　　　的时间。四年的时间多宝贵啊，就那么白
　　　　白地浪费掉了。

苏小雅　那么多的大学毕业生啊，我们四年级的时
　　　　候，找工作特别困难。那时候最怕的就是
　　　　去招聘会，人潮汹涌的，挤在里面都绝望
　　　　了，真可怕。

霍　然　必须得有变化，可能需要时间，10 年、20
　　　　年总该够了吧？但关键是要有举措、有变
　　　　化，不然就永远停滞不前、恶性循环，现
　　　　在就是恶性循环。就是因为人们的想法都
　　　　不对头，一个只想普普通通过日子的人为
　　　　什么要去受高等教育呢？一个秘书的职位
　　　　何必招收硕士学历的人呢？完全地浪费资

源，这道理多简单啊。

苏小雅　如果真能向良性方面有一些变化，可就轻松多了。

霍　然　所以说必须要有魄力，得把以前的一切都推翻，都忘掉，打破一切传统思维方式的束缚，彻底改变观念，瓦解他们，把他们都解构掉。还有就是不能整天抱着什么美国经验、日本经验、欧洲经验不放，以为是什么至理名言似的，其实根本行不通。如果只知道模仿别人用过的方法就永远找不到属于自己的东西。想要行之有效就必须找到某条别人没走过的路，全新的方法，只属于我们自己的方法。对于单调乏味的线形思维进行创造性发挥，要得到颠覆性的构想只有发挥创造性的思维才行。

苏小雅　你可真不简单。我像你这么大的时候，只知道抱怨课业负担太重了，可没想过这么多。

霍　然　我的同学也都是这样：只知道抱怨，可什么也不想，只知道啃书本，但不知道自己是为了什么，一点儿人生目标都没有。当然啦，他们也有他们的"前程"。

苏小雅　也挺怪的，刚开始上班的时候虽然累，可特别有干劲儿，每作完一份报告都特有成就感，可现在工作两年了，好像什么都成

　　　　　　　了套路，做事情都不用太动脑子的，一点
　　　　　　　儿新鲜感都没有了。每天上班下班两点一
　　　　　　　线，自己也觉得没什么意思。

霍　然　　那你就该辞职啊，换一份别的工作。

苏小雅　　不，我并不是讨厌现在的工作，只不过没
　　　　　　　有最初那么喜欢就是了。我的收入过得去，
　　　　　　　周围同事关系好不那么复杂，上司也和气，
　　　　　　　还经常有一些聚餐什么的……

霍　然　　这你怎么就满足了呢？生活应该是激情澎
　　　　　　　湃的，就是要不断接受挑战。没有面对挑
　　　　　　　战的勇气，人生就没有意义。

苏小雅　　我不能。

　　在修改的版本中，笔者着力分析两个年轻人的心理线索：苏小雅没有那么多深刻的想法，她的反应都比较感性，更关注于自己的感受，例如：回忆自己淹没于就业大潮中时的恐慌、期望大环境发生有利于自己的"良性"转变等等浅层次的想法，她完全站在自己的立场去"理解"霍然的话。与之相对的，霍然则沉浸于自己宏图大志的侃侃而谈里，他需要别人的认可，当他得到了苏小雅的回应时，便认为对方是在认同自己，而并不思考对方的话是否文不对题，受到了"鼓励"的他愈加地滔滔不绝起来。笔者循着他们各自的心理线索编写语言，从而一定程度上展现出来了两人各说各话的无法交流的状态，作为第三者的观众能够从这种交流不上，而又不自知的状

态中得到快感，并读到他们的内心，从而了解两人的性格。应当说，以上修改虽然没有达到契诃夫的水平，但与初稿比较，还是有所进展的。

（四）心理线索与错位叙事

现代、后现代以来，戏剧的叙事风格有凸显平淡化、日常化的趋向，现代主义戏剧的代表作者契诃夫在此潮流中创设出独树一帜的潜流化叙事，他的剧作有着淡化情节、规避激烈的外部动作冲突，以及平面化等诸多特点，这样的审美、风格取向呼唤着新型的叙事手法，其中"错位叙事"便是契诃夫剧作中较为常见的一种。在《新娘》的创作中，笔者便大量地借鉴、使用了错位叙事的手法。

1. 反映现代生活状况的错位叙事

错位是符合现代社会人的生存状况的，其中无法交流的人际关系是生活错位的一种具体的表现。这种错位的、交流不上的现象在现代派剧作尤其是荒诞派中被凸现、夸大，蔚为大观，是现代主义文学，尤其是戏剧文学的一个重要的课题，其中存在主义戏剧和荒诞派戏剧是这一课题的集大成者。存在主义哲学集中论述了人与人之间无法交流的存在状态，并将这种观点表现在戏剧作品中，荒诞派更感性地将演出形态错位化了。

在《等待戈多》《秃头歌女》这些荒诞经典中错位的无效交流比比皆是，成了达到荒诞效果的主要手段及触及荒诞主题的重要线索。而最初依靠其敏锐的洞察力发现错位现象并在其作品中不落痕迹地应用错位手法的人却是契诃夫，从麦德维坚科不懂玛莎的不幸，到奥里加与娜塔莎的互不理解；从万尼亚射偏的子弹，到樱桃园主人们面对庄园将被拍卖命运的不作为……错位的叙事手法是无处不在的。

2.《新娘》中的错位叙事

《新娘》整体的情节设置中蕴蓄了错位的结构关系：处在婚姻漩涡边缘的苏小雅懵懵懂懂，即使在婚期越来越近的当口，也说不清自己到底想不想结婚，甚至拒绝去想一想。而与此事无关的沈明丽却兴奋莫名地积极筹备，霍然则着急上火极力阻挠，甚至当着众人的面跳出来对苏小雅进行指责。

大结构内的具体场面也不乏错位的效果：开场处沈明丽与霍子丰各说各话、新娘出现后老太太和沈明丽互不相关的抢话，都是利用错位手法达到一定的戏剧效果。其中笔者比较满意的是剧本第五幕因为停电而引发的一个短小场面：

[灯突然灭，一切都陷入了黑暗。

霍子丰　怎么了这是？

沈明丽　停电了！灯都不亮了。

霍子丰　瞧瞧吧，都是你折腾的！

沈明丽　这跟我有什么关系？

霍子丰　这得停到什么时候啊？

沈明丽　什么都看不见。

霍子丰　这怎么行？这怎么行？马上就要开始了，
　　　　为什么偏偏这个时候停电哪？

霍远达　应该是电力系统负荷过重，自动跳闸了。

霍子丰　这可怎么好，这可怎么好。

霍　然　你们急什么，等一会儿有人把闸合上就没事
　　　　儿了。

沈明丽　也不能就这么黑灯瞎火地站着呀。

霍子丰　我们去合闸吧。

霍远达　哪有打火机？先打着火，点支蜡烛再说。

沈明丽　茶几上有一个，我给你拿。

霍子丰　你别乱动！

　　　　〔花瓶的破碎声。

　　霍子丰着急看电视，所以最关心电力的恢复，甚至莽撞地
要去自行合闸；霍远达则理性得多，提出的意见也最为实用；
沈明丽仍是不假思索的行动派；霍然是个闲事不管的少爷，自
然只是袖手一边发发牢骚……

　　及至具体动作方面，也不乏错位的痕迹。苏小雅决定结婚
却穿错婚纱的动作，也如万尼亚舅舅射偏的子弹一般，将一切
拉回到起点。

　　在写作中，笔者真切地体会到：只要循着人物的性格及
其心理线索去写，类似场面便会自行出现，甚至层出不穷。如
此生成的段落浑然天成，完全不必担心会有强用技巧的俯就之
感。就像契诃夫强调的那样："必须是生活怎样，就怎么样，
人本来是怎么样，就怎么样，而不是夸张的。"现实的观察记
录抑或叙事技巧的应用已经不那么容易分清了。

（五）诗意现实与整体风格

1. 诗意的重要性

大多数现代主义戏剧都站在传统戏剧反动的立场，它们在剥除传统戏剧剧作形式束缚的同时也丧失了这种形式所带来的风格统一性，因此为了使作品、流派得以成立，现代派作品对于作品的风格性强调尤甚。这在契诃夫的戏剧中就表现为其剧作随处可见又大象无形的诗意韵味。能否进入诗境是庸俗与高雅的分界，契诃夫在其剧作中摒弃一切造作夸张透露出庸俗气息的技法、格调，而以自然抒情的基调、手法代替之，在其作品中渗透出诗意美的意向，这与其反庸俗的一贯主题是一致的，也与抒情性戏剧所要求的生活基调相符。因而，假如《新娘》中缺少了诗意的韵味，也便疏远了抒情性的主题要求，与反庸俗的精神实质产生了隔膜。为此，笔者也努力地将诗的意象融会到《新娘》的写作中去。

当迷恋武侠的霍子丰为了连续剧即将结束而怅然若失的时候，那情景或许有几分可笑，但也是富于抒情意味的，因为他在其中寄托了自己关于美的向往，是个可爱又可怜的小人物；《新娘》发生在洋灰森林淹没的当代都市，笔者难以如契诃夫那样大量地借自然抒情。然而我相信关于美丽事物向往的真纯是四海皆一的。因此，当霍子丰发自内心地称赞苏小雅婚纱装束的美丽时，那情境与情境背后的真诚之心是具有诗意的；第一幕中沈明丽一下子回忆起年轻时的情景，一个停顿倏忽间穿越了几十年的光阴，是生命浓缩而成的诗行；在全剧结尾处，苏小雅穿错婚纱的动作具有象征意味，一袭并不合体的红色婚纱，一句不知所措的"穿错了"中饱含的无尽言语也是有其韵味的。

　　2. 我对营造诗意风格的实践心得

　　在写作中，笔者在诗意现实的营造中略有心得，总结如下：

　　（1）"越是生活，越富有诗意"

　　劳逊曾精辟地指出：诗并非与现实格格不入，相反，诗是对现实的一种更尖锐的感知力量。同时，也必须采用辉煌热烈的诗的语言才能将现实的丰富性予以压缩。当然，这里所谓的"辉煌热烈"并不是局限于韵文的窄小概念，一句普通的话同样可以意味深长，也就具有了诗意。"假如要在当代戏剧中发展诗的形式，这些形式就必须来自当代用语的丰富性和形象性。"[①] 由于劳逊是在《对话》一章中涉及诗意问题的，因此他对于诗意的诠释也局限在对话的诗意性上，但是，笔者认为其对于诗意与现实的观点完全可以拓展到戏剧的各个层面。

　　契诃夫从不用华丽拗口的韵文、无源之水的象征来达到文辞上的诗的形式，他只写朴素的真实的语言与动作，他的诗意是内容上的。就像丹钦柯曾说过的那样："契诃夫不是从生活的'高耸的巅峰和深邃的渊底'观察生活，而是善于从'我们周围的日常琐事'去观察生活。他的戏剧不是建筑在表现特殊的闯入生活的事件上，而是建筑在平庸的、习以为常的事物和人们的幻想与憧憬的冲突上。"这与他作品中平淡无奇中散

---

① 〔美〕劳逊. 戏剧与电影的剧作理论与技巧〔M〕. 邵牧君，齐宙译. 北京：中国电影出版社，1999：359.

发的意味无穷的诗意是相辅相成的，正如高尔基所说的那样："越是接近生活，越是生活，越富有诗意。"

在《新娘》的创作中，笔者也在着力地捕捉生活中沉淀下来的真实感受，并将之升华。其中，比较满意的是霍子丰送花一场。

霍子丰这个从来不懂得表达的男人，经历了几天来鸡飞狗跳的生活变奏，竟然学到了一点儿浪漫，去为老婆买了一束鲜花。是家中新婚喜气的影响？或是弟弟买花的启发？抑或兼而有之？……行动在意料之外，却也是情理之中。当霍子丰只顾着嘟囔抱怨自己被淋湿的衣服，而根本忘记送花的时候，他实际上彻底地毁了这一生一次的浪漫举动。与此同时，一向聒噪的沈明丽则呆若木鸡不知如何回应，没有感谢、没有笑容，她惊呆了。随后，沈明丽开始神经质地分拆、装瓶，进进出出，她也笨拙地毁掉了这一生一次的浪漫时刻。然而，笔者相信观众能够感受到其中的味道，要知道霍子丰是因为第一次买花才会被水弄湿，沈明丽则因为完全出乎意料才不知所以。两厢的反常、笨拙碰撞在一起，正将这个没有完成的送花场面渲染到情绪的顶点。笔者认为这应当可以算作诗的境界了。

霍子丰送花一场的构思首先来源于笔者真实的感受，而未能送出的结果又升华了素材，巧妙地将意味提升了——这一场是我的得意之笔。然而，由于生活积累不够，这样真实而诗意的场面在《新娘》中太少了，它显得单薄孤立，无法与那些琐碎无趣的场面相抵，甚至有被之湮没的势头。而在契诃夫的作品中诸如此类以及更加精妙的场面却是鳞次栉比接踵而来，它们形成暗潮涌动的潜流将诗的韵味浸透始终。

（2）细微处的分寸感

诗意的反面是庸俗，而庸俗与诗意经常只是一步之隔。原本富于诗意的场面或许就因为尺度把握上出现偏差而毁于一旦。

在《新娘》写作演出过程中，分寸拿捏上的问题也困扰着笔者。以霍子丰送花一场为例，在笔者看来，演出时的这一场面便在分寸感上有失水准：由于担心观众看不懂霍子丰是为妻子买花，演出中演员故作羞涩而生硬地做出送花动作，沈明丽的扮演者则还之以甜腻的拥抱，随后霍子丰再大声地抱怨弄湿的衣服，那样子看起来不像羞涩而仿佛是在邀功一般。虽然演出现场气氛还算不错，甚至从观众的笑声里大有火爆噱头的效果，然而那些廉价的笑声丝毫不能慰藉笔者的悲哀。在我看来，这一场面微妙而深沉的诗意，已然在直白的表演中丧失殆尽，终于无法令我释怀"撒狗血"的恶感。因为我相信：虚伪的东西必定是没有诗意的。

应当说，不够含蓄的问题不仅在演出版本，在文本中，很多时候人物的语言及态度不够含蓄，太过直白，都令戏显得干涩、没有余味，例如初稿中的霍然与苏小雅大谈教育制度一场中便是如此。诸如此类的场面令整出戏油腻了起来，甚而庸俗得可怕。

笔者为那些没有诗意的死的场面而痛苦，几乎要像特里波列夫那样哀叹了："我觉得自己现在却一点一点地掉到老套子里去了……这多平凡啊……多么苦恼啊！"[1]确实如此，除去

---

① 〔俄〕安东·契诃夫.契诃夫戏剧集〔M〕.焦菊隐译.上海：上海译文出版社，1980：161—162.

在编剧基本功及技巧方面的不足带来的诸多问题，笔者也遇到了与特里波列夫相同的问题：缺少生活的滋润。然而，这是在短期内难以解决的问题了：它依赖于生活与诗才的双重基础，是最不易操作的。然而，诗意的能力也是一个创作者必须具备、无法回避的重要课题，有待于笔者在今后漫长的创作道路上去丰富、成长。

三、"契诃夫方法"：对契诃夫编剧手法的再思考

契诃夫的剧作为现代主义戏剧奠定了坚实的基础，也是笔者在创作阶段比照的典范与摹本。从纸上谈兵的归纳总结到亦步亦趋的模仿，再经过创作实践的体验与修正后，我将"契诃夫方法"总结如下：

（一）人物与原型

契诃夫喜欢将生活中一些真实的人以及他们的纠葛引入到他的剧本创作中去。《海鸥》的构思与和他发生过感情纠葛的米奇诺娃、波塔片科的关系极其相似；《三姐妹》的构思则来自受到了他长期交往的林特瓦烈夫一家的影响……在大量使用原型素材进行创作的同时，契诃夫从未陷入自然主义的误区，他将人物原型为己所用。我们注意到，特里波列夫像列维坦一样，因爱情失败而试图自杀，并同样的未能死成。但是特里波列夫文学事业方面的苦闷则又与列维坦无关了；特里果林融合了两度拒绝米奇诺娃和毁灭了她的波塔片科的双重气质，但是

他也拥有契诃夫兄弟以及作者本人的创作痛苦；尼娜的原型米奇诺娃的生活完全地死去了，而尼娜则生死未卜且仍在行动，这一点上她们迥然不同。

契诃夫的人物总是看似被动地承受庸俗势力的进攻而无力反击，但是他（她）们并非消极等待无所作为。以《三姐妹》为例，她们"决不像我们当时所演的那样，沉浸在自己的痛苦中。正相反，她们像契诃夫本人一样，寻求生活、快乐、笑、勇气。契诃夫笔下的人物想活而不想死"。①

契诃夫淡化情节和外部冲突，他的观点经常不是通过情节结构纵深化地揭露出来，而是在放射状的人物关系中平面化地展现。在《樱桃园》中，即便是次要人物，其性格的每个侧面也都与全剧的主题息息相关，无论认不清自己身份的杜尼亚莎、"二十二个不走运"的叶比霍多夫，抑或"多余人"夏洛蒂、自私的雅沙都与朗涅夫斯卡雅、加耶夫这些主要人物暗合，这种相关极其自然，没有丝毫附会痕迹地与"一群不中用的东西"这个对"樱桃园群体"的总的观点相应。

在契诃夫的作品中，人物性格与作品主题的相关性是尤其重要的。"我们可以说契诃夫的兴趣在于人物性格，而不在于作为一个整体的社会。但他对性格感兴趣的地方是性格如何发生作用。"② 与传统戏剧作者们通过人物来体现、讨论社会制度

---

① ［俄］斯坦尼斯拉夫斯基.我的艺术生活［M］.瞿白音译.上海：上海译文出版社，2002：318.

② ［美］劳逊.戏剧与电影的剧作理论与技巧［M］.邵牧君，齐宙译.北京：中国电影出版社，1999：150.

的做法不同，契诃夫的人物就是社会制度。

在反映当代现实生活的戏剧创作中，那些源于生活的人物容易陷入表面化的误区。笔者在《新娘》的初期创作阶段就遇到了人物过分"自然主义"及次要人物与主题无关等困境。但是，契诃夫通过他精湛的人物写作手法避免了这些问题：他不仅令那些人物在血缘、身份上发生关系，更在性格、心理上发生关系；他不仅令那些人物相互间发生关系，更令他们每一个人的性格都与全剧主题发生关系。由此编织出来的人物关系网便更加紧密、深刻，形成象征的潜流。

（二）动作与冲突

契诃夫的剧作虽然没有激烈的冲突性的外部动作，但其内部冲突却相当尖锐，从而形成内在的紧张感：于平淡中构置紧张感是契诃夫剧作的又一大特色。这种内部冲突体现在相反立场的两方人物各自的积极动作上，从而造成两方势力此消彼长的行动特点。人物间几乎没有出现过正面的冲突，即使有也被放逐到了幕后，他们错位地共处着，以两种格格不入的立场发出差异化的声音。

这种错位的行动将人物所持观点的冲突性呈现给观众，也令无法交流的人物心理压力逐渐增强，推进内心冲突激化。特里波列夫感受着时间的流逝和自己缺乏才气的浮泛文字，他只能独自忧愁；谢列勃里亚科夫的暮气在无限地蔓延；三姐妹一点点丧失着亲人、财产和未来，她们无能为力束手无策；樱桃园拍卖之期一天天临近，樱桃园的主人们除了聊天和偶尔掉掉眼泪无所行动……

　　人物的命运逐渐清晰起来，观众见证他们在一次次错位的行动中加快着命运的脚步，终于到了忍耐不住的时候，精神崩溃：特里波列夫受不了二流作家的无望宿命，举枪自杀；万尼亚受不了自私卑微的谢列勃里亚科夫，向他开了枪；伊里娜受不了外省生活的烦闷重压和莫斯科愿望的遥遥无期，她答应了伯爵的求婚。但是这些行动并没有改变什么：特里波列夫单纯地死了；万尼亚默认了供养谢列勃里亚科夫的"旧约"；三姐妹去不了莫斯科，伊里娜更失去了未婚夫；樱桃园不改被拍卖的命运，旧日聚集的人群星散……

　　无望中突然激发出来的希望与长期的忍耐相互渲染，是契诃夫剧本中紧张感的来源之一。契诃夫的过人之处还在于，他能够将这种心理上的紧张感发挥得淋漓尽致。"契诃夫主人公的处境十分可怕之处，恰恰也就在于他们不仅不能达到社会的决裂，而且也不能达到个人的决裂；他们在内心方面都是孤独的，可是却不得不共存共处。正是由于这个原因，那个死气沉沉的'偶像'谢列勃里雅科夫对他妻子的亲近，对他敏感、朴素和有自我牺牲精神的女儿的亲近，才那样令人窒息的可怕。"[1]

　　内在的冲突很适宜反映当代现实生活，也赋予戏剧现代性风格。有意规避过分戏剧化的外部冲突和离奇曲折的情节的做法，使得作品更加真实可信，无形中拉近了舞台与观众的距离，更能促使观众融入剧情反观自我。

---

[1]　〔苏〕玛·斯特罗耶娃．契诃夫与艺术剧院〔M〕．吴启元，田大畏，均时译．北京：中国戏剧出版社，1960：71．

（三）高潮与结局

与契诃夫戏剧的动作冲突的内化相符，契诃夫戏剧的高潮也有其独特性。

在短篇小说中，契诃夫便经常运用"不了了之"的巧妙手法，避免情节到达顶点，不到事情收场便先把故事结束，使人从他所讲的情事里寻味出他未讲的余事或后事。《一个带狗的女人》中，一个中年男人和一个年轻女人相好，自觉生平初次领略爱情的甜味。但是他家里有老婆和孩子，只好偷情幽会，不能称心欢聚，那女孩子因此很感委屈，怄气哭了一场。他也明白长此下去，终非了局，得找个妥善办法。于是两个人仔细商量："解决的办法看来一会儿就可以商量出来，辉煌的新生活就可以开始。"至此故事初现顶点的端倪，却也已经是叙事的末尾。一对情人在密室里打主意的场面，正是所谓"富于包孕的片刻"。至于他们究竟"商量"出什么"办法"，读者从人物的性格和处境自去推断，作者不花费笔墨。以淡化了情节性外部冲突进展的契诃夫戏剧也是如此，他的戏也理所当然地去除了传统戏剧的情节高潮，而以人物的心理高潮代替之。而这又与他以人物性格为中心、以人物关系为主题的戏剧结构是一致的。

（四）场面与风格

以淡化情节著称的契诃夫，其戏剧的场面是富有特色的。斯泰恩曾经对他的戏剧场面进行过概括："对于那些观看契诃夫的观众来说，一个突出的问题是要把一大群高度个性化的人物都得以注意到，因为契诃夫习惯于写全家的人。观看他的剧作成了一种观察相互影响和推测相互关系的训练，必须不断地根据人物及情境的前后关系来解释为什么某事要这样说或这样做。看戏尚且如此，那么对于编织人物纷繁的群戏场面的作者来说，所依赖技艺的精湛程度就更是可想而知了。"[①] 他敏锐地指出了契诃夫善写群戏场面，以及在人物关系及人物心理方面做文章的特点与技巧。契诃夫的场面都具有现代主义"小情节"戏剧的场面趋于"平面化"的典型特征，现总结如下：

（1）群戏。将很多人放在舞台上，放在生活化的情境中，然后展现他们；

（2）语言的交响。场面中人物的对话更多地采用多人对话的形式。人们说这说那谈东道西，话题时而中断、时而转换、时而接续。关键是，这些只活在自己世界里的人们，视野狭窄地关注着自己关心的那点东西、说着自己立场的话语。面对相同的事件，反应不一。如此处理是因为契诃夫场面的焦点并不是人们说了什么，谁占上风，谁对谁错，而在于谁在说和如何说。由此，我们清晰地看到了这些人物的内心世界以及他们的相互关系，不仅是血缘、朋党这样的外部关系，更是他们喜爱、憎恶、赞同、反对等的心理关系，这样我们便深入地把握住了他们；

（3）突出焦点。场面的重点不在于发生了影响人物命运的

---

① 〔英〕J.L.斯泰恩.现代戏剧理论与实践〔M〕.刘国彬译.北京：中国戏剧出版社，2002：124.

重大情节，而在于将某个或某几个人物置于场面的焦点，从而不露声色地突出着什么，展现着什么，准确而潜移默化地指向作者面朝的方向。

契诃夫这种独特的场面设置方式并不符合传统剧作模式清晰明确的要求，但此类场面在表现人物性格及其细微心理方面具有极大的优越性，是不应被忽视的。

（五）错位与交流

早在独幕剧创作阶段，契诃夫便开始使用承袭自传统通俗喜剧的错位手法。用叶尔米洛夫的话来说："契诃夫真是精通了通俗喜剧的艺术手法；他知道，比方说，在通俗喜剧里，一种情感关系的逻辑和另外一种恰恰相反的情感关系的逻辑交织在一起，永远是可笑的；在通俗喜剧里，按照惯性继续发展着的前一类情况和关系的逻辑，在不知不觉间已经被另外一种完全不同的、恰恰相反的新的逻辑取而代之，永远是可笑的。在《蠢货》里，先前的敌意和仇恨和已经代之而起的爱情交织在一起，是可笑的；从敌意转变为一种完全不同的、恰恰相反的情感，也是可笑的。"[①]契诃夫在童年时代便迷恋上了观看戏剧演出，长期浸淫着他的通俗喜剧氛围潜移默化地影响其创作。甚至直到晚期作品《樱桃园》，夏洛特的形象也颇有马戏小丑的影子。

当然，契诃夫不会止步于此。如果说在《蠢货》《结婚》

---

① 〔苏〕叶尔米洛夫.论契诃夫的戏剧创作〔M〕，张守慎译.北京：人民文学出版社，1960：13.

等独幕剧中错位手法的运用还没有突破传统通俗喜剧的套路的话，那么在《海鸥》以后的成熟剧作中，契诃夫便已经将错位手法运用自如，创造出了颇具个人风格的叙事技巧。

以樱桃园第一幕罗巴辛与朗涅夫斯卡雅、加耶夫等人的对话为例。罗巴辛与其余人明显地无法沟通，连他自己都说："跟你们谈谈这个那个……"言外之意是：就是不谈庄园拍卖的事啊。而与此事无关的罗巴辛可是忙不迭地要谈谈秋天的拍卖和他了不起的提案。但他得到了什么呢？加耶夫说："你谈的都是废话。"朗涅夫斯卡雅则说："我不大懂你的意思。"罗巴辛不厌其烦地解释自己方案的好处，可朗涅夫斯卡雅拒绝砍掉樱桃树，"如果说全省之内，还有一样唯一值得注意，甚至是出色的东西的话，那就得算我们这座樱桃园了……"罗巴辛则千万个不理解："你这座樱桃园，有什么出色呢，也不过地势宽大就是了。"此处，实用主义的罗巴辛和审美立场的朗涅夫斯卡雅等人都是真诚的，但他们没有相互理解的基础，根本无法交流。于是，费尔斯关于早年间樱桃干的老生常谈，立马把话题引开了。可当罗巴辛这个不识趣的家伙还是把话题往回扯时，终于被加耶夫斥为"简直是胡说！"罗巴辛生闷气准备走人时，由于心里不舒畅借机发泄骂人反而引来说他是"乡巴佬"的取笑。以上人物各说各话的错位交流对观众来说是妙趣横生的。

当然，契诃夫的错位手法不仅在传统通俗喜剧效果方面有所拓展，更创造性地成了抒情场面的重要手法，甚至拿来表现悲剧性的压抑心理。在《三姐妹》的第二幕，安德烈向费拉彭特倾诉痛苦的段落给人以深刻的印象。

安德烈诉说自己的烦闷、大学的旧讲义、破灭的教授梦。然而，对于这些昏聩的费拉彭特是根本无法理解，更谈不上恰当的回应了，他说："我一点儿也说不上来……我没听清楚……"安德烈是了解这一点的，他说："如果你真能听清楚的话，也许我就不跟你说了。"与之相对，费拉彭特却凭"莫斯科"的线索胡诌起来，信口杜撰了吃馅饼撑死的人的奇闻，他们两人一闹一闷前言不搭后语地"交流"着，直到安德烈的忍耐到了极限。

> 安德烈：真荒谬。（看书）你到过莫斯科吗？
> 费拉彭特：（沉默了一下）从来没有。上帝没有叫我
> 　　　　　去的意思。（停顿）我可以走了吧？
> 安德烈：去吧。再见。①

安德烈的那个短语"真荒谬"无疑是一个值得玩味的双关语，再加上他低头看书的动作，这些都是典型契诃夫式的含蓄笔法。这时，连迟钝的费拉彭特都感到了什么。当然，即使有所察觉，费拉彭特想到的也会是"他对我的话不感兴趣""我被他讨厌了"甚或从那句有关上帝的对白里透露出些许点委屈等浅层次的想法，所以经过一个短暂的停顿，他主动要求离开了。至此，对话结束。人物那种挥之不去难以表达的愁苦情绪

---

① 〔俄〕安东·契诃夫.契诃夫戏剧集〔M〕.焦菊隐译.上海：上海译文出版社，1980：276.

可是完完全全地传递给了观众。

契诃夫戏剧美学上的独特性，在很大程度上取决于他的伦理观点，契诃夫的创作是内容与形式两者的有机统一，错位手法的运用也是如此。契诃夫极大地拓展了戏剧舞台上错位的叙述手法，诸如此类的手法在其作品中比比皆是，这首先来自契诃夫对于现代生活的敏感把握，他感受到了人们之间存在无法交流的状态与关系，以及这种关系的精神实质。正因如此，契诃夫的错位，不仅体现在人物与人物交流的场面、片段上，在全剧结构上也充满了错位的设置。

当樱桃园将要面临拍卖的命运时，与此利益相关的庄园主仿佛没有半点紧迫感，倒是罗巴辛这个局外人一个劲儿地着急上火，绞尽脑汁想出各种办法"拯救"樱桃园；忍无可忍的万尼亚向谢列勃里亚科夫开枪，却射飞了子弹；三姐妹充满了希望，尝试各种方法让生活过得更好，她们结婚、恋爱、工作，但其实根本不能影响挤压着她们的庸俗势力，到底被赶出了家门，夺走了亲人、爱人，落得一无所有。错位是契诃夫的技巧，更是生活的主题。

错位是契诃夫对于现代生活的观察及舞台动作外化，当我们处理当代现实生活中的类似状况时也可采用错位手法。

（六）诗意与现实

契诃夫对剧作整体风格性的强调体现于其作品中诗意的无处不在上。

他在那些给我们以深刻印象的人物形象中融会了诗意。勇敢追寻理想与爱情的尼娜、不漂亮却善良坚强的索尼娅、向往着莫斯科的三姐妹、相信几百年后美好未来的威尔什宁、孩子般面向"新生活"的安尼雅……她（他）们的性格中善良优美的天性、希望的情绪、新生活的向往以及对美丽的追求，这些美好的气质在庸俗气息的包围中一次次地复苏，在与庸俗的对比中凸现出来的美丽以及美丽的虚幻感——期望不是在人物的"现在"而是在几百年后的将来……这种不时流露的崇高的抒情的兴奋状态是富于文学味的诗意，是人物天性的诗意。

契诃夫还擅长在作品中浸淫自然的美感。在现实生活中，契诃夫十分喜爱自己亲手建起的花园。职业园艺师是契诃夫心中的英雄，那些破坏树木的人是他的敌人，他把人类看作是花园的守护者，是生长在整个地球上的万物的守护者。而契诃夫小说中的花园，更是"代表着高贵和优雅的地方"，他造就了依傍着索林庄园的迷人圆湖、海鸥鸣叫飞翔的天空、傍晚初升的皎月、阿斯特罗夫栽培维护描绘的树林、花朵绽开阳光灿烂的春日、遍野白花的樱桃园……毫无疑问，无论在契诃夫的心头或是笔下，大自然永远是诗意的。

如果说自然之美是契诃夫凭借空间营造的抒情主题，是直观而感性地进行渲染的。那么，还有一些东西则不那么易捕捉，譬如：时间经过浓缩所酿造出的生命的诗意。关于契诃夫文笔的洗练简洁已经是老生常谈众所周知的了，他在写作短篇小说时练就了简洁的笔法，这不仅表现在作品长度的短小精悍上，更成就了其内容的高度浓缩能力。"在字数不多的短篇里，契诃夫竟能够表现出人的整个人生，创造出完整的、独特的、几乎在每一篇小说中都毫无雷同之处的新的人物……无论在他以前，乃至在他以后，都还从来没有哪一个作家能够在小型短篇的狭窄篇幅里创造出如此不朽的形象，如此广泛的典型概括和如此经典性的鲜明性格。"[1] 契诃夫善于在较短的篇幅勾勒人的一生：《嫁妆》中那对毕其一生筹备嫁妆又总没有得到幸福婚姻的母女；《宝贝儿》里那个可爱的但却也是平庸的小女人奥莲卡；还有《约内奇》，一个被庸俗同化了变得了无生气的外省公务员……这些经过浓缩提纯的生命仿佛寓言一般深入人心。进入契诃夫的戏剧世界，独幕剧《天鹅之歌》中老配角瓦西里·瓦华里耶奇朗诵的诗篇是美丽的，然而更美的是他为自己人生谢幕的情境；《樱桃园》结束之后，费尔斯的话："生命过得真快啊，就好像还没有活过似的……"久久回荡挥之不去。在那些瞬间，眼前的时间仿佛静止了，而头脑中时间又疏忽穿越了几十年。像这样瞬间与永恒并置的一刻，没有卓越的诗才是不可能写就的。

　　谈到契诃夫剧本中的诗意，尤其不能忽视的是那些象征的意象。众所周知，樱桃园是并不存在的，"贵族的庄园里从来就没有樱桃园"，更没有哪本百科全书曾经记录过它，这完全出自契诃夫的想象。然而，斯坦尼曾盛赞"樱桃园"这个标题，他说："在它开花的一片白色里，蕴含着先前的贵族生活的诗意。"梅耶荷德也曾兴奋地写信赞赏它的"抽象"。樱桃园式的意象是前面所提到的一切是现象的综合。契诃夫在 1903

[1] 〔苏〕叶尔米洛夫.论契诃夫的戏剧创作〔M〕，张守慎译.北京：人民文学出版社，1960：5.

年写给斯坦尼的信中说:"剧本已在我的头脑中成形,剧名叫做《樱桃园》,共四幕,在第一幕里,透过窗子可以望得见樱桃花,一片白色的花园,妇女也穿着白色的衣裳。"在这里,白色的花园直接联系上了穿白衣的女人,樱桃园里生活着的人的美丽与脱离时代的性格与剧本空间发生了关系。而我们知道戏由早春开始至初冬落幕,时间的意象与樱桃园的开谢轮回,园中人的命运兴衰暗合。一切都是不落痕迹地潜藏在"樱桃园"这一标题意象之下。正如高尔基评价的那样,契诃夫的戏剧是"精雕细琢到象征程度的现实主义"。

契诃夫的诗意是现实与象征同在的,他将两者结合得丝丝入扣浑然天成。那么,是什么造就了如此完美的结合呢?"也许,问题的实质是在于,诗意没有外露,是隐藏在一个什么很深的地方,隐藏在那些形象的本质之内,它地地道道的平凡无味的表面是对立的。也许,只是在某些一时片刻这个表层,才突然暴露在外。"①契诃夫剧本的深刻诗意从来不是一览无余的,它们总是含蓄地潜藏在人物形象的背后。

含蓄是契诃夫美学研究的一个重要概念。契诃夫文字的含蓄首先来源于他一贯的客观态度。"契诃夫采取尽量客观的态度,不作任何有意的暴露,让所有剧中人物在观众眼前过着他们自己的生活⋯⋯但是这一部分人物的生活方式,总是排斥着另一部分人的生活方式,这迫使观众不得不把这种现象看作思想的冲突。这样一来,就显露出契诃夫戏剧中的冲突特点——

---

① 引自苏联电影导演格·科静采夫排演契诃夫作品时的工作日志。

尚未进入公开斗争的人们之间的抵触。同时，作者的思想并不是被导演强加在观众身上的，而是在观众的意识中逐渐地形成和诞生的。"[①]

这种态度在他不认同易卜生的理由中也可窥见一斑，"他（契诃夫）明确表示他不赞同易卜生的那种现实主义。毫无疑问，契诃夫看出佳构剧的形式与点缀仍在这位挪威作家的作品中所出现，如重大的冲突、现成的场面、事先想好的角色和态度，它们完全缺乏契诃夫本人在人们的行动中所看到的那种不动声色的讽刺意味……这位俄国人（契诃夫）觉得不称心的是易卜生所缺乏的幽默感以及他的说教者的姿态，而他自己的目的则是使他的剧中人物灵活多变，但他自己的思想却不明确地表达出来。"[②]

当然，这还是契诃夫的人生观念决定的。契诃夫相信，作家只是一个局部社会的见证者，或是旁观者，对任何问题都泛泛而谈毫无意义。他从不以全知全能者的口吻来写作，不会任意地玩弄自己的人物。另外，契诃夫还很看重自己的隐私，极其厌恶自我剖白。契诃夫在作品中写过这样一句话："我认为（隐私）是亲切的形象和感觉，我很珍视这些东西，并把它们深藏在心底。"即使是使用其札记的素材、进行原型人物的写作，他也会有所保留。

---

① ［苏］玛·斯特罗耶娃.契诃夫与艺术剧院［M］.吴启元，田大畏，均时译.北京：中国戏剧出版社，1960：196.

② ［英］J.L.斯泰恩.现代戏剧理论与实践［M］.刘国彬译.北京：中国戏剧出版社，2002：118.

无论出于什么样的原因，这种不直接进行评价、论断，而只着力于人物描写的客观性给契诃夫的戏剧以真实可信的感觉，从而避免了生硬、片面甚而虚假等诸多问题，而那些将会令其与感染人心的诗意无缘。这与笔者自身的创作感受是一致的：剧作整体的诗意格调不是可以刻意追求的某种包装，不是华丽辞藻堆砌的语言，也不是矫揉造作的大段抒情，诗意应当是由内而外、相由心生的真诚。

结　语

（一）"契诃夫方法"与《新娘》

《新娘》的作品构思来源于笔者身边的真人真事。当代社会结构的规范化令人们的生活也日趋格式化，个体价值消亡，独立人格缺失。这导致当代年轻人在日趋同质化的生活轨道中过早地慵懒起来、萎靡起来，这与一百年前契诃夫所处的时代，与他所担忧的彼时俄国人的精神状态不乏相似、相通之处。感悟于此，笔者发现好朋友由于轻许婚约而将自己引入左右为难境地的真实故事如此贴切地凸现出了当代人浑浑噩噩的生存状态。于是，我便由此真实故事出发，联系现实，提炼出了懵懵懂懂的苏小雅、"大学生式"性格的霍然、标准化格式化的时代新贵霍远达，以及沈明丽霍子丰这对无法交流的中年夫妇、沉迷于过去时代的老太太这一系列的典型人物。

《新娘》是我对于当下生活的感受和思考，写作是我释放郁积感受的出口。为了恰如其分地表达自己观察到的当下生活，打破现代人接受生活现状的惯性思维，触动他们疲惫而麻木的心灵，笔者需要找到某种形式、风格来进行表达。最终，我找到了契诃夫。

（二）"契诃夫方法"与当代创作

鉴于《新娘》的故事情节、人物设置和主题表达诸多方面都与契诃夫短篇小说《未婚妻》存在相似、相通之处，那么契诃夫在戏剧编写中的形式、技巧是否也适用于《新娘》的创作呢？带着这样的不能确定答案的设想，我尝试着将自己经反复研读总结而出的"契诃夫方法"应用于本次戏剧创作中，取得了卓有成效的成果及经验。《新娘》的成功说明"契诃夫方法"在处理当代中国现实生活题材的创作中仍旧是有效的。在本篇论文中，笔者就自己所总结的"契诃夫方法"及其在本次创作中的验证汇成心得进行了总结，现简单罗列如下：

（1）与传统戏剧借人物之口甚至讨论的方法宣喻主题的做法不同，现代戏剧中，往往通过人物性格及人物关系隐喻戏剧主题；

（2）当代戏剧的动作及冲突有内部化的趋向，要把握好这种内心动作和心理冲突，其关键在于把握住它们形成的不同层次及其通过差异性外化出来的"紧张感"。所谓内心动作和心理冲突的层次性是在规避外部冲突的情境下透露人物间格格不入的观念立场，从而达到动作及冲突的第一层次，而后这种立场差异反射于人物内心，造成其激烈的内心动作及心理冲突，这便达到了内部冲突的第二层次；

（3）当代戏剧趋于日常化的动作特点决定了戏剧动作的顶点——高潮也趋于内部化，由传统戏剧外部冲突最激烈的时刻转变为人物性格展现最充分的时刻；

（4）为了与没有结局的现实生活相符，此类戏剧大多采用开放式结局；

（5）当代的戏剧的场面也不像传统戏剧那样强调人物动作的内容，不再依赖于人物动作时揭露出来的信息，而是更加专注于人物动作时的状态，关注行动状态中显现的人物性格及人物关系；

（6）由于动作、冲突、场面等元素与传统性戏剧多有差异，当代戏剧需要通过某种有别于传统的叙事形式进行表达，错位叙事是其中较重要的一种；

（7）如同大多数现代主义戏剧对于剧作整体风格性的强调一样，抒情性对此类戏剧来讲也是至关重要的，诗的意境贯穿于作品通篇，从整体结构到每一处细枝末节。

或许目前我对"契诃夫方法"的感悟和理解还不是十分透彻，也未能在实践中运用自如，但是我希望能够将这些经验融入今后的创作中去，并在此后的创作中继续探索。

（三）"契诃夫方法"与当代现实

在编剧实践与理论研究的过程中，笔者对于契诃夫的编剧手法有了越来越强烈的体会：契诃夫总是直面现实生活，站在庸俗事物对立的立场，并由此生发出其一整套剧作风格与技巧；他通过人物性格及人物关系隐现主题，主次人物的性格经常呈现放射状的相关性；契诃夫戏剧的人物和人物关系是通过其特有的偏重心理化、内化的动作及冲突展现出来的；频繁出现的群戏场面及场面中较为常见的错位、对比等手法为人物展览提供了平台；当然，错位并不只是微观细节的叙事手法，也体现在全剧谋篇的结构形式；契诃夫选择了与自己性格相符的含蓄客观笔法，将诗的韵味融会于人物天性的塑造、自然美景的渲染、时光雕刻的细微、象征意象的营造中去，令其作品通篇都散发出诗的韵味……在契诃夫的剧作中，由主题到形式、由结构到技巧，共同构成了一个和谐的整体。

笔者认为，契诃夫剧作真正的价值不在于其人物的典型性、场面的独特性，或形式技巧的创新，而在于一切因素和谐依附的这一崭新体系，脱离这一体系单独孤立地谈其某一方面，如动作、冲突、场面抑或形式技巧等，则不可避免地将陷入到传统戏剧理论的语境当中，进而迷失于传统的判断标准，难以把握其真实价值。

契诃夫抛弃了传统的偏重情节性的戏剧模式，开创了一种偏重抒情性的新的剧作样式，更开启了现代主义戏剧创作的先河。在契诃夫诞辰 100 周年之际，他独创的偏重抒情性和具有浓厚现代主义风格的剧作方法，对于拓展我国创作者的创作思路、丰富戏剧创作的样式具有现实的指导意义。

参考文献

（一）专著

［1］李健吾．契诃夫独幕剧集（第二版）［M］．上海：文化生活出版社，1949

［2］［俄］契诃夫．契诃夫论文学［M］．汝龙译．北京：人民文学出版社，1958

［3］［苏］玛·斯特罗耶娃．契诃夫与艺术剧院［M］．吴启元，田大畏，均时译．北京：中国戏剧出版社，1960

［4］［苏］叶尔米洛夫．论契诃夫的戏剧创作［M］．张守慎译．北京：人民文学出版社，1960

［5］［苏］斯坦尼斯拉夫斯基．斯坦尼斯拉夫斯基全集［M］．史敏徒，郑雪来译．北京：中国电影出版社，1961

［6］［苏］耶里扎罗娃．契诃夫的创作与十九世纪末期现实主义问题［M］．杜殿坤译．上海：上海文艺出版社，1962

［7］［苏］马克西姆·高尔基，［俄］伊凡·蒲宁．回忆契诃夫［M］．巴金，李曦等译．北京：人民文学出版社，1962

［8］［德］莱辛．拉奥孔［M］．朱光潜译．北京：人民文学出版社，1979

［9］［俄］安东·契诃夫．契诃夫戏剧集［M］．焦菊隐译．上海：上海译文出版社，1980

［10］［德］莱辛．汉堡剧评［M］．朱光潜译．上海：上海译文出版社，1981

［11］［英］马丁·艾思林.戏剧剖析［M］.罗婉华译.北京：中国戏剧出版社，1981

［12］［俄］契诃夫.契诃夫手记［M］.贾植芳译.杭州：浙江文艺出版社，1982

［13］［英］威廉·阿契尔.剧作法［M］.吴钧燮，聂文杞译.北京：中国戏剧出版社，1983

［14］谭霈生.世界名剧欣赏［M］.长沙：湖南人民出版社，1983

［15］［苏］安·屠尔科夫.安·巴·契诃夫和他的时代［M］.朱逸森译.北京：中国社会科学出版社，1984

［16］谭霈生.论戏剧性（修订本）［M］.北京：北京大学出版社，1984

［17］［匈牙利］L.埃格里.编剧艺术［M］.朱角译.北京：中国戏剧出版社，1987

［18］［俄］契诃夫.契诃夫文学书简［M］.朱逸森译.合肥：安徽文艺出版社，1988

［19］［美］劳逊.戏剧与电影的剧作理论与技巧［M］.邵牧君，齐宙译.北京：中国电影出版社，1999

［20］［苏］帕佩尔内.契诃夫怎样创作［M］.朱逸森译.上海：上海译文出版社，1991

［21］［古希腊］亚里士多德.诗学［M］.陈中梅译注.北京：商务印书馆，1996

［22］［俄］契诃夫.契诃夫小说选［M］.汝龙译.北京：人民文学出版社，1996

〔23〕〔俄〕斯坦尼斯拉夫斯基.我的艺术生活〔M〕.瞿白音译.上海:上海译文出版社,2002

〔24〕〔英〕J.L.斯泰恩.现代戏剧理论与实践〔M〕.刘国彬译.北京:中国戏剧出版社,2002

〔25〕〔美〕乔治·贝克.戏剧技巧〔M〕.余上沅译.北京:中国戏剧出版社,2004

（二）期刊文章

〔1〕葛一虹.契诃夫的戏剧在中国〔J〕.戏剧报,1954,（6）:11—13.

〔2〕〔苏〕金格曼.契诃夫剧本中的时间〔J〕.蔡时济译.外国戏剧,1980,（2）:64—75.

〔3〕叶乃方.契诃夫戏剧中的"潜流"〔J〕.俄苏文学,1980,（4）:89—95.

〔4〕〔苏〕凯·鲁德尼茨基.契诃夫剧本中的美〔J〕.蔡时济译.外国戏剧,1982,（1）:83—160.

〔5〕王远泽.契诃夫戏剧创作中的"停顿"〔J〕.求索,1985,（4）:72—76.

〔6〕童道明.契诃夫与二十世纪现代戏剧〔J〕.外国文学评论,1992,（3）:10—17.

〔7〕童宁.《樱桃园》三题〔J〕.戏剧:中央戏剧学院学报,1992,（3）:141—144.

〔8〕王建高,邵桂兰.论契诃夫的戏剧美学观念及其革新实践〔J〕.文艺研究,1994,（6）:65—74.

［9］建兰.国内契诃夫戏剧研究新成果［J］.戏剧文学,1995,（7）: 57.

［10］李辰民.重读《万尼亚舅舅》——兼谈契诃夫的戏剧美学［J］.俄罗斯文艺,1998,（4）: 25—30.

［11］朱宪生.俄罗斯抒情心理剧的创始者——屠格涅夫戏剧创作简论［J］.上海师范大学学报（社会科学版）,1998,（1）: 95—100.

［12］马家骏.浅谈契诃夫的戏剧艺术［J］.当代戏剧,2004,（4）: 8—9.

认知戏剧·认知生活：对契诃夫的摹写心得

安 莹

2002 年，我考取了中央戏剧学院的研究生，从经济法专业跨越到戏剧文学专业，杨健老师是我的导师。在此之前，我很喜欢写作，而且勤于写作，只需要一个晚上就能写一集 30 分钟的短剧，五天能写一部一个多小时的大戏，旷课两节在图书馆剪剪贴贴再补充点串接的语言，就能把别人托我修改的"烂剧本"重塑成一篇面目全非的新作。我的戏在校园剧社排演，高深难解的情节和似乎很有文采的台词为我迎来过不少赞扬的话语。

在改变专业之后，我上的第一课就是戏剧的诗性品质。杨老师说"你要写戏啊"，我说"没问题，我不怕写戏"，杨老师说，"你写的不是戏"。杨老师给我上的第一课就是强调戏剧的风格品味，彼时的我并不能理解老师的意思，只是感觉被沉重地打了。那是我入学中戏的第一学期，当天教室里只有我和杨老师两个人，已经入冬了，天黑得很早，教室里昏昏暗暗，不知道杨老师有没有看到受到了打击的我在眼眶里转眼泪。后来很长一段时间，我都没有再写戏了。

不再写戏的日子我还是很能写，我成了一枚剧评人。那是 2000 年代初期，互联网在中国方兴未艾，我主持着一块戏剧评论论坛"天涯舞台艺术"，任版主。后来我又与论坛上结识的网友老象一起创办了"泛剧场"戏剧评论网站。在中国戏剧尚在低谷的那个时期，我和我的网友们，一群文青，过着每天看戏、聊戏、评戏的日子，我们这一群披着"马甲"的 ID 不从属于任何剧院、单位、学院，也不参加官方的研讨会、座谈会，而是在自由的网络空间发帖，这样的评论自然可以直言快语口无遮拦，我们是中国第一代独立剧评人。我的网名叫"任诞第十一"，凭着犀利的观点逐渐引发关注。我的身份也不再是秘密，中戏沈林老师跟我说的第一句话，"你是'斑竹'①吗？"是在学校小花园。作为半个媒体人，我很快认识了北京戏剧界的大咖们，他们都知道我是中戏研究生。于是，除了在报纸杂志发表评论赚稿费外，也零星会有剧组兼职的工作找到我。后来，"大导"林兆华问我愿不愿意给由他发起、北京人艺举办的第一届青年处女作戏剧展打杂，那是 2003 年。

从年初到年末，其间经历了"非典"的中断，现在看来那两三个月的疫情还是很短暂的。下半年，青年处女作戏剧展推出了黄盈的《四川好人》，顾雷的《拉斯科尼柯夫》《瞎子和瘸子》，康赫的《审问记》，赵淼的《6∶3》，胡磊和张蒂莎的《持有暂住证的胡磊和张蒂莎同学》，共 6 部作品，精打细算总投入 18 万元。在这一次执行制作的工作中，我积累了宣传、售票、演出报批、设备租借、人员组织、技术合成调配等演出

---

① 斑竹：21 世纪初期网络用语，特指 BBS 版主的谐音梗。

制作各环节的经验，为了次年能报送自己的作品和评审的公平起见（我第一年的工作包括两百余部剧本的初评），在第一届青年处女作戏剧展落幕后，我辞去了执行制作的兼职工作，重拾了间断两年的剧本创作。

重新开始写剧本是为了证明自己。尖锐的评论经常为我招来反唇相讥的质疑，"有本事你也做戏看看"，我想：我可以啊。另一方面，我也想向我的研究生学业证明：我是可以写戏的。于是，杨老师提出的最初的质疑重新回到了我的面前：什么是戏？为什么我从前写的不是戏？所谓戏剧的风格品味应当是怎样的？彼时我仍旧无从回答这些问题，但我想：契诃夫总不会是错的。来到中戏念书之后我才重新认知了契诃夫，以前他对我来讲只是不知道谁评的世界短篇小说之王之一，中学课本里摘录了他的《变色龙》；备考研究生的时候我才读了他全部的四部半剧本；入学之后我发现：在东棉花胡同，契诃夫代表着现代戏剧的桂冠。2003 年末，我和好友计算出次年是契诃夫逝世一百周年，我们说可以做一出戏，纪念大师之死。

最初的创作思路是做契诃夫小说拼贴，于是我开始通读八卷本的《契诃夫短篇小说全集》。在书籍上画满了重点，扉页上写满札记后，我读到了大师生前最后一篇短篇小说，他的遗作《未婚妻》。小说讲述即将结婚的 23 岁女孩娜佳，因为被远房亲戚萨沙追问而意识到并不爱自己的未婚夫，然后逃婚了。这是一篇相当契诃夫的小说，即将结婚的男女、百无一用的闲人等，都是常见的那些材料，但唯有这一篇小说照进了我的生活：这个娜佳就是我闺蜜啊！由这一点映照勾连开始，属于我的剧中人出现了，围绕她/他们的婚礼故事迅速成形，我摒弃了原本的小说拼贴的策划，决定为我最好的朋友写一出戏，在我的话剧《新娘》里，她叫苏小雅。

现实中，"苏小雅"是舞蹈队女生。"你在楼道这一头儿，她在楼道那一头儿，你根本看不清她的脸，但你就知道她是舞蹈队的"，这是我的中学学弟毕业多年后的形容话语：在我们那所重点中学里，舞蹈队女生就是一代代少年心目中最美的青春记忆。

我写《新娘》时，苏小雅23岁，经人介绍认识了一位名校精英。在21世纪初期，名校光环和海外留学是世俗眼光中最优质的代名词。他们确定关系后不久，男方便远赴美国求学并做好了移民规划，口头上他们已经订婚，并以结婚为前提延续着跨洋交流。在20出头的我看来，这段即将进入婚姻的关系好似积沙成塔危机四伏。我就是这样抱着"救世主拯救失足女青年"般的热忱进行《新娘》的创作的，我没有告诉苏小雅我在为她写剧本，直到首演。苏小雅是跟自己的新男友一起来看演出的，让我意外也叫我开心：我的"苏小雅"不是浑浑噩噩的女同学，无论戏里还是戏外。我与我的闺蜜是完全不同的两种人，但在很多事情上，我俩始终同频共振。

苏小雅的新男友是她大学舞蹈社的学弟。演出现场，他俩一起帮我卖节目单亲亲密密，后来他们结婚了，再后来，他们生了一个女儿，三个人一起慢慢变胖。

多年之后，我和苏小雅走上了完全不同的道路，她家庭幸

福定居上海，我孤身一人还在北京。去年相聚，她言语如飞地
讲述自己这一年来公公婆婆老爹老娘相继生病，和面对这一切
的她紧锣密鼓的生活。我看她已经生出星星点点的白头发（她
来见我不需要特意焗个黑油），比以往更加实地感受到我的
闺蜜由内到外散发的能量：这是个天生拥有幸福能力的女孩，
少年时代喜欢她的那些男孩子小兽般嗅到了她随身携带的幸福
因子，人到中年这些能量叫她在周末的傍晚采购卤味，准备回
家跟老公一起享受综艺。正如契诃夫的小说经常写到"多年以
后"，多年以后，苏小雅还是我的剧中人，用 20 岁的我未能想
象的样子，引导着 40 岁的我认知生活。

话剧《新娘》首演于 2004 年，原本想要参加北京人艺青
年处女作戏剧展，但是因为种种原因第二届戏剧展夭折了。失
去了资助与剧场扶持的我和制作人老象作出决定：各出资 2 万
元，再依靠票房收入滚入支付，自负盈亏地将这出戏搬上舞
台。自主出资之后，节省成本和票房收入成了我的生命线。为
此，我在学弟王悦（也是《新娘》的制作人）的点拨下，率领
两位学妹（孙扬扬和尹东君）组成宣传单小队分头行动，每天
背着上千份宣传单页到建国门国贸三元桥等高级写字楼密集的
区域扫楼。记忆犹新的是一家日本商社的办事处，来开门的是
一位中文夹带日本腔的小哥，我说"您的口音跟我的日本留学
生同学一模一样"，他说，"哎？"后来他买票来看了戏，戏后
还买了 5 元 / 册的复印剧本。交易剧本的时候我意识到他已经
不记得我了，但看到他来，我很高兴。

《新娘》在北京人艺实验剧场和上海话剧艺术中心戏剧沙龙演出了 15 场，付清了剧场租金、舞美服装、交通运输和剧组成员劳务等演出成本后堪堪打平，没有赚到什么钱，但也没有赔本。在市场化的戏剧格局尚未成形的 21 世纪初期，《新娘》能够做到场均九成以上的上座率，我很感恩那一次演出的经历。《新娘》之后我参与创作制作的所有的戏都没有依靠外来资助，不走艺术节路线，而是凭借票房回收成本。一出戏能否凭借实打实的观众购票实现自负盈亏是其是否具备基础生命力的第一指标，这一判断标准我至今坚持。

从经济法学士到戏剧戏曲学硕士，我的创作不是从系统地学习编剧方法，跟随体系化的课程循序渐进有条不紊地训练而成的。我的方法是摹写：仿照着契诃夫的式样亦步亦趋地摹写，是没有受过系统专业训练的我触摸到戏剧"风格品味"的捷径。触摸到这个核心后，我的系统性认知才逐渐建构成形。逐字逐句地揣摩契诃夫的笔与意，让我对照出自己之前写作中那些飘忽莫名的东西：哪些是故作姿态的涂抹，哪些是自我陶醉的矫揉，哪些是掩饰空虚的造作，也逐渐触摸到了戏剧本真的样子。理论概念可以通过逻辑推演被阐述得头头是道，但却并不代表着阐述者对它真实地有所体悟。戏剧是什么？戏剧的风格品味是怎样的？这些问题我是在写作《新娘》的过程中，才终于懂了的。也是在《新娘》之后，我得到了杨老师的点头悦纳。

这次出版读研时的旧作，我将剧本和论文重新翻出，想要凭借更加成熟了的创作技巧和学术方法翻新润色大干一番，但在读毕原稿后，我却一筹莫展。我看到了 24 岁的我自己：稚嫩天然，又有那个年龄特有的斧凿与武断，还没有见过生活的世面，因此敢对生活下判断，我在其中看到了我的学生们现在的样子。考虑再三，我决定把 24 岁的自己原封不动地留在那里呈现出来。

这样做或许有些偷懒，40 岁的我就什么都做不了么？ 40 岁的我可以做 40 岁该做的事情，比如继续研究契诃夫，比如以 40 岁的立场写另一个新娘的故事。两年前，我受邀给北京五中的学生做一次讲座，因为面对的是没有受过系统戏剧训练的中学生，针对他们即将举办的校园课本剧大赛，我想起了《新娘》。讲座前我重新翻开了《契诃夫短篇小说全集》，重温这一篇大师遗作，没想到还有新的发现：我发现了契诃夫。

在《未婚妻》的故事中，娜佳已经订婚了，但她焦躁不安，这令她能够声如洪钟地听到门砰砰开关的声音，就在这时萨沙出现了。萨沙是她婚前苦恼的附着物，就像夜的湿气要在麦秆上凝结。曾经的我只会将萨沙与《樱桃园》中"永远的大学生"特罗费莫夫作对比，他们是契诃夫作品中经常出现的一类人物。可是这一次我才感受到：他就是契诃夫。契诃夫将自己置入萨沙、置入特罗费莫夫，他们诱导了那些懵懂美好的年轻人走出生活的窠臼，促使她们逃婚，帮助她们逃家。不仅如此，在契诃夫的最后一篇小说结束的时候，他把自己写死了，"电报上通知说亚历山大·季莫菲维奇，或者，简单一点，萨沙，昨天早晨已经在萨拉托夫害肺痨病去世了。"

　　写作《未婚妻》的时候，契诃夫 44 岁，他在这篇故事里把自己写死了，不久他也如他的剧中人一般死去。多年后重读这篇小说，我意识到这是我所未曾意识到的契诃夫，但也并不尽然。《新娘》初作时，有人问：在这个戏里谁是你自己呢？我被问住了，想了想说：没有吧。在 24 岁的我看来，这是关于苏小雅的故事，主人公是我的闺蜜。我的制作人老象却含笑摇头，当时他已经是一位将近 40 的暖男大叔了，他说："她（指编剧）就是那个小男孩啊。"小男孩就是剧中一直追着苏小雅问"你为什么要结婚？"的高中生。当时我并不认同，此刻却会心含笑。是的，在潜意识里我是懂了契诃夫的。只要是用了心的写作，总会将自己写进那作品当中去，并在那个小小的世界里获得"永生"。

编后记

唐 志

感谢杨老师的信任和鼓励，让我承担了这部剧作选的编辑工作。从去年夏天我收到一摞沉甸甸的剧本和论文开始，经历了确定作品、制定框架、联系作者、校对修订、对接出版社等一系列工作，其间得到杨老师的不少指点，如今，这部书终于要和大家见面了。

我要感谢六位作者。她们中有我从未谋面、只耳闻其大名的师姐，也有和我相隔千里、许久未见的老同学，尽管我们的联系大多在线上进行，但因为"中戏""戏文系""杨老师"这几个关键词，我们的沟通是如此顺畅，交流是如此真诚。我惊叹于她们在那么年轻的时候就展现了深厚的创作功力和对编剧理论的自觉探索，我感动于师生间教学相长的点滴记忆和她们对老师的感恩，我更敬佩于她们在繁忙的工作之余，依然不厌其烦地配合完成了一轮轮的修订工作，只为达到心中的艺术标准。我从她们的文字中看到了一个灵敏并坚韧、充满生命力的女性作家群像。

这一年多来的编辑工作，于我而言像是回到了戏文系的

"课堂"，重新聆听了一堂内容丰富、奥义无限的写作课；同时又像是一场"心灵奇旅"，我跟随六位作者的脚步穿过长长的时空隧道，回到了多年前的东棉花胡同39号，见证了她们当年是如何在艺术的花园中播撒种子，付出辛劳，精心培育出属于自己的花朵，而这次的剧作选编就是将这些花朵的绵长芬芳赠予读者。

从本书的编辑工作中，我主要有三点认识和收获。

一、中戏的编剧教学，重视"内功"的训练。从六位作者的创作和自述的创作经历可以看出，中戏的编剧教学强调人物的塑造和情感的开掘，作品是从作者心里自然生长出来的，它本质上展现的是作者的心灵世界，它是与作者的个人成长和生命体验紧紧相连的。通过专业教学，一方面使学生脚踏实地地学习艺术基本功，为将来的艺术创作打下坚实的基础；另一方面，在润物细无声中厚植学生的理想情怀，完善人格发展。这一切努力，最终形成一种"绵绵若存，用之不勤"的长期性、多维度的教学效应。

二、戏文系开设"编剧理论与创作实践"专业，将论文与剧作二者并行设置在一处，现在看来是十分必要的。编剧理论与创作实践是相辅相成的。编剧专业和舞台美术设计、建筑设计、工业产品设计等专业一样，天然兼具了理论与实践相结合的共通性。在编剧学领域，特别是编剧创作专业，既不能忽视专业的特殊性——形象思维、统觉意识和艺术鉴赏培养；又不能矫往过正，盲目依赖直观经验，排斥系统理论，忽略基础理论的研究。例如古希腊"写诗"一词，不用"书写"

（graphein），而用"制作"（poiein），从词源上看，他们不将写作看成是严格意义上的"创作"，而是当作一个制作——诗人作诗，就像鞋匠做鞋一样，二者都凭靠自己的技艺，生产或制作社会需要的东西。对理论的探索总结和对经典理论著作的深度研习，同样重要，它不仅有助于创作者跳出"自我"，从理论高度审视自己的作品，同时也为创作的灵感溪流提供了另一种理性的"源头活水"。

三、选择编剧专业，就是选择了一种生活方式——观察记录下生命百态，将他们展示在舞台上。这条路艰辛、孤独却充满了美丽的风景；它关乎作者与他人的对话，最终指向自我生命的本真。从六位作者毕业后的成就中，我不仅看到了她们在艺术上的成熟精进，还看到许多宝贵的文化品格——对戏剧艺术的迷恋执着，在教书育人上的厚德载物，在创作中的严肃认真。她们在车水马龙的喧嚣生活中，为自己的心灵找到一片栖息之地，通过写作了解自我，理解他人，认识人生，造福社会。她们不仅在文艺创作上追求卓越，也在思想道德修养上追求卓越。

时光如水流转，十几年过去了，六位剧作者或许已找到了属于她们个人的创作和生活的道路：有的和母亲达成了和解，有的带着对青春的记忆离开家乡扎根北京，有的走出对爱情婚姻的迷惘更加自由洒脱……她们如同天空中美丽的云朵，恣意展现着属于自己的生命节奏和姿态。这部书既是对她们编剧学习历程的记录，也是对她们青春岁月的记录。希望读者能够喜

欢她们的作品。

　　"千江有水千江月"，"云在青天水在瓶"。愿所有热爱写作、热爱戏剧创作的读者都能通过编剧这门美妙的艺术感受平凡生活中的诗意，获得人生的妙谛。

水流云在

——中央戏剧学院『编剧理论与创作实践』专业研究生剧作选

·主编 杨 健 ·执行主编 唐 志

白玉兰 飘香的夏天

杜薇／著

作家出版社

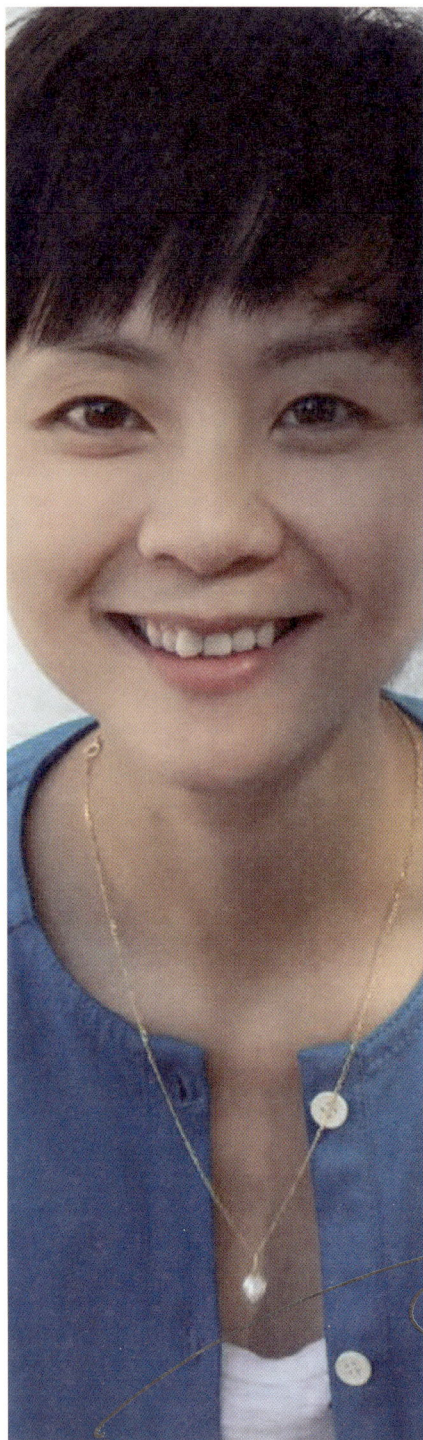

作者简介

杜薇，1982年生，国家一级编剧。中央戏剧学院戏剧文学系2000级本科生、2004级编剧理论与实践方向硕士研究生。现就职于中国儿童艺术剧院创作部，担任编剧一职。

编剧代表作有：儿童剧"郑渊洁童话三部曲"之《红沙发音乐城》（联合编剧，2008年），《魔方大厦》（2009年），《罐头小人》（2010年）；儿童剧《伊索寓言》（2011年），《卖火柴的小女孩》（2012年），《口袋里的中国故事》（2013年），《红缨》（2015年），《噢，我的青鸟》（2017年），《妈妈的衣柜》（2017年），《追梦青春》（2020年），《大郭小郭行军锅》（2021年）；话剧《勇猛夫人陶三春》（2022年），《灯火》（2023年）；动画片《天眼》（联合编剧，2005年），《天眼神虎》（联合编剧，2006年），《喵喵小镇》（联合编剧，2009年），《呼噜小精灵》（联合编剧，2012年）；电视剧《我们无处安放的青春》（联合编剧，2006年）等。

曾获2014年国家剧院团演出季优秀编剧奖，2016年度文化部优秀青年拔尖人才称号，入选2017年国家艺术基金青年创作人才扶持计划，2021年全国编剧领军人才培养计划。部分编剧作品曾荣获中国话剧金狮奖小剧场奖，春苗计划奖，国家舞台艺术十大精品工程奖，并入选文华奖初评剧目。

编者说明

这部剧作选集是根据中央戏剧学院戏剧文学系"编剧理论与创作实践"专业的部分硕士研究生在2003—2014年的毕业剧作和论文进行编选的。

"编剧理论与创作实践"专业,学期为三年,要求硕士生在毕业时完成一部多幕话剧和一篇论文,该论文的内容应结合创作实践进行编剧理论的探讨。

本书保存了原有剧本和论文,为使读者更多地了解剧本写作的情况,增补了"创作谈"和作者的小传和照片。

本书在编选过程中,要求作者对其剧本和论文进行再次审核和修定,除了个别剧本之外,现在呈现的剧作和文章,改动的地方不多,基本保持了原作的风貌。

本书在编辑时,针对论文中出现的文字问题,进行了纠错和删改。

为了表明各位作者在创作上的独立性质,故以分册的方式进行排版、装订。

"编剧理论与创作实践"专业的设置,体现了创作实践和

艺术制作的结合，有它的科学合理性。在本系几名写作专业教师的指导下，该专业在10多年中，培养了几十名编剧研究生，他们绝大多数人在编剧创作、理论研究和专业教学方面，做出了优秀的成绩。

《剧作选》的剧本和论文，折射出该专业设置的教学思想和课程设计的情况，部分地展示了教学实践的成果。

"编剧理论与创作实践"专业的设置，出于这样一种教学思想，编剧学应该是这样一门学科：它既是一个实践经验的领域，也是一个科学的范畴，它应是编剧理论与创作实践的结合，以及理论研究与技巧切磋的互动，它应体现本专业的一个美好理想——为了这个时代，培养出一批能反映时代精神的优秀剧作家。

目 录
contents

白玉兰飘香的夏天

杜薇——编剧

剧情简介

到一线城市闯荡的李小江，因为在感情和事业上受到挫折，在这一年的夏天，心情落寞地回到了家乡——泸州江边上，那个白玉兰飘香的小镇。

李小江厌倦了外面漂泊不定的生活，想回到小镇寻求一种田园式的生活，却在家乡遇见了自己的初恋——潘伟。此时的潘伟正在与李小江的同学兼闺蜜周丽筹办婚礼。回到小镇的李小江，对潘伟和周丽的恬淡生活，竟然产生了些许的羡慕和嫉妒。

李小江的归来对潘伟产生了巨大的冲击，对生活失望的他，心中掩藏许久的梦想开始蠢蠢欲动。周丽面对老同学李小江的出现，感受到爱情的危机，试图努力维护自己和潘伟的感情。当李小江发现周丽的不安心绪，心中反而萌生了一种对潘伟的轻微的占有欲。

白玉兰飘香的夏天使三个昔日的伙伴对生活有了新的发现：潘伟发现了梦想的虚幻和可笑；周丽发现自己对潘伟捏得越紧，潘伟越要溜走；李小江的田园梦破碎了，逼仄的小镇生活令她寝食不安……在涨潮的那一天，李小江决定离开家乡，而潘伟的梦想破灭了，他走向了日夜奔流的长江。

　　江潮退去，潘伟已经不在了，李小江决定要离开。而周丽打掉了和潘伟的孩子，也离开了小镇。家乡的白玉兰依旧飘香⋯⋯

剧中人物

李小江　27 岁，女。剪着一个齐刘海的发型，生得玲珑娇小，乍一看就像是十八九岁的样子。从化肥厂子弟学校考上大学后，又到外面大城市闯荡，现在在一家旅游公司担任导游。

潘　伟　28 岁，男。很瘦，有点儿矮，有点儿黑。镇上化肥厂包装车间的工人。

周　丽　27 岁，女。与潘伟、李小江同为子弟学校的同学。已经与潘伟领证，正在筹办婚酒。人比较健硕，有点儿显老。化肥厂幼儿园的老师。

袁启慧　53 岁，女。李小江的母亲，有点儿胖，还残存着几分年轻时的风韵，化肥厂车队的调度。

李建国　54 岁，男。李小江的父亲，微胖，有些秃顶。化肥厂某车间主任。

潘万才　51 岁，男。潘伟的父亲，头发染得漆黑，油光光地一丝不乱地贴在脑袋上。化肥厂建筑队队长。

陶正华　49 岁，女。潘伟的母亲，面黄肌瘦的样子，看上去就病恹恹的。没有工作。

挑砖农民

剧中地点

四川泸州，长江边的一个小镇上，化肥厂的职工住房。这栋房子一共有四层，这是三楼的两隔壁。

舞台上是两间被架空起来的房间，观众只能看到两套房子的客厅。

右边的那套房子是李小江家的。客厅里面有一个深红色的皮沙发，有些旧了，沙发上有个大的裂口，用透明胶粘起来了。沙发跟前有个黑桌子，桌子下面堆满了乱七八糟的塑料袋。客厅里还有一个较大的电视。墙上有几道门，通向厨房、厕所和卧室。一个空调挂在墙上。

左边的那套房子是潘伟家的。客厅里摆着一个竹沙发，上面歪搭着一块花布，家里的电视比较小。墙上的门比李小江家少一道。一个电扇放在客厅里。

一截楼梯从舞台地面延伸到了两家的房子。

潘伟家楼下是一条小路，通往江边，路上有一根电杆，电杆上挂着一个广播喇叭。

潘伟家客厅的窗户下有一棵很大的白玉兰树，观众能见到一些枝叶，还有一些白色的花朵。夏天的晚上，空气里总是弥漫着白玉兰的香味。

第一幕

[幕启。

[夕阳的余晖透过潘伟家的窗户照到客厅里，不减热劲，仍旧让人感觉火辣辣的。

[而李小江家里，夕阳是进不来的。

[两家屋里都没有人。

[轮船的汽笛声拉响了，沉闷而洪亮，由远而近地响了三声。轮船离岸越来越近，"笃笃笃"的声音越来越清晰。紧接着，听见"砰"的一声，轮船和趸船相连接了，钢索被扔在趸船上，发出"稀里哗啦"的一阵声响。最后，轮船的发动机停止了声响，发出像人大喘一口气的声音，它靠岸了。

[舞台上沉寂了两秒。

[突然，广播里响起了下班号子。

[潘伟拿着一摞稿子从楼房背后走来，经过自家楼下的单元门口时，并没有回家，而是走到了广播喇叭下，朝着江面张望了一会儿，才又慢腾腾地往家走去。

[一会儿，潘伟家的敲门声响起，周丽穿过客厅去开门，潘伟进屋，周丽把拖鞋给潘伟递到脚跟前，然后

又穿过客厅的一道门进入厨房。潘伟换了鞋，把稿纸扔在沙发上，砰的一声把门关了，瘫坐在沙发上。

[袁启慧拎着一袋卤肉上楼梯。潘伟刚刚把门关了，袁启慧掏出钥匙开门，并不换鞋，穿过客厅走进厨房。

[李建国骑着自行车到了楼下，与叼着一根烟的潘万才碰到了，两人礼节性地点了点头，一起走上楼梯，并没有说话。然后各自走向自家门，几乎同时掏出钥匙，开门，然后先后把门关上。李建国换了鞋，径直走向厨房，而潘万才则把电视打开，一屁股坐在了潘伟的那堆稿纸上。

[陶正华扛着锄头从江边走上来。

[这时候，广播里响起了女播音员的声音，用并不很标准的普通话通知着大家：通知，通知！

[周丽和袁启慧分别从厨房出来，分别走到窗口，竖起耳朵听着广播。

播音员　因为水厂管道检修，明天上午九点到下午两点，生活区将停水，请大家做好准备。再播送一遍，因为水厂管道检修，明天上午九点到下午两点，生活区将停水，请大家做好准备。

[这个时候的夕阳已经不如刚才的那么刺眼了。周丽和袁启慧听完通知后，又回到了厨房。

[潘伟走到一个鱼缸旁喂着鱼，潘万才躺在沙发上打起了鼾，电视机开着，并没有人看。

[潘伟家再次响起了敲门声，潘万才被惊醒，潘伟像

没有听见一样继续喂鱼。

潘万才　去开门。

潘　伟　你不晓得去啊？

　　　　[潘万才有些不满，但是也没有说什么，但是两个人
　　　　却谁也没有要去开的意思。周丽的声音从厨房传出。

周　丽　开门，有人在敲门。

　　　　[没人应和，周丽端着一盘菜从厨房出来，把菜放在
　　　　客厅中间的圆桌上，然后冲到门口把门打开。

周　丽　陶嬢嬢，回来了啊？

　　　　[陶正华把锄头先放进客厅里，自己在门外跺着脚，
　　　　周丽又回到了厨房里。

陶正华　我还以为屋头没得人，敲这么久才开门。

　　　　[陶正华正要迈进屋，潘伟转过头看了她一眼。

潘　伟　锄头……给你说了好多遍，不要把锄头拿进来，整得
　　　　到处都是泥巴，就放在外头。

陶正华　放在外头要得啥子？那些扫楼道的农民要拿走。

潘　伟　（不屑地看了一眼锄头）现在农民都不得稀奇你那个
　　　　东西！只有你一天到黑来扛去。现在啥子菜买不
　　　　到？你硬是要种菜。

陶正华　我种的好吃。没施化肥，全部饮粪。

潘万才　（在一旁）要是农民都像你这么想，我们的化肥就不
　　　　要想卖出去了。

　　　　[陶正华没有理他，往屋头走，刚走两步，又被潘伟
　　　　叫住了。

潘　伟　换鞋！

　　　　[陶正华又倒回去换鞋，然后又像突然想起了什么，
　　　　跑到屋外去拿了一捆草药进屋。

陶正华　我今天从农民那里搞了点丝茅草，给你煎水喝，清
　　　　热。你热重，火气大。

潘　伟　（加大了嗓门）我好久火气大了？这天这么热，哪个
　　　　不火气大？

　　　　[陶正华不说话了，把丝茅草放在了门口。周丽从厨
　　　　房走出来，把菜摆好。

周　丽　吃饭了。

　　　　[潘伟和潘万才、陶正华坐上了桌，周丽最后坐下，
　　　　给潘万才倒上了一杯酒。

周　丽　（指着桌上的一锅鸡）陶嬢嬢，我今天捉了一只母鸡
　　　　杀来吃了。

潘　伟　（把筷子一扔）大热的天，还吃炖鸡？想得出来！

周　丽　母鸡又不上火。

　　　　[潘伟拿起筷子，厕所那边传来"咕咕咕"的鸡叫声，
　　　　潘伟又把筷子放下了。

潘　伟　妈，我求你一件事。

陶正华　（讪讪地）求我？啥子事要求我？

潘　伟　你可不可以不要在厕所头养鸡了？你闻不到那股鸡屎
　　　　味啊？

陶正华　年年都是这个样子啊！今年想起了？

潘　伟　就是因为年年都这样，所以我再也受不了了。不管我

用好多香皂来洗澡，不管你用啥子洗衣粉来洗衣服，我都觉得自己身上有股鸡屎味。我都要变成鸡屎了。

[陶正华不说话了。

潘　伟　好久把鸡笼从厕所里搬走？

[陶正华不说话。

潘　伟　你一天到晚没得事情干，你去打麻将、跳舞、摆龙门阵要得不？你不要种菜养鸡，整得像个农民要得不？把家里收拾得干净些，整齐些要得不？

周　丽　潘伟，快吃饭，等会儿菜凉了。

潘　伟　好久搬？

潘万才　你就忍一下要得不？这个房子反正马上就要卖了，整这么干净干啥子？再说了，我们的祖宗哪个不是农民？

[潘伟突然像泄了气一样，看了一眼外面的白玉兰树。

潘　伟　可惜了这么好的一棵白玉兰树啊，没得哪家的窗口可以像我家这样，伸手就可以摸到白玉兰花，还那么香。幸好有这棵树，不然家头不晓得臭成啥子样子。（潘伟又看了一眼厕所，又变得激动起来）没有这棵树也好，长在我家窗口，简直就是暴殄天物。

[潘伟甩头就走向卧室，剩下父母和周丽在吃饭。

周　丽　潘伟又怎么了？

潘万才　不晓得哪个又惹到他了。

陶正华　是因为热重。

[周丽突然发现了沙发上的稿纸。

周　丽　那个是啥子？

潘万才　不晓得。

　　　　　［周丽拿起来看了看。

周　丽　潘伟的退稿信。

潘万才　（有点幸灾乐祸地）又没发吧？一天到黑就只晓得写
　　　　　那些乱七八糟的东西，不好生上班。（突然大声地朝
　　　　　着潘伟的房间方向）写半天也发表不了，发表了也挣
　　　　　不到钱，还把工作要整脱。

　　　　　［陶正华从周丽手里拿过潘伟的稿子，放进了电视柜
　　　　　下面的抽屉。

潘万才　（看着陶正华）只有你把这些东西还当个宝贝一样放
　　　　　起来。废纸一摞，越堆越多，积灰。以后搬家的时候
　　　　　把这些全部丢了。

陶正华　要丢你丢。潘伟闹起来的时候，不要找别个。

潘万才　我今天碰到万宏，他说他们车间要竞争上岗了。

周　丽　那潘伟也要考试？

潘万才　哪个都要考！他这个样子考得起个屁，在包装车间里
　　　　　头，活路已经够少的了，还不学点技术，上班就坐到
　　　　　那看书。

潘　伟　（从房间里走了出来，手里拿着一本书）那些技术有
　　　　　啥子好学的，学好了还不是一辈子当工人，在这个旮
　　　　　旯里面待着，永远也离开不了。

陶正华　这里哪点不好？空气清新，东西便宜。

潘万才　你不当工人你还想干啥子？你还想成为诗人文学家
　　　　　吗？快三十的人了，不要东想西想。

[潘伟转头进了房间。

潘万才　（一边喝酒一边说）周丽啊，我给你说，潘伟脾气怪，
　　　　你们结婚后，你要让他。

周　丽　噢，我晓得的。那潘伟的工作怎么办？

潘万才　我给消防队队长说了，把他弄到那里去。

周　丽　消防队？潘伟恁瘦……

潘万才　放心，不会让他当消防员，那还是有危险。再说了，
　　　　那些设备，他扛得动吗？去消防队当库房管理员。

周　丽　那倒真是清闲，但不晓得潘伟咋想。

潘万才　他要是不满意，自己去找啊！二两猪肉，还熬起了……

周　丽　嗯，清闲挺好。对了，潘叔叔，我们幼儿园也要下岗
　　　　分流了。

潘万才　你放心，我给张雪佳说一声，分不到你。你们幼儿园
　　　　分流就是走形式，再说你不是有中专文凭吗？

周　丽　谢谢潘叔叔。哦，滨江路的那个房子今天下午我去看
　　　　了，我觉得还挺好的，宽得很。但是靠到长江的那边
　　　　贵，不靠长江的便宜。

潘万才　靠到长江能多涨点工资啊？

周　丽　潘伟喜欢。

潘万才　不管他。他喜欢他出钱买。一天到晚看到长江还看不
　　　　够啊？

周　丽　我也是这个意思。

潘万才　（冲着潘伟房间的方向）我给消防队陈队长说了，把
　　　　你弄到消防队看库房去。那边就没得事情干，一年到

头有好多火灾嘛？

[潘万才、周丽、陶正华不说话了，开始吃饭，潘伟从房间里出来。

潘　伟　真的要到消防队？

潘万才　是啊，你还想要到哪个单位？能进的车间你全部都进了。当时高中毕业喊你直接读技工学校，你不读，非要考大学，考不起大学在厂头待着，最后还不是要去混个技校文凭。上班了又不安心在车间学技术，啥子都不会。你又瘦，喊你搬砖你都搬不动两块，看你以后怎么办。

潘　伟　所以我不适合在这个厂里工作。要是我不在这个旮旯，我的历史又要改写了。

潘万才　（盯着他）你能干啥子？

潘　伟　（像泄了气一般）我现在出去，也啥子都干不了，没得文凭。要是七年前，妈没有生病，我一定就出去了。

[陶正华和周丽听了这句话，对视了一眼，然后收拾起碗筷来，进出于厨房和客厅之间。

潘万才　把这些东西全部都煮开，不要放冰箱，明天要停电。

[陶正华和周丽走进厨房，潘伟继续喂着鱼，潘万才走到潘伟身边。

潘万才　李老六给我搞了点荔枝，是贵妃红，晚上现去摘，然后提到陈队长家头去。

潘　伟　我最讨厌搞这些名堂了。

潘万才　你以为我办这些事情多容易的？

潘　伟　那你去。

潘万才　岗位工资他拿五级，我拿四级，我比他还高些。

　　　　[潘伟不说话了。

潘万才　你是不是不愿意到消防队？

潘　伟　无所谓。

潘万才　你已经换了那么多车间了，我都不好意思开口了。原来把你弄到尿素合成这些生产车间去，心想钱要多些，你又干不下来。消防队看库房轻松，就是钱要少得多。

潘　伟　厂头这点工资，多又多得了好多，少也少不了几个。

潘万才　你在消防队还是好生干，不要再把这个工作也搞黄了。都是要结婚的人了。现在我还在上班，能给你出钱办婚礼，等你生了娃儿也还能帮你带，我们死了呢？你们以后还要不要钱过活？

潘　伟　根本不应该那么着急结婚。

潘万才　男娃儿要先成家后立业。有了家以后，无后顾之忧，想干啥子干啥子。再说了，人家周丽都跟你那么长时间了……

　　　　[潘伟打断了潘万才的话。

潘　伟　几点去摘荔枝？

潘万才　李老六七点到农民的果园去摘，摘好了会给家里打电话的。

　　　　[潘伟家客厅的灯光渐暗，李小江家的灯光渐亮起来。

　　　　[李建国拿出一个豆浆机，然后再端了一个装满黄豆

　　　　的盆放地上，自己便坐在小板凳上面，开始用勺把黄
　　　　豆舀到豆浆机里打豆浆，豆浆机发出"轰轰"的声音。

袁启慧　（走出来有点不耐烦地）拿到街上去打豆浆方便得
　　　　多，这样像是在过家家。

李建国　反正没得事情干，明天上午要停电，现在打来冻在冰
　　　　箱头，娃儿好吃撒。

袁启慧　闹得很。

李建国　你是心头闹。

袁启慧　（在客厅里走来走去）小江怎么还不回来？

李建国　你坐到等嘛？着啥子急？

袁启慧　只有你，啥子都不着急。我都要下岗了你也不着急。
　　　　我们这些人，三下遇到了两下，下乡遇到了，下海没
　　　　有下成，现在又要下岗。

　　　　[李建国不说话了。

袁启慧　你怎么不说话了？

李建国　你要我说啥子？

袁启慧　你在这儿装憨嘛！

　　　　[李建国不说话。

袁启慧　你给杜华生说没有？

李建国　哎呀，我不好说啊。每个人都要下岗考试，你啷个就
　　　　可以不考嘛？

袁启慧　人家张宏的婆娘就可以不考。

李建国　哦。

袁启慧　哦，哦，哦，只晓得哦。人家张宏就张得开嘴，你就

张不开。

李建国　考不起就说明你不行，下就下嘛。

袁启慧　我不行？书我是没有读到，但是我干了这么多年，喊
　　　　我下就下啊？我的户口本上写的是干部！我是干部！

李建国　你那个干部还不是水得很！现在不需要你这种干部
　　　　了。

袁启慧　（变得有点激动）单位不需要我，要喊我下岗；你也
　　　　不需要我了，反正我已经把你爸妈养老送终了；女儿
　　　　也不需要我，几年都不回来！

李建国　小江不是马上就回来了吗？而且这次回来，她不就不
　　　　走了嘛？

袁启慧　她说是不走，她的主意说变就变。她要是一走，我再
　　　　没有了工作，我一天到晚嘟个过啊？

李建国　（小声地嘟囔了一句）更年期怎么还没有结束啊？

袁启慧　啥子？你说我更年期？你才更年期！我是老太婆了，
　　　　你瞧不起了！街上那些来演出的姑娘年轻，不是更年
　　　　期，你去找他们。等我把隔壁的房子一买，我们就离
　　　　婚，各过各的。

李建国　又来了又来了，你说你不是更年期是啥子？

袁启慧　（正要说什么，却突然朝厨房跑去）糟了，鸭子汤溢
　　　　出来了！

　　　　[李建国依然在打着豆浆，李小江家的灯光渐弱，楼
　　　　下的灯光渐强。

　　　　[李小江拖着行李上，她走到楼梯口，却又停了下来。

她把行李放在了楼梯口，走到了潘伟家楼下，她抬头看着白玉兰树，深深地呼吸了一口。

李小江　好香啊！

[李小江跳起来，想去摘白玉兰，但是怎么都没有够到。她退后了几步，看了看潘伟家的窗户。

[这时候，潘伟家的灯渐亮了。

[潘伟穿过客厅，走到了窗户边。而楼下的李小江则从树下走开了。潘伟伸手就摘了两朵白玉兰花，闻了闻，随即趴在窗边看着长江的方向。

[而李小江则提着行李从树下离开，爬上了楼梯，还没到家门口，就开始喊。

李小江　妈，爸爸，开门！

[李小江家的灯骤然亮了起来。

[李建国站起来去开门，袁启慧也赶紧从厨房走了出来。而潘伟家，潘伟也听到了李小江的声音，他看着门口，周丽则从厨房走到了客厅里，也看着门口。

[从门里传来一阵狗叫。

[李建国出现在门口。

李建国　（冲着门里）强强，叫啥子？认不到啊？

[李小江站在楼梯上不敢动了，尖叫着。

李小江　爸爸，快把狗儿捉到，我害怕。

袁启慧　你走你的，不要怕啊！

李建国　强强乖，她是你姐姐。

[可是强强并不听话，仍旧汪汪地叫着。

[李小江还是不敢动。

袁启慧　（冲着李建国）你硬是恼火得很，喊你把卧室门关严　你硬是搞不归一！

李建国　我挡住强强，你不要怕！

　　　　　[李小江小心翼翼地走到门口。

李建国　强强你不要叫，你仔细闻闻，姐姐身上有我们的味道，你闻嘛！

李小江　（愣了一下，语气有些哽咽地）狗儿听得懂啥子嘛。

　　　　　[狗停止了叫声。

李建国　乖强强，你看它听得懂的。

　　　　　[潘伟家，周丽走到门口，从猫眼里看了一眼外面。

周　丽　李小江，她回来了。她怎么回来了？

潘　伟　（有些讪讪地）这狗叫得好凶啊！

潘　伟　（把手里的白玉兰花递给周丽）给，刚摘的。

周　丽　昨天的还没有蔫呢！

潘　伟　再不摘，以后我们就摘不了了。

周　丽　李小江可是好几年没有回来了，五年了吧？

潘　伟　嗯。

周　丽　晚上要去陈队长家？

潘　伟　嗯。

周　丽　那你先去洗个澡吧。

　　　　　[潘伟和周丽分别离开客厅。

　　　　　[李小江家，李建国把箱子提到卧室里，李小江拿着草帽兴奋地在屋里转来转去，在每一间屋里里外外地

奔跑着。

李小江　还是家里好啊！空气这么湿润，这么香。

李建国　家里好就不要走了！

李小江　（一下子倒在沙发上）不走了，不走了！

　　　　[李小江说完，把手里的草帽递给李建国，李建国高兴得有点不知所措，接过李小江的草帽，竟然戴在了头上。

袁启慧　（对李建国）你把鸭子汤端出来晾着，不然太烫了！

李小江　酸萝卜鸭子汤啊？

袁启慧　嗯。你最爱吃的，你爸专门给你炖的。

　　　　[李建国戴着草帽就向厨房冲去。

李小江　爸爸，草帽！

　　　　[李建国转过身，把草帽向李小江飞去。

李小江　妈妈，白玉兰树怎么长那么高了啊？我走的时候还不到二楼呢，现在都快过三楼了。真是香得不得了。北方是没有这种树的，真是香啊，怎么闻都闻不够，我经常做梦，都会梦见我躺在江边，江边长满了白色的玉兰花。刚才我在楼下，想摘几朵，但是已经够不到了。以前我和潘伟一跳起来就会摘到的。

袁启慧　不关事，等我们把潘伟家的房子买下来，你在客厅里就可以伸手摘到白玉兰花了。

李小江　那倒是挺好的。

　　　　[李小江从行李袋子里拿出一塑料袋东西递给袁启慧。

李小江　回家还有一个好处就是衣服不用自己洗了，这一包全部是脏衣服。

袁启慧　自己洗，我才不会给你洗，太懒了。

李小江　可是妈妈，为啥子你洗的袜子就是比我洗得要干净
　　　　呢？

袁启慧　要打两遍肥皂。

李小江　（抱住袁启慧）所以，亲爱的妈妈，洗衣服就是你的
　　　　技术特长，别人都比不过你。

袁启慧　放沙发上好了，我晓得洗。

李小江　世上只有妈妈好！对了，他们为什么要把房子卖了？

袁启慧　潘伟要结婚了。

李小江　结婚了？他都要结婚了？和哪个？

袁启慧　还有哪个？和周丽啊！

　　　　[李小江一下从背后抱住袁启慧。

李小江　（开玩笑地嗔怪道）我都还没有结婚，他就要结婚了。

　　　　[袁启慧扒开李小江的手。

袁启慧　哎呀，你还小得很？还装哆？人家为啥子结不得婚？
　　　　早就该结了！你以为人家还记到你啊？现在的人都现
　　　　实得很。

李小江　我和他没得啥子的，只是朋友！

袁启慧　朋友？你哄我？不过我早就给你们算过八字，你们时
　　　　辰不合，不得行。

李小江　你不得了，你洞悉一切，火眼金睛。

袁启慧　看你要晃到什么时候。女的一过二十五，行情就下跌，
　　　　你都奔三了！

李小江　可是我显小啊！人家都说我看上去才二十岁。现在的
　　　　人青春期无限延长，晓得不？

袁启慧　你们三个在读中学那会儿经常在一起耍，现在人家两
　　　　个结婚了，再看看你……到时候没得人要你，看你怎
　　　　么办？

李小江　我跟到你们？

袁启慧　我们死了呢？

李小江　你们不会死的，你是神仙姐姐。

袁启慧　没老没少！

　　　　[李建国把饭桌支在了客厅里，从厨房里把菜一样样
　　　　地端了出来。

李建国　来吃饭了！

袁启慧　小江，快点儿去洗手！

　　　　[李小江朝着厕所走去。

袁启慧　酸萝卜买成好多钱一斤？

李建国　两块。

袁启慧　你没有讲价啊？

李建国　没有。

袁启慧　你是憨的啊？我都买成一块八。

李建国　又多得到好多嘛？

袁启慧　你好多钱用不完啊？喊你干啥子事情都干不好。

　　　　[李小江甩着手走进客厅。

李小江　你们在闹啥子？

李建国　没得啥子。

袁启慧　你爸，连酸萝卜都买不好。人家都买成一块八，他买就是两块。

李小江　人家我爸爸就是只买贵的，不买对的，有气魄！

　　　　[李建国递了一碗汤给李小江，李小江迫不及待地去喝，结果却被烫着了。

李建国　慢点！

袁启慧　油汤不出气，烫死憨女婿。

李小江　怎么那么油啊！我在北京买的鸭子从来都不会有那么油，难吃极了。

袁启慧　这都是农民自己喂的。

李小江　农民伯伯真是世界上最可爱的人。

李建国　小江，我给宣传部的于主任说了，你就到宣传部去吧！

李小江　（有些不满地）我前脚刚刚落屋，你后脚就已经把我的工作安排了啊？我想先休息一段时间，调整一下。

李建国　现在进厂头不容易的，而且又正在搞下岗分流。厂头的效益在整个泸州市都算是好的，每天看报纸喝茶都有两千多块的工资。现在进厂都要考试，当时闹着要走出去的好多人都后悔了，现在想回都回不来。

袁启慧　你硬是这么啰嗦，她晓得这些利害的。当时大学没考上，非要出去闯，闯半天还是要混个大专文凭，然后自己在外面干七年，什么都干了，但是什么都没有干成，白耗了那么久。要是一直在厂头就好了，连周丽这种啥子都不会的都可以在幼儿园当老师。

李小江　钱我是没有挣着，但是我去了很多城市啊！有好多人一辈子都没有去过那么多城市。我去过西安、郑州、太原、青岛，最后还到了北京。我本来是有钱的，但是你们也晓得，我是想搞餐馆的，哪个晓得刚把钱放到餐馆里头，就"非典"了。"非典"，我就在北京，你们都没有遇到。

袁启慧　你觉得多光荣吗？

李小江　一般。

李建国　是该调整一下，但是早点把这个事情定下来，我心头才踏实嘛！

袁启慧　你吃过饭给曾伯伯打个电话，就说你回来了。

李小江　我为啥子要给他汇报我回来了？

袁启慧　人家曾伯伯和郭嬢嬢一直都关心你，曾小峰碰见我的时候也常常在问我你好久回来？

李小江　郭小峰在干吗？

袁启慧　现在是电修车间的班长，马上就要提成副主任了。

李小江　还不是他爸爸厉害，就他那个笨劲儿，比潘伟差远了。

袁启慧　不管靠哪个，总之人家曾小峰现在就是比潘伟强多了，潘伟待过的车间比谁都多，要不是因为他爸，早就遭下了。啥子本事都没得，哪个车间都不要他，听说马上要到消防队看库房去了。

李小江　消防队？看库房？那可不是他待的地方。

袁启慧　哪里都待不下。听他妈说，他原来一直闹着要出去打工，现在好像不闹了，毕竟要结婚了嘛。

李小江　外面也不见得有多好。

袁启慧　你现在晓得好歹了。

李小江　妈，买他们的房子是哪个提出来的？

袁启慧　是潘万才。他们想买更大的房子，这个房子太小了，结了婚不好住。

李小江　结婚有啥子好的，无聊。

袁启慧　你是羡慕吧？

李小江　我有啥子好羡慕的？婚姻是坟墓。

袁启慧　你去年还闹着和谭海结婚呢！

李小江　（站了起来）那是因为我幼稚！

　　　　[李小江离开了桌子。

李建国　你到哪里去？

李小江　上厕所！

袁启慧　吃着饭上啥子厕所？

李小江　这又不是我能控制的！

　　　　[李小江走进厕所。

袁启慧　她也更年期啊？

　　　　[李建国和袁启慧吃了会儿饭，李小江皱着眉头走了出来。

李小江　马桶不能冲水了。

李建国　旁边有水管啊！

李小江　那水管多脏啊！

袁启慧　不脏的！

李小江　你们这样不觉得麻烦吗？我觉得麻烦死了。

李建国　我们习惯了。

李小江　水管上都长满霉斑了。

李建国　我明天就去叫人来修马桶吧。

李小江　哎，算了算了，不用了，将就吧。

李建国　那你什么时候跟我一起去宣传部一趟吧。

李小江　爸爸，我休息两天好吗？

袁启慧　对，休息两天。我们来好好商量一下这个房子怎么处
　　　　理，要不要把中间的墙给打通，弄成一个大房间。

李建国　中间的墙是承重墙！

李小江　房子的事情你们随便怎么搞都行，我一点儿意见都
　　　　没有。

袁启慧　晚上我要到隔壁去量一下房子的尺寸。

李建国　人家都还没有搬家，你着什么急啊？

袁启慧　我给潘万才说过了，关啥子事。小江累了吧，晚上早
　　　　点休息。

李小江　我也要去！（突然有点不好意思地）我是想去看看白
　　　　玉兰花！

袁启慧　对，我顺便去摘几朵回来。

李小江　那爸爸晚上干什么去？

李建国　我每天晚上都到江边去散散步。

袁启慧　你不要去看那个啥子牡丹艺术团的演出哈，尽是些下
　　　　流的东西。

李小江　哦，就是街上那圈破烂的布围起的东西啊？看到都脏！

不过没有想到，镇上的文娱活动还挺与时俱进的。

袁启慧 听说生意好得很，尽是些老疙瘩去看。厂头都下文件了，不准中干以上的干部去看不文明的演出。

李建国 我不得去看，麻烦！

　　[李小江和父母继续吃着饭，灯光渐弱。

　　[潘伟家，潘万才对着客厅的镜子正在梳理自己已经一丝不乱的头发。

潘　伟 你要到哪里去？

潘万才 散步。

　　[潘万才拿起身边的空气清新剂，正要往身上喷，被潘伟一把夺了过来。

潘　伟 爸，你不要把空气清新剂喷那么多在衣服上好不好。你还真把它当香水用了啊？

潘万才 关你啥子事？

潘　伟 你是去散步啊？整得这么香，呛人得很。

潘万才 （整了整衣服）你把你自己的事情整清楚就行了，记到去陈队长家。对了，袁启慧晚上要到家头来量房子。不晓得着啥子急，我们比他们家就少了个十二平米的房间，有啥子好量的。旧房子，还那么积极。我倒是巴不得早点就搬到大房子里了。

　　[潘万才走出门。

潘　伟 不要关门，通通风。

　　[潘万才还是"砰"的一声把门关了，陶正华去把门打开。

潘　伟　（对着陶正华）你就不关心老汉儿晚上到哪点去？

陶正华　脚长在他身上，我管得到啥子。

陶正华　（拿起锄头）我到江边去看看，再收点辣椒，怕要涨
　　　　水了。你和我一起去吗？

潘　伟　菜地蚊子多得很。

　　　　［陶正华扛着锄头出了门。

　　　　［周丽拿出一个本子走到潘伟身边，她去把门关了。

周　丽　潘伟，我们清点一下婚酒要请的人嘛。我这边要请的
　　　　已经整理好了，你要请哪个，也列个单子。

潘　伟　我没有要请的人。

周　丽　开啥子玩笑，没得要请的？陈队长这些你不请啊？

潘　伟　我老汉儿晓得。

周　丽　真的没有要请的？

潘　伟　嗯。

周　丽　李小江回来了，你要请吗？

潘　伟　（像是没有听清楚一样）你说啥子呢？

周　丽　李小江回来了，你，要请她不？

潘　伟　这个，你说呢？

周　丽　我不知道，我当然听你的。

　　　　［潘伟不说话了。

周　丽　也不晓得李小江回来会待多久，不晓得能不能待到我
　　　　们婚酒的那一天。

潘　伟　不晓得。

周　丽　潘伟，请她吗？

潘　伟　还是算了吧。

周　丽　为啥子呢？

潘　伟　不为啥子。

周　丽　你是觉得你和她在那种场合见面尴尬吧？

潘　伟　我有啥子好尴尬的。我是不晓得她在这儿待好久。

周　丽　你们觉得尴尬，我是理解的。毕竟，（带有些轻蔑的
　　　　口气）她是你心目中的珠穆朗玛峰。

潘　伟　都过去好久的事情了嘛！

周　丽　你心头是怎么想的你自己心头才晓得。

潘　伟　那就请她嘛。

周　丽　我就晓得，其实你心头还是想请她的对不对？这又是
　　　　一个正当的你们见面的理由。

潘　伟　和她见个面还需要啥子正当的理由？想见的话我马上
　　　　就可以到隔壁去见。

周　丽　总算说出心里话了。

潘　伟　你到底要我怎样？问我请不请李小江的是你；我说不
　　　　请李小江，不高兴的是你；我说请李小江，不安逸的
　　　　还是你，你到底要我怎样做？

　　　　[周丽低头不说话了。

潘　伟　（摸摸周丽的头）不要再东想西想了，那都是过去的
　　　　事情了。

　　　　[周丽点点头，拉住了潘伟的手。

周　丽　我们要做的事情还多得很，我还要去买请柬，你得在
　　　　请柬上写名字。

潘　伟　你写不就完了吗？

周　丽　你的字好啊！

潘　伟　随便写写，是这个意思就好了。

周　丽　对了，你结婚那天要穿啥子衣服想好没有？还有啊，你觉得我穿啥子好看嘛？

潘　伟　随便穿啥子都可以。反正办婚酒就是给父母办的，把那些送出去的人情钱都收回来。咱们只要做出配合的造型就可以了。

周　丽　只有你才这么想，我就觉得很重要，毕竟只有一次。

潘　伟　好吧。不过还早嘛，还有一个半月。

周　丽　一晃就过了。

潘　伟　到时候再说吧。

周　丽　到时候就来不及了。结婚又不是我一个人的事情。

潘　伟　好吧，好吧。你说要我怎么做就怎么做。

周　丽　你真好。你放心吧，我会把婚酒的一切事情安排归一，你只需要配合就行了。（拿出一件衬衣）街上的店子在打折，我给你买了一件。

潘　伟　啥子牌子？

周　丽　不是啥子牌子吧。但是质量很好的，而且很便宜。本来打完折要五十块的，但是我又砍到了三十，在那儿足足站了半个小时，才把价砍下来。

潘　伟　拿给你爸穿吧。

周　丽　我爸不穿这些，他都穿工作服。

潘　伟　周丽，以后不要给我买衣服了，我的衣服多得很。

[周丽拿着衣服有些不知所措。

[潘伟走进了卧室，周丽把衣服放在沙发上，进了厨房。

[李小江家，李小江在一件一件地试着衣服，最后选了一件低胸吊带裙子穿在身上。

李小江　妈妈，这件好看吗？穿上去像是只有十八岁吗？

袁启慧　穿好没有？都换了多少套了，就是到隔壁而已。

李小江　妈妈，这件好看吗？穿上去像是只有十八岁吗？

袁启慧　太低胸了。

李小江　外面都流行低胸的衣服，晓得不？

袁启慧　那个时候我们是生怕露出来，拿布把胸裹了又裹；你们现在是生怕露不出来，布减了又减。

[袁启慧换鞋，背上了一个很难看的塑料包。

袁启慧　做邻居那么多年，从来就没有到过隔壁去。

[李小江梳完头，看见袁启慧背的那个包，径直就去把包从袁启慧身上取了下来。

李小江　多难看的包啊！别背了。

袁启慧　随便背背，买买菜，有什么啊？

李小江　我不是给你买过一个皮包吗？你为啥子不背那个。

袁启慧　那个提着不方便。

李小江　那你这个也太土了。还有啊，你穿的是西裤，怎么穿胶鞋啊？

袁启慧　就是到隔壁去，穿得那么规矩干啥子？

[李建国从卧室里走了出来。

李建国　啥子事噢？

李小江　你看妈嘛，给她买好看的包不用，非要拎那么土的包，

　　　　　还有你看这鞋！

李建国　你妈啊，就是说不听。没得办法，几十年了，不晓得
　　　　收拾下自己。

李小江　你硬是一点儿也不注意自己的形象。穿着西装，穿着
　　　　胶鞋，好怪啊！

袁启慧　（一下子火了）关你啥子事嘛？我让它怪，你硬是讨
　　　　厌得很，管得宽！要丢脸又没有丢你的脸。胶鞋穿着
　　　　舒服。

　　　　［袁启慧说完，又把塑料包给背上，打开门就走了。

　　　　［李小江无可奈何，回头看着爸爸。

李建国　你妈啊，在这点上无可救药，谁说都不听。真的一点
　　　　儿形象都不注意啊！尽买些几十块钱的衣服，我给她
　　　　买的，就很好看，人家不穿啊！

李小江　哎，妈，等等我啊！

　　　　［李小江刚准备跑出去，却与又回来的袁启慧撞了个
　　　　大满怀。

袁启慧　尺子忘带了。

　　　　［袁启慧和李小江一起打开门，陶正华也正好扛着锄
　　　　头，提着两把豇豆回来了。陶正华敲门。

　　　　［潘伟家，敲门声响起的同时，电话铃声响起，周丽
　　　　去接电话。

潘　伟　我去开门。

　　　　［潘伟打开门，看见李小江第一个出现在门口，有点
　　　　儿不知所措。

潘　伟　是你?

李小江　（很热情地）潘伟，是我。

　　　　[屋里的周丽听到了门口的对话，拿着电话一边点着头，一边却转过身子来看着门这边。

李小江　你不喊我们进去啊? 我和妈妈过来看看。

潘　伟　进来进来。

李小江　要换鞋吗?

潘　伟　不用。进吧进吧。

　　　　[李小江先走了进来，陶正华和袁启慧跟着走了进来。

　　　　[陶正华把锄头和两把豇豆放到了门口。

陶正华　你们坐吧，随便坐。小江一点儿都没有变，看上去还是那么小。

　　　　[周丽挂上电话，走到了李小江身边。

周　丽　小江，啥子时候回来的?

李小江　刚刚才回来。

周　丽　你坐。喝点水不?

李小江　不了。你们家好香啊! 伸手就可以摸到白玉兰树，真好啊!

　　　　[李小江走到了窗户边，潘伟跟了过去，周丽拉住了潘伟。

周　丽　李老六打电话来了，说荔枝摘好了，等到你去拿。

潘　伟　我晓得了。

　　　　[潘伟说完还是朝李小江那边走了过去，周丽也就跟了过去。

陶正华　我们家比你们少了一间屋子，就显得小很多吧！

袁启慧　你这房子还靠江边呢，多好啊！

陶正华　靠不靠江边有啥子？房子还是大一点好。走吧，我带
　　　　你去看看。

袁启慧　咦，我怎么听到有鸡叫呢？

陶正华　（有些得意地）哦，我在厕所里养了几只鸡？

　　　　[李小江一听，惊奇地转过头来。

李小江　厕所本来就小，怎么养得下？

陶正华　我弄了一个鸡笼，上下共三层，你去看看吗？

　　　　[袁启慧和李小江想笑，但是忍住了。

潘　伟　妈，你赶紧带人家袁嬢嬢看房子，让人家站在这里多
　　　　不好。

陶正华　走吧，我们先去看看卧室。

　　　　[陶正华和袁启慧进了卧室。

李小江　（看着窗外）你们家真是太好了，一眼就能望见长
　　　　江，而且随时都那么香。

潘　伟　我摘两朵给你吧！

李小江　好啊！

周　丽　我来摘！

李小江　刚才我在楼下的时候就想摘，但是够不到，没有想到
　　　　已经长得那么高了。那会儿你跳起来就能摘得到的。

　　　　[周丽很快就从树上摘了一些花儿。

周　丽　小江，给你。

　　　　[周丽递给李小江一大捧。

李小江　哇，太多了。好安逸啊，谢谢。

周　丽　谢啥子哦，这个房子马上就是你们的了，到时候我想
　　　　要花的时候，不要不给我哦。

李小江　怎么可能不给。不过，你们就舍得这么好的房子不住？

　　　　[潘伟想说点什么，却被周丽打断。

周　丽　房子太小了，结婚不够用。再说住了那么多年，也住
　　　　够了。

李小江　这也是。

潘　伟　周丽，你给小江倒杯水嘛。

周　丽　你去倒吧。

李小江　不要麻烦，我不喝。

周　丽　潘伟，时间不早了，该走了。

李小江　你们有事啊？

周　丽　潘伟出去有点儿事。

李小江　哦，那你忙你的，我等我妈量完就走。

潘　伟　其实也没得啥子，就是到陈队长家去一趟，晚点儿也
　　　　无所谓的。坐吧。

　　　　[李小江和潘伟在沙发上坐下来，电话铃又响了，周
　　　　丽想让潘伟去接电话，但是潘伟不动。

　　　　[周丽只好拿起电话。

潘　伟　（看了一眼李小江，有些讪讪地）头发变了。

李小江　对啊，这样显小。

周　丽　（放下电话对潘伟）李老六让你去拿荔枝，他有事
　　　　要走。

潘　伟　那你帮我去拿吧！

周　丽　那是你自己的事情。

潘　伟　（站起来，把周丽拉到一边）你就帮我去拿吧，乖。

　　　　[周丽不说话，甩头走了出去。

李小江　听说你要到消防队？

潘　伟　嗯。看库房。反正到哪里都一样。

李小江　没有想到。真的没有办法把你和消防队联系在一起。

潘　伟　那清闲。

李小江　清闲？

潘　伟　这样就有时间干我想干的事情了。你呢，在干啥子？
　　　　在外面挺好的吧？

李小江　挺好的。

　　　　[说完两人便无语了。

李小江　（拿起花）真香。

潘　伟　要摘随时来摘。

李小江　嗯。对了，你还在写东西吗？

潘　伟　在，不过是随便写写而已，没得啥子意思。

李小江　啥子时候给我看看？

潘　伟　你不会有兴趣看的。

李小江　当然有兴趣，不要搞忘了我原来是你的忠实读者。

潘　伟　没得啥子意思的，你现在看的话可能会这么觉得。

李小江　你怎么这么没得自信呢？我想应该不错的。对了，你
　　　　该去陈队长家了。

潘　伟　我也不想去消防队的。

李小江　反正我印象中的你是个诗人。至于库房管理员？我没
　　　　有想过。也没有想到你都要结婚了。

潘　伟　你呢？

李小江　我？

　　　　[陶正华和袁启慧从卧室里面出来。

袁启慧　小江，我再到厨房去看看。

陶正华　周丽呢？

潘　伟　出去拿东西去了。

　　　　[陶正华和袁启慧走进厨房。

李小江　你妈妈还在种菜？

潘　伟　嗯。

李小江　这样挺好的。

潘　伟　你，结婚了吗？

李小江　怎么可能？我才十八岁！

　　　　[潘伟和李小江都笑了起来。

潘　伟　是，你看上去是还挺小的。那你在干啥子呢？

李小江　啥子干啥子？我，耍，休息。

潘　伟　你这几年都在干啥子？

李小江　工作，挣钱，花钱。

潘　伟　男朋友怎么没有一起回来呢？

李小江　没有。

潘　伟　哄我？

李小江　我哄你干啥子嘛？

潘　伟　那……

[周丽打开门走了进来，把两笼荔枝放到了地上。

周　丽　快去吧，太暗了到人家屋头去不好。哦，小江，你们还没有量完吗？

李小江　哦。对啊，我妈怎么还没有量完呢。

潘　伟　在和我妈摆龙门阵呢！

李小江　（冲着厨房喊）妈，整归一没有哦？

袁启慧　（走到客厅里）走嘛，走嘛。

[李小江刚刚站起来，潘万才回来了，有点醉醺醺的。

潘万才　哦，小江回来了啊？好久回来的？怎么一点儿都没有变呢！看上去还是那么小。

李小江　对啊，下午才回来的。

潘万才　（看到地上的两笼荔枝）这是怎么回事？潘伟，你还没有去啊？

潘　伟　嗯。

潘万才　（一下子生气了）你还不去在家头待着干啥子？你不想要工作了啊？

潘　伟　（觉得很没有面子，不耐烦地）你喝那么多干啥子？

潘万才　我问你怎么还不去陈队长家？

潘　伟　送来送去的干啥子，麻烦。

潘万才　等你啥子工作都没得的时候你就晓得麻不麻烦了。

潘　伟　我的事情你不消管。

袁启慧　潘三，你不要着急，娃儿的事情慢慢来。

潘万才　我看你哦，啥子事都做不成。喊你送个荔枝都送不出去。

潘　伟　　我不想去消防队看库房。

潘万才　　你逗你老汉儿嘛。

潘　伟　　我没有逗你。库房，不是我待的地方。

　　　　　〔潘伟说完看了李小江一眼，李小江赶紧拉了拉袁启
　　　　　慧的衣服。

李小江　　妈，走了。

潘　伟　　（拿起李小江忘在桌上的花）小江，不要把这个搞忘
　　　　　了。

周　丽　　对了，小江，来喝我和潘伟的婚酒啊，我正式邀请你
　　　　　了啊!

李小江　　（有些吃惊）好，我一定来。

潘　伟　　下个月，你还没有走吗？

李小江　　我还没有定呢。要是没有走就一定来。

　　　　　〔李小江和袁启慧离开。

　　　　　〔潘万才把荔枝拿进了屋，自己把荔枝剥开，一颗一
　　　　　颗地吃了起来。

潘万才　　我以后不得再管你的事情了。

　　　　　〔周丽不理潘伟，进了厨房，潘伟进了卧室。

　　　　　〔潘万才一个人坐在客厅里。

潘万才　　妈哟，今天晚上的演出啷个取消了嘛。嗯，这个荔枝
　　　　　好吃，是小核的。

　　　　　〔灯光渐灭。

第二幕

[李小江家的灯光渐亮，潘伟家的灯稍弱，这个时候两家都没有人。

[李小江一家从楼下走上楼梯，开门进屋，李小江一进门就打开冰箱，拿出一杯冰水喝，刚喝了一口就放下了。李建国拿着两套工作服进屋。

李小江　好大一股冰箱味啊！妈，没有在冰箱里放除臭剂啊？

袁启慧　怎么没有放呢？放了两个。

李建国　冰箱里面的东西太多了，该甩的就应该甩了，你妈就是喜欢把啥子东西都堆在里面，你说怎么不臭。（拿出一个碗）你看，还有上个月吃的红烧牛肉的汤。

袁启慧　关我啥子事，是冰箱该换得了，都用了七八年了。

李小江　哎呀，闷热得很。我刚才上楼的时候，看到一楼的墙角都长霉了，墙上也那么脏，到处都是小孩们画的鬼画符。这个楼房还是有点儿旧了。我们刚搬进来的时候，我刚刚上初中，十二岁，现在都二十七岁了。整整十五年了。我记得刚搬到这儿的时候是夏天，没有那么闷，我觉得是很凉快的一个夏天。那年的樱桃特别好吃，我和潘伟就想种一棵樱桃树，但是听说樱桃树要长六年才能成大树，才能结果，我们就没得耐心了，觉得六年过后，是好遥远的事情啊！要是当时种了，现在都不晓得有好高了。

[李小江在说这些的时候，袁启慧在忙着把工作服拿出来看。

李建国　小江，如何，带你把厂头该看的地方都看了，还可以吗？

李小江　可以。又不是没有看过，高中时候上化学课，老师就带我们参观过厂里的大化肥装置。

李建国　那个时候和现在这个时候的角度不一样嘛。

袁启慧　现在厂头的福利还是很好的。你看，这又是发的衣服，名牌的。

李小江　假名牌。

李建国　你好久到刘健一叔叔那儿去坐坐，回来都两天了也不去看看。我是给他讲了你愿意到宣传部去，但是你要亲自表态才好。

袁启慧　今天我碰到你何嬢嬢了，她喊你明天到家头去耍，而且她说会给郭伯伯说你工作的事情的。

李小江　你们就这么着急？我还没有定下来。

袁启慧　你难道还想出去打工？在外头漂来漂去好安逸啊？

李小江　不安逸，累得很。

袁启慧　那你还不安心？原来你非不回来，说是因为谭海，他在哪里你就在哪里，又哭又闹的。

李小江　那时候我幼稚嘛。

袁启慧　现在你和谭海也不好了，不回来干啥子？你和谭海还
　　　　有联系没得？

李小江　没得。

袁启慧　那他现在在干啥子嘛？

李小江　我怎么晓得嘛！

袁启慧　那谭海……

李小江　我上厕所。

　　　　[李小江走进厕所。

　　　　[袁启慧突然发现了衣服的不对劲。

袁启慧　我不是喊你登记翻领的衣服吗？怎么是圆领的呢？

李建国　我不喜欢穿翻领的衣服。

袁启慧　你不晓得你穿圆领的衣服难看啊？你的脖子这么短。

李建国　我穿着舒服就行。

袁启慧　我还专门给你说了的，喊你登记翻领的，翻领的，你
　　　　答应得倒是比哪个都好。你就是专门和我对着干。我
　　　　要做啥子，你就偏不要做啥子。

李建国　你又在这里上纲上线嘛。

袁启慧　今天上岗考试的表都发下来了，你还不给杜队长说！
　　　　你就存心要我把工作搞落，然后专心在屋头给你做饭。

李建国　你说够没有哦？

袁启慧　你还不耐烦了啊？

李小江　（这个时候从厕所里面走了出来）爸，马桶堵了。

李建国　我去看看。

李小江　你们在闹啥子？

袁启慧　你妈要下岗了！

　　　　[李建国走进厕所。

李小江　下岗是好事，成天耍，多好啊！

袁启慧　你讽刺我嘛！

李小江　我没有讽刺你，我说的是真话。

袁启慧　你和你爸是一伙儿的，就是巴不得我下岗，你们安的
　　　　都是啥子心啊？

李小江　妈，你干到现在也差不多了嘛，退休工资又不低，大
　　　　城市有好多女的，三四十就下岗了，你都五十几了。

袁启慧　凭啥子别的中干的老婆都可以不下岗，我就要下？

李小江　哎，我真的是懒得和你说。觉悟低！

袁启慧　你少说这些阴阳怪气的话，你觉悟高，为啥子半天就
　　　　不到宣传部去看看，为啥子不下定决心留下来？

李小江　你们让我再想想好不好，要是留下来，那就是一辈子
　　　　了，我不晓得我在这里会不会好。

袁启慧　怎么会不好？趁着爸爸还是个车间主任，还说得起话。
　　　　等你爸从中干上退下来，就没得人听他的了。还有，
　　　　我觉得曾小峰真是不错，你想，有那个当厂长的爹，
　　　　不晓得有好多钱，怕是用都用不完哦。你去曾伯伯家
　　　　去耍耍可不可以？去，今天现在就去！

李小江　我晓得了，晓得了。

　　　　[李小江开门离开，袁启慧走进卧室。

　　　　[李小江家的灯减弱，潘伟家的灯渐强。

　　　　[周丽追着潘伟从卧室出来，身上穿着一件红色的旗

袍，很扎眼。

周　丽　敬酒的时候我就穿这件衣服怎么样呢？站在门口的时候是需要穿婚纱的，得到县里面去租。不过我觉得这件衣服有些小，我又胖了。是不是要改改啊？

潘　伟　好。

周　丽　你别着急走啊，我还没有讲完。

　　　　［潘伟一屁股坐在了沙发上，打开了电视，不停地换着台。周丽也跟着在沙发上坐了下来。

周　丽　人家现在喜糖都不兴拿个盘子随便抓了，都是一袋一袋地装好，来一个客人，给一袋。

潘　伟　嗯。

周　丽　那你说，一袋里面是放六颗还是九颗糖？还有，买啥子牌子的？

潘　伟　随便。

周　丽　什么都随便，又不是我一个人结婚。你说！

潘　伟　九颗。

周　丽　九颗的话，在买糖上面就要多花钱，开支就要增加。要是买好的牌子的糖的话，钱就更多了，别到时候成本都收不回来。

潘　伟　六颗。

周　丽　六颗会不会太少，人家会笑话的。

潘　伟　那就九颗，多不了好多钱的。

周　丽　嗯，那好。对了，我幼师的一个同学给我寄来了他们结婚时候的那个仪式流程，我们就按照他们的来弄好不好？

潘　伟　好。现成的当然好。

周　丽　你听我给你说说。

潘　伟　不用说，到时候照着做就好了。

周　丽　你要准备。

潘　伟　还要准备？要排练不？

周　丽　要。

潘　伟　啥子？又不是演出！

周　丽　人家现在都是有主持人的。你要晓得你和我第一次见
　　　　面的时间，第一次说喜欢我是在啥子样的情况，我是
　　　　怎么回答你的，还有，你还要说喜欢我的理由。

潘　伟　（不屑地）神经病！

周　丽　你才神经病！我也要回答和你一样的问题的。现在的
　　　　婚酒仪式上，大家都这么做的。

潘　伟　我最讨厌这些乱七八糟的东西了。

周　丽　这哪里是乱七八糟的东西嘛。

潘　伟　大家是来吃饭的，不是来看我们这些表演的。

周　丽　当然会看。我每次参加婚礼，最喜欢看的就是这种仪
　　　　式了，每次人家新郎向新娘说"我爱你"的时候，我
　　　　都感动得不得了。我就想，等我当新娘子的那一天，
　　　　我也要这样。

潘　伟　我每次看到他们这样的时候，我都会起一身鸡皮疙
　　　　瘩。我觉得特别恶心，喜不喜欢，自己心头最晓得，
　　　　不是在大家面前说了，就是喜欢，不说就是不喜欢。

周　丽　你从来都没有说过你喜欢我。不管是有外人还是没有
　　　　外人在的情况下。

潘　伟　你晓得我不是这种人，我不愿意把这些放在嘴上的。

周　丽　那你心头放没有放，你心头是怎么想的？从一说结婚
　　　　开始，你就开始躲，问你啥子你都不晓得。如果你要
　　　　是觉得，是因为你和我要了这么久的朋友，在大家面
　　　　前都不好交待才和我结婚的话，我不需要。

潘　伟　不是的。

周　丽　你是不是不想结婚？

潘　伟　我不晓得。

周　丽　你不晓得？那你的意思就是不想？

潘　伟　不是。（深吸一口气）周丽，我是觉得，我思想上还
　　　　没有准备好过婚姻生活。

周　丽　你啥子意思？

潘　伟　我觉得你还是一个需要人照顾的人，但是我照顾不
　　　　来你。

周　丽　你是说我对你还不够好？没有让你省心？

潘　伟　不是。你对我太好了，我都不晓得怎么做才能对得上
　　　　你的好。

周　丽　我不需要你照顾，你这些都是借口，原因是你并不喜
　　　　欢我吧？

潘　伟　不是，我是觉得我和你想法还是太不同了。你看，你
　　　　把婚酒看得很重，但是我觉得根本就是一个形式。我
　　　　不按照你说的做，你就觉得我不喜欢你，就开始上纲

上线，我不晓得嘞个劝你。

周　丽　那都是你不能给我安全感，我总是在猜你的想法，我总觉得你并不喜欢我，是因为我对你好，你才和我好的。所以你做啥子事情，我就会一下子和你喜不喜欢我联系来一起。你从来就没有说过你喜欢我。

潘　伟　我觉得这种话，很难说的。

周　丽　那是对我吧？你以前对李小江，恐怕不是这个样子，恐怕啥子都说得出来吧。

潘　伟　不要再在这里胡说八道。行了，我按照婚酒仪式来，行不行？

周　丽　你是勉强答应的，我不愿意勉强你。

潘　伟　没有勉强，我心甘情愿。

周　丽　那你为啥子开始说不。

潘　伟　我怕麻烦，而且，我觉得，你对我那么好，我也没有别的什么方式来回报了。

周　丽　真的？那是出于喜欢我还是同情我？

潘　伟　（停了一下，慢慢说道）喜欢你。

周　丽　那好吧。

　　　　［周丽把那张仪式的纸条收了起来。

周　丽　对了，你没有去陈队长家，你还去得了消防队不？

潘　伟　不晓得。能去就去，不能去就算了。

周　丽　那你怎么办？

潘　伟　再说吧。

周　丽　对了，你需要念一封当年你写给我的情书。

潘　伟　这也是仪式上的？

周　丽　嗯。我晓得你没给我写过情书，但没关系，你可以补一份。写东西对于你来说是很擅长的。

潘　伟　（有点不耐烦）仪式上还有啥子？

周　丽　婚酒开始的时候，你要一个人先出来，我不和你一起出来。

潘　伟　嗯。

周　丽　然后你要叫我的名字，要找我，要一直叫到我出来为止。

潘　伟　嗯。

周　丽　然后我爸爸要牵着我的手出来，然后问你愿不愿意娶我，愿不愿意一辈子照顾我。在你说了愿意以后，我爸才把手交给你，由你带着我……

潘　伟　要我跪着找你吗？

周　丽　跪着倒不必了。不过现在大家都流行这种，国外的婚酒形式……还有啊……

潘　伟　（爆发了）你自娱自乐去吧！我不陪你耍！

周　丽　你刚刚还说可以的！

潘　伟　你简直就是蹬鼻子上脸。

周　丽　你说话怎么这么难听？刚刚你还说可以的。

潘　伟　我现在说不了。

周　丽　你就是不喜欢我！

潘　伟　随你怎么想。

　　［潘伟说完摔门进了屋，周丽哭着跑进了屋，换了件

衣服，抱着旗袍跑下了楼。

[楼下，李小江提着一筐荔枝往回走，在单元楼下与
周丽撞了个满怀。

周　丽　哦，小江。

李小江　周丽，你怎么了？哭啥子呢？

周　丽　没得啥子，你去买荔枝了？

李小江　走，到我家头去吃荔枝。这个荔枝多好的，全部是小
　　　　核的。

周　丽　我不去了。

李小江　你有事啊？

周　丽　也没得啥子事。

李小江　那走我屋头去耍会儿嘛。我一直就想找你耍的，但是
　　　　看你都那么忙。

[周丽没有说话，李小江拉着周丽往楼上走，一起进
了家门。

[李小江家，袁启慧正要出门。

李小江　妈，你要到哪里去？

袁启慧　工会发电饭煲，我去看看。

李小江　爸爸呢？

袁启慧　还在修马桶。

李小江　（指着手里的荔枝）这是曾伯伯给的。

袁启慧　肯定是好荔枝。人家送的，肯定吃都吃不完。

[袁启慧离开，李小江和周丽坐在沙发上，李小江把
荔枝拿出来给周丽吃。

李小江　吃吧吃吧，不要客气。

周　丽　你才要多吃点，在外面吃不到。

李小江　荔枝倒是多的是，但是都是广东那边产的，太甜了，没有果酸味。还是咱们这儿的荔枝最好吃了。

周　丽　今年荔枝歇树，卖得贵。得十块钱一斤呢！

李小江　不算贵的，外面更贵的。

周　丽　这里的物价当然是不能和外面大城市的比。你回来肯定不习惯吧，还是大城市好吧？

李小江　家里当然好啊，衣来伸手，饭来张口，空气又好。就是吃辣椒不行了，天天拉肚子。

周　丽　水土不服了？

李小江　不晓得。其实在外面我也拼命地找有辣椒的东西吃的，但是回来还是拉肚子。

周　丽　强强呢？

李小江　把它关在屋子里呢，不要它出来，不然又乱叫。

周　丽　对了，你这次回来什么时候走呢？

李小江　还没有定呢，也许就不走了，就留下来了，在厂里工作。

周　丽　什么？你不走了？

　　　　[周丽一下子被荔枝呛着了。

周　丽　为什么？

李小江　不想出去了，外面好是好，就是有点累。

周　丽　外面多好啊，潘伟原先还一天到晚地想出去呢。要是你不走了，无论如何要来参加我们的婚酒。

李小江　到时候看吧，还没有最后定呢。对了，你们的婚酒准
　　　　备得怎么样了？

周　丽　刚才还因为婚酒的事情吵了一架。

李小江　嗨，两口子哪有不吵架的。

周　丽　其实也没有多大的一点儿事，我做得不太妥当。

李小江　没事儿就好。

周　丽　还是我太任性了。

李小江　女孩儿嘛，肯定有任性的时候。

周　丽　事情是这样的……我们在商量婚礼……

李小江　（打断）不愉快的事情就别再想了。

周　丽　关于我们的婚礼……

李小江　不想说就不要说嘛。

周　丽　不，我要说。潘伟说想在婚酒的时候弄一个仪式，然
　　　　后想在仪式上念一封他给我写过的情书。我觉得难为
　　　　情，就不愿意他这么做。他就不高兴了，觉得我不在
　　　　乎他对我的感情，不理解他的用心。

李小江　是吗？那你们应该好好沟通沟通，不过，这倒是潘伟
　　　　的作风，他现在还这样啊？

周　丽　他原来是这样吗？

李小江　（觉得有些尴尬）不过可以看出，潘伟对你倒是真的
　　　　很用心的。

周　丽　他原来也是不会照顾人的，现在好多了，早上起来还
　　　　晓得给我冲杯蜂糖水。

李小江　真细心。

周　丽　你怎么样呢？

李小江　什么怎么样？

周　丽　男朋友怎么没有带回来呢？

李小江　我没有男朋友。

周　丽　不可能吧，你怎么会没有男朋友呢？

李小江　就是没有啊，这有什么奇怪的。

周　丽　你还是赶紧找一个男朋友结婚吧。

李小江　又不是说我想结，在路边随便找一个男的就结了。

　　　　［李小江和周丽哈哈大笑起来。

周　丽　对了，你看看我这件衣服怎么样，敬酒的时候穿的。

李小江　嗯，挺好看的。我不晓得好久才可以穿上这种衣服了。

周　丽　你试试吧。

李小江　我试啥子哦？

周　丽　试试，我也不知道外人看这件衣服怎么样，你就算是
　　　　穿给我看吧。穿吧，穿吧。

　　　　［周丽把衣服塞到李小江手里，李小江犹豫了一下，
　　　　还是拿过来了。李小江进屋去换了衣服，走出屋来。
　　　　显然就比周丽穿着要好看得多。

李小江　好看吗？

周　丽　挺好看。衣服真不错。

　　　　［李小江突然来了兴致，假装端起一个酒杯。

李小江　来，我敬你一杯。

周　丽　祝你们天长地久。

　　　　［李小江和周丽哈哈大笑起来。

李小江　（抚摸着身上的衣服）哎，真是挺好的。我穿起这件衣服，都觉得激动起来。我还是把衣服换回来吧，不然我膨胀来姓啥子都不晓得了。

　　　　[李小江进屋去换了衣服，把衣服递给了周丽。

周　丽　我觉得领了证和没有领证最大的区别就是，领了证我就心里很踏实，觉得很幸福的。虽然潘伟像个孩子，好多事情都需要我来照顾，但是看到他被我照顾得很好，我就觉得很满足了。我不像你，在外面闯，见过大世面，我就在幼儿园工作，我去过最远的地方就是泸州。但是我还是觉得有潘伟在身边，就是在这个旮旯里，我的生活都多有滋味的。

李小江　周丽，我真是羡慕你。

周　丽　小江，你讽刺我哦？

李小江　我说的是真心话。

周　丽　不过我还是觉得你适合在大城市，都出去了，再回来恐怕还是不容易。那些多话的人还不晓得会怎么说你呢。

李小江　我才不会管人家怎么说呢。

周　丽　是啊，这符合你的性格。你就是多直的，生活得多自在，不会管人家怎么看，我就不会这样。我真是羡慕你这种性格。

　　　　[李小江不知道说什么了，拿出荔枝来吃。

周　丽　小江，你们大城市的人都是那么晚都不找男朋友吗？

李小江　我哪里是大城市的人？

周　丽　还是找得了。你看我们班的同学，好多人的娃儿都多
　　　　大了。

李小江　我还没有玩够呢，娃儿，多麻烦啊，我是不会生娃
　　　　儿的。

周　丽　不生娃儿？这要是在大城市还可以吧，要是在这种地
　　　　方，不生娃儿的话，不晓得会把你传成啥子样子。

李小江　照你这样说，我要不生娃儿，就不能在这儿了？那我
　　　　就不在这儿好了。

周　丽　大城市的人思想开化嘛！

　　　　［这时候，手机铃声响了起来。

李小江　爸，你的电话。

　　　　［李建国戴着手套走进客厅。

李建国　（拿起电话）喂，要得啊，我马上就来。

李建国　小江，现场有个仪表出问题了，我去一趟，厕所下水
　　　　道可能有东西堵上了，我回来再弄。

李小江　啊？那你好久回来？我到哪点去上厕所呢？

周　丽　厕所堵了？我叫潘伟过来修修好了，我们家的这些事
　　　　情都是他在处理。

李建国　不用了，等我回来再说，不消麻烦。

周　丽　没有关系的。

李建国　那就麻烦了。

　　　　［李建国离开，周丽拿起电话打给潘伟。

周　丽　潘伟，到隔壁来吧，小江家的厕所堵了，你过来修一
　　　　下吧。

[潘伟在隔壁拿着电话。

潘　伟　你怎么到隔壁去了？

周　丽　你快过来嘛，小江和我都在等你。

[潘伟拿着工具，来到小江家。

李小江　真是麻烦你了。

周　丽　没有关系的，我们潘伟对这种事情还是比较在行的。

[潘伟没有说话，走进了厕所，李小江和周丽则靠在厕所门上，看着潘伟在修。

李小江　潘伟，你要喝酸梅汤不？

潘　伟　不消得。

周　丽　家里也有。

李小江　是我妈自己熬的酸梅。

潘　伟　那喝一杯嘛。

李小江　（去冲酸梅汤）周丽，你要喝吗？

周　丽　我喝潘伟的就可以了。

李小江　没有关系，再冲一杯就好了。

周　丽　我就和潘伟喝一杯。多了也浪费了，我就是尝尝，我自己也熬酸梅的。

李小江　你真了不起，你还会熬酸梅汤。

周　丽　跟潘伟的妈妈学的。

李小江　我啥子都做不来。

周　丽　不要怪我多嘴，啥子都做不来不好。

李小江　是啊，我也晓得，但是就是不会做，没有这根筋。

周　丽　没事儿，以后你老公晓得帮你做。现在外面的女的好像都是这样子的。

潘　伟　你们别在这里看着了，臭烘烘的。

李小江　没有关系。你在这里干活儿，我们在一旁啥子都不干，
　　　　不好的。我们至少在精神上要支持你的。

潘　伟　那就随便你们了。不过，女娃儿本来就不应该干这
　　　　些的。

李小江　我以前的那个男朋友，连灯管都不会换。

潘　伟　那还是男的吗？

周　丽　你怎么说话的？爱因斯坦都不一定会换灯管，会修下
　　　　水道。

李小江　所以周丽你多幸福，爱因斯坦不会的，潘伟都会。

潘　伟　小江骂人一向不带脏字，却字字见血。我记得高中的
　　　　时候，有一次我和小江……

周　丽　潘伟你快点儿吧，该回去弄晚饭了。

潘　伟　那你先回去吧。

周　丽　我还是等你吧。

潘　伟　我记得我和小江……

周　丽　潘伟你要喝口水不？

潘　伟　不了！好了，弄好了。

李小江　太好了！

李小江　周丽（几乎同时转过身去，几乎同时说）我给你拿水。

　　　　[两人都有点儿尴尬。

李小江　周丽你去拿吧，我把厕所冲冲。潘伟，你洗洗手吧。

潘　伟　你们家用的是洗手液？

李小江　对啊，洗手液不伤皮肤。

潘　伟　我们家那些人都觉得洗手液冲不干净，我就觉得洗手
　　　　液很好用。

李小江　你坐会儿吧，我冲冲厕所。

潘　伟　我来。

李小江　不用，已经很麻烦你了。

潘　伟　我来！

李小江　那谢谢你了。

　　　　[周丽看着厕所门口站着的李小江，没有说话，端着
　　　　水走到她身边。

潘　伟　你把水端到厕所这边干啥子？放在茶几上，我晓得喝。

李小江　潘伟你真是，人家周丽一片好心。

潘　伟　好，弄好了，你检查一下。

李小江　我还敢检查啊？好得很，快来喝水！

　　　　[李小江和潘伟、周丽在沙发上坐下。

李小江　你要吃荔枝不？

潘　伟　不要。

李小江　你吃两颗嘛，很甜的，小核。

潘　伟　好。

李小江　我帮你剥皮。

　　　　[李小江刚拿着一颗，觉得不太对劲。

李小江　还是喊周丽给你剥皮吧。

　　　　[李小江把荔枝递给周丽，周丽并没有接，潘伟把荔
　　　　枝接了过来。

潘　伟　我自己来。

[潘伟把荔枝放进嘴里。

潘　伟　真是甜啊！

周　丽　就是多甜的。是人家曾总家给小江的。

潘　伟　他们的荔枝倒是吃不完！

周　丽　是啊，小江想吃荔枝也简单啊，只要给曾小峰说一声。

[李小江有些尴尬。

潘　伟　周丽，走得了。

李小江　不再多坐会儿？

潘　伟　不了。

李小江　那真是谢谢你。

潘　伟　不关事。以后这种事情找我就是。就算你以后不在这儿，我们搬走了，要是你爸妈需要帮这种忙，说一声就是。

周　丽　就是，你爸妈年纪也大了。这里跟大城市比不得，有啥子物业公司，专门修管道的，这里没有。

潘　伟　是啊。那你打算耍好久？

李小江　我，可能就不走了，就留下来了。

潘　伟　（吃惊地）啥子？

周　丽　（挽住潘伟的手）那你一定要来参加我们的婚酒了。

[这个时候，下班号子响起，李建国、袁启慧、潘万才纷纷回来，先后上了楼梯，陶正华拿着两捆菜，扛着锄头，他们分别各自回了屋。

[潘伟和周丽离开李小江家，回到自己的屋里。

[李小江家，袁启慧和李建国把吃饭的桌子板凳摆好，李小江一样一样地把菜摆出来；潘伟家，周丽和陶正华把饭桌支好，把饭菜端到了饭桌上。两家人几乎在同一时间打开电视，开始吃饭。

[电视里传来午间新闻的声音。

[李小江家。

李小江　妈，以后炒菜少放点辣椒，回来以后我天天拉肚子。

袁启慧　我没有放好多。

李小江　吃得清淡点好，四川人的饮食习惯不好，大油大腻，容易生病。

袁启慧　人吃五谷杂粮，哪点有不生病的？中午把这些菜都吃干净，晚上要到隔壁去吃饭。

李建国　笑人得很，做了那么多年邻居，前天第一次进他们家门，今天又要喊我们过去吃饭。

袁启慧　潘万才到处和人说他们装修过的，我们买他的房子是占便宜了。那天一看，他那叫啥子装修嘛？本来我们的水磨石地板多好的，他要整那种木地板，那个材质又不好，有些地方都翘起来了。关键他们家的那个厕所，陶正华养些鸡在那点，那个鸡屎味哦，重得很，估计味道都渗透到墙壁里面去了。我就给他说了，喊他把地板撬了，我不要他那个装修，就恢复到原来的那个样子。

李小江　恢复也恢复不成我们这个样子啊。当初你还不是闹着要装修，被爸爸阻止了啊！

李建国　小江，来，喝碗鸡汤。

李小江　妈，不要再吃鸡吃鸭了，我都吃闷了。

李建国　你妈今天又买了两只鸡。

李小江　啊！怎么又买了啊？

袁启慧　（兴奋地）这两只鸡啊，相当于是白来的。

李小江　你捡的啊？

袁启慧　我们车队旁边的那个院子拆了，好多砖在那儿放着没
　　　　人要，我就喊了一个农民来，卖给那个农民了。正好
　　　　是两只鸡的钱。

李建国　你搞这些事情干啥子嘛？你又不是缺这几个钱！

李小江　就是啊，你这样好笑人啊。

袁启慧　有好笑人？你喝鸡汤的时候不觉得笑人？要怪还不是
　　　　怪潘万才他们管理有问题，他们不处理那些砖，我就
　　　　帮他处理了。

　　　　［李建国看了一眼袁启慧，叹了口气，没有说话，转
　　　　向了李小江。

李建国　对了，小江，想好没有，到底到不到宣传部？不到宣
　　　　传部到工会？生产单位钱是拿得多，但是要倒班，太
　　　　辛苦了。

袁启慧　或者到厂长办公室？和领导打交道。

李建国　你以为厂办好待啊？在厂办上班的人哪个不是人精？

袁启慧　反正小江是不走了，是吧。你现在到外面去，还不是
　　　　要现找工作，而且还不一定找得到。

李小江　就是。在厂头也挺好的。

李建国　是吧，你早就该回来了。当初就不该出去。对了，过
　　　　两天又要发东北大米了。

袁启慧　你们今天开中干会议是不是说了那个"文艺演出"的
　　　　事情？

李建国　啊。你又听哪个说的嘛？

袁启慧　这你就不要管了，反正我晓得。说是老板给你们打了
　　　　招呼了，中干以上干部不准看那个演出，影响太不好
　　　　了。说看了的，要被停级处分啊？

李建国　啊，说是这么说的。

袁启慧　听说这个演出看的人多得很啊，说那些退休的老头兴
　　　　奋得很啊，那些女的还要坐在那些老家伙的腿上。任
　　　　医生家的那个老头和任医生这两天老打架，就是因为
　　　　他们家那个老头看了演出，吃了饭抹嘴就走，碗也不
　　　　洗，孙儿也不带了。

李建国　是不是哦？

李小江　这些事情都是越传越神奇。

袁启慧　真的。今天任医生在工会主席面前一边哭一边说的，
　　　　我听到了。

李建国　你听到就听到了，不要到处乱说哈。

袁启慧　我给哪个说嘛！哦，对了，听说潘万才也看了的。

李小江　潘伟的爸爸怕不会哦。

袁启慧　我看就是。一看就晓得他是那种长不醒的人，他不是
　　　　和他们单位的那个会计还搞不清楚啊。

李小江　妈，你硬是恼火得很，一天到黑就晓得东说西说的，

各人把自己的事情管好就可以了。你没看到我们单元门口写的字啊！看好自己的门，管好自己的人。

李建国　你妈就是这个样子，没得事情干。

袁启慧　我是没得事情干？怪哪个？还不是怪你不帮我去给杜队长说，一下岗我就真的是啥子事情都没得了。

[李建国和李小江不说话了。

袁启慧　你们啥子意思？不理我？是嫌我这个老太婆烦人了？我把你李小江养大，给你李建国洗衣做饭，伺候你爸妈，养老送终，我对我自己的爸妈都没得弄好，现在嫌弃我了？

李小江　（憋了半天，突然说了一句）妈，我明天去给你买两盒太太静心口服液吧。

袁启慧　（勃然大怒）我不是更年期！

李小江　妈，你真的就是更年期综合征。这不是啥子丢人的事情。

袁启慧　（啪地把筷子一扔）我不是！

[潘伟家。

周　丽　李小江说她要在厂头工作了。

潘万才　在外面混半天，没有混出名堂出来，还是觉得厂头好吧。（对潘伟）你还一天到晚叫着要出去。

陶正华　我今天听到船上的人说要涨水了，你们帮我去把河坝头的那些菜收了嘛。

潘万才　潘伟去帮你妈收。

潘　伟　你不要听风就是雨。去年你也是说要涨水了，把菜收来堆在屋子里，结果没有涨水，菜吃都吃不完，烂在家里，惹得虫子到处飞。

陶正华　今年真的是要涨水啊。我的那些辣椒、茄子长得多好的，没有用过农药的。

周　丽　我今天听说厂头的老板们不准中干以上的干部去看那个文艺演出。

潘万才　对头。真的是管得宽。

潘　伟　不晓得有啥子看头。那些女的个个都油光满面，肥头大耳。

周　丽　你怎么晓得？你去看了啊？

潘　伟　我才不得去看，听到他们摆得起劲得很。

潘万才　我喊李小江他们家晚上过来吃饭。

潘　伟　为啥子？

潘万才　不为啥子，吃顿便饭。反正你妈种的那些菜没得地方销。

　　　　　〔潘伟、潘万才和周丽没有搭腔。

　　　　　〔这个时候，一则新闻吸引了两家的注意。

　　　　　〔潘伟家所有的人都看着电视，李小江和李建国坐在饭桌旁看着电视，而袁启慧则从卧室走了出来，倚靠在门边。

播音员　北京时间8月10日晨10时22分，北京体育大学青年教师张健抵达蓬莱阁东沙滩，完成了挑战人类极限的壮举，他不借助任何漂浮物横渡了渤海海峡，创造了男子横渡海峡最长距离的世界纪录。经国际级游泳裁判周玉成认定，张健 10 时 22 分到岸，总行程 123.58 公里，用时 50 小时 22 分。

［李小江家。

李建国　这个人不得了哦，游了那么多个小时。

李小江　我觉得这种人最无聊了，就像那种破吉尼斯世界纪录的，一点儿用也没有。

［潘伟家。

潘万才　我年轻的时候，游泳也凶得很。渤海湾可能还是横渡不了，还差那么一点点，但是这个长江还是随便横渡得了的。

潘　伟　长江没有涨水的时候，水面还是很窄的。

潘万才　涨不涨水我都一样得行！

［潘伟不屑地一笑。

潘万才　你娃儿就不得行，就算是不涨水的时候，都游不过去。潘伟，我有时候都觉得奇怪，你咹个一点儿都不像我。

陶正华　游得过去又怎样？

潘　伟　幸好不像你。

［周丽开始收拾碗筷，陶正华出门。

周　丽　嬢嬢你出去散步啊？

陶正华　我去摘点儿辣椒回来。能摘多少算多少。

潘　伟　妈，你把厕所用水冲一下，鸡屎味重得很。

陶正华　我怎么没有闻到呢？

潘万才　我也出去了。

［潘伟坐沙发上看着电视，周丽来来回回地收拾着

碗筷。

[潘万才哼着小曲，叼着牙签就从楼梯上下来，走到楼下的时候，和陶正华各自走了不同的方向。

[李小江家，李建国出门，剩下李小江在收拾碗筷。

李小江　妈妈，你再吃点儿饭嘛？

袁启慧　不吃了。

李小江　你还在气啊？

袁启慧　我气啥子？没有！

李小江　还说没有。我这次回来，发现你对爸爸的意见总是那么多啊？一会儿又说他这不对，一会儿又说他那不对。

袁启慧　他做的那些事情本来就让人觉得烦。

李小江　你和爸爸原来都从不吵架，现在怎么回事？

袁启慧　我也没有和他吵架，他这种人，和他吵都吵不起来，绵得要命。

李小江　那还不好？

袁启慧　他哪怕要是和我吵一架，我心头也舒服点。他啥子事情都不说，我就总觉得他隐藏了很多事情。

李小江　妈妈，我觉得你真的是多心了。爸爸能隐藏啥子？工资本、奖金全部都交给你了的，做饭洗碗他都要做，还要怎么样嘛？

袁启慧　唉。我也不晓得怎么回事，就是觉得心头烦。你晓得不，我真的是害怕下岗下到我头上了。小江，你说我要是下岗了怎么办？在家里头耍？给你们做饭？看着天从亮到黑，从黑到亮？

李小江　你可以去跳跳舞啊，打打麻将啊！

袁启慧　我才不去跳舞！那些跳舞的个个都把自己当领导，退休前没有当过领导，现在对那些跳舞的老太婆还吆五喝六的。

李小江　妈妈，你总不可能一直干下去啊。我现在倒是想退休了。

袁启慧　你才工作几年？

李小江　是啊。或者一觉醒来就三十几了，老公也有了，工作也有了，娃儿也有了。

袁启慧　三十几岁又有三十几岁的烦恼和痛苦。

李小江　也是。妈，你说人一辈子要经历多少痛苦，才能寿终正寝？

袁启慧　不要乱说，什么死不死的？

袁启慧　我觉得你就是不该出去。在外面这几年，荒废了。

李小江　就是。我现在也这么觉得。我本来还觉得有些不甘心，觉得自己都在外面那么多年了，再回来，有些想不过。但是，我看到潘伟和周丽，我觉得他们还是多幸福的。

袁启慧　就是啊。当时你和谭海好的时候，我们大人怎么说也不听，让你回来，给你说相亲的对象，怎么都不愿意。

李小江　那个时候我怎么想得到那么多，我就是觉得会和谭海结婚的，那个时候他也对我很好啊。

袁启慧　妈妈问你，你这次为啥子决定要回来了？

李小江　旅行社的工作很不顺利。本来海南那条线路应该是我
　　　　负责任的，我也做了很多工作，结果就被别人顶了，
　　　　很沮丧的。投资饭馆的钱又一分也没有收回，就突然
　　　　觉得在外面那么几年都白忙活了。我记得特别清楚的
　　　　是，那天，又该交房租了，我从折子里取了三千块钱
　　　　过后，就只有一千块钱了，我走在过街天桥上，就觉
　　　　得特别难过。桥下车来车往，两边都是高楼大厦，好
　　　　繁华的都市啊！但是我觉得这些跟我又有啥子关系
　　　　呢？我啥子都没得。当时我就突然非常想结婚，我觉
　　　　得要是结婚了，就啥子都好了，我就安全了。但是我
　　　　给谭海说的时候，谭海说他不想结婚。他说他还是个
　　　　孩子，都快三十了，他还说他是个孩子。他说对婚姻
　　　　没有信心，说是一想到要对一个人负责任，就觉得无
　　　　法承担。他说还没得房子，还没得车子，拿啥子和我
　　　　结婚。其实我觉得这些不重要的，只要他是属于我
　　　　的，我觉得所有的一切都是可以慢慢来的。当时你和
　　　　爸爸结婚的时候不也是啥子都没得，住的还是爸爸单
　　　　位的宿舍吗？还是他同事把床让了出来的。

袁启慧　时代不一样了。那个时候，全中国的人结婚都是这个
　　　　样子。妈妈说句心里话，谭海这样想还是有道理的。
　　　　他没有北京户口，工作不稳定，父母没退休工资也没
　　　　医保，这些问题都很具体。没有经济基础，以后的日
　　　　子不好过。男人啊，不能穷，尤其是在现在。一穷就
　　　　容易酸，一酸就更穷。

李小江　我觉得啥子承担不起家庭的责任都是借口，就是他不
　　　　够喜欢我。

袁启慧　那你都觉得他不喜欢你了，你都晓得了，就算了啊。

李小江　我期待他长大，能够负责任那一天。但是我不晓得会
　　　　不会有这一天，也不晓得这一天是在一年后，两年
　　　　后？那个时候要是他再不想结婚怎么办？我都快三
　　　　十了。

袁启慧　那就只能说是缘分没有到。你们两个，一个想结，一
　　　　个不想结，不是扯的啊？

李小江　是啊。你说我在北京待着还有啥子意思嘛。

袁启慧　那你就安安心心地在这儿吧。

李小江　我今天看着周丽的那件结婚穿的衣服，我都羡慕得不
　　　　得了。

袁启慧　有啥子好羡慕的，你还怕找不到吗？

袁启慧　对了，我一直想问你一个事情，但是我又觉得不好
　　　　说的。

李小江　你说嘛。

袁启慧　你和谭海是不是住在一起过？

李小江　没有。

袁启慧　好，我听了这句话心头就踏实了。我那个时候就一直
　　　　在给你说，再谈恋爱也要保持距离。你表姐，前天才
　　　　做了刮宫手术，宫外孕，以后还能不能生娃儿都不一
　　　　定。你说她还没有结婚，以后哪个还敢要她？这就是
　　　　不自重啊！不自重的人，没有好结果的。

[这时候，家里的电话铃声响起，袁启慧去接电话。

袁启慧　喂？小江在，你是哪个？你等会儿。

袁启慧　（把电话递给李小江）是谭海。

李小江　他怎么打到家头来了？

[李小江拿起电话，袁启慧一直盯着她。

李小江　喂……我手机没有电了……嗯……我什么时候给你说过我只是度假的。……我是不打算回去了，我又不是没给你说清楚……现在说这些也没有什么意思，我都懒得说了。……行了，我有事情，先挂了……对了，以后也不要再给我打家里的电话了……

[李小江把电话挂上。

李小江　谭海喊我回去，他还以为我是在和他赌气呢。我是不会再回去了。

[这个时候，楼下响起"哐当哐当"的声音，以及吆喝声："磨剪刀哦，抢菜刀！磨剪刀哦，抢菜刀。"

袁启慧　我把菜刀拿到下面去磨磨。

[袁启慧出门，遇见也去磨菜刀的周丽。两个人一起下了楼，遇见抱着两大包菜的陶正华。

袁启慧　那么多菜？

陶正华　对头，今天晚上全部吃我自己种的菜。

袁启慧　那肯定安逸得很。

[潘伟家。

[潘伟翻出了一摞稿纸，一张张地看着，陶正华把菜抱进了厨房。

[同时，李小江则在房间里来来回回地走动着，她打开录音机，里面传来罗大佑的歌。

是否这次我将真的离开你
是否这次我将不再哭
是否这次我将一去不回头
走向那条漫漫永无止境的路

渐渐地，李小江也跟着唱了起来。

是否这次我已真的离开你
是否泪水已干不再流
是否应验了我曾说的那句话
情到深处人孤独

[歌声传到了潘伟家，潘伟放下手中的稿纸，先是静静地听着，然后拿着稿纸走到窗户边，一边翻着，自己也跟着唱了起来。李小江和潘伟，在两隔壁，一起唱起了这首歌。

多少次的寂寞挣扎在心头
只为挽回我将远去的脚步
多少次我忍住胸口的泪水
只是为了告诉我自己

我不在乎

是否这次我已真的离开你
是否泪水已干不再流
是否应验了我曾说的那句话
情到深处人孤独

[在歌声中，其余的人都到了潘伟家，陶正华、周丽、袁启慧在潘伟家摆着饭桌，端着菜肴，把凳子一张张摆好。

[等音乐停止的时候，李小江从家里来到潘伟家。这时候，大家已经坐在同一张饭桌前。

袁启慧　这个自己种的菜就是好吃，比农民种的都好吃。现在的农民都懒了，不饮粪，用化肥。

潘万才　小江，听说你要回厂啊？

李小江　是啊。

潘万才　还是家里好吧？

李小江　嗯。金窝银窝不如自己的狗窝。

潘万才　就是。不过这还不是你的窝，是你爸妈的窝。你好久成家立业了，那才是你自己的狗窝。

李小江　还早。

潘万才　哪里还早，你看我们潘伟都结婚了。我是看到你们长大的。

周　丽　小江，既然你不走了，你就留下来给我们当伴娘吧。

李小江　我想想吧。

周　丽　你不愿意吗？

李小江　我都当了两次伴娘了，人家说要是超过了三次，就不好嫁人了。到时候我妈妈还不跳起来。

周　丽　你小江想要嫁人还不是很容易的事情。

李小江　那我明天到街上去，举个牌子说，我要结婚，哪个愿意？

袁启慧　你硬是一天到晚地胡说八道。

李建国　你们的新房子选好没有嘛？

潘万才　差不多了。我早就想搬了，在这里一住就住二十多年，太窄了。你们还好些，双职工是三居室，像我们这样的半边户就只有两居，等潘伟结了婚，有了娃儿，是肯定没有办法住下去的。

袁启慧　结了婚还是早点要娃儿，这样两个老的还能帮着带。再不生的话，我们就带不动了。

周　丽　嗯，晓得了。

　　　　[潘伟没有说话。

李小江　时间真的是快，我都觉得自己还是个娃儿，你们就要有娃儿了。我第一次到子弟校上课的样子我都还记得清清楚楚。妈妈把我丢到教室门口就走了，我都不敢进去。王老师把我带进去的，我第一眼注意到的就是潘伟，因为他一直在看着窗外，结果被王老师点名，要他背古诗，大家都以为他背不出来，结果他真的背出来了。

潘　伟　我都有点儿搞忘了。

李小江　我记得到。背的就是"鹅，鹅，鹅，曲项向天歌"。

潘　伟　我想起来了。（和李小江一起背了起来）"白毛浮绿
　　　　水，红掌拨清波。"你晓得当时我在看啥子不？我看
　　　　到窗子外面的那块田头，几只鹅正在打架。

李小江　还多符合当时的意境。

周　丽　小江，多吃点儿菜。

李小江　嗯，我已经很胀了。

周　丽　小江，你说婚酒的时候我弄啥子发型好看呢？

李小江　我都不晓得，你就到理发店去，喊理发师给你弄就好
　　　　了。不过我觉得这个地方的理发师也弄不出啥子好的
　　　　来，就只有将就了。城里面现在都流行婚庆公司的，
　　　　一条龙服务，省心。

袁启慧　但是不省钱。

潘　伟　我还记得小江当时戴了一个发卡，那个发卡是个紫色
　　　　的帽子，洋气得很。班里的其他女同学戴的都是纱
　　　　纱花。

袁启慧　那是小江的爸爸在我们调到这里来之前，从成都给小
　　　　江买的。想起当初，要我们支持化工建设，到泸州建
　　　　厂，结果到了这么个镇子上，来的时候，连水泥路都
　　　　没有，全部是烂泥路，脏得要命。

李建国　现在有水泥路了呀。

李小江　还是脏。一出太阳全部是灰尘，一下雨又尽是泥浆。
　　　　我记得在上大学走之前没有这么脏啊！

李建国　现在不是在搞建设嘛，哪个地方都在搞房地产。

袁启慧　我们这个地方的房子都卖到六百块钱一平米了。我们这套房子，买的时候才几千块钱。

李小江　几百算啥子，现在城头的房子都是好几千，上万一平米。

袁启慧　这个地方变化还是大。

李小江　就是脏。

袁启慧　我就是遭李建国骗过来的。当时我是不愿意到这个旮旯来的，在城头住着多好的。结果他给我说这个地方特别好，重庆就在河对面，空气又好，房子又是在长江边上，物价又便宜，我就来了。来了才晓得榕山镇这个地方离重庆还有几百公里。物价倒是便宜，就是根本没有啥子物品，连牛肉我都要到泸州市里面去买。那会儿在修路，从这儿到市里坐车要三个半小时，人都要被车颠散架。那会儿最喜欢厂头发的东西就是雨靴，一年要穿烂好几双。

李小江　我跟着爸爸妈妈来这儿的时候，脚上穿着一双爸爸从成都买的红皮鞋，结果一下车就踩到一个大泥坑里，当时我就哭了，我妈还笑我。

潘　伟　就是那年国庆时候你落到长江里的那只鞋吗？

李小江　是啊是啊，就是那只。那件事情我都没有敢给爸妈说过。现在可以说了。我和潘伟偷偷到江边踩水，结果我的鞋一下子就落到水里了。一开始那鞋还漂在江边上，结果越漂越远，我着急得不得了，潘伟就拿了一根竹竿，想把鞋子给钩回来，结果一钩，那鞋子反而沉了下去。我当时就急了，在一旁又哭又闹，要潘伟赔我的鞋。潘伟也傻眼了，不晓得该怎么办。我就给他说这是我最喜欢的一双鞋了，是爸爸给我买的，要是不找到这只鞋，我就不回家了。结果潘伟就跳到水头给我摸鞋去了。那已经是秋天了，潘伟一下去我就后悔了，我看见他冷得浑身发抖。我说我不要那鞋了，上来吧，潘伟还非说不，一定要把鞋给我找到。他朝江里越走越远，都没到胸这儿了，我吓坏了，特别怕他淹死在水里了，于是在岸上拼命地大叫，又开始哭了起来，我说我不要那鞋了。他还是在江里面摸来摸去，踩来踩去，最后真的是把那只鞋给找到了。结果就在他拿着鞋兴高采烈地往回走的时候，突然他踩到一个坑里了，一下子跌进水里，没了踪影。我心想完了，是我把潘伟害死了。结果在我吓得腿软的时候，那只红鞋突然从水里冒了出来，然后他也从我面前的水里冒了出来。哎呀，他真的是太厉害了，现在想想都后怕。

潘　伟　但是我把鞋递给她的时候，她手一甩，把鞋打落在地上，只穿着一只鞋，一颠一跛地扭头就跑了。我就不晓得该怎么办了，后来她好长时间都不惹我。

李小江　是啊！我气坏了。因为我喊你回来你不回来，万一死了怎么办啊？我就是杀人犯了。

　　　　［大家都笑了起来。

周　丽　（站了起来）我觉得婚酒那天我也应该穿双红鞋子。

　　　　　［大家突然沉默了一会儿。

袁启慧　是啊，结婚那天当然应该啥子都穿红的。

潘万才　听说这江边马上就要修一个煤炭码头，就在我们窗口下。

李小江　那以后这里不到处都是煤灰，脏死了。

李建国　厂里面不也反对，给市政府提出意见了吗？

潘万才　这块地盘是属于镇上的，厂头管不到。

李建国　但是这样也太污染环境了，而且镇上已经有码头了，还修那么多干啥子嘛？

陶正华　那要占用我那些菜地不？

潘万才　你的？你那些地本来是属于三不管地带，但是一修码头，肯定就要占的。

　　　　　［陶正华轻轻地叹了口气。

　　　　　［突然，从楼下传来一阵吵闹声，袁启慧赶紧跑到窗户边去看，然后回过头来，一副兴致勃勃的样子。

袁启慧　任医生和她家老头儿在楼下打架呢，就是为看文艺演出的事儿，我下去看看去。

李建国　有啥子好看的？

袁启慧　我去劝架。

潘万才　（和陶正华）我们也下去看看去。

李建国　那我先回家了。谢谢你们啊，吃得真是太好了。

袁启慧　恁大年纪还逗猫惹草，还闹离婚，真是笑人得很。

李小江　那我也回去了吧。

潘万才　你就在家头耍就是。

李小江　不了。

潘　伟　那我再给你摘点儿白玉兰吧。

李小江　那好吧。

　　　　[李建国回到自己家，袁启慧和潘家两夫妇走下楼。

　　　　[楼下，一个农民挑着两箩筐砖经过，潘万才拦住了他。

潘万才　你这个砖是从哪里弄的？

农　民　车队旁边的那个院子。

潘万才　啥子呢？公家的砖都你都可以随便偷啊？

农　民　我没有偷，这是我买的。

潘万才　买的？你向哪个买的？

农　民　（一下子指着袁启慧）就是她。她说这个砖没得用了，
　　　　便宜卖给我的，她是你们厂头的嘛。

　　　　[袁启慧非常尴尬。

袁启慧　我好久说卖给你的？你乱说。

潘万才　我就说嘛，小袁怎么会干这种事情呢？

农　民　明明就是她嘛！

袁启慧　你再乱说嘛。

潘万才　行了行了，把这些砖都放回去。

农　民　我付了钱的。我给了她钱的。

袁启慧　我好久收了你的钱？这里的砖又不归我管，是归人家
　　　　这位建筑队潘队长管的。

潘万才　你还不快点放回去，我喊保卫科来抓你了。

　　　　[农民愤愤不平，却也无奈，只好将砖又挑了回去。

潘万才　（似笑非笑地）小袁怎么会干这种贪小便宜的事情呢？

袁启慧　就是。我又不缺那几个钱。

> [潘万才和袁启慧朝楼背后走去。
> [潘伟家，潘伟把花给了李小江。

潘　伟　小江，子弟校现在都归地方了。

李小江　归地方了？那我们的老师呢？

潘　伟　各走各的了。归了地方以后，咱们现在的那个学校就成了镇中心校了，就没有子弟校了，全部是小学。中学老师就到镇中学或者县中学里了，小学老师有的留到了中心校，有的到县里的其他学校了。

李小江　啊？就是说，我们连母校都没有了？

潘　伟　就是。

周　丽　教室、操场都还在呢。

李小江　但是老师和学生都不一样了。那会儿我们的同学几乎全部是厂里的子弟，老师也都是外地大学毕业分配到这里来的，我们都不说本地话。你看现在，满耳朵的当地话，土得要死。原来学校是我们子弟校的时候，多干净啊？你看现在，学校旁边都摆满了那些卖炸土豆的，卖麻辣烫的，越来越脏，镇上的娃儿就是脏兮兮的。

周　丽　所以那会儿你们总是笑我，因为我是镇上的学校转过来的。

李小江　（尴尬极了）但是，你不像镇上的娃儿，你说的话还是比较不像本地话的。

周　丽　那是因为潘伟也不喜欢我说本地话，他说泸州话好听。

李小江　但是我在成都一说泸州话，立刻就会被鄙视。我只好学说成都话。

[潘伟把白玉兰花交给李小江。

李小江　谢谢。

[李小江走到门口，突然，传来一阵狗的叫声。

李建国　小江，强强跑了，你去把它抓回来，我在修燃气灶，火头坏了。

李小江　好吧。重新买一个吧，家头啥子都是坏的。

李小江　强强，强强。

潘　伟　天都黑了，我和你一起去找吧。

李小江　我走丢不了的。

潘　伟　多一双眼睛，好找。

周　丽　潘伟，帮我把碗筷收拾了吧。

潘　伟　你放在那儿吧，今天我来洗碗，你不用管了。

[李小江往楼下跑去，潘伟也换了鞋，准备往楼下跑。

周　丽　我和你一起去。

潘　伟　不用了，你就在家里吧。

[两家的灯光渐弱，楼下路灯的灯光渐强。

[李小江和潘伟在喊着强强的名字。

李小江　强强跑到哪里去了啊？

潘　伟　不要着急，会找到的。

李小江　一天到晚把它关在家里，它当然要跑啊。人都想往外面跑，狗也一样。

潘　伟　对了，我昨天晚上做了一个梦。

李小江　我天天晚上做梦。我一沾床就做梦，连中午觉都要做梦，我都快累死了。而且尽是梦着些稀奇古怪的事情，醒来后反而觉得轻松。睡不好啊，一天到晚头都在痛。

潘　伟　我很少做梦的，所以昨天晚上的梦我记得特别清楚。

李小江　你梦见啥子？

潘　伟　我梦见你结婚了，参加你的婚礼。

李小江　哦，难怪我结不了婚，都是你的梦害的。梦是反的嘛，原来是你在诅咒我。

潘　伟　我哪点在诅咒你嘛。我在梦里高兴得很。

李小江　你没有悲伤啊？

潘　伟　没有，我高兴得很。

李小江　是笑中带泪吧？

潘　伟　真的没有。

李小江　那我好失望啊，我还以为你要悲伤一下呢。

潘　伟　说真的，你也该结婚了。

李小江　还早着呢。

潘　伟　不早了，马上就奔三了。

李小江　奔三又怎样？不要以为你结婚了就可以教训人。

潘　伟　我哪点敢教训你啊？你在外面那么多年，就没有找到一个靠谱的吗？

李小江　哪有那么多靠谱的青年啊，再说了，我本身就是一个大不靠谱。别尽说我，说说你吧，你和周丽挺好的吧？

潘　伟　挺好的。

李小江　那个时候我就觉得你和周丽搞不清楚。

潘　伟　你说这个话就是乱说了。我和你好的时候，心里绝对
　　　　是一心一意的。

李小江　哪个晓得？你们现在还不是好了啊。

潘　伟　你一走几年没得音信，我以为你都结婚了。我又不敢
　　　　去问你爸妈你的情况，你爸妈本来就觉得我是个坏人。

李小江　我爸妈啥子时候觉得你是个坏人了？我爸妈从来就没
　　　　有这么说过，那都是你的臆想。

潘　伟　是，是我心胸狭隘，心理阴暗。

李小江　你本来就是这样，总是以你的想法来想别人。

潘　伟　一开始你还给我写写信，寄明信片，后来就啥子都没
　　　　得了。我想你一定在外头过得很好。

李小江　最开始我一直在等你出来，我都在成都给你联系了一
　　　　份工作，结果你自己不来。

潘　伟　我妈妈病了，爸又不管事，我没得办法出来的，那段
　　　　时间，我都以为妈妈就快不行了。

李小江　那你没有出去还是对的，我在外面晃了一圈，还不是
　　　　回来了。你在厂头安安定定的，多好。

潘　伟　你为什么要回来啊？

李小江　家里有爸爸妈妈啊。

潘　伟　这是啥子原因啊？

李小江　其实外面也多好的。这些年我去了好多地方啊。先是
　　　　在成都，考了导游证，在旅行社干着；后来大家说得

有一个文凭，我就混了一个了旅游大专文凭；在成都
待了两年，我就去了西安。西安的石榴和小柿子好吃
得不得了；然后我到了青岛，最后到了北京。

潘　伟　你去过青岛？你见过海？

李小江　当然啊，天天就在海边散步。

潘　伟　我就特别想看海，从来没有去过。

李小江　多恐怖的，没有边际，看不到对面。你盯着地平线看，
看着看着你就觉得迷失了，不晓得自己在啥子地方
了。还是在长江好，一眼就看得到对面，觉得自己是
可以到达江对面的，但是你永远也到不了海对面。

潘　伟　不要说海了，就是江对面，我也没有去过。我们从小
就一直说要到江对面去看看，想看从那边看过来会是
啥子样子。

李小江　我也没有去过，但是我想也就那样。

潘　伟　我想一定还是不一样的。我们可以看到的长江就是这
么一截，好像就在转弯那个地方就没有了，但是转过
那个弯，还有好多弯。往下走就是重庆，再往下就是
上海，然后就是大海。

李小江　你还是那样，多愁善感的。

潘　伟　哪里哦，我已经好多了。我这个要到消防队工作的
人，还谈啥子多愁善感？

李小江　你还是要到消防队去看管库房啊？

潘　伟　当然不会去的。消防队的那帮人，也没啥事儿，一天
到黑都在打牌。

李小江　那你想干啥子？

潘　伟　这里不是我待的地方。

李小江　七年前你就这么说了。

潘　伟　我还是会出去的。

李小江　我都回来了。

潘　伟　不过我这个样子，现在出去也啥子都干不成。

李小江　哪个说的？你那么聪明，干啥子都还来得及。

潘　伟　真的吗？

李小江　（犹豫了一下，但还是说）当然是真的。只要有恒心，啥子事情都是能够干成的。

潘　伟　这里也不是你待的地方。

李小江　我觉得这个地方挺好，我走了一圈，还是觉得这里好，虽然脏了点儿，偏僻了点儿。有长江，有小山，有白玉兰树，菜又新鲜，生活又悠闲。

潘　伟　这里马上就要修码头了。

李小江　也许就不修了呢。我觉得像周丽这样就挺好的，工作，结婚，生子。我觉得女的就是应该这样，在外面奔来奔去的，没得意思。

潘　伟　周丽这样的女的做老婆就是很适合的，勤快，又能吃苦，也挺朴实的，我啥子都不是，她还是不嫌弃我的。我的脾气也是不太好的，她也一直在忍耐着，不和我计较。有时候我都想不通，她为啥子就能那么爱我，对我那么好。

李小江　（酸酸地说）是啊，你捡了个宝贝。像我这样的人就活该一个人。

潘　伟　你李小江不是这种女的，你的能力那么强，你怎么能把精力全部放在家庭上面？

李小江　我就是这种女的。我现在就想一觉醒来就三十岁，啥子都有了。我现在啥子都没得，我也想结婚的。

潘　伟　那就结。你不是有男朋友吗？和他结婚。

李小江　我也想啊，但是人家不愿意，他还没有耍够。他觉得结婚需要房子车子，但是他啥子都没得。可是我觉得结婚不需要啥子的。我觉得还是多失望的，觉得累了，就回来了。

［潘伟伸出手，朝李小江的头伸去，犹豫了一下，最后还是摸了一下李小江的头。

潘　伟　不关事的，一切都会好的。

李小江　我已经到宣传部去报到了，过两天就要上班了。

潘　伟　你决定了？就在这儿了？

李小江　嗯。咱们又成为邻居了，我们又可以像从前一样到你家里去看长江了。

［李小江说完这话，潘伟和她都愣了一下。

潘　伟　是去你的家。

［突然，房子后面传来狗的叫声。

李小江　是强强。

［潘伟跟着李小江去把强强抱回来，一起上楼。走到门口，潘伟家的门开了，周丽站在门口。

周　丽　洗脚水烧好了。洗脚吧。

第三幕

[广播里传来播音员的声音：下面播送一则通知，因为天气炎热，正是用电高峰，考虑到电压承受力，请每家每户只开一个 1.5P 的空调。请大家合作。

[李小江家，李小江和李建国正在看电视剧，袁启慧在进进出出地收拾着衣服。

[而潘伟家，则静悄悄的，一家人坐在沙发上，只有一台风扇转来转去。

[李小江家。

[袁启慧端着一个锅出来。

袁启慧　把剩下的稀饭吃了吧，免得馊了。

李小江　妈妈，把空调的温度调得再低些，还是热。

袁启慧　调这么低干啥子，不出汗就可以了。

李小江　我现在还是直冒汗啊。

袁启慧　以后到搬到隔壁去更恼火，当西晒，我们家现在的墙壁都是烫的，不晓得隔壁家有好热。

[袁启慧说这话时，陶正华拿着扇子，站起来摸了摸靠在窗边的墙。

陶正华　还是烫手的。

潘　伟　妈，把窗户打开吧。

陶正华　不行，外面还没有退凉，一打开，热气就涌出来了。

潘万才　看这个样子，晚上都退不到凉，关键是闷，身上全是
　　　　黏黏的。

潘　伟　应该买空调的，电扇不行了。

潘万才　搬了新家再安。

陶正华　今天听船上的人说上游涨水了。啥子时候你们去帮我
　　　　把蔬菜收了吧。

　　　　[没有人回答。

　　　　[李小江家，袁启慧一个人端着锅在喝稀饭。

袁启慧　恼火得很，每次都这样，多的都吃得下，就是这一点
　　　　儿吃不下。

李小江　倒了就是嘛。

袁启慧　你有好多钱啊？啥子都倒。

　　　　[袁启慧吃完了，把锅放在地上。

袁启慧　胀得很。小江，谭海又给你打电话没有？

李小江　没有。

袁启慧　不要再惹他了，……哪有只耍朋友不结婚的道理。

李建国　就不要再说这事了嘛。

袁启慧　一想到这件事情我就觉得小江被耍了。

李小江　妈，你就不要说了嘛，原来我也是自己愿意和他耍的
　　　　啊。他还是个小娃儿，不想结婚我也没得办法。

李建国　明天第一天上班，今晚早点睡。

袁启慧　小江，你还是多和曾小峰接触接触，感情是要慢慢培

养的。我和你爸爸结婚时候，谈得上好爱嘛，就是大
家都觉得年龄不小了，该结婚了，就结了。

李小江　嗯。我晓得。要下雨了，一楼的地面完全就是湿的。

李建国　听说上游涨水了。我们这儿也要涨水了。

袁启慧　小江，既然定下来不走了，我就把你的旅行袋洗干净
晾起来了。

李小江　好。

　　　　[袁启慧端着锅走进厨房，然后从卧室拿出一个旅行
　　　　袋，走到客厅里整理。

李小江　把门赶快关上，别让冷气跑了。

袁启慧　（一边抖着旅行袋一边）里面还有些啥子东西啊？

　　　　[李小江没有搭理袁启慧，突然，李小江从沙发上弹
　　　　了起来，而袁启慧也在同时从包里拿出了一个小盒子。

李小江　（一把将旅行袋扯过来）不用洗了。

　　　　[但是袁启慧拿着那个盒子却并没有松手，李小江要
　　　　去抢那个盒子，但是袁启慧并不给她。

李小江　给我。

袁启慧　这是啥子？

　　　　[李小江并不回答，袁启慧拿着盒子仔细一看，便咆
　　　　哮起来。

袁启慧　给我说，这是啥子？

李建国　啥子事哦？

袁启慧　李小江，你给我讲清楚。

　　　　[李小江不说话了。

袁启慧　你说话！

李小江　是人家的。

袁启慧　哪个？

李小江　朋友。

袁启慧　哪个朋友。

李小江　你不认识。

袁启慧　你朋友的这个东西怎么会在你的包里？你还在这儿撒谎嘛？

　　　　[李小江又不说话了。李建国要从袁启慧手里拿那个小盒子，却被李小江抢过来了。

李建国　是啥子东西？

李小江　没得啥子。

袁启慧　我再问你一遍，这个东西是不是你的？

李小江　（憋了半天，终于说了出来）是。

袁启慧　你怎么会有这个东西？

李小江　就是有。

　　　　[袁启慧冲到李小江面前，一耳光就给李小江打过去。

袁启慧　不要脸！

　　　　[李小江捂住脸，想哭却没有哭出来，袁启慧用手一抢，纸盒子掉在了地上，袁启慧对着纸盒子不停地踩，李建国拉住袁启慧，把她拖到沙发上坐下，然后自己再捡起那个纸盒子拿来看。

李建国　毓婷，紧急避孕药。

　　　　[李建国正要发作，啪的一声，突然停电了。

　　[袁启慧哭了起来，李小江也跟着哭了起来。

　　[黑暗中，有人愤怒地嚷嚷了一句：谁啊，又多开了空调，不是说了一家只能开一个 1.5P 的空调嘛！缺不缺德啊！

　　[潘伟家。

　　[周丽点起几根蜡烛来。

潘　伟　周丽有先见之明，今天买了蜡烛。

周　丽　收拾屋的时候发现蜡烛不多了。再说，这天一热，开空调的人多，电压承受不起的，通知说是少开空调，一热起来，哪个管得了那么多。

潘万才　我们家离不了周丽啊！

潘　伟　这下好了，空调用不了，连电扇也用不成了。

陶正华　这下怎么办啊？

潘　伟　只有等电修车间的人来把电路修好啊。

陶正华　要涨水了，我的那些蔬菜要被淹了。你们和我一起去摘点菜回来吧，现在停电了，也没有事情干。

潘　伟　天都黑了。

陶正华　今天我去看的时候，又有几个南瓜可以摘了，朝天椒长得也好得很，还有豇豆、茄子，不摘可惜了啊。我今天已经摘了不少了，但是我一个人摘不了好多的。要是涨水了，今天还是绿油油的叶子，一转眼就在水底下了，等水退去，就全部都蔫了，啥子都没得了。

　　[没有人搭理陶正华。

潘万才　潘伟，消防队你到底去不去啊？我给你说，你要是不

　　　　　　去的话，就连消防队也进去不了，每个单位都俏得很。

潘　伟　　我晓得了。

潘万才　　你晓得了是啥子意思？是去还是不去啊？

潘　伟　　我不适合在这个地方的。

潘万才　　李小江在外面晃了那么长时间，还是回来了，难道你
　　　　　还想出去吗？

潘　伟　　李小江才不会在这个地方待呢。

潘万才　　她都到宣传部去报到了。

　　　　　[潘伟不说话了。

周　丽　　潘伟，你要请哪些人参加婚酒你想好了吗？

潘　伟　　我晓得。

周　丽　　那你好久确定？

潘　伟　　（心不在焉地）嗯，我晓得。

周　丽　　那你尽快吧，我们得定下来要请好多桌。

潘　伟　　嗯。

周　丽　　我今天听说，真的有的中干去看那个文艺演出了，说
　　　　　是厂领导已经有那些人的名单了。

　　　　　[没有人说话。

潘万才　　潘伟，你好久去看看新房子，我们好确定是买哪一套
　　　　　啊？要是买一百五十平米的那套，那我们就要赶紧把
　　　　　这套房子卖出去，钱才够，如果买一百平米的那套，
　　　　　这套房子还可以暂时留着，不急卖的。

潘　伟　　那就买小的。

潘万才　　但是一百平米的房子太小了。

潘　伟　咱们六十平米的房子不也过了？

周　丽　你原来也是说大一点的，要买一百五十平米的，以后
　　　　有个亲戚往来的，也好住啊。

潘　伟　这个房子还是留着吧。

　　　　[大家都惊讶地看着潘伟。

众　人　啥子？

潘万才　都给人家隔壁的说了。

周　丽　你是不想搬走吗？

潘　伟　这儿可以看到长江，有白玉兰。这个地方现在已经是
　　　　镇上唯一的一块最干净的地方了。

周　丽　这些东西一直都有，怎么突然改变主意了？看了那么
　　　　长时间，还没有看够吗？

潘万才　马上这儿就要修码头了。

潘　伟　到现在码头都没得动静，估计是不会再修了。

周　丽　真的不卖啊？我已经给卖楼房的说好了，我们要买
　　　　一百五十平米的。

潘　伟　我就是随便说说。

陶正华　我待会儿还是去再收点儿辣椒回来。

　　　　[没有人搭腔。

潘万才　我去楼下看看电修车间的人来没有。

　　　　[潘万才离开。

　　　　[其他三个人各自拿着扇子不停地扇着，都不说话了。

　　　　[李小江家里仍旧是黑的。

　　　　[一个手电亮了起来，李建国拿着手电四处照着。

李建国　蜡烛呢？

　　　　[袁启慧不说话，还在轻声地哭着。

李建国　别再哭了，先把蜡烛找到吧。

　　　　[袁启慧摸黑找了一会儿。

袁启慧　家里没有蜡烛了。

李建国　要用蜡烛的时候，蜡烛永远是没有的。不用的时候，
　　　　蜡烛永远是随处可见的。

袁启慧　去隔壁借两根吧。

　　　　[李建国把手电递给袁启慧，又另外拿了一个自己照
　　　　着开门到隔壁。

袁启慧　你不是给我说你和谭海没有住在一起吗？你是傻的
　　　　吗？

李小江　这没得啥子的。

袁启慧　你怎么还不清醒。你这种人，以后哪个还敢要你？

李小江　我这种啥子人？为啥子不要我？不要我，我一个人过。

袁启慧　你自己都不自重，人家还怎么尊重你。没得哪个男的
　　　　会不喜欢自重的女的。

　　　　[潘伟家，李建国站在门口，等着周丽给他找蜡烛。
　　　　周丽把蜡烛递给李建国。

周　丽　这电好久才可以修好啊？

李建国　不晓得，电修的人已经来修了。

　　　　[李建国把蜡烛拿到自己家点上，看见李小江和袁启
　　　　慧不说话。

李建国　李小江，你对你自己都不负责任，那不管哪个都帮不

了你了。

[李建国说完，打开门就走。

李建国　我到楼下去看看电好久修好。

[李建国一下楼，李小江就要回到自己卧室。

袁启慧　你坐下。

李小江　啥子事？

袁启慧　我要和你摆一下。

李小江　（坐下）你要问啥子你就说。

袁启慧　你和谭海好久开始的？

李小江　记不到了。

袁启慧　你做过流产没有。

李小江　没有。

袁启慧　你骗我没有？

李小江　没有。

袁启慧　我根本就没得办法相信你。你晓不晓得当妈妈的心
　　　　情。我一想到你要是做过流产手术，我的心有好寒你
　　　　晓得不？

李小江　我没有做过。

袁启慧　是不是谭海强迫你的？

[李小江不说话。

袁启慧　是不是？

李小江　不是。这种事情没得哪个强迫哪个。

袁启慧　你怎么这么不要脸啊？你还没有结婚你晓得不？你不
　　　　要脸，我和你爸爸还要脸，晓得不？

李小江　嫌我丢脸我走就是。

袁启慧　你翅膀硬了，想飞就飞了。有本事你现在就走。

李小江　我早就想走了，家头啥子都是烂的，一股霉臭霉臭的
　　　　味道。你一天到晚和爸爸吵架，我早就觉得烦了。

　　　　［李小江拿着旅行袋走进屋。

袁启慧　（冲着门喊着）你把谭海的电话给我，我要告他耍流
　　　　氓。

李小江　你真的是严重的更年期综合征。

袁启慧　你给我滚！你到现在都不觉得你的丢人！

李小江　（在房间里大声地喊着）我现在就走。

　　　　［潘伟家。

　　　　［陶正华换鞋。

周　丽　陶孃孃，你去哪里？

陶正华　我去摘点儿辣椒。明天水就涨起来了。潘伟，你和我
　　　　一起去吧。

潘　伟　不会涨水的。

　　　　［陶正华独自离开。周丽拿出一套衣服递给潘伟。

潘　伟　这是啥子？

周　丽　我给你买的衣服。我喊我堂姐在成都买的，是名牌，
　　　　雅戈尔的衬衫，结婚的时候穿。

潘　伟　好，挺好的。

周　丽　（凑得离潘伟更近了一些）你看这扣子，是做成花骨
　　　　朵形状的。

潘　伟　挺好的。

周　丽　你仔细地看看吧。

潘　伟　等来电了再看吧，现在看也看不清楚。

周　丽　现在不也是没得啥子事情啊。

潘　伟　（拿过来看了一下，就递给周丽）嗯。挺好的。

周　丽　你试试吧。

潘　伟　身上都是汗，再说现在也看不清楚。

周　丽　我们去散散步吧，家里热得很。

潘　伟　外面更热。

周　丽　我想，我们把婚酒的时间改改吧。我们原本定的日
　　　　子，我找人算过了，不是很吉利的。

潘　伟　好。你和我妈定吧。

周　丽　下个月整个都不是很吉利。

潘　伟　一个月都没得好日子？

周　丽　这个月的好日子多。

　　　　［潘伟看了周丽一眼，没有说话。

周　丽　我想我们可以把婚酒提前的，我现在越来越渴望办婚
　　　　酒了。

　　　　［潘伟还是没有说话。

周　丽　我现在也同意你的想法，我们不要搞那么多复杂的仪
　　　　式了，我们就按照普通的来，什么念情书啊，都不要
　　　　了。我想你同意吧？

潘　伟　同意，我不喜欢复杂的。

周　丽　那没得啥子事阻碍你吧？我是说提前办婚酒。

潘　伟　没有。（站起来）我出去走一走。

周　丽　刚才叫你出去你不出去。你是不是就是不想和我说
　　　　话，不想和我待在一起？

潘　伟　我马上就回来，我们再谈就是了，我只是出去透透气。

周　丽　我给你说，我几乎是灵机一动，想到提前办婚酒的。
　　　　我们为啥子要在这里等着把房子卖了，又搬进新房再
　　　　办婚酒呢？啥子都没得我们也可以办婚酒的，我不愿
　　　　意再左盼右盼，不愿意再听到各种各样的有关怎么办
　　　　婚酒的消息。我脑壳都要听昏了，越听越没得主意。
　　　　我打定了主意，不想再让这件事情来影响我们的生活
　　　　了，你觉得呢？

潘　伟　哦，是的。

　　　　[周丽停顿了一下。

周　丽　你那天晚上在楼下，和李小江做了啥子？

潘　伟　聊天。

周　丽　只是聊天？

潘　伟　嗯。

周　丽　（装作轻松地）聊了些啥子嘛？

潘　伟　没聊啥子。

周　丽　没聊啥子待那么长时间？

潘　伟　她给我说了下她原来的工作。她挺好的，走了那么多
　　　　的地方。

周　丽　哦。

　　　　[但是周丽还是盯着潘伟。

潘　伟　她还说，很羡慕你。

周　丽　羡慕我？她为啥子羡慕我呢？讽刺我吧？

潘　伟　她说羡慕你已经安定下来，可以安安心心地结婚生子。
而她却没得你如意，还是一个人，挺孤独的。

周　丽　真是讨厌！她为啥子给你说这些？羡慕我和你结婚
吗？

潘　伟　她是羡慕可以结婚这个状态，不是羡慕你能和我结婚。

周　丽　我想她是羡慕我能和你结婚，而不是可以结婚这个状
态。她还给你说这些，她是啥子意思？她就是故意说
给你听的。

潘　伟　（无奈地叹了口气）你想把婚酒提前到啥子时候？

周　丽　李小江真的是太讨厌了，她为啥子给你说这些？她是
给你暗示啥子？不是暗示，连暗示都不是，太直白了。

潘　伟　你想多了。

周　丽　（摇了摇头）我们好久办婚酒呢？好久呢？当然越快
越好。下个礼拜来不及了，下下个礼拜怎么样？

潘　伟　还啥子都没有准备！

周　丽　（勃然大怒）都怪你拖拖拉拉，早就喊你把请柬写好，
你就是不写，不写！那你现在就写，立刻写了立刻就
送出去，我把请柬早就买好了，放在这儿都要生根发
芽了。

潘　伟　现在？

　　　　［周丽从抽屉里面翻出一摞请柬甩在潘伟面前。

周　丽　现在！

潘　伟　不行，现在看都看不见。

周　丽　闭着眼睛都能写！

潘　伟　现在不写。

周　丽　你是不是不想提前办婚酒？你是不是不想和我结婚？你现在不写的话，就永远不要写了。

潘　伟　你啥子意思？

周　丽　我们去办离婚证。你不是不想和我结婚吗？我成全你的心意。

潘　伟　你不要闹了。

周　丽　我没有闹。你心里还是想着李小江。

潘　伟　你在乱说啥子？

周　丽　李小江算啥子？她在外面那么多年，哪个晓得她干过哪些事情，说不定都是离过婚的人了！

潘　伟　你这是嫉妒。

周　丽　这不是嫉妒，是不满足！你一点儿也不关心我，不愿意了解我的生活。我对于你来讲就是一个煮饭婆！你只有在饿的时候才会想到我，在没有蜡烛的时候想到我，在衣服脏了的时候想到我！

潘　伟　你说得有点儿过了。我不会照顾人，我一直都这个样子的。从你一开始认识我的时候我就是这个样子。

周　丽　要是你和李小江好了，你就会照顾她了吧？

潘　伟　你扯远了！

周　丽　李小江为啥子回来？她就是在外面混不走了才回来的。她心里是根本没有你的，要是心里有你，为啥子那么多年不惹你？没得人要她了，她才想到了你。你就是她垫底的。你这些年都想出去，你以为你和她出去了，你们就会好吗？不会的。你们根本就不是一类人。

潘　伟　你说话还是尊重一下别人。

周　丽　尊重不是凭空捏造出来的。

潘　伟　那麻烦你尊重一下你自己。

周　丽　如果你不爱我了，你就老老实实地说出来吧！

潘　伟　（大叫一声）你到底要干啥子？我受不了了！

潘　伟　（慢吞吞地走到周丽面前）你为啥子一定要考验我的忍耐力？凡事都有一个限度。

周　丽　你说这个是啥子意思？

潘　伟　我的意思是……（停顿了一下）我倒想问问你要我怎么样？

周　丽　我能怎么样呢？我只是希望你不能不要我，像你想的那样。

潘　伟　我没有不要你。你说要提前办婚酒，我不也同意了？你要我穿那件粉衬衫，我也同意了，虽然我最讨厌穿粉色。

周　丽　但是我并不要这个，这是次要的。我要的是爱情，但是却没有。

［潘伟不说话了，换上鞋就摔门走了出去。

［李小江家。

［李小江提着行李打开门出去。

［楼道。

　　　　　　［李小江和潘伟几乎同时开门。

潘　伟　你要走吗？

　　　　　　［李小江没有说话，掉头就走。

潘　伟　（追了上去）你要上哪儿去？

　　　　　　［潘伟家。

　　　　　　［周丽靠在窗户看着潘伟追着李小江。

周　丽　完了，这下该怎么办呢？

　　　　　　［楼下。

潘　伟　小江，你要上哪里去？

李小江　我要走。

潘　伟　到哪里去？

李小江　随便到哪里，反正不在这儿。

潘　伟　要走，现在也不是走的时候，晚上了，怎么走啊？你
　　　　怎么了？

李小江　没得啥子。

潘　伟　我就晓得你在这个地方待不下去的。

李小江　你不要说这种风凉话。

潘　伟　小江，你怎么了？

李小江　没得啥子，和妈吵了一架。

潘　伟　吵得那么凶啊，都要离家出走了。

李小江　真是烦死了，天气这么闷，还停电了。北方的空气就
　　　　是干燥的，我去过的地方也绝对不会因为用空调的人
　　　　太多而停电，烦死了。你呢，干吗？垮着一张脸！

潘　伟　天气不好。我说，你不要那么随心所欲，想走就走。

　　　　你给你爸妈说没有？

李小江　我给我妈说了。

潘　伟　那你爸呢？

李小江　还没有说呢。

潘　伟　那你就这样不辞而别。要是没有遇见你，你也不来和
　　　　我们说一声？

李小江　有啥子好说的？我想走是我的事。

潘　伟　也不去宣传部了？

李小江　不去了。原来觉得家里真好，现在家里也是鸡飞狗跳
　　　　的。家里什么东西都是坏的，爸妈也不像原来那样
　　　　了，动不动就吵来吵去的。尤其忍受不了我妈妈，更
　　　　年期综合征。我真是怕自己老了以后也变成我妈妈
　　　　那样。

　　　　［潘伟没有说话。

李小江　不过到最后，大家就慢慢变成自己讨厌的那种人的
　　　　样子。

潘　伟　不会。至少，你不会。

　　　　［李小江有些感动地看着潘伟。

李小江　你出来散步啊？

潘　伟　嗯。

李小江　你看起来情绪也不高啊。

潘　伟　还好。

李小江　说说吧。

潘　伟　没得啥子的。

［李小江和潘伟不说话了。

李小江　有啥子不高兴的，明天就好了。

潘　伟　你还来劝我？

李小江　就是因为我不高兴，才不愿意看到你也那么衰。

潘　伟　要走的话，也明天再走吧。

李小江　（停了一下）其实我都不晓得现在去哪里。

潘　伟　那等你想好了再走，至少不用拎个大箱子跑来跑去的。

李小江　在家里待着这么难受。

潘　伟　你就这么一走了之？你李小江做事情一向不考虑别人的感受。

李小江　你上纲上线了吧？

潘　伟　你难道不是这样吗？你一走，你爸妈会怎么想？以前也是，说走就一定要走，你有没有想过我的心情？很自私的。

李小江　那能怪我吗？说好了周四走，我把票都买好了，在车站等你。你倒是来了，跑来给我说你走不了了。

潘　伟　我妈妈病了，我没有办法，我不能丢下她就走了。你为什么不能再等等我呢？

李小江　我都已经写好信在家里了，给我爸妈说了我要出去了，我要是回去了还走得了吗？

［潘伟不说话了。

李小江　那也不能怪你。其实你也没有做好出去的准备的。都是我说要出去的。

潘　伟　当时只是犹豫，不晓得出去干啥子。

李小江　我爸妈那么反对我和你，我觉得不能再在这个地方待下去，出去了再说，出去了就好了。

潘　伟　我后来也这么想的，出去了的话，一切就好了。不管啥子事情，两个人在一起都好办。

李小江　后来那么想？没有用了。

潘　伟　为什么不给我来信了？

李小江　你很快就和周丽好了，你又在厂里找到了工作，我再写信给你有啥子意思？

潘　伟　你是因为听说我和周丽好了才不给我写信的吗？

李小江　嗯。逢年过节的时候，我还是挺期待你能给我写个信，打个电话的。但是你从来都没有。

潘　伟　我想，你都有男朋友了，我也不好再打搅你。

李小江　借口！我和谭海好是前年的事。是你自己和周丽幸福着，没有工夫搭理我。

潘　伟　可是我听说你走不久，就有男朋友了。

李小江　你听哪个说的？

潘　伟　周丽。

李小江　她怎么晓得呢？

潘　伟　说是你妈讲的。而且，我和周丽好，也是去年的事。

李小江　啥子？你们不是很快就好了吗？

潘　伟　哪个告诉你的？

李小江　我妈。

　　　　［两个人都不说话了。

[这个时候，电来了，有人欢呼了几声，屋子里亮了
起来。袁启慧在客厅里打开空调；周丽打开了电扇。

李小江　在这儿待着也没有意思。

潘　伟　确实没有意思。

李小江　但是外面也没有意思。也是一个人。

潘　伟　要是我和你一起呢？

李小江　别开玩笑了。你原来这么说过。现在说这个话不是很
　　　　无聊吗？

潘　伟　我真的想和你出去，受够这个地方了。

李小江　你都是结了婚的人了。

潘　伟　没有爱情的婚姻是不幸福的，对于周丽和我自己来说
　　　　都是不幸的。这么多年，我心里其实……

李小江　（看着潘伟）不要说了。

潘　伟　（鼓足勇气）我心里还是一直想着你的。你呢？

李小江　我不晓得。我在外面的时候，常常会想到你，晓得你
　　　　和周丽结婚了，我也觉得失落过。但是我不晓得我对
　　　　你的感情是啥子。但是可以确定的是我知道你是个
　　　　好人。

潘　伟　今天不要走，等等我，我和你一起出去。

李小江　开啥子玩笑？

潘　伟　（一把将李小江抱住）我没有开玩笑。

[这时候，陶正华背着一个背篼出现在楼下，看着拥
抱着的潘伟和李小江，什么都没有说，只是默默地
看着。

[潘伟的房间，周丽焦躁不安地走来走去，她手里拿着一张纸。

[突然，她从厨房里拿起一把水果刀，走到窗边，对着白玉兰树就是一阵狂舞，树叶和花纷纷地掉了下来，掉在楼下潘伟和李小江的头上，两人赶紧躲开。

[他们抬头往上看，但是什么都没有看到，等他们转过头来，看见陶正华正从他们旁边经过，看也没有看他们一眼。

[潘伟的房间里，周丽回到沙发上，呆呆地把水果刀放到了桌上。

[陶正华把菜背回了家，周丽帮着陶正华把菜背进了厨房。

[楼下，李小江有些尴尬地看着潘伟。

李小江　你妈看到了吧？

潘　伟　不晓得。不过没得关系。

李小江　太不好了。

潘　伟　那个，今天你不走了吧？

[李小江没有说话。

[这时候，李建国回来了，看见李小江和行李，赶忙走了过来。

李建国　小江，你要干啥子？

李小江　不干啥子。

李建国　来电了，还不回去？

李小江　马上。

李建国　潘伟，你和小江在这儿聊天？

潘　伟　在这儿转转，我妈老说要涨水了，我看水涨起来没有。

李建国　现在还没有涨起来，但是听说今晚是要涨水的。

潘　伟　那我先上去了。

李小江　嗯。

　　　　[潘伟离开，回到家。

　　　　[李建国拿起李小江的行李。

李建国　走，外面这么闷。

　　　　[李小江慢腾腾地和李建国回到家，打开门，袁启慧正站在门口。

　　　　[袁启慧和李小江对视了一眼，帮李建国把行李拿进了屋。

李建国　快点开空调，热得很。

　　　　[李建国把电视机打开，三个人都在沙发上坐了下来，看着电视。

　　　　[潘伟家，周丽看见潘伟回来，什么都没有说，递给他一个碗。

周　丽　喝点绿豆汤吧。解暑。

　　　　[潘伟端过绿豆汤，把碗放在了桌上。

潘　伟　不喝。

　　　　[周丽便把碗又端进了厨房。陶正华背着空的背篼又要出去。

潘　伟　妈，你还要去摘菜啊？

陶正华　嗯。

潘　伟　今晚要涨水，不晓得好久能涨起来，你不要去了，太
　　　　危险。

陶正华　我早就给你们说了要涨水，你们都不信我的，不把我
　　　　的话当话，不把我这个人当人。

潘　伟　妈，你在扯些啥子。

　　　　[陶正华不理潘伟了，只顾出去。潘伟一把将背篼夺
　　　　下。

潘　伟　喊你不要去就不要去，危险。

　　　　[陶正华要夺背篼，却没有拧过潘伟。

陶正华　菜要被淹了。

潘　伟　淹了就淹了，有啥子？

陶正华　我今年撒的种子都是好的种子。还有好几个南瓜没有
　　　　摘，还有辣椒，长得好得很，番茄的水分又好。我
　　　　照顾这些蔬菜比农民还仔细，这些菜都比农民种的
　　　　好吃。

潘　伟　你不要命了啊？

陶正华　我死不死的，和你们的关系又不大。你们从来都不把
　　　　我的话当话，从来不把我这个人当人。

　　　　[潘伟愣住了，陶正华拿起背篼又要走，潘伟再次地
　　　　夺了过来。

潘　伟　我去给你摘，你在家。

　　　　[陶正华也愣住了，潘伟背着背篼就急匆匆地下楼，
　　　　消失在夜幕里。

　　　　[周丽从厨房里面出来，神情沮丧。

陶正华　周丽，要不你和潘伟提前把婚酒办了吧，这拖来拖去的，我心头不踏实得很。

周　丽　嗯。我也是这么想的。但是嬢嬢，我觉得，潘伟不喜欢我，他还是喜欢李小江。

陶正华　潘伟肯定喜欢你的，相信我。

周　丽　你为啥子那么肯定呢？

陶正华　喜欢就是喜欢，潘伟就是这种人，不会照顾别人。

周　丽　但是我感觉得到的。

陶正华　喜欢和结婚是两回事。结婚就是两个人一起吃饭、睡觉、生娃儿。

周　丽　仅仅是这样？

陶正华　我问你，你想和潘伟一起生活吗？

周　丽　想。

陶正华　这就可以了。我觉得你是最适合我们潘伟的，我早就把你当成自己人了。

周　丽　嬢嬢，我……

陶正华　我再去摘点儿菜。不要想多了。

　　　　[陶正华离开，周丽一个人又拿出那张纸条来看，在房间里走来走去，最后坐了下来，若有所思的样子。

　　　　[楼下，陶正华消失在夜幕当中。

　　　　[李小江家。

李建国　今天早点睡，明天还要到宣传部去报到。

李小江　嗯。

袁启慧　穿哪件衣服想好没有？不要穿那些吊带之类的衣服，

不正经。

[李小江想要发作，但是忍住了。

[潘伟房间，周丽站了起来，打开门，站在李小江家的门口。犹豫了一下，还是鼓足勇气敲响了李小江家的门。

[李小江去开门。

李小江　周丽。

周　丽　小江，你现在有事儿吗？

李小江　没事儿，怎么了？

周　丽　我想找你耍一下，摆一下龙门阵。

李小江　有啥子事情吗？

周　丽　没得。

　　　　[李小江犹豫着。

周　丽　就一会儿。

李小江　那，好吧。

周　丽　那你到我家里来吧。

李小江　这个？

周　丽　家里没人，就我一个。

　　　　[李小江跟着周丽到了隔壁家，同时，李建国和袁启慧进了卧室。

　　　　[潘伟家。

周　丽　小江，你坐吧，喝绿豆汤不？

李小江　不了。

周　丽　今天挺闷的，我把电扇对着你吹吧。

［周丽把电扇调来对准了李小江。

李小江　没有关系。

周　丽　我们家没有空调，没有你们家舒服。

李小江　没有关系的。

周　丽　你明天就要去宣传部上班了？

李小江　嗯。

周　丽　已经定了吗？

李小江　差不多吧。

周　丽　真是挺好的。

李小江　周丽，你是不是找我有啥子事啊？

周　丽　其实也没得啥子大事。我就是想和你说说话。

李小江　那你说吧。

周　丽　那个，小江，你说现在我要孩子是不是太早了啊？

李小江　我不晓得，你要是觉得想要，就要了呗。

周　丽　但是我也太早了吧，还没有办婚酒，就，就怀孕了。

李小江　（吃惊地看着她）你是说你，怀孕了？

［周丽不好意思地点点头。

周　丽　不晓得等我们办婚酒的时候，肚子显不显，要是显的
　　　　话，就不好看了。做的衣服也就穿不了了。

李小江　你好久晓得的？

周　丽　今天下午才晓得的。

李小江　多大了？

周　丽　也就四十来天吧。你说我要不要这个孩子呢？

李小江　你应该和潘伟商量啊？他肯定很高兴吧？

周　丽　我还没有给他说呢。我想过段时间，情况稳定一点儿
　　　　再说。

李小江　哦。

周　丽　那你也不要给潘伟说。

李小江　我不会说的。

周　丽　你说，如果到时候我显怀的话，是不是得换一种裙子
　　　　啊？

　　　　[李小江心不在焉地点点头。

周　丽　小江，你在想啥子？

李小江　没啥子，有点儿闷。

　　　　[楼下，潘伟和陶正华往家走着，开门进屋，潘伟发
　　　　现李小江在家里，很吃惊。

潘　伟　你怎么在？

李小江　（慌乱地说）我来拿蜡烛。

潘　伟　已经来电了。

　　　　[潘伟看了周丽一眼，周丽赶忙去帮陶正华把菜放进
　　　　厨房。

李小江　我走了。

　　　　[说完自己就回了屋。

　　　　[李小江回到家，穿过客厅，走进厕所，砰的一声把
　　　　门关上了。

　　　　[同时，潘万才哼着小调回到了家。

潘万才　我应该在办公室整张床，办公室有空调，不热。

潘　伟　买个空调安起就是。

潘万才　都要搬家了。

潘　伟　这个房子不要卖了吧。

　　　　[大家都看着潘伟。

潘　伟　这个房子挺好的。面向长江，守着白玉兰树。我喜欢
　　　　这个房子，不想搬新房子，买新房子恐怕也是浪费。

潘万才　你到底啥子意思？

潘　伟　没得啥子意思……

陶正华　水涨起来了。刚才我回来的时候，辣椒已经被淹了。

　　　　[李小江家，突然从厕所里面传来一声尖叫，紧接着
　　　　是一阵哗啦啦的水流声，一会儿，李小江出现在客厅
　　　　里，浑身湿透。

李小江　（愤怒地喊道）爸，水管爆了！这是啥子破地方，我
　　　　真是受不了了！

第四幕

　　[晚上，天空时不时地打着闪，天边偶尔传来几声闷
雷，一阵风吹过，白玉兰树被吹得狠狠地摇摆起来。
　　[李小江家，李小江的行李箱摆在了客厅里，她来来
回回地收拾着行李，她抬头看了一眼墙上的钟，八点
半了。

李小江　（自言自语道）怎么还不下班？都那么晚了。

　　[潘伟家，陶正华走到客厅里站在窗口，望着外面。
　　[楼下，潘伟气冲冲地在前面走着，周丽在后面小跑
着跟着，好不容易才把潘伟拉住。

周　丽　潘伟，我给你说，你先冷静一下，千万不要再去骂潘
　　　　叔叔，事情已经发生了，再说也没有用了。

潘　伟　（甩开周丽）你不要管我。

　　[潘伟跑到楼上，"砰"地把家里的门推开。

潘　伟　他回来没有？

陶正华　没有。啥子？

潘　伟　他到哪里去了？

陶正华　不晓得。

潘　伟　他好久回来？

陶正华　不晓得。

潘　伟　不晓得不晓得，你究竟晓得些啥子？

陶正华　今年的水涨得好高啊，菜全部遭淹了。

　　　　[潘伟被噎得说不出话来，在客厅里面不停地走来走去。

　　　　[李建国和袁启慧从楼下上楼走回家里，李建国穿着一件新衣服，手里拿着好几套新衣服。

李小江　怎么这么晚才回来啊？爸爸，买新衣服了？

李建国　是啊。下午在开会。

李小江　你们两个都开会啊？这衣服也是开会发的啊？

袁启慧　我等你爸爸一起回的家。

李小江　今天怎么回事？你们还要一起下班？怎么突然变得这么亲热？还买这么多衣服？是哪个的？

李建国　全都是我的。

李小江　爸爸，你不得了，老来俏啊？

袁启慧　我和你爸去买衣服去了。

李建国　终于可以不再穿工作服了，还不赶紧买点儿新衣服？穿了大半辈子的工作服，这下终于可以俏了。

李小江　厂头取消上班必须穿工作服的规定了？

袁启慧　你爸从今天开始就从中干上退下来了，就是一个闲人了。

李小江　为啥子？

李建国　年龄到了就要退了啊。

袁启慧　为厂头贡献了那么多年，说下就下，一点儿情面都不讲。刚到这儿的时候，多艰难啊，半夜三更地也经常被叫起来上班，那个时候怎么不让你从中干上退下来。

李建国 　再大的领导都要退休，更何况我？

袁启慧 　我还以为厂头会给你延点儿时间的。这下子，钱一下子就要少一半多了。

李小江 　那班还是要上的？

李建国 　要上，就是不用到大化肥现场去了，在办公室坐着就行了。所以可以不穿工作服了。

袁启慧 　这下也好，不用应酬喝酒了，你这三高一低的身体。那我也立刻准备退休了。你这从中干位置上一下来，哪个还甩你的账？人走茶凉。

李建国 　还在想着给杜队长说情啊？

袁启慧 　从现在开始不想了。

李建国 　东西收拾好没有？

李小江 　没有，东西太多了，塞都塞不进去。辣椒面、干笋子、干豇豆这些，还是多占地方的。干脆不带了。

袁启慧 　哪个说不带？在外面吃不到这些。

李小江 　现在只要有钱，啥子都吃得到。

李建国 　这倒是。

袁启慧 　你有好多钱吗？

李建国 　小江，在外面还是要晓得自己照顾自己啊，你看你瘦不拉几的。

李小江 　我还嫌自己不够瘦，我还要骨感，骨感！

袁启慧　你给谭海说了好久回去没有？

李小江　嗯。谭海喊你们到北京去耍。

袁启慧　等你们有了房子再说。既然谭海要和你结婚了，你们
　　　　就好生过日子。

李小江　妈妈，我晓得。

袁启慧　他怎么又想通了，又要结婚？不是说负不起家庭这
　　　　个责任吗？

李小江　他说我不在他身边，他才发现离不了我。

袁启慧　那打算好久把证扯了？

李小江　不慌，先把工作整好再说。

袁启慧　你现在又不慌了。你也是，说回来就回来，说走就要
　　　　走。

李小江　妈妈，我再晚回去的话，我的位置就要被顶了。我本
　　　　来就应该当我们那个组的组长的，我对海南那条旅游
　　　　线是最熟悉的。哪个晓得被张英给顶了，那个讨厌的
　　　　女人，最擅长拍马屁了。

李建国　你还是少说这样的话，你不能要求每个人都是一个样
　　　　子，你不能尽怪别人。

李小江　我没有怪别人，我就是这么一说。

李建国　那你还是有不行的地方。工作上遇到了这点困难，就
　　　　想打道回府了。等我把工作给你安排好了，你又要走
　　　　了。感情上也是，脆弱得很。

袁启慧　（一边帮李小江收拾东西，一边说）你就是东一下西
　　　　一下的。啥子时候才长得大，不要我操心。

李小江　你现在就不用操心了。

李建国　一会儿又说不适合干导游了，一会儿又说不适合坐办
　　　　公室了。我看你这个样子，硬是恼火。

　　　　[李小江看着袁启慧还在往包里面塞东西，大叫起来。

李小江　妈妈，不要这个干蘑菇了。

袁启慧　泸定带过来的，野生的，补得很。

李小江　太重了，拿都拿不动。

李建国　还有那个竹荪，也给她拿点儿。

袁启慧　对头，差点儿搞忘了。你去找出来。

李小江　我去找吧。

李建国　你不晓得在哪里。

　　　　[李小江在一旁插不上手，只有看着忙忙碌碌的爸爸
　　　　妈妈。

李建国　码头还是要修。

李小江　啊？真的要成为煤炭码头啊？那我下次回来的时候，
　　　　会不会已经变得乱七八糟的了？

李建国　有可能啊。

李小江　干脆你们退休了还是搬到泸州市里面去吧。这唯一的
　　　　一片干净的地方都被污染了。

李建国　到时候再说吧。

李小江　到时候房子就更贵了。

袁启慧　现在买来还不是空着浪费。不过我也觉得，要是这里
　　　　修码头了，就实在是没有啥子好住的了。

李小江　哎呀，搬来搬去也是很麻烦的。我已经没有母校了，

以后问起我的家乡，我都不晓得说是哪里。我出生在泸州市，七岁跟着爸妈来到榕山镇，长到二十岁，二十岁的时候离开这里，到了成都、西安、北京，马上就要去海南。大家都说爷爷奶奶、外公外婆在的地方就是家乡，但是他们都去世了。我把榕山镇当成自己的家乡，但是以后要是你们搬到泸州市了，那榕山镇还是我的家乡吗？

李建国　像你这么说，我跟你妈就更没有家乡了。我出生在云南，然后在贵州待过，再到四川，在四川都待了好几个城市。这榕山镇是我们待得最长的地方了。

袁启慧　我七八岁那会儿，在内江住过一段时间，你爸爸和我们做过一年的邻居。然后我们就搬家了，就没有再见面，直到我顶替你外公到泸州 31 车队上班，你爸爸在泸州天然气化工厂上班，我们才又见面了。

李小江　缘分啊！你们不会那个时候就好了吧？

李建国　我记都记不得你妈长啥子样子了。

袁启慧　我还不是记不到你啥子样子啊！好了，东西收拾好了，你说收拾不进去，哪里装不进去嘛！

李小江　不晓得下次回来还回不回这里了。还是潘叔叔他们好，一直都在这里，有真正的家乡。

袁启慧　对了，潘万才糟了。

李建国　我晓得。

李小江　为啥子？

袁启慧　看文艺演出的被查出来了，他是中干，被降职了。

李小江 那些告发的人真是多事啊。

袁启慧 他就是老不醒事，像个娃儿。

袁启慧 （突然高兴得笑起来）这下子安逸了，他管不到车队
院子旁边的那些砖了。上次那些砖后来都没有卖脱，
遭他碰到了，他还在不阴不阳地说些风凉话。

李小江 妈妈，你以后就不要再整这些贪小便宜的事情了。

李建国 我去找绳子把行李捆捆，粗一点儿的。

[厨房里的水壶响起来，袁启慧冲到厨房去。

袁启慧 水开了。

李建国 （一边走一边对李小江说）你来和我一起在阳台上找
找。对了，我已经喊人来把厕所里所有的水管都检查
一遍，该换的都换掉了。

李小江 你们要是觉得用着方便就不换吧，反正我都要走了。

[李建国和李小江说完走进了卧室。

[说这两句话的时候，潘万才从楼下走回了家，手里
拿着一套工作服。

[潘万才一进屋，潘伟就怒气冲冲地站了起来。

潘　伟 你到哪里去了？

潘万才 开会。

潘　伟 你还有会可开啊？

潘万才 你在这里阴阳怪气的干啥子？

[潘万才把衣服甩在沙发上。

潘万才 妈的，从今以后我就只有一套工作服了。（对陶正华）
你以后不要再把我的衣服拿给你那些乡头的亲戚了，

我的衣服都不够穿了。

潘　伟　中干都是两套衣服，只有一般工人才是一套衣服。

[潘万才看了一眼潘伟，没有说话。

潘　伟　你怎么不当中干了？

潘万才　该退休了，年纪大了。

潘　伟　你不是年轻得很啊？你啥子时候承认自己老过？

潘万才　老子不想干了。

潘　伟　是你不想干了，还是人家不要你干了？

潘万才　关你啥子事？

潘　伟　遭下课了吧？

潘万才　我下课了，你那么高兴干啥子？

潘　伟　你这种人，早就该下课了，我要是你，都不好意思。

潘万才　有你这样对老汉儿说话的啊？

周　丽　（走到潘伟旁边，拉了拉他的衣服）潘伟，帮我收收
　　　　衣服吧。

[潘伟一把将周丽的手甩开。

潘万才　你要干啥子？你做出这个样子，难道还要打我吗？

潘　伟　我就是恨自己不能打你。

[陶正华突然打开电视机，电视声音突然很大。

播音员　现在坐在我们身旁的，正是张健老师。你能向观众朋
　　　　友们说说，你是什么时候开始计划横渡渤海湾的吗？

[潘伟冲过去把电视关了。

潘万才　你要造反是不是？

潘　伟　我真是替你丢脸。

潘万才　有啥子好丢脸的？

周　丽　你不要再说了。

潘　伟　好好的日子不过，尽搞些乌七八糟的东西，还不敢
　　　　承认。

潘万才　我就是看了又怎么嘛？你懂个屁！

潘　伟　你真的是不配做父亲，连个男人都不配。

潘万才　就是因为是个男人，我才去看！

潘　伟　你还好意思说！

　　　　[陶正华听完这个话，走进了卧室，周丽跟着陶正华
　　　　走了进去。

　　　　[潘万才拿起遥控器，又把电视打开。

播音员　张健老师横渡渤海湾的时候……

潘　伟　你真的是不晓得羞耻啊！

潘万才　等你到我这个岁数的时候你就晓得了。

潘　伟　我真的受不了你了。

潘万才　你受不了我？你到我这个年纪的时候还不晓得啥子样
　　　　子。你以为你好得不得了？我在年轻时候比你能干得
　　　　多，挑砖，搬石头，啥子苦没有吃过。你啥子苦都吃
　　　　不得，都二十七八了还啥子工作都干不下来。

潘　伟　这些根本就不是我应该干的工作。

潘万才　三岁看老，我看你，啥子都不得行。

　　　　[潘伟把电视关了。

潘万才　（走进卧室，一边走一边自言自语道）我年轻的时候
　　　　还横渡过长江，你连长江都游不过去。你，干得成

啥子？

潘　伟　（气得大声喊道）我游得过长江，游得过。

[**没有人理他。**

潘　伟　（又更大声地说道）在消防队看库房的工作是我潘伟干的呀？

[**潘伟瘫坐在了沙发上。**

[**李小江家，李建国和李小江从卧室里面出来，袁启慧从厨房也走进了客厅。**

李建国　怪得很，我前天还看到绳子的，怎么找不到了？

李小江　没有关系的，不用捆。

袁启慧　哦，那些绳子我扔了。

李建国　你扔了干啥子？

袁启慧　你女儿不是嫌家头乱啊，我就收拾了啊！那就到隔壁去借点儿嘛。

李小江　不要！我说不用捆就不用捆的。

李建国　要捆要捆，要是半路上散了就麻烦了。

袁启慧　就是。

李小江　哪个喊你给我装这么多嘛？

李建国　你妈的心意，你都不领啊？

袁启慧　小江去借嘛。

李小江　我不去。

袁启慧　懒得很。

[**袁启慧打开门，走到隔壁。潘伟开门。**

[**李小江在自己家里有些忐忑地走来走去。**

［潘伟家。

潘　伟　袁嬢嬢。

袁启慧　潘伟，你们家有绳子吗？

潘　伟　啥子样的绳子？

袁启慧　粗一点儿的。

潘　伟　要拿来干啥子的？

袁启慧　捆行李的。

潘　伟　（一愣）捆行李？你要出差啊？

袁启慧　不是。

潘　伟　是李叔叔？

袁启慧　是小江。

潘　伟　她刚到宣传部上班就要出差？

袁启慧　她要走了。

潘　伟　走哪里？

　　　　［潘伟问完这话，觉得有些不妥，立刻朝厨房走去。

潘　伟　你等会儿，我去找。

　　　　［潘伟走到厨房，这个时候，周丽从屋里走了出来。

周　丽　袁嬢嬢，小江要走了？

袁启慧　嗯。

　　　　［潘伟从厨房走了出来。

潘　伟　袁嬢嬢，我们家也没的。

周　丽　有的有的。潘伟对家头的东西不熟悉，绳子就在厨房，
　　　　我去帮你找。

　　　　［潘伟尴尬地看着袁启慧。

　　　　　[一会儿，周丽拿着绳子出来了。

周　丽　不就在灶台上放着的嘛，你看你的眼神！

袁启慧　谢谢你。

　　　　　[袁启慧拿着绳子回到家里。

　　　　　[袁启慧走后，潘伟拉着周丽的衣服。

潘　伟　你故意的。

周　丽　你说的是啥子意思哦？

　　　　　[潘伟甩开周丽的手，离开了家。剩下周丽一个人在
　　　　　沙发上呆呆地坐着。

　　　　　[潘伟跑下楼，在楼下徘徊着，时而抬起头来看着李
　　　　　小江家。

　　　　　[袁启慧把绳子拿到客厅里，开始捆行李。

李小江　潘伟在家没有？

袁启慧　在，啥子？你要找他？

李小江　不是的。我就是随便问问。

　　　　　[楼下，潘伟像是做了什么决定一样，突然跑上楼，
　　　　　到李小江门口，"嘭嘭嘭"地敲起门来。

　　　　　[家里的李小江和周丽同时站了起来，都走向门口。
　　　　　周丽踮起脚通过门上的猫眼看着外面。

　　　　　[而李小江也踮起脚通过猫眼看着外面，并没有立刻
　　　　　就开门。

　　　　　[李小江家。

袁启慧　哪个？

李小江　潘伟。

袁启慧　为啥子不开门？

李小江　马上。

　　　　[李小江打开门。

潘　伟　小江，我找你有点儿事。

李小江　那你进来说嘛。

潘　伟　我们到下面去说。

李小江　就在家头说吧。

潘　伟　小江……

李小江　好吧。

李小江　（转过头说）妈，我出去一会儿。

袁启慧　那你早点回来。

　　　　[李小江和潘伟一起下楼。

　　　　[潘伟家，周丽也离开门，走到窗户边，努力地朝外
　　　　看着。

　　　　[楼下，李小江和潘伟在离白玉兰树不远的地方站着。

潘　伟　小江，你要去哪里？

李小江　旅行社给我打电话了，要我回去工作。

潘　伟　你不是说你不离开了吗？

李小江　你不是说过这里不适合我吗？

潘　伟　为啥子不给我说一声就要走？

李小江　没有来得及，今天给我打的电话，要我后天就开始上
　　　　班，然后我就忙着收拾东西。

潘　伟　忙得连给我说一句的时间都没有吗？

李小江　那倒不是。

潘　伟　那为啥子不给我说，为啥子要躲我？

李小江　我想反正你迟早都会晓得的。

潘　伟　你告诉我和别人告诉我是不一样的。

　　　　［李小江不说话了。

潘　伟　我爸的事情，你听说了吧？

李小江　嗯。

潘　伟　我真的觉得很丢人。

李小江　不要这么说，不管怎样他都是你爸爸。

潘　伟　你不在我这个位置上，你当然不会理解我。我真的不
　　　　想再在这个地方待了。

李小江　潘伟，你啥子意思？

潘　伟　小江，明天，我也和你一起出去。你在旅行社工作，
　　　　我去找别的工作。只要离开这个地方，我就会很好
　　　　的，要是再能够跟你在一起，那就最好了。

李小江　（愣住了）你不要在这里鬼扯了。

潘　伟　我没有鬼扯，我已经想了很久了。我受够了这里的生
　　　　活了，一切都令我厌倦，他们都在压迫我。

李小江　你以为外面很好混啊？

潘　伟　我不怕吃苦的。

李小江　算了吧，不是吃不吃得苦的问题。你没有文凭，去找
　　　　啥子工作？

潘　伟　啥子工作我都愿意做，只要是为了你，真的。

李小江　不要说是为了我，我负不起这个责任。别到时候出了
　　　　啥子事情，又说是为了我。

潘　伟　我是心甘情愿的。

李小江　我不想要你的心甘情愿。

潘　伟　你不想要我和你一起出去?

李小江　你出去干啥子啊? 住哪里啊? 你以为还是十八九岁的
　　　　小孩子啊?

潘　伟　你不是也说过, 我聪明, 只要有恒心, 啥子事情都是
　　　　可以干成的吗?

李小江　我只是随便说说而已。

　　　　[潘伟一下子就愣住了, 过了好一会儿, 他才说话。

潘　伟　你是随便说说的?

李小江　我也是想安慰你。

潘　伟　(突然又很坚定地) 只要能够离开这里, 这些都不是
　　　　问题。

李小江　那如果你非要出去的话, 你自己出去, 不要和我一起。

潘　伟　(愣住了) 你就那么不想我和你一起吗?

李小江　你怎么就不明白呢? 我是不想你出去。你想走就走了,
　　　　你的父母怎么办, 周丽怎么办?

潘　伟　该怎么办就怎么办。

李小江　他们都需要你。

潘　伟　但是他们都在压迫我。

李小江　你必须负责任。

潘　伟　那个时候我就是太负责任, 没有离开, 一待就是这么
　　　　多年, 一点儿不快乐, 全部是为了父母。

李小江　不管快不快乐, 都是应该的。而且你已经结婚了。

潘　伟　还没有办婚酒。

李小江　但是你已经和她扯结婚证了，你们已经是夫妻了。

潘　伟　但是我不快乐。她也不会快乐的。

李小江　但是她只要和你在一起就会觉得很快乐的。

潘　伟　那我呢？

李小江　那你之前干啥子去了？现在说这些不是很无聊，很不负责任吗？

潘　伟　我原来没有意识到会如此地承受不了，没有想过，原来真的可以说走就走的，就像你一样的。如果现在都觉得不好，而在一起一辈子，那还有啥子活头？是现在告诉她，分手，大家短痛，还是结婚，一辈子长痛？

李小江　你想得太简单了。你们分不开的。

潘　伟　我现在就去给周丽说。

李小江　周丽已经怀孕了。

　　　　[潘伟一下子愣住了，突然，他转头朝家里跑去。

李小江　潘伟，你要干啥子？

　　　　[李小江在楼下焦急地走来走去，趴在窗户边的周丽看见潘伟往家里跑，立刻回到沙发上坐好。

　　　　[潘伟家。

周　丽　回来了？洗澡吗？

潘　伟　（急躁地走来走去，最后，他抓住周丽的双肩）周丽，我给你说一件事情。

周　丽　（缓缓地说）你坐下说吧，啥子？

潘　伟　不坐了。

周　丽　（笑嘻嘻地望着他）你站着我觉得压力好大啊，坐嘛。

　　　　[周丽走到潘伟身边，把他拉到自己身边坐下。

周　丽　说吧。

潘　伟　周丽，我们分开吧。

周　丽　（依旧不着急）开啥子玩笑哦？我们现在要是分手的
　　　　话，就是离婚了哦？

潘　伟　我给你说正经的，你不要这样笑嘻嘻地看着我。

周　丽　那你要我摆出啥子表情？

潘　伟　分开吧，要得不？不然大家都痛苦。

周　丽　哪个痛苦哦？我不觉得痛苦，我和你在一起就觉得很
　　　　开心。你觉得痛苦啊？我怎么就不信呢？

潘　伟　我觉得痛苦，而且越来越痛苦。

周　丽　肯定是因为你这段时间工作的事情，让你觉得烦了。

潘　伟　跟工作没有关系。

周　丽　那就是婚酒的事情让你烦了。这是我的错，我保证在
　　　　婚酒之前，再也不会拿婚酒的事情来烦你了，你就当
　　　　跷脚新郎官好了。

潘　伟　周丽，不是这个问题。

周　丽　一定是的，没有关系。每个人都有情绪的低潮期，我
　　　　也会一样，过了就好了，你相信我。

潘　伟　好不了的。只要在这个地方就好不了。

周　丽　会好的。

潘　伟　真的好不了。

周　丽　那肯定是我啥子做得不够好了。你说，我啥子地方做

得让你不满意了，我改就是。

潘　伟　你已经做得好得不能再好了。但是你的好让我的压力

　　　　太大了。

周　丽　那我以后不做那么好还不行吗？我会做到对你好，而

　　　　不让你有压力，不让你有内疚感。

潘　伟　周丽，你不要逼我。

周　丽　我没有逼你，真的。

潘　伟　关键是我不爱你。

周　丽　但是你原来都是喜欢我的，不然怎么会和我结婚？

潘　伟　对不起。

周　丽　你好搞笑啊，现在给我说对不起。

潘　伟　我们不要在一起了，我不爱你。

周　丽　但是我爱你。你不用爱我，我可以接受的。

潘　伟　你不要这样。

周　丽　我怀孕了。

潘　伟　我晓得了，晓得了。

周　丽　怎么办？

潘　伟　打掉吧。

周　丽　（这下有些激动了）潘伟你还是不是人哦？这种话你

　　　　都说得出口。

潘　伟　不要再让这个错误继续了。

周　丽　我不认为这是个错误。

潘　伟　你要是非把娃儿生下来，那娃儿也痛苦，因为我不可

　　　　能喜欢这个娃儿的，他还没有出生，我就已经在讨厌

他了。所以我不会因为这个娃儿就不和你分开。

周　丽　（破口大骂）你他妈的就是一个下三滥！

潘　伟　你怎么骂我都好，你骂吧！

　　　　[周丽忍住了火气。

周　丽　要是我不打这个娃儿呢？

潘　伟　反正不管怎样，我决心要出去了，而且再也不会回
　　　　来。周丽，我给你讲，人啊，在一个地方待久了，就
　　　　会以为这里就是世界的中心。你在我身边待久了，就
　　　　会觉得我是世界的中心。但真的不是这样的！我们都
　　　　应该去到更广阔的世界去！

周　丽　当你离开了以后，就会发现，这里就是世界的中心，
　　　　至少对于你来说是这样的。（一字一句地）你走不了的。

潘　伟　不要说威胁我的话。

周　丽　你只属于这个地方，只有在这里，你才生活得下去。
　　　　而且，叔叔孃孃不会让你走的。

潘　伟　我也不会因为他们而改变我的计划。

周　丽　你晓得孃孃的身体不好。

潘　伟　她会理解我的。

周　丽　她不会理解你的，她和我一样，都不想让你出去。

潘　伟　即使她不愿意，她也会让我走的。

周　丽　你想得太简单了。

潘　伟　几年前我说要走，她也是同意了的，不过生病了而已。

　　　　[周丽冷笑起来。

周　丽　你不觉得你妈妈病得太是时候了啊？

潘　伟　你啥子意思？

周　丽　我给你说，你妈妈当时就是装病。她要我帮她，于是我帮她了，给她煎药，伺候她，其实她的那些药都是些不痛不痒的药，吃不死人的。

潘　伟　你骗人。

周　丽　你不信就去问你妈，看我是不是骗你的。

潘　伟　你们为啥子要这么做？

周　丽　（一把抱住了潘伟）我们需要你。潘伟，你是个善良的人，你不会丢下我和你妈妈不管的，也不会真的丢下肚子里的娃儿不管的。

　　　　[潘伟说不出话来了。

　　　　[楼下的李小江走上楼。

　　　　[潘伟突然从家里夺门而出，往楼下跑去，与李小江相遇，却不理李小江，径直朝楼下跑去。

　　　　[而周丽，则再次趴在了窗户边。

李小江　潘伟，你要干啥子？

潘　伟　我恨你们每一个人。周丽怀孕了，我妈为了不让我走装病，我爸看下流的演出被处分了，你从外面回来，又要走了。你到底回来干啥子？

李小江　对不起。

潘　伟　我啥子都做不了的。我永远都出去不了了，我连每天都可以看到的江对面，我都没有去过。你说，到江对面是多么容易的一件事情，多么容易啊！

　　　　[潘伟直愣愣地朝江边走去。

李小江　你要干啥子？

潘　伟　我真的还不如我爸，连长江都没有横渡过。我总说要
　　　　和你到对面去看看，但是从来都没有去过。我总说要
　　　　和你到外面去，但是我去不了了。因为我结婚了，有
　　　　娃儿了，要当爸爸了。我今天要到江对面去看看。

李小江　你疯了？现在涨水。

潘　伟　等我从江对面回来，告诉你从对面看我们这里有啥子
　　　　不一样。

李小江　不要看了，没得啥子不一样的。

潘　伟　一定是不一样的。我出不去了，还到不了江对面吗？

李小江　你不要去。你要是出了啥子事，我怎么交代啊？大家
　　　　都会责怪我的。

　　　　[潘伟看着李小江，冷笑起来。

潘　伟　你不要我游到对面，原来就是怕我出了事，你不好交
　　　　代？怕会连累你？

李小江　我不是这个意思。

潘　伟　你啥子都不要说了。

　　　　[潘伟从身上摸出一张纸，又摸出一支笔，在纸上写
　　　　着，写完以后就把纸递给李小江。

潘　伟　给你的。我已经写清楚了。我潘伟自愿横渡长江，与
　　　　任何人无关！

　　　　[潘伟说完就朝江边跑去。

李小江　（和周丽的声音几乎同时响起）潘伟，你回来。

　　　　[灯光突然熄灭。

尾 声

[李小江家，李小江的行李摆在客厅里。

[潘伟家没有人。

[李小江在喝豆浆。

袁启慧　你快点儿嘛，等会儿赶不上车了。

李小江　来得及，来得及。

袁启慧　你给你们公司的人说了明天回去了吗？

李小江　说了。

袁启慧　本来上个礼拜要走的，结果一拖拖这么久，你们公司的人不会有意见吗？

李小江　有意见又怎样，他们现在需要我这样的人。

李建国　你现在又觉得自己不得了了？

李小江　是有一点点儿不得了。

[李建国看着窗外。

李建国　水退了。

李小江　那些菜全部蔫了，几天前还绿油油的，现在却黑乎乎的一片，感觉就像瘟疫过后的景象。

[这时候，外面传来噼里啪啦的鞭炮声，一会儿，鞭炮声才停止了。

李小江　大清早的，就放火炮。

袁启慧　这是给那些死人放的，就在江边。这下子我们这里有
　　　　名了，中央电视台的《焦点访谈》都来了。

李建国　一共死了多少人？

袁启慧　一船人全死了，一个不剩，有五十九个。

李建国　这些船老板就是黑心肠，为了多装人，这么小的船都
　　　　要加二层，重心高了，船就容易翻。

袁启慧　船老板才不得考虑那么多。这两天，县里头的火葬场
　　　　都搞不赢，而且还有好多人没有打捞起来。

李建国　潘伟找到没有？

李小江　还没有。

袁启慧　你说，他凑啥子热闹？不过那些迷信人说，今年阎王
　　　　爷注定是要招六十个人的魂走，那船人五十九个，加
　　　　上潘伟，正好六十。

　　　　[李小江拿出潘伟给她的纸条，拿出打火机，把它
　　　　烧了。

袁启慧　你在烧啥子东西？

李小江　没得啥子。

　　　　[李小江看着纸条烧尽，像是在自言自语。

李小江　潘伟一死，好多事情我才想起来。初中的时候，有一
　　　　次，你们都不在家，我偷偷约了潘伟，还有几个同学
　　　　到家里来过夜。半夜了，大家看电视看得累了，都睡
　　　　了，只有我和潘伟还在看。后来，潘伟也睡着了，就
　　　　靠着我的肩，我一动不敢动，怕把他弄醒了，虽然肩

痛得要命。后来潘伟终于醒了，我说，我的肩好痛啊。他对我说，只有疼痛才不会让你忘记我，不会忘记这个夜晚。

李小江　（停了一下）但是一直到刚才我才想起，我和潘伟还有过这样一个夜晚。我自己都吓了一大跳。我怎么就忘了呢？

袁启慧　（像没有听见李小江说什么似的）这都是命。听说有个农民，本来说是要牵只羊在这场上卖，结果到了岸边，那只羊死活不上船。农民把羊都抱上船了，羊又跳下去了。这一来二去，船上的人烦了，就不要这个农民上船了，气得农民在岸上跳起脚在骂。结果，没上这个船，捡了一条命。是这羊救了他，你说怪不怪？

李小江　潘伟，你为啥子要到江对面去？我为啥子要回来呢？

李建国　该走了。

李小江　（提起行李，却又放下）这真的要走了，又有点舍不得了。不晓得好久才又回来了。

袁启慧　想回来随时都可以回来。

李小江　坐火车从北京到成都，要二十多个小时；到了成都以后，要坐三个半小时汽车才到泸州；到了泸州，要换坐一个小时到合江县的汽车；到了合江县，还要坐半个小时的中巴车，才能到榕山镇的家。麻烦得很。坐飞机直飞泸州，又那么贵。不过在北京，从一个地方到另外一个地方，动不动就一两个小时。又要回北京了！回去以后先要租房子。又要租房子了！前年，我一年内搬了四次家，搬到最后我都快死了。走之前租的房子是不错了，有个小院子。在北京能有个院子的房子有好不容易你们晓得不？但是厕所经常堵，屎尿常常都会冒出来。那个房子还是多好的，有棵石榴树。不晓得好久才会有自己的一套房子。

李建国　快走了，不然来不及了。

李小江　妈妈，你说，谭海为啥子突然又决定和我结婚了呢？

袁启慧　你都不晓得，我怎么晓得呢？

李小江　其实在这个地方结婚生子，生活还是挺安逸的。但是为啥子我总是觉得不安心呢？在北京的时候拼命地想家，觉得那不是我待的地方；可是一回到这里，又想回去，觉得这里也不是我的家。你们说，我为啥子这么不安心呢？

李建国、袁启慧　走了。

　　[李小江和李建国、袁启慧开始换鞋。

　　[潘伟家，潘万才坐在电视机面前百无聊赖地换着频道。

　　[陶正华从厕所里拿出一个笼子。

潘万才　你干啥子？

陶正华　我把这个鸡笼丢了，不在家头养鸡了。

潘万才　你想通了？

陶正华　不然等会儿潘伟回来了，又要说鸡屎臭。

　　[潘万才愣住了，看着陶正华，悄悄地哭了起来，然后走进了卧室。

［李建国、袁启慧和李小江一起走下楼。

李小江　爸妈，你们回去了，不消再送我了。再不回去，我就
　　　　走不掉了。

李建国　（对袁启慧）走，家头还炖着汤呢。

　　　　［楼上传来两声狗叫。

袁启慧　还没有给强强做早饭，它肯定饿了。

　　　　［李建国和袁启慧转身上楼，回到厨房里。

　　　　［李小江拖着行李离开，走了一半又回到了白玉兰树下，
　　　　看着白玉兰树，跳起来想去摘，但是仍旧没有够到。

　　　　［这时候，周丽出现在李小江面前。

周　丽　小江，这个给你。

　　　　［周丽把几朵白玉兰花递到小江手里。

周　丽　我在潘伟家摘的，用线穿好了的。

　　　　［李小江把白玉兰花挂在衣服的扣子上。

李小江　你要出去吗？

周　丽　我能和你一起出去吗？

李小江　为什么？

周　丽　外面一定很好的，不然为啥子你和潘伟都拼了命地要
　　　　出去。

李小江　那你的娃儿？

周　丽　我打掉了。

李小江　为啥子？

周　丽　潘伟都不在了我还留着他干啥子。潘伟不在了，我哭
　　　　了好几天。但是现在，我心里反而有点轻松了。真

的。我和潘伟在一起的日子里，我每天都觉得他不爱我，或者是说不够爱我，我总觉得你占据着他的心。我总是觉得不满足，越是不满足，越是想要，越是和自己较劲。我原来也晓得，要是真的和潘伟结婚，我也不会幸福的，但是我就是觉得不甘心。但是现在，一切都好了。大家都解脱了。

李小江 （有些不知所措）谢谢你的花。

周　丽 我晓得你不会让我跟你一起出去的。我也不晓得我出去干啥子。但是我真的好想出去看看。你走吧。

李小江 再见。

周　丽 再见。真希望永远不要再见。

　　　［李小江转身走。周丽看着她消失在舞台上，然后自己也走到了白玉兰树下，想摘花儿，仍旧没有够到。

　　　［周丽便也慢慢地从舞台上走了下去。

　　　［李小江家和潘伟家，都没有了人。

　　　［一阵风吹来，白玉兰树拼命地晃动了几下，然后又平静了下来。

　　　［紧接着，下班号子再次响起，传来播音员的声音：喜讯，喜讯，我们化工厂的丁二醇项目顺利投产，丁二醇项目顺利投产。

　　　［一阵欢快的音乐响起，然后渐渐停止。

　　　［江面上传来三声汽笛，由近及远。

全剧终

高潮场面在剧本构思中的重要作用

——以毕业大戏的创作实践为例

杜 薇

论文摘要

劳逊说过:"高潮是考验结构每一个元素有效的试金石。"因而,高潮场面总是在剧作家的艺术构思和结构组织中处于中心位置。本论文将围绕创作方法,从作者自身创作剧本的"创意—构思—结构—调整"全过程入手,谈"高潮场面"在剧本创作中的重要作用。本文从以下四个方面进行论述:

一、创作冲动——人物动作与高潮的确立

剧作者的创作冲动变成一个真正的剧本构思的标志,是该冲动是否具有"动作性的情节"。具有强烈动作性的情节,将在戏剧的高潮场面得到最集中的体现,由此构成全剧的人物命运、性格发展和主题揭示诸方面的核心内容。

因此本文认为设计出达到人物动作顶点的情节场面(即"高潮场面"),是构思成立的重要条件——也就是说,当剧作者想好一出戏的主要"高潮场面"是什么样子时,才能真正着

手进行写作。

二、构思情节——人物确定与高潮的关系

一出戏在确定了高潮以后（即有了初步的动作性情节结构的构思之后），怎样才能发展成一出完整的戏呢？首先应该确定的是人物。原因在于只有观众了解了具体人物情况，才能关心和移情于人物的遭遇和多舛命运，才会真正去关心人物参与的冲突。如果他们对参与冲突的人物不了解，这些人物便没有可以关注的情感价值，他们会对这些人物漠不关心，也就不会对冲突如何发展去提心吊胆。

如何才能让观众对某个人物产生共情呢？这就需要塑造出具有生活气息的、鲜活生动的人物形象。要实现这一点，就需要从现实生活去寻找人物原型，然后根据高潮需要改造加工——也就是说，将原型人物放到剧作者设计的"高潮场面"中去呈现，检查原型人物性格逻辑在剧情的动作逻辑发展的顶端，是否会呈现出预想的结果。这种检验的结果，将会导致对原型人物性格的再加工，或是相反，由于人物性格的逻辑，导致对原先高潮场面做出调整。总之，人物性格的确立与高潮场面的具体化，是一个相互促进的辩证发展过程。

三、结构统一——主题确立与高潮的关系

在确立人物性格和人物关系的过程中，剧本的主题思想发挥着重要的作用。因为主题思想就像是"磁石"。剧本的主题思想可以把众多人物分散的动作凝聚起来，使他们相互之间具

有内在的联系，构成一个有机的整体。说到底，主题思想的情境化是通过特定的人物性格和人物关系来实现的。

我们要求主题思想在高潮场面得到最集中的动作体现和情节揭示。而要实现这一点，就在于将主题思想与人物性格、人物动作紧密地结合在一起，在性格化的动作性情节达到巅峰状态的"高潮场面"时，主题能够集中强烈地呈现出来。

四、调整高潮——全剧高潮与次高潮的关系

在创作方法上，我们还需要对高潮场面的主次形态进行具体的区别和调整。在一出戏中，每一幕都有自身的高潮，最终形成全剧的高潮。根据亚里士多德《诗学》的三幕制度，第一、二幕的高潮可称为次高潮，第三幕的高潮可称为主高潮。我们也可以分别称它们为大高潮和小高潮。

在创作过程中，当我们设计出了全剧的主高潮（即总高潮）以后，再在主高潮的指导下确定每一幕的高潮场面（即次高潮场面）。次高潮是每一幕的结构中心，这一幕的剧情应围绕着它展开；主高潮是全剧的结构中心，全剧各幕的次高潮要趋向和逐步推进到主高潮，最终导致总高潮的出现。最后，再用总高潮检验开端和发展部分与总高潮部分的关系，并根据高潮的整体布局加以适当的调整，特别是调整开端与高潮的前后照映关系。

关键词：高潮，人物，主题思想，总高潮与次高潮之间的关系

目 录

引 言

剧作者创作一出戏剧，必然应该是由创作冲动引起的。这个创作冲动的可能性有很多，可能是一件小事，也可能是一个人的一个动作，甚至是一片飘落的树叶等等。那是不是所有的创作冲动都可以写成一出戏？我认为不是的。

抛开作者审美意识不同这个角度，仅仅从编剧技术的角度出发，我也不认为所有的创作冲动都可以发展为一个完整的话剧。这是由戏剧的特性决定的。谭霈生在《论戏剧性》里这样写道：戏剧——动作的艺术①。这就是戏剧最基本的特性。

在剧本中，动作是塑造人物形象，揭示人物性格的基本手段；动作使矛盾冲突得以具体、直观地体现，情节也是由人物的动作体现出来的。人物的动作在剧目中应该有所发展，也有它的顶点。人物动作的顶点，当然是能够充分揭示人物性格的地方。同时，一出戏的主题思想也是在动作中体现出来的。动作的顶点，也应该是能够充分揭示主题思想的地方。因此，人物动作的顶点，同充分展示人物性格，揭示剧作的主题思想，应该是统一的。而这几个方面的统一都是在"戏剧高潮"场面中得以体现的②。

因此，剧作者的创作冲动变成一个真正的剧本构思的条件，便是这个冲动具有"动作性"。而动作性既然在戏剧的高潮场面得以集中体现，因此我认为构思成立的条件就是想好"高潮场面"是什么。一出戏剧里，高潮场面总是剧作家思想构思和艺术构思的中心。

高潮，是涉及到剧本及结构统一性的问题，它属于戏剧结构的范畴。而结构的基本任务，是在戏剧时间、空间的范围内组织动作③。

在一出戏有了构思以后，如何才能经过剧作者的艺术加工，成为一个完整的剧本，这是每个剧作者面临的问题。

---

①　谭霈生. 论戏剧性［M］. 北京：北京大学出版社，1981：7.

②　谭霈生. 论戏剧性［M］. 北京：北京大学出版社，1981：260.

③　谭霈生. 论戏剧性［M］. 北京：北京大学出版社，1981：260.

本文将通过我自己在这次毕业创作中的实践体会以及对部分经典剧本的分析，来阐述高潮场面作为构思的起点，怎样一步步地发展为一个完整的剧本的整个过程。在本文里，我将从创作论出发，从以下几个部分来阐述以上问题：

一、从理论角度出发，阐述"高潮场面"的定义；

二、从创作角度出发，阐述"高潮场面"与戏剧创作的关系；

1. 创作冲动与主高潮的确立

2. 人物确定与高潮的关系

3. 主题确立与高潮的关系

4. 全剧高潮与次高潮的关系与创作方法

三、结语。

一、"高潮场面"的定义

英国戏剧理论家威廉·阿契尔著有一本谈论戏剧技巧的书——《剧作法》，在此书中，有一章《高潮与倒高潮》，专门论述了关于高潮的问题。

阿契尔在书中这样写道："最后一幕为什么难写？……我们已经同意把一个戏看成是一个人或者更多人的生活的激变，而且我们知道，激变应当有一个明确的开端，常常比有一个确定的结尾更为恰当一些。……我们可以清楚地感觉到激变存在或者迫近的时刻，要把这样的时刻予以戏剧化是比较容易的。但是，能导致一个明确的或戏剧性的结局的激变，却是多么罕见……"①

在这段话中，围绕的一个词是"激变"，因此需要对"激变"进行一下说明。阿契尔认为，戏剧的本质就是"激变"。一个剧本，在或多或少的程度上总是命运或环境的一次急剧发展的激变，而一个戏剧场面，又是明显地推进着整个根本事件向前发展的那个总的激变内部的一次激变。

在这一章节里面，阿契尔并没有把"高潮"这个概念给以一个明确的解释，他模糊了"高潮"和"结尾"的区别，并且把大部分的篇章放到了关于"倒高潮"的论述上。而他所论述的"倒高潮"其实更大程度上也是在论述戏剧的结尾。

而在另外一个章节——《转变》，这个论述戏剧结尾的章节中，他提到了"转变"这个词，并且把"转变"分为两大类：意志的转变和感情的转变。这个"转变"，我认为是可以就理解为"激变"的。

根据以上论述，我试图这样理解阿契尔关于高潮的论述：一出戏的高潮是在结尾部分的一次激变，而这个激变是总的激变，人物意志和感情均发生了较大的改变。

阿契尔提到的"激变"背后，正是人物性格和关系的进一步展现，这提出了戏剧"高潮"的一个指标。但是这个指标又是极其模糊的：人物性格和关系的发展有没有一个"度"？是不是凡是在剧本结尾部分的人物性格和关系的发展都可以叫作

---

① ［英］威廉·阿契尔.剧作法［M］.吴钧燮，聂文杞，译.北京：中国戏剧出版社，1964：259.

是高潮？这显然是牵强的。另外，阿契尔在关于"高潮"的论述中，把高潮、倒高潮、结尾混为一谈，这都是不恰当的。

中国戏剧理论家谭霈生在其著作《论戏剧性》中提到了关于"高潮"的几种说法：

> 有人从观众"感情反映"的角度去解释它。英国威尔特说："高潮是给观众造成最大的印象，也是得到观众最富于感情反映的时刻。"一出戏，如果不能得到观众的感情反映，当然是不好的。全剧中"感情最强烈的时刻"，自然也会给观众留下深刻的印象。问题在于，千余名观众同看一出戏，感情反映并不是始终一致的。观众的感情反映，不仅决定于剧本和演出，也受观众本身主观因素的支配。那么，所谓"感情反映"，拿什么做依据呢？而且，那些感情最强烈的时刻，又是怎样造成的呢？
>
> 有人从舞台情绪效果的角度去解释它。劳逊说过："高潮不一定是最喧闹的一刻，但它是最富有意义的一刻，所以也是最紧张的一刻。"可是"最紧张的一刻"，指的又是什么呢？紧张作为一种情绪效果，又是由什么造成的呢？情绪效果可能是外在的，也可能是内在的。只从这个角度去说明，似乎也是很难准确说明的。
>
> 有人则从剧中人物命运的角度去解释它。李健吾认为：高潮"是主要人物应付事变的内心活动的

外现，即行动的决定性关节，这个决定性的转折，即戏剧的高潮。一般来讲，高潮就是主要人物的全部活动的成败关键"。可是，在一出戏里，主要人物不止一次地应付事变，而每一次应付事变都会有丰富的内心活动，究竟哪一次"内心活动的外现"是全剧的高潮呢？决定主要人物活动的成败的关键因素是很多的，高潮指的又是哪种因素呢？把这样的解释应用于具体作品的分析，很可能导致难分难解的争论。

有人是从揭示主题的角度解释高潮的。曾经有过一种说法：高潮是完成主题的地方；有人甚至说得更具体：高潮就是点题的地方。只从主题的角度解释高潮，当然是片面的。"点题"可能有不同的方式，用几句台词说出主题，也是点题的一种方式，但这能说是高潮吗？[①]

而美国戏剧理论家乔治·贝克在论述戏剧的"高潮"时，又是怎么说的呢？

贝克在所著《戏剧技巧》中说道："高潮是悬念的一个组成部分。一个事件，一场戏，一幕戏或全剧中所达到的最紧张之点就是高潮。高潮不是理论分析的结果，而是来自长期观察对象以后的结果。……高潮无论用动作、对话、手势或思想

---

① 谭霈生.论戏剧性［M］.北京：北京大学出版社，1981：257—259.

（直接表达或暗示）表现出来，它总是在观众中产生一场、一幕或全剧最强烈的感情。……创造高潮的唯一标准是：把观众了解清楚，戏是为他们写的；剧中要创造出对你所期望的人物的同情关系。"①在这里，和劳逊提出的观点同样面临一个问题的是，"最紧张之点"没有办法准确说明。但是，贝克在这里把"高潮"的范围扩大了，"高潮"不仅有全剧中的高潮，也有一幕戏，甚至是一场戏的"高潮"。我认为这一点很重要。全剧的高潮是临近结尾的一个段落，在有的戏里面高潮就是结尾。从作者的角度来讲，如何才能做到让观众能坐在剧场里等到这最后全剧的高潮的来临？在全剧的高潮来临之前，必定有其他揪住观众情感的因素。（在这里，没有把吸引观众的非戏剧因素包括在内，如杂耍、民情风格、语言的技巧等等。）那这些因素究竟是什么？同时，一出戏的高潮是怎样才能达到观众的期望的？这些问题都和这出戏演出过程中不断出现的高潮紧紧相关，也就是说，除了最后的总高潮外，还应该有其他的高潮出现。

综上所述，我认为戏剧本身的高潮是：人物关系和命运在全剧、一幕戏或者一场戏中最关键的、最根本的转折点以及围绕其的动作。这不等于说一幕戏的高潮就可以等同于全剧的高潮。毕竟不管是从戏的时间和空间来讲，一幕戏、一场戏和一整出戏是不一样的。

---

① ［美］乔治·贝克.戏剧技巧［M］.余上沅译.北京：中国戏剧出版社，2004：196，197，199.

劳逊说过："戏剧是通过高潮而构成的。"[2] 根据《诗学》的所谓"三段式"理论，一出戏一般认为有开端、发展、结尾三个部分，而这三个部分都应该有相应的高潮段落。"高潮"是一个段落，在这个段落里，也有开始、推进、达到高潮点、结束这样一个过程。人物关系和命运在全剧中最关键的、最根本的转折点以及围绕其的动作总是出现在结尾部分，我认为可以将其称之为"大高潮"，而在一出戏的开端、发展、推进、高潮四个部分内部，根本的转折点以及围绕其的动作称之为"小高潮"。在大高潮来临之前需要扭结起所有人物关系；而小高潮不必扭结所有人物。另外，即使在一幕戏里，也有不止一个高潮段落的情况，根据情况可以分为主高潮和次高潮。

二、从创作角度阐述"高潮场面"
与戏剧创作的关系

下面，我结合《白玉兰飘香的夏天》的创作过程，从创作者的角度来讨论"高潮场面"在创作过程所具有的中心地位和引领作用。

（一）创作冲动与主高潮的确立——《白玉兰飘香的夏天》中的主高潮

我在创作剧本《白玉兰飘香的夏天》的过程中，导致整出

① ［美］劳逊.戏剧与电影的剧作理论与技巧［M］.邵牧君，齐宙译.北京：中国电影出版社，1978：232.

戏的大致轮廓和整体结构形成的关键因素是形成了整出戏的高潮，即主高潮，总的高潮。

在构思的初期，我也不知道自己写什么，曾经有过多种创作的"冲动"，却被一个问题拦住。问题就是："这出戏的高潮是什么？"这个问题真的是非常有效的检验构思是否成立的一个标准。前文已经论述了高潮场面的定义以及其在一出戏中的重要性，因此在这里不再赘述。

于是我再重新寻找创作冲动，用高潮场面这块"试金石"去检验。我原本以为，自己的人生非常平淡，没有什么好写的。但是杨健老师坚持要我写自己亲身经历的东西，在杨老师看来，每个人的人生都是精彩的，就是在于剧作者能不能对此有所发现并加工成一出话剧。这样，我一直寻找发生在自己身上的事情，回想自己的童年、读书时代，自己的家庭，对自己二十多年的生活进行总结。终于，我发现了一件让自己激动的事情，而这件事情能够经受住"高潮场面"这块试金石的检验。

在一次和同学聊天中，我们聊起了自己的初恋，我便讲述了自己的初恋故事。其实这个初恋本身是没有什么大不了的，但是不同的地方是，我初恋的这个男孩已经死了。

我很平静地讲述着这件"小事"：他七年前死于溺水，溺水的原因在于他横渡长江，就在张健横渡渤海的那一年。对于他的死，我当时听到的第一反应就是：哦，这个人我认识。他死得太不值了，神经病吧？为什么非要横渡长江，明明就是一件很危险的事情。再后来，我才意识到原来我和他曾经有过一段懵懂的感情，他是我的初恋啊。再后来，我又想起，他曾经靠在我的肩头打瞌睡，压得我肩膀疼痛难忍。他醒来，我告诉他我肩膀很痛，他对我说："疼痛才不会让你忘记我。"但是事实上呢？我早就把这个人忘记了，以至于听闻他死讯的时候，我那么平静，反应和陌生人一样。我为什么对于他的死这么冷漠？因为我已经完全遗忘了。

我讲完这个事情后，同学觉得非常受打动，她说，你为什么不把这个写成一个剧本呢？我从来没想到这样一件事情可以写成一个剧本，写什么呢，怎么写？但是我再一想，这个冲动不正是符合戏剧的特性——具有动作性吗？而且我再一想，这个男孩淹死看上去是一个意外，但是这背后也许藏有别的原因，也许不是意外。

于是我编了几个人物，写了一个故事梗概给杨健老师看。杨健老师看完以后，他说：高潮场面已经有了，就是这男孩横渡长江淹死了。剩下的，你就去想吧。但是，人物、故事梗概都需要重新构架。

这样，我这出戏的主高潮初步确定，走出了创作的第一步。

在确定了这出戏的高潮以后，接下来面临的问题是，想故事梗概，想人物。

（二）人物性格与主高潮的关系——人物的确立

在确定了这个剧本的总高潮后，我开始着手编故事。

因为我个人很喜欢契诃夫的剧本，所以希望能够写出的剧本的风格是契诃夫式的。在又细读了契诃夫的剧本，尤其是《海鸥》之后，我写了这样一个梗概。

故事发生在九十年代初，长江边的一个小镇上。镇上有一个天然气化工厂，这正是化工厂投产前夕，厂里在排一台庆祝晚会，四处飘散着浓郁的桂花香。

高中毕业，等待读技校的十八岁女孩李红，爱上了从省里请来的声乐老师刘小合。李红的同学陈宇一直爱着她，而另外一个女孩吴琼，爱着陈宇。李红的母亲张启慧，一个寡居不久、热爱唱歌的女人，面对刘小合，心中也起了波澜。

在为了庆祝投产而举办的晚会彩排中，音乐的磁带被偷了，节目没有办法正常演出，张启慧和刘小合也因此受到指责。大家对这件事情议论纷纷，最后陈宇在吴琼身上搜到了磁带，吴琼说做这件事情是为了陈宇。

正式演出很成功，张启慧、刘小合和大家一起庆祝。在这个晚上，李红向刘小合表白，说她特别想从江对面看这个小镇，特别想知道山的背后是什么。这些话被陈宇听见。陈宇告诉李红，自己去过江对面，什么也没有，但是李红不信。张启慧知道了李红的想法，也很是不满，责骂了李红。

刘小合要离开这个小镇了，走的前一天晚上，李红找到刘小合，说是要跟着他离开这个小镇。陈宇之后找到刘小合，要与他一决高低，说是要和刘小合横渡长江，谁先到达对岸，谁就和李红好。但是刘小合根本就不屑于和陈宇比这个赛，并且认为这件事情根本和自己就没有关系。陈宇要李红留下，说刘小合根本就不爱她，但是李红去意已决，她撕碎了技校的录取通知书，张启慧也没有办法阻拦李红的离开。

四年后，为了庆祝投产四周年，厂里再次举办晚会，再次请到了刘小合。李红突然回来，说是路过，第二天就要走。李红知道刘小合在这里，只是偷偷地看了看他。

陈宇约李红在江边见面，陈宇告诉李红，其实自己从来都没有到过江对面，他不知道那边到底有什么吸引着李红。陈宇执意要横渡长江，到那边去看看，李红好不容易才将他劝下。第二天早上，李红准备离开的时候，陈宇的妻子吴琼告诉李红，陈宇昨天晚上横渡长江的时候淹死了，并且交给李红一张字条，上面写着："我陈宇自愿横渡长江，与任何人无关。"李红揣好字条，再次离开了小镇。

我根据这个梗概还写了一个分幕大纲。但是这个梗概以及大纲是失败的。我自己在写的时候，就觉得没有什么可写的，就觉得有种"漂浮"的感觉。

杨健老师对此梗概的评价非常中肯：缺少具体的体验性的描写；感受不到人物生活的环境、气氛——它可以是北京、吉林或是江苏；感受不到一个具体而微的人的、男性或者女性的日常生活形态。契诃夫戏剧的主要特点是——日常生活形态下复杂而真切的人生体验：它们是日常的又是诗的，是平凡的又是戏剧的，是平淡的又是紧迫和危机四伏的。如果不从具体而微的人生体验入手，不从细节入手，无论怎么学，写出来的也不是契诃夫。脱离了自己的独特的生活体验，很容易进入电视连续剧的套子；学契诃夫，关键要学其精神！

同时，杨健老师给出了主意：

搬生活原型——甚至完全是真人真事，像一年级写散文那样。

搬生活真实的自然、社会环境——从小镇、工厂的兴起到破产待业后的萧条，从自然环境到污染……

搬自己的人生体验——你的家庭，你的人生……

根据自己的真实生活，加以整合、调整和加一点虚拟——这是一个好办法！

于是我暂时放下剧本的故事梗概不想，开始写散文。

当时正好国庆节，我便抽空回了一趟四川。那次回去是不一样的，我心中是带有任务的——一篇关于回家的散文，一定是要有最真实、最直观的感受的。

回北京后，我立刻写了一篇一万多字的散文。这是其中的两段，我后来也用到了剧本里面。

　　我和妈妈路过子弟校，校舍和体育馆还是在那儿立着，但是我的母校已经不在了。

　　走进单元楼，我松了一口气，总算可以不在湿地上踩来踩去了。可是低头看，一楼的地面泛潮泛得厉害，湿气黏糊糊地附在地面上，跟被雨淋过也没有什么区别。靠近地面的墙皮已经开始掉落，露出斑驳的水泥墙上，有的地方已经长出了白色的霉菌。我心里想，连楼梯间都变得那么脏了。

　　走在楼梯上，我问妈妈："强强（我家的狗）会咬我吗？"

　　妈妈喘着气说："一定不会的。"

　　我说："可是它并不认识我。"

　　妈妈肯定地说："有啥子认不到的？认得到。"

　　可是刚刚走到六楼的转角处，就听见从家门里传出的狗叫声。我站在原地不敢动了。

　　妈妈说："你不要怕，它不会咬人的。"

　　这时候，门开了，一条棕黄色的博美狗冲了出来，爸爸站在强强的身后，强强冲着我拼命地狂吠，然后又摇着尾巴在我妈妈身边转悠。

　　爸爸冲着强强说："强强，叫啥子？认不到啊？"

　　妈妈又说："强强乖，她是你姐姐。"

　　我有点哭笑不得。

　　可是强强并不听话，仍旧汪汪地叫着。

　　妈妈说："你走你的，不要怕啊！"

我还是不敢动。

妈妈冲着爸爸说:"你硬是恼火得很,把它捉到我那间屋关起嘛!"

爸爸弯下腰要捉强强,可是强强比他灵活太多倍了,一下子跑出了家门,冲我奔了过来。

妈妈大叫:"捉住它,不要让它跑了。"

我哪里敢捉,只有傻站着:"我不敢!"

可是强强却在我跟前停住了脚步,仰着头冲着我叫着。

妈妈一下子笑了:"哎呀,看来硬是认不到呢!"

强强这时候停住了叫声,在我身边转来转去,不停地用鼻子闻来闻去。

妈妈说:"强强你不要叫,你仔细闻闻,姐姐身上有妈妈的味道,你闻嘛!"

我听了这话,鼻子一下子就酸了,眼泪就要掉下来。我不敢再看妈妈,故意岔开话题:"狗儿听得懂啥子嘛。"

妈妈走到强强身边,把强强抱了起来:"听得懂的。"

妈妈一边走一边冲着仍旧站在门口笑嘻嘻地看着我们的爸爸说:"嘿,你就站在那儿看到嘛,也不晓得来捉一下。"

爸爸说:"我不看到干啥子?你不是在那儿嘛!"

这一段是我走进家门前的第一感受，我认为狗这一段，特别贴切、深入。对于塑造母亲和我的情感，都非常生动有力。

另外一段：

　　我看着窗外的河坝，黑漆漆的，根本看不清楚哪里是水，哪里是石滩，只有两三盏挂在渔船上的灯在黑暗里晃晃悠悠。

　　我想起往年江边的河滩。每年春节到六七月份的时候是枯水季，水退去以后，露出大量的石滩和沙坝，当地的农民就在这临时露出的沙坝上种大棚蔬菜。春节前后，农民们就开始搭建大棚，从阳台上看去，白花花的一片。到了四五月间，天气暖和了，白色的大棚就都拆了，露出长得不是很旺盛的苗。等到了六七月，就是收获的季节了。在沙坝上种的蔬菜有茄子、番茄、辣椒、黄瓜。可是这些生机勃勃的蔬菜，农民们往往是来不及收的，因为汛期就要来了。头一天你看着沙坝上的蔬菜还是那么地绿油油，结果第二天醒来往窗外一看，江面陡然变宽一倍，石滩没有了，沙坝没有了，蔬菜也没有了，只是一片浑黄的江水。等到第三四天，你再往窗外一看，就会看见江水退去，沙坝再次露了出来。但是所有的蔬菜都打蔫了，变成了黑褐色，惨不忍睹。被水泡过的蔬菜自然是不能吃了，不能卖了。

每当看到这样的情景，我就在想：不知道涨水之前农民们有没有在抢收蔬菜呢？多可惜啊，这些蔬菜就眼睁睁地没有了。

爸爸打断了我的思路，他说："还种啥子蔬菜啊，现在河滩已经被镇政府征用，准备修一个煤炭码头了。"

我惊呆了。"啥子？煤炭码头？我们这儿又不产煤炭，河面又恁窄，修来干啥子？"

爸爸说："我们也不懂。"

我说："那要是修了煤炭码头，那我们小区这片不就是到处都是煤灰了啊！我看整个榕山镇也就只有这片小区这块干净的地方了，如今还非要把它弄得脏兮兮的。"

爸爸说："厂头现在就是有不少人为这件事情在闹呢，听说有人已经反映到省里去了。"

我问道："那现在修成什么样了？"

爸爸说："已经修了几百米的河堤了。"

我再次向窗外看去，仍旧什么都看不清。我不禁担心起来：我不敢想象我家窗户外面是个煤炭码头会是个什么样子，一定会有频繁的船号声，一定昼夜灯火通明，我爸爸妈妈的脸，甚至是鼻孔，都一定是黑的。

我说："怎么办啊？"

爸爸说："嘿，能怎么办啊？住着呗。实在不行等我们退了休，就搬到泸州去。"

那不是就离开家乡了吗？我心里想。可是，这里是我们的家乡吗？我们不也是十多年前从泸州搬到这里来的吗？我们的家乡在哪里呢？家乡重要吗？

这时候，江面上传来船拉哨的声音，一艘轮船要靠岸了。我和爸爸看着轮船缓缓地驶向离新区不近的码头。哨声响过以后，只听见轮船"嘟嘟"的声音在江面上回荡，最后，听见船轻轻撞击在趸船上的"砰"的一声，船的发动机突然停止了工作，发出"哧"的一声，就像是一个人总算是停止了喘息。江面上变得更加安静起来。

这一段也是对生活的一个最真实的记录，看似简单，可是一仔细阅读，却能从里面读出许多人生况味。

总体说来，这篇散文语言生动；从表层看——生活场景真实，人物情感细微、准确，展示了人物生活状态。在结束了这一部分的工作后，我最大的一个感受就是，脑海中涌现出许多想要写的人物、场景，而这些场景都是具体的，富有生命力的。

但是，问题在于：因为这些描述对人物的性格缺少概括，对人物的内心状态缺少深入揭示，对自己的人生缺少反省和展望，对生活缺少感悟性的描写。因此，这样的东西搬上舞台，人物必定是苍白的，剧情也必定是散乱的。

所以，在这种情况下，我就决定在原型人物的基础上总结发展，进行剧中人物小传的书写。

这是一个很艰难的过程。因为太贴近生活了，常常觉得无法从生活里面抽离。几次三番，最终决定先从主要人物潘伟入手。

而我在想潘伟的人物小传的时候，便是以剧本的高潮——潘伟游泳自杀为指南针的。

我把潘伟定位成了一个就在镇上生活的男人，想他在什么样的情况下会走向自杀的道路。

几经三番，写出了关于潘伟的人物小传。

潘伟：

27岁，五官是有些秀气的，瘦瘦的，等待重新分配工作中。他的工作可能是消防队的消防员。

他特别喜欢文学，喜欢写文章，但是他的文章发表的最高级别就是厂里面的报纸，他寄到别的杂志的文章都石沉大海，没有了踪影。

消防队的这个工作是父亲潘万才安排的。

在到消防队工作之前，潘伟已经分别在尿素车间、仪表车间、销售处这些部门待过了，但是都因为潘伟没有技术，在工作的时候又严重地心不在焉，看闲书，写乱七八糟的文章，被部分领导劝说调换工作。

潘伟他是不想在这个厂工作的，他甚至不想在这个镇工作。但是他因为母亲生病了而不得不留下来，他一直等着母亲好了那一天就离开这个小镇，到外面一个有大海的地方去。

但是母亲的病一直没有好，他便一直留了下来。他的初恋情人李小江到了一个面朝大海的城市，给他的最后一封信便是她终于来到了他们梦中的大海边。此后李小江便没有了音信。

潘伟一直在等待着李小江的来信，等着等着，渐渐地由怀有希望，到失望，最后把李小江从心里尘封。

于是在家里待了两年以后，潘伟终于熬不住父亲的叨念和周围人的闲言闲语，同意去厂里上班。他想在厂里面的宣传部工作，但是宣传部在潘万才看来是个闲差，便执意要把潘伟弄到生产车间去上班，那些部门工资要高一些。但是潘伟却无法胜任，只能不停地换部门。等到父亲终于觉得只能让潘伟去宣传部时，宣传部已经不要人了，只要大学生。无奈之下，父亲给潘伟找到了在消防队的这个闲差。平时没有事情，潘伟可以尽情地看书，写东西。但是在消防队这样一个凭力气和胆量的工作面前，潘伟的瘦小和文弱兮兮的样子只能导致大家的嘲笑。但是看在潘万才的面子上，大家还保持着表面上的和气。

潘伟的痛苦是：

1. 潘伟在单位上觉得憋屈，他知道这个工作是不适合他的，他胜任不了的。他也不屑于干这样的工作，但另外一方面，他也胜任不了其他技术工作。如果从高中毕业的时候起，他就踏实地在厂里面学习技术，也许他还能成为一名普通的工人。但是，他从来就没有好好学过技术，他不屑于学，他觉得自己应该是属于外面的世界的。但是他又不得不在这个小镇上待着。李小江是他离开这个地方的精神支柱，李小江没有了音信，他更是把李小江神化得一塌糊涂。

2. 家庭的不幸福。潘万才经常喝醉酒，喝醉酒了就打潘伟的母亲。现在他大了，潘万才不敢打妻子了，但还是常常在喝醉酒后胡闹。父亲和母亲在他眼里看来都是粗鄙的。他恨出生在这样的家庭，但是他又可怜他的父母。

3. 爱情的不幸福。初恋情人李小江在他心目中很完美，以至于他面对在外人看来和他很般配的周丽时，怎么也没有办法全身心地投入到这份感情中。他是被动地接受这份感情的，他是觉得周丽对自己和家里的人实在是太好了，好像自己不和周丽好就是做错了事情一样。但是他心里面还是爱着神化了的李小江的。他在周丽面前把这份感情隐藏了起来，他尽量地对周丽好。后来他渐渐地怕李小江回到这个镇上来，怕她看到自己这个样子，他觉得李小江要是不回来，自己就会渐渐地适应成为一名工人的生活，渐渐地适应这个镇上的生活。

在这个戏里面，潘伟一开始行动的目标是：下定决心好好在消防队工作；准备和周丽结婚；把充满自己和李小江回忆的房子卖掉。总之，是要开始新的生活的。

但是李小江的回来把这一切都打乱了。从大海边上回来的她，使得潘伟埋在心中，向往外面世界的种子再次萌发。

可是他发现身边的人都在"压迫"他：周丽逼婚，尽管他知道自己并不爱她；父亲因为作风问题被降级，自己颜面尽失；他发现当时李小江走的时候，母亲生的那场病并不严重，是母亲为了把自己留在她身边而装出来的；而他心目中的完美的李小江早就已经不是想象中的李小江了，她早就有过不止一个男朋友，甚至和男朋友同居，几乎到谈婚论嫁的地步。

他对所有的事情都绝望了。他选择了自杀。

我在写了所有人的人物小传以后，又面临了一个问题：我发现这些人物都是散的，没有统一性。我认为原因在于这个戏还没有一个主题思想。

（三）主题确立与高潮的关系——主题思想的确立

主题思想就像是"磁石"①。剧本的主题思想可以把众多人物分散的动作凝聚起来，使他们相互之间具有内在的联系，构成一个有机整体②。

我从生活素材出发，开始思考。一个人的死和另一个人的出走有什么关系？小镇发生了什么？是因为经济和文明的凋谢，乡村经济向城市化的社会转型。这些变化在两个家庭中的反映是什么？这样，我找出了这个戏的主题思想——城市化对小人物命运的影响。

于是，我把剧中每一个人物的设定，都同这个主题相关联起来。

主人公潘伟是没有离开过小镇的人，这个镇上的一切都在发生着变化，而他还抱着固有的想法，要离开这个镇，执意想到外面去，结果成为一个思想的巨人，行动的侏儒；李小江，潘伟的初恋，在外面事业爱情遇挫回到怀念已久的家乡，想要寻求一份安稳，却发现家和自己印象中大不一样了；袁启慧被下岗分流的事情困扰着；李建国快到退休的年龄；陶正华最关心长江的潮起潮落，因为她把菜种在了长江边上；潘万才因为看不正经的演出被停了职；周丽固执地爱着潘伟，固执地想要永远栖居在这个镇上，最后却要离开这个小镇。

---

① 谭霈生.论戏剧性［M］.北京：北京大学出版社，1981：226.

② 谭霈生.论戏剧性［M］.北京：北京大学出版社，1981：240.

所有的人物在主题思想的指导下，朝着同样的方向发展，人物性格的发展是需要有具体的事件体现的。这个时候，就必须构建故事了，这就涉及到了剧本的结构问题。

（四）全剧高潮与次高潮的关系与创作方法

1. 全剧结构的建立与主高潮——从总高潮看小高潮的设置

曾经从高潮入手分析过《雷雨》的结构，发现一个好的剧本，不仅是有总的高潮，每幕或者是每场都应该有小的高潮（次高潮），这样才能保证剧本结构的紧凑性。

在《雷雨》中，在第一幕里，高潮场面便是周朴园强迫周繁漪喝药这个场面；第二幕的高潮部分我认为是鲁侍萍和周朴园的见面，从周朴园发现鲁侍萍就是当年被他抛弃的梅家姑娘这一场戏开始，一直到鲁大海被周萍和周家仆人殴打，鲁侍萍和鲁大海离开周家；第三幕的高潮部分我认为是周萍进到四凤屋里，一直到这幕戏结束。高潮点是鲁大海持灯推门进四凤的屋，发现周萍竟然在四凤的屋里面，鲁待萍也闻声急进，看见了眼前的一幕；第四幕的高潮，也是整出戏的高潮，是从周繁漪把家里的大门锁了，大喊大叫要周朴园下楼来开始，一直到这幕的结束。高潮点我认为有两个：一个是周朴园告诉大家：侍萍就是周萍的母亲；另一个是四凤跑出去，触电而死，周冲拉四凤也跟着死亡，最后周萍也开枪自杀。

于是我将自己话剧大纲里的每一幕的高潮确定了下来。

第一幕高潮是李小江跟随母亲来潘伟家量房子，与潘伟的第一次见面。具体是这样的：

潘伟家

（1）周丽对于李小江的回来很不高兴，暗示潘伟不要再对李小江有什么想法。潘伟做出一副对过去释然的样子。

（2）李小江和母亲来到潘伟家测量房子。

（3）李小江和潘伟见面，彼此都很尴尬，觉得话不知从何说起。

（4）李小江对潘伟要去消防队工作感到吃惊和不解，无意中说出自己印象中的潘伟是个诗人，不是个消防队员。

（5）李小江和母亲离开，潘伟不去消防队长家送礼了。潘万才生气，周丽则要潘伟邀请李小江参加自己的婚礼。

第二幕的高潮是李小江家的狗跑了，潘伟不顾周丽的阻拦，要去帮李小江找狗。

潘伟家楼下

（1）潘伟和李小江在找小狗。

（2）两个人谈心，李小江说起大海的样子，在海边城市生活的样子，这让潘伟心潮澎湃起来。李小江说起自己感情上的不如意，羡慕周丽。潘伟安慰李小江，李小江告诉潘伟自己觉得很孤单，没有家的感觉。

（3）潘伟和李小江在江边找到了小狗，抱回家，周丽在家门口等着潘伟，告诉他，洗脚水烧好了。

第三幕的高潮是潘伟难以抑制心中的感情，向李小江表白，并拥抱了李小江。

潘伟家楼下

（1）潘伟约李小江见面，向李小江诉说自己的不幸，并且坦言自己还爱着李小江，想和李小江一起离开这个地方。

（2）潘伟拥抱了李小江。

第四幕的高潮便是整出戏的高潮，潘伟得知周丽怀孕，母亲曾经欺骗他，而李小江又不愿意和他一起出去以后，不顾阻拦横渡长江。

这样，我就可以清楚地看到，每一幕的小高潮都是层层递进的，最后才导致了总的大高潮。

这样，大纲确定了，戏的总体结构定了下来。

2. 全剧的开端部分和高潮部分是互相呼应的

一般地说，剧作家在开端部分要交代、介绍人物所处的环境，人物关系的历史状况，正在发生的事情等等；通过交代、说明，造成戏剧情境，造成悬念，指明动作的方向。最后一点，是很重要的。开端部分造成的悬念是否正确，要在高潮场面得到检验。有人认为，开端部分的任务是系结，而解结则是高潮部分的任务。剧作家在开端部分通过必要的交代说明，造成了全剧的悬念，为动作指明方向：那么，他就应该沿着这个方向，通过发展部分，将动作一步一步推向顶点——高潮[①]。

开端部分是最难写的，我在写大纲的时候，忽略了开端部分和高潮部分的关系，因此开始写出的第一幕的大纲就非常不好。

大纲初期，第一幕的大纲是这样的：

第一幕：

（1）李小江家

A.拖着行李的李小江回到家，一进门就听见父母为了厂里发工作服的事情在争吵。李小江的回来，父母暂时停止了争吵。

B.父亲给自己安排了几个在厂里面的工作，让李小江选择。李小江因为在外面工作不顺利，答应考虑一下。

---

① 谭霈生.论戏剧性［M］.北京：北京大学出版社，1981：262.

C.李小江问起隔壁潘伟的情况，母亲说潘伟已经在厂里的很多生产车间待过了，但是成天都心不在焉，在上班的时候写东西，所有的单位都不愿意要潘伟，潘伟的父亲现在在帮潘伟跑关系，希望消防队能收留他。

（2）潘伟家

A.潘伟寄出去的稿件又被退了回来，冲着周丽和父亲发脾气。

B.潘伟答应周丽和父亲，去消防队队长家送礼，表示愿意到消防队去上班。

C.厂里的广播里通知要涨水了，潘伟母亲要潘伟和潘万才帮着抢收蔬菜。但是潘伟并不是很乐意这么做。

（3）李小江家

A.李小江发现家里的气氛和周围的环境跟自己想象中的已经不一样了。父母问李小江的个人问题，李小江回避不谈。

B.母亲说潘伟和周丽快结婚了，李小江听说后心里有些不是滋味。

C.母亲告诉李小江家里要买潘伟家的房子，因为潘伟他们要买更大的房子以结婚用。

（4）潘伟家

A.潘万才要潘伟和周丽赶紧整理婚礼要请客的人数，周丽说自己的已经整理好了，就等着潘伟的。

潘伟并不想办婚礼，说自己没有想请的人。

B.潘伟的母亲扛着锄头，拿着一捆菜回到家。潘万才发火，要她把脚上的泥清理干净再进屋。陶正华却像没有听见一样，径直进了屋。

C.潘伟要母亲把脚上的泥弄干净再进来，母亲才将鞋换了。

（5）李小江家

A.母亲因为父亲忘记买酸萝卜的事情又开始喋喋不休，进而又要把和父亲离婚的事情翻出来说。父亲认为母亲是更年期综合征，母亲却由此更被激怒。李小江劝说母亲不要离婚，自己想要一个完整的家庭。

B.李小江为了平息母亲的怒火，告诉母亲在街上看到"文艺演出"的宣传画，要母亲去看，母亲告诉李小江那个文艺演出是不干净的。并且厂里面下达了文件，禁止中层干部去看那个文艺演出。母亲说潘万才也去看了的。

（6）潘伟家

A.潘伟的父亲要出门，潘伟问父亲要去干什么，父亲不说。潘伟责怪母亲对于父亲的什么事情都不闻不问。

B.陶正华说袁启慧说今晚要过来看房子，并且告诉潘伟，李小江回来了。

（7）李小江家

A.母亲要拉着李小江一起去隔壁看看房子。母亲说两家虽然住隔壁这么多年，但是从来没有到隔壁去过。李小江不愿意到隔壁去，但是拗不过母亲的请求，答应和母亲一起去。

（8）潘伟家

A.周丽对于李小江的回来很不高兴，暗示潘伟不要再对李小江有什么想法。潘伟做出一副对过去释然的样子。

B.李小江和母亲来到潘伟家测量房子。

C.李小江和潘伟见面，彼此都很尴尬，觉得话不知从何说起。

D.李小江对潘伟要去消防队工作感到吃惊和不解，无意中说出自己印象中的潘伟是个诗人，不是个消防队员。

E.李小江和母亲离开，潘伟不去消防队长家送礼了。潘万才生气，周丽则要潘伟邀请李小江参加自己的婚礼。

这一幕，在全剧当中最无章法。在明白了问题所在后，我调整了大纲。

我在调整过后的大纲中注意了这些问题：

开端就介绍全剧总悬念：李小江回来是不是要留下？潘伟怎么脱离困境？

要介绍的内容：李小江回来的内心目的；潘伟内心的苦闷

与绝望，因为李小江回来引起的内心波澜；李小江与潘伟的初恋前史；房子的自然环境与人文环境；李小江的家庭情况；潘伟的家庭情况，以及他与周丽的情感关系。

开端：	高潮：
李小江是不是要留下？	李小江离开了。
潘伟能不能脱离生活的困境？	潘伟离开了。

这样，悬念和高潮的因果联系，使开端部分和动作的中心遥相呼应，前后贯串，实现了动作的统一性。

总之，大纲书写到此地步，就可以开始着手于剧本的书写了。大纲做得扎实，剧本写起来就没有太大的问题了。

三、结语

在这部话剧的创作过程中，我遇到了一系列的问题：这出戏怎么构架？没有强烈的外在冲突，戏的走向怎么办？于是我先后解决了人物的原型问题，并尽早地决定了这出戏的主题：历史变迁对小人物命运的影响。在这个主题思想的指导下，我先确定了每一幕戏的高潮，进而确定剧情的走向，最后达到一个对戏剧结构完整性的统一。

总之，此次大戏的创作过程，是在编剧理论的指导下，以"高潮场面"作为创作的中心和试金石，反复地推敲和磨砺的过程；是对编剧技巧的进一步掌握的过程。而论文的写作，是我从亲身的创作经验谈起，讨论一个重要的创作方法——将"高潮场面"放在创作构思的中心地位，并发挥其在构思中的引领作用。我相信这一创作方法和理论探讨，对于编剧实践是有一定的指导意义的。

参考文献

[1] 谭霈生.论戏剧性［M］.北京：北京大学出版社，1981.

[2] 顾仲彝.编剧理论与技巧［M］.北京：中国戏剧出版社，1984.

[3] 余秋雨.戏剧理论史稿［M］.上海：上海文艺出版社，1983.

[4] 周靖波.西方剧论选［C］.北京：北京广播学院出版社，2002.

[5] 曹禺.雷雨［M］.北京：人民文学出版社，1961.

[6]［英］威廉·阿契尔.剧作法［M］.吴钧燮，聂文杞译.北京：中国戏剧出版社，1964.

[7]［美］乔治·贝克.戏剧技巧［M］.余上沅译.北京：中国戏剧出版社，2004.

[8]［美］劳逊.戏剧与电影的剧作理论与技巧［M］.邵牧君，齐宙译.北京：中国电影出版社，1978.

仰望星空，凝视脚下

杜　薇

　　十五年前，作为中央戏剧学院戏剧文学系编剧专业学生的我，面临着硕士毕业，正处于毕业大戏创作的阶段，但是我没有紧迫感，毕业创作也很是漫不经心，写作进展缓慢。有一天，收到杨老师的一封邮件，邮件里这么写道："杜薇，继续往前推进，推的过程自然就成熟了。要舍得花时间投入精力，这是唯一的办法。不要乱跑，坐下来搞大纲！所有的大戏和所有的人都是这么干的！再拖，非常危险，延期一年毕业是完全可能的，不要闹出这样的悲剧来。"我当时心里咯噔一下，浑身冷汗，一向宽厚仁慈的杨老师，着急了！

　　十五年后看到这些文字，依然一身冷汗。当时的我，心里想着：不就是最后的学生作业嘛，能创作成什么样子呢？我还有很多更重要的事情要做——我得去混剧组，结识各种人，我要写电视剧剧本挣钱，我要找工作……这些事情，哪一件不比写一个学生作业更重要呢？直到看到那封邮件，杨老师说过的另外一些话又浮现在脑海里："你们一定要好好珍惜毕业创作的时光，你们以后就不会再有机会这么心无旁骛地创作了，也许，这将就是你们写得最好的作品。"我顿时清醒了，飘着的心沉了下来。我总是计划着未来，那眼前的事情呢？我怎么如此愚蠢？！还是先专心写完自己的毕业大戏吧！

当年的毕业创作终于按时完成！交完剧本过后的一天，我在公交车站等104路电车，接到杨健老师的电话，他说："我看了你的大戏了，嗯……"我的心一下紧缩了起来，两腿发软，"杨老师会不会觉得特别糟糕？我会不会毕不了业了……"这时，104路车刚好到站，乘客上上下下，我却不敢上车，僵在原地等待杨老师的"判决"。杨老师接着说："挺不错的。"104路电车"松了口气"扬长而去，我也松了一口气。"挺不错的！"过关了！这下能按时毕业了！我按捺住窃喜装作平静地对杨老师说："嗯，谢谢杨老师！"杨老师接着又提了一些修改的意见，不过很快他又自我否定了，他说："算了，别改了，就这样吧，你先放着，我怕你给改坏了。"我频频点头："好的好的，我不改了！"我确实不想改了，好不容易完成，完成就好，我懒得再碰了！

毕业之后，我进入剧院工作，这个毕业作品很快就被抛之脑后。那个时候不觉得完成的这个剧本有什么特别之处，无非就是一个学生作业，还是险些完不成的学生作业。后来陆陆续续地，不断有师弟师妹们告诉我，看过我的毕业大戏，看完之后很受打动，特别喜欢。客套的夸奖，我心里总这么想。

去年我回中戏参加一个编剧班的学习，有一天上课，遇见了系里多年不见的彭涛老师，彭涛老师看着我，略有迟疑地叫出我的名字："杜薇，是吧？"我点头。彭涛老师接着说："你当年写的那个毕业作品不错！"天呐！诚惶诚恐！十多年过去了，这么多学生创作了这么多的毕业作品，彭涛老师可能都不太能确定眼前这个人是我，却还记得杜薇的作品！而且这个作品从未上演，只是以剧本的形式放在了学校图书馆。

那天回到家，我把这个剧本又翻出来看，看着看着我便看不下去了，眼里不自觉含着泪，多好的剧本呀！我惊讶于二十多岁的自己怎么就能写出如此成熟的剧本，它充满了生活气息，它情感真挚，它塑造了一群活生生的四川人的形象，它探讨了"理想和现实的冲突"这一永恒的创作母题，它充满了诗意……《白玉兰飘香的夏天》不仅是一个很好的毕业学生作业，还是一个很好的剧本，四十岁的我，终于有信心这么评价这个剧本了。

为什么当时我没有意识到这个剧本的"好"呢？我想大概是那个时候的我认为诚实地写自己的感受是剧作者理所当然的，但后来我才发现，真诚才是最难得的，因为人们往往都意识不到自己的言行是不真诚的，是有伪装的，是带有极大的功利心的。

这个剧本的"好"，其实是"无意识"地打开了身体的每一个感知的毛孔，诚实地把感受到的一切记录了下来。在最初的创作阶段，我甚至不能分辨繁杂的大戏素材里哪些是真正有价值的，哪些是真正属于我自己的特点的。就像幼儿园阶段的孩子们，往往能说出充满想象力的金句，其实他们并不是有意识地创作，只是足够放松，没有禁忌，脱口而出，而那些有心的成年人才知道那些句子的价值。而我也是一样，当时还处在创作的"幼儿园阶段"，感谢专业学习使我认识到自己生活体验的"珍贵",是创作过程督促我把这些"珍贵"收集起来,打磨出了一件还不错的成品。

这个剧本除了创作本身的价值之外,对于我个人的成长还有着特别的意义。我从四川的一个偏远小镇来北京上学,当初是多么自卑而孤独,我一度根本不想提到我的家乡,生怕别人觉得我是一个孤陋寡闻的"乡巴佬"。直到创作完这个大戏,我才意识到,在小镇度过的十八年人生是那么有价值,我好像才又重新认识了我自己。这个戏的创作让我学会了爱自己,爱家乡,爱那片土地上生活的人儿,爱他们扯着嗓子吵架似的大声交谈;爱滔滔不绝的长江水,夜半从江对面传来的狗吠;爱黄桷兰和栀子花的香味,爱那些只能存在于脑海里的影子……不管我身在哪里,我都是一个小镇姑娘,我觉得很好,因为我成长的小镇,是一个充满诗意的地方!

奥尼尔曾说过,他不会因生活的小巧玲珑而爱它,而编剧创作学习却让我低下头来,看见了生活的小巧玲珑,爱上了家乡的小巧玲珑。我认识到每个人的心中都有一个宇宙,每个人的人生都是独特的,都是值得书写的,要敢于写自己,这是了不起的事情……这现在成了我经常对孩子和学生们说的话。

我的创作生涯还远远没有结束,现在的我常常对自己说:"有什么想写的,继续往前推进,推的过程自然就成熟了。要舍得花时间投入精力,这是唯一的办法。不要乱跑,坐下来搞大纲!所有创作的人都是这么干的!"

抬头仰望星空,低头凝视生活。感谢戏剧艺术,感谢我的母校中央戏剧学院!

编后记

唐 志

感谢杨老师的信任和鼓励，让我承担了这部剧作选的编辑工作。从去年夏天我收到一摞沉甸甸的剧本和论文开始，经历了确定作品、制定框架、联系作者、校对修订、对接出版社等一系列工作，其间得到杨老师的不少指点，如今，这部书终于要和大家见面了。

我要感谢六位作者。她们中有我从未谋面、只耳闻其大名的师姐，也有和我相隔千里、许久未见的老同学，尽管我们的联系大多在线上进行，但因为"中戏""戏文系""杨老师"这几个关键词，我们的沟通是如此顺畅，交流是如此真诚。我惊叹于她们在那么年轻的时候就展现了深厚的创作功力和对编剧理论的自觉探索，我感动于师生间教学相长的点滴记忆和她们对老师的感恩，我更敬佩于她们在繁忙的工作之余，依然不厌其烦地配合完成了一轮轮的修订工作，只为达到心中的艺术标准。我从她们的文字中看到了一个灵敏并坚韧、充满生命力的女性作家群像。

这一年多来的编辑工作，于我而言像是回到了戏文系的

"课堂"，重新聆听了一堂内容丰富、奥义无限的写作课；同时又像是一场"心灵奇旅"，我跟随六位作者的脚步穿过长长的时空隧道，回到了多年前的东棉花胡同39号，见证了她们当年是如何在艺术的花园中播撒种子，付出辛劳，精心培育出属于自己的花朵，而这次的剧作选编就是将这些花朵的绵长芬芳赠予读者。

从本书的编辑工作中，我主要有三点认识和收获。

一、中戏的编剧教学，重视"内功"的训练。从六位作者的创作和自述的创作经历可以看出，中戏的编剧教学强调人物的塑造和情感的开掘，作品是从作者心里自然生长出来的，它本质上展现的是作者的心灵世界，它是与作者的个人成长和生命体验紧紧相连的。通过专业教学，一方面使学生脚踏实地地学习艺术基本功，为将来的艺术创作打下坚实的基础；另一方面，在润物细无声中厚植学生的理想情怀，完善人格发展。这一切努力，最终形成一种"绵绵若存，用之不勤"的长期性、多维度的教学效应。

二、戏文系开设"编剧理论与创作实践"专业，将论文与剧作二者并行设置在一处，现在看来是十分必要的。编剧理论与创作实践是相辅相成的。编剧专业和舞台美术设计、建筑设计、工业产品设计等专业一样，天然兼具了理论与实践相结合的共通性。在编剧学领域，特别是编剧创作专业，既不能忽视专业的特殊性——形象思维、统觉意识和艺术鉴赏培养；又不能矫往过正，盲目依赖直观经验，排斥系统理论，忽略基础理论的研究。例如古希腊"写诗"一词，不用"书写"

（graphein），而用"制作"（poiein），从词源上看，他们不将写作看成是严格意义上的"创作"，而是当作一个制作——诗人作诗，就像鞋匠做鞋一样，二者都凭靠自己的技艺，生产或制作社会需要的东西。对理论的探索总结和对经典理论著作的深度研习，同样重要，它不仅有助于创作者跳出"自我"，从理论高度审视自己的作品，同时也为创作的灵感溪流提供了另一种理性的"源头活水"。

三、选择编剧专业，就是选择了一种生活方式——观察记录下生命百态，将他们展示在舞台上。这条路艰辛、孤独却充满了美丽的风景；它关乎作者与他人的对话，最终指向自我生命的本真。从六位作者毕业后的成就中，我不仅看到了她们在艺术上的成熟精进，还看到许多宝贵的文化品格——对戏剧艺术的迷恋执着，在教书育人上的厚德载物，在创作中的严肃认真。她们在车水马龙的喧嚣生活中，为自己的心灵找到一片栖息之地，通过写作了解自我，理解他人，认识人生，造福社会。她们不仅在文艺创作上追求卓越，也在思想道德修养上追求卓越。

时光如水流转，十几年过去了，六位剧作者或许已找到了属于她们个人的创作和生活的道路：有的和母亲达成了和解，有的带着对青春的记忆离开家乡扎根北京，有的走出对爱情婚姻的迷惘更加自由洒脱……她们如同天空中美丽的云朵，恣意展现着属于自己的生命节奏和姿态。这部书既是对她们编剧学习历程的记录，也是对她们青春岁月的记录。希望读者能够喜

欢她们的作品。

　　"千江有水千江月"，"云在青天水在瓶"。愿所有热爱写作、热爱戏剧创作的读者都能通过编剧这门美妙的艺术感受平凡生活中的诗意，获得人生的妙谛。

水流云在

天使的眼睛

——中央戏剧学院『编剧理论与创作实践』专业研究生剧作选

司徒志岚／著

·主编 杨健 ·执行主编 唐志

作家出版社

司徒志岚

作者简介

　　司徒志岚，1977 年生，中央戏剧学院戏剧文学系 1996 级本科生、2000 级戏剧编剧理论与实践方向硕士研究生。话剧剧本《天使的眼睛》完成于 2003 年。2004 年至今，主要创作方向为动画剧本创作与策划，动画作品多次获国家级专业奖项。个人获国家新闻出版广电总局 2013 年度少儿精品及国产动画发展专项资金"优秀动画创作人才"最佳奖。作品有动画系列剧《快乐东西（1-3）》（2004-2007 年），《我们小孩有力量》（2007 年），《福娃奥运漫游记》（2008 年），《开心果》（2009 年），《淘气包马小跳》（2009 年），《八戒取经》（2010 年），《淮南子传奇（1、2）》（2011-2012 年），《泡芙小姐 2》（2011 年），《小济公》（2016 年），《熊猫和小鼹鼠》（2016 年），《熊猫和小跳羚》（2021 年），《敦煌的故事》（2022 年）等。

　　除动画领域外，也涉及短篇小说创作，有短篇小说《大黑在工体北路 4 号》发表于《上海文学》2016 年第 12 期。

　　近年来，也从事公益支教活动，针对流动儿童、乡村儿童研发及实践戏剧公益课程，曾服务于湖南、江西、河北、青海、北京等地区 16 所小学及幼儿园。

编者说明

这部剧作选集是根据中央戏剧学院戏剧文学系"编剧理论与创作实践"专业的部分硕士研究生在 2003—2014 年的毕业剧作和论文进行编选的。

"编剧理论与创作实践"专业，学期为三年，要求硕士生在毕业时完成一部多幕话剧和一篇论文，该论文的内容应结合创作实践进行编剧理论的探讨。

本书保存了原有剧本和论文，为使读者更多地了解剧本写作的情况，增补了"创作谈"和作者的小传和照片。

本书在编选过程中，要求作者对其剧本和论文进行再次审核和修定，除了个别剧本之外，现在呈现的剧作和文章，改动的地方不多，基本保持了原作的风貌。

本书在编辑时，针对论文中出现的文字问题，进行了纠错和删改。

为了表明各位作者在创作上的独立性质，故以分册的方式进行排版、装订。

"编剧理论与创作实践"专业的设置，体现了创作实践和艺术制作的结合，有它的科学合理性。在本系几名写作专业教师的指导下，该专业在 10 多年中，培养了几十名编剧研究生，他们绝大多数人在编剧创作、理论研究和专业教学方面，做出了优秀的成绩。

《剧作选》的剧本和论文，折射出该专业设置的教学思想和课程设计的情况，部分地展示了教学实践的成果。

"编剧理论与创作实践"专业的设置，出于这样一种教学思想，编剧学应该是这样一门学科：它既是一个实践经验的领域，也是一个科学的范畴，它应是编剧理论与创作实践的结合，以及理论研究与技巧切磋的互动，它应体现本专业的一个美好理想——为了这个时代，培养出一批能反映时代精神的优秀剧作家。

目 录
contents

天使的眼睛

司徒志岚——编剧

剧情简介

夏明清是广州某大学的一位社会学系副教授，学术上颇有名望。7 年前妻子跟他离婚后，他就和 17 岁的女儿夏花相依为命。邻居阿甄是夏明清的情人，在生活上照顾他跟夏花。夏明清一方面在推搪，一方面又享受着阿甄的照顾。

夏花小时候从秋千上跌下来，摔破嘴角，大脑受到损伤。她和夏明清的研究生老关像兄妹般相处。

夏明清一年前在藏区考察时，与一个在香港上学的广东研究生海希邂逅相恋。夏明清一度萌生携海希归隐山林的心愿。但二人分别后，世俗名利的牵绊让夏明清将自己的誓言抛之脑后。

海希在一年后依约突然来访，她的出现让阿甄心生芥蒂，夏明清在二女之间周旋，首鼠两端。

面临毕业答辩的老关，发现导师马上要出版的著作剽窃了自己的田野考察成果。老关鼓起勇气跟夏明清当面对质，夏明清答应弥补老关的损失，在论文答辩和留学方面给予扶持，于是二人又恢复了冠冕堂皇的师生关系。此时，海希彻底认清夏明清的真实面目，失望地离去。阿甄在激愤之下，也与夏明清分手。

　　夏明清入选长江学者，功成名就，内心却十分空虚，难以自处。夏花安慰父亲，并半开玩笑地用一把玩具手枪"枪毙"了夏明清。阿甄又回到夏明清家，打扫地上的碎片，整理房间，为他烧菜。夏明清又重新开始了过往的日子。

人物表

夏明清　45 岁，男，中等身材，偏瘦，眉目深沉，肤色较黑。
　　　　手里喜欢捧着个小小的紫砂壶喝浓茶。7 年前妻子与
　　　　之离异，嫁到国外去了。他是广州某大学社会学系副
　　　　教授，大学毕业后留在母校教书和从事研究。除了每
　　　　天的长跑、散步这些放松之外，他总是埋头工作，在
　　　　学术上颇有成就。

阿　甄　40 岁，女，长得高大丰满，眉粗眼大，神情透着精明
　　　　干练。她住在夏明清隔壁，是附近街道小学的语文老
　　　　师。阿甄深谙理家之道，是个厨房美食家（电视栏目
　　　　《方太生活广场》是她必看的）。她为人世俗，以过日
　　　　子为能事，布置家居，弄弄装饰什么的。善于自我荣
　　　　耀，编织着一个"祖上也是富商"的神话——仅仅因
　　　　为族谱上提到一句"先人曾到过广州经商"。

夏　花　17 岁，夏明清的女儿，身体瘦弱，面孔白净，有微弱
　　　　的智障。7 岁那年从秋千上摔下来，大脑受到损伤，
　　　　还在右嘴角上方留下一道深深的疤痕。第一眼看见夏
　　　　花的人，都被她的眼睛吸引。她的眼睛又大又清澈，
　　　　却总是垂着眼帘，很少直视别人。她穿的衣服非黑即

灰，每天在家庭跟学校的范围里活动，除了夏明清的研究生老关之外，她几乎没有什么朋友。

海 希　23 岁，女，广东人，出身知识分子家庭，在香港大学读研究生。她纯真热情，行为随性，是一个水蜜桃般的女孩。她在参加藏区的联合考察工作时，受到夏明清的指导，对这位名教授产生了崇拜和恋情。

老 关　25 岁，男，矮小精瘦。夏明清的研究生，湖南人，即将毕业。老关来自湖南农村，带有淳朴的气息，富于进取心，虽有棱角，有锋芒，但为了生存，精明世故最终会占上风。

时间表

时　间　2002 年夏天

地　点　广州

第一幕

第一场　电视台采访前的一天。西关大屋，夏宅的客厅和书房。

第二场　当天下午。西关大屋门外，夏宅内，客厅和夏花的
　　　　房间。

第二幕

第三场　电视台采访的两天后，海希来访。西关大屋门外，夏
　　　　宅和客厅和书房。

第四场　第二天早上，准备答辩前，夏明清家客厅。

第五场　当天，雨夜，夏宅客厅。

第三幕

第六场　两天后，毕业答辩后，西关大屋门外，夏宅的客厅。

第七场　一天后，长江学者颁奖，夏宅的客厅。

第一幕

第一场

［这是一间临着老街的西关大屋，巷口有一棵大榕树，正对观众的门是三重的，最外为悬地二尺的镂空小门，中间雕着牡丹花，"富贵吉祥"之意，第二扇门为横木条推拉闸门，最里为双开户木板门，夏天里经常只关着推拉闸门，通风透气。大门上方为一个可住人的小阁楼，有一条窄窄的楼梯上去。左面的墙上，台口位置，挂着一幅书法横轴，上草书写着"破履仍思上远峰"。一扇房门开在横轴的下方——通向夏明清的房间，隔壁是夏花的房门。右边的墙，在台口位置，是一扇门，通向厨房跟洗手间。屋内摆设多为红木家具：长椅、圆桌、茶几等，亮晶晶的，显然每天有人把它们擦得一尘不染。一般来客都会被横轴下面的书柜所吸引，里面摆放林林总总的聘书、获奖证书以及各地旅游纪念品，这些小物品，粗陋中带几分谐趣。

［临近中午，客厅内，阿甄一手拿着抹布，一手把一个新的获奖证书放进柜子里，想在柜中寻找一个最显

眼的位置。证书摆好后，她退开两步，叉着腰，满意地欣赏着。她穿着鲜红的紧身针织上衣，下身是米色西裤，脚上是木拖鞋。为了干活方便，随意将长发在脑后挽成一个髻。

阿　甄　（兴致勃勃地喊）阿明，出来看。

夏明清　（房内传出略显不耐烦的声音）又叫我干什么呀？

阿　甄　（不悦）干什么，叫你出来看看不行呀？

夏明清　（在房内解释）最后一稿差两页纸，编辑等着我的稿子呢。

阿　甄　知道知道，全世界就你忙正事，人家忙的就不是正事？

　　　　　[一声轻微的叹息声后，嗒嗒嗒，另一双木屐不紧不慢地从房中步出。夏明清一手拿沓稿纸，一手握支红笔，边走边盯着稿纸。

夏明清　看什么？

阿　甄　（夺下他手里的稿纸）哎呀，你也该休息会儿了。喏！气派吧？（示意他看柜子里的证书）

夏明清　你怎么又帮我搞卫生了？

阿　甄　怎么，怕我弄坏你的这些宝贝？

夏明清　（认真看了一眼，洋洋自得地说）夏某人不靠这些东西彰显身份。（对阿甄）街坊邻居的，串门就是串门，还要劳你动手收拾。

阿　甄　今天怎么这么见外？真把我当邻居啊，那我可就跟你恢复邻里关系了。夏教授，再见。

[阿甄把抹布往椅背上一搭，假装转身要走。

[夏明清拉住她的手。

夏明清　开两句玩笑。

[阿甄甩开他的手，含笑转过身来。

夏明清　（指着柜子里的证书）帮忙收起来吧。

阿　甄　收？凭什么收？我呀，还巴不得守在柜子前面给那帮
　　　　装模作样的教授，详详细细把你的事情给他们说一
　　　　遍，这年头，肯坐冷板凳，肯埋头吃苦的人比三条腿
　　　　的蛤蟆还少见了。

夏明清　各人有各人的活法嘛。我只是把精力都用在刀刃上
　　　　了！（得意地）呵呵，夏家的人一不从商，二不从政，
　　　　埋头学问，不为俗事操心。

阿　甄　（拿起挂在柜子上的一件熨平的短袖白衬衣）来，套
　　　　上。

[阿甄给夏明清穿上，夏明清顺从地被她摆布。

阿　甄　电视台明天就要来家里采访了，你要评上长江学者了，
　　　　这是件好事，该说什么就说什么，没有什么不好意思
　　　　的，今天你不好意思，明天你就被人晾一边了。学校
　　　　要是再不批你的职称申请，你就跳槽到别的学校去。
　　　　东家不打，打西家呗，现在都是聘用制了。我要不是
　　　　上班近，也不想在这个街道小学耗着。以前在私立学
　　　　校教书，一周回来一趟。现在不存那个赚钱的心了，
　　　　课间都能走路回家浇浇花，（得意地凑到他耳边）顺
　　　　便再过来催你休息一下。

夏明清 （头侧开，回避她的亲昵）你啊当老师当上瘾了。弄
得我堂堂一个教授，作息跟小学生似的，一上午休息
三四趟。

阿　甄 （娇嗔）什么话？转个身我看看。

　　　　[夏明清随意转一下身。

　　　　[阿甄从衣架抽下领带，给夏明清打上。把夏明清推
　　　　到墙角的穿衣镜前，拿下盖在镜子上面的布。

阿　甄 自己看看。

　　　　[夏明清看着镜子里的自己，扯扯领带，调整松紧度。

夏明清 领带太紧了，脖子勒着不舒服。

阿　甄 你们男的怎么都怕有领子的衣服，我那死鬼老公以前
也是这样，冬天还敞开个大衣领。（自语）对了，下
个月得去看他妈了。（试探地问）你不吃醋吧？

夏明清 我？哪有吃醋的资格。

阿　甄 （嗔怪）你没资格，谁有？我给你这个资格，要不要？

夏明清 （顺手拿起剪刀，手翻找着鬓角的白头发，仔细地剪
下隐藏其中的白头发）再说吧。

阿　甄 （理他的衣领，触到他的手）手怎么这么滑？（端详
他的手指，感慨）唉，看看，翻资料翻的，把指纹都
磨平了。

夏明清 （摩着她的手，感慨）成天照顾我和夏花，做太多家
务，倒是把你的手都弄糙了。

阿　甄 （心满意足）你知道就好。

　　　　[阿甄帮他调整，调整好后，自己贴在他身边，两人

一块儿照镜子。

阿　甄　怎么样？

夏明清　穿不惯这些假模假式的。还是背心短裤舒服。

阿　甄　我不是指这个。

夏明清　你指什么？

阿　甄　我指我们俩。

夏明清　什么我们俩？

阿　甄　我们登对不登对？

夏明清　（明白）哦。（半开玩笑）怎么还跟个小女孩似的，在乎这个。

阿　甄　六叔婆以前跟我算过命，说我以后的归宿是跟一个握笔的，不是点钱的。你别说，六叔婆的话还真有点道理。这些年，我就再没看上过谁。只要你老老实实往书桌前一坐，埋在那堆书里，我心里就踏实，心甘情愿地为你跟宝贝女儿干这干那。

[夏明清轻轻搭住她的肩膀。

夏明清　大功臣，我明白。

阿　甄　昨天喝茶的时候，六叔婆还问起你来着。（等着夏明清接话）

夏明清　（拿起紫砂壶啜口茶）问什么？

阿　甄　问我们什么时候拉上天窗。

夏明清　（轻轻一哼，拿起稿子低头看）你这位六叔婆，真把你当宝贝女儿看待。

阿　甄　老人家说话直，说她死之前必须看到我解决归宿问题。

不然，她死不瞑目啊。

夏明清　（嗤笑一声）她老人家那身子骨，比我的牙还结实。

阿　甄　老人家自有老人家的道理。（声音渐小）我现在没名
　　　　没分的。她说，现在世道不同了，连街边卖肠粉的都
　　　　包二奶。

夏明清　（啼笑皆非）连卖肠粉的……言下之意，拿我跟卖肠
　　　　粉的相提并论。放心吧，六叔婆会等到瞑目的那一天。

阿　甄　（似笑非笑）大教授，这话我可要转告六叔婆了。

夏明清　（拍拍她的手背）你转告六叔婆，我俩已经谈好了，这
　　　　把年纪了，重实质不重形式。所谓的婚姻是怎么回
　　　　事，心里都明白。现在这样反而促进了我们的感情质
　　　　量，是吧？

阿　甄　话都是你说的，你自己亲自跟六叔婆说去。

　　　　［夏明清扯松领带，去开风扇，对着吹。

夏明清　真是闷热，（看窗外）看样子又要下雨了，刚才还有
　　　　点太阳，转眼就阴沉沉的。近来天气反常，临近中午
　　　　都要下一场雨，说下就下。

阿　甄　（掩饰失落，到窗边张望）是啊，瞧，蜻蜓都贴着
　　　　地飞。

　　　　［两人一时无语，心事茫茫，双眼失神。

　　　　［窗外空气仿佛凝固，远处传来收破烂的吆喝：买烂
　　　　嘢，收买烂嘢……

阿　甄　阿明，你说这收破烂的阿荣，别人家不要的垃圾，在
　　　　他眼里却是宝贝。有次我路过他住的棚子，各种废品

被他摆放得整整齐齐、干干净净的。这是怎样的讲究人啊！

夏明清　他们除了平日辛苦，还是城市的一帮弱势群体。（清清嗓子）学术界对他们的称谓算是客观了——叫"废品回收人员"。别看他们不起眼，内部分层还是很清晰的，拾荒的拾荒，废品回收的废品回收。等熬到有资格搞废品加工，就算是他们当中的成功人士了……

阿　甄　（乐）你真是三句不离本行，说起来都是你们社会学那一套。你这些研究成果，还是等记者来了再发挥吧。

夏明清　他们哪儿懂得做学问的人那些乐趣？

阿　甄　是啊，你们的辛苦他们哪儿能体会啊。不过呢，说实话，你那些著作，除了学生和同行，连我都猜不出谁会对你的研究成果感兴趣。

　　　　[夏明清对两人这样的话不投机早已习惯，只是不以为意地哼哼两声。

　　　　[电话响，两人一怔，同时伸手想去接。

　　　　[夏明清抢先接电话。

夏明清　喂？

　　　　[夏明清听了一会儿，自己没作声，把电话放下。

夏明清　打错了。

阿　甄　对方没说话吧？

　　　　[夏明清没答话，开始解领带，脱衬衣。

阿　甄　最近打错的电话可真多，你说奇不奇怪，电话那头还不说话……

夏明清　哦，你也接过。

阿　甄　有次你刚好出去了，电话响半天，我就顺手接了。

夏明清　（愣了愣）嗯。

　　　　[夏明清背过身，拿起自己的书稿要往里走。

阿　甄　（有点纳闷）怎么？

　　　　[夏明清停住脚步，没转身。

阿　甄　夏明清。

夏明清　（继续往里走）什么事？

阿　甄　（语气变得正式）转过身来。

　　　　[夏明清转身，看着阿甄，眼神闪烁。

阿　甄　（静静地看着他）没事吧？

夏明清　（笑）什么事？

阿　甄　我接你电话，夏教授您是不是不乐意？

夏明清　（轻描淡写地）接就接了嘛。

阿　甄　说得多勉强，好，下回我不接就是。

　　　　[阿甄耷拉着脸。

夏明清　看看，想多了吧。

阿　甄　那我可以接电话咯？

夏明清　可以，当然可以接。

　　　　[电话又响，两人一怔，面面相觑。夏明清想接又不
　　　　敢接。阿甄手一伸，示意他接。

夏明清　（迅速接起电话）喂。

　　　　[电话没有回应，夏明清挂断电话，把电话线拔了。

夏明清　（息事宁人）好，这下清净了。

［阿甄拿起抹布，继续擦柜子，看着柜子里那堆旅游纪念品，指着其中一个白海螺。

阿　甄　我忽然觉着，你从藏区回来之后，对着这些海螺啊，雪山的照片啊，都像是对着一个人。

夏明清　胡说。（自言自语）可能就是天气作怪吧，广州天空总是被厚厚的云层遮着。人离开自己待惯的地方，去一个遥远的地方，就像换了一副脑子。

阿　甄　（笑）去雪山十天实际就转悠了两天，其余时候躺在医院跟护士了解雪山的风土人情。别让小关知道了，在学生中间传你的小话。

夏明清　他敢！不毕业了？

阿　甄　（伸手点点夏明清手中的稿件）这个稿子，没有人家小关给你到处搜集材料、查文献，你能写得那么轻松。你的这个研究生啊，是个有良心的，你还是让他赶紧毕业吧，毕业了也好招他上门做姑爷。

夏明清　你又操什么闲心，夏花才多大。

阿　甄　我这是替你操心呢。女孩子的青春能有几年？况且……（指了一下自己的脑袋）这里碰伤了，人长不大了，心眼单纯得像一汪水，交给外面的男人你能放心？还就数小关对她最好，你看他跟夏花做游戏的那个耐心呀。

夏明清　一起做游戏也代表有感情？

阿　甄　你脑子怎么转不过来呢？感情也是培养出来的嘛。况且小关这么聪明，留着他在你身边，要干什么活还不是一句话的事？

夏明清 （得意地）现在让他帮忙不也是一句话的事？

阿　甄 你现在是他的米饭班主呀，出国都指着你，还不服服
帖帖？湖南人呐，我就没见过笨的。

夏明清 多谢高人指点，夏某人铭记在心。

阿　甄 （换作轻松的语调）我早上煲了一锅绿豆沙，放在冰
箱里。待会儿夏花回来给她喝点，别让她中暑了，
你给她盛好一碗搁着，你这位千金可马虎不起，稍不
留神就"碎碎平安"，遍地开花。要不我帮你盛出来？

夏明清 （略微不耐烦地）不用了，我还没老到要人伺候的地
步。（赔笑）课间休息就十分钟，你不去上课吗？

阿　甄 我的学生乖着呢。老师不在，晓得自己先预习。

夏明清 有这样的好学生，老师也得一门心思好好教书啊。

　　　　[阿甄语塞，快步往外走。

　　　　[夏明清好像胜了一局，偷乐。

阿　甄 （忽地停步，转身对他说）对了，快中考了，这周我
得加班补课。你家的洗衣机没法脱水，得报修。还有
门锁，明天上午有人来换。

　　　　[夏明清一愣，急忙唤住她。

夏明清 阿甄！

　　　　[阿甄忍住笑，回头。

阿　甄 您有什么吩咐？

夏明清 微波炉热饭，是先摁红键，再拧时间钮，对吧？

　　　　[阿甄扭头就走。

夏明清　（追问）是不是啊？

　　　　［回答他的是"嘭"的关门声。夏明清泄气，把稿纸
　　　　往桌上一丢，瘫在椅子上。想起什么，坐起身，把电
　　　　话线又插上了。

　　　　［电话再度响起，夏明清浑身一震，慢慢地把手伸向
　　　　电话，拿起——电话那头传来音乐，是藏区悠远的白
　　　　色海螺声。

　　　　［夏明清聆听着，目光投向柜子里摆放着的白海螺。
　　　　电话里的海螺声越发广大，充盈整个房间，回荡不息。

　　　　［门外可听见收破烂的吆喝声近了——"买烂嘢！"逐
　　　　渐在海螺声里变得清晰。

阿　甄　（幕外音）收买佬，什么时候上门把我床垫拖走？

收买佬　阿姨，上次不说了嘛，我不收床垫。

阿　甄　给你都不要啊？

收买佬　（高兴）那当然要啊，你那个床垫不是挺好的嘛，怎
　　　　么要换吗？

阿　甄　啊，我嫌它小了。

　　　　［海螺声逐渐减弱，远去。

　　　　［门外汽车鸣笛声响，夏明清挂断电话，转身坐下拿
　　　　起稿件。

　　　　［夏花进门，提着书包，穿着天蓝色的校服裙，嘴里
　　　　哼着歌。

　　　　［夏花把书包放在门口左边的鞋架旁。

夏明清　冰箱里有绿豆沙，自己去盛。哦，老师的评语呢？

[夏花从书包里抽出一份手册给他，进厨房。

[不一会儿，厨房传来碗打碎的声音。

夏明清 （没抬头）自己用扫把扫干净，慢慢扫，别把手扎破
了。（看手册）今天在音乐课上被罚站了？

[厨房那边没有回答，只有扫碎片声，一下一下的。

夏明清 夏花！

夏 花 （在厨房里面）听见了。

夏明清 （不悦）听见了就要回答，老是这样。为什么被罚站？
说说。

夏 花 （慢悠悠地）老师今天教了一首歌。

夏明清 嗯。

夏 花 要唱三遍。

夏明清 嗯。

夏 花 他要我起来唱。

夏明清 嗯。

夏 花 我没张嘴。

夏明清 怎么？不会？

夏 花 （低声说）嘴角疼。

[夏花端着两碗绿豆沙出来，一碗递给夏明清，一碗
自己端着。

夏明清 是嘴角疼还是不会唱？

[夏花没说话。

[夏明清接过碗，拍拍身边的位置，夏花坐到他身边。

夏明清 明天开始，我陪你到湖边去练习吧。练它一个星期，

把它练熟了，下堂课你就主动要求唱给老师听。

[夏花听闻，没做声。

夏明清　当年我上体育课，跳高考试前一个月，我就在脚上绑着沙袋练习。一步一步来，要有信心。

[夏明清兴致高昂地从她的书包里取出音乐书。

夏明清　来，你自己翻到今天上课的那一页。

[夏花翻开其中一页。

夏明清　我唱一句，你跟着唱一句。（看书）来，你看，这首粤语儿歌你小时候肯定听过。听我唱：落雨大，水浸街，阿哥担柴上街卖，阿嫂出街着花鞋，花鞋花袜花腰带……

[夏花没张嘴。

[夏明清把脸凑到她跟前，嘴型夸张的，一字一顿教。

夏明清　落——雨——大，水浸街。

夏　花　（良久）嘴角疼。

夏明清　（长吁一口气）嘴角疼，嘴角疼，要给你做手术你又不肯。（稍顿）来，咱们再来一遍。落雨大，水浸街，阿哥担柴上街卖，阿嫂出街着花鞋……

[夏花没有理会他，低头喝绿豆汤。

[夏明清把她手里的碗端开，一把放在桌上。扶着夏花的头让她正视自己。

夏明清　看着我的嘴。落——雨——大，落——雨——大。

[夏花又伸手去拿绿豆汤，夏明清站起身。

夏明清　（不耐烦）你这是金口？这么难张？

夏　花　　爸爸，我搞不懂，人家都说天上落雨，家里要把柴火
　　　　　　都收起。阿哥在下大雨的时候卖柴，岂不是要淋湿
　　　　　　了？湿的柴谁会买呢？下雨天，阿嫂干吗要穿花鞋、
　　　　　　花衣上街，她不打伞吗？不怕鞋子和衣服被打湿吗？

夏明清　　（颓然坐下，喃喃道）你让我觉得自己是个傻子。

夏　花　　（沉默半晌）学不会又怎样？

夏明清　　这么简单的歌，你现在学不会，以后你怎么办？（认
　　　　　　真地）爸爸养不了你一辈子的。

夏　花　　（惶惑，直起身）为什么？

夏明清　　世间的事情谁说得准。最近我总是觉得心慌。不是爸
　　　　　　爸吓唬你，哪天心脏一停，一口气上不来。我们父女
　　　　　　俩，一世缘分，就此打住。

夏　花　　（急急地）怎么会！

夏明清　　到时你记得去找你妈，要是你还找得到的话。

夏　花　　（摇着夏明清的手臂）教我唱！教我唱！我学，我
　　　　　　学。（急忙把音乐书递给他）

夏明清　　（推开书）我现在累了，你自己先练练，明天起我们
　　　　　　去湖边。

　　　　　[夏花轻轻抚着夏明清的胸口。

夏　花　　爸，你现在觉得心慌吗？

夏明清　　放心，爸爸一时半会儿还倒不下，（雄心勃勃）还要
　　　　　　出它个几本书。只要你听教，爸爸就有活下去的动力。

夏　花　　爸，我的心开始慌了。

　　　　　[夏明清搂着女儿的肩头。

夏明清　来，唱歌，唱唱歌，心就不慌了。

夏　花　爸，你想听我唱歌吗？

夏明清　你唱吧，我好好听着。

　　　　[夏花轻轻哼着歌练习，音调悠长。

夏　花　落雨大，水浸街，阿哥担柴上街卖……

　　　　[夏明清坐在她身边，扇着扇子，沉浸在自己心事里。

　　　　[光渐暗。

第二场

　　　　[光渐起。当天中午。

　　　　[夏明清坐在桌边看稿子。

　　　　[夏花懒洋洋地躺在沙发上，摇着扇子。

阿　甄　（在门外猛喝一声）开门！

　　　　[夏明清去拉门，阿甄怀里抱着一个近一米高的古色
　　　　古香的大花瓶进来，手上还抓着个纸袋。

　　　　[夏明清帮她扶着大花瓶到桌边放下。

　　　　[阿甄把裹在花瓶上的一些报纸拆下来。

夏明清　你下午不是有课吗？

阿　甄　我请假了，想起你这边还没布置好，电视台明天就要
　　　　来拍摄，这屋里缺个镇宅的物件，我把我这花瓶先抱
　　　　过来，（半开玩笑）有言在先，是借给你们。

夏明清　你说你，这又是何必，这花瓶多贵重。

　　　　[夏明清要去抱花瓶。

夏明清　万一有什么闪失，我真是还不起。我帮你抱回去吧。

阿　甄　（嗔怪）我好不容易抱过来，你煞什么风景，就不能
　　　　让我的花瓶出出镜？

夏明清　好好，听你的。

阿　甄　摆上它，这厅里气派多了。夏花，你说是吧？

夏　花　（走过来，摸着花瓶）多美的牡丹花啊！脆弱的牡丹
　　　　花！

　　　　[阿甄听闻，不悦地瞥了夏花一眼。

夏明清　（对夏花）夏花，这花瓶你别随意碰，这可是宝贝。
　　　　（对阿甄）花瓶放这儿，我心里还是不踏实。

阿　甄　（想起什么，对夏明清说）稳妥起见，还是把它放到
　　　　墙角去。

夏　花　我不会碰的，你们别费劲了。

　　　　[两人置若罔闻，把花瓶抬到墙角茶几上，阿甄松了
　　　　口气。

　　　　[夏花摇着扇子，望着他们忙乎。

阿　甄　把沙发推到那边显得宽敞些。我们一起推过去吧。

　　　　[说完，阿甄自己去拖长椅，要把它拖到另一边墙去。

夏明清　放这不挺好的嘛，折腾什么。

阿　甄　拖过去显得厅大，镜头拍出来显得客厅好看。（摆好
　　　　长椅，看看周围）看，多大方，这才像知识分子的
　　　　家。（用鞋点点地）以前地板都看不出是什么颜色。
　　　　现在总算显出原来的木头底色了。

　　　　[夏明清附和着微笑点头。

〔阿甄从纸袋里掏出一团花布，忽然故作神秘地对夏花晃晃。

阿　甄　看我带了什么宝贝给你。

〔阿甄将花布抖开，这是一条黑底碎花的连衣裙。

阿　甄　阿明，你看怎么样？

夏明清　你还真去买了。

阿　甄　昨晚上我又经过那个橱窗，就想，夏花是大姑娘了，夏天总是穿着裤子多热。来，夏花，换上给你爸爸瞧一瞧。

夏　花　夏花不喜欢穿裙子。

阿　甄　女孩子哪能不穿裙子。

夏明清　既然甄姨买了，你就试试吧。

〔夏花望着裙子，犹豫。

阿　甄　阿花，甄姨没把你当外人，你要是不嫌弃呢，就试试好吗？

〔夏花望望夏明清，从阿甄手中接过裙子。

阿　甄　（双手搭在夏花肩上，把她推向房间）来来，咱们进去换，我帮你。

〔两人走到门口，夏花止步不前，回头看着阿甄。

夏　花　自己能行。

阿　甄　也好，也好！

〔夏花关门，阿甄转身坐到夏明清身边。静场。外面传来菜贩的吆喝声："卖西瓜嘢！1块1斤嘢！"

〔夏花突然从屋里开门出来。

夏　花　　（焦急）我的衣服呢？

阿　甄　　什么衣服？

夏　花　　（焦急比画着）灰色的，没有领子。

阿　甄　　（故意才想起）哦。那件衣服你都穿了好几年了，灰
　　　　　突突的！多寒碜，我替你做主扔了。这不，有新裙
　　　　　子了！

　　　　　[夏花望着夏明清，急得直跺脚。

夏明清　　（问阿甄）你扔哪儿了？

阿　甄　　我就担心夏花舍不得，特地扔到……她找不到的地方。

　　　　　[夏花扔下裙子，在厅里翻箱倒柜地找她的灰衣服。

　　　　　[阿甄跟夏明清在她身后收拾。

阿　甄　　大小姐，你别找了。

夏明清　　你要是没扔就还给她吧，夏花就喜欢那件衣服。

　　　　　[夏花站到凳子上，伸手往大花瓶里去掏。大花瓶摇
　　　　　摇欲坠。

阿　甄　　（着急，大喊）别动别动，我还给你。

　　　　　[阿甄从屋角一个手提袋里拿出夏花的灰衣服，高举
　　　　　着。

阿　甄　　在这儿！

　　　　　[夏花从凳子上下来，一把拿过衣服，抱在怀里。

　　　　　[阿甄把裙子从地上捡起，塞在她怀里。

阿　甄　　好了好了，大小姐，我下回不敢了还不行吗？进去吧。

　　　　　[夏花进房，关门。

阿　甄　　（叹口气）哎，好心遭雷劈，我就是琢磨着明天电视

台的人来，要是看见夏花穿得这样，好看么？（试探地问）阿明，明天需不需要我在场陪着你呀？

夏明清　（思忖）你有时间吗？

阿　甄　时间呢，是可以抽的，你要是真需要咯，我下午也没什么课，可以跟同事调一调的。

夏明清　别没什么课，千万别为了我们牺牲宝贵的教育事业，我担待不起。

阿　甄　你这里不得有个人斟茶递水吗？

夏明清　（埋头在稿纸上批改）他们应该有助理跟着。

　　　　[阿甄没话说了，拿起抹布，大力擦花瓶。

阿　甄　你看，我这花瓶怎么样？

夏明清　（抬眼）不错。（低头）

阿　甄　我总觉得这个旧花瓶合我的眼缘。我逛清平街的时候，上回跟你说过的老张，领我去他家里，摆了一屋子的旧花瓶。我一眼就看中它，觉着没准儿是我们甄家祖上流落民间的东西。等哪天，我一定请六叔婆来认一认。

夏明清　（抬头笑）知道知道，贵先祖曾是广州的大户人家，就是现在没落了而已。

阿　甄　（得意地）是啊，我家的祖谱，一直追溯到明代呢。（在他身边坐下）

夏明清　是啊，不像我们夏家往上追四代就追不上去了。就算是现在，除了书，没什么值钱的。

阿　甄　六叔婆那儿书也多，都是她第一个老公留给她的，那人还是清华毕业的呢，（挽着夏明清的手臂）要不是我第一个六叔公先走一步，他们一定是白头到老的。

夏明清　（爱应不应，低头看稿）嗯。

阿　甄　（手指叩叩背部贴坐着的墙）你说，在这堵墙上开个洞怎么样？

夏明清　（头仍低着，看稿子）今天你怎么就跟我的房子过不去了？又是挪沙发，又是要穿墙。

阿　甄　我忽然想，刚才我抱着这么重的东西从隔壁过来，绕了一个大圈。要是这堵墙上有个门，不就是两步路的事吗？我方便，你也方便。省得每回为了拿一点点东西，就要费那么多力气。

夏明清　方便是方便了，只不过，要是来了人，看见这扇门，问我这门通向哪儿，你要我怎么说？

阿　甄　怎么了，我们的关系不能说？

夏明清　反正这门……开得不像正路子。不好说。

阿　甄　那明天我直接在这儿跟你一块儿等记者，成吗？

夏明清　（埋头批改，心不在焉地问）成什么？

阿　甄　成正路子。

　　　　［夏明清没接话，好像没听见。

　　　　［夏花穿着裙子出来，裙子穿反了，显得不伦不类的。

夏　花　成吗？

夏明清　这成什么了？

阿　甄　来来，我帮你进去换过。

　　　　［阿甄把夏花推进去，关门。

[夏明清坐着，叩着那面墙，头仰视，闭目养神。

[门外传来老关的声音。

老　关　老板娘，西瓜怎么卖？

老板娘　1块1斤。

老　关　哇，你不如去抢！那边档口8毛1斤。

老板娘　那你去那边档口买咯，我这里一口价，1块。

老　关　便宜点，我挑一个，这是给我老师买的，天气热，批
　　　　改作业很辛苦的。

老板娘　好咯，学生哥，零头不要你的咯。

[夏明清听到老关声音，收拾桌上的稿子。

老　关　（抱西瓜门口喊）夏老师！

夏明清　（招呼）小关，快进来！

[老关拉门进来，把西瓜放在门边。他额头上贴了块
　　　　纱布，背上斜挎个电脑包。

夏明清　（指他额头）怎么挂彩了？

老　关　（不好意思地摸摸额头）昨天骑单车不小心摔下来了。

夏明清　（笑）你怎么会犯这种低级错误？

老　关　啊呵，不怕老师笑话，当时忙着琢磨我的论文。

夏明清　教你这几年，你的学习态度就数毕业这次最认真。

[老关略惭愧地摸摸后脑勺。

老　关　老师的治学理路没学精，我还不得抓紧最后的机会
　　　　嘛。

[阿甄从夏花房间出来，关上门。

阿　甄　（对里面）我给你拿剪刀。（看见老关）小关来了。

老　关　甄老师，（指门口的西瓜）给你们送个西瓜，消消暑。

阿　甄　（对夏明清）你看你这个老师当得真舒服，学生对你
　　　　多好。

老　关　哪里哪里，夏老师把我当自己儿子一样，什么事情都
　　　　照顾我，我都惭愧死了。自己何德何能让老师对我这
　　　　么好。三年来就算没学到老师的学问，光是学习宽厚
　　　　待人就够了。

夏明清　别总是妄自菲薄，好好写论文，好好毕业。我就算对
　　　　你这个学生有交代了。

老　关　一定一定，为了您我也得完成好。

阿　甄　（将风扇转向小关）小关，坐吧！（拎西瓜进厨房）

老　关　夏老师，我的论文怎么样？

夏明清　哦，我看了。咱们自己人关起门来说话，我实话实
　　　　说，不是告诉过你吗？选题要慎重。你啊，喜欢剑走
　　　　偏锋。题材倒是有可挖掘之处——汕尾白字戏的当代
　　　　演剧活动。可惜资料不够翔实，3 万多字的文章，一
　　　　大半都是观点，事实素材单薄。观点有些也是借题发
　　　　挥，显得激情有余，思考不足。社会学不是要声讨
　　　　谁，但求客观理性地记录下来，在事实基础上再做分
　　　　析，才能达到基本的学科要求啊。

老　关　可是社会考察必须带着审视批判的态度立场呀，不是
　　　　单纯做个民族志一样的记录，记录小群体就是记录社
　　　　会大问题。我觉得最重要的是要揭示问题，而不是不
　　　　痛不痒的陈述。（站起）

夏明清　（用手势示意他坐下）不要激动，我也没全盘否定你。你认为，作为学生现在展开讨论人文立场合适吗？能使你在研究生毕业答辩上过关吗？学术规范既然建立了，还是要遵守的。先拿回去返工，时间不多了，你得加紧了。

老　关　（发愁）来得及吗？现在等于是重写了。您能不能再给我点具体的修改意见？

夏明清　你的田野考察报告，我看过了，材料搞得不错。就是论文题目和材料选择上，还要斟酌。消化材料是学者的本分事，这点我早就磨出来了。老师我是过来人了，知道哪儿要避开，哪儿要扎下去。（用笔在论文上划了划，又写了点什么）我标出来的地方，你拿回去再想一想吧！

老　关　（看看改动的地方，眉头紧锁）老师的经验肯定是不会错的。只是，我想自己先试错一番，再听您的建议。这些年总是要您扶着我走路，完成了这么多课题。毕业论文要么就让我自己闯关吧！

夏明清　好，有志气！不过老师提醒你谨慎点，别拿毕业论文练手，万一砸了再保你就麻烦了。

老　关　这样吧，还有一点修改时间，我自己琢磨琢磨。

夏明清　也好。

阿　甄　（端一盘西瓜从厨房出，对老关）吃西瓜。（放盘在桌上）刚才还跟夏花说起你，说曹操曹操到。

老　关　要我帮什么忙，夏花的事，只管开口。

阿　甄　这话说的，想着你好几天没来了。没人陪夏花玩，她
　　　　怪惦记你的。

夏明清　小关现在在忙正事，关键时刻，军心不能涣散。（进
　　　　房）

老　关　（冲着夏明清的房间和阿甄说）夏花的事也重要，我
　　　　这个当大哥哥的这段时间忙自己的，把她疏忽了，
　　　　该罚。

阿　甄　（笑）罚也不是我们罚。小关也是快毕业的人了，将
　　　　来有什么打算没有啊，留不留广州呀？

老　关　没想好呢。

阿　甄　不会是想回湖南吧？

老　关　那也不一定。

阿　甄　家里有妹仔在等你？

老　关　（开玩笑）我还打算做个广州女婿嘞，就是没人看得
　　　　上我。

阿　甄　好啊，包在我身上，我帮你解决了。

老　关　这么快？

阿　甄　急什么，你这高学历还愁没女孩子喜欢？
　　　　　[夏明清拿了一个文件袋出来。

阿　甄　好，你们聊，我进去帮夏花看看她的裙子。（想起什
　　　　么）待会儿还真有事请你帮忙。

老　关　没问题。
　　　　　[阿甄拿走剪刀，进夏花房间。

夏明清　（放下文件袋，啃了一口瓜）毕业去向定了吗？

老　关　（望着桌上的文件袋）没呢，现在还找不到单位接收，我还是想出国继续读，（苦恼）就是没什么好路子。

夏明清　还是想出去呀？（思忖）看不出，你的决心挺大。

老　关　老师，您知道的，我从小学开始一路靠知识改变命运，要不然，我现在可能就靠打家具、扛水泥过活。一晃眼，念了快二十年书，家里东凑西凑供我读书，（愧疚）我要是没个成就，真是交代不起。

夏明清　（颇动容）你们家确实不容易。（话锋一转）不过，真正的知识改变命运，还是得靠专业能力和建树，不是靠考试啊。

老　关　老师，您就是我的榜样！我就是想走您这样的路，虽然我天赋和勤奋都比不上您，但还是要走。

夏明清　（赞许地点点头）嗯！你还记得吧，我曾跟你说过的，我有个同学在芝加哥大学当社会学系的系主任。

老　关　您最近跟他有联系？

夏明清　这些年我们的联系一直没断过。他跟我在上学的时候关系最好，我们搭伙，他帮我去饭堂打饭，我帮他去抢占图书馆座位。现在还是有来往的。

老　关　（激动地问）能不能请您出面，帮我跟他联系，打听打听奖学金的事？

夏明清　我也是当学生过来的，你的心情我理解。你出国的事，我会上心的。不过你眼下还是先惦记你毕业的事吧，论文写成这样，我怎么向人推荐？

老　关　那就听您的，按您的意见修改。我想通了，不在这个节骨眼上较劲了。以后还愁没有机会下功夫吗？

夏明清　你这脑瓜子，当初招你就没招错。

老　关　您看，什么时候方便？还麻烦您帮我疏通疏通。

夏明清　没问题，不就是写封推荐信的事嘛。咱们先集中精力，
　　　　搞定你的毕业论文。

　　　　[阿甄拉着夏花从房间出来。

阿　甄　阿明，看看这个小仙女。（把夏花推到镜前）照照镜
　　　　子，看看自己。小关，你给当当参谋。

　　　　[夏花并不看着镜子，左看右看，晃悠着想走开。

老　关　（调侃）夏花，这几天没人跟你玩了吧？

夏　花　没有啊。

老　关　我怎么听说有人想跟我玩游戏。

夏　花　上次你还没认输呢，取消游戏资格。

老　关　这么记仇？

阿　甄　夏花哪是记仇，就是记着你这个大哥。

　　　　[夏花又被阿甄推到镜子前，低着头偷偷瞟着镜子里
　　　　的自己，不由自主扯着窄小的领子。

　　　　[阿甄冲镜子里的夏花比画着，用剪刀剪商标，又把
　　　　夏花头发散开。

阿　甄　腰可以再收一些，这衣服面料还是很柔软凉快的，我
　　　　生怕你穿了不自在。阿明，你们觉得怎么样？

夏明清　夏花，转过来看看。

　　　　[夏花不动，低着头。

阿　甄　夏花，你不喜欢？不喜欢也没关系，我再给你买去，

直到你喜欢为止。

夏明清　甄姨倒真是为你上心。你就抬起头看看，然后就去
　　　　画画。

　　　　[夏花抬头。

阿　甄　这不挺好的，十足大姑娘。

夏明清　（感慨）是啊，都这么大了。

阿　甄　小关，你觉得呢，这裙子我买对了吗？我看挺合适的
　　　　吧，我的眼光错不了。

老　关　我对这些没有太多研究。不过领口可以再剪大。（用
　　　　手比一个篮球那么大）

阿　甄　要那么大干吗？

老　关　凉快呀，天气这么热，这个小领子，夏花还不得被憋
　　　　屈死。

阿　甄　嗨，你这是瞎出主意，这就是今年的款。不过腰是得
　　　　改一下，（手把裙身掐起一点）得这么多，小关帮我
　　　　掐一下这里，我去拿皮尺跟画粉。

老　关　（推托）我笨手笨脚，这种细致活我干不来。

阿　甄　阿明，你学生这点活还在这推三阻四，你怎么教育
　　　　的？你过来帮忙？

夏明清　小关，你去吧。这方面我比你还笨。

　　　　[老关走到夏花身后，掐着腰身多余的裙布。

阿　甄　好嘞，等着。（进夏明清房，在里面翻腾东西，高声）
　　　　阿明，皮尺放在哪儿了？

夏明清　这种东西你居然问我？

阿　甄　这是你家，不问你问谁？过来帮我找一下。快点！

　　　　[夏明清慢吞吞地进房间找皮尺。

　　　　[大风吹起，天色昏暗起来，窗外榕树沙沙响，吹动
　　　　夏花的连衣裙。

夏　花　（抱着双臂）有点凉。

老　关　（给夏花披上外套）小心别生病了。

夏　花　（从镜子里看见老关额头上的纱布）你额头怎么了，
　　　　又跟人打架了吧？

老　关　（自豪）我把中文系那小子揍了一顿。

夏　花　因为什么？

老　关　癞蛤蟆想吃天鹅肉，不称称自己的斤两，居然纠缠我
　　　　们社会学系的系花，他配吗？问过我了吗？

夏　花　你是谁呀？

老　关　我是老关，他长辈。

夏　花　长辈不是你这样的。

　　　　[夏花转身走开，老关捏着裙子跟在后面走。

老　关　总有个先来后到，我年级比他高，跟那女孩关系又不
　　　　错，我实在受不了那个油头粉面的家伙。这次明着
　　　　来，下次，哼！

夏　花　（关掉风扇，坐下）我看，你才是癞蛤蟆。

老　关　（也坐下）胡说什么，你愿意当癞蛤蟆的妹妹呀？

夏　花　我又没有哥哥。

老　关　嘿，我老关平时对某人，那真是白好了！（捏裙子的
　　　　手松开）

［阿甄从房里出来，手里拿着皮尺。

阿　甄　来来，量一量。（看到老关的手松开了）哎？

夏明清　（在房间喊）小关，你进来一下。

［老关瞪了夏花一眼，进去。

阿　甄　怎么了？刚才不挺好吗？

［夏花到镜子那儿，拿起梳子狠狠地给自己梳头。

阿　甄　（放下皮尺）你那么梳，梳子跟你的头发都会断。我
　　　　来吧。

［阿甄取过夏花的梳子。

［夏花恢复了平静，顺从地坐下。

阿　甄　（给她梳头）我小时候头发又黑又亮，大伙都夸我漂
　　　　亮。我家隔壁，那个阿玲的头发就不好看，清汤挂面
　　　　一样。那时候我可会梳头啦，还能编 16 种辫子。对
　　　　了，你觉得你小关哥哥怎么样啊？

夏　花　什么怎么样？

阿　甄　各方面呗。比如他是不是可以当梦中情人那种？

夏　花　可是，我从来都不做梦。

阿　甄　你要是不愿说就算了，不过我还是会帮你的，你记着
　　　　我的好就行了。（梳头）我认识一个陆军医院的整容
　　　　大夫，他就说现在疤痕什么的都能整，就没有他做不
　　　　了的。要弄你这样的小疤更是小意思。我带你去修复
　　　　它好不好？

夏　花　我又不想当明星，用不着折腾我的脸。

阿　甄　哎，我要是有小孩，就不会让她一个人在那荡秋千，

多危险，更不会抛下她这么多年不管。

夏　花　（自己把头发扎成马尾）甄姨，我作业还没做呢。

阿　甄　（讪讪地笑）夏花不愧是你爸的好女儿，随时随地都
　　　　想起用功。

　　　　〔老关拿着自己的论文出来，有点愁眉苦脸。

　　　　〔阿甄正要进厨房，见状。

阿　甄　小关，在这儿吃饭吧。

老　关　不麻烦了，我回去了。

阿　甄　你不是答应跟夏花玩游戏吗？（问正在小黑板上画画
　　　　的夏花）夏花，是吧？

夏　花　他也要写作业的。

老　关　（一拍自己脑袋）瞧我这记性！差点不记得了。没事，
　　　　我作业快写完了，该陪夏花玩了。

夏　花　作业没写完，哪儿有心情玩。

老　关　（走到夏花的小黑板前）那得看跟谁玩。我来跟你玩
　　　　猜左右手。

　　　　〔老关把双手背在身后。

夏　花　（继续在小黑板上画画）你快要出国了吗？

老　关　还早呢，拿不到全额我出不去。真是愁死人。

夏　花　出去要多少钱？

老　关　总得有 5 万美元才能考虑动身吧，不然想学也学不成。
　　　　我的同学早在本科毕业就走得七七八八了，剩下的都
　　　　巴望着能拿到国外的"奖学金"。

夏　花　去不了就去不了，留下跟我玩游戏。

[夏花放下粉笔，双手背在身后，准备玩游戏。

老　关　（感慨）你还小，又是教授的女儿，有的是机会游戏
　　　　人间。（发愁）我是没资本玩啊。（看看手里的论文）
　　　　眼看着毕业还成问题呢。

夏　花　（从书包里摸什么东西，两个拳头握紧，伸到老关面
　　　　前）左手，右手？

老　关　（低头看论文，心不在焉）啊？左。

夏　花　左手，右手？

老　关　（还是没抬头）右。

夏　花　左手，右手？

老　关　（抬头）左右都不是。

夏　花　左手，右手？

老　关　（发生兴趣，观察夏花的拳头，开始判断）左？

老　关　右？

夏　花　错了。

老　关　总不会两个手都有吧，这可不合游戏规则。摊开看看。

[夏花摊开手，一手一个啤酒瓶盖。

老　关　喂喂喂，没有这么玩的。瓶盖你哪儿来的？

夏　花　学校门口捡的，那里还有好多烟盒，好多饮料罐。

老　关　你捡这些做什么？

夏　花　（把两个瓶盖放在自己眼睛前方）游戏人间啊。

老　关　你的瓶盖送给我，行不？（凑近悄声地）恰好最近我
　　　　一直在搜集这玩意儿。

夏　花　这不是什么玩意儿，这是眼睛。（用"瓶盖"看窗外，

发现什么）你瞧，有个阿婆在门口喊"仔仔，快回来，吃饭了"，仔仔踢着球回去，差点还踢中他阿婆。我看看，他们晚上吃什么，他们有西洋菜、咸鱼粒，还有，还有白粥。

老　关　这样，（拿出一个球形的钥匙扣，取下钥匙，在她眼前晃晃）看，这是我的心，我用心换你的眼睛，能成交吗？

夏　花　你的心，圆不溜秋的？

老　关　（被触动）是啊，我记得它原来还是有棱有角的。虽然现在变得圆滑了，好歹还是一颗心，能换不？

　　　　［夏花想了想，把啤酒瓶盖放进老关的手心。

老　关　（放进电脑包里）嗯，我得把这双眼睛，好好保管起来。这可是夏花给我的眼睛。

　　　　［夏花晃晃老关的钥匙扣。

夏　花　（认真地）你的心我也得收好，免得它老在外面晃。

老　关　（半开玩笑）交给你，我放心。

　　　　［夏花把钥匙扣放进口袋里，看看挂钟，用遥控器开电视。老关坐。

老　关　（对着电视感慨）以前长得好看的女孩还能在同一家学校见着。现在只能在屏幕里看到了。要么拍电影演电视剧，要么拍广告，要么就是参加选美比赛。唉，什么世道。

　　　　［"啪"，夏花一巴掌重重拍在老关的小腿上，老关龇牙咧嘴差点坐不稳。

夏　花　蚊子！

老　关　（抬起腿看看）没有啊？

夏　花　（又拍一掌）在这儿！（又拍，又拍）

老　关　（有点生气，站起身）嘿，嘿，你存心的。

夏　花　（摸出钥匙扣，晃晃）存心？我的心可没存你那儿。

老　关　（坐下）跟你扯不清楚。（又盯着电视看一会儿）

　　　　［夏花又拍他一掌。老关"噌"地起身，举起手掌高高扬起。夏花站在那儿不动。

老　关　你不怕？

夏　花　你不敢打我，我值钱着呢，值 5 万美元，打坏了我，你出不了国。

老　关　（一时哑口无言，放下手）好，我不打你。对了，我出国的事，你怎么知道的？

夏　花　我就是知道。

老　关　我和你父亲刚刚才提起这件事……你偷听了？

夏　花　我老早就知道！

老　关　（端详着夏花，不解）怪事！

　　　　［这时，电话响，才响两声，阿甄戴着浴帽，系着围裙，从厨房探出头。

阿　甄　（冲屋里的夏明清喊）电话！

　　　　［屋里没反应。夏花慢慢走近电话，伸出手要去接。

阿　甄　你爸又选择性耳聋了。

　　　　［阿甄拿着锅铲，走向电话，十足女主人气势。

阿　甄　要不要我帮你们接？

　　[夏花见状，把手缩回去。

夏　花　那您接吧。

　　[阿甄当仁不让地拿起电话，听了一会儿，拿起一个收音机，打开是粤剧，锣鼓大起。阿甄把收音机开到最大音量，得意洋洋放到电话前。

　　[夏明清站在自己房门口，走过去把收音机关掉，拿起电话接听。

夏明清　你好。（挂断电话，对阿甄不满地）一个电话而已。

阿　甄　（抱怨）是啊，一个电话而已。

　　[老关对夏花用手指指门口，自己转身想悄悄退出去。

　　[夏花拉住他，他们俩从门口溜出去。

　　[阿甄慢慢解围裙，摘浴帽。

夏明清　你这是什么意思？

阿　甄　我得回家了。人总得回家的，是吧？不能老赖在别人家不走，这成什么体统。（要往外走）

夏明清　（有些措手不及）这，吃完饭再走啊。（拦住她）

阿　甄　饭我还没做好呢！再说了，你管不着，我又不是你老婆！

夏明清　（松手）显得我多欺负你似的。何必呢！

阿　甄　（停住不走了，来回踱几步）你你你！（手指直戳他鼻梁）姓夏的，今天你给我一句明白话。

夏明清　不是早就说好了，你也同意的，不用在乎那张纸。

阿　甄　我现在在乎了，我改主意了！我就是要那本结婚证书，我就是要所有人承认，我，甄艳萍，是你夏明清

　　　　　　教授的夫人！不是邻居，不是女朋友，也不是张三李

　　　　　　四！你承不承认？现在就拍板！

夏明清　（苦恼）这又不是买东西。怎么拍？

阿　甄　自己去把剩下的青菜给炒了吧，夏花早就饿了。

　　　　　　[阿甄要往外走。

　　　　　　[夏明清上前，拦住她。

阿　甄　让开，跟你不熟。

夏明清　行。

阿　甄　什么"行"？

夏明清　就成个体统。

阿　甄　（颇意外）呵！

夏明清　成个正统。

阿　甄　大教授，君无戏言，你可想清楚了啊？

夏明清　我明白，这么不明不白的，你心里不好过。

阿　甄　（转过身，靠在他胸前，观察了一下他的神情，口气

　　　　　　稍软）你要是早明白就好了。

夏明清　（赔笑）迟到好过不到。

阿　甄　别说我逼你的。

夏明清　这把岁数了，谁还能逼谁？

阿　甄　那好，（搂着他的腰）什么时候去领证？

夏明清　你还怕这张证飞了？

阿　甄　（头贴在他胸前）抓在手里，心里踏实。

夏明清　总得让我把最近的事忙完吧，那么多事堆在一块儿，

　　　　　　一件一件办好不好？我也不想让你草草率率地就过门。

阿　甄　那明天呢？

夏明清　（疑惑）明天干什么？

阿　甄　明天电视台的人来，我也要过来帮忙。

夏明清　那当然好，你调得开课就过来嘛，我求之不得，就怕累着你。

　　　　　[阿甄想了想，不由得笑了。

夏明清　你笑什么？

阿　甄　（轻声说）就是这么一想，人生多有意思。我又要结婚了。跟第一次完全不一样，相隔整整 15 年了。

夏明清　（神情有些虚弱，感叹）相隔 15 年还对婚姻有憧憬，你活脱脱有着一颗恨嫁的心啊！

阿　甄　一个女人不恨嫁恨什么？（语气温柔体贴）好了，我炒菜去，你去把夏花喊回来准备吃饭。

夏明清　你歇着，我去炒吧。（系围裙）

阿　甄　谢谢，（深情地）老公。（从门下）

　　　　　[夏明清暗自松一口气，正要进厨房。电话响，夏明清用免提接听。电话里传出悠远的海螺声。他惊恐地关掉电话，四面张望是否有人听到。

　　　　　[他惴惴不安地看着电话机，良久不再有铃声，他泄气地坐在沙发上。

　　　　　[室内仿佛还回荡着海螺声，他扯过一条毯子盖住电话机。

　　　　　[光渐收。

第二幕

第三场

［几天后，黄昏。

［西关大屋的三重门外，榕树下，夏花坐在小板凳上，旁边放着一把电蚊拍，一个塑料脸盆，一个小布袋，一小堆啤酒瓶盖。她把瓶盖放到盆里洗一洗，用毛巾擦干，装进布袋里。

［海希上，斜挎着一个白皮包，穿着吊带大摆裙，头戴一顶草帽，齐肩的直发垂在脖根，帽檐下只见鲜艳的嘴唇。海希摘下帽子，扇着风。她拿着张纸条，观察了一下门口，欣赏着装饰繁复的屋门，从白皮包里取出一个小相机，按快门。

［夏花被闪光灯惊动，望着海希。

海　希　（怀着歉意）对不起，吓着你了。门很漂亮。小妹妹，你，（打量夏花）住在这儿？

夏　花　（点点头）这是我家。（把瓶盖收拾好，装进小布袋里）

海　希　（拿着纸条，重复上面的字）18号？没错吧？（四处

张望）

夏　花　（指指榕树）认准这株大榕树，就不会迷路，只要雷
　　　　　公不劈它，我就能找回家。

海　希　夏明清教授住这儿咯？

夏　花　你找他？

海　希　你是他女儿？

夏　花　我没见过你呀。

海　希　我听说过你。（伸出手）我叫海希。

夏　花　（没伸手）我爸现在不在家。

海　希　（玩帽檐，热情洋溢地）我恰好路过这里，很久没跟
　　　　　教授联络了，想过来打个招呼。（粲然笑笑，往后退）
　　　　　要是他不在，我就……（要转身走）

夏　花　他换脑子去了。

海　希　（惊诧，脸沉下来，焦急地问）啊！他怎么了？

夏　花　晚上吃完饭他就到湖边去，把脑子里塞得满满的字倒
　　　　　出来，把湖水呀，燕子们的叫声呀，还有紫荆花的香
　　　　　味装进去，脑子里的东西换过了，就回来。

海　希　（明白，松口气）哦，哦。（扇扇帽子）还要多久回？

夏　花　（指天边地平线）你看那条线，太阳沉下去了，他们
　　　　　就会回来。现在就剩个头顶了。

海　希　（自语）他们？

夏　花　你等吗？

海　希　等？（犹豫）也好，既然来了，就等等吧。

夏　花　你进不进来坐，门口待会儿有蚊子，绕着头顶转，嗡

嗡嗡开小会。

海　希　（站在树旁）没关系，我在这儿等吧。（靠着树，手臂搭在上面）

夏　花　（偷偷打量她，怯怯地问）你从哪里来的?

海　希　（顺着她的目光，看看自己）从香港，我跟你一样，也是个学生，不过我读研一了。

夏　花　（羞怯地笑笑）你真好看，像个模特。看到你，花都会开的。

海　希　你就是一朵花蕾，一旦盛开，一定会开得更加美丽。

夏　花　我希望自己是蜗牛。

海　希　（不明白）什么?

夏　花　蜗牛可以背着它的房子爬来爬去，把头和身体一缩，就可以回到家里。有一回下雨，有只蜗牛顺着叶子，就落到我窗台上。我午觉睡醒了，它还在那儿，缩着头在房门口。可能这是它最远的旅行吧，一阵风就过来了，快得它有点不习惯。后来台风又把它刮跑了，（牵挂地）不知道刮哪儿去了? 幸好它跟自己的家时刻都在一起。

海　希　如果每次探出头，家门口的东西全变了。不知道蜗牛会不会习惯，会不会害怕?

夏　花　这就是蜗牛的生活啊!

海　希　嗯，小蜗牛在大世界里的生活。你最远去过哪儿?

夏　花　（想了想，不好意思地）越秀公园。

海　希　越秀公园? （同情地望着夏花，默然）

夏　花　我爸爸每个月带我去越秀公园荡一回秋千,(陶醉)
　　　　秋千荡呀荡呀,一会儿高一会儿低,就看见太阳一会
　　　　儿近一会儿远。(心里默数)还有5天。(发现海希望
　　　　着她不说话,胆怯,低声)你呢?最远去过哪里?

海　希　我去的地方,是世界上最高的高原。(从包里抽出一
　　　　份杂志,翻开其中一页,上面是恢宏的雪山,递给
　　　　夏花看)。这是我拍的照片,给杂志投稿,被他们发
　　　　表了。

夏　花　(一看,高兴地)这张相我们也有,就摆在书架上。
　　　　(手一比)爸爸放到这么大。

海　希　(惊喜)真的!那天特别幸运,天上干净得只有一丝
　　　　云,下午两点钟,我们就看到了峰顶。我不停地拍
　　　　呀,拍呀,足足用了四筒胶卷。(沉浸在回忆里,再
　　　　望着杂志,低声说)都一年前的事了,好像是昨天才
　　　　去的一样。

　　　　[夏花站起来,四处胡乱挥着电蚊拍。

海　希　你先进去吧。我自己在这儿等。

　　　　[海希取出小化妆镜,对着镜子补口红。

　　　　[夏花好奇地望着她。

　　　　[海希注意到夏花的表情,把镜子和口红递给她。

海　希　想试试吗?

　　　　[夏花好奇地接过来,笨拙地对着镜子抹口红,嘴巴
　　　　被抹得又厚又红。

　　　　[夏花看着镜中的自己白面红唇,皱眉,开始用手蹭

　　　　口红，蹭得嘴巴乱糟糟的。夏花看见自己的嘴像流血

　　　　一样，开始惶恐，害怕。

夏　花　呀，出血了！

海　希　怎么了？没有啊。

夏　花　（看着手上的红印记，惶恐）出血了，出血了。

海　希　让我看看。（弯着腰要查看夏花的脸）

　　　　［夏花捂着嘴，哭，退缩，低头，慌张地四下寻看。

　　　　［海希不知所措。

海　希　（摇着她）那是唇膏，不是血，别害怕。

　　　　［夏明清在前，后跟阿甄、老关上。

夏明清　夏花？（快步上前，捧着夏花的脸观察）

　　　　［夏花的头埋在夏明清怀里，哭。

　　　　［阿甄、老关凑过去安慰。

　　　　［海希看见夏明清，抑制住激动，退到树荫下。

老　关　夏花，别哭别哭，没事了，没事了，我们都在。谁欺

　　　　负你，（神气地扬拳头）我打他。（看见海希，不好意

　　　　思地收起拳头）

阿　甄　（看夏花的脸）谁干的好事？把夏花画得鬼五马六。

　　　　（用纸巾帮夏花擦唇膏）甄姨给你擦掉就好了。没事

　　　　没事，马上又是白白净净的妹头。

　　　　［夏花哭声渐小。

　　　　［夏明清回头，看见阴影中的海希，海希满怀欣喜地

　　　　走出来。

海　希　（对夏明清）夏教授！

[夏明清愣，一时间面无表情。

海　希　（兴奋地解释）我刚下飞机，想顺道来拜访您，在这
　　　　儿，等，（笑容收住，眼巴巴望着夏明清）对不起，
　　　　事先没有跟您打招呼，是不是太唐突了？

夏明清　（恢复热情、客气地）哪里哪里，稀客，快进屋喝
　　　　杯茶。

[海希鼓起笑容，用力点点头。

[灯渐暗。

[灯渐明。夏明清家客厅。

[夏明清开门进来，海希随后。阿甄搂着哭泣的夏花。

老关走在最后，拎着夏花的布袋，顺手放在墙角。

夏明清　请进。（对海希、老关）请坐。

[海希和老关面面相觑，彼此有点认生。

夏明清　（对老关）这是海希。（对海希）这是小关，我学生。

海　希　（礼貌地伸出手）你好，关先生。

[老关象征性地跟海希握握手，没说话。

阿　甄　阿明，我帮夏花去洗下脸。

[夏花一听，不知被触中什么心事，孩子似的伤心大
　　　哭。

阿　甄　（哄着）哎呀，不就是洗脸嘛，有什么好哭的，十几
　　　　岁的人了，还大不透吗？

海　希　（积极地）要不要我帮忙？

阿　甄　没事，她是耍小孩子脾气，一会儿就好了。你请坐。

[海希坐下，夏明清也坐下。

夏明清 （突然想起）喜欢喝什么茶？吃饭了吗？

海　希 （要站起）吃了。不忙，您别客气。

　　　　［夏明清已经起身进厨房。

　　　　［海希理理头发，开始活跃起来，眼睛滴溜溜转，被柜子吸引，走过去看里面的纪念品，拿出其中的白海螺，像认出老朋友一样，脸上露出笑容，转着它，渐渐入迷。

老　关 看你年纪不大，是他新招的学生吗？

海　希 （粲然一笑）我和教授是在藏区考察时认识的。

老　关 幸会。

　　　　［两人一时不知该说点什么。

　　　　［夏明清从厨房出来，四下看，找东西。

老　关 （问夏明清）老师，找什么？

夏明清 茶叶，平时就在这儿。（摸索茶几下层）奇怪，前天好像还在这儿的。

老　关 我来帮您找！

　　　　［老关正准备起身，阿甄搂着夏花出来。

　　　　［夏花已经平静，乖乖地在老关身边坐下。

阿　甄 找什么？

夏明清 （又翻茶几）那罐龙井呢？我从杭州带回来的。

阿　甄 你坐着，我来吧。

夏明清 我明明放在这儿的。

阿　甄 我收到橱柜里了。这些小事又不归你操心的。

夏明清 （如释重负般）那你快帮我找出来。

阿　甄　（看着海希）这位，你还没介绍呢。

夏明清　哦，这是，海希，去年高原考察团，同一个团队里的小朋友。

夏　花　（插嘴）爸，你们俩有一张一模一样的雪山照片。

夏明清　（对阿甄补充一句）是的，我们一起爬过雪山。（对海希）这位是阿甄。

　　　　［阿甄期待地望着夏明清。他却未再作说明。

海　希　（伸出手跟阿甄握）您好。

阿　甄　（女主人架势，对海希）你好。快请坐，我泡茶去。

　　　　［阿甄进厨房。

　　　　［夏明清和海希相望无语。

　　　　［屋角摆着一盆茉莉花，夏花嗅了嗅。

夏　花　啊，茉莉花开了。

　　　　［夏花蹲下，深嗅茉莉花。

　　　　［老关也蹲过去。

海　希　（在柜前浏览，指着白海螺）我那个也还在，供起来了。

夏明清　（站在茶几那儿，跟海希保持距离，矜持地）是啊，你看看，还有好些别的地方的东西。

海　希　（指着柜中的纪念品）教授，您不介绍介绍？

夏明清　这块石头在贵州买的。

海　希　您去贵州了，什么时候？

夏明清　今年 4 月份，好像是中旬。大概 12 号到 16 号。

海　希　（兴奋地）那时候我在云南，真巧。

　　　　［夏明清没有接话。

老　关　老师，您要我校对的稿子呢？

夏明清　（想起）哦，差点忘了，等一等，我进去拿。（对海希）
　　　　你坐。

　　　　［夏明清进房间。

老　关　夏花，（指门口墙角的布袋）这里面是什么宝贝？刚
　　　　才我不小心碰到，丁零当啷直响。

夏　花　里面装着我的秘密。

老　关　你的秘密真够热闹的，提着这袋子走在路上，路人都
　　　　知道了。

　　　　［海希跟老关笑。

夏　花　（欢喜地拍着掌）好啊，谁愿意拿走，我把秘密分给
　　　　他。

海　希　是什么宝贝？

夏　花　嗯！

　　　　［夏花跑去提着袋子，拎起袋子，打开给老关他们看。
　　　　［老关和海希俯下身看。
　　　　［夏花蹲在袋子旁，双手掬起几个亮晶晶的啤酒瓶盖
　　　　子，展示。

老　关　就这？你的秘密？噢！你是不是一直在帮我收集瓶
　　　　盖？（打趣）特意背着我吧？是要给我一个惊喜吗？

夏　花　它们躺在路边，像眼睛一样，一闪一闪的，我就捡回
　　　　来了。

海　希　你说它们像眼睛？

夏　花　这像不像人们丢失的眼睛？

海　希　嗯，有可能。

夏　花　那送给你吧！

海　希　（绽开笑容，配合地接过瓶盖）那我要谢谢你喽！

老　关　（一激灵，移开目光）哎哟，看久了瘆得慌。它们看
　　　　的是恐怖片吧。

　　　　[夏花捂嘴笑，海希和老关都哈哈大笑。

　　　　[夏花把手里的瓶盖放回袋子里，抱在怀里。

　　　　[夏明清站在房间门口，招呼老关。

夏明清　你进来一下。

　　　　[夏明清跟海希的视线遇上，又相互避开。

　　　　[海希蹲在夏花身边，欣赏她的瓶盖。

　　　　[夏明清房间。

　　　　[老关走进书房。夏明清把房门掩上，把需要校对的
　　　　一沓稿子递给老关。

夏明清　这稿一定帮我看仔细点，社科院出版社的责编很严谨。
　　　　我答应他们明天交稿。

老　关　放心吧，这是您第一部在社科院出版的专著。今晚，
　　　　我一定好好看，用牙签把眼皮撑大了看，一个标点都
　　　　不会放过。

夏明清　嗯，费心了。

老　关　（接过文件袋，要走不走）对了，我修改后的论文您
　　　　看了吗？

夏明清　差不多了。

老　关　您看这离毕业答辩的日子越来越近了，论文如果有什么毛病，您指出来，我还来得及改。

夏明清　你先回去帮我校对稿子。（看表）你的论文，明天上午吧，我应该在家。

老　关　好的。（提醒）老师，您的那位芝加哥同学最近还好吧？

夏明清　差点忘了，你的推荐信我写好了。

　　　　[夏明清在书桌上翻找，从一堆稿纸里抽出一个信封，递给老关。

夏明清　这几天手头事情多，只来得及写草稿，你先看看。到时候连同你的申请资料寄过去给他，咱们直接走他这条线，争取给你一等奖学金。（把信递给老关）

老　关　（喜笑颜开地接过去，翻看着信）这……是我吗？您把我写得太好了吧？

夏明清　平时对你不讲客气，那是在学习上的严格要求。学生想去深造，老师当然得大力支持。皓首穷经、坐冷板凳，在我那个时代是至理名言，现在是行不通了。关键时刻，怎么也得推举你一把，把你推到更大的舞台上。

　　　　[老关听闻，心里颇受感动，哽咽。

老　关　老师……

夏明清　咱们之间，不说那些见外的话。

　　　　[老关猛力点点头。

夏明清　英国那边发了好几次邀请函想让我过去讲学，我都回绝了。

老　关　为什么呀？您要是去了，我给您当翻译多好，出去见
　　　　识见识，交流交流。

夏明清　你不要蠢蠢欲动的，我是没兴趣过去，手里课题还忙
　　　　不过来。信没问题了吧？

老　关　（把信还给夏明清）信上写"正直勤恳"，这分明写
　　　　的是您自己，哪是我呀。您往桌前一坐，雷打不动的
　　　　架势我是学不来的。

夏明清　好了，别拍我马屁了。回去好好用功，那边我帮你盯
　　　　着，有什么消息就通知你。

老　关　（把夏明清的文件袋拿在手里）那您多费心了。

　　　　〔老关走出书房。

　　　　〔夏明清家客厅。

　　　　〔老关对夏花摆摆手。

老　关　等我下回来，再认领你捡的那些"秘密"。

　　　　〔夏花开心地点点头，晃晃袋子。

　　　　〔阿甄端着个托盘上。

阿　甄　哎，小关，喝了茶再走。

老　关　不了，甄老师，我回去了。

　　　　〔老关下。书房内，夏明清将推荐信随手丢进抽屉。

　　　　〔夏明清走出房间，示意海希到客厅沙发处坐下。

阿　甄　这孩子，甄老师长甄老师短的，叫得人心里暖洋洋的。

　　　　〔海希与夏明清相对坐下，阿甄端一杯茶搁在海希
　　　　面前。

海　希　（对阿甄）谢谢。

阿　甄　阿明，你的茶我就不泡那么浓了，（放一杯在他面前）免得你晚上又失眠。夏花，我没给你泡啊，小孩喝橙汁。

　　　　［阿甄把橙汁递给夏花，自己坐在夏明清身边。

　　　　［夏花喝一口，放下，抱着布袋，要进房。

夏明清　（不满）夏花，这还有客人呢？

夏　花　（对海希）海希你慢坐。（下）

夏明清　（对海希）这孩子不懂礼貌！

海　希　我让她这么叫的，夏花妹妹跟我聊了不少心里话，我们已经是朋友了。

阿　甄　阿明，论辈分，夏花应该管海希叫姐姐还是阿姨呀？

海　希　叫姐姐就好，我还是学生。

夏明清　别这么说，（对阿甄说）海希是港大高材生，在某些问题上我们完全可以称得上是相互切磋。我还记得上回车抛锚了，一车人在路边等新车来接的时候，她问了我一个学术问题，让我很吃惊，想不到小小年纪，思考问题竟然那么有深度。

阿　甄　哇，这么厉害！

海　希　（对阿甄）那次恰好刚拜读完老师的著作，在香港，同样的社会问题，却有着截然不同的社会反响，引起了我的好奇。（对夏明清）没想到那么快就有机会跟您同行，可以当面请教您，实在是我的幸运！

夏明清　（颇为自得）能给你启发就好。

　　　　　　[夏明清和海希惺惺相惜地相视一笑。

夏明清　你的导师是学术大拿，你这个学生要好好继承他衣
　　　　钵啊。

阿　甄　（忽然对夏明清说）是哦，应该叫姐姐，她看上去跟
　　　　夏花差不了几岁的。

　　　　　　[夏明清没有回应她。

夏明清　（对海希）稍坐一会儿，我请你去喝夜茶。

阿　甄　爱群大厦新装修，昨天刚开张，正好去试试。

夏明清　（对阿甄）你是不是要去看六叔婆？

阿　甄　（讪讪地）啊……我怎么忘了？我先跟六叔婆打个招
　　　　呼。（拿起电话，没有声音，走到墙角电话处，捡起
　　　　地上拔下的电话线）麻烦死了，电话线老是得拔掉，
　　　　阿明也亏你真是有决心，就为了避开那个骚扰电话，
　　　　把电话线 24 小时断掉。那个不知好歹的人也不知想
　　　　干什么，成天装神弄鬼地来电话。

夏明清　（对海希解释）电话多了弄得家里不清静，我女儿
　　　　嫌吵。

海　希　我只是顺路来看看，不敢耽误教授太多时间。我……
　　　　我该走了。

　　　　　　[海希站起身，拿起包想告辞。

　　　　　　[夏明清忙用手示意她坐下。

夏明清　我不忙！你再坐坐！

　　　　　　[海希便又坐下。她看看在一边弄电话线的阿甄。

阿　甄　（电话通，阿甄用肇庆话说）六叔婆，我啊，我在阿

明这里。阿明向你问好，他说过两天来看你。你要跟他讲啊？（夏明清朝阿甄摆摆手，意思要她推掉）来了来了，你等着啊。

夏明清　（无奈，过去接电话）喂，六叔婆，精神好吗？（听那边哇啦哇啦讲）最近忙着出书，忙完了来看你。啊？我们？

[夏明清拎着电话看看阿甄，阿甄手臂搭在他肩上。

[海希从包里摸出一包烟和打火机，指指门外，起身走到门外抽烟去了。

夏明清　不急。你放心，大吉利市，你老人家长命百岁。好，好。（把电话塞给阿甄，对阿甄说）六叔婆发话，要你过去。

阿　甄　（对电话）喂，我现在过来。（放下电话，起身，对夏明清说）我走了。晚上还要我过来吗？

夏明清　你回去好好休息。夏花我能搞掂。

阿　甄　记住啊，她洗澡前，要帮她热水器调到2挡，不然她自己在里面闷得满身汗都搞不清楚。

夏明清　（不自觉笑）这个小糊涂蛋，教多少遍都不会。

阿　甄　（在门口停住脚步，回头对夏明清微微苦笑）我算是很识趣了吧？

夏明清　（回避）说什么呢你？

[阿甄下。

夏明清　（对里屋喊）夏花，准备洗澡！你会调热水器吗？

[夏花手里抓着衣服，蹦着出来，随手把电视声音拧

大，随着里面的音乐乱蹦。

[海希从门外进来。

海　希　快下雨了，天有些闷。

夏明清　（把电视声音调小，对夏花说）自己会不会调热水器？

夏　花　（蹦得摇头晃脑）不会。

夏明清　（关掉电视机，提着她的领子）站好！现在我教你一
　　　　遍，以后自己调！跟我来。（对海希）我先去搞掂这
　　　　个长不大的女儿。（拉着夏花）过来。

[夏明清带夏花进里间，外面可听见他们的对话。

夏明清　来，你抓住这个按扭摁下去，往左拧，听见"嗒"一
　　　　声，火就着了，数三声，你自己数。

夏　花　一，二，三。

夏明清　好，数完，松手，把按扭拧到 2，你就可以进去了。
　　　　明白没？

夏　花　（胆怯地）哦。

[海希坐在长椅上，饶有兴趣地听着夏明清指导女儿。

夏明清　（从里间走出）这孩子，我说的话就是不往心里去。

海　希　（笑）小孩都不容易听教的。

夏明清　走吧，喝茶去！

[两人走下。静场。里屋传来夏花结结巴巴的歌声：
落——雨——大，水——浸——街。夏花的舌头慢慢
调顺，歌声变得悦耳起来：阿哥担柴上街卖，阿嫂出
街着花鞋，花鞋花袜花腰带。我就识唱呢首歌，成班
朋友仔，排排坐，食果果。人之初，谁无过，做错事

有父母原谅我，偷偷拍下拖。

[天上传来隐隐雷声，风声雨声……

[夏花的歌声：要知搵银最艰难，人比人，比死人，不需理会人，做好我本分。世上有啲嘢，比钱更值钱！

[灯渐暗。

第四场

[灯渐亮。夏明清和海希披着一次性雨衣走上，两人脱下雨衣，拍打身上的雨水。

[夏明清轻轻推开夏花的房门，往里探头。

夏明清　她睡了。（打开电视，拍拍旁边的沙发）坐下来歇会儿！

[海希坐下，两人并排坐，盯着电视，谁也没说话。

电视音　（广告＋音乐）我们做艺员的，经常要出外拍戏，搞到肠胃非常不妥，现在有了日本喇叭牌正露丸就等于有了一个神仙胃……（广告旁白）幸福伤风素提醒您，现在的时间是晚上八点整。

海　希　我前天在电视上看见你做节目了，你不上镜，人显得比较胖，西装革履的，像个官僚。

夏明清　怎么想起来找我？

海　希　（含着笑，话里有话）快一年了。

夏明清　我以为你回到香港，就会把我抛到脑后。

海　希　我记得，我当然记得。要不我怎么会来？

夏明清　还是要以学业为重。

海　希　我本来想去云南，在广州转机，坐在候机室，看到云层里的落日，金光灿灿的，觉得很眼熟。忽然间就想，我得在太阳下山之前过来看看你。

夏明清　你们这些小朋友，仗着年轻，随心所欲得很。

海　希　不可以吗？

夏明清　当然好，现在看到了。

海　希　（自言自语）嗯，我来了，我看到了。是不是意味着，我得走了？

　　　　　[海希要起身，被夏明清拉住。两人无言地拥抱在一起。

夏明清　（由衷地说）还是要谢谢你来看我。

海　希　（忽然哀求夏明清）那我留下可以吗？

夏明清　（一怔）留下？（狐疑地盯着海希）你不是要去云南吗？

海　希　其实还没完全想好。

夏明清　你原计划要去做什么？

海　希　计划可以改，想到哪里就去哪里。

夏明清　你想留下？

海　希　你这儿能不能收留我住一晚？

　　　　　[夏明清审视着海希，打量着她放在沙发上的小包，还有草帽。

夏明清　（边思忖边问）茶楼喝茶的时候光顾着聊学术，忘了问你，最近还好吗？

海　希　香港那个小地方，物质太丰富，把人挤得都得踮起脚
　　　　来，天气热人情冷。我只想找个宽阔凉快的地方，大
　　　　喘几口气。

夏明清　（点点头）能理解。玩得差不多，还是要回去的。多
　　　　少学生想从大陆考学过去，你拥有这样的求学机会，
　　　　有这种国际视野，将来不管做学问还是做事业，总是
　　　　好的，要珍惜自己的幸运。

海　希　（吃惊）你觉得学业、事业是最重要的？

夏明清　对你来说，恐怕是很重要的。

海　希　可这都是我父母和学校安排的。

夏明清　如果是路选择了你，你就好好走下去。

海　希　你是哪种？

夏明清　到我这个岁数，只想珍惜时间。

海　希　珍惜时间？

夏明清　当然，你们还年轻，有回旋、停歇的余地。对你们来
　　　　说，天空是无限广的，时间是无限远的。

海　希　（崇拜地望着他）什么时候我能活得像你这么明白就
　　　　好了。有目标，有方向，知道路怎么走，不会左顾右
　　　　盼，瞻前顾后。

夏明清　我们没有选择余地，只能一条道走到黑。（抚摸着她
　　　　的头发）如果我也能像你这么年轻……

　　　　［海希调皮地冲他笑笑，依偎在他怀里。

夏明清　（话锋一转）学校和家里知道你在哪儿吗？

海　希　我跟学校请了事假。跟家里说学校组织去云南田野
　　　　考察。

夏明清　嗯，我家附近有家酒店，一会儿我带你过去休息。明
　　　　天的机票补差价应该就可以。

海　希　不能住这儿吗？

　　　　[夏明清没接话。

夏明清　家里条件就这么样。

海　希　我跟你女儿挺合得来。要是不打扰你们……

夏明清　谈不上打扰。

海　希　你真的不知道我为什么来吗？

夏明清　不是来看我吗？

　　　　[海希认真地望着他。

海　希　你是认真的吗？

夏明清　认真。

　　　　[海希没再说什么。

　　　　[夏花穿着睡衣拉开房门。

　　　　[两人赶紧分开。海希低头，蹲在地上，假装找东西。

夏明清　（看到夏花的头发湿漉漉的）你洗完澡没吹头发就
　　　　躺下？

夏　花　（抱怨）洗澡水是凉的。

夏明清　（不耐烦）怎么可能，我明明给你调好了的！

　　　　[夏花扁着嘴，不敢辩驳。

夏明清　我去看看。（急步下）

夏　花　（捋着头发，问海希）你在找什么？

海　希　（低头假装还在找）哦，我耳环找不着了。

夏　花　（蹲下）我帮你找。

夏明清　（拿着一块大毛巾上）怎么了？

夏　花　（边找边说）她耳环不见了。

海　希　算了，不是什么宝贝。（望着夏明清）最珍贵的东西
　　　　没丢就好。

夏明清　（用毛巾包着夏花的肩）这样，海希今晚上就住在我
　　　　们这儿，（对海希说）我们有足够的时间慢慢找，找
　　　　到为止。怎么样？

海　希　（美滋滋地小声说）那我就不客气了。

夏明清　老朋友何必这么客气。你也累了，休息吧。

　　　　[海希点点头，收拾包，抽出几件衣服。

海　希　我用一下洗手间。

　　　　[海希进浴室。

夏　花　（站起，不解地自言自语）奇怪，耳环会飞了不成？

夏明清　（把夏花拉到长椅子上）为什么不用热水器的那个水
　　　　龙头洗澡？

夏　花　（故作茫然）啊？

夏明清　我刚才试了热水器，好好的，一点毛病没有。原因只
　　　　有一个，你用凉水管洗的。你不想学会用热水器？

　　　　[夏花低头不说话。

夏明清　（低声骂）又来这一套？什么都不想学，一定要人跟
　　　　在你后头伺候？谁都不是一天到晚没事就为你活着。
　　　　你能不能争气点儿？总是用这些办法折磨自己，折磨

别人。看你头发还在滴水，过来！

[夏明清用大毛巾裹着夏花的头，狠狠地擦夏花的湿头发。

[夏花在毛巾里摇来晃去地挣扎。

夏　花　（从毛巾里挣出来）这个世界没有了我会更好，是吗？这样你就不会有一个拖后腿的笨蛋女儿，是吗？

[夏明清呆呆望着女儿，突然用大毛巾紧紧地捂着脸。

[夏花逐渐柔软下来，向夏明清靠近，伸出胳膊，安静地搂着爸爸。

夏明清　（把毛巾挪开）没事，突然想打个喷嚏，半天没打出来。

夏　花　爸，我一定改。

夏明清　乖，自己把头发擦干。

[夏花用毛巾擦头发，指甲刮到头。

夏　花　（看看手）指甲长了。

夏明清　（拿过来看，不由得唠叨）你看你指甲，疯长。原来八九天剪一次，现在五天就得剪。

[窗外，突然电光闪耀，下起瓢泼大雨。

夏明清　去拿剪刀过来。

[夏花下，夏明清去关窗，关门。

[夏花拿剪刀上。

[夏明清坐着帮夏花剪指甲，夏花站在他面前。两人情绪都已经平复下来。

夏明清　（眯着眼剪，眨巴眨巴）眼睛不行了，得要配老花了。

[阿甄撑伞从外推门进，身上淋湿半边。

夏明清　过来拿什么东西吗？

阿　甄　有点饿，记得你这边晚上还剩了一点汤，我过来热了
　　　　吃。（走向厨房）

　　　　[海希洗完澡，穿着浴袍出来。

海　希　（对阿甄若无其事地笑笑）晚上好。

　　　　[阿甄没想到海希还在，愣了一下，冲她点点头。

夏明清　（对阿甄解释）太晚了，海希今晚住在这儿。

阿　甄　我过来喝汤。留一夜就不能喝了。（问他们）你们要
　　　　不要？

　　　　[夏明清和夏花、海希一起摇摇头。

　　　　[阿甄下，进厨房。

夏明清　夏花，进去睡？

夏　花　指甲还没剪完呢。

夏明清　那就请海希帮忙。（对海希）我把你的包拎到阁楼上，
　　　　收拾一下，你今晚上就在上面休息吧。

　　　　[夏明清把海希的包提上楼梯。

海　希　（接过剪刀，拿起夏花的手看）夏花，你留这么长的
　　　　指甲容易伤到自己，要不要全剪秃？

夏　花　能不能剪成尖尖的？

海　希　怎么，你要去演僵尸啊？

夏　花　（把手做成猫爪状挥舞）下次他们再欺负我，我就用
　　　　爪子挠他们。

海　希　谁欺负你？

夏　花　街口的烂仔。

海　希　他们怎么欺负你了？

夏　花　（顿了顿，吞吞吐吐说）春天一来，小蛤蟆满街跳，他
　　　　们抓起就塞进我的衣领，叫我兔唇妹。

　　　　[夏明清下楼来。

夏明清　缺床毯子。（进房）

海　希　这都是男孩子希望引起你关注的小招数，不用理会他
　　　　们。将来有些人就算是成年人的样子，心里还是小孩。

夏　花　（沉吟，忽然失笑）我爸的学生老关，也有些孩子气
　　　　呢！

海　希　是啊，你可以陪他们玩游戏，安慰他们长不大的心。
　　　　我送你一件宝贝，保管那些男孩不敢欺负你。等着。

　　　　[海希蹿上阁楼，在里面窸窸窣窣地翻东西，从阁楼窗
　　　　口探出头。

海　希　你先闭上眼睛。

　　　　[夏花好奇地把眼睛闭上。

　　　　[海希下楼，手搁在身后，来到夏花面前，伸出手对
　　　　着她，手里握着一支"手枪"（枪口朝天）。

海　希　（温和地）可以睁开了。

　　　　[夏花睁开眼，好奇地接过枪。

夏　花　枪？

海　希　是玩具，我爸妈给我防身的。我一直用不上，送给你
　　　　了。万一遇到危险就拿出来唬人。一会儿我演戏给你
　　　　看，待会儿忍住别笑。

　　　　[夏花捂嘴笑，点点头。

[夏明清抱着一床毯子上。

海　希　（用枪指着夏明清）站住！

　　　　[夏明清看到枪，愣住。

夏明清　开什么玩笑？

海　希　（一脸严肃）今天我来，其实想有个了断。

夏明清　什么了断？

海　希　（举枪）跟我去一个地方。

夏明清　去哪儿？

海　希　去你曾经想留下的地方。（指着柜里的雪山照片）你
　　　　真的忘了吗？

夏　花　忘了什么？

　　　　[阿甄拎着一袋垃圾从厨房出来，无言地看着众人。

　　　　海希默默地放下枪，递给了夏花。

夏明清　（对夏花）你该睡觉了。

夏　花　（不想睡）可是，你们都没睡。

夏明清　明天你还得早起跟我去练歌呢。你答应过我什么？

　　　　[夏花要把手里的枪还给海希。

夏　花　你的。

海　希　送给你了。

夏明清　她哪儿需要这些东西。

夏　花　（抱着枪不放）我需要。

夏明清　那就收好，别随便拿出来唬人。

　　　　[夏花抱着枪进屋。

夏明清　（回避阿甄的视线，对海希说）我还有一些东西要写，

　　就不陪你了。你要是累了，到阁楼上去休息，把毯子
　　抱上去就行，房间都收拾好了。

　　　　[夏明清进书房，像是把麻烦关在门外似的，关上门。

阿　甄　你们去年一起登雪山了？我很想去的，可惜要上课。

海　希　哦。

阿　甄　真羡慕你。

海　希　羡慕什么？

阿　甄　想去哪里就去哪里，想做什么就做什么。

海　希　（好奇）谁不可以呢？

阿　甄　我们都不可以。

海　希　我们？

阿　甄　对，我和阿明。

海　希　你们真的了解自己和对方吗？

阿　甄　更重要的是，他需要我这样的人让他安下心来。否则
　　　　他很难完成他的事业。只要各方面按部就班，不干扰
　　　　他教书写书，就算是他的幸福生活了！

海　希　幸福生活，只是这样？

阿　甄　我的幸福就是照顾好他，成就他的事业。

　　　　[夏明清把房门打开，他像是没有离开，只是在门后
　　　　一直听着。

夏明清　阿甄！还不回去休息吗？

阿　甄　我不累，陪客人再聊会儿。

夏明清　你不累，客人累了。

海　希　我还好啊。

［阿甄还要说什么。

夏明清　我还有稿子要赶。

阿　甄　好好好，不打扰你这位大学者。

　　　　［阿甄拎着垃圾走到门口，拿起伞。

阿　甄　（回头对夏明清）写书就专心写，别为那些有的没的玩意儿分神。（下）

　　　　［夏明清看了海希一眼。

海　希　你又要出书了？（打趣地）我和你的书，哪一个更重要？

夏明清　海希，我……

海　希　好，今天不聊了，不打扰你。我这就睡觉去。

　　　　［海希走上阁楼，走到半路，忽然期待地问夏明清。

海　希　明天早上会有惊喜吗？比如你的书稿完成了，你也没什么挂碍了。

　　　　［夏明清没有作答，转身进屋，用力关上房门。

　　　　［海希不以为意，耸耸肩，上阁楼。

　　　　［静场。夏花赤脚出现在房门口。

　　　　［雷雨大作……

　　　　［光渐收。

第五场

　　　　［第二天的早上，夏明清家客厅。

　　　　［夏花独自坐在沙发上，手里捧着一本杂志。

[老关出现在大门口，手里抱着一个书包，心里像憋着一团火，径直快步走入。

老　关　夏花，你爸呢？

夏　花　出去买早餐了。（疑惑地问他）这么早？

老　关　（走到夏明清房门口张望一眼，见没人）只有你在？

夏　花　（指指阁楼上）海希还没起床呢。

老　关　（有点意外，看看阁楼处）她在你家留宿？

[夏花点点头。

老　关　（嘀咕）这关系不一般。

夏　花　你这么早过来，有事吗？

老　关　我是有事找你爸，十分重要的事。

夏　花　论文的事，还是出国的事？

老　关　（惊讶，研究夏花）嘿，我发现，你貌似什么都不上心，但好像什么都瞒不过你似的。

夏　花　我只看到了我想看到的事。

老　关　（看看门外）你捡了那么多双眼睛，一定比我看得要清楚。你跟我说说，要是一个成年人把别人搜集整理的材料，用在自己写的书里面，他是怎么想的？不怕别人知道？

夏　花　这个问题你可以亲自问他本人啊。

老　关　（泄气，小声嘟囔）我们湖南人这么霸得蛮，又不是我剽窃，为什么搞得像是我做贼一样呢？（一拍大腿）我今天就要问它个水落石出！

夏　花　问谁？

老　关　（欲言又止）问一个不知道是一时糊涂还是成心作恶
　　　　的人。

夏　花　我爸跟我说过，知错就改还是好孩子。（望着门外）
　　　　我爸回来了。

　　　　［夏明清从门外入，手里提着几袋肠粉和粽子、包子
　　　　之类的早点。

夏　花　我都等饿了。

夏明清　（吩咐夏花）拿几个盘子出来。

　　　　［老关急忙站起来，心里憋着一股气。他瞪着眼睛。

夏明清　（望了老关一眼）来了，这么早。

　　　　［夏明清把早点放在桌上，拆袋子。

夏明清　稿子校对完了？

老　关　嗯。

夏明清　看出什么问题了吗？

老　关　有问题，

夏明清　哦？（招呼他坐下）一块儿吃点儿，边吃边说。

老　关　不用了，我吃过了。

夏明清　急什么。

老　关　是很大的问题！

夏明清　那你先说。

老　关　（话到嘴边，忽然有点惴惴不安）您自己写的稿子，您
　　　　不知道吗？

夏明清　是观点问题、论据问题，还是常识漏洞，还是语法，
　　　　还是错别字？

老　关　（难以置信）您真的不知道？

夏明清　（依然淡定地）说吧，我洗耳恭听。

　　　　［老关激动起来，从怀里的书包抽出夏明清那捆书稿，
　　　　用力拍着。

老　关　（憋半天）第1页倒数最后一行，就有一个错别字。排
　　　　版的版写成了黑板的板。

夏明清　行，发现了就好。看得还蛮细。还有吗？

老　关　磨练的练，是练习的练，还是大炼钢铁的炼？全书通
　　　　篇要统一。

夏明清　这个好办，统一为练习的练。还有吗？

　　　　［夏花端着一摞碗盘出来，摆在桌上。

夏　花　（拆塑料袋）这粽子凉了。

夏明清　我去热热。（对老关）等我一下。

　　　　［夏明清拿起粽子，进厨房。

　　　　［老关看到夏明清进去，暗自松了一口气，坐在桌旁。

　　　　［夏花自顾自坐下，一手翻着刚才那本书，一手从袋
　　　　里捏出一个包子塞嘴里。

夏　花　（指着书上一幅图片）你看，人过河只能倒着爬铁丝
　　　　过去。

老　关　这在我们老家山里还有。

夏　花　（咂舌）过一条河，还要冒生命危险。

老　关　同样是路，有的路顾不上害怕。（指着杂志上的图片）
　　　　像这条路，爬过去，生活就有希望。等在原地的话，
　　　　生路就越来越窄。

夏　花　要我就不敢爬。

　　　　[老关歪着脑袋去看夏花手里捧的书封面。

老　关　中国国家地理。

夏　花　在我爸书架上找到的。

老　关　怎么突然看起这个了？

夏　花　海希说这本杂志好看，能带我去不同的地方，看看不
　　　　同的生活。

老　关　不同的生活……对穷山沟的人来说，他们更希望背井
　　　　离乡，去富裕繁华的地方。（对夏花）你能帮我一个
　　　　忙吗？很简单的。

夏　花　什么忙？

老　关　（望着厨房门口，压低声音）我有个问题不好意思问
　　　　你爸，你能不能帮我问？

夏　花　你会有不好意思的时候吗？

老　关　我想问，但就是张不开嘴。

夏　花　什么问题？

老　关　你就问你爸，说一个成年人把别人搜集整理的材料，用
　　　　在自己写的书里面，他是怎么想的？不怕别人知道？

夏　花　这就是你刚才在嘀咕的问题。你让我问我爸？

老　关　嗯。

夏　花　好。

老　关　你答应了？

夏　花　嗯。这个问题又不难。

老　关　那他一会儿出来你就问。

夏 花　哦。

　　　　[夏花答应着，埋头翻书。

老 关　这个海希再住几天，会不会把你爸爸拐跑了？

夏 花　我喜欢海希。

老 关　你喜欢她什么？

夏 花　她多好看啊，还知道很多很多事情，好像没有什么能
　　　　难住她。

老 关　那你知道她来做什么吗？

夏 花　看我爸啊。

老 关　一个女孩子突然跑过拜访，还住下了，不简单呐。甄
　　　　老师今天会过来吗？

夏 花　没。我爸说她要给学生补课。

老 关　瞧瞧，恐怕有戏看了。

　　　　[海希从阁楼上走下来，睡眼惺忪的样子。

海 希　什么有戏看了？

老 关　早上好，海希学姐！

　　　　[海希没有搭理他，加快脚步下来，搂着夏花。

海 希　早上好，可爱的小花朵。

夏 花　早上好。

　　　　[夏明清端着一盘加热好的粽子从厨房走出来。

夏明清　总算热透了。你们都坐下，一起吃点儿。

海 希　好香啊！我先去洗漱。

　　　　[海希钻进洗手间。

老 关　真不吃了，我在学校吃过了。

夏明清　那你接着说。

[老关起身坐到沙发上，假装咳嗽一声，示意夏花。

夏　花　爸，一个成年人把别人搜集整理的材料，用在自己写的书里面。（忘了怎么说，眼睛直瞟老关）他……他……（问老关）后面怎么问？

老　关　他是怎么想的。

夏　花　他是怎么想的？

[夏明清听闻，放下筷子。

夏明清　（对老关正色道）你是对我有质疑吗？

[老关点点头，嬉皮笑脸地答复。

老　关　我这个当学生的，大逆不道，恐怕对老师产生了一点误会。

夏明清　就算是误会，我们之间完全可以敞开来谈，不用绕着弯把夏花牵扯进来。

老　关　（犹豫起来）那老师，咱们要不要进您房里谈谈？

夏明清　既然夏花已经知道了，我们没必要遮遮掩掩。我看你是满腹心事，快说吧，别把你憋坏了。

老　关　我之前把考察报告交给您，是为了我的毕业论文。没想到……

夏明清　（冷冷地）有几处？

老　关　（不明所以）啊？

夏明清　出现在我书稿里的，你的考察素材。

老　关　我看了看，好像还为数不少呐。

夏明清　那我书中的观点也是来自于你吗？

老　关　（想了想）您那结论，我还得不出来。

夏明清　（字斟句酌对老关说）我在看你素材的时候，确实受
　　　　到一些启发，所以临时调整了书里的观点阐述，也零
　　　　星引用了一下素材。

老　关　（忍不住翻开书稿，指指点点）这里，还有这里，这
　　　　里也有，只是零星引用？

夏明清　因为太仓促，就来不及跟你打招呼。这样，我在书中
　　　　前言做一个说明，表示本书素材有你的贡献。这样可
　　　　以吧？

老　关　但书中摘用的素材不全面，得出的结论是有偏颇的。

夏明清　你质疑我的学术观点，我当然欢迎。但这些我会文责
　　　　自负的！

老　关　只是片面引用素材，这是对事实的不尊重。

夏明清　（忽而厉声道）所以你教我怎么做学问咯？

老　关　我哪儿敢！

　　　　[夏明清神色稍和缓。

老　关　（不吐不快）不过，为了搜集这些素材我在村里猫了
　　　　一个冬天。走的时候，全村都出来送我，每个老乡都
　　　　管我叫老关……

夏明清　（语带讥诮）这都什么拉帮结派的习气。

老　关　我只是想说，走进别人生活，走进别人心里，基于这
　　　　些事实，沉淀出自己的思考，才是社会调查。学术界
　　　　现在都在做些什么？田野考察浮光掠影，然后坐在书
　　　　房里引用一些洋人的观点，有意思吗？这不浪费读者

的时间吗？抄来抄去就混成了著名学者。著作等身又如何，全是在浪费纸浆。

夏明清 （脸色铁青）你这是在指桑骂槐，你要翻天了吗？

[海希从洗手间走出来，站在一旁静静地听。

老　关 （语塞，一时怂了）夏老师，今天我这个学生是有点班门弄斧，大放一下厥词了。

[夏明清脸色转缓，蔑视地轻轻一哼。

夏明清 这也只是你的一孔之见。你看不到学问家耗费大量心血所在。人文学科除了深入当下时空，还得深入掌握广泛的文献，复原历史语境，追溯历史脉络和文化根源，再参照前人的智慧结晶，才谈得上有独立思考，才有可能有创见。你以为只是掌握一手素材就值得骄傲了？那是一个基础。

老　关 没有基础，只能是空中楼阁。

夏明清 今天什么日子，阁下莅临寒舍，指点江山。

老　关 对不起，说着说着我就不知所云了。

[夏明清问夏花、海希。

夏明清 你俩听明白了吗？

[夏花摇摇头。海希眼神闪烁，却没有表态。

夏明清 （对老关）我帮你回到正题，关于你指出的，我擅自做主引用你素材的事。我重申一遍，解决方案是在前言里写明你在素材搜集上做的贡献。可以吗？

老　关 （压抑内心不满）老师的答复很明白。再追下去，倒是我小家子气了。

夏明清　是啊，师生之间，不用这么拘小节。

老　关　那我的毕业论文……

夏明清　明天回复意见，连同你的素材一起还给你。

　　　　[老关把书稿递给夏明清。

老　关　这是终校好的书稿，您收着。（起身）我还有别的事，
　　　　先告辞了。你们慢吃。

夏明清　那我就不留你了。我送你一下。

老　关　哎哟，您留步，我哪儿担待得起啊。

　　　　[夏明清起身，半送半推，把老关往外带。

老　关　那我就谢谢老师了！今天的事，小子鲁莽了，请老师
　　　　您见谅！

　　　　[夏明清和老关走出门外。

　　　　[夏花忽然叹口气。

海　希　怎么了？刚才的对话是不是听着不舒服？

夏　花　说不上来，就是觉得心里塞着一团草。

海　希　嗯，有些事情，我也没想到……

夏　花　要是老关不跟我爸提出来呢？

海　希　……你爸他不是已经答应老关了吗？

　　　　[夏花沉思不语。

　　　　[夏明清走回来，坐在桌前，拿起粽子。

夏明清　来吃饭吧，早点都凉了！

　　　　[夏花、海希坐回餐桌前，三个人无言地吃饭。

　　　　[夏明清忽然摔下粽子，走进书房，摔上了房门。

　　　　[夏花和海希在餐桌上默然对视。

第三幕

第六场

[景同第二幕第一场，西关大屋的三重门外，榕树下。

[两天后。

[夏明清跟老关上场，夏明清神色自若，边走边说。

夏明清　小关呐，以后心里有什么不满，不妨直接说，我想不出我们之间有什么需要遮拦的。

老　关　是啊，我是个不懂事的人。前天我一急，差点误会老师。要是让学院里传咱们的笑话就不好了！

[夏明清神色一变。

夏明清　恐怕你小子是已经打算写举报信了吧？

老　关　哪里哪里，给我一个虎胆也不敢啊。我知道老师不是那种占学生便宜的人。

夏明清　算你醒悟得及时。这事也提醒了我，今后还是要把你们这些孩子当成独立学者看待，尊重你们的劳动成果。

老　关　老师，您见外了。这真的是一个误会。

夏明清　我们这一代，从小的教育是要有集体主义、奉献精神，不注重培养个人意识，自然也就忽略了别人的私有权。

老　关　这说得……我越来越惭愧了。真是，我怎么就这么小
　　　　家子气呢，老师引用我的素材是看得起我，说明我调
　　　　研工作做得扎实，我反倒计较起来了。哎哟哟！

夏明清　好了，这事到此为止，不讨论了。我也知道将来要怎
　　　　么个分寸了。

老　关　（忙不迭地）好的好的，我这里感谢老师了！（佯装
　　　　作揖）

　　　　[阿甄迎面走来，挽着布包，露出一摞作业本。

老　关　师母，甄老师！

　　　　[阿甄看到老关，不咸不淡地冲他微微一点头。对夏
　　　　明清视若无睹，径直擦肩而过。

　　　　[老关纳闷，看看阿甄，看看夏明清。

老　关　这……

夏明清　无妨，这几天她心里有事。

老　关　恕我多句嘴，女人的事，不能不小心。

　　　　[老关看夏明清暗自竖起耳朵听。

老　关　最近，我表哥跟表嫂，因为感情纠纷闹得鸡飞蛋打的，
　　　　让街坊看笑话。（见夏明清不搭腔）老师正在评长江
　　　　学者，几个学院为争这个名额打破头……我瞎说，扯
　　　　闲篇。

夏明清　快回去吧，好好用功。

　　　　[老关冲夏明清微微鞠躬，要走，回头问。

老　关　老师，您在芝加哥大学的同学是叫童继刚吗？

夏明清　（疑惑）推荐信上不是写了吗？

老　关　我就是想跟您确认一下。系里问起我毕业去向有着落
　　　　没有，我说恩师正帮我铺路呢，有恩师保荐，我们做
　　　　学生的还用担心吗？

夏明清　（笑笑）你啊，操心的都是重点。今天我就把推荐信
　　　　誊抄好，明天寄出，行吧？

老　关　那就麻烦您了。对了，恩师，这个海希来了好几天了，
　　　　是找您有什么事吗？有什么我能帮忙的，我尽量做。

夏明清　没什么大事，就是自己跑出来散散心。她一个小朋友，
　　　　既然上门拜访，我也不好不接待。不过……

老　关　她是不是打扰到您写书了？

夏明清　说实话，是有点阻碍。你知道约我写书的不止一家出
　　　　版社，手心手背都是肉，谁都不能敷衍，得认真。但
　　　　这些话吧，不足为外人道，说出来人家会以为我是在
　　　　逐客。

老　关　老师啊，别怪我多嘴，有时候，请神容易送神难。要
　　　　住下来不走，可就麻烦了。不然，我探探她的心思？

夏明清　（思忖了一下）那就请进家喝杯茶吧！

　　　　[夏明清领老关走进家门。

夏明清　（止步回头）你先跟她交流交流，我先声明啊，只能
　　　　代表你个人立场。

老　关　明白，这事您完全不知道，是我这个做学生的多管
　　　　闲事。

　　　　[夏明清家客厅。夏明清和老关进来。

　　　　[海希正在饮茶。

海　希　夏老师回来了!

[夏明清点点头。

夏明清　老关,别客气,自己沏茶!

[夏明清进书房,关上门。

海　希　论文过关了? 有闲心来喝茶了?

老　关　(饮茶)我以为你已经走了,你不也有闲心在这里吗? 你的论文写完了?

海　希　今天是什么黄道吉日,怎么,你关心起我来了?

老　关　唉,我也是为你担心。(放低声)学姐,我听到有别人议论你?

海　希　议论我?

老　关　(嗫嚅地)说是私生女,还有说干女儿的。还有,唉,反正不是啥好听的话!学姐,你要避嫌啊!学姐,毕竟你还没毕业呢。

海　希　(看看夏明清紧闭的房门)你老师让你来当说客的吧?

老　关　(笑)哪能,我是好奇,你和阿甄哪一个会成为我的师母!

海　希　小心,好奇害死猫!

老　关　(故作好奇地)你和阿甄,老师是不是都想……毕竟只有孩子才作选择。

海　希　学弟,我怎么闻到你身上有一股馊味?

[老关疑惑地嗅嗅自己的衣领和袖子。

海　希　亏你还是年轻人,烂得这么快!

老　关　这?

海　希　你以为我来这里是为了演一出狗血剧吗？

　　　　[老关瞠目结舌。

海　希　不过，你要不要听我讲个故事，做个前情回顾？

　　　　[老关瞥一眼夏明清的房门，急忙伸手示意海希别开
　　　　口。

老　关　我可不想多管闲事。

海　希　我的故事，也许能帮助你看透某人。

老　关　（好奇）那我就……当故事听。

海　希　一年前，有个教授去高原考察。在雪山上，不知道他
　　　　搭错哪根线，把自己的稿纸撕个粉碎，拉着一个年轻
　　　　女孩的手，信誓旦旦说一年后要归隐山林。一年后，
　　　　这个女孩主动来履行誓言。呵呵，这个教授却变得躲
　　　　闪。（自嘲）还别说，我也觉得，我是来错地方了。

　　　　[海希起身上楼，走到楼梯上，转回身。

海　希　（提高音量）躲在房间里，连当面沟通的勇气都没有，
　　　　真狗血！

　　　　[海希转身上楼。

　　　　[老关喝着茶，沉默。

　　　　[阿甄快步进来，迅速地收拾自己的东西。

　　　　[老关见状，惊愕，去敲书房的门，夏明清走出来。

老　关　甄老师来了！

夏明清　（小声问老关）她呢？

　　　　[老关指指阁楼。

　　　　[阿甄利落地扯下一块窗帘布，摊开，铺在桌面上，

把一些日用品搁在窗帘布里。

夏明清　阿甄，我不是解释了吗？人家有人家的想法，但我心里有数。既然来了，就是客人，我总不好……

阿　甄　我还是未来的女主人吗？

夏明清　当然。

阿　甄　那请她走。

　　　　[夏明清语塞。

阿　甄　（等不到回答）哼！我是什么，是你不要钱的保姆？随时可以打发吗！

　　　　[夏明清走到她身边，要拿下她的东西。

夏明清　什么保姆不保姆，别说得那么难听！

　　　　[阿甄打着包袱，不肯放手。

阿　甄　你从来不把心给我看。我居然一直等着跟你结婚，相信你是想跟我安安心心过日子。（无奈地叹口气）还以为做学问的人会不一样。现在我想清楚了，不如为自己活着。

夏明清　（解释）为什么你不能承认我是一个人呢？是个人就有许许多多的想法，又不是做数学题，哪有那么多公理定律。

阿　甄　你还挺有歪理的。（指着老关）学生在这儿呢，为人师表，注意做好表率。

　　　　[老关赔笑，急忙摆摆手，表示自己置身事外。

夏明清　（低声地）她马上就走了，你可以放心了。

阿　甄　她走不走跟我没关系，你们是什么关系，我也不感兴趣。反正，我要走了！

　　[夏明清没话说了，望着阿甄干瞪眼。

　　[阿甄把一些自己的东西用一块布打好包——客厅里的一些花花绿绿的装饰布都已经撤了下来，整个客厅顿时显得晦暗空落不少。

　　[海希背着包从阁楼走下来，看到客厅这阵势，明白了。

海　希　夏老师、甄老师，我要回香港上课了。我不懂事，叨扰了这么久。

　　[阿甄别过脸，整理包袱，不理海希。

夏明清　（对海希）哦，好。老关，帮我送一下。

　　[老关急忙上前。

老　关　（对海希）我帮你拿包。

海　希　不用送。学姐我精神正常，四肢健全，来去自由。（对夏明清）就是一时糊涂，相信了别人的信口开河。

夏明清　（愧疚）对不起，没招待好你。

阿　甄　（手指着夏明清）你……你……（恨恨地跺足）

海　希　（对夏明清）教授别有压力，我不过是应约而来，（对阿甄）并不想破坏你们的美好生活。再见。夏教授，我祝您文传千古，名扬四海！

　　[海希背包走出去。

　　[老关走也不是，留也不是，看着夏明清神色，等指挥。

　　[夏明清心里五味杂陈，颓丧地坐下。

　　[阿甄把包袱打好，背起就走。

老　关　甄老师，您真要走？

阿　甄　不走，留下来收人家不要的破烂吗？

　　　　　[阿甄视线落在屋里的大花瓶上，放下包袱，凑到大
　　　　　花瓶处，伸手摸着上面的花纹。

阿　甄　多美的牡丹花啊，

　　　　　[阿甄不紧不慢地把花瓶掼到地上。啪，花瓶落地，
　　　　　碎了一地。

　　　　　[夏明清跟老关吓一跳，愣愣地看着她。

阿　甄　多脆弱的牡丹花啊！

　　　　　[阿甄提着包袱就往外走。

　　　　　[夏花背着书包进来，望着屋里的变化和一地的碎瓷
　　　　　片。

夏　花　（问夏明清）爸，海希怎么突然就要回去了？甄姨怎
　　　　　么拎着那么大一个包袱走了？

老　关　（不知从何说起）呃……

夏明清　爸爸累了。

　　　　　[夏花放下书包，倒杯水端给夏明清。

夏明清　（接过水，对老关）你先回去吧。

老　关　那我改天再来。我的事……请您多费心。

夏明清　（应付地）嗯。

老　关　（对夏花）夏花，我走了啊。

夏　花　老关，祝贺你！

老　关　（纳闷）祝贺我什么？

夏　花　论文通过了！（攥着拳头，走到老关那，伸出拳头，
　　　　　笑嘻嘻地对老关说）不过呢，猜对了才许走。

老　关　现在哪有心情玩？

夏　花　从我爸这里毕业了，在我这儿还有一关。来，猜嘛。

老　关　（随顺）夏花妹妹说猜那就猜。（看拳头，思忖）左
　　　　手？

　　　　［夏花望着他，微笑着摇摇头。

老　关　不对？再给我一次机会。

　　　　［夏花把手背在后面，又伸出来。

老　关　（看看夏花）左手？

　　　　［夏花还是摇头。

老　关　左右都没有？

　　　　［夏花摇头。

老　关　不许耍赖。摊开看看！

　　　　［老关上前去掰夏花的拳头，掰开左手的拳头发现什
　　　　么也没有，又去掰右手。

　　　　［夏花咬牙攥着拳头不让他掰，最后还是让老关掰开
　　　　了，手里是夏花收集的一个啤酒瓶盖。

　　　　［老关望着啤酒瓶盖，一时说不出话。

夏　花　好好留着我给你的眼睛。

老　关　嗯。

　　　　［老关走出大门。

　　　　［夏花走进房，在里面翻箱倒柜，走出来，手拎着布
　　　　袋，哗哗哗把里面的啤酒瓶盖倒在垃圾堆上。一只手
　　　　背在身后，看着夏明清，伸出手，手上握着那只玩
　　　　具枪。

[夏明清正看着满地的碎片发呆。

夏　花　（笑嘻嘻地喊）爸爸。

　　　　[夏明清瞪着眼睛，有点惊恐地看着她手里的枪。

　　　　[夏花用枪指着夏明清，嘴里发出"哪"一声枪响。

　　　　[夏明清愕然，然后，人瘫倒在沙发上，闭上眼睛。

　　　　[灯渐暗。

第七场

　　　　[第二天早上，夏家的客厅，仍然是凌乱不堪，客厅
　　　　中央散落着花瓶的碎片。

　　　　夏明清躺在沙发上在看电视，电视打开着，传出画面
　　　　和声音：昨天在大会堂，由国家教育部副部长、省教
　　　　育厅厅长，为我省获得长江学者称号的一批学者颁发
　　　　荣誉证书和奖章，其中就有我市的著名教授夏明清，
　　　　他的新著在学界引起关注。几十年来，夏教授笔耕不
　　　　辍，笃行不怠，取得了令人瞩目的学术成就……学界
　　　　同人纷纷祝贺夏明清教授成为长江学者……夏明清教
　　　　授在授奖仪式上发言，他表示感谢各级领导的莅临，
　　　　对获得的荣誉，感到不胜荣幸……

　　　　[夏花拿扫把出来扫地上碎片，收到垃圾桶里。

夏明清　夏花，你去忙你的。

夏　花　（抬头）我正在忙啊。

　　　　[夏明清起身关掉电视，夺下夏花的扫把。

夏明清　听话。

　　　　　〔夏花夺过扫把，继续扫地。

夏明清　（夺下扫把）你出去玩吧，这里让我来。

夏　花　（再次夺回）不。

　　　　　〔夏明清自己躺回到沙发上。

　　　　　〔夏花坐到夏明清身边，无言地搂着夏明清的肩膀。

夏　花　爸，你成了大名人了！我为你高兴，为你骄傲！

夏明清　（自嘲）是啊，大名人，大学者。

夏　花　爸，你哭了？！爸，你这是太高兴了吗？对，有个成语叫……喜极而泣。

夏明清　（一声长叹）唉！喜极而泣……

夏　花　爸，我会好好学习的。家务活我也能做。你放心，我们的生活一定会幸幸福福的。

　　　　　〔夏花起身，继续清扫地上的碎片。

　　　　　〔夏明清擦干眼泪，怔怔地看着夏花的行动。

　　　　　〔忽然，阿甄轻轻走进来，一手提着鱼和青菜，一手挽着窗帘布的包袱。

　　　　　〔夏明清和夏花见状，都愣了。

　　　　　〔阿甄把菜放在桌上。

　　　　　〔阿甄接过夏花手中的扫把，扫起来。

阿　甄　我来吧，妹头。小心别被碎片扎着。

　　　　　〔夏花望着夏明清。

夏　花　爸！

夏明清　（对夏花）你帮忙把菜拎到厨房去洗。

[夏花看看夏明清，看看阿甄，拎起桌上的菜走进厨房。

[阿甄把碎片归拢到垃圾桶。放下扫把，把桌上包袱
解开，

[夏明清过去帮忙，把东西一样一样摆在桌上。

[阿甄低头不理他，抽出窗帘布，转身去挂窗帘。横
杆太高，她够不着，跳跃着去扯钩子。

[夏明清见状，走到她身后。

夏明清　我来。

[阿甄把窗帘给夏明清，看着他挂窗帘。

阿　甄　明天有课吗？

夏明清　明天上午要到系里去一趟。你呢？

阿　甄　我下午连上两堂课，课间休息就不回来了。我在早市
买了条鱼，今天庆祝一下！我中午要多烧两道菜！

夏明清　（重复第一场的话）成天照顾我和夏花，做太多家
务……真是谢谢你。

阿　甄　（不再那么甜蜜，平淡）你知道就好。

[夏明清上前，拉起阿甄的双手。

夏明清　我知道，我一路都知道，以后也不会忘记。

[阿甄似乎前嫌尽释，抱着夏明清。

阿　甄　（唏嘘）你知道就好。

[夏明清拥抱着她，拍拍她的背。

[夏花一手拿葱一手拿姜，走到厨房门口，要问夏明
清什么话，看到两人拥抱，一怔，退回厨房。

夏明清　（对阿甄）中午我来做饭。

阿　甄　你那手艺？算了，还是我来吧。

夏明清　哦，那就你来。

阿　甄　我去洗菜。

夏明清　你歇着，让夏花练练手。

阿　甄　夏花洗菜，能搞掂吗？

夏明清　早晚得学会搞掂。

阿　甄　那好。

　　　　[阿甄看到放在桌上的证书和金属奖牌，来了兴致。
　　　　她翻看证书，又拿奖牌擦拭。

阿　甄　（满意地望着奖牌）长江学者这荣誉，要放在古代，等
　　　　于御赐金牌了吧？

　　　　[夏明清没搭话。

　　　　[夏明清上前，看到他与海希的雪山合影，不觉一怔，
　　　　匆忙收进柜中。

　　　　[阿甄手指被奖牌划着，一缩，把奖牌放下。

阿　甄　这么大一个荣誉，可这奖牌做工真不怎么样。你说评
　　　　委会就缺这点钱吗？就不能认真点吗？好歹是国家级
　　　　的奖励计划。

夏明清　奖牌重要的是象征，做工这些细节都不算什么。

阿　甄　前几天吃饭的时候，跟你们系的秘书聊天。我才听说
　　　　你们退休的于教授，领了二十年的国务院特殊津贴。
　　　　你猜每个月多少钱？

夏明清　没问过，这怎么好打听。

阿　甄　我都不好意思替他说出来，那钱还不够我喝顿早茶

的。还有啊，都二十年了，一分钱没涨过。我这个小
学老师的工资都翻倍了。

夏明清　就算只有一分钱，也是国务院颁发的。

阿　甄　哎，你们这些书呆子，真是好打发。国家给一点表
扬，给一点荣誉，你们就搭进去一辈子的时间，连命
都可以不要。

夏明清　这你不懂了，我们并不是图国家什么。

阿　甄　对了。

　　　　〔阿甄进夏明清的书房，双手提溜两大捆稿纸出来，
　　　　足足有半人高。

阿　甄　你床底下这堆稿纸不要了吧？我看你都捆起来了，就
喊了收废品的一会儿上门来收。

夏明清　那是我的手稿，快放下！

　　　　〔阿甄急忙将两捆稿纸放落地。

　　　　〔夏明清去扶稿纸。

阿　甄　早说呀！你的手稿不是都出版了吗？留着做什么用？

夏明清　等我退休了，可以捐给学校档案馆。他们刚成立，需
要历史文物。

阿　甄　是哦，要用发展的眼光看待事物哈，再过些年，手稿
也就成了文物。（欣赏着手稿）

夏　花　爸，甄姨，菜洗好了。（看到稿纸）要卖废品吗？我
屋里还有一大摞报纸。

阿　甄　不卖！不久的未来，这是历史文物。

　　　　〔夏花凑上前来看。

夏　花　这不是爸爸的草稿吗？有这么多！

夏明清　你爸爸大半生时间都投在这些上头了。

阿　甄　也快著作等身了。

　　　　［夏明清得意地哼哼两声。

夏　花　幸亏你身材也不高，再写写就等身了。

夏明清　来，帮我照一张相留个纪念。夏花，相机在我书桌抽
　　　　屉里。

阿　甄　我去我去。

　　　　［阿甄进书房找相机。

夏　花　（指着夏明清身上的普通短袖）就穿这身衣服照吗？

　　　　［夏明清拿起沙发上的西装，披在身上。

夏明清　怎么样？

夏　花　像唱大戏的。

夏明清　是啊，你爸一直想唱主角，唱主旋律。

　　　　［阿甄手里拿着相机出来，拨动着快门键。

阿　甄　准备站好。

　　　　［夏明清站在两堆稿纸中间，两手分别往稿纸上一搭。

　　　　［阿甄积极地帮夏明清拍照，像摄影师似的。

阿　甄　腰挺直，下巴抬高一点。

夏明清　（唏嘘）大半生就攒下这么些纸。

　　　　［夏明清依照阿甄的话摆布姿势。

夏　花　（坐在沙发上，忽然唱起了歌）落——雨——大，
　　　　水——浸——街。阿哥担柴上街卖，阿嫂出街着花
　　　　鞋，花鞋花袜花腰带。我就识唱呢首歌，成班朋友

仔，排排坐，食果果。人之初，谁无过，做错事有父母原谅我，偷偷拍下拖。要知揾银最艰难，人比人，比死人，不需理会人，做好我本分。世上有啲嘢，比钱更值钱！

[光渐收。

全剧终

主题对于情境形成的重要作用及其它

——从毕业创作认识戏剧编剧原理

司徒志岚

内容提要

本文从毕业创作的实践经验出发，探讨在创作构思中的一些较为重大的编剧理论问题，特别是主题在创作构思中的重要作用，并结合自己的创作心得，围绕着主题对于情境形成的重要作用，归纳和分析了主题与情境、动作和高潮的相互关联性。论文讨论的内容包括：关于主题与情境的结合，主题与动作的结合，主题与高潮的结合，以及动作如何与舞台语汇相结合，实现主题和情境的诗化意象。

关键词：主题，情境，动作，高潮，意象

目　录

引　言

一出戏主题思想的寻求和最终确立是非常重要的，它对于情境的设置、高潮的实现以及总体结构的统一起着最基础的作用。"统一化的力量是思想，但是一个思想——无论它完整到什么程度——本身总是没有戏剧性的。剧作家头脑里的抽象概念必须通过一个奇妙的体现过程才能获得生命！"①

在创作过程中，灵感的火花与高度的逻辑性是否能和谐地融合在一起？戏剧的主题如何找到更高度戏剧化的表现与释放的情境？这些都是值得探讨的问题。

在毕业大戏《天使的眼睛》的创作过程中，我遇到了主题与情境，主题与动作，主题与高潮，主题与人物性格塑造，几方面的命题，并通过困难的探索，得到一定的解决。在此我想结合这部戏的创作经验，探讨一出戏的主题思想的确立与戏剧情境的设置，动作的统一，及高潮的推进等戏剧结构之间的关系，以及主题思想在塑造中心人物的性格典型性，以及性格的发展之间的作用。

一、关于主题与情境的结合

主题思想在剧本构思的过程中，起到引领、凝聚、集中和统一的作用。斯坦尼斯拉夫斯基说："正如由种子长出植物一样，作家的作品也是由某种思想和情感逐步成长起来的。作家的这种思想、情感和生活理想像一根红线那样贯穿着他的一生，在创作时也同样指引着他。他把它们作为剧本的基础。由

---

① ［美］约翰·霍华德·劳逊.戏剧与电影的剧作理论与技巧［M］.邵牧君，齐宙译.北京：中国电影出版社，1979：224.

这颗种子培育出自己的文学作品。"①

　　曹禺也指出:"主题就是选择材料的标准。因为囤积材料不能一古脑儿塞进一个剧本中。我们写戏,不是摆杂货摊。有了主题,根据它来选择,整个剧本才能有意义。""主题是个无情的筛孔,我们必须依照它所给予我们的感觉狠心地大胆地把材料筛它一下,不必要的不合适的材料淘汰去。"②

　　主题要在具体现实中显现,就必须使自身情境化。"'戏剧情境'是促使人物产生特有动作的客观条件,是戏剧冲突爆发和发展的契机,又是戏剧情节的基础。"③ 也就是说,主题需要充分情境化,才能实现主题概念的体现。所以,创作构思的首要任务是:主题与情境的有机结合。

1. 情境建构的核心——人物性格和人物关系的设置

　　情境由三种要素构成:人物关系、事件、环境。情境的核心要素是人物关系。所谓主题与情境的结合,实质上就是主题的人物关系化。也就是说,情境建构的核心就是人物性格和人物关系的设置。

　　小仲马在论及创作理论时说过:"剧作家在设想一个情境时,他应该问自己三个问题:在这种情况下我应该做些什么

---

① 〔苏〕斯坦尼斯拉夫斯基.斯坦尼斯拉夫斯基全集·演员的自我修养〔M〕.史敏徒译.北京:中国电影出版社,1979:405—407.

② 曹禺.论戏剧:曹禺戏剧集〔M〕.成都:四川文艺出版社,1985:129—130.

③ 谭霈生.论戏剧性〔M〕.北京:北京大学出版社,1984:122—123.

事？别人将会做些什么事？什么事是应该做的？"也就是说，人物行动的动机是建构戏剧情境的出发点。劳逊对此补充了一个极有创见的问题："这个情境是如何设想出来的？是什么促使剧作家想起或想象起这个情境，使他选择它作为戏剧结构的一部分？"①这也就是马丁·艾思林所说的："剧院是检验人类在特定情境下的行为的实验室。"②

谭霈生在《论戏剧性》中谈到，戏剧情境包含这两方面的内容：特定的情况、环境和特定的人物关系。特定的环境和情况，作用于剧中人物，使人物之间潜在的矛盾关系被揭露出来，这样，矛盾中的人物产生特定的动作，使矛盾爆发为冲突。这就是情境、动作与冲突之间的辨证关系。③

由此可见，在戏剧结构中，情境不仅是剧作者交代具体环境的段落，也是一切动作的起点，是深深蕴藏危机的土壤。

2. 寻找人物性格和动机、动作的逻辑——从独特的人物关系入手

谭霈生老师指出：只有"把握住特定情境对人物内心发生的影响，把握住人物由于情境的影响和刺激在思想、感情和心理上的变化；这样，他才能沿着这条线索赋予人物以特定的动

---

① ［美］约翰·霍华德·劳逊.戏剧与电影的剧作理论与技巧［M］.邵牧君，齐宙译.北京：中国电影出版社，1979：222.

② ［英］马丁·艾思林.戏剧剖析［M］.罗婉华译.北京：中国戏剧出版社，1981：13.

③ 谭霈生.论戏剧性［M］.北京：北京大学出版社，1984：124.

作和动作的逻辑。"①

"W.T. 泼拉斯说：'突出性格的唯一方法是：把人物投入一定的关系中去。仅仅是性格，等于没有性格，只是随意堆砌而已。'我们也可以说，仅仅是动作，等于没有动作，只是随意堆砌而已。但性格是属于动作的，因为无论动作本身具有何等的局限，它总是代表一些'特定的关系'的总和，这总和比任何个人的动作都广大，它决定个人的动作。"②

人物动机的形成，以及人物动作冲突的展开，往往是从人物性格与具体"独特的人物关系"的发生戏剧性契合的那个点开始，由此构成了人物性格形成发展的逻辑性。所谓"独特的人物关系"首先是指超越社会关系定位的人物关系，例如父女之间的关系不仅像社会关系定位的那样处于抚养与被抚养，监护与被监护的血缘关系，更含有在一个具体情境中的人与人之间相互摩擦冲突的关系。实际情感超越了社会常规定位，彼此以个性相处的人物关系才有可能富有戏剧张力，产生强烈的矛盾冲突。也就是说，特殊人物的性格和行为逻辑，寓于社会性的、时代性的情境逻辑之中。

例如，《雷雨》中的独特的人物关系与独特的情境的契合，决定了蘩漪这一人物的行为动机，进而显示出这一人物的独特性格。全剧一开场的情境是：周朴园将蘩漪宣判为精神不正常，钳制她对自己的威胁。蘩漪必须揪住唯一的救命稻草周

① 谭霈生. 戏剧艺术的特性〔M〕. 上海：上海文艺出版社，1985：91.
② 〔美〕约翰·霍华德·劳逊. 戏剧与电影的剧作理论与技巧〔M〕. 邵牧君，齐宙译. 北京：中国电影出版社，1979：349.

萍，否则在这个周朴园统治下密不透风的家庭中，她会真正的窒息发疯。但是蘩漪与周萍之间爱情即将消逝，周萍要逃离这个家以摆脱蘩漪的纠缠。蘩漪无法明目张胆地行动，毕竟她是周萍的后母。她在这个位置上被牢牢钉住了，痛苦地扭曲着。故此，蘩漪只能招来鲁侍萍，想让她带走"情敌"四凤——于是致使了鲁侍萍跟周朴园 20 年后的重逢，他们的恩怨又致使鲁侍萍决心要四凤跟周家人断绝关系，周萍才会采取下一个行动刺激蘩漪，最终导致一个秘密的被揭穿。所有人发现自己处在一个不可抗拒的宿命中，之前想改变命运的挣扎抗争只是徒劳。

蘩漪这一独特的"雷雨"式的人物形象和性格，正是在特定的人物关系与社会性的、时代性的情境中得以彰显。

剧作家在创作过程中，对自己笔下的人物会有一个艰难的熟悉过程，例如易卜生在他的创作手记中说："我总是得把人物性格在心里琢磨透了，才能动笔。我一定得渗透到他灵魂的最后一条皱纹。"[1] 据说《玩偶之家》的主人公是有生活原型的。剧作家和她相处多年，相互间是"知心朋友"。出于对人物性格的深刻认识与了解，易卜生在对原型人物所处的时代环境和人物关系进行深入研究的基础上，才能在创作《玩偶之家》时设置充满戏剧张力的情境，使娜拉的独特性格得以在冲突中以独特的方式开展。

易卜生笔下的娜拉自小就受到父亲的呵护宠爱，结婚后也

---

[1] 中国社会科学院外国文学研究所外国文学研究资料丛刊编辑委员会. 外国现代剧作家论剧作 [G]. 北京: 中国社会科学出版社, 1982: 175.

只是从一个家庭被转手到另一个家庭,从一个看护者手里移交到另一个手里。这使娜拉对社会并没有实质了解,所以她办事情绪化,喜欢沉溺于幻想中。而丈夫海尔茂当过律师,社会经验、生活经验丰富,办事冷静理性,在家里是个统治的国王,所有人不得不听他指挥。这两个人在性格上就存在冲突因素,两人的关系也处在即将破裂的危机状态——八年前娜拉瞒着海尔茂签署借据的事即将被揭发。因为娜拉的债权人柯洛克斯泰为了挽回自己即将失去的职位,用借据要挟娜拉,要她向海尔茂求情。面对危机,娜拉有些不知所措,以她的个性她得保全家庭与海尔茂的名誉,服从柯洛克斯泰的要求。往下发展,冲突双方进入尖锐的戏剧情境,娜拉与海尔茂因为这个看似社会原则问题的"借据事件"发生了尖锐的矛盾冲突,娜拉忽然看清自己的性格形成的原因及局限性,于是她决定离开家庭,到外面的世界去。

在这个故事中,易卜生不是从一般性的社会冲突出发设置情境,而是从人的生存情境出发,透过社会问题设置情境,从而深入地揭示出人物的内心世界,展现时代生活的深层矛盾。

3.《天使的眼睛》:在主题引导下建构情境

我在《天使的眼睛》一剧的主题思想和情境设置方面,也经历了一番曲折的过程。主题概念和情境范畴,这二者不可分割,实为一体,但是在确立主题概念和建构戏剧情境时,我却在二者之间经历了循环往复的、螺旋上升的过程。情境的营造推动了主题的探讨,反之主题概念的明确也澄清了情境建构的迷雾。

刚开始，我以为只要交代完情节，读者自然会得出自己的结论，自然而然地意识到一种主题。于是，创作中并未过多推敲情节框架是否稳固，能否呈现出一种明确的主题或者风格。而且，促使我创作本剧的一个灵感是，几个人物关系当中潜藏着莫大的场面开掘空间，能实现主题的多义性。但这个"多义性"与"模糊性"之间界限是否明确，必须经过深思熟虑。限于人生经验和思考能力，只好暂且将主题抛到一旁，决定边创作边思考。

当落实到创作上，对主题缺乏斟酌的弊病就显露出来了：一是情境设置具有很大的开放性，既可有多种结尾，也可多条情节线并行，我暂时只能确定一条情节线去列出提纲；二是开掘场面的时候，主人公夏明清的心理动因不明确，也许可以解释为他优柔寡断的性格使得他是一个被动反应的人，但其结果是在剧作中呈现一种疲软状态：舞台上的矛盾冲突无法有力地推进。

例如在开端部，夏明清对阿甄的逼婚到底持什么态度，在初稿中他一味躲避，且不善周旋，只能像个应声虫。而阿甄的目的是清晰的，她每句话都有充足的心理依据——挑破自己跟夏明清之间的窗户纸，逼婚。弊端呈现是，场上人物在反复交锋，而人物关系处于胶着状态。

为了解决情节走向不明确的问题，我想尝试"主题先导"的办法——先理清楚头绪，试图捕捉头脑中的理念，来完成主题思想。但是效果不明朗，缺乏感性的体会，说什么思想都是干巴巴的，自己都觉得可疑。

只好硬着头皮先把提纲一步步具体化，仓促确定一个高潮点，粗略把初稿完成。但是在拉提纲过程中，我通过渐渐代入人物情感，对笔下人物的认识逐步丰满了，于是不断丰富人物小传，再着手进行第二稿。反复几次之后，他们的形象开始接地气，开始成为生活在身边的熟人，在此基础上，再为他们增添鲜明的生活细节，越来越多的细节，构成独特的人物环境、独特情形、及独特人物关系。于是情境也变得可信起来了。其他如人物想干什么，恐惧什么，会怎么办，这些问题自然顺着情节逻辑往下走了。

4.《天使的眼睛》：在情境探索中确立主题思想

选择什么样的情境，意味着剧作家想传达的社会思想及对生命的感悟和哲理认识：每个人身处的具体时代环境都不一样，都带着那个时代的烙印，同时也带着难以反抗的局限性，每个时代的戏剧都表现着那个时代中人的困惑、挣扎与命运。一出戏的构思也许有形形色色的触发点，但是一旦具体到戏剧情境的设置，必然不可避免地与社会环境、人物关系发生冲突，并在这种冲突中表现着时代典型性，戏剧正是通过这种危机情境，彰显出它的主题思想。

亚却曾指出，"戏剧的本质是危机"，我认为"危机"是指形而上层面的"人的精神危机"，而不是具体的生存危机，例如天灾人祸。一个人在环境中自足生存，没有怀疑，没有冲突矛盾，这不是人的生命常态。人永远在一面生活一面困惑，一面反思，试图寻找出路，摆脱精神困境，结果人们发现即使一时摆脱了精神危机，进入了一个新的境界，从终极意义上说，只要活着就始终逃脱不了困境，这就是宿命。这个过程在戏剧中被高度具象化，凝练化，体现在种种具体的矛盾冲突中。这也是关于人类悲剧命运主题的体现过程。

我在塑造夏明清这个人物的过程中，将人物放在精神崩解的危机情境之中，通过组织特殊的人物关系，展开强调的精神冲突，让主人公的性格在危机变化的人物关系中发展，并在危机情境中不断地"显影"。"主题"也在夏明清与夏花等人物的危机冲突的顶点动作上浮现出来。

当我最终确立了夏清明被女儿夏花"枪毙"这一"中心事件"，我就找到了全剧的"结构中心"，从而把诸多人物的动作有机结合起来。直到这个时候，夏明清这个人物在我心里才算是有了"魂"，才算基本敲定了大戏的主题思想。

按照夏明清的性格发展线，确立他的动作贯穿线，进而建立人物动作与主题思想的联系，使三条线索——人物动作线、性格发展线与主题思想线——三者统在一起。

我认为：在创作实践过程中，情境的设置是一个主题概念思考与人物关系建构的循环"互动"的动态过程——从理性的构思到人物感性细节的落实，最后才能得到新的理性升华，明确人物的行动意义，从而实现人物性格与动作的有机结合，主题思想与人物关系的统一，也就是主题思想在情境上的具体实现。

二、关于主题与动作的结合

在创作中，主题与情境的具体实现，须要落实在人物动作与主题的有机结合上。劳逊说："动作的统一性和主题的统一性其实是同一样东西，这个一般原则是无庸置疑的。""在实践中，真正的统一性必须来自主题和动作的结合，我们必需找出这二者如何才能结合起来"。① 谭霈生老师在《论戏剧性》中也谈到，"人物动作的'目的'，则往往是剧本思想所寄寓的实体……剧作的思想就渗透在朝向这个目的的贯串动作之中。"②

我们要重视的是，主题与动作的结合，离不开人物性格的基础，因为人物性格决定了人物的行为目的和方式方法，反之戏剧动作是展示人物性格的基本手段。当人物的动作达到顶点之后，人物性格也达到了一种极限状态。而主题思想也在动作顶点上集中体现。因为剧作者选择什么样的动作顶点来使人物性格发生质变，使人物命运产生不可逆转的变化，代表着剧作者对人类性格复杂性和人类命运的认识界限，代表着剧作者对人生的态度与思考的深度。

例如，易卜生《玩偶之家》的主人公娜拉在剧情高潮处达到了她的动作顶点——出走，她的性格发展从戏一开始在家庭跟社会的压制下缺乏行动自主权，缺乏思考力到看清自己在海尔茂心目中的地位，毅然出走，离开丈夫的经济与感情依靠，

---

① 〔美〕约翰·霍华德·劳逊. 戏剧与电影的剧作理论与技巧〔M〕. 邵牧君，齐宙译. 北京：中国电影出版社，1979：221.

② 谭霈生. 论戏剧性〔M〕. 北京：北京大学出版社，1984：270.

去展开自己真正的生活，完成了一个质的飞跃。试举例《玩偶之家》的结尾段落，娜拉临走时与海尔茂的对话：

> 海尔茂：完了！完了！娜拉，你永远不会再想我了吧？
>
> 娜拉：喔，我会时常想到你，想到孩子们，想到这个家。
>
> 海尔茂：我可以给你写信吗？
>
> 娜拉：不，千万别写信。
>
> 海尔茂：可是我总得给你寄点儿——
>
> 娜拉：什么都不用寄。
>
> 海尔茂：你手头不方便的时候我得帮点忙。
>
> 娜拉：不必，我不接受陌生人的帮助。
>
> 海尔茂：娜拉，难道我永远只是个陌生人？
>
> 娜拉：（拿起手提包）托伐，那就要等奇迹中的奇迹发生了。
>
> 海尔茂：什么叫奇迹中的奇迹？
>
> 娜拉：那就是说，咱们俩都得改变到——喔，托伐，我现在不相信世界上有奇迹了。
>
> 海尔茂：可是我信。你说下去！咱们俩都得改变到什么样子——？
>
> 娜拉：改变到咱们在一块儿过日子真正像夫妻。再见。（她从门厅走出去）
>
> 海尔茂：（倒在靠门的一张椅子里，双手蒙着

脸）娜拉！娜拉！（四面望望，站起身来）屋子空
了。她走了。（内心闪出一个新希望）啊！奇迹中的
奇迹——

【楼下砰的一响传来关大门的声音。[①]

　　此处的对话中，重复使用了"陌生人"，及"奇迹中的奇
迹"等字眼显示了娜拉临出走时对夫妻关系实质问题的觉醒及
出走的决心。当娜拉归还结婚戒指后，海尔茂被娜拉的话燃起
一些复合的希望——娜拉说自己会时常想起他们的一切，他还
以为娜拉的离开是一次日后可挽回的决定。他的心态随着娜拉
的话起伏，即使娜拉说到"奇迹中的奇迹"时他也仍然没有绝
望。但这时楼下的关门声是对他的妄想最好的回答，那关门声
就如娜拉对过去生活冷静断然的拒绝。在这里，易卜生把自己
对女性在社会中地位缺乏平等人权问题的思考与态度集中放置
在娜拉个性化动作的顶点——"出走"上，"出走"的动作既
是娜拉性格的完整体现，也寄寓了全剧的主题思想。

三、关于主题与高潮的结合

　　主题与高潮是密不可分的。正如劳逊所说："高潮应是主
题的高潮"。劳逊指出："戏剧的高潮，即全剧最紧张的一点，
最完整地表现了剧作家心目中的现实发展规律"。"剧作家必然

---

① 〔挪威〕亨利克·易卜生.易卜生文集〔M〕.潘家洵译.北京：人民文
学出版社，1995：206—207.

会在作为高潮的事件中表明他自己对人生的看法，也就是他对他的人物的生活意义和目的的看法。"高潮作为全剧意义的考验标准，必需是清楚和强烈到能赋予全剧以统一性的程度"。①

1. 高潮的本质——六种概念内涵

要讨论主题与高潮的关系，首先须对高潮的概念内涵进行界定，从而明确人物命运与主题相互相结合构成了高潮的本质。

前人对于高潮从不同的角度进行了多种界定：

（1）从感情反映的角度——高潮是给观众造成最大的印象，也是得到观众最富于感情反映的时刻。这是感情最强烈的时刻。（英国戏剧理论家威尔特）

（2）舞台情绪效果的角度——高潮不是最喧闹的一刻，但它是最富有意义的一刻，所以也是最紧张的一刻。（美国戏剧理论家劳逊）

（3）人物命运的角度——高潮是主要人物应付事变的内心活动的外现，即行动的决定性关节……一般来讲高潮就是主要人物的全部活动的成败关键。（中国剧作家李健吾）

（4）揭示主题的角度——高潮是完成主题的地方。

（5）动作的角度——高潮是动作达到它的顶点，到达它在发展过程中最危急阶段的一点，过了这一点以后，紧张便开始松弛和消失。（英国戏剧理论家 B.H. 克拉克）

---

① ［美］约翰·霍华德·劳逊.戏剧与电影的剧作理论与技巧［M］.邵牧君，齐宙译.北京：中国电影出版社，1979：225—227.

（6）矛盾冲突的角度——叙事性文学作品中主要矛盾冲突发展到最尖锐，最紧张的阶段，是决定矛盾双方命运和发展前景的关键环节，为情节结构的组成部分之一。在高潮中主要人物的性格、作品的主题思想都获得最集中、最充分的表现。

以上对高潮的这些界定，在剧作中可能会结合在某个高潮场面的不同的高潮点上，也可能并不完全统一，我们可以将它们归纳为六种高潮：情感的高潮（情感最强烈、紧张的时刻）、命运的高潮（人物命运的关键时刻）、主题的高潮（完成主题的地方）、性格的高潮（性格集中体现和最终完成的地方）、动作的高潮（人物动作的顶点）、情绪的高潮（舞台戏剧效果最丰富和强烈的地方）。

在这六种高潮的内涵上，我比较看重的是命运的高潮和主题的高潮，也就是命运与主题相互结合共同构成的高潮场面。我认为高潮的主要内涵是人物命运与主题思想的统一。

2. 高潮应是人物命运与主题思想的统一

阿契尔把戏剧称为"激变的艺术"——"一个剧本，在或多或少的程度上总是命运和环境的一次急遽发展的激变，而一个戏剧场面，又是明显地推进着整个根本事件向前发展的那个总的激变内部的一次激变"。[①] 但是，这种激变的内涵是什么呢？

"剧本中的激变"指的是"剧本中的人物对人生的观念

---

① 〔英〕威廉·阿契尔.剧作法〔M〕.吴多燮，聂文杞译.北京：中国戏剧出版社，1964：32—33.

发生质变的过程", 而"戏剧场面的激变"指的是"人物在每个场面中受到一定的刺激, 产生对周围环境的认识与情感改变——这个改变将促使他采取新的行动", 人物将"沿着自己命运的阶梯向前走去"。在主题思想的统一下, 动作的贯穿线, 人物性格的逻辑, 逐渐走向一个激变的顶点——命运阶梯的顶点, 这就是从情境到高潮在戏剧场面变化中的运动意义。

在《天使的眼睛》中, 夏明清的命运高潮, 正是以这样的激变方式实现了对主题思想的阐释。

3.《天使的眼睛》高潮设置——命运的高潮与主题的阐释

《天使的眼睛》的修改过程, 也是推敲这部戏高潮点的过程, 构思出几个方案, 最后应能证明出: 高潮点的设置, 须与人物命运相关, 并直接关系到对主题的阐释。

我曾经以为"海希和阿甄相继离开"那场戏是全剧的高潮, 因为它凸显了所有人的情绪顶点跟矛盾冲突点, 也是所有人物关系发展的关键性转折——戏中每个人物在这个"点"上重新认识了自己与他人的关系, 自身存在的价值。例如夏明清意识到自己其实陷身现实生活, 理想中的隐遁雪山, 只不过是一时激动, 他已然无法从现有生活轨道里脱身, 雪山的遭遇, 权当是大梦当中的觉醒一刻, 但并不意味着从此觉醒。像夏明清这样一个"既要""又要"的人, 即便做出隐遁的决定, 仅仅属于表层的情绪之举, 若缺乏强有力的内心反省和超拔旧有习惯的心灵力量, 生活轨道难有撼动。

在多次修改中, 始终保留夏花对夏明清开枪的动作, 这个动作源于我对人物的直觉——觉得夏花走到这一步,纯净如水的她必须帮父亲做出具有高度象征意义的动作。

我开始意识到,每个人物必须在情境深化中不断自我认知,哪怕就是一句话,一个小动作,人物自我认知的形象会随着境遇的不同,绽放出另一纬度的花瓣。主人公必须完成他性格逻辑中的自我,但也得面对逻辑之外的灵性——超越理性的融合。

设计夏明清的时候,曾尝试设想他每一个步骤的心理反应与变化——自我当中的"不堪"呈现后是什么状态?这种状态致使了他的什么行为,并且导致"夏花朝他开了一枪"?——海希重现,不断提醒他要践履自己的誓言;老关的质问令他的剽窃之举无可掩藏,他因此发现自己所谓的成功,只不过是从未有人挑战他的权威,从未有人质疑他的举措。他既满心懊悔,想迁怒于人,又茫然无措……这么多的可能性夹杂在一起,戏似乎停滞不前了。但,也许这就是人性的复杂,没有明确的反应和答案。对每一步都保持高度明晰的人物,是那种保持高度觉察性的智慧型人物,但这样的人显然不能作这部戏的主角。

夏花算是帮助夏明清提供了新的可能性——既是"枪毙",即夏花对他过往的一个审判,又是给予新生。"天使的眼睛",是指以天使的视角,即夏花的立场,来看待世间的一切,天使悲悯垂视人间的悲欢离合,又给人予新生。那么,夏明清的顶点动作是:接受枪毙,承认失败的人生。生活如流水般继续,沿着既有轨道,只是多了一份难得的清醒。这就是本剧的重要主题思想。由此，人物命运的高潮点与戏剧主题实现了统一。

反过来，如果借助"从高潮看统一性"①的原理去检验：人物命运的高潮点就是"动作与主题的结合"——夏明清的动作线发展到"接受枪毙"，这步跟前面的动作能够连贯上，也基本契合自己想表达的主题，达到人物命运与主题思想的有机结合。虽然，剧本完成后，现在的高潮稍嫌过渡不够，铺垫不足。但是，它基本实现了劳逊所说的"高潮应是主题的高潮"这一最基本要求。

4.《天使的眼睛》高潮设置——情境系列危机的必然结果

我认为戏剧情境的设置要建立在人物关系的"脆弱的平衡"上，这种平衡就像即将破壳的鸡蛋，危机在里面颤动作怂，只需要一个契机就会爆发。但是这个契机必须足够有力，足以使主人公感到危机迫在眉睫，主人公才会最终奋起反抗，试图摆脱困境。最终，这一系列的情境危机都必然集中体现在命运的高潮场面上。

剧中，夏明清处在一个知识分子中年男性的微妙关口——

---

① 谭霈生先生在《论戏剧性》中认为："结构的统一意味着动作和主题的结合，这种结合应该在高潮场面中得到检验……而结构的任务就是使动作和思想结合起来，其中当然包括，要使动作的中心和思想的中心统一起来。……还意味着，在一个剧本的动作体系中，一切动作的作用要在高潮场面得到检验，即动作的统一性包含着动作的前后连贯，动作和动作之间的因果关系，这一切都需要通过高潮去检验。"见《论戏剧性》第313—315页.

体力衰退，却被多年欲望怂恿着攀爬所谓人生高峰，加上声
誉的膨胀（他正在蜕变为"学术明星"式的人物），从前婚烟
的失败，现在情感的乏味，爱情的遥不可及，对过去剽窃行
为的继续等，这些真相一直被他自欺地掩饰着。这样的情况
下，海希的到来和滞留，让他无可逃匿，不得不面对内心曾经
的挣扎，因此也使得阿甄产生严重危机感，进一步要求两人关
系明朗化。加上老关质疑他剽窃一事，最终双方进行了利益交
换，于是老关替导师将海希驱走。这也意味着师生一同的沉
沦。生活似乎一成不变地在继续，但是真相在各自的心里昭然
若揭……夏明清在矛盾心理中无法自洽。女儿以开枪的姿态宣
布了父亲的精神死亡。

　　在创作构思时，我试图将夏明清设置在一个更具象更高危
机感的情境中，使不同性格的人物带着自身的目的性以不同的
方式进行反抗——动作也以自己独特的方式走向冲突的展开与
深入。主人公试图挣脱人生困境，在想象的世界中找到出路，
但是新的矛盾又出现了；主人公再次抗击，再次改变了现实，
于是情境不断发生改变，直向着高潮翻滚过去——直到人物命
运的终点。这个过程就像劳逊总结的那样：戏剧的运动是由一
系列平衡状态的变化来推动进行的。平衡状态的任何一次变化
就构成一个动作。一出戏就是一个动作体系——平衡状态下的
次要和主要变化的体系。全剧的高潮就是平衡状态在一定条件
下受到了最大限度的打破。①

---

① 〔美〕约翰·霍华德·劳逊.戏剧与电影的剧作理论与技巧〔M〕.邵牧
　　君，齐宙译.北京：中国电影出版社，1979：214.

四、主题和情境的诗化意象
——动作与舞台语汇的结合

一部剧本搬到舞台上演出，必然会使用灯光、道具、音响等舞台手段，以制造出真实幻觉，加强某种情感的感染力。这些外部的舞台手段固然是不可或缺的，但是它们如果脱离了剧本的文学性，就失去了真正的艺术内涵。要使虚拟的戏剧世界真正具有诗意，还须要使舞台表演与主题意象和情境意象，有机地结合起来。

在剧本创作实践中，剧作者应把主题意象和人物动作的意象通过舞台手法表现出来，在通过灯光道具音响等舞台语汇，增加人物动作及背后情感的真实可感性的同时，还要传达出其潜在的诗化意蕴。例如某些舞台语汇可被转化成某种具有行动性的元素，成为人物关系向前推进的动力。

1. 意象性动作与音响的结合

音响在演出中除了为人物创造一种客观环境的氛围，或者创造一种特殊的情调烘托人物的主观情绪外，它还能成为动作的一种，甚至是贯穿动作。最典型的例子是奥尼尔的《琼斯皇》中的"鼓声"。

琼斯：……（远山上传来微弱、有节奏的鼓声。鼓声低沉、颤抖。开始时鼓点如正常的脉搏——每分钟七十二次——而后逐渐加快，直到幕落，从不间断。)①

　　琼斯：……（远处的鼓声明显地比以前更响，更快。琼斯已感到这一点——他吃惊，回头望着）他们逼近了。来得好快啊！而我在这里开枪就等于告诉他们我在的地方嘛！哎呀，天哪，我得赶紧跑。（忘了走小路，慌忙地走进后面的灌木丛，消失在黑暗中。）②

　　从这两段的鼓声对比中，可看出"鼓声"既代表琼斯的敌人，也是琼斯自己内心的恐惧，它促使琼斯在树林里迷路，最终在逃跑的起点被敌人所杀。奥尼尔将鼓声巧妙地"拟人化"，仿佛是具体的人物在场上作用于琼斯的心理与情感，使他意识到环境的变化，采取下一步行动——走进矮树丛。但是又避免了大量群体的出场。鼓声的节奏变化表现了敌人威胁的远近，表现了琼斯恐惧的程度。

2. 意象性动作与道具的结合

　　主题和情境的诗化意象，也可以通过某一件道具来实现。道具在戏剧中经常被运用来表达曲折丰富的人物情感，避

---

① ［美］尤金·奥尼尔. 琼斯皇［M］. 刘宪之译，徐烈炯校. 收入周红兴主编《外国戏剧名篇选读（下）》. 北京：作家出版社，1986：681.

② ［美］尤金·奥尼尔. 琼斯皇［M］. 刘宪之译，徐烈炯校. 收入周红兴主编《外国戏剧名篇选读（下）》. 北京：作家出版社，1986：690.

免动作意图的直白化，具有含蓄与韵味美。围绕道具组织的动作不单落实了人物的冲突和情感，还能赋动作予哲学意味，传达深远的寓意。例如易卜生的《培尔·金特》第五幕第五场，晚年的培尔在森林里剥野洋葱，一层一层地剥皮，每剥下一层，他仿佛就剥下自己一层层过去的经历与身份，剥到最后以为就是坚实存在的内核了，但其实却是空无一物：

> 培尔：……（拿起一个葱头，一层层地剥着皮）这是外头一层皮，全蹭破了，裂口啦，这是一个快淹死的人在抓住沉船，底下一层是瘦得象根稻草的乘客。尝尝看，还有点培尔·金特的味道。里头这层就是淘金的"我"了。它要是有过水分的话，如今也已经枯干了。……这位是预言家，新鲜多汁。照俗话说，它浑身发臭，满是谎言，足以使诚实人的眼眶里淌出泪水。这一层，又柔软又白净，是个风流人。底下一层样子可怜，满身黑斑，使人想到黑人和传教士。（一下剥掉几层）可真有不少层！什么时候才剥出心子来哪？（把整个葱头瓣碎）哎呀，它没有心子，一层一层地剥到头儿，越剥越小。老天真会跟人开玩笑！（把碎片扔掉）①

培尔在剥洋葱的过程中不仅回顾了自己的一生，也在剥

---

① 〔挪威〕亨利克·易卜生.培尔·金特〔M〕.萧乾译.成都：四川人民出版社，1983：178—179.

洋葱这个动作里领悟出自己的命运真谛。易卜生用"培尔剥洋葱回顾命运"这个动作刻画培尔富于想象，内心并不卑劣的特性；用一个小小的洋葱最征培尔自己，也象征培尔沧桑的一生。

3.《天使的眼睛》：诗化意象的运用

在本剧的创作实践中，我赋予某些道具尽可能多的意义，使它们具有象征意味，对同一道具的重复运用可将人物的动作与情感变化集中体现在上面。

例如剧中设置的"啤酒瓶盖"——构思这个戏的情感触发点也是小小的啤酒瓶盖——我曾经发狂地收集各式各样的啤酒瓶盖，无论在什么场合眼睛和心思都是啤酒瓶盖……由此想到这是一个小女孩的感情癖好——17 岁的夏花，一个被学校跟家庭"圈养"起来成长的女孩，性格相对自闭，内心单纯。啤酒盖是她看世界的"眼睛"，是她的游戏，也是她的童心。啤酒瓶盖是卑微的，是亮晶晶的，它所象征的童心是不受世俗染污的。

大戏中所有出现的道具或提到过的物件，无不蕴涵另一重含义：除啤酒瓶盖以外，花瓶，白海螺，玩具枪等。例如在阿甄眼里，花瓶象征着阿甄的出身，象征阿甄自己。她作为一个社会地位并不高的人，在夏明清面前，杜撰着祖宗显赫的神话，希望获得夏明清的尊重和重视。这个花瓶后来被阿甄自己摔得粉碎，因她看清楚了自已与夏明清的关系，不再编织美好生活的梦想，随着花瓶粉碎，她的心也尘埃落地。

在特定的戏剧情境中，生活的每个细枝末节都是非常具体的，让观众能深入到人物的内心中去。故而有代表性的、传达人物内心的细节，能让观众迅速进入人物的独特世界，也便于作者在创作时组织人物行动，体现人物内心情感。

结　语

大戏的主题思想对戏剧结构的影响与剧作技巧如何体现主题思想，这是个复杂而有待继续探讨的命题。本文只是就本人的戏剧编剧理论研究与创作经验对这个命题进行了初探，难免有不少理论疏漏之处，希望得到批评指正。

另外，在本剧构思跟写作过程中，我多次陷入创作黑洞——在某个技术环节上堵塞住，或者对人物理解模糊，或者淹没在散漫的素材中不知道该选取什么，或对主题把握不好导致要将大戏构思推翻重来。每次熬到油尽灯枯之际，又会遭遇一次豁然开朗，然后再迷失，再陷入困境……如此反复，慢慢才探索到一些规律和方法。这些总结在文字上并不深奥，有些是人们熟知的基本经典理论，但它们是从本剧的写作实践中摸索验证出来的，已经从一种抽象的理论转化为自身的写作体验，所以它们是弥足珍贵的。

参考文献

[1][古希腊]亚里士多德.诗学［M］.罗念生译.北京：

人民文学出版社，1962

［2］［英］威廉·阿契尔.剧作法［M］吴多燮，聂文杞译.北京：中国戏剧出版社，1964

［3］［美］乔治·贝克.戏剧技巧［M］.余上沅译.北京：中国戏剧出版社，1985

［4］［美］约翰·霍华德·劳逊.戏剧与电影的剧作理论与技巧［M］.邵牧君，齐宙译.北京：中国电影出版社，1979

［5］谭霈生.论戏剧性［M］.北京：北京大学出版社，1984

［6］廖可兑.西欧戏剧史［M］.北京：中国戏剧出版社，1994

［7］［挪威］亨利克·易卜生.易卜生文集［M］.潘家洵译.北京：人民文学出版社，1995

有待收拾的"旧山河"

司徒志岚

2022年9月，杨老师来电说要将学生作品结集出版，叮嘱我找找当年的毕业大戏，并容许我略做修改。时隔近二十年，又一次被导师催作业，着实令人恍惚和幸福。恍惚完了，才想起毕业大戏的电子版已经荡然无存，我翻出书架上蒙尘的打印稿，重新录入电脑。录着录着，如坐针毡。剧本当中那炽热的表达欲，自以为是的诗化语言和夸张的动作，着实灼人眼目。而且，竟然，有些台词散发着扑面而来的电视剧味儿，读之令人汗颜。算了，还是请人录入吧，我把这个"烫手山芋"抛给了电脑录入员。

记得当年，临近毕业的我一直在赶这个戏，有几天甚至对时间失去了知觉，只记得起床后就埋头坐在电脑前，一抬头，天大亮，又抬头，天色暗沉沉的，再抬头，窗外一片寂静……这个剧本曾获得杨老师和其他老师的认可。有的老师甚至用"气象万千"一词评价它。我也毫不客气地以此作为自我鼓励。

如今面对新打出来的电子版剧本，发现问题不少，改起来很难，无从下手。并非它有多完美，而是它"丑"得浑然一体，牵一发则动全身——但凡倾注过心力的，必然难以撼动，除非借助完全不同的思维，或者运用一种超脱性的眼光。

当初年少无知，不知怎么面对生活、梳理生活，只能生生把自己按在故事情境里，为赋新词强说愁。现在人到中年，想写的很多，于是趁着"赶作业"的劲头做修改，凭着这些年的赶稿经验，以为只要有 dead line，必能促成自己进入创作状态。

事实证明，纯属一厢情愿。修改又产生新的问题，扪心自问，新问题延续的是老问题，只是翻出了新花样。琢磨来琢磨去，一晃大半年过去了。这期间又被催了几次稿，于是，老老实实收拾"旧山河"，直面当年的作品。

要再次进入几个角色的内心，进入他们的爱恨情仇，首先自己得把心热起来，耐得住烦。在修改过程中，我遇到的主要障碍是确定剧本的中心人物。面对剧本，我不自觉地会被纯净角色吸引，对更为复杂的主角保持着距离。这恰恰是症结所在。我最后确认，戏的中心人物是中年父亲夏明清，而非女儿夏花。夏明清反映了一个时代的精神困境，而湖水般清澈的夏花，只是映照出众人真实面目的重要功能性人物。

通过这次剧本修改，我对自己的创作思维有所反省。一个作品呈现的问题，追溯源头，还是出自作者对人生的理解。毕业后长期以来，我主要从事动画剧本的创作，动画片里的童心世界，行为举措多是出自仁爱之心，自然生发，任性率直。加之我的人生过半，厌倦了汲汲营营的世俗生活，一直想从纷繁世事中抽离出来。所以，当我面对戏剧的大千世界，不自觉地选择了规避冲突，以致于它成了我的创作障碍。现在我清醒地意识到，作为一个剧作家只有勇于直面生活，而且心量大，在戏里才容得下五音五色，给各色人等一条活路，让角色在一个故事情境里层层翻展个性，让他们也认识自己。如果角色从情境中逃离开了，人物怎能有机会认识自己的问题，怎能有机会得以醒悟，有机会翻身？哪怕生活沿着旧有轨道继续，至少得让人物通过情境翻转，意识到自己的变化，明白"到底发生了什么"。

优秀的剧作者应有悲悯情怀，涵若虚空，能容世间百态，彻晓每个角色一举一动背后的心理动因，了知其间的五味杂陈，以及蕴含着升华的心灵力量。对，这就是我理想中的戏剧作品，却非我辈能一蹴而就的。

最近有机会给小学生上戏剧课，意识到在日益工具化和孤岛化的现代生活里，至少在戏剧舞台上，人可以回归为人，可以在戏剧情境里发生真切的交流。因此想教孩子们学习使用"戏剧空间"，让他们能借着故事和角色的庇护，畅所欲言，撒撒野，跟想打交道的"人物"打交道。或者，试验各种矛盾冲突，在情境里勇敢探索，去无限趋近生活真相。

虽然我已经离开戏剧学院多年，但是并未完全离开戏剧舞台，我发现戏剧是最尊重人性，最包容人性，最森罗万象的。戏剧情境是一面镜子，照见种种表象后的动机。剧中人受到"动机"驱使，自知或不自知，造作种种行为，激发种种矛盾，演绎着喜怒哀乐。因而，我与学生联合创作和排演时，注重唤起他们的生活体验和真实心声，提醒他们注重人物的"动机"，借着戏剧创作来引导他们思考自己的各种生活"动机"。至少，用戏剧创作为他们埋下一颗反观自照的种子，以免受到种种人生境况的迷惑。

这些年我写了一些传统文化题材和历史题材的动画片，深知在创作中有些方面可以依靠勤勉，比如对文化系统的学习，对史料的搜集，对现实素材的考察，借此高度还原历史情境，丰满人物境况。又比如对素材做知识性的理解后，将前人的学术成果转化为故事。但是，凡是涉及到创作中"人"和"境"，却得靠领悟，相信直觉，这需要抛开先验的结构性思维，抛开创作目的，甚至是"目的性"，让人物和故事自行浮现出来。这是重要的下功夫处，所谓神来之笔，是自洽放松的结果。

电影导演徐浩峰谈自己的创作观，说作品在于分寸感。这次修改毕业大戏，越改越深以为然。因为该剧是传统现实主义风格，尤其注重生活的分寸感。耐人寻味的故事是看似什么都没发生，其实该发生的都发生了，而体会这些"发生"需要一颗柔软细腻的心，心浮气躁不得。遇到改不动了，就把剧本放在一旁，直到感觉自己跟故事不相干了，把心清理干净了，再拿起。这像一个逐渐逐渐剔除的过程。这次修改，时间仍不足以让自己把剧本剔透，只能视作一个成长的过程吧。

编 后 记

唐 志

感谢杨老师的信任和鼓励，让我承担了这部剧作选的编辑工作。从去年夏天我收到一摞沉甸甸的剧本和论文开始，经历了确定作品、制定框架、联系作者、校对修订、对接出版社等一系列工作，其间得到杨老师的不少指点，如今，这部书终于要和大家见面了。

我要感谢六位作者。她们中有我从未谋面、只耳闻其大名的师姐，也有和我相隔千里、许久未见的老同学，尽管我们的联系大多在线上进行，但因为"中戏""戏文系""杨老师"这几个关键词，我们的沟通是如此顺畅，交流是如此真诚。我惊叹于她们在那么年轻的时候就展现了深厚的创作功力和对编剧理论的自觉探索，我感动于师生间教学相长的点滴记忆和她们对老师的感恩，我更敬佩于她们在繁忙的工作之余，依然不厌其烦地配合完成了一轮轮的修订工作，只为达到心中的艺术标准。我从她们的文字中看到了一个灵敏并坚韧、充满生命力的女性作家群像。

这一年多来的编辑工作，于我而言像是回到了戏文系的

"课堂",重新聆听了一堂内容丰富、奥义无限的写作课;同时又像是一场"心灵奇旅",我跟随六位作者的脚步穿过长长的时空隧道,回到了多年前的东棉花胡同39号,见证了她们当年是如何在艺术的花园中播撒种子,付出辛劳,精心培育出属于自己的花朵,而这次的剧作选编就是将这些花朵的绵长芬芳赠予读者。

从本书的编辑工作中,我主要有三点认识和收获。

一、中戏的编剧教学,重视"内功"的训练。从六位作者的创作和自述的创作经历可以看出,中戏的编剧教学强调人物的塑造和情感的开掘,作品是从作者心里自然生长出来的,它本质上展现的是作者的心灵世界,它是与作者的个人成长和生命体验紧紧相连的。通过专业教学,一方面使学生脚踏实地地学习艺术基本功,为将来的艺术创作打下坚实的基础;另一方面,在润物细无声中厚植学生的理想情怀,完善人格发展。这一切努力,最终形成一种"绵绵若存,用之不勤"的长期性、多维度的教学效应。

二、戏文系开设"编剧理论与创作实践"专业,将论文与剧作二者并行设置在一处,现在看来是十分必要的。编剧理论与创作实践是相辅相成的。编剧专业和舞台美术设计、建筑设计、工业产品设计等专业一样,天然兼具了理论与实践相结合的共通性。在编剧学领域,特别是编剧创作专业,既不能忽视专业的特殊性——形象思维、统觉意识和艺术鉴赏培养;又不能矫往过正,盲目依赖直观经验,排斥系统理论,忽略基础理论的研究。例如古希腊"写诗"一词,不用"书写"

（graphein），而用"制作"（poiein），从词源上看，他们不将写作看成是严格意义上的"创作"，而是当作一个制作——诗人作诗，就像鞋匠做鞋一样，二者都凭靠自己的技艺，生产或制作社会需要的东西。对理论的探索总结和对经典理论著作的深度研习，同样重要，它不仅有助于创作者跳出"自我"，从理论高度审视自己的作品，同时也为创作的灵感溪流提供了另一种理性的"源头活水"。

三、选择编剧专业，就是选择了一种生活方式——观察记录下生命百态，将他们展示在舞台上。这条路艰辛、孤独却充满了美丽的风景；它关乎作者与他人的对话，最终指向自我生命的本真。从六位作者毕业后的成就中，我不仅看到了她们在艺术上的成熟精进，还看到许多宝贵的文化品格——对戏剧艺术的迷恋执着，在教书育人上的厚德载物，在创作中的严肃认真。她们在车水马龙的喧嚣生活中，为自己的心灵找到一片栖息之地，通过写作了解自我，理解他人，认识人生，造福社会。她们不仅在文艺创作上追求卓越，也在思想道德修养上追求卓越。

时光如水流转，十几年过去了，六位剧作者或许已找到了属于她们个人的创作和生活的道路：有的和母亲达成了和解，有的带着对青春的记忆离开家乡扎根北京，有的走出对爱情婚姻的迷惘更加自由洒脱……她们如同天空中美丽的云朵，恣意展现着属于自己的生命节奏和姿态。这部书既是对她们编剧学习历程的记录，也是对她们青春岁月的记录。希望读者能够喜

欢她们的作品。

"千江有水千江月","云在青天水在瓶"。愿所有热爱写作、热爱戏剧创作的读者都能通过编剧这门美妙的艺术感受平凡生活中的诗意,获得人生的妙谛。

水流云在 对手戏

——中央戏剧学院『编剧理论与创作实践』专业研究生剧作选

赵寻／著

·主编 杨 健 ·执行主编 唐 志

作家出版社

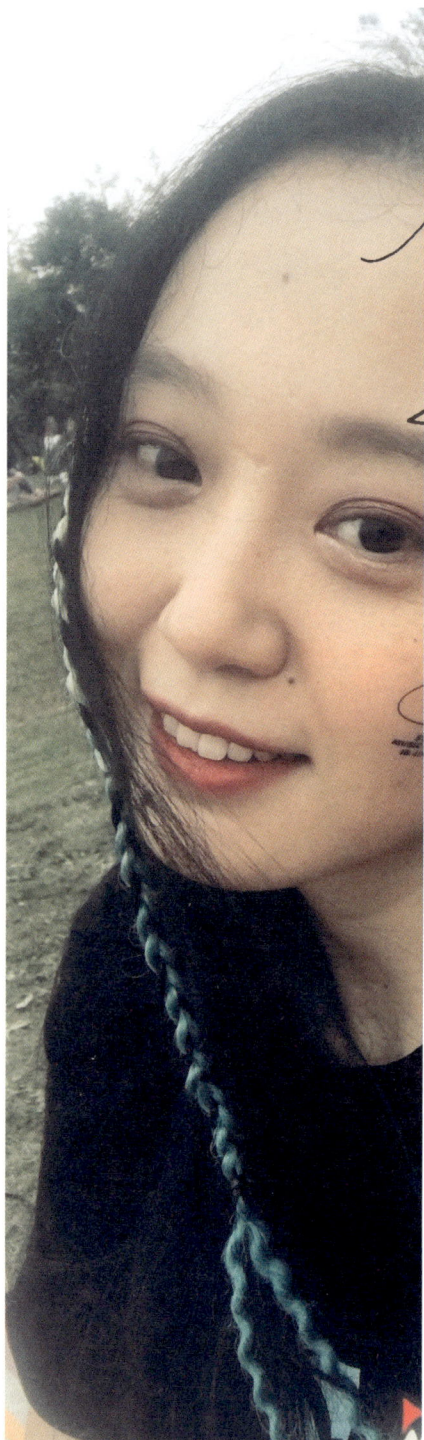

作者简介

赵寻，1987年生，四川人民艺术剧院编剧。中央戏剧学院戏剧文学系2007级舞台剧创作专业本科生、2011级编剧理论与创作实践专业硕士研究生。

主要戏剧编剧演出作品有：《车站》（2014年北京繁星剧场首演），《选择题》（2014年北京繁星剧场首演），《巴交龙布》（2015年成都西南剧场首演），《摆渡人》（联合编剧，2015年南京、上海公演），《bling bling 和 piu piu piu》（2017年成都黑螺剧场首演），朗诵剧《声音聆听》（戏剧构作，2019年成都黑螺剧场首演），《至少还有我》（联合编剧，2020年成都黑螺剧场首演），《拜金相对论》（联合编剧，2020年12月，繁星剧场），《无处不青山》（2023年成都城市音乐厅首演）。

获奖经历：《巴交龙布》获首届四川艺术节四川文华奖剧目类编剧奖；《对手戏》获第四届老舍青年戏剧文学"入围剧本"奖；《刘伯坚》获四川艺术基金2020年度青年艺术创作人才培养资助项目；《云上的坝子》入选"2020—2021年度四川省重点关注剧本"；《无处不青山》获第五届四川文华剧目奖。

编者说明

这部剧作选集是根据中央戏剧学院戏剧文学系"编剧理论与创作实践"专业的部分硕士研究生在2003—2014年的毕业剧作和论文进行编选的。

"编剧理论与创作实践"专业，学期为三年，要求硕士生在毕业时完成一部多幕话剧和一篇论文，该论文的内容应结合创作实践进行编剧理论的探讨。

本书保存了原有剧本和论文，为使读者更多地了解剧本写作的情况，增补了"创作谈"和作者的小传和照片。

本书在编选过程中，要求作者对其剧本和论文进行再次审核和修定，除了个别剧本之外，现在呈现的剧作和文章，改动的地方不多，基本保持了原作的风貌。

本书在编辑时，针对论文中出现的文字问题，进行了纠错和删改。

为了表明各位作者在创作上的独立性质，故以分册的方式进行排版、装订。

"编剧理论与创作实践"专业的设置，体现了创作实践和艺术制作的结合，有它的科学合理性。在本系几名写作专业教师的指导下，该专业在 10 多年中，培养了几十名编剧研究生，他们绝大多数人在编剧创作、理论研究和专业教学方面，做出了优秀的成绩。

《剧作选》的剧本和论文，折射出该专业设置的教学思想和课程设计的情况，部分地展示了教学实践的成果。

"编剧理论与创作实践"专业的设置，出于这样一种教学思想，编剧学应该是这样一门学科：它既是一个实践经验的领域，也是一个科学的范畴，它应是编剧理论与创作实践的结合，以及理论研究与技巧切磋的互动，它应体现本专业的一个美好理想——为了这个时代，培养出一批能反映时代精神的优秀剧作家。

目 录
contents

对手戏

赵寻——编剧

剧情简介

即将告别舞台的老演员拉来赞助并搭上自己的积蓄，准备排演《晚安了，妈妈》作为自己的告别演出。在排演"对手戏"的过程中，老演员被天资很好的小演员所吸引，挑动起心中的复杂情感。两人之间发生的"戏中戏"与排演的剧情发生奇妙的重合，就像剧中的母女一样。两人在不断的较量周旋过程中，慢慢揭开了各自隐秘的心理创伤，最终爆发了难以调和的激烈冲突。

因为排练进度被多次拖后，预算超支，老演员被迫放弃排演。心灰意冷的老演员和心情沮丧的小演员，终于像正常的"母女"一样进行了交心长谈。

自感艺术生涯失败的老演员准备开枪自杀死在舞台上，给自己一个圆满的结局。老演员请求小演员帮自己搭戏，排完最后一场戏。按照原剧情，应是母亲劝阻女儿不要开枪自杀，但是，小演员发现，舞台上出现的剧情被反转，现实的"戏中戏"转向了"女儿劝说母亲"不要开枪自杀。

小演员为了挽救老演员，卸下了最后一张面具。她揭开了心中一直不肯交出的最大伤痛，终于突破自我，正视自我，全部投入角色。两人在无人的剧场全情投入地演出了一场危情迭起的"对手戏"。

　　戏终之时，小演员成就了角色，正视了自己的人生悲剧。她向老演员道一声"晚安了，妈妈"后走出了剧场，而老演员面对着无人的剧场，恭敬地鞠躬谢幕。

人物表

老演员　秋，女，五十五岁，热爱戏剧，放弃了所有，她把人
　　　　生过得像戏。

小演员　小梦，女，二十三岁，混迹在各种戏中逃避自我，却
　　　　还是遇见了最像自己人生的戏。

时　间　排练的日与夜。

地　点　小剧场。它既可以用于演出，也可以作为排练场。

第一幕

第一场

[一间只能容纳 90 个观众席位的小剧场，看得出它是由某个场馆改建的。虽然它的面积不大，但是麻雀虽小，五脏俱全。一个剧场所需的设备，如灯光、帷幕等一应俱全，它既可以承接一些小剧场演出，又可以充当排练场。

[正对观众席的墙上，还留着上个剧组没拆走的镜子。现在它们都被黑色的幕布遮挡起来。还有一个用多面镜子组合起来的六面体，它被钉死在地板上，放在舞台的正中央，显得十分碍事。还有一些杂乱的杂物。此外还有被刷成白色的一把摇椅和一把硬木椅，供现在的剧组排练之用。

[戏开场之前，老演员坐在摇椅上缓缓摇动，小演员坐在椅子上安静地和她对视。灯光昏暗，仿佛两个剪影。因为黑暗，观众看不清那些现在还在黑暗中的琐碎的小道具。镜子折射出一些虚幻的光斑，把本来这出戏所带的生活气息完全遮盖起来了，增加了一些不

真实的色彩。

[枪上膛的清脆声音响起。

[灯光亮起，充满生活气息的细碎小道具随处可见。这是一个温暖的客厅，两个演员都穿着排练的时候很舒服的衣服，老演员故意披了一件披肩来寻找老年的感觉。小演员坐在自己的椅子上擦着一把枪。老演员则从摇椅上起身，捡起地上的毛线球，收拾她椅子周围的杂乱的物品，书、糖果盒等。

老演员　（趋前过问）你干什么呢？

小演员　枪膛该擦了，妈妈。旧的火药烟子、灰尘进去了……

老演员　干什么要擦呢？

小演员　我跟您说过了。

老演员　（伸手够枪）我也跟你说过了，咱们这房子外边也没有罪犯。

小演员　（迅速把枪收回来）我也跟您说过了……（更镇静了）枪是我用。

老演员　好吧，你想要就拿着吧。杰茜，你得注意礼貌，先问问，家里的什么东西你可以拿。反正我死了，也都归你。

[小演员站起来轻轻地拥抱住了老演员。短促地，又离开了。

[小静场。两人对视。

小演员　我要（出奇地平静）自杀，妈妈！

老演员　不对！小梦！你完全没有给我正确的情绪。

小演员　（疲倦，喝水）我都是按照原剧本来的。（拍拍手中的剧本，有点不耐烦地）《晚安了，妈妈》，这个剧本我已经读过三遍了，秋老师……

老演员　你加了那个拥抱……

小演员　对，人物内心的情感外化。我想面对死亡，再怎么坚决，怎么可能没一丁点的留念和害怕呢？（略顿）尤其是面对自己的……妈妈……

老演员　年轻，（复杂地看着小演员）但细腻。（高兴地记下来）好，我们加这个拥抱！

小演员　（不激动）谢谢秋老师。那我们接着下边儿的来？

老演员　不，还得啃这一段。这段很重要。（有点不快）你今天又迟到了。小梦……你又一次耽误了我们的进度。

小演员　（有点不耐烦）秋老师，排练那么早，我又实在住得太远，下次不会了。还有，说起进度，我想是您抠得太"仔细"了。

老演员　（示弱）可是，杰茜最关键的这一句台词，你怎么总不在点子上呢？显得……太平静。

小演员　我想表现出杰茜自杀的决心。再说剧本上写着"平静地"。

老演员　（真诚直率）平静不代表没有感情。（忍不住）你那个时候，其实出戏了。

小演员　（生气）出戏？（碍于面子）我只是想表现杰茜的坚决。

老演员　（嘲讽）表现坚决？人在，魂不在。

小演员　哈！（走到一边去拿烟）

老演员　（严厉）不要在排练场抽烟！

小演员　遵命，妈妈。（将烟头在六棱镜子上捻灭）前一个剧
　　　　组留下的镜子太碍事了。

老演员　你跳戏了！你该知道，作为专业演员，这很不应该。
　　　　这几天一到杰茜自杀的台词，你就……我不能说你演
　　　　技差，可是都不在准确的情感状态。好几次，你甚至
　　　　都不敢看我的眼睛。你根本没在情境内。（多年的直
　　　　觉）老实说，你心里在别扭些什么呢？

小演员　（感到好笑）别扭？我站在台上从来不知道什么叫别
　　　　扭。我享受演戏的过程。（自傲）我想别扭这种低级
　　　　错误，只会出现在地方院团，或者草台班子的演员身
　　　　上吧！

老演员　（笑）比如说我？

小演员　（难堪）不，没有。您……您很好。

老演员　（自嘲）行了，你我都明白，女演员在女演员面前最
　　　　藏不住的，就是自己的等级感和优越感。说起来我这
　　　　文工团出身的，的确比不上你这戏剧学院科班出身的
　　　　名号响亮！（真诚）难得的是，二十三已经演过《三
　　　　姊妹》了。（微笑）二十三，多好的年纪啊……

小演员　（礼貌下的傲气）秋老师，您是老前辈。（并不认同）
　　　　戏里不懂的，您多指教。我们接着排吧。

老演员　就到这里，你可以回家了。

小演员　（略顿，仿佛明白了，嗤笑）好的，秋老师，那我先

预祝您的戏票房大卖。我们以后有机会再合作。再见！

老演员　明早八点我们准时开始，记得带上你写的人物小传。

小演员　什么？

老演员　明早千万不要再迟到，我真的很讨厌那些不看重戏的人。

小演员　我以为……（献媚）秋老师，您放心！我明天一定按照您的要求来！人物小传，我上大四的时候就不再做这种耗时间的事了。（帮秋老师收拾）但是，我回去会好好想人物的，明天您就等着瞧好吧！

老演员　（真诚地）孩子，你不用把你对付外面的那一套用在我身上。我付你酬劳，是因为我只想要呈现一场最完美的演出。我不想当你的老板，我只想和你好好地演这场对手戏。（有点伤感）这出戏很重要，明天给我一个真正的杰茜好吗？

小演员　（挫败）也许，我能力不够，并不适合女儿这个角色。

［秋老师接过小演员手里的包，犹豫了一下还是决定说出。

老演员　正好相反，你是最合适的人选。一年前在东边的小剧场，我看过你演出的《玻璃动物园》。那个时候我就知道了。

小演员　那个戏？怎么可能？我只是众多的罗拉之一！从头到尾甚至不到十句台词。

老演员　可是当你最后说"罗拉，吹灭你的蜡烛吧"，在所有的罗拉里，只有你闪着泪光轻轻地笑了。就是那个含泪的微笑，让我记住了那个在角落里充满了灵气的你。（拿起手中的剧本）美国作家玛莎·诺曼的这出戏，表现了对生命意义的探究。在一个周六晚上，女儿决定要结束自己的提线木偶一般的人生，母亲极力阻止，却在女儿身上发现了牵扯着自己身上的那条"线"。（沉吟片刻）当我决定要排这出《晚安了，妈妈》，眼前浮现出的女儿的形象就是你。果然你来了，我选了你。

小演员　秋老师您……您高看我了！

老演员　我看好你，要有自信啊！说实话，戏剧本来就不景气，尤其那些伟大而严肃的作品，就更少有人问津。也是啊，现在的人比起清醒地痛苦，更愿意麻木地欢乐。他们更喜欢看那些肤浅的闹剧。看戏的变了，逼得演戏的也变了。那些应征的演员，到底是冲着这部作品来的，还是冲着我给出的高酬劳来的，我心里太清楚了。不管你们是冲着什么来的，我只想要最完美的状态去演出这台伟大的戏。

小演员　秋老师……您太较真了。

老演员　（隔着多面镜，和小演员对视）台上没有假把式！（深邃地）我第一次见到你，我就知道我们是一样的人。（略顿，念）它是叹息吹起的一阵烟，恋人的眼中有它净化了的火星，恋人的眼泪是它激起的波涛，它又是最智慧的疯狂，哽喉的苦味，吃不到的蜜糖。我要永远陪伴着你，再不离开这长夜漫漫的幽宫，啊，我要在这儿永久地安息下来，从我这厌倦人世的凡躯上挣脱厄运的束缚。眼睛，瞧你的最后一眼吧！手臂，做你最后一次拥抱吧！嘴唇，啊！你呼吸的门户，用一个合法的吻，跟网罗一切的死亡订立一个永久的契约吧！来，苦味的向导，绝望的领港人，现在赶快把你的厌倦于风涛的船舶向那巉岩上冲撞过去吧！

［两人面对站着。

老演员　我站在侧幕里兴奋得轻轻地颤抖。就像是一匹战马听到了号角一样！

小演员　（低沉地）站在为我一个人升起的追光中，我就是天空中最绚烂的星辰，仿佛拥有了全世界的瞩目。莎士比亚的剧本翻译了那么多版，我还是觉得朱生豪翻译得最好。

老演员　望着台下那一双双眼睛，你看着他们为你哭为你笑的时候，你就愿意倾尽一生，在这方舞台上为他们嬉笑怒骂，为他们生生死死。

小演员　人世间还有比舞台更让人痴迷的地方吗？

老演员　是啊，痴迷得让人割舍不下……

［老演员坐下，显得脆弱，哀伤。小演员被触动。

小演员　（仿佛从刚才的情感中挣扎出来）是，我爱戏，因为戏里有别人的人生，它们更……美好，精彩。我享受成为戏中人的感觉，你不是你自己，你成了别人，那种感觉就像溺水突然得救。可戏总有散场的时候，从舞台上下来，现实就像滴在白纸上的墨水，显得更残酷。舞台下，现实还是现实，戏还是戏，谁也改变不了谁。（转过身逃避）戏，不过是又梦了一场。秋老师，也许我真的不是您最合适的人选，我不太适合……（刺痛）女儿……这个角色。

老演员 演员和演员说话最直白，最畅快，知道为什么吗？

小演员 因为大家都是演戏的，既然都是内行，就没必要再虚头巴脑了。

老演员 我说你可以，你一定不会让我失望的。（轻柔地）晚安了，杰茜！

　　［老演员走出排练室。下场。

　　［小演员独自一个人站在空荡荡的排练室里。若有所思。灯光熄灭。

第二场

　　［晚上，排练室。

　　［小演员坐在摇椅上握着手枪，一副睡着的样子。

　　［排练了一天的老演员和小演员显得精疲力竭。但是老演员戴着眼镜缓缓走来走去还在琢磨剧本。

　　［老演员在琢磨自己的戏份儿，并没有感觉到叫停很久，夜已经深了。

老演员 （拿着剧本来回走，喃喃自语）塞尔玛，塞尔玛，女儿要自杀了，你到底在迟疑什么呢？

小演员 秋老师，我们什么时候首演？

老演员　下个月一号。

小演员　我担心我们的进度。（闭着眼睛笑）这样下去，我们根本演不了。

老演员　（不满小演员）如果不进入人物，戏不好，我演它干什么？我只要一出最完美的演出！

小演员　（跳起来）离演出只有二十天了！您却排了二分之一不到！秋老师，首演在即，（提醒老演员）专业的演员都知道，戏比天大！（拍打剧本）说实话，排这个剧本需要想那么多吗？它一点都不荒诞，一点也不难理解！多么无聊的故事！某个星期六的晚上，活不下去的女儿平静地告诉妈妈，她要自杀！那个妈妈絮絮叨叨劝解了她一晚上，不报警，也不寻求帮助，还是让女儿自杀了！就这么个故事！就这么个！（发怒）她什么都没做！（撞到魔术镜上）

［老演员赶紧扶起小演员。

小演员　这个到底是干什么用的？太碍事了！（推一下旋转起来）我们就不能先把这个东西弄出去吗？！

老演员　听说是个魔术道具，让人进到里面，把人变走。因为那个魔术师付不起租金，剧场扣留下来了。（无奈）我们两个抬不动它，放心，联排的时候，我再请人来把它抬走。一切最终都会完美起来的。

小演员　这真是适合我们"完美"的戏剧上演的"完美"剧场！我从来没在那么"专业的剧场"里演出神圣的舞台剧！这些黑布下面到底是什么！（拉下了后面的黑

布，一面面镜子都露出来）太好了！我们现在进入了镜子的世界，我们就要消失了！（举枪）杰茜在自杀之前，应该先给所有"完美"的东西一枪！

老演员　你小心点！这虽然不是真枪，可是也能打伤人！（有点无奈）小剧场里，这里算便宜的。我把所有积蓄都花在这戏上了。

小演员　您投资了这个戏？

老演员　是拉到了一些赞助，可是跟没拉到差不多。

小演员　我不明白，为什么您就那么看重这个戏？

老演员　你喜欢这个戏吗？

小演员　我是专业的演员，什么都能演，才是好演员。

老演员　（坐在摇椅上）看吧，你果然不喜欢这个戏。

小演员　我不知道这个戏好在哪里。自杀！自杀！好老套的结局！（带着自己的情感）还有杰茜为什么要自杀？是！她被全世界抛弃了！她现在想抛弃全世界！可是死去的人可曾为活着的人想过？她们先摧毁自己，然后再摧毁活着的人，自己躺在地下，却解脱了！

老演员　她们？

　　　　[小演员不再说话，停住旋转的镜子。

小演员　它们晃得我心烦，我从来都讨厌照镜子。

老演员　可你长得一点都不丑，可以说很……（瞬间而逝的羞涩）很漂亮！

小演员　我不喜欢看见镜子里的自己。

老演员　（深邃而平静地）难道你从来都没想过自杀吗？二十

三年的人生，一点点这样的念头都没有？

[小演员不语。

[老演员侧对观众席，静静地看着镜子中的自己。

老演员　（入神地看着镜子）当你发现人生不能如戏，再从头来一遍的时候，你会不会举枪呢？

小演员　我们排戏吧……

老演员　（眼睛没离开镜子）排不了。（指责）不管其他部分你演得多完美，你总是在自杀情节的时候跳戏，总是在那儿……（看向小演员）如果杰茜一直藏着她的小秘密，逃避现实，不交出自己的情感，这戏就永远排不下去了。（直勾勾地看着小演员）你在害怕什么？关于自杀，你在敏感些什么？你逃避的到底是什么？

[小演员被老演员的追问逼得退后，贴在了镜子前，看见镜子中的老演员，惊慌逃开。

小演员　（颤抖着）如果您不打算再排了，我就先走了！

[老演员看着小演员准备离开。

老演员　（喊出）这是我的最后一出戏！

[小演员停下脚步。背对着老演员。

老演员　同为演员，现在你应该知道我为什么那么看重它了吧！

小演员　（转身惊讶）您要告别舞台？怎么可能？

老演员　（颓然地坐下嘲笑）当我也二十三岁的时候，我也觉得我从来也不可能有这么一天——（沉重而缓缓地）告别舞台。我以为我这一辈子都会在舞台上一直演下去……十七岁进话剧团，等了三年才有机会上了台，第一个角色是演一具尸体（低头笑）。躺在黑暗的阴影中，我没有一句台词。谁都知道，我连个真正意义上的角色都不算，可是我却紧张得心跳加速，手脚冰凉，仿佛我才是那出戏真正的主角。（环顾了一下剧场）我想总有一天，我也可以站在明亮的灯光下，让台下的每一双眼睛都只看着我。迎着主角们谢幕时那些热切的掌声，我在大幕闭合之后，仍然躺着。灯光移动过来了，又近了一点，更近了一点，终于璀璨地笼罩在我身上。听着台前的欢呼声，叫好声，我睁开眼睛，眼泪落了下来……（靠在了椅子上）从龙套终于成了配角，我又熬了五年。我想，再熬五年，哪怕再五年，我一定能站在舞台的中央……（伤痛）为此我不惜抛下现实中的所有……（无奈地笑）可是从来都是铁打的舞台，流水的演员，从来都是……没有谁能永远站在聚光灯下。一天，我在化妆镜里发现，我早就已经不再是那个二十三岁的自己了。可是舞台，你方唱罢我登场，它永远美丽，年轻，充满活力，从不缺乏热闹……我已经没有能力，再去追寻舞台了，我想用这出戏为我的舞台生涯画上一个完美的句号。（真诚地请求小演员）我们一起好好排演这出《晚安了，妈妈》吧！

小演员 （略顿，逃开）秋老师，为什么非要是我？

　　　　[两人隔着镜子，站在各自的追光中，面向观众。

老演员　一年前看见角落里的你，就像看见了当年的我，（难过）确切地说，是看到了当初的自己渴望成为的样子。年轻，热爱舞台，充满欲望，最重要的是……有天赋！（遮掩自己的失落）一个好演员，可不是只要努力就行的，天赋才是最难得、最重要的！我需要你，才能完美地演出我心中的《晚安了，妈妈》。

小演员　那戏呢？为什么一定是这出《晚安了，妈妈》？我们可以排的戏那么多，（显得痛苦）为什么偏偏是它？

老演员　（安抚她）孩子，告诉我，为什么你从心里这么排斥它？如果我们没法交心，我们根本没办法演好这场对手戏。

小演员　（哭出来了）秋老师，对不起，我真的演不了。

老演员　（拉住她）你逃了这部戏，就会继续逃下去，你要浪费掉你的天赋、你的青春年华，一直逃避下去吗？逃开你的人物，你永远也成不了好演员！

小演员　我……我只想演戏，我不像您对舞台有那么多期望。（欲走）

老演员　好！好得很！你走吧！明天我就发表通告，首演在即，你半途弃戏，犯了行里的大忌。你这么个名不见经传的小演员，从此之后，没有人再会请你演戏！

小演员　放开我！

老演员　（抓住她的肩膀）你要毁掉自己的演艺生涯吗？

小演员　（惊恐）我不能不演戏……

老演员　那告诉我，你到底抵触什么？

小演员　不！

老演员　（摇晃她）为了戏，你必须面对！你写的人物分析，

全是敷衍的狗屁！你到底藏起来了什么？

小演员　（发抖）什么都没有！

老演员　你绕不开的！它永远都会缠着你！

小演员　（害怕，挣扎）您疯了！

老演员　（急切）我们没有时间了，就要首演了！你必须做到，

告诉我！现在！（突然地）是自杀对不对！

　　　　[小演员惊恐地闭上眼睛。

老演员　你害怕自杀！

　　　　[小演员疯狂地摇头。

老演员　你自杀了？不，你还活着，那是谁？

　　　　[小演员陷入巨大悲痛。

小演员　（哭）求您，不要再问了，求您！

老演员　（疯癫地摧毁她）是谁？是谁自杀了？是谁？

小演员　（被摧毁尖叫）妈妈！我妈妈！您现在满意了吧？！

　　　　[老演员震惊，手一松，小演员挣脱开跑出了排练室。

老演员　（喃喃地）妈妈……

　　　　[收光。

第三场

　　　　[清晨的排练室内。

　　　　[老演员独自一个人坐在排练室内。她躺在摇椅里慢

慢晃动着。

[虽然是白天，但是排练室里却灯光昏暗。围绕着她的镜子，都反射着光。她看着这些虚幻交织的光，她的思绪也恍惚起来。

老演员 塞尔玛，杰茜还是没有回来，她不会回来了对不对？她终于逃离了我们，逃离了你束缚她的小房子，逃离了这个排练场……我们都不想打破生活原来的样子。那样多好，塞尔玛拖着杰茜，杰茜拖着塞尔玛，母女二人一起在小房子里过下去，星期六的晚上修指甲，看电视节目，讨论订货单，吃蘸糖苹果和热可可。杰茜发病的时候，你抱着她抽完风。然后生活一切又回到原点：修指甲，讨论订货单，分析剧本，排练，彩排，演出……（对着镜子里的自己）她说她的妈妈自杀了。塞尔玛，你很难过！因为你一直觉得在剧中该死的不是杰茜，而是你塞尔玛，是你，（指着镜子中的自己）我们活着干什么呢？（贴在镜子上倾诉）我们真像，塞尔玛！生活把你抛弃了，抛弃在你的小房子里。我却把生活抛弃在舞台下！而马上，舞台就要把我彻底地抛开了，我就要被迫走下舞台去看我荒芜的生活。（笑起来）这就像杰茜一扣扳机，你被逼着打开门走出去，接受所有残酷的一切！（痛哭）可是，没有人来对我说一句，晚安了，妈妈……

[灯光在转动的镜子上闪耀，光渐暗。

第 二 幕

第 一 场

[接上一场的傍晚时分。小剧场的排练场内。

[灯光亮起，小演员拿着剧本练习台词。就像是对自己说一样。

小演员　（入戏）我对自己的生活也无能为力，没有办法改变它，改善它，让我自己对生活有更好的感觉，喜爱生活，使生活更有意义……

[老演员刚返回，站在排练场门口没有打扰她。

小演员　但是我可以让它终止。使生活关闭，就像收音机里没有我想听的节目时把它关掉一样。真正属于我自己的只有这条命了，我要决定如何对待我的生命。它就要终止了，是我要它终止的。所以，还是让咱们高兴一会儿吧。

老演员　高兴一会儿？

[老演员从台口的帷幕边走过来。

[小演员见到老演员有点尴尬。

小演员　（对着老演员，继续念台词）塞尔玛，咱们不能整个

晚上都这么大惊小怪的。我可以问问您吗……我一直
想了解的一些事。（忽然放下剧本，用演戏的腔调读
台词）老样子。您可以给我煮点巧克力饮料。老样子。

老演员　（拿着腔调）那得要可可粉啊，杰茜。（逗小演员）啊！
说不定大变活人也可以大变巧克力！（指着魔术道具）
我们要钻进去吗？出来两大包可可粉躺这儿，可是喝
热巧克力的人却没有了。（打开了道具上的门）这里
还真的有门！永别了杰茜！等等杰茜，就算我们真的
有可可粉。你真的觉得，在他妈这么个破烂的排练场
里，大晚上的喝热可可，是个好主意吗？

小演员　（笑）您刚才说，他妈的！

老演员　（笑，晃荡了手里的袋子）我没有热可可，只有热豆
浆可以吗？

　　　　[小演员接过去。

老演员　我以为你不会再回来了。

小演员　您说过，我是这个戏最合适的人选。

老演员　昨天晚上……对不起，孩子。

小演员　（直白而急切地）所以这个角色还是我的对吗？

老演员　说实话，孩子，我不能那么残忍……你我都明白，缺
乏情感投入的演出，不可能有艺术魅力，不进入人
物，永远塑造不出有血有肉、情感充沛的角色。可是
那样的伤痛……

小演员　这是我自己的选择！（哀伤地）一切都过去了……因
为我早就把它中止了。（冷酷地）我甚至不需要一把

手枪。我只是需要一方舞台。

老演员　行，让我们开始吧！

[变光。

[小演员站在光中，穿着黑色衣服的老演员被镜子折射，形成好多个影像，站在小演员的背后。冷冷地看着小演员。

小演员　（面对观众席）他们说我越来越像您了，为什么您总是无处不在？

老演员　因为你想我。

小演员　是的……我想您，可是想起您，就会想起我自己。

老演员　你喜欢这出戏吗？

小演员　我不喜欢，可是我必须演，因为我不想再想起我们了。

老演员　不要演！

小演员　这是杰茜的人生，和我无关。

老演员　你会想起一切，那个夏天的晚上，我们阳台上的三角梅开了红红的一片，风里满是好闻的香味……

小演员　我们从来都没有养过三角梅，妈妈！那是邻居家的！从来都是！

老演员　（急切地）有的！我们一起种的！你不是希望家里，怎么说？温馨点吗？我还给你买了那条裙子。

小演员　没有裙子！

老演员　是橱窗里的那条，粉红色的棉布裙子。你一直都想要的。

小演员　没有三角梅！没有裙子！我根本不喜欢穿裙子！

老演员　你喜欢。

小演员　我不喜欢！

老演员　你撒谎！

小演员　（痛苦）看！我们又开始争吵了！又！永远无法停止！

老演员　（慈爱）母女本来就是一辈子，最相爱的对手。

　　　　[老演员向小演员缓缓走过去，想要拥抱她。

小演员　（打断，难过）不，（落泪）妈妈……我不再是您女
　　　　儿了。

　　　　[小演员转身面对老演员。

　　　　[变光。

小演员　您好，妈妈，（拥抱老演员）我是杰茜。

　　　　[老演员缓缓地将手放在了小演员的肩膀上。

　　　　[慢慢收光。

　　　　[光复亮，两人都在排练。

老演员　（急速地翻着剧本）接下去，杰茜，不要停！

小演员　（抓起枪）是我该走的时候了，妈妈。

老演员　（急速地朝她冲去）不，杰茜，你还有一整夜呢！

小演员　（当妈妈抓住她时）别，妈妈。

老演员　还不到十一点呢！

小演员　（极力挣脱）让我走，妈妈。（尖叫）妈呀！！！

　　　　[小演员突然跳到凳子上。

老演员　（生气地扔下剧本）怎么了？你还是跑戏了！我就知
　　　　道！（突然看见）那是什么？

小演员　（恐怖地）老鼠！是老鼠！排练场有老鼠！！

[小演员抓起身边的毛线球、水杯子等小道具砸向老鼠的方向。

老演员 （慌张地）呀！它冲我们来了！

小演员 （情急之下）妈！快上来！快！妈！

[惊慌的老演员被小演员拉上了椅子。两人局促地站在椅子上。

小演员 那里还有！还有那里！

[小演员扯下自己的鞋子扔过去。

小演员 （惊魂未定）它们跑到哪里去了？

老演员 好像跑到那个多面镜后面去了。糟糕！那里都是戏里的食物！

小演员 （发抖）先别下去！都是您的错，谁让您那么爱吃糖！招来的老鼠！

[两人对视，突然觉得很好笑，笑了起来。

老演员 原来要阻止杰茜自杀很简单，塞尔玛只要找来一只老鼠就成了，何必说那么多！

小演员 是啊，为什么当时不来一只老鼠呢……可这就是生活，蛋糕总是正面掉在地上。你要坐的公交车一直不来，来的都是你不想坐的。

老演员 我们要不先下来吧。

小演员 不，不，我就在这儿。

老演员 你怎么会那么怕老鼠？

小演员 （尴尬地）哦，也许因为第一次见活的，才吓到了吧。

[变光。光渐收，光转亮。两个人在继续排练。

老演员　（神经衰弱地）你怎么还不睡？

小演员　（有点紧张）我还想看会儿电视，今天晚上有《佳片
　　　　有约》。

老演员　都快十一点了。

小演员　妈，明天学校运动会，不用早起。

老演员　可是我要上班，我要早起！

小演员　那我把声音关小。

老演员　（歇斯底里地）不，我们要一起去睡。保证没有一点
　　　　声音。你知道一点声音我就会被吵醒，如果我被吵
　　　　醒，我整夜都会失眠。

小演员　（哀求）妈，我已经好久没看过电视了。

老演员　我也是！而且我还要养家！好了，关了电视去睡觉。

小演员　（争取）我可以把声音都关掉，我可以看字幕。

老演员　可是灯还开着！你醒着！不知道什么时候就会有声
　　　　音，我就会被吵醒！

小演员　可是今天是星期六！

老演员　（生气）我没有星期六！我没有！你明明知道这两天，
　　　　家里有老鼠，半夜里都是它们啃东西的声音。我让你
　　　　睡，我守着。我不能让它们跳上床！它们会把我们连
　　　　这个房子都啃了！

小演员　根本就没那么可怕。每次您都说听见了老鼠啃东西的
　　　　声音。还把老鼠形容成在黑夜里偷偷吃人的怪物。其
　　　　实我认真地听过，根本就没有！

老演员　（强势）是吗？你不害怕？那么，为什么每天晚上睡

觉你都要点着灯？都要检查一遍你的床下？（讽刺地笑了）你在找什么？是那些夜里发亮的眼睛？还是那些啃你床脚的老鼠？

小演员　（恐惧地盯着前方）没有！床下什么都没有……没有眼睛，没有任何的一切……

老演员　（更加大声地）既然什么都没有，为什么晚上像小偷一样偷偷地跑到我的床上，钻进我的被子，说你听到了老鼠的声音？（向女儿逼近了一步）告诉我！到底有没有老鼠？

小演员　（低下头惯性地）有……（突然，反抗地）没有……

老演员　（尖叫起来）我几乎每天晚上都能听到它们啃东西的声音！你说，房间里到底有没有老鼠？这些年，我看着那些老鼠像鬼一样地在屋子里乱窜，还有那些门窗，不管我关得再严，总是半夜嘎嘎地响。人们的脚步声，我最怕那些从远处走来，却停在门口的脚步声。我已经在发抖，可是我还要抱着你，对你说快睡，什么事都没有。

小演员　（安慰她）没有老鼠了妈妈，现在真的没有了。

老演员　（痛苦，内疚）我不想让你过成这样的！我真的不想！

小演员　我知道。妈妈，我知道。

老演员　（哭）可怎么办呢？我们只有对方！可更多的时候，我只有我自己！我必须去睡了，明天还有一大堆账本等着我去对……还有后天，大后天，我没有星期天。

小演员　对不起，妈妈，我马上把电视关了……

[小演员抱着老演员，老演员渐渐恢复了平静。

老演员　检查所有的门窗，必须都关好。门上的锁转了三圈吗？

[小演员点头。

老演员　不，我再重新关一次。

[老演员走到每一面镜子前仿佛它们都是门窗，做关的动作。

老演员　好了，都好了，去睡吧。

小演员　好的，晚安，妈妈……

[静场。两人痴立不语。

[变光。

[老演员从镜子后面转过来，对蹲在摇椅上的小演员。

老演员　好了，快下来吧！我看过了，没有老鼠了！跑光了！

小演员　没有了？

老演员　（笑着挥舞手里的笤帚）一只都没有了，但是，我们的道具都被啃过了。那些吃的不能用了。我要给剧场的人说让他们把那边的废弃的通风口堵上，老鼠肯定是从那里进来的！放心，如果再来老鼠，你悄悄指给我看，我来打死它们，你别怕。

小演员　（定定地看着老演员）我妈妈，是在我初中毕业的时候，上吊自杀的。

[老演员呆住，不知道该说什么。

小演员　她离婚后就有抑郁症，我也是后来才知道的。她很怕老鼠。

老演员　虽然谈这些对戏好，可是我还是不想让你太难受。

小演员　是我自己想谈的，因为这个戏，这个戏让我想起了
　　　　她……您知道吗？有些时候您也让我想起她，（一笑）
　　　　并不是说你们很像，可怎么说呢？（突然看见镜子）
　　　　哦！就像我在镜子前抬起左手，其实镜子里的人抬起
　　　　了右手。完全相反！

老演员　却么相似！

　　　　［一种母女的默契，让两人对视而笑。

小演员　好！接下来我们排哪里？

老演员　你可以？

小演员　（调侃）快点让我死了，赶紧落幕吧！妈妈！

老演员　（拍了小演员一下）大吉大利！

　　　　［收光，转场。

第 二 场

　　　　［清晨的排练室。

　　　　［两个演员非常忙碌。

　　　　［她们试图将魔术镜子搬走。可是劳而无动。

小演员　（显得生气勃勃）下面有钉子！根本别想动它了！

老演员　可是我需要这边来做厨房的场景，我们有很多的戏都
　　　　需要在厨房演。

小演员　可是它钉死了，拿它一点办法也没有。就像生活！

老演员　现在要是有个男人该多好。

小演员　您的口气太像我妈了！

老演员　我……

小演员　（提醒）别，我是杰茜，秋老师！

老演员　是塞尔玛！杰茜！

小演员　（笑）好的！妈妈！（又稍微腾出了一点点地方）暂时只能凑合了。虽然我知道您实在很讨厌这样的词。

老演员　讨厌得很，比你讨厌镜子更严重！

小演员　说实话，这些镜子你什么时候才打算拆掉呢？我真的很不喜欢明晃晃的镜子。但是有一天我站在那些镜子前面，看见您的影像和我的影像混在一起，这感觉真的很奇妙。

老演员　什么感觉？因为我这张老脸的衬托，你觉得自己更美了吗？

小演员　那是一种很怪异而奇妙的感觉。那么多的您我，交叉在一起，仿佛您是我，我是您。或者说她们是杰茜和塞尔玛？可是，又好像您是杰茜，我是塞尔玛。然后，您不再是您，我也不是我，镜子里的影子熟悉又陌生，忽然，我不知道自己是谁了……

老演员　就像我们和角色的关系。（调侃）让我来告诉你，我们是谁，我们是用生命演戏的人。

小演员　（抽回神）所以还是留着吧，这些镜子。它们也许会为戏增色。（拿出剧本）三条毯子，我们够用了。硬糖，零食道具的老大，已经没有了，应该补充，那种叫雪球的糖果，我实在不知道是什么东西。我买了椰蓉巧克力球代替。(用笔一点)还有可可粉和牛奶。说实话,这两天道具消耗得太快,您也太爱吃糖了,您笑什么?

老演员　你不觉得像吗?

小演员　像什么?

老演员　我们现在做的和剧中有什么差别?杰茜为塞尔玛清点家中的一切!然后她就要去死了。

小演员　我不想去死,我只是累得想给自己太阳穴一枪,可以睡到自然醒。

老演员　说实在的,那枪你真的不要瞎玩儿。虽然它只是一把仿真枪,但如果抵着太阳穴开枪,也能打死人。

小演员　牛!您从哪里搞来的?

老演员　当年的话剧团。这可是我们当时团里的台柱子,周雪珍御用的,我只是从道具室里借来玩儿几天。

小演员　(指着枪)借几天?

老演员　好吧!好吧!那个时候她凭着老资格,总是压着团里的年轻女演员,不让我们有饰演好角色的机会。我记得那年我们团里要复排《红色娘子军》,她那个时候,年龄都可以当我们这些小演员的妈了,可她非要演吴琼花。刚从首都学校毕业,分到我们团的安秀导演才不吃她这套。(激动地)她要从团里的青年演员里选琼花的演员。那是我们第一次见面……她比我们大五岁,消瘦,高挑,穿着黑色的高领毛衣,长长的头发高高地梳起来扎成马尾。一双眼睛大而清澈,却又比我们团的女孩子眼睛，多了一些哀伤和冷漠的神情，后来我才知道，那是为什么……如果你也看向她的眼睛，她就那样从容地和你对视，一点也不慌张。直到你感觉羞涩而逃开。她看你的时候，仿佛能透过你的身体，看你在想什么……（收回自己的回忆）我报名参加了试演，四天后演出名单贴出来了，她选了我！演吴琼花！是她，给了我人生的第一个女主角……

小演员　这不是挺好的吗？遇上了真正想干事的导演。

老演员　（笑）可是有什么办法呢？姜还是老的辣，周雪珍靠着和团长的"革命友谊"，硬是让团里决定让她当女主角。导演安秀气得和领导们大吵了一架，我们这种小地方的院团，能有那样学历的导演真的很金贵。虽然安秀出色又桀骜，但还是吃了团长的杀威棒。最后结果是周雪珍的Ａ角，我的Ｂ角。虽然是Ｂ角，但我却欢喜雀跃，回家告诉我妈妈，我有多开心！熬了这么久，终于能演主角了！我感激安秀，我真的感激安秀……

小演员　（有点不快）您偷了枪，虽然让周雪珍出舞台事故，丢了丑，可是您毁了导演的戏，她肯定不会感激您。

老演员　（大笑）你当周雪珍是谁？她可是在舞台上演了半辈子的戏！那天是首演，台下黑压压坐满了各种领导。我在侧幕里冷眼看着，就等她拔枪打南霸天。周雪珍一摸枪带就明白了，她顺势拔了身边演员的道具枪。可是那枪是彻底的假枪，一点烟火、声音都不出的。

她现场改戏，假装演出临阵慌乱开不了枪。演南霸天的演员正一头雾水，她站起来一个亮相，大吼一声别跑，将枪砸向南霸天。就这样出色地救了场。（用钦佩的声音）台下是潮水般的掌声，我在侧幕里都看傻啦。

小演员　（着急）那您赶紧趁着散场之前把枪还回去啊！怎么还留到现在？

[老演员有点诧异小演员对自己的担心，感到有点安慰。

老演员　你当我傻啊！我当然还回去了，之后我和周雪珍的演出也都平安无事。直到所有演出结束之后，团里要聚餐。化妆间里就剩下我和周雪珍，她把这把枪递到我面前，说送给我。

小演员　完了！完了！这下要撕破脸了！

老演员　（淡淡一笑）没有！她说她早猜到是我偷了枪，因为这个世界上只有 B 角才会对 A 角做这种事。但是看过了我的表演，她觉得我有股子死活不论，都要钉在舞台上的狠劲儿。她把枪送给我，对我说在舞台上得到越多，越孤独……然后第二年的秋天，她就去世了，原来她早得了子宫癌，她放弃了手术，就为了这两年的演出……那时候我才感受到，到底什么叫——台柱子。

小演员　（放下枪）演员最伟大的理想，不就是死在舞台上吗？可是谁还记得有个周雪珍？

[**老演员略顿。**

老演员　（戴上老花镜）看看，我们把厨房的戏怎么安排？

小演员　我觉得厨房的戏太别扭了。

老演员　怎么可能？那些很重要。

小演员　热可可？蘸糖的苹果？我们不是八十年代的西方人！
　　　　妈妈，我想我能来一口蘸糖苹果加热可可吗？太拗口
　　　　了，我们不能贴近我们的生活一些吗？

老演员　改戏？（调侃）好啊，到时候你就说，妈妈，我们吃
　　　　一碗抄手吧！

小演员　或者来个火锅！

老演员　自杀前要一个火锅吃，是不是太喜庆了？

小演员　就是那句词儿，二十年后又是一条好汉嘛！

老演员　（故意舞台腔）杰茜！

[**两人笑。**

小演员　我小时候最爱吃我妈包的抄手，香葱肉馅儿的。我只
　　　　吃馅儿不吃皮，她就刻薄我一顿，然后把我剩下的皮
　　　　儿都吃了。（出奇地冷静）如果一个人打定主意要走，
　　　　没有人能留得住。

老演员　我们还是排戏吧。

小演员　（突然）这不是我的错！

老演员　当然不是！

小演员　可是人们总是问为什么。

老演员　（心疼她）人们有些时候只是残忍而愚蠢地好奇。你
　　　　不用理睬这些，我们排戏吧。

小演员　这出戏，总让我想起我和我妈曾经住过的老旧平房。下雨的时候，我们俩挤在一张床上，另一张床上总是有水滴下来……她打开电视，关掉声音，陪我写作业。（吸气）我甚至还能闻到，打开那扇变形的木门，就迎面扑过来的霉味。如果冰箱晚上突然大声地跳动一声，她一定会整夜失眠。（笑）我开始爱上这出戏了，至少戏里妈妈没有死……

老演员　（安抚她）没有哪个母亲不爱自己的孩子的，你妈妈一定也很爱你。好了，都过去了。

小演员　（哭）可是，她最后抛下了我……

老演员　（看着无助的小演员，人情）对不起……抛下你，对不起……

[老演员和小演员半卧在摇椅上，小演员在老演员的怀中低声啜泣，哭声渐弱，人仿佛入睡。静场。

老演员　（轻抚小演员的背部，低声自语）秋，再过几个月你要当妈妈了，生下来肯定是个漂亮的女孩，就像这个杰茜一样。我从来都不会看错的。

[小演员从老演员怀中脱开半个身子，回头异样地望着她。

老演员　（从摇椅上站起，踱到台边）秋，你为什么不开心呢？你就要当妈妈了呀！你看，秋，你可以不再当戏子，天天就想着演戏。（抚摸自己的肚子，脸上露出欣慰的笑容）女儿，妈妈会陪着你，一直都陪着你。看看你多美，你是妈妈最美的乖女儿了！

〔小演员走到棱镜边，信手转动镜子，一边打量着自语的老演员。她看到老演员忽然停止了自语，人呆立在台口。静场。

老演员 （忽然悲痛地）我的女儿——死了！

〔变光。灯再亮，两个演员在继续排练。

老演员 （拍了拍小演员，戴上眼镜）来！你帮我听听我找的配乐。我需要你给我拿点主意。

〔老演员放了半段《草帽歌》:"忽然间狂风呼啸，夺去我的草帽，高高卷走了草帽啊，飘向那天外云霄。妈妈，那顶旧草帽是我唯一珍爱的无价之宝……"

小演员 天啊，我觉得塞尔玛的妈妈也不会听这歌的。

老演员 已经那么过时了吗？

小演员 还有些什么古董？

〔老演员放了另外一首煽情欢快的美国乡村音乐。

老演员 这个有感觉吗？

小演员 观众们仿佛看见塞尔玛带着邻居老太私奔了，家里留着不给糖吃就自杀的杰茜！

〔老演员有点窘迫，赶紧换了一首电视里非常熟悉的纯音乐。

小演员 （大笑）我们这是要换演 TVB 的古装武侠剧啦？

老演员 （关掉手机）算了！彩排的时候再说吧！（窘迫地坐回椅子上）

小演员 （打开老演员手机）这首怎么样？

〔响起老派欢快的音乐。

[小演员跳舞逗老演员开心。

小演员　来呀！塞尔玛！

老演员　（笑起来）排练吧！小祖宗！

小演员　（拉老演员）妈妈，今天先让我开心一把，明天再去
　　　　自杀吧！

[老演员被小演员拉起来，一起跳舞。

老演员　跟上拍子！杰茜！

[灯光在音乐中渐渐收。

第三场

[排练室，凌晨。灯光黑暗。低沉雷声传来。老演员
在低沉的雷声中，不安地拉紧身上裹着的毯子。闪电
明晃地照在镜子上。

小演员　（拿着剧本，投入地）不，我没有看见星星。在大多
　　　　数的情况下，我甚至不知道自己犯病了……

[老演员缓缓走到镜子前。缓缓地转动着魔术多面镜。

老演员　（自语地）又打雷了……

[一声闷雷响起。打断小演员。

小演员　（重来）不，我没有看见星星。在大多数的情况下……

[又一声闷雷。小演员想词儿的空当，老演员听着雷
声显得心事重重。

小演员　（努力记词儿）不，我没有看见星星……不，我没有
　　　　看见星星……我甚至不知道自己犯病了……（忘词儿，

翻开剧本）您逼我审视我自己的灵魂！我看到了黑色的污点！（看向老演员）永远不得清洗！

老演员 （也忽然忘词儿，翻开剧本，又心烦地丢掉剧本，口中念出《哈姆雷特》的台词）你逼我审视我自己的灵魂，我看到了黑色的污点永远不得清洗……

小演员 （翻着剧本，寻找台词）您念错台词了！

老演员 （走神地）镜子！到处都是镜子！

［变光，老演员的心理空间与回忆。

［小演员绕过旋转的镜子，蹑手蹑脚地向排练场外逃去。

老演员 （忽然转头）秋，你要去哪里？

小演员 我要回团。团里开会，最近要排一出新戏，您把我关在这里四天，团里找不到我，领导会批评我。

老演员 （疲惫地）秋，别回去，和妈妈一起过大多数人的寻常日子吧。你在舞台上演尽人世间的悲欢离合，把你人生最美好的年华都交付给了舞台……你甚至拒绝生活中一切日常来分享你在舞台上的时光。在台上你可以是别人幸福的新娘，母亲，女儿……可当落幕，散场后……你依然寂寂无名，温饱堪忧，台下生活孤独得近乎荒芜……秋，人总会老的，我们女人老得更快，你总要有个伴儿啊……

小演员 我真的努力尝试过了，我也想符合您心中好女儿的标准。可我真的没有办法去爱那些您要我去见的对象。我无法忍受他们的世俗又琐碎的日子。

老演员　舞台占据了你太多人生，那些都是假的，戏总会落
　　　　幕。我这就给你们的领导挂电话，给你再请一天假。

小演员　（慌忙阻拦）您怎么能这样！我再请假，下一部戏，
　　　　他们就会选其他人了！妈，我想演戏。戏让人高兴，
　　　　痴迷。戏里的人那么美……这些年，我每天天不亮就
　　　　起来出晨功，不管是三伏天还是数九隆冬，没有一天
　　　　间断过。每天形体训练都很累，但为了保持体形，不
　　　　管多饿，我一口都不敢多吃。不管是多小的配角，受
　　　　了伤我不吭声，就算病了我也咬牙去排练。那么苦我
　　　　都挨过来了，不就是为了有一天，我能站在舞台的正
　　　　中央吗？

老演员　我是为你好……不要回去……你再请一天假，就一
　　　　天！

小演员　我不想失去下一部戏的角色！

老演员　（忽然紧紧拉住）我不会放你走的！你走不了！（哭）
　　　　你们团长跟我说，你其实根本没有表演天赋！

小演员　（情绪崩溃）放手！您放开！我让您放开！（发狠地
　　　　咬老演员的手）

　　　　［老演员因为心碎和疼痛，大声地哭号。小演员趁机
　　　　摆脱了老演员，夺门而逃。

老演员　（趴在地上）秋！秋啊！我的秋！……

　　　　［不知何时，小演员重新出现在排演场的入口，默默
　　　　地注视着老演员。老演员停止哭泣。静场。雨声。

　　　　［灯光复亮。

[老演员站在镜子前，额头抵在镜子上，和自己的镜像靠在一起。

小演员　秋老师，这段我脱稿了。咱们再对一下吧。

[变光。

[老演员转身向小演员点点头。

小演员　不，我没有看见星星。在大多数情况下，我甚至不知道自己犯病了，只是到我醒过来，穿着换过了的衣服，觉得自己好像是被车轧了似的。

老演员　（因为忍受痛苦显得吃力）你什么时候快要犯病了，我都一清二楚……

小演员　（调侃）塞尔玛，杰茜的词儿还没说完呢！要到杰茜说"这种症状很容易忽略"才到您的词儿。

老演员　是吗？那再来……再来一遍吧。（坐回到椅子，心不在焉）

小演员　不，我没有看见星星。在大多数情况下，我甚至不知道自己犯病了……

老演员　（打断她）好了！今天就到这里吧，不排了。

小演员　什么？可是我们的进度太慢了！首演怎么办？

老演员　（站起来在排练室里烦躁地走）明天接着排就行！你快回家吧！

小演员　（看出老演员不舒服）秋老师，您怎么了？

老演员　别过来！我很好……（依靠着镜子）你回家吧，今天不排了。

[小演员直接走过去架着她，走到椅子上坐下，盖上

　　　　毛毯。

老演员　（发火）你回家吧！回家吧！到底要我说几次！

小演员　我不聋，而且我也不瞎！（倒水）慢点喝。

老演员　（因为头疼烦躁，推开小演员的水，用手支撑头）我
　　　　包里有药，白色的那瓶。快！

　　　　［小演员迅速地找到了药瓶。

小演员　这个？

老演员　六颗！

　　　　［小演员照顾老演员吃了药。

老演员　（因为疼痛呼吸急促）好了，我吃了药了，你现在可
　　　　以走了。

小演员　（看药瓶）您有脑动脉痉挛？

老演员　（点头）我已经吃过药了，你快走吧！

小演员　等您好点，我再走吧！

老演员　（将身上的毛毯扯下来扔掉）我就想自己待着！

小演员　您现在这样，我怎么可能丢您在排练场？要不，我送
　　　　您上医院吧！

老演员　不，我不去医院！滚！给我滚！

　　　　［小演员被这阵仗吓得像孩子一样，呆在原地。

　　　　［老演员见小演员不肯走，趔趄地拉开了魔术镜子的
　　　　门把自己关在里面。传来了老演员的干呕声。

　　　　［小演员独自站在魔术镜子外面。

　　　　［只有干呕的声音。

小演员　让我照顾您，至少让我陪着您。

老演员　不！不要进来！我一会儿发作起来，就该满头大汗……
　　　　遍地打滚！

小演员　每个人都有最狼狈的时候，（刚毅）让我进来帮您。

老演员　你懂什么叫狼狈？太痛的时候，我又哭又叫！根本不
　　　　知道嘴里是眼泪还是鼻涕……意识不清楚的时候，经
　　　　常吐得胸前全是！有一次在地铁上发作，我痛得满地
　　　　打滚，顾不上翻起来的裙子，内裤都被人看见……别
　　　　进来，我不想让别人看见我这个鬼样子！（喘息）让
　　　　我一个人待着！

[小演员站在镜子前，看着自己。

小演员　初二那年，我妈绝食。她逼我，去找我爸要抚养费。
　　　　其实我比我妈更恨他，因为他丢下我，自己一个人逃
　　　　离了我妈和这个家。（苦笑）而现在，我却因为清高
　　　　填不饱肚子，要向他伸手。

老演员　（刻薄）真狼狈！

小演员　（不理睬老演员的讽刺）我爸带我去吃了一顿久违的
　　　　德克士，真的很香。就在我不知道怎么开口问他要钱
　　　　的时候，我爸让我和他一起生活。这么多年他终于亲
　　　　口告诉我，他已经受够了。他说，他不会给我抚养
　　　　费，再让我妈用这钱养一个也恨他的女儿。（略顿）
　　　　最后，我揣着他给的一百块零花钱，挤上了回家的公
　　　　交车。在嘈杂的，陌生人围成的角落里，我想痛快地
　　　　掉眼泪，我就想像我妈经常骂我没出息的那样，全都
　　　　哭出来！（抚摸了一下镜子中的自己）可是我还没来

得及哭,(嘲笑地)紧紧贴在我后面的那个男人,就用他那僵硬的玩意儿,抵住了我……(可怕地坚强)所以,我对自己说,我不能哭,绝对不能……(靠在镜子上)

[魔术镜子里没有了一点声音。

[小静场。

小演员　(对着镜子)我不能就这样走掉!您得让我做点什么。

老演员　(劝小演员)发作的时候,我连控制自己都做不到,算我求你……

小演员　(坚强)杰茜怎么能丢下塞尔玛?女儿怎么能丢下妈妈?

老演员　现在这不是排戏!!!我不是塞尔玛,你不是杰茜,所以你走吧!

小演员　我不允许自己这样走掉!您就当这,全在戏里吧!

老演员　(无力抗拒)不……别进来……

小演员　(对着镜子里的老演员,又像是对着镜子里的自己)妈妈,这次我不会再走开了!

[小演员拉开镜子门,走了进去。

[收光。

第三幕

第一场

[小演员坐在地上，老演员的头枕在她腿上，盖着毛毯。

小演员　（像女儿一样）这个病，难道不能根治吗？

老演员　（一笑）医生说可以控制，只要不熬夜，不情绪波动，没有很大的精神压力，生活作息正常，是可以的。

小演员　（也笑了）医生不该对演员说这些废话。

老演员　这是我的报应。

[小演员不语。

老演员　那个时候，团里要排新戏，可是我已经怀孕两个多月了。我不在这次的演出计划里面。也不在往后一年多的演出计划里。我是团里的闲人。其实自从安秀导演被调走了之后，我就被划成了团里的闲人……

小演员　您好像很在意那个导演……

老演员　（点点头）我开始期待着当妈妈……让我母亲为我物色的丈夫，挽着我的手，每天陪我散步。他们脸上的笑容和越来越多的尿片，婴儿的毛衣，袜子，小玩

具……挤满了我们的那间小屋子……我站在屋子中
心，看着自己成为他们生活的中心，我……好像……
也接受了这样的日子。

小演员　有了相爱的人，还能有个家，这听起来不是很美好
吗？像所有的喜剧一样！他人怎么样？对您好吗？

老演员　这个人什么都好，可是你在他面前就是不能做真正的
自己。我劝自己埋首柴米油盐的琐碎生活。但可悲的
是，每到深夜，我的梦就能轻巧地挣脱我的控制，把
我带回剧场，带到那璀璨的舞台之上……一天，我经
过剧场，我本来是去给我丈夫买一双手套。可鬼使神
差，我悄悄溜了进去，坐在黑暗中，看他们在台上排
练……不！这个角色不是这样理解的！大喊大叫去表
演绝望，太傻了！那句台词怎么能这样处理呢？他们
还居然删掉了剧本里最经典的那段独白？就因为主角
们觉得编剧啰唆，自己背不下来……哈！一场戏的调
度平得毫无想法……他们像一帮跳梁小丑，在神圣的
舞台上瞎折腾！突然，我感到自己被抢走了最心爱的
东西……我愤怒地坐在黑暗中，闭眼高声背诵那段经
典的台词，直到他们把我请出剧场……

小演员　您……爱得太疯狂了，秋老师……

老演员　是啊，可那时疯狂的我，心里只有戏。我做了我此
生，最后悔的一件事……当我赤身裸体，双腿高举地
躺在手术台上的时候，我感到自己的可耻，还有犯罪
一样的害怕却又卑鄙的狂喜……最后一次签字确认的

时候，我发抖了，因为我想会有多失望的母亲……我想到了那个老实的丈夫和他们所代表的生活。我跳起来想要逃走，可是我看见了头顶上的手术灯，像一面面后台的小小的化妆镜，反射出我的脸，那镜子里的兴奋神情，我太熟悉了……我……平静地躺回手术台，手术灯亮起了，就像开场的灯光一样温暖……

小演员　您真的觉得值得吗？

老演员　我知道我自己会得报应。我伤透了我母亲的心，她和我断绝了关系。而我的丈夫，那个平时连话都不会大声说的他，狠狠揍了我一顿，然后抱着我大哭起来，最后我们平静地离婚了。再后来，新戏巡回演出，我虽然是 B 角，观众却专门从大老远的地方跑来看我的场次，场场爆满，夜夜掌声鲜花，那年，我真的成了团里的台柱子……也是从那时候起，我开始头疼。我接受所有的报应。我不是个好母亲……

小演员　（低沉）我也不是个好女儿……

老演员　至少，我们还可以做个好演员。

小演员　（心事重重）也许，我们根本就不应该再继续演这出戏。

老演员　你在开什么玩笑？我们还有十天就首演了，最后一场还没排完。还有联排，彩排。最后就首演。这部戏演完了，我就可以好好休息了。我可以和我母亲住在我们的老房子里，（一笑）我们可不会过得像杰茜和塞尔玛那样！我们会一起看电视，织毛衣。可给谁织呢……我们相互织，也可以送到孤儿院、敬老院去。对了，我还要养一条狗，不要太大，能抱在怀里的那种就好。

小演员　那我呢？这部戏演后我怎么办？（突然从背后紧紧抱住老演员）我可以去看您吗？

老演员　（诧异）那……当然可以啊，我们欢迎你来做客。可是老房子太乱了，我还要收拾一段时间，等我收拾好一切，我再邀请你过来。怎么样？

小演员　您为什么不接着演戏？我们带着戏去巡演，或者演其他的戏，我们……

老演员　（打断她）没有我们，我要告别舞台了。

小演员　您根本不想过那种日子！

老演员　我想！我当然想！你不会理解的，那是因为你还年轻。二十三岁是不用这样过日子的。

小演员　（激动）我害怕这出戏继续，更害怕这出戏结束。难道您不是吗？

老演员　（烦躁地将道具还原）不，我老了，除了演戏还有更美好的事情。

小演员　您不害怕谢幕？一点也不？

老演员　不！我都等不及了。一谢幕完，我把钱扔给你们，我就马上要坐火车回家。我母亲和她的老房子还在等我呢。

小演员　您撒谎！全都是谎言！

老演员　我为什么要对你撒谎。你不要用这样的语气说话，搞得你好像……好像我女儿一样！

小演员 您害怕，就像我一样害怕。难道您没有想丢掉却又怀念的东西吗？一只养了很久，却讨厌、丑陋的猫？一面漂亮但碎了的镜子？一条破掉的棉布裙子？……您从来也没有吗？

老演员 你到底想说什么？

小演员 您厌恶它们，于是就丢。可是猛然地，您回忆起它们，接着想念它们。有一天，它们突然回来了！您感到害怕，因为是您丢了它们！现在它们都回来了！都回来了！

老演员 （调侃，不耐烦地）好了，杰茜，今晚的演出到此结束了。好吗？

小演员 （生气）我不是杰茜！我不是！

　　　[小演员跑下。

　　　[老演员站在舞台上茫然。

　　　[收光，转场。

第二场

　　　[排练室，清晨。

小演员 是我该走的时候了，妈妈。

老演员 （急速朝她冲去）不，杰茜，你还有一整夜呢！

小演员 （当妈妈抓住她时）别，妈妈。

老演员 还不到十一点呢！

小演员　（极力挣脱）让我走，妈妈。

老演员　我不能。你不能走。你不能这样做。你没说会这么
　　　　快，杰茜。我怕。我爱你。

　　　　［小演员无法继续下去，呆在原地，陷入了自己的情
　　　　感世界。

老演员　说词儿，说啊，你倒是说词儿！我让你说词儿！！

小演员　（抬起眼睛）妈妈，让我走吧。我再也承受不了了。

老演员　（命令）不是这句！

小演员　妈妈，我想逃开！日子那么苦，那么长。那个破烂的
　　　　小房子，就是我们的全世界。我们只剩下彼此了，就
　　　　像两只挤在洞里的痛苦老鼠，无处宣泄，只能相互
　　　　啃咬。

老演员　回到戏里来！

小演员　妈妈，您走了之后我喜欢上了演戏。您知道为什么
　　　　吗？那是因为我还可以逃到戏里去。那些戏里没有我
　　　　们的老房子，没有那些漏雨的日子。我不用在挨打后
　　　　带着瘀伤去上学。我也不用小心翼翼地说每一句话，
　　　　黑夜里站在门外求你开门。可是这出戏，它让一切都
　　　　回来了……

老演员　（摇晃着她）你又出戏了，你是杰茜！记住你是杰茜！

小演员　我不是杰茜，杰茜扣了扳机，她赢。可是我永远赢
　　　　不了您。您承担不起自己的伤心、痛苦和恐惧的时
　　　　候，您还可以把它们宣泄在我的身上。而我呢？我当
　　　　然也有自己的办法。（病态地笑）我赤身裸体站在镜

子前，用圆规扎在那些可以用衣服挡起来的地方……半夜，我常常穿着最美的裙子去开煤气炉子，我想也让我赢一次吧，妈妈。让我用这唯一的办法赢您一次。可是我总是胆怯，您梦中轻微地咳嗽，我总是在最后一刻哭着去关掉它……（歇斯底里地笑）可是！我终于赢了一次！我把她弄哭了！（兴奋）我把她弄哭了！弄哭了！您能想到吗？我那一向威风凛凛、从来都对的妈。（突然惊恐）她哭了，她把眼睛哭成了粉红色。是的，粉红色，我记得很清楚。因为那是我卧室的颜色！她涂的，她布置的！（痛苦地）他妈的！一屋子的粉红色！一屋子的谎言！一屋子她的眼睛！妈妈……（突然撕破剧本）够了，真的够了，现在放我走吧！

老演员　（有点颤抖）听着，我不能放你走。还有一个星期就首演了。回来，杰茜！你不会让我失望！你知道这出戏对我来说有多重要？那么多戏，那么多！为什么我偏偏选了《晚安了，妈妈》？因为，首演之后，根本没有我母亲的老房子！没有我和她一起织毛衣的日子！这些年，在外面颠沛流离，甚至为了贴钱演戏，我卖了那里！我只有团里照顾给我的一间单身宿舍！（心痛）断绝关系之后，我再没回过家，我不求她原谅我。我恨她，我要等自己最星光灿烂的时候再回到她面前，让她知道她一直都是错的。终于，我等到了《老妇还乡》，克拉拉就像是附在我身上一样。一时间，一票难求。人生如戏，戏如人生。我想这是命中注定的戏，是时候该回家了。我打扮一新，信心满满地回到阔别已久的家里，准备展开对她的全面报复。可是当我推开老屋子门的那一瞬间，我浑身发抖。我那些想好的恶毒语言都哽在喉头，呼吸困难。我迈着坚定的步子走向她，心却在逃跑。我终于大汗淋漓地站在了她的面前，看着我的对手，准备进攻。可是我却那么轻易地被她击败了，全副武装瞬间落败！（悲伤）她得了老年痴呆症，完全已经不记得我是谁……我失去了我一生的对手。我抱着她，把头埋在她已经干瘪的双乳之间，无声地哭着。我当时下定决心要陪她终老。可是，我根本没办法停下，舞台就像个魔鬼，我被它套牢了。（陷入崩溃的边缘）她病危躺在医院里努力吸气，发出吓人的喉音的时候，我还在台上忙着和罗密欧调情……《晚安了，妈妈》，我需要这出戏！必须是这出戏！帮我！帮我完成它！

小演员　您让我进入角色，把您当母亲，帮您完成您的戏！然后，您转身走了！留我自己一个人在痛苦里面！而您永远自私地躲在您的戏里！

老演员　（更加强势）痛苦才是创作的源泉！你只有痛苦了，才能出好作品！

小演员　都说痛苦是创作的源泉，可是收光了，散场了，谁关心我的痛苦？

老演员　（强势地）这就是演员！！！这就是我们的路！我们

从来都不属于自己，我们是属于戏的！

小演员　（蜷缩着颤抖）求您，让我走吧，我再也演不下去了！

老演员　（一把拽起小演员）你必须把它完成！对了，你已经无路可逃了！让我们一起来演出吧！

[小演员恐惧地看着强势的老演员。

老演员　（捏着小演员的脸对着镜子）妈妈在这儿，女儿也在这儿，（笑）现在都齐全了。

[收光转场。

第三场

[晚上，排练场。

[小演员独自站在一面镜子前。

小演员　您赢了，又赢了，在您面前，我永远都输给您。（缓缓抬起枪抵住头）可是，我知道我要怎样做，才能赢您一次。一切终究都回来了……

[老演员从外边走进排练场，稍停了一下，走进来。

老演员　（慈母一般）默戏呢？快！看我给你带了什么？抄手！香葱肉馅儿的！赶紧趁热吃！我的小杰茜！

小演员　（冷冰冰地）不要再耽误时间了，我们抓紧吧，（一字一顿地）妈妈。

[小演员转过身，面对镜子把枪抵在头上。

老演员　（紧张）你要干什么？

小演员　（转身平静地看着老演员）枪膛该擦了，妈妈。旧的火药烟子、灰尘进去了……

老演员　（伸手去拿枪）干什么要擦呢？过来吃抄手吧！

小演员　我跟您说过了。

老演员　（伸手够枪）我也跟你说过了，不要乱玩儿这把枪！

小演员　（迅速把枪收回来）我也跟您说过了……（更镇静了）枪是我的。（对准老演员）

老演员　（感觉到不对）好吧，你想要就拿着吧。注意你的口气！排练的道具，你可以随便用，反正这个戏演完了，也都没用了。你喜欢那把枪，那好，是你的了，送给你了。

　　　　［小演员轻轻地拥抱住了老演员。短促地，又离开了。

　　　　［静场。两人对视。

小演员　（把枪扔在地上）秋老师，我不演了。

老演员　你可别，这种事说都甭说！

小演员　（一笑）我要是不说，您怎么会知道呢？您想到时候吓一跳吗？难道我要首演的时候再说吗？您坐在您那宝座一样的化妆镜前，也许您正忙着听开场的钟声……突然，我走到您面前说，晚安了，妈妈！

老演员　你到底怎么了？

小演员　我没怎么，我挺好的！

老演员　你挺好的，可是你却辞演？在首演前五天？你知道我花了多少心血！

小演员　我当然知道，所以我才知道怎么赢您！

老演员　够了，不要再开玩笑了，我现在真的心力交瘁，我需要这台戏，我不能没有这台戏！

小演员　戏！又是戏！为了这出戏！您把我拖进痛苦，现在您要留我自己在里面！当然您干得出来！因为您就是个最自私的可怜虫！可悲啊，现在连您最珍爱的舞台都要抛弃您了，以后您走进剧场就只能坐在台下了。而您的告别演出，我要摧毁它！最后，您的结局就是台上台下，一样失败。

老演员　你要逼死我吗？

小演员　（一震）不。我只是想赢一次，我只是受不了了！

老演员　（逃开她）你现在人戏不分了。

小演员　（一笑）人生如戏，疯魔。戏如人生，成活。您永远体验不到这种感觉。

老演员　（震惊）我是个好演员！我为戏痴狂！我为戏牺牲了一切！我当然知道！

小演员　牺牲了除您自己的一切！您永远差了那么一口气，您成不了好演员，您没天赋！

　　　　[老演员像触电一样地伸手打了小演员一个耳光。

老演员　永远不准在我面前说这句话！

小演员　您就是个戏疯子！（拿起手枪，敲碎镜子）现在，我宣布，杰茜完蛋了！

　　　　[小演员跑下场，留下老演员一个人在排练室。

　　　　[变光。

　　　　[老演员一个人坐在镜子前。

　　　　[变光。

[小演员出现在黑暗中，高高梳起马尾，戴着白色的
戏剧面具，只看见一个剪影一样的轮廓。

老演员　小梦，是你吗？

[像影子一样的小演员缓缓走到了老演员的面前，她
无声地模仿老演员的每个动作。仿佛老演员对着的是
一面镜子。

老演员　你不是！（害怕躲避）你到底是谁？

[老演员想逃走，小演员一把抱住了她。两人面对面。

老演员　我……认得你，是你！（激动）我看见那个孩子的时
候，就知道了。她就是你一直寻找的那种好苗子，你
终于回来了！（用手抚摸影子的脸）安秀！

[戴着面具的影子也同样抚摸老演员。

老演员　安秀，你走了，走之前，你对我说，我只沉浸追求演
戏的快感，逃避生活。我永远不知道，什么才是真正
的好戏，好演员……

[戴着面具的影子要离开。

老演员　不，安秀不要走！不要留下我一个人！告诉我，我要
怎么做，才能成为一个好演员？

[影子慢慢摘下面具，小演员站在昏暗的光中。

小演员　您只爱您的戏！（恶毒地冷笑着）您根本不懂戏，您
没有资格和我演对手戏！（送上一张纸）这是剧场送
来的通知书。（做谢幕的动作）晚安了，秋老师！

[小演员跑出排练场，外面的日光从打开的大门倾泻
而入，舞台上的镜子闪闪发亮。老演员看看手中的通

知书，将它撕成碎片。

老演员 （苦笑）排练场的使用已经到期了！

〔收光。

第四幕

[排练场，清晨。

[镜子都被拆掉了。空荡荡的，只留下了两把椅子，以及那个多面魔术镜。

[老演员坐在其中的一把椅子上，环视着排练场。

[小演员走进来。

老演员　来了？

小演员　秋老师……

老演员　（递给小演员一个信封）排练费，数数吧。

小演员　不用了。（尴尬地）这儿终于清理出来了，以后你们排戏就方便了。

老演员　（笑）也不知道观众会不会喜欢这出戏。这多面镜还是钉死了。

小演员　钉死了，像生活。（真诚地）您眼光好，这是出好戏，他们会喜欢的。

老演员　是吗？真可惜，我看不到了。

小演员　（有点慌张）为什么这么说？（内疚）只要拖后一点首演的时间，新演员就会赶上进度的。

老演员　不，和演员没有关系。只是这出戏……不演了。

小演员　不演了？您不演了！您为什么要拿戏来赌气？

老演员　（爽朗地笑）我才不会拿戏来赌气呢，我不舍得。可是，预算超支了。你看，不管我们之前如何努力，如何挣扎和痛苦，钱把一切都推回了原点，一切都归零了。这是不是很戏剧性，很可笑？

[小演员沉默。

老演员　走吧，一会儿其他组要进场了。叫什么……哦，悲伤的油条。

小演员　哦，他们！

老演员　很有名吗？

小演员　很火的爆笑剧团。号称半分钟一次掌声、一分钟一个笑点。您不走吗？

老演员　我再坐会儿。

[老演员点燃一根烟，徐徐吐出烟雾。

小演员　您不是说排练场神圣，不能在这里抽烟喝酒吗？

老演员　（苦笑）绷了一辈子，临了，也让我松一回吧。你走吧，一会儿该拆景了。

[小演员坐下。

[静场。

[老演员抬头看了小演员一眼，递给她一罐啤酒。

[两人喝酒。

小演员　我们聊点什么吧。戏散，人散，还不知道什么时候再见了。

老演员　你想聊什么？

小演员　不聊戏，什么都好。

　　　　[沉默。

　　　　[两人喝酒。

老演员　你之后有什么打算吗？

小演员　接着演戏吧，除了演戏，我也不知道自己还会干什
　　　　么。

老演员　艺术从来都是自己和自己较劲，从来不懂得放过自
　　　　己。你有天赋，又年轻，会有你的一方舞台的。以后
　　　　去了其他地方演戏，一定要尊重舞台，珍惜每个角
　　　　色。要注意收敛自己的脾气，别觉得自己什么都能
　　　　演，谁都不惧。这样别人才会帮衬你，你才能从对手
　　　　身上学到东西，这样才能不让自己吃亏。

小演员　（背过身，忍住难受）您看，您又来了，三句不离戏。

老演员　（站起来）是啊，（笑）总会有什么可聊的，除了戏之
　　　　外。（尴尬）可聊什么呢？（空虚得有点想哭）不聊
　　　　戏，我真的不知道自己该说些什么了。

小演员　（安慰）那我们就聊聊《晚安了，妈妈》吧。

老演员　唔，好戏。真正的好戏。可是……（喝酒）我不懂，
　　　　塞尔玛干吗不死？

小演员　杰茜活不下去了，人活不下去总想死的吧。就像我
　　　　妈妈。

老演员　塞尔玛就能活下去了吗？丈夫不爱她，女儿有病，操
　　　　劳一辈子，她老了，想让女儿送终，可女儿却开枪
　　　　了，这给了她狠狠的一耳光，白发人送黑发人。（大

笑）她一无所有啦，她为什么不去死？

小演员　死要是那么简单做到就好了。我有一次觉得真的不行了，到时候。东西都准备好了，应有尽有，确保万无一失。我真是挑花了眼，最后我选择上吊，您不要问我为什么，我有这方面的情结！（表现自杀前的紧张）要套进脖子的那一刻，这时门铃响了，我两天前报修的管道工来了！（停顿）我当时真是！（激动）欣喜若狂！可是……他修好水管之后却因为我觉得30块钱太贵而羞辱了我！

老演员　他对你干了什么？

小演员　不，您想多了。他说，既然我那么穷，为什么不去……（绝望）死？

　　　　[老演员大口地喝起酒来。

小演员　所以，我不死。（喝酒，突然）不！就像当时我在公交车里想的一样，不！

老演员　她为什么不能（拿出枪，看着）先让自己解脱呢？杰茜凭什么敢这样做？凭什么要让杰茜赢了呢？

小演员　（恐慌）妈妈不应该自杀！死的应该是女儿！

老演员　也许死的是妈妈会更好一点。（眼睛里放光）你说最后这戏的结局是妈妈自杀了，结果多有趣！

小演员　酒喝得太多了，我该走了。

老演员　你是个好苗子，其实只要冲破这一关，你就成了。

　　　　[小演员当没听到，收拾起东西。冲向排练场门口。

老演员　最后帮我一个忙好吗？

［小演员站定。

老演员　咱们的戏，还有最后一场没排完。好演员，不能半途弃戏。咱们娘儿俩把结局走一遍，给它个圆满吧。

［小演员回头看着老演员。

［变光。

［老演员和小演员都已经穿上剧中人的衣服。现在，显得空荡荡的排练室因为有了真实而温暖的光，仿佛来到了塞尔玛和杰茜的那个小小的房子里。她们倾注了所有的情感去演出。

老演员　我想我已经准备好要修指甲了。要我再洗手吗？

小演员　是我该走的时候了，妈妈。

老演员　杰茜，你还有一整夜呢！

小演员　别，妈妈。

老演员　还不到十一点呢！

小演员　让我走，妈妈。

老演员　我不能。你不能走，你不能这样做。你没说会这么快，杰茜，我怕。我爱你。你说过要给我修指甲。

小演员　我不能。太晚了。

老演员　不太晚！（迅速从小演员手中拿过了枪）我以前坐公交车又热、又颠、又挤、又吵得慌，世上我最想摆脱的就是这种情况……（看看手中的枪）我要是想下，我马上就能下，因为我就是再坐上五十年再下，到达的也还是原来的地方。因此，我什么时候想下就下，只要坐够了，（慢慢举起枪）那就是到站了。（抵住

　　　头）我现在已经坐够了。

小演员　　词儿不是到这儿！那是我的词儿！

　　　[老演员进入了自己的角色。

老演员　　（说戏中台词）死亡是黑夜，是安静。演员死在舞台
　　　上是最大的幸福。

小演员　　（伤心）秋老师！……

老演员　　嘘，听！开场钟声响起了！大幕正在缓缓拉开，观众
　　　翘首等待。就是现在！！！

　　　[她取出手枪，拉开栓，对准自己的头颅。

小演员　　（想要拦住老演员）不！

老演员　　（无比坚强）在舞台之下，我一无所有！我需要我的
　　　尊严，孩子。

　　　[老演员将枪口顶在太阳穴上，手指扣在扳机上……
　　　两人对视。静场。

小演员　　您不能当着我的面这样做！您赢了，您全赢了！好，
　　　我告诉您，我杀了我妈妈！是我！我杀的。所以我不
　　　能再看一遍！我不能！

老演员　　（凄惨地笑）这又是哪一出？

小演员　　你他妈听到了吗？我说我！是我！杀了我妈妈！演技
　　　从此成为了一种本能，我居然骗过了心理医生，让他
　　　也相信，我妈妈是自杀的。

　　　[静场。

　　　[在老演员发呆之际，小演员夺下了老演员手中的枪。

老演员　　（颤抖地）杰茜，你，你骗我！

小演员　塞尔玛，是您在骗我。剧本里明明白白写着，杰茜自杀了，妈妈没有死，妈妈活得好好的，妈妈给乖宝宝杰茜收尸。（她忽然掩面哭了起来）为什么死的不是我？我宁愿当时吊在天花板上的是我！（指着舞台上方）她那天穿着最难看的那套睡衣，挂在那里晃啊，晃啊，晃啊……

老演员　你看，你妈妈是自杀的。这件事跟你没关系。

小演员　我剪了她给我买的棉布裙子！我告诉她，我每天晚上起来开煤气的事！我说我要逃离她，像我爸一样！（陷入深深的痛苦）我就站在那里，我看着她怎么威胁我站上那把凳子，我听到她每一句的谩骂，我就那么面无表情一动不动地盯着她。（癫狂地讥讽）后来她！居然！（胜利者一般）哭了！（厌恶）她像杰西叮嘱妈妈一样地啰啰唆唆。（冷笑）她站在凳子上，抽抽搭搭地交代她的后事，（痛苦）就他妈不肯从凳子上下来！也不敢把凳子踢掉！（仇恨地）怎么？这次，她以为她还会赢吗？她以为，我会跪下来，爬过去像狗一样地求她不要死？（痛苦而愤怒）和原来的每一次一样？

老演员　（恐怖地）所以说……你！踢掉了……凳子！

小演员　（崩溃）比那更糟，我转头走了……

老演员　（丢开她）天啊！你为什么要对我说这些！难道你就不怕我告诉别人吗？

小演员　（怪异地笑）秋老师，谁会相信一个演员说的话呢？

尤其是您这么一个老戏骨？（模仿秋老师）好演员是
什么？我们这一刻是苔丝狄蒙娜，下一刻就可以是美
狄亚，这一分钟我还是坚贞不渝的朱丽叶，绕过这道
门我就可以是卡门！用生命演戏，您常常对我说，尊
敬舞台！您说，我演遍了他人却忘记了自己，我已经
分不清楚什么时候我在演戏，什么时候我在演自己！

老演员　人前风光，人后受罪。这就是演员的（笑）康庄大道。
我们从来都不是自己的，我们是角色的。嘘，嘘，没
事了……（慢慢接触她，抱住她）一切都过去了……
小梦，你要去哪里？

小演员　我们的戏还没有结束。秋老师，您说过，要有圆满。

　　　　[两人对望。

　　　　[变光。

　　　　[两位演员完全入戏，全情演出。

小演员　别想阻拦我，妈妈，您办不到。

老演员　我照样办得到！我站在这门厅前面，你就不能绕过
我去。

　　　　[小演员拉开魔术镜子进去。

老演员　杰茜！（用手捶打镜子的门）杰茜！你让我进去。别
这样干，杰茜，你不开门，我就叫个没完。杰茜！杰
茜！你叫我丁的事，我要是什么都不干怎么办？我要
是把你所有的衣服都留下，告诉塞希尔，他是个多
倒霉的男人，使你和他有同样的感受。我要告诉道
森，你对她，还有洛丽塔的看法，他们都会发现原来

你恨他们。杰茜，我要是愿意，就会把里基的手表给道森。如果你要想保证我的确按你的话去做，唯一的办法就是出来让我这么干，杰茜，（又捶门）杰茜！停下来！再给自己一次机会吧！小杰茜！听我说！杰茜！

〔老演员停止片刻，气喘吁吁，狂乱之极，把耳朵贴到门上。当她什么也听不到时，又挺身直立，再次叫喊。

老演员　杰茜！妈妈求你了！

〔一声枪响，镜子全部碎掉了。

〔在破碎的镜子后面呆立着小演员，手中举着冒烟的枪。

〔两人相对，喘息。

〔静场。

老演员　（激动地抱着小演员）小梦，你现在入得，出得。你终于成了！

小演员　杰茜死了……我……成了……可如今，戏里戏外，我已经无路可逃了……

〔老演员目送着小演员下场。

〔小演员走到台口。

〔停顿。

〔小演员回头看着老演员。

小演员　（凄然一笑）晚安了，妈妈。

〔小演员下场，将老演员留在空荡荡的舞台上。

[静场。

[一束追光，老演员走在追光中。

[老演员恭敬地面对着空空如也的剧场和座位，深深地鞠躬谢幕。

全剧终

镜与像

——谈《对手戏》中的"戏中戏"与人物多重性格塑造

赵 寻

论文摘要

在中外戏剧发展的历史长河中，"戏中戏"这一剧作手法被广泛运用并产生了很多优秀的剧作，例如明代杂剧《真傀儡》、印度戏剧《罗摩后传》、英国莎士比亚的《哈姆雷特》、意大利皮兰德娄的"戏中戏三部曲"(《六个寻找剧作家的角色》《各行其是》《今晚我们即兴演出》)，以及中国台湾当代剧作家赖声川的《暗恋桃花源》等等。

很多国内外学者都对"戏中戏"这一戏剧手法进行了研究，并取得有价值的理论成果。但是纵观"戏中戏"各方面的研究，大多从叙事学、美学和导演、表演等角度去探讨。而从编剧法入手，详细分析"戏中戏"在剧本创作中的规律、"戏中戏"对人物性格塑造上的手法，以及怎么处理"戏中戏"与"戏"的关系等方面的创作技法研究的论文并不多见，只有少数论文（如陈小玲的博士论文）从这些角度进行了分析探讨。

在本文中，我结合毕业大戏《对手戏》的"戏中戏"手法的创作实践，从人物多重性格塑造的角度出发，进行编剧法的理论探讨。

在这篇论文中，我选取"戏中戏"与人物性格的"镜像"关系、双重空间，作为论文的研究课题，以自己的创作实践为依据，结合拉康的"镜像"理论，探讨"戏中戏"在人物性格塑造方面的重要功能和具体的"镜像"创作技法。

本文分以下三个部分：

第一部分："戏中戏"的"镜像"理论与人物多重性格的塑造。在这一部分中，首先用《六个寻找剧作家的角色》为例，并结合我的毕业剧本《对手戏》，阐述"戏中戏"为人物多重性格塑造提供双重空间的重要功能作用。其次用《女仆》为例子，与《对手戏》对比，阐述我在创作中怎么运用"戏中戏"去开掘和表现人物的心理动机。

第二部分："戏"与"戏中戏"的双重关系。在这一部分中，我将从人物关系、情节安排、场面设置、台词的双重性等方面，对我的毕业大戏《对手戏》和它之中的"戏中戏"——《晚安了，妈妈》进行阐述，分析"戏"与"戏中戏"二者构成的双重关系。

第三部分："戏中戏"人物的镜像设置及独特功能。在这一部分中，将深入分析"戏"中人物自身的矛盾冲突，以及演员和"戏中戏"角色之间的性格冲突；并结合《对手戏》中对人物进行的镜像设置，介绍说明这种镜像手法，对于运用"戏"与"戏中戏"的双重空间进行多重人物性格刻画，所具有的独特功能。

最后，本文总结运用镜像塑造人物多重性格的创作经验："戏中戏"所包含的双重空间和镜像人物关系，如能加以充分重视和巧妙运用，对于人物多重性格的塑造和人物深层心理活动的开掘，具有重要的创作实践意义和理论研究价值。

关键词：编剧理论，戏中戏，人物性格塑造，拉康镜像理论

目　录

引　言

戏剧理论家们都很注重人物性格的塑造问题，并将人物性格刻画与人物的心理分析紧密地结合在一起，进行广泛的深入探讨。

谭霈生先生在他的《戏剧本体论》中谈到人物性格塑造的重要性，他说："一出没有性格的戏，就是一出没有一切真实性的戏。因为人之所以有这样或那样行动的动机，都归结于他的性格。性格不确定，行动便没有动机，因而也不是真实的。"①

戏剧理论家阿契尔区别了心理分析和性格刻画，并为它们排序，他认为，心理分析应该在性格刻画之前，有心理分析支持的性格刻画才是生动可信的。在写戏的时候，心理分析在前，性格刻画在后，然后才是人物的行动，这样创造出来的人物形象才会是丰满的。②

阿契尔用《漂亮女人》中的女主角做例子阐述了关于"心理分析"对塑造人物性格的重要性。他在文中说道："他们赋予她某种性格特征，如果缺少这种性格特征，那种残酷狠毒的谋杀就是不可理解的；但是他们并没有向我们剖析她的精神状态与思想过程，而这种剖析不但有助于对这一谋杀事件的理解，而且表明这种事件差不多每天都可能发生……"③

"性格描写是对人类本性的表现，是从一般对人类本性所共同认识，理解和接受的方面来表现人类的本性。心理分析似乎是对人物性格的探索，把从未探索过的特点置于我们的认识

---

① 谭霈生.戏剧本体论［M］.北京：北京大学出版社，2009：120.
② ［英］威廉·阿契尔.剧作法［M］.吴钧燮，聂文杞译.北京：中国戏剧出版社，2004：312.
③ ［英］威廉·阿契尔.剧作法［M］.吴钧燮，聂文杞译.北京：中国戏剧出版社，2004：313.

和理解的范围之内。换句话说，性格描写也是一种一般综合性的心理分析。"①

戏剧理论家贝克也认为，性格描写在人物塑造中具有重要价值和作用，一个剧本的永久价值终究在于其中的性格描写。他认同阿契尔在《剧作法》中提出的观点，好的剧本离不开性格描写，而伟大的剧本需要具有深刻的心理分析。

戏剧人物性格的塑造是一个剧作家最注重的部分。剧作家在创作时，既要向观众直观地展示人物在做什么，又要深刻地揭示出人物这样做的内在心理活动。如何能够通过剧情和人物动作，既直观地展示出人物的外部动作，又能同时揭示出他们为什么要这样做的心理动机，以及他们相互冲突的矛盾性格，如此等等，这些都是剧作者们会遇到的问题，在这方面，"戏中戏"为剧作者提供了重要的创作手法。

"戏中戏"的编剧手法可以为剧中人物的心理分析提供多重的表现空间。这些表现空间，就好比一个书柜，分隔成不同的空间。"戏中戏"在这些不同的空间中进行人物心理的展示，从而形成矛盾性格的对比和层次分明的心理剖析。

（一）"戏中戏"概念的简单概述

国内的一些学者从经典的"戏中戏"作品的研究入手，对这一戏剧手法进行了分析研究和理论总结。陈小玲在研究"戏中戏"的博士论文中指出：

---

① ［英］威廉·阿契尔. 剧作法［M］. 吴钧燮，聂文杞译. 北京：中国戏剧出版社，2004：314.

　　"'戏中戏'这个在生活中经常听到的词语，早已成为在戏剧领域中被广泛使用的专业术语。有人给它下过定义，'戏中戏'是指在一部戏剧之中，又套演与该戏剧本事相游离的其他戏剧故事、事件。是指在一个剧本中，有某一部分的剧情为剧中人合力演出另一出戏。是指在演戏的过程，由几个角色演一本与剧情有关的另一出戏。等等。无论怎么解释，从这些定义或它的名称就可以看出，其本质上是指涉及戏剧结构的一种形式。其时空处理方式，主要是在虚构的戏剧时空中，再加入另一个戏剧世界的时空；也就是在一出戏的情节发展过程中，有'演出'另一出戏的情节。这与其他戏剧结构形式上最大的差异之处，是在戏剧情节中有'扮演的行为'这个关键动作上。"①

　　孙惠柱也在他的《第四堵墙——戏剧的结构与解构》中，对"戏中戏"进行了概述：

　　"首先'戏中戏'是全剧的主要成分。其次，此戏中的叙事性故事自始至终受到一个明显的剧场性的框架的制约，而且由于这个框架的存在而时时暴

---

① 陈小玲.我在桥上看风景，看风景人在窗里看我——皮兰德娄"戏中戏三部曲"创作方法剖析［D］.北京：中央戏剧学院，2006：8.

露出故事和人物的不确定性。但是要撤去这个框架，全剧也就不存在了。也许'戏中戏'一词可以稍微更准确地揭示这一种结构的特点，但也不完全理想；同时考虑到'戏中戏'已是个被广泛接受的概念，在英文中亦是如此（play-within-a-play 及 theatre-within-theatre）。"[1]

以上这些理论研究，为我们进一步研究"戏中戏"的编剧技法，提供了重要的理论基础。

（二）"镜像理论"与"戏中戏"

如陈小玲所说，"戏中戏"中存在着"套演"关系、"扮演的行为"等特殊的戏剧时空对比形式，以及孙惠柱所说"剧场性的框架的制约"等等，这些"戏中戏"的分析和定性，都使我们意识到，"戏中戏"中所具有的"镜像"性质。由此，我认为，拉康的"镜像理论"可以为"戏中戏"的研究提供一种可资借鉴的理论视角和学术资源。

拉康在 1949 年 7 月 17 日的苏黎世第十六届国际精神分析学会上提出了"镜子"的概念。此报告的全名是《组成"我"的功能形成的镜子阶段——精神分析经验所揭示的一个阶段》。拉康的这一观点，在学界引起了不小的轰动。因为拉康认为"我是他人"而"此我非彼我"，他认为精神分析的基本经验就

---

① 孙惠柱.第四堵墙——戏剧的结构与解构［M］.上海：上海书店出版社，2001：127.

存在于这一事实之中。拉康回归弗洛伊德《梦的解析》，并开拓出了新的道路。

拉康在自己的报告中，用黑猩猩和婴儿在镜子前对"自我"的认定的实验例子展开了讨论和分析，分析的中心是人类自我的形成。心理学界将拉康关于自我形成的观点称作"镜像理论"。格尔达·帕格尔在他的《拉康》一书中明确地提到了"镜像理论"这一词，并总结了拉康镜像理论的基本观点。

"为了阐明这一结构，他提出了镜像理论。其基本论点在此再次总结如下：1. 自我的自发形成具有想象的性质，只要它服从被当成他人统一的自我统一的幻想，它就是自恋。拉康借用弗洛伊德的自我（Ego）概念，把这种自我称为'moi'，并把它与人的真正主体'je'区分开来。2. 自我（moi）是想象性认识的发生地，这种认识同时也是错误认识，是保留在被镜像俘获的封闭性中的开拓运动，是担保和欺骗。它预想出自己自主的图像，以便同时脱离幻想—想象的统一性与实际的依赖性之间的差别。奥维德的'那喀索斯'和黑格尔的'自我意识辩证法'明确地表示，在他人中发射自我在原则上是不可能的。3. 镜像阶段是一切认同过程之母体。当拉康把镜像的固定化描述为儿童早期自我形成的决定环节时，这一过程无论如何都不是仅限于镜子这一工具。不如说，镜子充当的是描述想象中的主体间性的模型。就人类的自我发现取决于被当成与他人统一的自我统一的幻想而言，他阐明了人类的自我发现的自恋性。这种努力既是必要的，也是白费力气的。"①

"镜像理论是拉康早期思想中的一个关键性环节。拉康镜像论的主要出发点，是改造过的黑格尔的主奴辩证法，它的核心是一种无意识的自欺关系；其另一个重要的内里逻辑是由形象—意象—想象为基座的小他者伪先行论。拉康的先行论，通俗地说，就是一个不是我的他物事先强占了我的位置，使我无意识地认同于他，并将这个他物作为自己的真再加以认同。"②

拉康的镜像理论为人物的多重性格塑造，提供了心理分析学说的可靠依据。"戏中戏"无论是从形式上，还是寓意上，都与拉康的镜像理论有很多的相似点。

用镜子来比喻"戏中戏"的结构和形式，已经不是什么新鲜的话题。让·日奈就曾经描述过这方面的相似性。

"日奈曾经用一个极好的比喻解释了这样一种

---

① 〔德〕格尔达·帕格尔. 拉康〔M〕. 李朝晖译. 北京：中国人民大学出版社，2008：31.

② 张一兵. 拉康镜像理论的哲学本相〔J〕. 福建论坛（人文社会科学版），2004，（10）：36.

对世界的看法：一个镜子的迷宫。他在自传《小偷日记》(The thief's journal. 1949) 中写道，小时候有一次在游乐场里看到一个用各种形状各种角度的镜子和玻璃构成的迷宫，人在里面能看到自己各种变了形的图像，但又像被陷阱套住了一样很难找到出来的路。批评家马丁·艾思林 (Martin Esslin, 1918—) 认为，这个迷宫就是日奈戏剧中的基本意向，代表了他眼中的整个世界。①

"镜子是日奈写在书中的比喻，屏幕则是用在舞台上的形象的象征。如果说用镜子反映事物是古已有之，那么用屏幕则是现代人的发明。日奈特别要求在有画的屏幕前放置既相对应又截然不同的实物，就是强调指出屏幕的类似镜子的功能；同时又显示在屏幕上可以更自由地变形，绝不是一般常识中的平面镜。这和他在镜子迷宫中看到的骗人的镜子如出一辙。"②

我认为以上有关"镜像"的理论观点和我在《对手戏》中的两个演员的心理活动非常符合。在《对手戏》的创作实践中，我在人物多重性格的刻画上，也自觉地运用了"镜像"的

---

① 孙惠柱.第四堵墙——戏剧的结构与解构 [M].上海：上海书店出版社，2001：128.

② 孙惠柱.第四堵墙——戏剧的结构与解构 [M].上海：上海书店出版社，2001：138.

理论。剧中的两个演员被自己虚构出的幻象所迷惑，并认同那就是她们最真实的"自我"，可是等到最后一次演出这部像镜子一样的《晚安了，妈妈》，她们终于揭开了内心中隐藏的秘密，戳破了虚幻的假象。

在《对手戏》中，两个演员排演"戏中戏"的过程，也是一个寻找自我的过程。在全戏的结尾，小演员找到了那个戴罪的"自我"，老演员也意识到自己的一生不过是一场虚幻的大戏。她们内在的心理活动，正如拉康所强调指出的，"……人作为基始存在基础的本能原欲（'本我'），这使得个体主体的开端成了一个无，在世中的自我之形成变为无中生伪有。人走向现实的自我，恰恰是人生这个大骗局的开始"①。

在创作毕业大戏《对手戏》的时候，我发现镜像理论和"戏中戏"有很多相似的地方，我以镜像理论作为剧中人物心理分析的基础，在创作中运用相关技法来开掘剧中人物的多重性格。我认为镜像理论及相关技法对于刻画人物性格的多重性是富有成效的，它可以进一步丰富"戏中戏"的理论和创作技法。

（三）"镜子"是"戏中戏"的隐喻和表现手段

在我的大戏《对手戏》中，大量地运用到了"镜子"这个道具。它们不单单是道具镜子，而且是一面戏与人生相互对照的镜子，同时这面镜子也是对"戏中戏"的一种隐喻。我运用

---

① 张一兵. 拉康镜像理论的哲学本相 [J]. 福建论坛（人文社会科学版），2004，（10）: 36.

这样的双重隐喻来传达剧本的主题：人生如戏，戏如人生。

在创作中我借鉴了镜像理论来塑造人物性格。拉康在有关镜像的理论中，多次提到了关于镜子的意象。

> "我们有幸在我们的日常经验中和象征效用的阴影中看到意象的被遮掩的面影的出现。镜中形象显然是可见世界的门槛，如果我们信从自身躯体的意象在幻觉和在梦境中表现的镜面形态的话，不管这是关系到自己的特征甚至缺陷或者客观反映也好，还是假如我们注意到镜子在替身再现中的作用的话也好。而在这样的重现中，异质的心理现实就呈现了出来。"①

在《对手戏》中，有一面可以旋转的六面体魔术镜。我在戏中是这样表述它的："它是上个剧组遗留下来的镜子，被钉死在了排练室的地板上，永远无法移动。"而"凑合"的小排练场，墙上也遗留着大块的镜子。就是这些镜子介入了剧中两位演员排演的"戏中戏"《晚安了，妈妈》。

在我的戏中，这些镜子组成了一个意象群。它们全都从不同的角度隐喻了"戏中戏"《晚安了，妈妈》，这些镜子是传递"戏中戏"背后深刻含义的意象。

两位演员都和自己的母亲有过痛苦的情感经历，而"戏中

---

① 〔法〕拉康.拉康选集〔M〕.褚孝泉译.上海：上海三联书店，2001：91.

戏"《晚安了，妈妈》同样是一出讲母女之间痛苦生活经历的戏剧。两位演员在排练《晚安了，妈妈》这出戏的过程中，通过角色扮演，不断地回忆起自己的情感经历。这样的扮演行为就像是演员通过角色在照镜子一样。这面镜子，把现实中伪装起来的"自我"撕得粉碎，让两位演员不得不正视如"戏中戏"一样的"自我"。这正好体现了拉康的镜像理论——现实中的"自我"并不是真正的自我，而"镜子"中的他人，反而才是真正的自我。这面镜子就是"戏中戏"。剧本中的演员在"戏中戏"的面前发现了真正的自我，揭开了不愿正视的事实，通过寻找"自我"的过程，意识到各自的人生悲剧。

一、"戏中戏"的镜像理论与人物性格塑造

（一）"戏中戏"为人物性格塑造提供双重空间

我在创作中，通过"戏中戏"的手法，结合镜像理论，为人物性格塑造提供一种双重的空间。

陈小玲指出："'戏中戏'里的人物与'戏'中的人物往往有相映照、渗透、补充的内在关系，由此巧妙勾连剧中人物之间的关系，凸现和彰显人物的性格特征……'戏中戏'在刻画人物性格，尤其是揭示人物内心隐秘方面，起到了关键的作用……'戏中戏'势必将引导人物思想感情的变化，推动人物性格发展，促使人物关系激化，在人物性格自身和敌对的碰撞

中，迸发出耀目的火花。"①

"戏中戏"在不同的空间里详细分析人物的心理，刻画人物的性格。当双重的空间合二为一的时候，丰富的人物形象就可以表现出来了。

在皮兰德娄的"戏中戏"三部曲中，可以看到这样的经典范例。他的"戏中戏"往往都有双重的空间。《六个寻找剧作家的角色》是最标准的"戏中戏"。它是一个双重的时空：演员即将要演出的"戏"和六个角色带来的"戏"。在这个双重的空间里，无论是演员，还是这六个角色，他们现在都拥有了彼此的空间。双重的空间提供了人物性格塑造的多种可能性。因为这两个空间不仅共存而且相互交融。

在《六个寻找剧作家的角色》中，我们可以发现，演员们的状态伴随着这六个角色的出现而开始改变，从一开始对排练的排斥到积极地投入，再到排练和剧情的讨论，人物与角色的关系在不断地进行相互映照。

这六个角色在"戏"与"戏中戏"里跳进跳出。他们在双重空间里的性格特点越来越明晰，内心的情感越来越复杂，人物形象也越来越形象。这是一个在"戏中戏"的双重空间作用下，人物性格补充整合出来的复杂结果。

同样，在我的大戏《对手戏》中，我也实践了这一方法。排练场中两个女演员的"戏"与即将要上演的"戏中戏"——《晚安了，妈妈》，形成了整出戏的两个空间。我的两个演员同

---

① 陈小玲.我在桥上看风景，看风景人在窗里看我——皮兰德娄"戏中戏三部曲"创作方法剖析 [D].北京：中央戏剧学院，2006：11.

样在"戏"与"戏中戏"中跳进跳出，就像两道光线折射在两面镜子之间，不断地相互映射。她们的性格就在这双重的空间中也变得五光十色起来了。

（二）"戏中戏"使人物心理动机呈现丰富性

"戏中戏"在戏剧的结构上是双重的，在双重的结构之下，人物复杂的心理动机得到充分的揭示。例如在日奈的经典作品《女仆》中，两个女仆扮演夫人的过程是整个戏的"戏中戏"部分。在"戏中戏"里，女仆想要杀死夫人是一个具有贯穿性的人物行动。这个行动背后的动机是非常丰富的。因为在戏里和戏外，女仆们对待夫人的态度是双重的：

太　太　　搁一边吧。我回头再喝。你们会得到我的
　　　　　连衣裙。我统统给你们。

克莱尔　　我们就是穿了也永远及不上太太。要是太
　　　　　太知道我们整理她的衣服时有多小心就好
　　　　　了！太太的衣柜，对我们来说就是圣母的
　　　　　小教堂。我们打开衣柜的时候……

索朗日　　（冷冷地）椴花茶要凉了。

克莱尔　　我们只在过节的时候才把两扇柜门都打开。
　　　　　我们只敢看一眼挂在里面的衣服，我们没
　　　　　有权利多看。太太的衣柜是神圣的。这是
　　　　　她的大壁橱！

在"戏外"（现实的生活中）她们害怕夫人，常常感到委屈和自卑，她们对夫人的折磨感到无奈并心生敬畏。

而在"戏中戏"（扮演夫人的仪式中）两个女仆爆发了对女主人的嫉妒、仇恨和厌恶：

克莱尔　你感到那个时刻越来越近，马上你就不再是女用人了。你要报复。你在准备吗？你在磨尖你的指甲？仇恨把你唤醒了？克莱尔没有忘记。克莱尔，你在听我说话吗？克莱尔，你不在听我说话？

索朗日　我恨您！我瞧不起您。您再也吓唬不了我。去想念您的情人吧，愿他保护您。我恨您！我恨您散发香气的胸部。您的胸部……象牙一般的！您的大腿……黄金似的！您的双脚……琥珀一样的！（她啐一口唾沫在红色连衣裙上）我恨您！

克莱尔　（憋不过气来）哦！哦！不过……

索朗日　（踩着她的裙子）是的，太太，我漂亮的太太。您以为您可以随心所欲，为所欲为？您以为您可以把天下的美都据为己有，一点也不给我留下？您可以挑选香水、香粉、指甲油、绸缎、丝绒、花边，而这一切都没有我的份儿？您还要从我身边夺走那个送牛奶的人？承认吧！您得承认这件事！

他年轻，生龙活虎的，叫您心神不定，对
吗？承认您想夺走送牛奶的人吧。因为索
朗日叫您讨厌！

戏里和戏外的人物心理动机的对比或者说是相加，会使
得人物心理动机丰富起来，多层次起来。这正是我运用"戏中
戏"这一编剧手法想要达到的目的。在《对手戏》中，我也通
过"戏"与"戏中戏"两个情境的双重空间，来展现人物复杂
的心理动机。小演员在"戏中戏"里对老演员（意识中的母
亲）是抱有依恋和愧疚的。她不想直视这样的情感，所以她一
方面在不断地跳戏，另一方面又不希望这场戏结束。戏外的小
演员抱怨老演员为了排这出戏将她拖进痛苦之中，她的内心中
却又希望这出戏不要结束，因为这使得她感到丢失的"母亲"
仿佛又回来了，这样矛盾的心理动机只有在"戏中戏"这样的
双重情境和双重空间之下才能更充分地得到展现。

二、"戏"与"戏中戏"的双重关系

（一）"戏中戏"与"戏"中的人物形成双关的关系

陈小玲指出："'戏中戏'的戏剧结构，具有一定的直观
性与某种双关的意味，它能够扩充并拓深戏剧作品固有的内涵
意蕴；而且其新奇别致的'横插一杠、节外生枝'的独特形
式，还可以大大激活观众的观赏兴趣，获得出人意料、引人入

胜的审美效果。"[①]

剧中的演员和"戏中戏"的角色,她们的人物关系是双关的关系。我在创作中十分重视"戏中戏"的双关人物关系的建构。下面我将用毕业作品中的例子来阐述,剧本是怎么让"戏"与"戏中戏"的人物形成双关的关系的。

在我的大戏《对手戏》中,有一段老演员的独白,可以呈现出"戏"与"戏中戏"的人物形成双关关系的情况。

> [虽然是白天,但是排练室里却灯光昏暗。围绕着她的镜子,都反射着光。她看着这些虚幻交织的光,她的思绪也恍惚起来。

老演员　塞尔玛,杰茜还是没有回来,她不会回来了对不对? 她终于逃离了我们,逃离了你束缚她的小房子,逃离了这个排练场……我们都不想打破生活原来的样子。那样多好,塞尔玛拖着杰茜,杰茜拖着塞尔玛,母女二人一起在小房子里过下去,星期六的晚上修指甲,看电视节目,讨论订货单,吃蘸糖苹果和热可可。杰茜发病的时候,你抱着她抽完风。然后生活一切又回到原点:修指甲,讨论订货单,分析剧本,排

---

① 陈小玲.我在桥上看风景,看风景人在窗里看我——皮兰德娄"戏中戏三部曲"创作方法剖析 [D]. 北京:中央戏剧学院,2006:10.

练，彩排，演出……（对着镜子里的自己）她说她的妈妈自杀了。塞尔玛，你很难过！因为你一直觉得在剧中该死的不是杰茜，而是你塞尔玛，是你，（指着镜子中的自己）我们活着干什么呢？（贴在镜子上倾诉）我们真像，塞尔玛！生活把你抛弃了，抛弃在你的小房子里。我却把生活抛弃在舞台下！而马上，舞台就要把我彻底地抛开了，我就要被迫走下舞台去看我荒芜的生活。（笑起来）这就像杰茜一扣扳机，你被逼着打开门走出去，接受所有残酷的一切！（痛哭）可是，没有人来对我说一句，晚安了，妈妈……

老演员和镜子中的自己对话，通过"戏中戏"折射了自己人生的角色——另一个塞尔玛。这场对话变成了老演员同塞尔玛之间的对话。人生境遇不同，殊途同归的两人是那么地相似，塞尔玛的故事就像是老演员故事的隐喻。老演员和塞尔玛之间是一种双关的人物关系。我想通过这场对话，表达出一种"万事销身外，生涯在镜中"的人生况味。

（二）"戏中戏"与"戏"的情节形成镜像对称

我在情节安排方面，也注重了"戏"与"戏中戏"的情节对称性。这种情节性的对称也是一种镜像的对称。①

在我的大戏《对手戏》中，前后仿佛一模一样的情节，包含的内容和意义却是不一样的。有一场小演员排练"杰茜"自杀的戏，这个场面中，小演员说着《晚安了，妈妈》中杰茜要自杀时候的所有台词，除却单个的词语不同，台词几乎是一模一样，可是场上情节却是老演员（"母亲"）要自杀。在戏开始的时候，情节还是一样的——女儿要自杀，母亲来劝阻，但是到了这段戏的结尾部分，情节却发生了镜像的翻转，情节变成了"母亲"（老演员）要自杀。这就像戏中的一句台词中说到的"仿佛站在镜子前面，我抬起左手，镜子中的我抬起的却是右手"，那么相似却根本不同。

在《对手戏》中，"戏中戏"与"戏"的情节，二者形成一种镜面的对称。

（三）"戏中戏"与"戏"折射变形相互影响，构成场面的多重空间

按照一般的舞台规律，场面的安排和时空间转换都要受到舞台的严格限制。但是伴随着舞台剧在现当代的不断发展，戏剧的时空转换越来越灵活多变。拿阿瑟·米勒的《推销员之死》来说，这部经典作品通过对时空的特殊处理，把现在和过去，

---

① "在物理学上，对称性分为：镜像对称（平面反射，自身的逆映射）……平面反射是其自身的逆映射。它出现在镜像的反射上。"参见杨健著.创作法：电影剧本的创作理论与方法〔M〕.北京：作家出版社，2012：32.

现实和环境融合在一起。

在我的《对手戏》中，在"戏中戏"的折射下，形成的人物心理时空，构成了全剧场面的多重空间。

[小演员站在光中，穿着黑色衣服的老演员被镜子折射，形成好多个影像，站在小演员的背后。冷冷地看着小演员。

小演员　（面对观众席）他们说我越来越像您了，为什么您总是无处不在？

老演员　因为你想我。

小演员　是的……我想您，可是想起您，就会想起我自己。

老演员　你喜欢这出戏吗？

小演员　我不喜欢，可是我必须演，因为我不想再想起我们了。

老演员　不要演！

小演员　这是杰茜的人生，和我无关。

老演员　你会想起一切，那个夏天的晚上，我们阳台上的三角梅开了红红的一片，风里满是好闻的香味……

在我的剧本《对手戏》中，我的"戏中戏"与"戏"构成镜像的关系，所以它们之间会相互地折射、变形、影响，造成场面的多重空间。

（四）"戏中戏"的台词构成"戏"的潜台词

在我的《对手戏》中，"戏中戏"中的台词构成"戏"中的潜台词。我用"戏中戏"的台词来隐射或者揭示在"戏"中两位演员的人物关系对位或者是改变。这种改变可能是"戏中戏"里人物关系的对位性互换。下面是剧本中的一个具体的例子：

　　　　　　［灯光亮起，小演员拿着剧本练习台词。就像是对自己说一样。

小演员　（入戏）我对自己的生活也无能为力，没有办法改变它，改善它，让我自己对生活有更好的感觉，喜爱生活，使生活更有意义……
　　　　　　［老演员刚返回，站在排练场门口没有打扰她。

小演员　但是我可以让它终止。使生活关闭，就像收音机里没有我想听的节目时把它关掉一样。真正属于我自己的只有这条命了，我要决定如何对待我的生命。它就要终止了，是我要它终止的。所以，还是让咱们高兴一会儿吧。

老演员　高兴一会儿？
　　　　　　［老演员从台口的帷幕边走过来。
　　　　　　［小演员见到老演员有点尴尬。

小演员　（对着老演员，继续念台词）塞尔玛，咱们

不能整个晚上都这么大惊小怪的。我可以
问问您吗……我一直想了解的一些事。(忽
然放下剧本,用演戏的腔调读台词)老样
子。您可以给我煮点巧克力饮料。老样子。

在这场老演员与小演员在排练室的对话中,我原封不动
地用了《晚安了,妈妈》里母亲与女儿的对话。台词是一模一
样的,可是由于情境不同,意思则变得完全不一样。在"戏中
戏"里,这段台词表现了母女之间稍微缓和的人物关系和气
氛。可是在我的"戏"中,它蕴含了潜台词。两位演员还在
较劲,她们不仅仅在演技上较劲,还在为叩开彼此的心门而较
劲。这段"戏中戏"的台词隐射了两个演员人物关系将要发生
变化,可是这种变化是与"戏中戏"中人物关系的变化完全相
反的。

戏剧理论家贝克在谈到对话的时候,用《哈姆雷特》作
为例子指出:在写对话的时候,应该时刻有这样的觉悟,那就
是我们以人物的身份去讲他的话。这些话都来自人物自身的性
格,来自他们当下情境的心理变化。

"完美的语言总是基于人物性格的深透了解和感情的配合
一致。台词里缺少这个,那么语言就停留在平常的、毫无色彩
的,个人的或文学性的水平上。"①

所以在《对手戏》中,两个演员的心理是和"戏中戏"对

---

① 〔美〕乔治·贝克.戏剧技巧〔M〕.余上沅译.北京:中国戏剧出版社,
2004:327.

应的。她们就像镜子中的两个自己,"戏中戏"的台词也因此形成"戏"的"潜台词"。

三、"戏中戏"的镜像人物

戏剧理论家贝克认为,好的剧本是性格描写,伟大的剧本是心理描写。他赞许高尔斯华绥的《抗争》,称在这个剧本中,高尔斯华绥简直是个心理学家,并说:"伟大的戏剧则依靠对复杂的人物性格的牢固的把握和确切的表现。"[1]

我认为要达到"对复杂的人物性格的牢固的把握和确切的表现",必须对笔下的人物心理进行深入的心理分析,要了解人物的复杂的心理活动,"不仅是人物单独应该怎么样,而且是在规定情境中人物应该怎么样"[2]。

在"戏中戏"的双重情境下,我必须清楚笔下人物的双重心理活动,用拉康的镜像理论来分析人物,了解这种"镜像式人物"应该怎么写。

(一)"自我"与"他人"不断变化——"戏中戏"推动人物性格丰富变化

在创作《对手戏》的过程中,我更深刻地认识到"戏中

---

① [美]乔治·贝克.戏剧技巧 [M].余上沅译.北京:中国戏剧出版社,2004:217.

② [美]乔治·贝克.戏剧技巧 [M].余上沅译.北京:中国戏剧出版社,2004:223.

戏"的情节结构起着推动人物性格双重性呈现的重要作用。
"戏中戏"中的演员和她们所扮演的角色之间就像是"自我"
与"他人"在相互角逐，不断地发生冲突和变化。

拉康的镜像理论，有许多地方谈到了"自我"与"他人"
的关系。拉康特别重视"自我"的形成，他多次谈到著名的婴
儿实验。

"拉康认为在幼儿生长的镜子阶段——幼儿心理形成期是
'自我'的形成期。婴儿与镜子中的自我认同，他认识了自己
的全貌，并把这个全貌作为自己想要变成的样子。'自我'便
从被反映的样子中形成了。"①

"'自我'使你必须变成你原本应该是的样子……我们都
必须找到自我，成为自我，事实却是我们不能成为我们被认为
应该成为的那种人。"②

关于"他人"，拉康更多的是从一种参照标准上来探讨
的，他认为："他人"就是"自我"，人只能从他人的身上去寻
找自我。

"拉康说一个我对于相互主体的共同尺度的参照，或者可
以说就被当作是他者的他者，即他们相互是他者。一个人只能
在他人身上认出自己，在此，他者只是个象征性语言介体，个
人只有通过这个介体才能成为人。换句话说，人在看自己的时

---

① 王茵."主体""镜像"中的"自我"与"他人"——管窥拉康结构主义
　精神分析文论中的主体哲学 [J]. 文教资料，2012，(32)：15.
② 王茵."主体""镜像"中的"自我"与"他人"——管窥拉康结构主义
　精神分析文论中的主体哲学 [J]. 文教资料，2012，(32)：15.

候也是以他者的眼睛来看自己，因为如果没有作为他者的形象，他不能看到自己。"①

《对手戏》中的两位演员，她们在演戏的过程中，与剧中的角色，以及她们彼此之间都形成了镜像式的人物关系。她们之间的性格相互影响，相互推动变化。通过在戏里戏外的跳进和跳出中，人物性格的丰富性就呈现出来了。接下来我将在下面的几个部分中，通过举例阐述我的观点。

1. 用"戏中戏"的人物性格映照剧中的人物性格

我在创作《对手戏》的时候，注意到剧中人物要体现出"戏中戏"的双重性格特征，让两个人物之间形成镜像式的人物关系，从而达到"戏"与"戏中戏"的双重人物性格相互映照的目的。

在《晚安了，妈妈》这出"戏中戏"里，妈妈是塞尔玛，女儿是杰茜。杰茜突然告诉母亲，她要自杀，妈妈一直劝导她不要这样干。

在原剧中，塞尔玛一开始显示出非常强势，她根本不理解杰茜为什么要选择自杀。她觉得这一切都显得可笑，认为是女儿一时之气。她很有把握，自信可以劝服情绪化的女儿不要干傻事。纵观全剧，塞尔玛是个有魄力又性格坚强的女人，坚强到她可以忽视一切事实的真相。她的性格之中包含着逃避，她认准了小房子里的生活很正常，觉得和女儿这样生活下去也算是"幸福的"。她逃避了自己的一生，也下意识地觉得女儿可

---

① 王茵．"主体""镜像"中的"自我"与"他人"——管窥拉康结构主义精神分析文论中的主体哲学［J］．文教资料，2012，（32）：16.

以像自己一样生活。

母女二人在回顾了自己的生活之后，女儿还是选择了向没有希望的人生告别，开枪自杀，这是整出"戏中戏"的情节。而在我的《对手戏》中，老演员饰演母亲塞尔玛，小演员演女儿杰茜，在这对"临时母女"的身上，"戏中戏"的人物性格可以在两个演员自身的性格上找到映照。

在《对手戏》中，老演员和塞尔玛同样是镜像人物的关系，塞尔玛的性格特征映照在老演员的身上。老演员爱戏成痴，为了戏她牺牲了很多。拿她的话说，"在舞台之下，我一无所有"。舞台成为了老演员对生活全部的寄托，就像是塞尔玛对这个小房子的寄托。

刚开始排戏的时候，老演员对戏要求十分严苛，她的强势一如剧中的角色塞尔玛。戏中，塞尔玛要求杰茜放弃自杀跳出自我。"戏中戏"里，老演员要求小演员完全进入角色，找回自我。老演员这样的强势，同样是塞尔玛逃避心理滋生出的性格——为了逃避自己，在戏中生活了一生，而现在一切成空的现实。老演员一定要用这场《晚安了，妈妈》最完美的演出，给自己的舞台生涯画上最完满的句号。为了最精确的人物形象，她不惜一切代价，将小演员推到痛苦的深渊。她不肯放小演员走，就像塞尔玛不肯放杰茜解脱掉痛苦。她们这样的强势和逃避的性格特征是相互映照的。但是在最后，"女儿"一步一步的逼迫让"母亲"直面无法再逃避的现实，在现实的残酷性被揭开之后，塞尔玛被杰茜的自杀所摧毁，老演员则因为小演员的辞演而被摧毁。

我个人认为，将"戏中戏"人物的性格特征映照在"戏"中人物性格的身上，可以起到展示双重性的人物形象和寓意主题思想的效果。而这样的"戏"中人物除却自身的性格特点，也拥有了"戏中戏"人物的性格特征，这样就使得"戏"中人物的性格向多重性发展了。

2. 用"戏中戏"的人物性格补充剧中的人物性格

另外，我为了达到塑造人物多重性格的目的，还运用了让"戏中戏"的人物性格去对称、映射剧中人物性格的方法。

我在对塑造剧中人物小演员的身上，试验了这个方法。小演员扮演杰茜，当她出场的时候，并不能马上和剧中的杰茜对位。小演员并不想进入到杰茜这个角色中去。小演员知道，她要成为杰茜，就必须揭开自己心中的罪恶，触碰到不堪回首的伤痛。所以我在塑造小演员的性格时，并没有像塑造老演员的性格那样，让她和"戏中戏"的人物性格映照，对位。我采用了另外一种方式来呈现小演员的性格多重性，这里同样运用到了"戏中戏"的编剧手法。我让"戏中戏"的杰茜的性格来补充小演员的人物性格，使得杰茜的性格成为小演员的潜在性格。在"戏中戏"里，杰茜对于母亲可以说是非常决绝，就算是中途谈到父亲和儿子，还有回忆母亲对自己的爱，她虽然不舍，但是一点也没有动摇自杀的念头。从这些方面可以看出，杰茜在这样的情境之下是一种冷酷而坚决的性格表现。她显得一点也不懦弱，她用最后的生命来反抗母亲以及生活。回到我的戏中角色，小演员对在与老演员的情感进行碰撞时，显得犹豫不决。她一方面不想进入角色，不想按照老演员的标准去饰演杰茜，另一方面，她和老演员惺惺相惜，同样对舞台充满情感。老演员的教导对她也有所触动，使她拒绝演出的决心产生了动摇。她并不像杰茜那样坚定地奔向一个目标。小演员显得比杰茜更软弱，更挣扎，更迷茫。可是当小演员发现老演员的私心，没有和自己的情感对位时，她便从这排练室里"借以慰藉的情感"幻象中跳出，并且一步一步地撕破了老演员逃避现实的伪装。她坚定了辞演的信心，直到把老演员逼迫到崩溃。

小演员　戏！又是戏！为了这出戏！您把我拖进痛苦，现在您要留我自己在里面！当然您干得出来！因为您就是个最自私的可怜虫！可悲啊，现在连您最珍爱的舞台都要抛弃您了，以后您走进剧场就只能坐在台下了。而您的告别演出，我要摧毁它！最后，您的结局就是台上台下，一样失败。

老演员　你要逼死我吗？

小演员　（一震）不。我只是想赢一次，我只是受不了了！

老演员　（逃开她）你现在人戏不分了。

小演员　（一笑）人生如戏，疯魔。戏如人生，成活。您永远体验不到这种感觉。

老演员　（震惊）我是个好演员！我为戏痴狂！我为戏牺牲了一切！我当然知道！

小演员　牺牲了除您自己的一切！您永远差了那么

　　一口气，您永远成不了好演员，您没天

赋！

　　〔老演员像触电一样地伸手打了小演员一个

耳光。

老演员　永远不准在我面前说这句话！

小演员　您就是个戏疯子！（拿起手枪，敲碎镜子）

　　　　现在，我宣布，杰茜完蛋了！

　　小演员的性格特征中隐藏着杰茜的性格特征，在拥有自身性格的同时，加入剧中人物的性格，这种自相异性的对照方法，使得小演员就形成了双重的人物性格。这样的双重性格，伴随着剧情的不断发展，慢慢地呈现出来。通过这样的方法，我就达到了塑造小演员这个人物的性格多重性的目的。

　　3. 戏里戏外，人物心理相互渗透，形成人物性格的置换和转变

　　当剧中人物的性格与"戏中戏"人物性格相互映照和补充，人物性格就呈现出了多重性。可是这样的多重性，还可以通过让剧中人物和"戏中戏"人物的性格相互渗透、置换和转变来达到。这种方法，是借用"戏中戏"形式，更深层次地探讨人物的方法。它会使人物的性格层次更加丰富化。

　　毕竟剧中人需要扮演的是"戏中戏"里的人物，在特殊的情境之下，扮演特殊的角色。剧中人和"戏中戏"的角色很难不产生"人生如戏，戏如人生"的共鸣。在这种共鸣之中会产生移情的现象。

　　演员对"戏中戏"里的人物倾注了自己的情感，形成了情感的渗透。就像剧中的小演员她与"杰茜"这个角色慢慢融入的过程，伴随着这个过程的是她们之间的心理、情感和性格的相互渗透。当这种渗透达到一定的量的时候，她们完成了相互的置换。小演员转变得更像杰茜，她坚决要辞演。而戏中的杰茜，更像小演员，她否定自杀，试图挽救老演员。

小演员　死要是那么简单做到就好了。我有一次觉得真的不行了，到时候了。东西都准备好了，应有尽有，确保万无一失。我真是挑花了眼，最后我选择上吊，您不要问我为什么，我有这方面的情结！（表现自杀前的紧张）要套进脖子的那一刻，这时门铃响了，我两天前报修的管道工来了！（停顿）我当时真是！（激动）欣喜若狂！可是……他修好水管之后却因为我觉得30块钱太贵而羞辱了我！

老演员　他对你干了什么？！

小演员　不，您想多了。他说，既然我那么穷，为什么不去……（绝望）死？
　　　　［老演员大口地喝起酒来。

小演员　所以，我不死。（喝酒，突然）不！就像当时我在公交车里想的一样，不！

反之"戏中戏"里人物的情感也会渗透到演员们的身上。而这样的相互渗透，也会相互地影响。演员在表演"戏中戏"的时候，就会和角色之间产生"你中有我，我中有你"的现象。这种现象就形成了人物性格的置换和转变。性格的置换和转变同样也达到了塑造人物多重性格的目的。

人物的多重性格会使得人物形象产生出一种"戏中戏"形式之下的美，而同时这样的人物形象又是丰富而可信的。

（二）"镜中的另一个自己"——"戏中戏"揭示人物自身性格的多重矛盾

在前面的阐述中，我已经谈到过《晚安了，妈妈》作为"戏中戏"的寓意——它折射和讽刺了两位演员的真实生活状态。在我的毕业大戏中，两个演员排练的过程就是在不断地"照镜子"。《晚安了，妈妈》就像是一面清晰的镜子，它让两个演员在这出"戏中戏"面前，无所遁形，无法逃避，直到看清楚"镜子里面的另外一个真实的自己"。这个排练的过程必然会充满各种矛盾，而这些矛盾都是心理层面的矛盾，它们是一切外部行为矛盾的根本来源。

"照镜子"的行动具有深刻的含义。《吕维斯庇剑舞剧》剧中的一个片断和我在《对手戏》中想表达的主题非常契合——镜子中好像拥有自己的人生，是另外一个自己。

傻　子　喂，你把这个漂亮的东西叫做什么呀？
皮克尔·赫林　哦，我把它叫做一面精亮的大镜子。

　傻　子　让我来看看在这面精亮的大镜子里我能够
　　　　　看到什么东西。它中间有个洞，我看见了，
　　　　　我看见了，我看见了！
　皮克尔·赫林　你看见了，你看见了，你看见了什
　　　　　么？
　傻　子　哎哟，简直是个傻瓜——正同你一模一样！
　皮克尔·赫林　它就是镜子里你自己的脸啊！①

　　这种"镜像"的性格冲突，可以为塑造人物的性格多重性
提供依据。反之，从这些冲突出发，可以塑造出更为丰富而多
重的人物性格。
　　1. 演员与角色之间的性格矛盾冲突
　　（1）杰茜与小演员之间的相异的性格冲突
　　小演员和她所饰演的角色杰茜之间的性格是相异的。她们
是镜子中的另外一个自己。在上面的论述中，我已经谈到了，
小演员和角色之间的性格是从相异到渗透、置换，转变的。就
像是一个人相异的两面。我个人的观点是她们是镜像对称中的
自相异对称。②
　　小演员因为排戏必须成为杰茜。可是因为她心中隐藏"杀
母"的创伤，所以她不愿意去饰演一个"自杀"的女儿。这就

---

① 〔美〕乔治·贝克. 戏剧技巧〔M〕. 余上沅译. 北京：中国戏剧出版社，
　　2004：348.
② 杨健. 创作法：电影剧本的创作理论与方法〔M〕. 北京：作家出版社，
　　2012：39. "所谓自相异是指事物的对称性差异……按列维 - 斯特劳斯
　　的描述，它属于一种'对称而相反的结构'。"

与"戏中戏"的角色产生了心理上的抵触。两个完全不同的性格产生了激烈的冲突。这种冲突的表现形式就是小演员刻意或者下意识地不愿投入角色，她拒绝面对杰茜，并将对角色的怒气发泄到了老演员的身上。

在创作中，我本来认为应该有一场表现小演员与杰茜这个角色产生直接矛盾的戏。它类似于老演员与镜子中塞尔玛对话交流的那场戏。可是后来，我从心理分析的角度出发，认为这样的情节安排可能是走上了"情节先于人物"的错误方向。于是我将那段戏全部删除了。我这样做的原因是，作为不肯接受真实自我，甚至迷失自我的小演员，怎么可能认同"杰茜"在心中的存在呢？她否定过去的自己，否定杰茜的自杀，否定了这个角色。那么她就不会去和镜子里的杰茜说话，更不会吵架。因为这样的外部动作应该建立在一种认同并害怕的情感之上。而直到小演员说出自己心中最大的罪恶，正视自己之前，她是不会正视杰茜的，不会认同她是镜子中的另外一个自己。

在整出"戏中戏"里，杰茜的性格坚定，似乎显得有些冷酷和无情。而小演员更像杰茜内心中的另外一个自己，她对逃离真相的生活还能适应，甚至她对虚假的生活还有期待。小演员热爱演戏，不仅仅因为舞台和戏剧的艺术魅力在吸引她。她更觉得演戏就像是她活下去的氧气，是她可以逃离残酷过去的唯一依赖。

　　小演员　（仿佛从刚才的情感中想要挣扎出来）是，

　　　　　　我爱戏，因为戏里有别人的人生，它们

> 更……美好，精彩。我享受成为戏中人的
> 感觉，你不是你自己，你成了别人，那种
> 感觉就像溺水突然得救。

　　剧中的"杰茜"选择认清现实，并且用死亡反抗现实，以此来结束自己的悲剧。

> 老演员　我以前坐公交车又热、又颠、又挤、又吵得
> 　　　　慌，世上我最想摆脱的就是这种情况……
> 　　　　（看看手中的枪）我要是想下，我马上就能
> 　　　　下，因为我就是再坐上五十年再下，到达
> 　　　　的也还是原来的地方。因此，我什么时候
> 　　　　想下就下，只要坐够了……

　　在整个剧本里，小演员和角色之间的矛盾是性格上相异的矛盾。这样的矛盾带出了小演员和角色杰茜之间的矛盾。

　　（2）塞尔玛与老演员之间相似的性格冲突

　　有别于角色杰茜和小演员之间相异的性格冲突，老演员和角色塞尔玛之间存在的是相似的性格矛盾冲突。

　　在我的剧中，老演员和她所饰演的角色塞尔玛也是一种镜像式的设计。我用了一场戏，让老演员和镜子中的自己（同时也是心中的角色塞尔玛）对话。我用这个外部动作来表现老演员和角色塞尔玛之间的性格相似性。她们就像是镜子中的彼此。

虽然是相似的性格，可是这样的性格也会产生冲突。老演员为戏痴狂，揭开了自己的伤痛。在往昔的伤痛中，老演员也同样和自身相似的角色塞尔玛产生了冲突。这种冲突依然是来自于这种相似的性格冲突。老演员开始怀疑塞尔玛。她开始反抗内心中的塞尔玛——那个躲在小房子里幻想生活一切美好，一如一生躲在戏里感受"幸福"的自己。她质疑《晚安了，妈妈》的结局，为什么是女儿死去，而不是母亲？不是她自己？

老演员　嗯，好戏。真正的好戏。可是……（喝酒）
　　　　我不懂，塞尔玛干吗不死？
小演员　杰茜活不下去了，人活不下去总想死的吧。
　　　　就像我妈妈。
老演员　塞尔玛就能活下去了吗？丈夫不爱她，女
　　　　儿有病，操劳一辈子，她老了，想让女儿
　　　　送终，可女儿却开枪了，这给了她狠狠的
　　　　一耳光，白发人送黑发人。（大笑）她一无
　　　　所有啦，她为什么不去死？

老演员由对角色塞尔玛的质疑，发展到对这一角色的否定，继而她要用"死在舞台上"来改写整个戏的结局，改写她原本酷似塞尔玛的一生。她与角色产生的冲突，是一种自相似性格的冲突。

2. 演员与演员之间的性格矛盾冲突

除了注重演员与角色之间自相似和自相异的性格矛盾冲

突，我同时也注重了演员与演员之间性格的矛盾冲突。整部大戏，两个演员之间的矛盾不断深化，不断爆发冲突，才得以推动戏剧情节的发展。

正是因为两个演员之间的这些矛盾冲突才形成了"对手戏"的主要戏剧情境。

（1）老演员与小演员在"戏中戏"中的相异性格的矛盾冲突

"戏中戏"里的角色身上带着自身的性格特征。在"戏中戏"的排练中，因为老演员和小演员相异的性格特征，她们不断地爆发矛盾冲突。老演员要积极进入角色，而小演员极力逃避角色。老演员饰演的妈妈塞尔玛强势坚决，而小演员饰演的杰茜软弱迷茫，徘徊不前。这样的两人之间必定爆发出矛盾，这样的矛盾会折射到"戏中戏"里，刺激到"戏中戏"的变形。"戏中戏"中两人的矛盾，是整部大戏中人物性格冲突的最重要的情节内容。

（2）老演员与小演员在剧中的相似性格的矛盾冲突

《对手戏》中的另一种矛盾，就是两个人物在"戏中戏"之外产生的矛盾。这一层次的矛盾与上面我已经阐述过的"戏中戏"中产生的矛盾合起来构成了整部大戏的戏里戏外的矛盾层次。

在"戏"中，老演员和小演员的性格冲突呈现出相似的状态。在上文中，我已经阐述过，两个演员就像是一个人，她们同样热爱舞台，热爱表演（一个因为畏惧生活而活在戏中，一个因为不愿意面对事实逃进戏中）。

〔两人面对站着。

老演员　我站在侧幕里兴奋得轻轻地颤抖。就像是一匹战马听到了号角一样！

小演员　（低沉地）站在为我一个人升起的追光中，我就是天空中最绚烂的星辰，仿佛拥有了全世界的瞩目。莎士比亚的剧本翻译了那么多版，我还是觉得朱生豪翻译得最好。

老演员　望着台下那一双双眼睛，你看着他们为你哭为你笑的时候，你就愿意倾尽一生，在这方舞台上为他们嬉笑怒骂，为他们生生死死。

小演员　人世间还有比舞台更让人痴迷的地方吗？

老演员　是啊，痴迷得让人割舍不下……

她们对戏同样痴迷和执着。在"戏"中，两人相似的性格冲突，丰富了人物性格的另一个侧面。

（三）"潜意识的自欺关系"——"戏中戏"激化人物潜在性格的冲突

1.演员与演员潜在性格形成的角色冲突——"对手冲突"

小演员和老演员的"对手"戏里二者之间除却具有不同动机冲突之外，还存在潜在的性格冲突。二人的角逐意识、控制与反控制的意识，最初是在潜意识层面以曲折、隐晦的方式进行的。

荣格说："潜意识部分是由大量暂时未晦涩难解的思想、朦胧含糊的表征、模糊不清的意象所组成，尽管它们未被我们意识到，但它们却继续影响着我们的意识心理。"[①]潜意识的心理活动与人物性格之间有千丝万缕的联系。开掘潜意识层次的性格冲突，会使剧中人物的性格呈现出异样的光彩。

小演员和老演员在"戏"中有双重的人物关系：她们是演戏的对手。这出戏完全由两个女演员饰演的一对母女来呈现。她们在现实的生活中并不是真正的母女，"戏中戏"像催化剂一样将两人聚合在一起，当她们进入人物角色，拥有了人物的情感后，两个女演员对戏的看法，对人物的理解，便在她们之间形成了微妙的心理冲突，直到最后演化为火药味很浓烈的相互攻击。

老演员身上虽然表现出来了很强势的坚强，可是在她潜在的性格中，她其实是非常脆弱的。因为她一生都活在戏中，没有自我，失去了生活。她唯一的谈资就是戏，就像我在剧本里写的，在离别的时刻，小演员提出不要谈戏，但是老演员依然三句都不离戏，又突然意识到自己的人生一旦告别舞台，将堕入一种虚无，小演员窥探到了老演员内心深处的脆弱和孤独。

反过来，在小演员的深层意识中有一股无情的冷酷，虽然她碍于老演员的面子，保持着表面的尊敬。可是当小演员看清了老演员的内心隐秘，就像猛兽发现了对手的软肋之后猛然下口咬住不放。小演员用一番言辞就彻底摧毁了老演员。于是小

---

① 〔瑞士〕荣格.潜意识与心灵成长〔M〕.张月译.上海：上海三联书店，2009：14.

演员在"对手关系"中占据了优势的地位。

在潜层意识的角逐上升为公开冲突的过程中，"戏中戏"在其中起到了一种激化作用，它激化了两人在"戏"外的隐秘关系，这种隐秘关系就是对手关系，这种"对手关系"在最初并没有上升到自觉意志冲突的层面。冲突意志有时在默默蕴集力量，有时爆发出一招制胜的强大力量。

2. 演员与演员潜在性格形成的身份冲突——"母女冲突"

此外，"戏中戏"像一面镜子一样，折射了两个演员的相似性关系。两个演员在"戏"中（人生中）都不同程度地自我欺骗。她们不认同现实中的"自我"（镜子中的真实）。她们活在戏里，虚幻里形成无意识的自欺欺人。

在我的《对手戏》中，两位演员还有一重人物关系，那就是母女关系。也同样是因为潜在的性格，两位演员在排练场形成了"母女"的人物关系，通过潜在形式的性格纠缠和角逐，最终转化为难以调和的母女矛盾。

老演员为了戏，在生活中曾辜负母亲，抛弃女儿。她对"母亲"这个人生角色有着负罪感和内疚感。她想给自己的舞台生涯画上一个圆满的句号，换句话说，她内心中潜在地希望能够"赎罪"。而小演员则正相反，在她冷酷的性格之下隐藏着对母亲的负罪感，她试图回避"杀母"的事实，拒绝"救赎"的责任。

老演员的潜在性格希望自己扮演"母亲"拯救女儿（内心中的自己），而小演员潜在的性格希望能通过扮演"女儿"来得到母亲（她把自己对母亲的罪恶感和渴望都转嫁到了老演员身上）。虽然在这种潜在的性格主导下，两个演员形成了母女的关系，但是这种关系是充满矛盾的，必然会带来强烈的、悲剧性的冲突。

结　语

下面，请让我用简短的总结来结束这篇论文。

"戏中戏"是一种可以让人物性格塑造呈现出多重性的编剧手法。它所具有的双重结构，使得人物性格刻画具有丰富的层次。我将拉康的镜像理论和"戏中戏"的编剧理论结合在一起，以毕业大戏《对手戏》的创作实践为例，对"戏中戏"理论进行了一番探讨。

我选取"戏中戏"与人物性格的多重性之间的"镜像"关系作为论文的阐述观点。目的在于讨论"戏中戏"在戏剧创作中人物性格塑造的实践方法，以此来达到编剧法与具体实践相结合的创作实践目的。本文从剧作技巧入手，分别从以下三个部分进行了阐述：

在第一部分，我阐述了"戏中戏"的镜像理论与人物性格塑造的问题。首先，我引用不同专家学者的理论观点，对"戏中戏"的概念内涵进行了阐释，并对"戏中戏"手法在中外戏剧实践中的运用进行了概括介绍。以上这些理论研究，为进一步研究"戏中戏"的编剧技法，提供了重要的理论基础。

皮兰德娄的《寻找剧作家的六个剧中人物》，还有日奈的《女仆》，都可以看作是"戏中戏"运用的经典范例。我从中研习到了如何通过双重空间进行人物多重性格塑造的方法，并用于我的毕业作品《对手戏》中。

通过对"戏中戏"的理论分析和历史定性，都使我意识到，"戏中戏"中所具有的"镜像"性质。由此，我认为拉康的"镜像理论"可以为"戏中戏"的研究提供一种可资借鉴的理论视角和学术资源。于是，我用一定的篇幅介绍了拉康的"镜像理论"。

拉康的镜像理论，为人物的多重性格塑造提供了心理分析学说的可靠依据。"戏中戏"无论是从形式上，还是寓意上，都与拉康的镜像理论有很多的相似点。在创作《对手戏》的时候，我自觉地以"镜像理论"作为剧中人物心理分析的基础，运用镜像的形式技法来开掘剧中人物的多重性格。我认为"镜像理论"及相关技法对于刻画人物性格的多重性是富有成效的。

在第二部分，我阐述了"戏"与"戏中戏"的双重关系。这种双重关系，意味着演员将"戏"中角色和"戏中戏"演员角色合并于一身，使自身性格中混合着两方面的人物身份、性格偏向和价值差异。

在《对手戏》中，我通过演员在"戏"与"戏中戏"的跳进跳出，人物关系的对位性互换，以及镜子运用的隐喻等手法，造成场面的多重空间和剧情的双重情境，这就为我揭示人物的双重心理活动创造了有利的条件。

在创作《对手戏》的过程中，我深刻地认识到"戏中戏"的双重情境结构起着推动人物性格双重性呈现的重要作用。在情境设置中，要让两个人物之间形成镜像式的关系，从而达到人物性格的相互映照、相互衬托。

第三部分，我结合《对手戏》的写作，总结了如何通过"戏中戏"的镜像关系设置，有意识地设计出人物性格的镜像对称关系。它们包括：母女二人之间的性格镜像关系，母女各自性格中的镜像关系（以演员与角色的矛盾形态展示）。

我还将这种对称的镜像关系，区分为自相似对称与自相异对称的关系。例如，老演员与小演员在艺术追求上的自相似关系，两人在救赎态度上的自相异关系，由此形成了复杂多变而又有条不紊的性格冲突。这种多种形式的对称映射，如同舞台上那个六面棱镜所投射出的多彩变幻的人物影像。它使我们看到复杂多变的人物心理活动和多姿多彩的意志较量。

我希望自己的毕业戏剧《对手戏》的创作实践论总结，以及镜像理论的探讨，能够推进"戏中戏"技法的研究，对"戏中戏"编剧理论的研究做出微薄的贡献。

参考文献

（一）专著

[1]（清）李渔.闲情偶寄 [M].上海：上海古籍出版社，2000

[2][古希腊]亚里士多德.诗学 [M].陈中梅译注.北京：商务印书馆，1996

［3］谭霈生.戏剧本体论［M］.北京：北京大学出版社，2009

［4］谭霈生.论戏剧性（修订本）［M］.北京：北京大学出版社，1984

［5］谭霈生.戏剧艺术的特征［M］.上海：上海文艺出版社，1985

［6］杨健.创作法：电影剧本的创作理论与方法［M］.北京：作家出版社，2012

［7］杨健.拉片子：电影电视编剧讲义［M］.北京：作家出版社，2010

［8］［德］格尔达·帕格尔.拉康［M］.李朝晖译.北京：中国人民大学出版社，2008

［9］［法］拉康.拉康选集［M］.褚孝泉译.上海：上海三联书店，2001

［10］顾仲彝.编剧理论与技巧［M］.郑州：河南省戏曲工作室编印出版社，1979

［11］［英］威廉·阿契尔.剧作法［M］.吴钧燮，聂文杞译.北京：中国戏剧出版社，2004

［12］［美］乔治·贝克.戏剧技巧［M］.余上沅译.北京：中国戏剧出版社，2004

［13］［英］马丁·艾思林.戏剧剖析［M］.罗婉华译.北京：中国戏剧出版社，1981

［14］［法］安托南·阿尔托.残酷戏剧：戏剧及其重影［M］.桂裕芳译.北京：中国戏剧出版社，2006

［15］［美］约翰·霍德华·劳逊.戏剧与电影的剧作理论与技巧［M］.邵牧君，齐宙译.北京：中国电影出版社，1999

［16］孙惠柱.第四堵墙——戏剧的结构与解构［M］.上海：上海书店出版社，2001

［17］［英］詹姆斯·L.斯密斯.情节剧［M］.武文译.北京：中国戏剧出版社，1992

［18］［加拿大］雷内特·本森.德国表现主义戏剧：托勒尔与凯泽［M］.汪义群译.北京：中国戏剧出版社，2006

［19］［英］布鲁克.空的空间［M］.邢历译.北京：中国戏剧出版社，2006

［20］［奥］弗洛伊德.梦的解析［M］.周艳红译.上海：上海三联书店，2008

［21］［瑞士］荣格.潜意识与心灵成长［M］.张月译.上海：上海三联书店，2009

［22］［瑞士］荣格.心理类型［M］.吴康译.上海：上海三联书店，2009

［23］［瑞士］荣格.荣格自传：回忆·梦·思考［M］.刘国彬，杨德友译.上海：上海三联书店，2009

［24］［瑞士］荣格.分析心理学与梦的诠释［M］.杨梦茹译.上海：上海三联书店，2009

［25］［奥］弗洛伊德.性欲三论［M］.赵蕾等译.北京：国际文化出版公司，2000

［26］［美］凯瑟琳.乔治.戏剧节奏［M］.张全全译.北京：中国戏剧出版社，2006

［27］陈墨.陈凯歌电影论［M］.北京：文化艺术出版社，1998

（二）期刊文章

［1］胡健生.试谈"戏中戏"［J］.剧影月报，2000，（5）：24—25

［2］王茵."主体""镜像"中的"自我"与"他人"——管窥拉康结构主义精神分析文论中的主体哲学［J］.文教资料，2012，（32）：15—17

［3］严泽胜.拉康与分裂的主体［J］.国外文学，2002，（3）：3—9

［4］刘玲.拉康欲望理论阐释［J］.学术论坛，2008，（5）：18—22

［5］张一兵.拉康镜像理论的哲学本相［J］.福建论坛（人文社会科学版），2004，（10）：36—38

［6］向弘慧.俄狄浦斯与拉康"镜像理论"［J］.大众文艺，2011，（2）：134—135

［7］贺安芳.后女性主义社会的女性自塑——从《心灵之罪》到《晚安，妈妈》再到《海蒂编年史》［J］.四川戏剧，2007，（2）：25—29

［8］刘秀玉.从《晚安，妈妈》看玛莎·诺曼的女性主义戏剧创作［J］.辽宁大学学报（哲学社会科学版），2008，（3）：59—62

［9］岑玮.舞台魅影：玛莎·诺曼剧作中不在场的男性形

象〔J〕.四川戏剧，2010，（3）：95—97

　　〔10〕黄姗姗.从杰茜的结局看女性主体建构的困境——玛莎·诺曼《晚安，妈妈》的悲剧性解读〔J〕.电影文学，2009，（23）：124—125

　　〔11〕陈丽莎.玛莎·诺曼研究评述〔J〕.新西部，2009，（12）：117—118

（三）学位论文

　　〔1〕陈小玲.我在桥上看风景，看风景人在窗里看我——皮兰德娄"戏中戏三部曲"创作方法剖析〔D〕.北京：中央戏剧学院，2006

讲一些《对手戏》背后的小故事

赵 寻

一

在我的剧本《对手戏》中，大量地运用到了"镜子"这个道具。它们不单单是道具镜子，而且是一面戏剧与人生相互对照的镜子，同时这面镜子也是对"戏中戏"的一种隐喻。我运用这样的双重隐喻来传达剧本的主题：人生如戏，戏如人生。好几年前，我曾和想合作的班底聊起过这个舞台设计，他们给我的回复是，要做好戏中的效果，那将非常贵。隔行如隔山，舞台上的镜子怎么可能是现实生活中的镜子搬来就用呢？我甚至为此默默赌气存了一笔"镜子"基金。

二

戏中两位演员都和自己的母亲有过痛苦的情感经历，而"戏中戏"《晚安了，妈妈》同样是一出讲母女之间痛苦生活经历的戏剧。两位演员在排练《晚安了，妈妈》这出戏的过程中，通过角色扮演，不断地回忆起自己的情感经历。

当时选择"戏中戏"的结构，是因为那时我刚学习了杨老师的对称分形的创作方法，而我自己又非常迷恋《对手戏》的镜像结构，两者相加，我简直到了痴狂的地步。可是，我万万没想到人物分形结合镜像结构，它实操起来，会那么地难。

当时，我背地里在深夜，偷偷哭了好几次，就怕自己交不上毕业大戏。最后我化焦虑为食欲，吃遍了 2013 年到 2014 年间稻香村的每一款糕点，是的，每一款，然后我胖了十几斤。离开北京快八年了，现在一想到稻香村，我最想念的糕点，还是牛舌饼。

三

我在快开题的时候，出了一场水痘。我很紧张地给杨老师打电话，说我害怕错过开题时间，生怕老师怪我。可没想到，杨老师在电话那头笑起来，说我怎么得了个小孩子的病。我瞬间就觉得，没那么紧张，把心放回在肚子里。最后，过了传染期，我顶着一脸的痘去见老师开题，讲自己的大戏构思。杨老师还安慰我，说我瘦了，终于匀称了，是因祸得福。

四

这个剧本是我送给妈妈的礼物。戏里的母女关系，浓缩着我自己和很多好朋友的影子。所幸的是，我们都在生活中成长了并与生活和自己和解。现在我们中的大部分，都和妈妈关系很好。虽说人生如戏，但人生也可以活出戏的另外一种结局。

五

对于我来说，当年的编剧专业学习是一个既幸福又痛苦的经历。幸福在于，可以学到我喜爱的专业知识和技艺，而苦恼在于自己年轻懵懂，尚且连真正的生活都不曾经历过，又怎么能寻对钥匙，开启更多的戏剧宝藏，写出红尘之中的人生百态和四季烟火呢？

幸而老师是严格而慈爱的，他对于我写作抱有的一腔憨勇莽撞，没头没脑就顿生的狂热，固执又叛逆的天马行空，总是善意而宽容。老师甚至从来只用可以擦掉的铅笔，在我的剧本上提出他的修改意见。只经老师一点拨，我那匠气的戏就瞬间活起来，明暗之间的戏剧场面开掘更顺利，连同整个结构逻辑也变得更严谨。

六

记得我风风火火地交出《对手戏》的初稿后，有天，我和几个同学与杨老师在后海边的孔乙己喝黄酒。那是个北京非常严寒的冬天，可我忐忑的心却像煎熬在三伏天。由于心绪不宁，我忽略了窗外纷飞美绝的大雪。但是依稀还能记起，后海的冰面反射着酒家的灯光，飘着酒香的孔乙己小酒馆，恍如仙境。杨老师肯定了初稿，他让我把心放下来，回到松弛的戏剧创作状态，闲下来可以翻翻莎士比亚。心不能安静，怎么能够思考？没有思考，怎么能够真正深入笔下的人物，写一出好戏呢？

七

《对手戏》定稿之后，老师留给我的最后一堂课——

我问："老师，我到底怎样才能写一出真正的好戏呢？"

杨健老师说："先去生活吧，别乱吃东西，要不动如山，其徐如林……"

编 后 记

唐 志

感谢杨老师的信任和鼓励，让我承担了这部剧作选的编辑工作。从去年夏天我收到一摞沉甸甸的剧本和论文开始，经历了确定作品、制定框架、联系作者、校对修订、对接出版社等一系列工作，其间得到杨老师的不少指点，如今，这部书终于要和大家见面了。

我要感谢六位作者。她们中有我从未谋面、只耳闻其大名的师姐，也有和我相隔千里、许久未见的老同学，尽管我们的联系大多在线上进行，但因为"中戏""戏文系""杨老师"这几个关键词，我们的沟通是如此顺畅，交流是如此真诚。我惊叹于她们在那么年轻的时候就展现了深厚的创作功力和对编剧理论的自觉探索，我感动于师生间教学相长的点滴记忆和她们对老师的感恩，我更敬佩于她们在繁忙的工作之余，依然不厌其烦地配合完成了一轮轮的修订工作，只为达到心中的艺术标准。我从她们的文字中看到了一个灵敏并坚韧、充满生命力的女性作家群像。

这一年多来的编辑工作，于我而言像是回到了戏文系的

"课堂"，重新聆听了一堂内容丰富、奥义无限的写作课；同时又像是一场"心灵奇旅"，我跟随六位作者的脚步穿过长长的时空隧道，回到了多年前的东棉花胡同 39 号，见证了她们当年是如何在艺术的花园中播撒种子，付出辛劳，精心培育出属于自己的花朵，而这次的剧作选编就是将这些花朵的绵长芬芳赠予读者。

从本书的编辑工作中，我主要有三点认识和收获。

一、中戏的编剧教学，重视"内功"的训练。从六位作者的创作和自述的创作经历可以看出，中戏的编剧教学强调人物的塑造和情感的开掘，作品是从作者心里自然生长出来的，它本质上展现的是作者的心灵世界，它是与作者的个人成长和生命体验紧紧相连的。通过专业教学，一方面使学生脚踏实地地学习艺术基本功，为将来的艺术创作打下坚实的基础；另一方面，在润物细无声中厚植学生的理想情怀，完善人格发展。这一切努力，最终形成一种"绵绵若存，用之不勤"的长期性、多维度的教学效应。

二、戏文系开设"编剧理论与创作实践"专业，将论文与剧作二者并行设置在一处，现在看来是十分必要的。编剧理论与创作实践是相辅相成的。编剧专业和舞台美术设计、建筑设计、工业产品设计等专业一样，天然兼具了理论与实践相结合的共通性。在编剧学领域，特别是编剧创作专业，既不能忽视专业的特殊性——形象思维、统觉意识和艺术鉴赏培养；又不能矫往过正，盲目依赖直观经验，排斥系统理论，忽略基础理论的研究。例如古希腊"写诗"一词，不用"书写"

(graphein)，而用"制作"(poiein)，从词源上看，他们不将写作看成是严格意义上的"创作"，而是当作一个制作——诗人作诗，就像鞋匠做鞋一样，二者都凭靠自己的技艺，生产或制作社会需要的东西。对理论的探索总结和对经典理论著作的深度研习，同样重要，它不仅有助于创作者跳出"自我"，从理论高度审视自己的作品，同时也为创作的灵感溪流提供了另一种理性的"源头活水"。

三、选择编剧专业，就是选择了一种生活方式——观察记录下生命百态，将他们展示在舞台上。这条路艰辛、孤独却充满了美丽的风景；它关乎作者与他人的对话，最终指向自我生命的本真。从六位作者毕业后的成就中，我不仅看到了她们在艺术上的成熟精进，还看到许多宝贵的文化品格——对戏剧艺术的迷恋执着，在教书育人上的厚德载物，在创作中的严肃认真。她们在车水马龙的喧嚣生活中，为自己的心灵找到一片栖息之地，通过写作了解自我，理解他人，认识人生，造福社会。她们不仅在文艺创作上追求卓越，也在思想道德修养上追求卓越。

时光如水流转，十几年过去了，六位剧作者或许已找到了属于她们个人的创作和生活的道路：有的和母亲达成了和解，有的带着对青春的记忆离开家乡扎根北京，有的走出对爱情婚姻的迷惘更加自由洒脱……她们如同天空中美丽的云朵，恣意展现着属于自己的生命节奏和姿态。这部书既是对她们编剧学习历程的记录，也是对她们青春岁月的记录。希望读者能够喜

欢她们的作品。

"千江有水千江月"，"云在青天水在瓶"。愿所有热爱写作、热爱戏剧创作的读者都能通过编剧这门美妙的艺术感受平凡生活中的诗意，获得人生的妙谛。

水流云在

——中央戏剧学院『编剧理论与创作实践』专业研究生剧作选

上帝的点心匣子

·主编 杨健 ·执行主编 唐志

张爽／著

作家出版社

北爽

作者简介

张爽，1968年生。北京人。字清爽，笔名娲那。编剧、诗人、画家，《中国报道》杂志社主任编辑。2011年毕业于中央戏剧学院编剧理论与创作实践专业，硕士学位。长期从事《中国报道》杂志社外宣、内宣记者、编辑工作以及中国世界语出版社的图书编辑工作。

文学创作代表作有话剧剧本《讨论》（1996年），电影剧本《一诺》（2006年），《郑和下西洋》（获国家五个一工程奖的52集系列动画片编剧之一，2008年）、《天眼》（100集系列动画片编剧之一，2006年），诗集《绿苹果1991-2011》（作家出版社，2012年），专著《变革媒介时代的新式新闻》（同心出版社，2013年）。美术创作代表作有燕京神学院大型壁画《睦》（2003-2005年），油画食指肖像《2002年，离开福利院》（2003-2010年），水墨册页9卷《道德经图》（2016——2018年），水墨《圆明园诗社》（2019年）。策划、编辑出版《芥川龙之介作品集》小说、散文两卷（中国世界语出版社，1998年），并为此套书创作插图。编辑出版了《新编佛教词典》（中国世界语出版社，1994年）、《理想藏书》（光明日报出版社，1996年）、《动物是我们的朋友》（系列绘本画册，中国世界语出版社，1994年）等书籍、画册。

编者说明

这部剧作选集是根据中央戏剧学院戏剧文学系"编剧理论与创作实践"专业的部分硕士研究生在2003—2014年的毕业剧作和论文进行编选的。

"编剧理论与创作实践"专业,学期为三年,要求硕士生在毕业时完成一部多幕话剧和一篇论文,该论文的内容应结合创作实践进行编剧理论的探讨。

本书保存了原有剧本和论文,为使读者更多地了解剧本写作的情况,增补了"创作谈"和作者的小传和照片。

本书在编选过程中,要求作者对其剧本和论文进行再次审核和修定,除了个别剧本之外,现在呈现的剧作和文章,改动的地方不多,基本保持了原作的风貌。

本书在编辑时,针对论文中出现的文字问题,进行了纠错和删改。

为了表明各位作者在创作上的独立性质,故以分册的方式进行排版、装订。

"编剧理论与创作实践"专业的设置,体现了创作实践和

艺术制作的结合，有它的科学合理性。在本系几名写作专业教师的指导下，该专业在 10 多年中，培养了几十名编剧研究生，他们绝大多数人在编剧创作、理论研究和专业教学方面，做出了优秀的成绩。

《剧作选》的剧本和论文，折射出该专业设置的教学思想和课程设计的情况，部分地展示了教学实践的成果。

"编剧理论与创作实践"专业的设置，出于这样一种教学思想，编剧学应该是这样一门学科：它既是一个实践经验的领域，也是一个科学的范畴，它应是编剧理论与创作实践的结合，以及理论研究与技巧切磋的互动，它应体现本专业的一个美好理想——为了这个时代，培养出一批能反映时代精神的优秀剧作家。

目 录
contents

上帝的点心匣子

张爽——编剧

致 W 或上帝的点心匣子

在这个世界赐给我

的一块

天空和泥土之间

生活

说到底还是让我

被它的伎俩

埋葬了

Camel，1991 鲁谷／永乐

谨以本剧回答 1991 年 Camel 的这首诗，
但愿为时不晚。

——W，2009

剧情简介

　　高翔带着旅行时给苗苗写的诗《上帝的点心匣子》回到北京。他要创办一本文学杂志，并召集朋友们在一家咖啡馆商量此事。在这里，他又见到了正在画壁画的苗苗和刚回国的芯片销售商况卫以及电商经理与哲学家。经过大家的激烈争论，决定筹办民刊杂志《手稿》。这时的况卫已经给自己大脑装了芯片，并鼓动大家都装芯片。高翔患有抑郁症，他对聚会的气氛感到十分不适。苗苗告诉高翔，她怀上了他的孩子，并且做了流产。高翔很难过。况卫背着高翔向苗苗求爱，遭到苗苗的鄙视。

　　时隔一天，受到况卫影响的电商经理和咖啡馆老板娘都安装了芯片。朋友们继续讨论杂志的宗旨。高翔受不了激烈的争吵，他宣布退出杂志。在大家的谴责下，他只好答应杂志创刊后再退出。况卫劝他安装芯片，以治愈日益严重的抑郁症，遭到了高翔的拒绝。

　　《手稿》杂志第一期印出。此时，杂志的所有朋友都装了芯片。高翔决计继续出游，并托付况卫照看苗苗。

　　几个月后，高翔回到咖啡馆。杂志已经印出9期，哲学家出版了很多著作，电商经理与咖啡馆老板结了婚，苗苗也装了芯片，成为著名画家。高翔痛惜芯片毁了苗苗，他恳求况卫拆除苗苗的芯片，却发现苗苗已成况卫的情人。高翔想要夺回苗苗，可是况卫已经给苗苗的芯片升级，苗苗像奴隶一样顺从地跟随况卫离开。大家各自离去，只留下在孤独和绝望中的高翔。

人物表

高　翔　出版社编辑，30 岁，未婚。

苗　苗　高翔女朋友，画家，24 岁。

况　卫　高翔北大同学，机脑公司中国总代理，30 岁，未婚。

倪云飞　高翔的朋友。雷玛逊网上购物集团副总经理，35 岁，
　　　　离异。

四　姐　哲学家，原名许艺歌，高翔的朋友，没有工作，家境
　　　　好，36 岁，已婚。

苏云妮　戏剧学院表演系研究生，台湾人，26 岁，在北京开咖
　　　　啡厅。

小　王　在咖啡厅给苏云妮打工的学生。

几拨来咖啡厅歇脚的过往行人。

出入 Shopping Mall 的众人。

时间表

第一幕　北京，2011 年初秋的一个周末黄昏。

第二幕　第一场：第一幕一天之后。

　　　　第二场：上一场一周之后。

第三幕　2012 年春天的一个黄昏。

第四幕　2012 年秋天的早晨。

第一幕

[北京，2011 年初秋的一个周末黄昏。

[舞台右边是一家开在广场的台湾咖啡厅的露天一侧，有几把绿色啤酒广告遮阳伞、木条折叠椅子和桌子，还有比较矮的落地路灯。两级台阶上是咖啡厅的彩色玻璃大门。咖啡厅的窗户也是彩色玻璃的，玻璃上绘有鲜花、酒瓶、酒杯之类的静物。左面是一家 Shopping Mall 的一个角门入口，放着一张大幅沃特·杰克逊（以下简称 WJ）的招贴画，上面写着："悼念芯片人巨星沃特·杰克逊"。人们出出进进（第一幕、第二幕、第四幕演出中可以不断地安排各种人进进出出这个角门，这些进进出出的人可以是观众，也可以是群众演员），手中拿着各种大包小包，但都不忘拿起放在旁边的马克笔，在招贴画上签个名。周围是摩天大楼。

大幕开启时，出出进进的人们保持静止状态，舞台静场。

[当 WJ 最著名的《战栗》响起时，出出进进的人们的静止解除。

［咖啡厅的老板苏云妮是一个台湾人。她抱着一只小狗在音乐声中，迈着太空步从右边向左边快速划过，她个子不高，微胖。穿着入时的青春版紧身衣。她头戴一顶WJ式的礼帽，脚上一双CROCS鲜艳的橘红色凉鞋特别醒目。她模仿WJ的太空步非常像（不怕有狗叫），还不时果断地甩头，跟着唱几句，她的声音有些粗哑。咖啡厅的灯亮着，她进入咖啡厅，打开窗户。观众可以从窗户看见她。男招待出来摆放桌子和椅子。苗苗正在咖啡厅里画壁画。观众看不见苗苗但能听见她说话。

苗苗（OS）　云妮姐，我画了一个最棒的天使。

苏云妮　天使怎么能穿牛仔裤？！那可不行。她居然还喂那么多鸽子，你画得太不像了！

苗苗（OS）　可是，现在已经是二十一世纪了！天使也会喜欢穿牛仔裤、养宠物的。

苏云妮　那我只能给你一千块钱。

苗苗（OS）　可合同上写的是三千块钱一张壁画！

苏云妮　那得是穿裙子、弹竖琴的天使！你好歹也是美院毕业的学生，怎么连天使只穿裙子不穿牛仔裤都不知道？（停顿）唉，苗苗，这天使简直就是你自己的自画像啊。

苗苗（OS）　那怎么了，你又没给我雇模特的钱，我只能自己画自己了。

男招待　云妮姐，通风口又坏了！

[苏云妮从窗口看见高翔从左边上场，倪云飞从右边上场。她一边和男招待说话，一边在窗口看着高翔和倪云飞。

苏云妮　你在我到之前就该把它修好！来客人了，还不快通知维修工！

[苏云妮一边说话，一边消失在窗口。男招待把两把多余的椅子搬进咖啡厅。

[高翔背着他的大旅行包从左边上，他非常高，而且很胖，戴眼镜，半长的蓬乱的头发，络腮胡子很乱，亚麻白衬衣已经被汗水湿透，非常褶皱。淡绿色的亚麻裤子也非常皱。与此同时，倪云飞从右边上。倪云飞穿休闲装，淡蓝色的T恤衫，裤子整洁而干净，一双棕黄色凉拖鞋显得清爽、自在。头发是修饰整齐的自来卷，比较长，分头，脸色光润，笑起来一口大白牙。

[高翔看见倪云飞，神经质地转身想退回原路，倪云飞非常高兴地追上前去堵住高翔的退路，用拳头捶打高翔的胸口。

倪云飞　翔子，你还真赶回来了！

高　翔　我刚下火车就来了。

倪云飞　告诉你，你给咱们的杂志起的那个"手稿"的名字好像他们都反对，我也有些不同意。

高　翔　你们要不反对，反倒奇怪了。

倪云飞　我打赌，一会儿人都到齐了，一讨论杂志到底叫不叫

《手稿》肯定得吵起来，谁都不会同意叫这个名字！别以为办一本杂志容易，看着吧，光给它起个名字就能要了咱们的命！

[二人选了一张桌子，打算坐下来。高翔将背包放在脚边，一屁股坐在一把木条折叠椅上，他太重，折叠椅被坐塌了。高翔屁股蹾在地上，四仰八叉地顺势倒下。

高　翔　（大声抱怨）这是椅子吗？切糕架子吧！

[苗苗听见声音从咖啡店走出来，她穿着一件满身油彩的大褂儿，手中还拿着油画笔和巨大的调色板。眼见高翔把椅子坐塌，她笑起来。

苗　苗　我就知道你有这么一天。云飞哥哥，你别管他！

[倪云飞皱着眉头看着地上的高翔，反而踏踏实实地在一张椅子上坐了下来。

倪云飞　翔子，你数没数过这辈子你坐塌了多少把椅子了？

[高翔索性就坐在地上。苗苗仍然笑。倪云飞还是一副对高翔不耐烦的表情。苏云妮已经穿上围裙，她跑出来，头上还戴着那个礼帽。

苏云妮　太抱歉了，那把椅子大概是螺钉松了，您没摔疼吧？

倪云飞　这怎么能怪你们，都怪他自己！

苗　苗　高翔！你都跑了快一年了，怎么还这么胖？

高　翔　还不快拉我一把？

苗　苗　我才不管呢。

[话虽这么说，苗苗把调色板和笔放在一边，还是伸

　　　　手去拽高翔。苏云妮也帮苗苗伸手拽高翔，她们勉强

　　　　把高翔拽了起来。

苗　苗　我送你的那把椅子还好吗？

　　　　[苗苗帮高翔掸身上的土。高翔试探着另一把椅子是

　　　　不是结实，一边把背包提到椅子旁，一边小心翼翼地

　　　　坐下。他开始打哈欠，后背靠着椅子背，右手舒服地

　　　　放在自己的大肚子上，腿尽量伸直，这样可以更舒服

　　　　些。苏云妮把塌了的椅子收拾到一边。

高　翔　那是藤椅，烂了也塌不了。怎么就你们两个人，他们

　　　　呢？我可是从四川赶回来的，倒先到了。

　　　　[苏云妮快速拿起桌上的菜单。

苏云妮　请问二位喝点什么？

高　翔　绿牌儿的，两瓶！

　　　　[苗苗将一把椅子拉到离高翔近得不能再近的位置。

苗　苗　我要冰摩卡。云妮姐，记我的账。

　　　　[两个从商场中出来的年轻、时髦的女孩正落座。

姑娘甲　我也要一杯冰摩卡。

姑娘乙　我要白牌儿啤酒。

倪云飞　云妮小姐，这些天下五子棋你天天赢，怎么样，今天

　　　　我继续向你挑战？

苏云妮　你今天也赢不了我。

倪云飞　没关系，我会从绝望中找到制胜的法宝。

　　　　[苏云妮笑着报酒单。

苏云妮　（大声）1桌两瓶绿牌儿，一杯冰摩卡；5桌一瓶白牌

儿，冰摩卡一杯。

[年轻的男招待从咖啡厅走出来，迅速把饮料托盘端上来，他将摩卡咖啡放在苗苗面前，又熟练地打开啤酒瓶子盖儿，往玻璃杯里倒了啤酒。又给两个姑娘端上啤酒和饮料。她们两个一直自得其乐地喝着，悄没声地聊天，还把她们买的衣服拿出来欣赏着。在第一幕、第二幕中的开始部分都可以安排一两组来喝饮料的年轻人，他们都是群众演员。

苗　苗　高翔，你可真有号召力，你一招呼说要办一本杂志，云飞哥哥、况卫、四姐他们几个人立马就天南海北地来了！

[苏云妮提起坐塌了的椅子。倪云飞赶紧上前抢过来。

倪云飞　云妮小姐，这活儿让我来干，让我来干！

[倪云飞和苏云妮拿着椅子一起进咖啡厅。

高　翔　你很清楚我们不是老同学就是老朋友，其实想办一本杂志完全是多年来大家共同的想法！别再傻乎乎地说是我一个人想办一本杂志了好不好？

[高翔小心地跷起二郎腿，点着烟，摸着肚皮，开始抽烟。苗苗坐在高翔旁边，离高翔很近。

高　翔　你干吗给这儿画画？瞎耽误时间！

苗　苗　干吗不呢？再说就是一幅非常简单的小壁画，举手之劳，挣点小钱。

[苗苗轻撸高翔的头发。

苗　苗　怎么老是乱糟糟的？

[高翔打哈欠。

高　翔　那又怎么样？

苗　苗　你的衣服老是皱皱巴巴的。

高　翔　So What！

　　　　[苗苗从衣袋里掏出一把梳子，递给高翔。

苗　苗　快，大家就要到了，赶紧梳梳头。

　　　　[高翔眯起眼睛，头也不侧一下。

高　翔　不。

　　　　[苗苗索性站到高翔椅子后面，给高翔梳头。高翔执拗躲避。苗苗使劲儿固定住高翔的头。高翔腾地站起。

高　翔　刚见面你就开始烦我。

　　　　[苗苗赌气把梳子扔到桌子上。两人重新坐下。高翔恢复手搭在肚皮上的姿势，头靠在椅子背上，开始眯起眼睛养神。

苗　苗　我的信你看到了吗？

高　翔　哦，我看到了。

　　　　[苗苗用脚踢了一下高翔。高翔条件反射地躲了一下。

高　翔　我累，你让我眯一会儿。

　　　　[苗苗低头看到高翔的鞋。

苗　苗　你看你的鞋上有多少土啊，你还是进去要一张湿纸巾擦干净吧。

高　翔　你别那么关心我好不好？

苗　苗　干吗不回信？

　　[高翔用手摸着肚皮，从桌上拿起酒杯，喝下一大口啤酒。

高　翔　我去的都是连个网都没有的地方，我在玛多县的一个
　　　　女县长家里上过一次网，看见了你给我发的信，不
　　　　过，很快网就断了，再也上不去了。

苗　苗　可是你却能上网通知大家到台湾咖啡馆来聚会讨论办
　　　　杂志的事情。

高　翔　是，后来又有一些地方能上网，可我还是不知道怎么
　　　　给你写回信。不过我在路上写了一首诗给你。

苗　苗　一首诗？可你的诗里从来都没有我。这回我可要乐翻
　　　　了。叫什么名字？

高　翔　我还没想好，大概叫《上帝的点心匣子》。

苗　苗　《上帝的点心匣子》是什么意思？

高　翔　我在路上做了一个梦，梦见在一辆老式无轨电车上，
　　　　你站在中间晃来晃去的通道处，穿着一件淡黄色的衣
　　　　服，孤零零地，像一块蛋糕，或者像一块酥皮点心什
　　　　么的。

　　[苗苗看看自己满身的油彩。

苗　苗　你是说我油乎乎的？

高　翔　你大概就是一块很好吃的点心的样子。

苗　苗　当时你也在车上吗？

高　翔　是，当时我也在车上，车拐弯的时候，你就跟着车的
　　　　中间的那个转盘转，我想上去拉住你，可是人突然多
　　　　了好多，我就找不到你了。

苗　苗　那你在一开始为什么不拉着我的手？

高　翔　因为，因为你好像是突然落在车的那部分的，就像上
　　　帝送的一个点心匣子，呼的一下就已经在那里了。

苗　苗　哦，可是我更喜欢你把我写成小鹿，或者至少也得是
　　　小熊。我不喜欢当一块桃酥或者蛋糕。不过你写诗给
　　　我，我还是会高兴死的！

　　　[苗苗一边说着话，一边脱下满是油彩的大褂子。露
　　　出T恤衫和短裤。倪云飞从咖啡厅里走出来。

高　翔　我这次可真是给你写的。但是我还要改几个字才能完
　　　成。

倪云飞　唉，云妮小姐的五子棋下绝了！我输得心服口服！况
　　　卫和四姐，这两个家伙怎么还不到？

苗　苗　（站起来，走向倪云飞）云飞哥哥！我昨天请假一天
　　　把你的新小说看完了。

高　翔　别冒傻气了，就他的那本畅销小说，别毁了眼！

倪云飞　（对苗苗）Really？我可以把这看成是对我的褒奖吗？
　　　我刚才听见翔子说给你写诗啦！不过苗苗，我告诉你
　　　真相吧。高翔沿途肯定像以往那样，被许多女孩子纠
　　　缠。你还是别和他在一起的好。

苗　苗　云飞哥哥，你真是乌鸦嘴！你怎么知道他在外边有许
　　　多女孩子？

倪云飞　他给我发了好多照片，那不明摆着嘛。

　　　[苗苗生气地看着高翔，高翔因为刚才说了不能写信
　　　的谎话有些尴尬。两个喝饮料的姑娘提起大包小包走

了。苏云妮在窗口招呼。

苏云妮　欢迎再来！

高　翔　你别听云飞瞎说，我就是想拍她们的眼睛，亮晶晶
　　　　的，看着心里舒服。

　　　　[高翔放松地喝下一大口啤酒，仔细欣赏啤酒瓶子，
　　　　同时用大手抚摸自己的大肚子。倪云飞坐在高翔的
　　　　右边。

倪云飞　云妮小姐，再来一瓶绿牌儿。

　　　　[苗苗掩饰愤怒，显得很宽容。

苗　苗　你的意思是说，他要不像以往那样到处跑，他就写不
　　　　出诗了吗？

　　　　[高翔打着哈欠，伸了一个大懒腰，似乎困得就要睡
　　　　着了。

倪云飞　苗苗，你只要还想和高翔在一起，好歹也得适应他。
　　　　你又不是不知道，他向来这样。他用一年的行走，只
　　　　能换来半首诗。

高　翔　那又怎么样？总比你用两个月写一本畅销小说强。

　　　　[男招待出来，把酒和杯放在倪云飞面前，并给他倒
　　　　好酒。

倪云飞　苗苗，你恐怕也知道，高翔要不在旅途中谈恋爱，他
　　　　就还真写不出好诗来。他热爱的姑娘都在路上，可不
　　　　是你这样的城市小棉袄。

　　　　[苗苗有些不服气。倪云飞惬意地喝着啤酒。

苗　苗　高翔，把你拍的照片给我看看吧，让我共享一下你看

到的亮晶晶。

高　翔　那可不行，我还没整理呢。她们也不是全都亮晶晶的。

[高翔想岔开话题，掩饰自己的不安。

高　翔　云飞，你说你要辞去雷玛逊网络购物集团副总的职位了，是真的吗？

[四姐从右边上场，她手里拿着一串佛珠。她一边捻着佛珠，一边口中念念有词。她穿得很男性化，头发也剪得特别短。

倪云飞　是，我想歇两年，先四处转转，再写写我早就想好的两篇小说。

四　姐　你们早，我是不是来晚了？

倪云飞　没有，况卫那家伙还没到呢。

[况卫手提电脑，熨得平整的衬衫到处是血渍。西裤、西服上衣平整地搭在手臂上。从右上。他把电脑放在一张桌子上，把衣服搭在椅子背儿上，精神抖擞地。

况　卫　哥们儿下飞机办完事儿就往这儿赶，一分钟也没耽误。

[况卫看了一下表。显得很满意地报时。高翔站了起来，要和四姐、况卫打招呼。他不太在意况卫身上的血渍。

况　卫　差两分钟6点。今儿怎么了，哥儿几个都这么准时？小姐，绿牌儿的两瓶。

四　姐　（惊讶）你又和谁打架了？

况　卫　我的前任，我们都有点搂不住火，一下飞机就打起来了。

倪云飞　就这么，您也没迟到，真让人惊讶！

况　卫　响应高翔号召呗。不是要讨论咱们自己的杂志的事儿
　　　　嘛！

　　　　［倪云飞走到况卫身边，关切地看了一会儿。

况　卫　别看了，都是那家伙的血，我没受伤。

四　姐　你怎么那么精神，我还担心你得倒时差呢。高翔怎么
　　　　显得无精打采的？

况　卫　我现在睡觉的时候都可以工作，我脑子的工作效率是
　　　　普通人的十倍。

倪云飞　你什么时候也学会吹牛了，这可不像你！

　　　　［倪云飞边说边和况卫小心拥抱。四姐笑着上前和况
　　　　卫、高翔拥抱。苗苗轻松地看着他们，但她没有要打
　　　　招呼的想法。

四　姐　你回来真好！听说你这次调到中国做机脑公司的总代
　　　　理啦？

况　卫　其实职位没变，就是换回来了。

　　　　［况卫走向高翔，高翔开心地笑了。

况　卫　翔子，我本来还在犹豫，可一接到你的邮件，我就
　　　　想，干吗不回来呢？至少给你一个惊喜！

高　翔　你会有无数理由回北京，唯独我的邮件肯定不是你回
　　　　来的理由！

四　姐　哈哈，还是高翔了解况卫！

倪云飞　一针见血，他其实只配做一个流亡者。

况　卫　云飞，你说话还这么损！

倪云飞　怎么了，这不是事实吗？

　　　　[店员给况卫上啤酒。一对年轻人（可以是同性恋，也可以是异性恋）从商场走过来，坐下。男招待上去招待他们。两个人轻松地亲热着。

四　姐　我要一杯苦艾酒。

　　　　[男招待在单子上记上苦艾酒，然后下。四姐坐到桌边。

倪云飞　真不敢恭维你喝酒的品位。又喝绿魔鬼！过一会儿我就分不清你是理智的还是魔鬼附体了。

四　姐　别在我面前耍你的品位，你还在乎品位，就说明你没品位！

倪云飞　瞧着吧，那个东西早晚害了你！我不明白巴黎为什么要对它解禁？！谁不知道实际上它就是致幻剂！

四　姐　它要真能致幻倒好了！我怎么从来没被致过？

倪云飞　别自欺欺人了，其实你早就上瘾了。

四　姐　咱们什么时候能进入正题？

况　卫　那方圆他们呢？怎么不从石家庄过来开会？

高　翔　方圆说他正在做见鬼的博士后的工作，在敦煌拍洞窟呢。

倪云飞　小刚呢？那家伙应该没什么事呀。

　　　　[况卫一边听，一边走近苗苗，他专注地看着苗苗，苗苗被况卫看得有些不自在，站起来，走向四姐。她坐在四姐身边。

况　卫　苗苗，你好！

苗　苗　（机械地）你好，况卫！

高　翔　我和小刚在四川刚分手，他们偏要开川藏路一趟，我就把吉普车给他们留下了，他还把遗书写好了，就在我口袋里。

四　姐　好，他的遗书可以发在咱们的第一期杂志里。

倪云飞　欸？那得征求小刚的意见吧，这可是隐私。

　　　　〔男招待给一对年轻人上了饮料。又将苦艾酒杯、方糖、冰水、苦艾酒匙给四姐端上，将酒匙架在圆锥形装有绿色苦艾酒的酒杯之上，用冰水浇在方糖上，方糖融化，酒汁变成混浊的浅绿色。（这个过程可以做成DV在背景布上放大）

　　　　〔四姐一口喝下。

四　姐　再来一杯。

　　　　〔男招待将杯子撤走，记单，去咖啡厅取酒。

况　卫　（眼睛还在看着苗苗）那程冬雪呢？他凭什么不来？

苗　苗　他今晚有话剧演出。

高　翔　什么？程冬雪要演话剧？他脑子进水了吧？

倪云飞　人家正在当先锋戏剧的主角呢。

高　翔　什么世道，我刚走不到一年，程冬雪演话剧了！

倪云飞　那怎么了，少几个人咱们就不讨论了？我们明天还准备都去看他的演出呢。在北京先锋，你去不去？

高　翔　我可不去，一想起程冬雪要演戏，我都替他手心出汗。

四　姐　我们还是切入正题吧。杂志的事你们都想没想？

　　　　〔男招待端出苦艾酒，又重新将酒调好，递给四姐。

　　　四姐接过酒杯，喝了一口。苗苗偷偷喝了一口四姐杯
　　　里的苦艾酒。苏云妮拿着一个大白牌子走出，挂在墙
　　　上，上面写着：杰克逊悼念日，当日咖啡打 8 折。

倪云飞　那啤酒为什么不打折，我们也在悼念杰克逊啊。

四　姐　你能不能严肃点！我们可不可以开始了？

况　卫　四姐，我怎么看你捻佛珠那么不像?！

　　　〔苏云妮看他们自己说自己的，与自己无关，就笑嘻
　　　嘻地走回咖啡厅。一对年轻人亲密地搂抱着离去。

四　姐　我这是行为艺术。你知道这串珠子儿共有多少粒吗？

况　卫　12 粒。

四　姐　不对，是 18 粒。你知道我念的是什么吗？

倪云飞　阿弥陀佛呗，一般都念这个。

　　　〔苗苗走到高翔面前。

苗　苗　不好了，我偷喝了四姐的苦艾酒，我出现幻觉了。

　　　〔苗苗又拿起高翔的啤酒喝下一大口。高翔根本不理
　　　苗苗的幻觉，他以生硬的口气对苗苗。

高　翔　告诉你一个消息。我皈依了。

　　　〔苗苗听到了高翔的话把刚喝的酒呈雾状喷出。然后
　　　咳嗽。

　　　〔况卫、四姐、倪云飞只看了一眼苗苗继续聊天。

苗　苗　什么？是不是我听错了？

高　翔　你没听错。

苗　苗　在哪儿？

　　　〔高翔有些沮丧，然后又高兴起来。

四　姐　（对况卫、倪云飞）我念的是"东东朝建北崇前和宣
　　　　　长复阜车西积鼓安雍"共 18 个字。

倪云飞　是你的《红光经》吗？

四　姐　不是。

况　卫　那是什么？

高　翔　（对苗苗）去四川之前，我绕道九华山，在那儿皈依
　　　　　了。我师傅答应每年给我寄他亲手抄写的经文。

苗　苗　为什么？！

高　翔　因为那个老头儿喜欢我。还有，（停顿）那儿的尼姑
　　　　　答应每年给我寄她们种的茶叶。

四　姐　（对况卫）你再仔细听一遍："东东朝建北崇前和宣
　　　　　长复阜车西积鼓安雍"。

况　卫　听不懂。

四　姐　仔细听。

　　　　　[四姐这回拉长音。

四　姐　东—东—朝—建—北—崇—前—和—宣—长—复—
　　　　　阜—车—西—积—鼓—安—雍。

苗　苗　（对高翔）这么说你有法名？

高　翔　对！

苗　苗　叫什么？

倪云飞　（对四姐）太古怪了。猪八戒都听不懂。

四　姐　我念的是"东直门、东四十条、朝阳门、建国门、北
　　　　　京站、崇文门、前门、和平门、宣武门、长椿街、复
　　　　　兴门、阜成门、车公庄、西直门、积水潭、鼓楼大

街、安定门、雍和宫"的缩写。正好是二号线地铁的
18 站。不多也不少。

[况卫、倪云飞大笑。四姐反而更加严肃起来。

四　姐　你们笑什么，我就是用这来表示我的非宗教立场。

[高翔摸了摸脑袋，又摸了摸肚子。

高　翔　证儿上有，我现在忘了。

苗　苗　高翔，你这玩笑开大了。

况　卫　四姐，你这玩笑开大了。

倪云飞　这玩笑开大了。

高　翔　（很放松地，对苗苗）我没开玩笑。

四　姐　（对况卫、倪云飞）我没开玩笑。

倪云飞　（对四姐）我看你是乱了套了！

苗　苗　（对高翔）我看你是乱了套了！

况　卫　（对四姐）我看也是。

高　翔　我没有。

四　姐　一点儿都没有。

[四姐突然想起来什么，问苗苗。

四　姐　哦，对了，苗苗你的壁画画完了吗？

苗　苗　画完了，过两天请大家一起过去看看。

倪云飞　你给神学院画了两年壁画，竟然没被他们收为基督徒，
　　　　真不可思议。

苗　苗　可是我就是跨不过信仰这个门槛，太难了！

况　卫　（对苗苗）看来还是有没乱了套的。

[倪云飞站起来。

倪云飞　我去里面挑瓶葡萄酒来。

况　卫　我也去。

四　姐　我和你们一起去，免得你们又挑一千块钱以上的！

　　　　[况卫、四姐也站起来。他们和倪云飞一起进了咖啡厅。

高　翔　（没好气地对苗苗）比米开朗琪罗画得还慢，两年了，统共不到三十平米的墙，那么小的壁画两年还画不完。

　　　　[苗苗有些沮丧。

苗　苗　是啊，我真是太慢了。可你跑遍了大江南北。

　　　　[高翔显得比苗苗更沮丧。

高　翔　你知道我为什么要这么拼命跑，可你却嘲笑我。

苗　苗　没有，我没有嘲笑你，我一直觉得你旅行比你吃百忧解好。

　　　　[高翔既沮丧，又焦虑。

高　翔　可是自从我得了抑郁症，自从吃了百忧解发胖以后，我几乎变成了睡袋，我总是想睡觉。要么就正相反，总是醒着，想写东西，又写不出来。总是两个极端。

　　　　[苗苗用手抚摸高翔的肩膀，高翔开始有些不安地望着咖啡厅的大门。

苗　苗　你出去这么久，我非常想你。

高　翔　其实我只去了十一个月。

苗　苗　可是你已经走了三次十一个月了！从三年前到现在，你都在外面，把我一个人扔在这里。

[高翔站起来走动。他突然越走越远，一直走到杰克逊招贴画旁边，捡起一支马克笔，签上了自己的名字。苗苗急得要哭了。

苗　苗　高翔，你为什么不理我？！

　　　　[高翔索性躲开苗苗跑进咖啡厅。苗苗刚要追进去，却看见况卫走出来。况卫挡住苗苗的路。

况　卫　苗苗，我非常想念你！

苗　苗　请你别说这么肉麻的话好不好？！

况　卫　可是，我听说了你和高翔的好多事。我这次回来就是想要告诉你，我想保护你，让你不受伤害。

苗　苗　你现在就在让我受伤害！

　　　　[倪云飞、四姐拿着红葡萄酒、酒杯，高兴地走出来，回到桌边。高翔低着头，懒洋洋地也走了出来。

高　翔　（又开始沮丧起来，对大家）咱们中间还没有一个信什么的呢，好像就我一个。

苗　苗　你骗不了了，你就是为了尼姑种的茶叶！

高　翔　那又怎么样？

苗　苗　你总是那么不负责任！

高　翔　闭嘴！我不许你教训我！

倪云飞　（对高翔、苗苗）你们又扯到宗教上，走得太远了，什么时候进入今天的主题？

　　　　[咖啡厅开始放 WJ 的音乐。况卫给大家倒红酒。高翔和苗苗重新坐回座位。苗苗看着高翔，高翔对苗苗不理会，他仔细听大家的话。

况　卫　要说办杂志，WJ 办的杂志风行一时，WJ 是一个真
　　　　正的理想主义者。

倪云飞　你说 WJ? 开玩笑吧！他要是理想主义者，我就是理
　　　　想主义的旗手。

况　卫　难道你不想是吗？

倪云飞　我就是了，怎么了？！我理直气壮！可你，你敢承认
　　　　自己是理想主义者吗？

况　卫　这有什么不敢的，我一直都承认啊。我曾经热爱文
　　　　学，那时候我写诗，我们办了一本杂志，和高翔他们
　　　　的那本同时办的，我想我热爱文学。

倪云飞　你也办过杂志？

高　翔　他办过，你忘了，我们就是因为彼此的杂志结识的，
　　　　那已经是十二年前了，你不是后来也办过一本吗？
　　　　（停顿）那时我们真年轻。

四　姐　我们不是学生，不能做学生干的那些事，我们是成年
　　　　人了，不能头脑发热。

苗　苗　我看重你们的正是这一点。我心甘情愿是你们中的一
　　　　个。

倪云飞　（对苗苗）别干什么都效仿别人，要自然而然。

四　姐　看来你们都坦然承认自己是理想主义了？

　　　　[高翔开始更加烦躁不安，他一口饮尽杯底的红酒。

高　翔　我可不敢说我是。（指着杰克逊的招贴画）我也不敢
　　　　说像他那样的人是不是。我刚才签了名只是因为我喜
　　　　欢他十年前唱的那些歌。

苗　苗　我是，我敢。

　　　　[高翔焦虑地看了一眼苗苗。苗苗看出他的焦虑，向
　　　　高翔走了几步，可又怕高翔厌烦，便停住了脚步。

高　翔　我可不见得比 WJ 有勇气敢把脑子都换成机器的。

四　姐　好了，又跑题了。

况　卫　我们几乎是一边崇拜他一边诋毁他的。

　　　　[倪云飞突然嗽了嗽嗓子以示话题的重要性。

倪云飞　听说有人提议我们的杂志叫《手稿》？真的吗？

况　卫　我反对，要是我看到一本叫《手稿》的杂志，很可能
　　　　都不会去看一眼里面的内容，我想别人也一样。

四　姐　（对况卫）《手稿》不是为了你所说的"别人"办的。

倪云飞　（对四姐）像以往那样聚在一起聊天可以，但要办杂
　　　　志还应该进一步交流。你不是提过建议吗？

四　姐　应该先把自己比较满意的作品交换一下，感觉会准确
　　　　一些。

倪云飞　不妨作为游戏，但任何游戏都要有规则。

况　卫　我们为什么要办这么一本杂志，这本杂志到底要干什
　　　　么得说说。

四　姐　我们不能把出杂志当儿戏。

倪云飞　如果这件事是轻松愉快的，我愿意参加，否则我宁可
　　　　养点儿小金鱼儿。如果写东西成了我的负担，我宁可
　　　　提着鸟笼子到公园去溜达。

况　卫　我们出一本杂志至少应该有原则和宗旨。因为我们既
　　　　是为了生活，也是为了超出生活之外。

高　翔　我就是想出一本我们自己喜欢的杂志，并没有想过要
　　　　高于谁，超出什么。

倪云飞　我不同意把调定这么高，我们应该杜绝好大喜功。我
　　　　现在开始喜欢《手稿》这个名字了。

况　卫　都什么时代了，机脑时代！我建议改叫《芯片》。

倪云飞　或者叫《战栗》①。

　　　　［苗苗突然看见高翔沮丧地坐在椅子上自己斟酒，一
　　　　饮而尽，又斟一杯，还是一饮而尽。她走过去，双手
　　　　搭在高翔的肩膀上。

四　姐　（对况卫）你别把专业人士的那一套乱用好不好？！
　　　　你是不是想让这本杂志为你们机脑公司做广告？

　　　　［况卫灿烂地笑笑。

况　卫　我没有这个意思，只是觉得叫《手稿》会让人误解我
　　　　们办的是哲学杂志。

四　姐　我想名字还有待商榷，别这么快就定了，讨论的过程
　　　　很重要。来，搭把手！

　　　　［四姐、倪云飞、况卫开始动手搬桌子，想把三张小
　　　　桌并在一起。

苗　苗　（对高翔）他们看来不同意你起的名字，你别伤心。

高　翔　（掩饰自己）我没有！我只是累了！

苗　苗　要是累，就别再走了，你需要好好休息。

高　翔　可是我越来越讨厌这个城市，一回来我就烦。

------

① 迈克尔·杰克逊的代表作之一。以其命名的磁带畅销全球。这里借用
　　杰克逊的音乐，但说的是一个杜撰的叫沃特尔·杰克逊的人。

苗　苗　其实你在外面又想念她！你就是这么没头没脑的！

　　　　[倪云飞说话的同时，突然装修的电钻、电刨声音刺
　　　　耳地响起。倪云飞不得不提高声音。但是他的声音还
　　　　是几乎被噪声压倒，只能看见他的口型。所有人都用
　　　　手堵住耳朵。过一会儿，噪声停止的间歇，倪云飞重
　　　　复了一遍自己的话。

倪云飞　如果想出更好的名字来，我同意，但如果想不出来，
　　　　《手稿》就挺好。

苗　苗　（对高翔）这儿有你最好的朋友，大家会一起把杂志
　　　　办好的。那是你的一个愿望，也是大家的愿望。

高　翔　我现在有点后悔了，我觉得……

　　　　[噪声又起，让人忍无可忍。苗苗用手堵住耳朵。

高　翔　怎么回事，这么吵？！

况　卫　怎么回事？也太吵了！

　　　　[况卫冲进咖啡厅，倪云飞、四姐跟在后面。片刻，
　　　　噪声停止。

苗　苗　就因为他们对你起的名字有疑义吗？

高　翔　不是。我只是后悔回来。你没变，他们也没变。

　　　　[苗苗开始抚摸高翔乱蓬蓬的头发。

苗　苗　这十一个月，我非常想你，我想努力在你回来之前把
　　　　壁画画完，我想让你看了喜欢。

高　翔　你的画我越来越不喜欢了，它们不是发自你的内心，
　　　　老像是要让别人叫好！

　　　　[苗苗的手停在半空几秒，但她还是耐心地坐在高翔

身边。

苗　苗　只有你喜欢，我画画才有意义。这你早就知道了。

高　翔　得了吧，我的喜欢从来都没放在你的眼里。我喜欢你的初稿，可你偏偏用了别人的建议把它给改了！

[苗苗眼中噙着眼泪。站起来，转过身。

苗　苗　我其实可以不画画，我可以和你一起去旅行，一直跟着你。只是我病了。

高　翔　怎么？我怎么不知道？

苗　苗　你刚一离开北京，我，我就去做了手术。

高　翔　手术？你怎么了？为什么不告诉我？

苗　苗　我就是不想告诉你，因为我没和你商量，我做了流产手术。

高　翔　什么？你，真的吗？对不起。我，你该跟我说。

苗　苗　是双胞胎。

[苗苗哭，高翔站起不知所措地搓着手。

高　翔　是双胞胎，噢，天啊！

[苗苗像一摊泥一样塌在椅子里，痛苦让她显得有些苍老木讷。她的声音也显得因很痛苦而绝望。

苗　苗　所以，我要用给神学院奉献一幅壁画来赎罪，齐牧长代表教会要给我十万块钱，我没要！我做掉了两个孩子，我知道我再也不配有人来爱我了。我简直就是杀人犯！

[高翔看到苗苗的痛苦，开始因为不忍心更加焦躁。

高　翔　你要是不赎罪还好，你的赎罪都让我觉得非常不舒服。

苗　苗　可是我真的很想要两个小孩，我很后悔。

高　翔　可是你还这么年轻，我又不能和你结婚，如果真（停
　　　　顿）其实这样可能是最好的办法。

苗　苗　我一直盼着你早点儿回来！

高　翔　他们都知道吗？

苗　苗　我没和他们说，我怕他们告诉你。要是告诉你，你会
　　　　回来吗？

　　　　[高翔犹豫了，他搓着大手。然后停下来。

高　翔　说实话，我可能还是不会回来。

　　　　[苗苗又哭了，她不愿让大家看见，跑了。高翔不安
　　　　地看着苗苗的背影，呆呆地站在原地不动。静场几秒
　　　　钟后，况卫、倪云飞、四姐三人从酒吧走出来，后面
　　　　跟着苏云妮。

苏云妮　（殷勤地）实在太感谢你们帮我修好了通风孔了，尤
　　　　其感谢倪总！小王修了好多次都没修好。

四　姐　我们都是老朋友了，千万别客气。麻烦你们，我们今
　　　　天有重要的事情商量，你们千万别制造噪声了。

苏云妮　不会了，你们放心。

倪云飞　对了，云妮小姐，你也该毕业了吧？

苏云妮　我过两天就回台湾了。我先跟你道个别吧。

倪云飞　哦，真的，云妮小姐，我会想你的，你这儿都成了我
　　　　们的聚点儿了！

　　　　[苏云妮从口袋里掏出一张金卡塞给倪云飞。

苏云妮　只要我在，你来永远享有优惠！

　　　　　[倪云飞接住金卡亲了一下。

倪云飞　真的? 这可是你说的!

四　姐　云妮小姐，上次你说你父母是两个党派的，老吵架?

苏云妮　是，我妈是国民党，我爸是自民党，他们整天争论
　　　　不休。

况　卫　那你站在哪边?

苏云妮　我中立。

　　　　　[大家笑。男招待在里面叫苏云妮。

男招待（OS）　云妮姐。

苏云妮　来了。

　　　　　[苏云妮回咖啡店了。高翔一直看着远处的苗苗（不
　　　　　在场上），为了掩饰自己的不安，走到桌前将一大杯
　　　　　红酒一口喝下。他脸上露出放松的笑容。

倪云飞　刚才说哪儿了? 你们别都站着，坐下吧。

　　　　　[三个小桌已经并在一起。高翔坐在倪云飞旁边，况
　　　　　卫和四姐一个坐桌子的左边，一个坐在右边。苗苗又
　　　　　走回来，她悄悄坐到高翔旁边。高翔吐出一口气。

倪云飞　听说施瓦辛格宣布加州破产了?

况　卫　政治策略而已，"真实的谎言"。

四　姐　你们从来都不愿意切入主题，真耽误时间。依我看，
　　　　叫什么名字不要紧，名字只是符号而已。

况　卫　我们虽然都很熟，其实有些人彼此了解很少，我们大
　　　　多不是闲人。我们都工作，这是办杂志的障碍。

四　姐　我没有工作，但我比你们还忙。

况　卫　你需要安装一个芯片。我保证它能让你成为真正的哲
　　　　学家。

四　姐　你休想把我鼓捣成一个机器人！

况　卫　我要郑重向大家宣布一件事情。

　　　　[高翔、苗苗、倪云飞、四姐眼睛一齐看向况卫。

况　卫　我的大脑中植入了机脑公司的芯片。我这次回来就是
　　　　做这种芯片在中国的总代理的。

苗　苗　这么说你成超人了。你能像他一样飞吗？

况　卫　不能，但我拥有一些人类达不到的功能。

四　姐　这太可怕了，你有一个人机一体化的双重大脑。

况　卫　一点儿不可怕，正相反，非常好。我建议你们每个人
　　　　都植入芯片，我会让公司给你们免费。

　　　　[倪云飞第一个站起来反对。他有些激动。

倪云飞　想什么呢？想拿我做实验吧？！最可怕的是，你想异
　　　　化我的思想！那我不等于把自己的灵魂出卖了吗？告
　　　　诉你们，就是我们的杂志，我也不能容忍一个非人类
　　　　大脑插手！

况　卫　多大点儿事儿？干吗这么激动，有话不会好好说？我
　　　　敢保证我能说服你们，等着瞧吧，哥们儿要对你们每
　　　　一个人的大脑负责！

　　　　[高翔同情而紧张地看着况卫，苗苗和四姐对视了一
　　　　下。倪云飞坐下。

四　姐　倪云飞，每次讨论你都第一个站出来宣战，你怎么总
　　　　是那么理直气壮？

[倪云飞又迅猛地站起来，这次撞翻了坐着的椅子。

倪云飞 你们这帮家伙只知道妥协，达尔文提出进化论都一百多年了，人类当时多么憧憬还能进化啊！依我看，这家伙是倒行逆施，他是让机器进化，让咱们退化，最后他代表机器统治咱们大家！你没听他说要把《手稿》这个名字改成《芯片》吗？！

高　翔 （严肃地）我刚从川北回来。我看到了许多你们没看到的事情。阿坝多美啊！我建议你们都去看看，让大脑放松一下。

倪云飞 你是个多么自私的家伙还用我说吗？你趁着地震、疫情这些天灾人祸之后没有游客，去好多地方尽情地狂奔，你就不觉得心里有愧吗？

高　翔 （沮丧地站起来）我承认我就是病人，我照顾不了那么多人，我也不想给谁添麻烦！

[高翔开始焦躁地搓动一双大手。苗苗担心高翔，上前打断他们的谈话。

苗　苗 你们一见面就吵架，况卫好不容易从美国调回来，你们就不能友好一点儿？不就植入一个芯片吗？你们谁现在不是天天用电脑和手机？谁敢说离得了它们？

[况卫领情地看着苗苗。

况　卫 就是，依我看，云飞你就会虚张声势，我要第一个先说服你……

[四姐坚决制止了况卫。

四　姐 停！这可是原则问题。我同意倪云飞的判断，用机脑

　　插手我们的杂志，那是我们的耻辱，如果那样，你们刚才说自己是理想主义者就是说大话。

倪云飞　没错！思想者是人，思想属于人类，而不属于机类！

　　[况卫在一边惬意地喝酒，一边听大家争论。他放下酒杯站了起来。

况　卫　我第一次回国的时候是 2001 年吧。那时候，你们就是这么说我的，你们非常看不惯我，因为我说话老是夹杂英语单词。你们当时指责我污染了汉语。

　　[倪云飞不耐烦地放下酒杯走到况卫身边。

倪云飞　到现在如果你还没改，我还会指责你，怎么了，指责得不对吗？

况　卫　对对！当然对，老是你对，老是你有理！可是，我改过来了，现在！因为我植入了芯片，这样的坏习惯很容易纠正。

高　翔　这么多年了，我只要提一个讨论的话题，你们都能离题八丈远，你们只有这个本事，成事不足，败事有余！

　　[高翔悲伤地看了一眼苗苗，双手快速地扭搓在一起。

高　翔　（对苗苗）你为什么总是参加这样无聊的讨论会，我真不明白你怎么每次都来？！

　　[苗苗惊愕地看着高翔，然后又看看大家。倪云飞、四姐、况卫都对高翔突然对大家发怒非常惊愕。倪云飞停止了和况卫的争论。

　　[况卫面带微笑地走到高翔面前，轻轻搂住高翔。

况　卫　云飞，好不容易大家刚聚在一起，你就不能别那么犀
　　　　利，对什么都裁决得那么清楚？！

[倪云飞无奈地望望高翔，喝了一大口啤酒。他指着
WJ 的招贴。

倪云飞　是啊，我最喜欢的歌星其实是个机脑人。他不也五十
　　　　就死了吗？我还能说什么呢？！可是我并没有错啊，
　　　　我要人类理想的纯洁性，这难道还会伤害谁吗？

苗　苗　如果你伤害了谁，你还不觉得你伤害了谁，你的人类
　　　　理想早就不纯洁了，你的伤害和一个机器的伤害有什
　　　　么区别？！

倪云飞　女孩子家，别这么伶牙俐齿的，恪守点儿妇道，厚道
　　　　点儿！

[高翔焦急地把苗苗拉到一边。

高　翔　事实上，他们的争论没有伤害我，你别像母狮子似的
　　　　好不好！

苗　苗　你总是说他们伤害不了你。可每次看到他们争你都
　　　　很沮丧。

高　翔　（不耐烦）我远没到要你保护我呢，你和他们一样不
　　　　懂我为什么回来。

倪云飞　高翔，我很羡慕你能挑战自己的极限，你坚持做你认
　　　　为对的事情，很让我佩服。可你整天这么萎靡不振地
　　　　坚持，有意义吗？！

高　翔　我坚持什么了？（停顿）我什么也没坚持。

况　卫　我们每个人都有短处，这是显而易见的道理。

四　姐　我开始质疑我们在一起这么多年的意义了。

倪云飞　四姐，你什么意思？

四　姐　我能有什么意思？你看看我们几个，你、高翔、况卫、我，有什么共同之处？我们在一起总是没完没了地争论，也没个结论。这么多年，我们还以此为荣！

　　　　［高翔无意中将一个瓶子碰到地上，一声玻璃碎裂的响声，让大家稍停了一下。高翔去捡玻璃的时候，手被玻璃碴划破流血了。苗苗拿出自己的手帕给他包扎。并且想让高翔不再听他们争论。

苗　苗　我敢肯定，你一路上一直在喝酒。你的手老是抖。

高　翔　你看，你又管我，我不用你管！

　　　　［苗苗温柔地把高翔扶到椅子上坐下。男招待上来把碎玻璃收拾走。

苗　苗　（对大家）其实你们都那么有能力，却总不能说到一起。

高　翔　我们就是因为说到了一起所以才争论的。要是人说不到一起就会沉默了。

倪云飞　你的说法真怪，不过，你是诗人，你有你的逻辑。

高　翔　我不是诗人，我厌烦诗人这个词下的每一个名字。我可不是他们。

四　姐　请你尊重你的同行好不好，他们又没得罪你！

高　翔　他们怎么没得罪我？他们说自己是诗人！

四　姐　我不明白你，他们说得不对吗？

倪云飞　当然不对了！他们哪是诗人？他们是傻……

高　翔　停！他们也不能被你说成是那个！

　　　　　[倪云飞沮丧地端起酒杯坐在一边。

倪云飞　怎么今儿全冲我来了，我说错什么了？

高　翔　你不能说你百分之百正确！

　　　　　[倪云飞腾地站起。高翔也站了起来，但有些怯懦，苗苗拉了拉他的衣角，他又重新坐下。况卫饶有兴致地等着他们能争论起来。四姐一边喝酒一边看着他们。

倪云飞　如果以往的每次谈话，我的话还有那么一点儿值得商榷的话，那么今天，我绝对百分之一百的正确！我是站在上帝的面前说的这些话，我是人，是万物之灵长，我怎么能容忍用一粒芯片侮辱自己？！

况　卫　你早就开始用电脑写作了不是吗？你可以说那只不过是工具，但是如果有一天人类到了要用机器人做总统的地步，我向你保证，上帝也会在你倪云飞的名字上画上一个和大家一样的黑点！

　　　　　[在况卫、倪云飞进行以下对话过程中，高翔开始焦虑得像笼子里的豹子一样在前场走来走去。苗苗上前想搂抱他，被他甩开。苗苗跟着高翔走来走去，用手拉高翔的手，几次被高翔握住又甩开。

倪云飞　你这是狡辩！我用笔记本是因为那比灌钢笔水方便多了。

况　卫　而且，你不得不承认你依赖它，离开它你甚至提笔忘字！

倪云飞　你在偷换概念！

况　卫　你说到人类退化，你是推卸责任，其实你早已经退化了，你已经基本不会再写字了。

倪云飞　如果电脑坏了，我仍旧可以恢复用钢笔写东西，我的第一个长篇不就是那么写出来的吗？没有电脑怎么了，难不倒我！

况　卫　你自己很清楚，要是电脑坏了，你会再买一台新的更好的！

倪云飞　这有什么不可以吗？我当然会买更小、更快、更完美的！

况　卫　所以你没有理由指责我，我脑子里的芯片是目前全世界最小、最快、最完美的！

倪云飞　你的电脑在你的体内，你彻底受它控制。我只不过在控制键盘、鼠标和显示器而已。我愿意开就开，愿意关就关，反正我不会受它控制。

况　卫　你就别嘟嘟囔囔的了，别以为你每天在被窝里 QQ 聊天我不知道！

倪云飞　你！太可怕了，你简直是《1984》里的老大哥！

况　卫　你对哥们儿的评价太低了！我比它可厉害多了！不过，我可是有人道主义原则的！

　　　　〔高翔还在像笼子里焦虑的豹子一样走来走去。苗苗陪着他走来走去。

四　姐　既然你们已经说通了，那我们就言归正传吧。

　　　　〔高翔已经满头大汗，他松了口气，停在桌边喝了一大口酒。他重新又鼓起勇气来。

高　翔　我提议我们的杂志永远叫《手稿》。

倪云飞　既然况卫仍是我们中的一个，那么叫《机脑》或者叫《芯片》都比叫《手稿》更像。

况　卫　你们将看到，我在《手稿》上的投稿，是我用机脑写出来的！我不会提笔忘字，我还可以用毛笔写作呢，没有问题！

　　　　［高翔一边大口大口地喝酒，一边更加同情地看着况卫。

高　翔　（不安地）况卫，你现在有性生活吗？

　　　　［况卫哈哈大笑。他拍拍高翔的肩膀。

况　卫　还记得咱们小时候偷看的《肉蒲团》吗？我告诉你，我的性取向没有任何时候比现在更健康的了！我倒是担心你吃那种美国的百忧解会缺乏性欲！

　　　　［高翔被况卫一语道破，不安地低下头，但他又抬起头来，笑了，显然他从况卫的客观的话中反而获得了某种解脱。

高　翔　我们已经不是一个健康标准了。我是正在进化的猴子，而你是正在退化的大猩猩！

况　卫　（笑了）你说得对！高翔，你比倪云飞脑子清楚！

高　翔　我是接着倪云飞的话说的，我觉得机脑那简直是暴力！

况　卫　高翔，对于我，你的一切向来都是暴力！

高　翔　你什么意思？

况　卫　从上学的时候你就蔑视我的先进性，你甚至觉得我情
　　　　商太低，不懂浪漫和柔情。可是那不是事实。

高　翔　我怎么会蔑视你？！我只是希望你能获得幸福，经常
　　　　为你失败的爱情着急。

　　　　[倪云飞、四姐司空见惯地一边喝酒，一边看着高翔
　　　　和况卫争论。苗苗有些焦虑地看着高翔。

倪云飞　（对四姐、苗苗）有时候，我真觉得他们有点像同性
　　　　恋。

　　　　[四姐笑，苗苗根本没听见倪云飞的话。

况　卫　我也为你着急！你永远都在闲逛，你以为这是你的
　　　　特权。

高　翔　你很残酷，可你自己却没有察觉。你以为我想过漂泊
　　　　的生活？这是我自己都摆脱不了的一个咒语！

况　卫　无论如何，你要相信我的真诚，我希望你能身心健
　　　　康，我要说服你植入芯片！

高　翔　我跟芯片就不在一个世界。但是我却从没想过让你离
　　　　开大家。你能回来我很高兴！不论以什么方式回来我
　　　　都高兴！不过，我真怕你脑子里的那个小东西。

况　卫　你必须接受芯片，哥们儿需要你的支持！

高　翔　我们谁都帮不了谁，这就是事实！

　　　　[况卫高兴地和高翔抱在一起。苗苗心花怒放，她和
　　　　四姐对视着笑起来。

苗　苗　四姐，你看，他一高兴病就好了！

四　姐　你总是担心他有很严重的病，依我看，他病得不够！

苗　苗　四姐，你太狠心了吧?!

　　　　［倪云飞一直在一边嘟嘟囔囔。

倪云飞　谁说我不高兴了，怎么没人拥抱我?

　　　　［况卫上来拥抱倪云飞。他把四姐、苗苗也都抱在一
　　　　起。

况　卫　谁让你嘴不饶人的!

　　　　［高翔举起啤酒。他的脸因为高兴有些扭曲。他上前
　　　　拥抱着苗苗，苗苗高兴得脸上泛着亮光。

苗　苗　（对高翔）你拥抱他们，也拥抱我，这有多好啊!

高　翔　（鼓起更大的勇气，却有些胆怯地）来，让我们为
　　　　《手稿》干杯!

　　　　［高翔、倪云飞、况卫、四姐、苗苗高兴地连连相互
　　　　把杯子碰得当当响。四姐高兴地和苗苗抱在一起。

　　　　［WJ 的 *Can't Let Her Get Away* 响起，在强劲的节奏中，
　　　　高翔和况卫对峙而舞，像两只斗鸡。况卫舞姿完美、
　　　　有力，酷似杰克逊；高翔却显得非常笨拙、僵硬，但
　　　　是却更感人。倪云飞、四姐和苗苗在一旁拍手叫好，
　　　　他们也都情不自禁地跳了起来。四姐因为喝了苦艾
　　　　酒，显得特别疯狂。苏云妮和男招待受到传染，也出
　　　　来跳舞。

　　　　［苗苗将高翔拉了出来。

苗　苗　你都好久不去我那儿了，今天晚上我们在一起吧。

高　翔　（面带笑容地）不行，今天晚上我有好多事情要做!

苗　苗　我愿意帮你做那些事情。

高　翔　你永远都帮不了我,因为你和他们一样是理想主义者!

　　　　〔苗苗目瞪口呆,生气地跑下台。在真正跑下之前又回头。

苗　苗　你永远都躲避你自己! 这就是你得抑郁症的原因!

　　　　〔高翔呆呆地看着苗苗跑下。其他人还在跳舞。况卫停止跳舞,他站在高翔背后,看见了这一幕。

第二幕

第一场

[场景与第一幕同，右面 Shopping Mall 的入口仍放着一张大幅 WJ 演唱的招贴画，上面写着："悼念芯片人巨星沃特·杰克逊"，人们出出进进（演出中可以不断地安排各种人进进出出这个门），他们仍然像第一幕一样提着大包小包，不同的是没有一个人在招贴画上签名了。大幕开启时，同第一幕一样，这些人依然是静止的动作。

苗苗、况卫、倪云飞、四姐正在争论，他们像第一幕一样围在桌边，苏云妮正托着几瓶啤酒向桌边走来。大幕开启时，他们也都是静止的。桌子上已经有了许多酒瓶子。况卫正坐在位子上严厉地指着倪云飞的鼻子，似乎在说你的观点我不同意。倪云飞正准备坐下并不屑地摊开双手，表示你爱同意不同意。四姐正在用数码相机给他们照相。苗苗则站在自己的椅子后面，手扶着椅子扭转身回头看远处，她盼望着高翔的到来。另外几个年轻人正在另一张桌子周围愉快地喝酒、聊天，他们有男有女。

[大幕开启之后几秒钟，静止解除，音乐响起，是法国说唱音乐。所有人都按自然的趋势动了起来。

况　卫　那不是我们办杂志的宗旨，那是你的假宗旨，你是在诋毁我们！

倪云飞　我恐怕刺激你了吧，让我猜着了，芯片解决不了你内心的孤独感。

况　卫　你把大家为了办杂志而聚拢在一起形容成一个瓶子里互相取暖的蚯蚓！真恶心，取暖原则太让人恶心了！

倪云飞　欢迎你这条孤独的机脑蚯蚓钻进我们的瓶子里一起取暖。

况　卫　妈的，太恶心了！看着吧，你早晚和我一样，而且很快。

倪云飞　开什么玩笑？！我才不稀罕你的那个机脑呢。你是个超级麻烦制造者！而且你制造的所有麻烦都超级残酷。机脑适合你这样天生的纳粹。可我有赤子之心！即使我是麻烦制造者，也是孩子制造的那种麻烦。

倪云飞　结过三次婚，一次甩了人家，两次被人家甩了，这就是你的童心？！我奉劝你接受一次理智的选择。

[四姐按动快门，闪光灯闪亮。

四　姐　经典！我把你们争论的嘴脸都记录下来了！

[苏云妮端上啤酒发给大家。苗苗走到右方靠台口的地方，看着远处，期待着高翔。四姐给苗苗的背影也照了一张。

况　卫　云妮小姐，公司在你身上试用的芯片可好？

苏云妮　超级好！好得不能再好了！所以我今天要感谢况卫，
　　　　送你们十瓶绿牌儿啤酒。因为植入了芯片，我的学
　　　　习、工作、生活的品质发生了根本的改变。我的身心
　　　　是如此健康、愉快，似乎从此以后可以所向披靡！

四　姐　这不会是况卫要求你们说的广告词吧？！

苏云妮　（带着微笑）我这人心直口快，向来只说我的真实感
　　　　受。

　　　　［倪云飞目瞪口呆地看着苏云妮，半天才说出话来。

倪云飞　云妮小姐，你越来越会开玩笑了。

　　　　［苏云妮冲倪云飞眨眼睛，承认。

苏云妮　是，云飞，我很有幽默感。可这次没开玩笑。

况　卫　可惜，她不是咱们《手稿》杂志的人，她现在的能力
　　　　超出了你们所有人的总和。

　　　　［苏云妮将其他没用的瓶子收拾好，回咖啡厅了。

倪云飞　多么让人惋惜，她本来喜欢 WJ，现在全更新成法国
　　　　说唱音乐了。恐怕你们的程序就这么设计的吧？

况　卫　也有 WJ，兴趣程序是可以随便更换的。

倪云飞　你说什么？我是不是听错了？兴趣也可以更换？！

况　卫　想想你的成长经历吧，难道你的兴趣就一点儿没更换
　　　　过？你还不赶紧也装一个？！我警告你，你现在的智
　　　　商在云妮小姐看来还真也就十岁。

　　　　［四姐走向苗苗。

四　姐　（看手表）翔子又犯老毛病了，他已经迟到一小时了。

苗　苗　是我昨天伤了他的心。

四　姐　你还能伤了他？我看，他伤你还差不多！

苗　苗　我昨天不该说那么狠的话刺激他。都是我的错！

　　　　[高翔从左边上，他的头发还是很乱。胡子也还是没
　　　　有修理。虽然换上了干净的衣服，但还是皱皱巴巴
　　　　的。苗苗迎了上去。

苗　苗　大家都等你半天了，你怎么又来晚了？

高　翔　（对大家）我打车到小庄就开始堵，一路堵过来的。

况　卫　是，刚才那边特别堵，我改走三环了。

倪云飞　是啊，今儿个是央视大火三周年，大伙好像都还记得
　　　　呢。

　　　　[高翔和苗苗入座，座位的顺序和第一场一样。高翔
　　　　不注意把倪云飞的啤酒杯碰到地上，酒杯碎裂。啤酒
　　　　溅到倪云飞整洁的衣服上。倪云飞有些生气。

倪云飞　Boy，快拿些纸来！

　　　　[高翔不知所措地站了起来。男招待和苏云妮同时上
　　　　来，苏云妮递给倪云飞一摞吸水纸，男招待迅速将碎
　　　　玻璃收拾起来。正巧有三个穿着性感的外国青年从商
　　　　场走出，落座。男招待上去招待他们。

倪云飞　翔子，你赶紧和苗苗换个座位，我不想挨着你！

　　　　[高翔和苗苗换座位，大家笑。

高　翔　我又不是有意的，小肚鸡肠！

况　卫　据我所知，是因为两年前网上公布了央视大楼的阴阳
　　　　说，设计师承认了性是他表现的主题，每年的今天大

　　　　家都是去选最能表现的角度拍照呢。

四　姐　这个设计师太天真了，显然他得罪了中国的哪方神圣
　　　　了，在中国，什么事儿都没那么简单。

况　卫　照我看，他就是个白痴，要是他植入了芯片，绝不会
　　　　这么幼稚了。

　　　　［四姐拿起苦艾酒的圆锥形玻璃杯把剩下的酒一饮而
　　　　尽。男招待跑出来，为几个外国青年上饮料。

苗　苗　要是这么联想，很多建筑都变得挺有意思的了。

高　翔　世界早就变得不那么含蓄了。我们也应该把《手稿》
　　　　弄得像点儿样子。我暗自期盼《手稿》早日出来。

倪云飞　如果出不来呢？

　　　　［高翔被倪云飞的一句话问得愣了几秒钟。高翔走到
　　　　倪云飞面前，夺过倪云飞正在喝的酒杯，把杯子摔到
　　　　地上。

高　翔　（平静地）那我还接着写我自己的诗呗。（停顿）

　　　　［倪云飞也站了起来，他左看看右看看，没人把高翔
　　　　的举动当回事。倪云飞气愤地大喊。

倪云飞　Boy，再给我拿个杯子来！

　　　　［大家想笑，却都憋着。苗苗使劲拉高翔的胳膊。

苗　苗　你有点过分了！

四　姐　苗苗，没事，高翔只是开了个玩笑，云飞不会生气的。

　　　　［高翔索性把苗苗拿着的葡萄酒杯也从她手中抽出来
　　　　摔碎在地上。几个正在喝酒的青年站起来走了。

苗　苗　（生气地）你，我知道你还在生我的气，昨天我说了

气话！可你什么时候才能负点儿责任？！

况　卫　苗苗，我告诉你，高翔他从上大学时候起就没为什么
　　　　事负过责任，你这是在苛求。

高　翔　但是如果我有父母在，我绝不远离他们五年都不回一
　　　　次家，这件事只有你能做得到。（停顿）

倪云飞　（故作镇静地）我们还应该有宗旨。

况　卫　但绝不是取暖宗旨！高翔，你不知道，他刚才把大家
　　　　比作一个瓶子里互相取暖的蚯蚓了！

四　姐　我做证！他把自己比成一条孤独的蚯蚓，把况卫比成
　　　　一条有机脑的蚯蚓。

高　翔　太恶心了！我看他就是因为无聊才办杂志的。

倪云飞　（对高翔）你为什么拿话刺激我？你怎么知道我是因
　　　　为无聊呢？蚯蚓怎么了？霍金在他的《时间简史》里
　　　　还给蚯蚓戴博士帽呢！

　　　　[男招待给倪云飞上了新啤酒杯，又把地上所有的碎
　　　　玻璃收拾走。

况　卫　一本杂志要有宗旨，一本真正的好杂志不能只有原则
　　　　而无宗旨。

　　　　[况卫的手机铃声响起。况卫接电话。

况　卫　是我，你说吧，进展得怎么样？

　　　　[况卫听着对方的来电，喜笑颜开。他起身站到一边。

高　翔　我不知道，但你喜欢捉弄别人，喜欢一会儿一个主
　　　　意！

倪云飞　你不了解我，老弟。我热爱生活，从不寂寞。正因为

热爱生活，我才和你坐在一起讨论《手稿》的事，和朋友们聚会。

况　卫　（打电话）好，无论如何，我们要把大公司做透，我昨天已经给一个小姐植入了芯片，她今天就成活广告了。我相信你们有能力迅速打开局面，因为你们的大脑已经大大优于人类的了！

四　姐　现在除了《手稿》，我可不想参加你们的那些无聊聚会。不是这个人的生日就是随便什么名目，坐在一起漫无目的，歌舞升平。

　　　　[况卫关机走回。高翔迎上况卫。

高　翔　（对况卫）坦白地说，我对你的商业行为非常讨厌！

况　卫　（无辜地）我得靠它吃饭！你这也不喜欢，那也讨厌，你生活的空间窄到已经快把你给夹死了！你现在不是抑郁症，是躁郁症。

倪云飞　（勃然火起，对四姐）那你在我们中间干什么？

四　姐　我来这里是为了参加《手稿》，而不是为了调侃和喝酒，也不是为了向你我的差异致敬。

倪云飞　（气冲冲地）你用念珠数地铁站还不够调侃吗？！

　　　　[四姐挥动手中长长的念珠，她已经把手串儿换了。

四　姐　我觉得数地铁站太简单了。我已经把十八粒的换成一百零八粒的了，我现在数圆周率小数点后面的一百零八位。

倪云飞　总之，你同我们一起，以共同的名义，才能办一本共同的杂志。而你傲慢无理，嘲笑我们吃饭和喝酒。别以为你熟悉黑格尔、胡塞尔、海德格尔就觉得我们都是白痴！如果杂志出来，你只是我们这些作者中的一个而已。

[四姐把杯中的苦艾酒一饮而尽。站到桌子上。昂头。

四　姐　我就傲慢了！我用不着指望着《手稿》才能写作。我二十岁就烧掉了全套黑格尔，那是因为我熟得不用再看了！我不能容许……

[倪云飞惊讶地围着四姐站着的桌子转了一圈。

倪云飞　绿魔鬼，一定是绿魔鬼起作用了！苦艾酒让你恶性膨胀了！

[况卫也站到另一张桌子上。

况　卫　哈哈！现在你们该明白一点儿了吧?！你们没有任何宗旨地谈论一本杂志，只不过是自私地放纵各自的头脑中的魔鬼而已。你们需要芯片来束缚头脑中的魔鬼。我宣布，杂志的宗旨应该是完善我们的大脑！

[倪云飞又围着况卫的桌子转了一圈。三个外国年轻人站起来走了。

倪云飞　天啊！苦艾酒和芯片都让你们恶性膨胀了！

况　卫　我们应当清楚办杂志的宗旨。

四　姐　我们发生这样的冲突说明云飞根本不喜欢我。（停顿）

苗　苗　四姐，我看云飞哥哥没有不喜欢你。等到杂志出来，大家都会高兴的！

[四姐突然发现自己站在桌子上的优势位置。

四　姐　这个角度不错，苗苗，站过来一点儿，我给大家照个合影。

[苗苗走到大家中间，四姐从上面不断地给大家照照
　片。况卫从桌子上下来。倪云飞还在委屈地絮絮叨
　叨。

倪云飞　四姐那么蔑视我们的聚会，让我感到伤心。她真是太
　　　　傲慢了！

高　翔　我们都是多年的朋友，所以可以开诚布公。我刚才说
　　　　你无聊是开玩笑。

[苗苗想握住高翔的手。高翔躲开。

苗　苗　（对高翔）昨天，是我不好，我不该对你说那样的话，
　　　　我那都是气话。

倪云飞　（对高翔）不对，我知道你的想法。你也认为我心血
　　　　来潮。我很想向你解释我并不这样。如果我们这些趣
　　　　味相投的人不在一起，那么我们还和什么人在一起
　　　　呢？不管你们是苦艾酒还是芯片或者是到处漂泊，我
　　　　喜欢和你们在一起，这是我的底线。

[高翔也站到另一张桌子上。他根本就不管两个酒瓶
　子被他碰到地上，摔碎。苗苗站在旁边使劲扶着高翔
　的桌子，她怕桌子塌了。四姐给他们拍照。

高　翔　正因为我们彼此是兄弟，我才憎恨麻木与冷酷。我们
　　　　的杂志是为了生活本身，是为了给生活增添希望，是
　　　　我们的姿态！我想这是我的宗旨。

苗　苗　（在下面大胆对高翔）要知道我一夜都很伤心，我很
　　　　后悔对你说了那些狠话！

  [高翔有些动情，他向下去看苗苗的眼睛。

高　翔　（对苗苗小声而平静地）我明白。（停顿）

  [倪云飞已经没有桌子可站，他站到椅子上。压低声音。

倪云飞　（轻蔑地对高翔）我明白你的意思了，你是为了增添希望，我不用，我是有明天的人，我每时每刻都有希望！

高　翔　看吧，有了宗旨和原则仍会互相伤害！

四　姐　谁，我们？你是说我们会为了一本杂志伤害朋友？失去朋友？我们办杂志难道仅仅是为了把生活希望留给自己，而不与朋友共同分享？我情愿不办杂志而不失去朋友。

高　翔　对！那离我们最初的愿望相去甚远。

  [苏云妮从咖啡厅跑出来。指责大家。

苏云妮　天啊，一会儿桌子椅子都塌了！

  [况卫从桌子上下来。

况　卫　能不能既办杂志又不伤害这圈子里，对文学不感兴趣的人呢？因为咱们聚会的时候，聊咱们的事，人家就会没事可做，觉得没劲。

高　翔　（依然站在桌子上）当他们打高尔夫的时候我也会有同样想法，但我认为我没有因为他们打高尔夫没叫我而觉得有什么不好，我认为道理是一样的。

况　卫　要是不一样呢？

高　翔　大概我们和他们就不是同类，如果混淆在一起，谈任何宗旨都失去了意义。

[倪云飞从椅子上下来。四姐也从桌子上下来了。

四　姐　他是脚踩两只船，他既和他们打高尔夫，又和咱们谈
　　　　《手稿》。他是怕得罪了他的商业伙伴。

况　卫　我为什么不能打高尔夫？我打高尔夫、打网球那都说
　　　　明我精力充沛，活得健康！

高　翔　你的确健康，从上学时候开始，你就是我们中最健康、
　　　　最出色的一个！你和你的机脑很般配！我也说不上哪
　　　　儿不好，可能挺好的，但我说的是我自己的态度。

况　卫　什么态度？难道我打算比你们先做登月旅行就说明我
　　　　的态度不好吗？高翔，你太落伍了，我们下一代在虚
　　　　拟游戏中所经历的冒险，都比我要到月亮上旅行刺激
　　　　多了。

高　翔　你说得对。可是我每次转一圈回来都觉得自己的根已
　　　　经深深地扎在我过去的土壤里了。我忠诚于我的生活。

[苗苗感动了，她不顾危险和高翔一起站到了同一张
小桌子上。

况　卫　你的生活是那么反动！老和时代唱反调。

[况卫手指杰克逊的招贴画。

况　卫　看吧，大家昨天还在上面猛签名，今天，这个世界已
　　　　经更新、升级了，那些出出进进的青年人，谁还有时
　　　　间去在乎一个死去的人？！

[高翔腾地从桌子上跳下来，留下苗苗一个人待在桌
子上。高翔快速向招贴画走过去，他在上面又签了一

遍自己的名字。又坚定地快速走回来。大家的目光一
直跟着他。

高　翔　我在乎，从今天起，我要每天特地来签个名，我有时
　　　　间悼念一个死去的人！尽管你蔑视我的反动活法儿，
　　　　但我和你一样是自由的！

　　　　[苗苗坐在桌子上，双手抱膝，她希望高翔能和她
　　　　和解。

况　卫　你说错了，我和你不一样，我受制于这个世界的潜规
　　　　则，我其实不自由，你多自由啊！谁还能比你自由？！

高　翔　请你别用你的可怜的优越感蔑视自由！

　　　　[四姐有些激动地走到苗苗身边。

四　姐　无论如何，我们必须保持足够的激情。

高　翔　激情还远远不够。我们讨论《手稿》就是因为我们需
　　　　要它！

　　　　[倪云飞受高翔感染，举起酒杯。

倪云飞　高翔，我们干一杯！既然《手稿》的名字是你定的，
　　　　你可以安排一切，勇往直前。为什么你不做第一期的
　　　　责编呢？

　　　　[高翔和倪云飞干杯，他焦虑地用一只手抓脑袋，苗
　　　　苗坐在桌子上担忧而又期待地看着他，大家也都看着
　　　　高翔，等着他的回答。高翔放松了下来，脸上露出
　　　　笑容。

高　翔　我当然不只空谈，我接受你的建议。至少我要用我自
　　　　己的大脑编辑这第一期《手稿》。

况　卫　不行，走得太快了，我们必须清楚宗旨。因为我们已
　　　　有过太多的分歧了，如果没有统一的宗旨就谈到第一
　　　　期责编，到时候问题可就大了。我都能想见：什么稿
　　　　源不足啦，谁应该上谁不应该上啦，什么多年的朋友
　　　　不好意思说谁写的没达到《手稿》的水准啦，等等，
　　　　这只是能想到的，还有没想到的呢，等着瞧吧！

高　翔　你又开始用你的机脑精确分析那些本来让大家憧憬的
　　　　未知了！

四　姐　已经 8 点了，先吃饭吧！

　　　　［大家纷纷响应，气氛一下变得既轻松又混乱。所有
　　　　人都拿起菜单来点餐。高翔上前把苗苗从桌子上抱下
　　　　来。他把苗苗抱在怀中，苗苗用双臂围抱住高翔的脖
　　　　颈。

　　　　［灯光暗。

第二场

　　　　［场景同上，Shopping Mall 门口的 WJ 招贴画换成了商
　　　　品打折的信息。人们仍旧出出入入。男招待正在将桌
　　　　椅摆好。苗苗从右台口上场。

苗　苗　你们老板呢？

男招待　食物中毒，她正好吃了学校变质的那顿饭！

苗　苗　她现在在哪儿？

男招待　在医院。已经一个星期了，还没好！真够倒霉的。

[况卫上场，听见了他们的对话。

况　卫　你们不用担心云妮小姐，她会很快出院的。她恐怕一
　　　　会儿就会让你们吓一跳。

苗　苗　你怎么知道的？

况　卫　我们公司对植入芯片的人会跟踪一年，也就是说，芯
　　　　片保修一年，并且终生享受升级、维修的售后服务。

[苗苗惊讶得张大了嘴。男招待进咖啡厅。

苗　苗　这么说机脑也有水货了？

况　卫　这是市场经济的必然现象，和买笔记本一个道理。

苗　苗　怎么就你一个人来？他们呢？

况　卫　其他人我不知道，我只知道倪云飞植入芯片后正在筹
　　　　备婚礼。

[苗苗吃惊地瞪大眼睛，她几乎不相信自己的耳朵。

苗　苗　你是说云飞哥哥他也有了机脑？！他又要结婚了？

况　卫　为什么不呢？你也可以试试，非常棒的感觉！

苗　苗　机脑还是结婚？

况　卫　两个感觉都会非常棒！苗苗你真的需要一个芯片，那
　　　　样你可以成为最好的画家。

苗　苗　（摇头）高翔说就是全世界人都植入了芯片他也不
　　　　会的。

况　卫　有时候我觉得你傻乎乎的，你只知道高翔说什么，却
　　　　不知道这个世界发生了多大的变化。你也从来不关心
　　　　别人对你的感情，比如我。

[苗苗蔑视地看着况卫。

苗　苗　你别忘了，你和高翔是哥们儿！

况　卫　那怕什么呢？我五年前就告诉你高翔不需要你。而你
　　　　自己又一直以某种高尚的忠诚欺骗自己。你明明知道
　　　　高翔他有抑郁症，他吃的那种药叫百忧解，最大的副
　　　　作用是让人没有性欲！所以他才老躲着你！

　　　　［苗苗转身，打断况卫的话。

苗　苗　请你不要诋毁我的爱情，五年前我是这样和你说的，
　　　　现在我依然说同样的话。

　　　　［况卫不慌不忙地表达自己的感情。他凝视着苗苗。

况　卫　请你相信我，第一次见到你，我就喜欢你了！

苗　苗　真的不要再说下去了！

况　卫　我还要说，我想买你的画，请你开个价。

　　　　［苗苗使劲摇头。

苗　苗　你是高翔最好的朋友，我不要钱，可以送给你。

况　卫　我非常喜欢你画的画，白要就是侮辱你。我只想买。

　　　　［苗苗想躲开况卫，却又不想让况卫太尴尬。这时，
　　　　四姐从商场里出来，手中提着购物袋，走了过来。高
　　　　翔也从左边上场，他今天穿得很整齐，白衬衫、休闲
　　　　裤子和一双大号的凉鞋。苗苗看见高翔迎了上去，苗
　　　　苗先给高翔重新整理了领子，又和高翔亲热地拥抱在
　　　　一起。况卫看见这一切，马上把头转过去。

　　　　［高翔搂着苗苗走过来，坐到椅子上。四姐把大包小
　　　　包安置在桌子旁边，然后坐下休息。

高　翔　好像就差云飞了。

四　姐　（对高翔）太阳打西边出来了，你今天好像换了个人。

高　翔　是苗苗闲得没事，把我所有衣服全都熨了一遍，其实
　　　　我反倒不习惯。

苗　苗　真没良心，难道穿平整的衣服不舒服吗？

况　卫　（不耐烦地）倪云飞再也不会迟到了，他会准时到的。

四　姐　为什么？

况　卫　因为他也植入了芯片。

　　　　［高翔和四姐吃惊地对视着。

高　翔　可是他是最反对机脑的呀？

况　卫　他的观念已经被我更新了。他现在一切重新走上正
　　　　轨，他又要结婚了！

　　　　［四姐和高翔大笑起来。

四　姐　他这是四进宫了，真行！

高　翔　但愿这次他能坚持。

况　卫　你们放心吧，他有芯片，这次他有超过他自己十倍的
　　　　理智。

高　翔　那他的工作呢？

况　卫　他不辞职了，而且还马上就接替总经理的职位了。

　　　　［倪云飞精神抖擞地从右台口上场。他身边是苏云妮。
　　　　众人见倪云飞和苏云妮，都吃惊地站了起来。

倪云飞　你们别和我说没想到，这个星期对我来说真是天赐良
　　　　机，我每天带着玫瑰花去医院看云妮，她终于答应了
　　　　我的求婚。

　　　　［苏云妮有些忸怩。

苏云妮　我们今天想给大家一个惊喜！

高　翔　你会不会去度蜜月？《手稿》的事还没讨论完呢。

倪云飞　事实上，我不但要继续参加大家的讨论，我还要郑重
　　　　向诸位申请让云妮也加入。高翔曾经说过，我们办杂
　　　　志的宗旨是为了让我们生活得更有希望。

高　翔　你很清楚我指的是精神生活。

倪云飞　况卫你看呢？云妮的智商已经达到和你我同等的水
　　　　平，她有资格参加《手稿》。

况　卫　似乎没什么不可以的，可是我们没有夫妇都是成员的
　　　　先例。

倪云飞　那高翔和苗苗怎么算？他们为什么可以，我们为什么
　　　　不可以？

四　姐　苗苗从十七岁就跟着高翔，她几乎是我们的孩子。

况　卫　按理说，我们不应该排外，或许云妮小姐比我们所有
　　　　人都要有才华呢。

苏云妮　这可不敢当。我只是希望能成为你们的一分子，你们
　　　　几乎一星期八次来这里讨论，我心向往着你们的生活。

倪云飞　OK！事实上是你们都没反对，太好了！

　　　　[苏云妮兴奋地冲倪云飞做了一个成功的手势。

苏云妮　你们坐，我去给你们拿酒。

倪云飞　对，这可是个值得纪念的日子。是我们的订婚日！云
　　　　妮，来点音乐。

　　　　[苏云妮微笑着走进咖啡厅。

四　姐　我看我们还是接着讨论吧。上次说到哪儿了？

[四姐和苗苗又开始拼桌子，这次拼起的是四张桌子。倪云飞和况卫高兴地用拳头捶了对方一下。高翔索性坐在离他最近的一把椅子上，一直没动。

倪云飞　翔子、四姐，告诉你们一个好消息，有好多朋友，程冬雪、方圆他们都植了芯片了，你们也赶紧地吧。感觉太棒了，头脑清晰如明镜，解决问题势如破竹。我敢打赌，植入芯片之后，翔子就可以再也不用吃百忧解了！

况　卫　这倒在其次，主要是翔子可以实现他的理想——成为最棒的诗人！

[高翔沮丧地站了起来，苗苗正在桌子周围摆放大家的椅子，她看见高翔的表情，因为开始为高翔担忧，情不自禁地停下了手里的活儿。

高　翔　我真羡慕你们的勇气，你们做了我不敢做的事，说了我不敢说的话。我承认我是个胆小鬼。我害怕你们的芯片。我也从来不想成为你们认为的最棒的诗人！

[音乐响起，是佛教密宗的一个上师赞美圆寂的另一个尊者的歌唱。云妮将冰桶和香槟端上桌。男招待将六个香槟酒杯整齐地摆放在桌子上。

四　姐　云妮小姐怎么开始听梵音了？

苏云妮　不瞒你们说，我在台湾就是佛教徒了。我最崇拜的当代大师是南怀瑾先生。以前我读不懂他的书，现在都读通了！

四　姐　啊！厉害，他是国学大师。

[云妮焚香，将香座放在桌子中间。

高　翔　快，快灭了！我最厌恶这个味道。抱歉了！佛教小姐。

　　　　[苗苗使劲拉高翔的衣服，让他停止说刚才的话。云
　　　　妮吃惊地将香灭掉。

倪云飞　你不是也在九华山皈依了吗？怎么能怕这个味道？你
　　　　这人老是自相矛盾。

苏云妮　这是德格的香呢。

苗　苗　（歉意地）这香很好闻！

高　翔　你们觉得我们讨论一本坚持自由主义的杂志的时候，
　　　　正闻着佛界的高香，这像吗？！把那音乐也赶紧关
　　　　掉！

苏云妮　（很顺从地）今天大家高兴，高翔，你想听什么音乐？

高　翔　什么都行，只要别跟宗教有关就行！

倪云飞　我们都熟悉 WJ，去换他的吧！

苏云妮　好的，我去换。

　　　　[苏云妮去换音乐。她向咖啡厅走去。苗苗责备高翔。

苗　苗　烧支香怕什么呢？！你怎么不给云妮一点儿面子？！

高　翔　烧香可以，那也得看在哪儿！我们又不是要念经。

况　卫　大家都坐吧，我们今天要讨论的东西非常重要。

四　姐　（揶揄地）云飞，每回你都能找个好老婆。

　　　　[大家开始各就各位，高翔（在左）、况卫坐在桌子后
　　　　面正中的位置，面对观众，苗苗挨着高翔，倪云飞挨
　　　　着况卫，四姐挨着苗苗。音乐响起，是 WJ 的 *Heal the*

*World*①。云妮走出咖啡厅，给大家倒酒。况卫从电脑包中取出电脑和许多打印好的稿纸。

高　翔　上次发给大家的通知上写明请交作品，以增进了解。现在有人还没有交。

况　卫　到达《手稿》最后出版，需要一个自然过程，有人提出安排日程马上动手，我认为先不谈《手稿》操作，等意见一致时再说。

苏云妮　（走到苗苗身边小声说）苗苗，SHE 正在狂打折，咱们去看看吧。

[苗苗有些不情愿地看看高翔。

高　翔　去玩吧，这儿的讨论其实没劲。

苗　苗　那你别让大伙尴尬。我一会儿就回来。

[苗苗站起，随云妮进了 Shopping Mall。

四　姐　所谓意见一致的标准是什么？

高　翔　我觉得一定要把彼此的作品交换一下。

四　姐　我不同意将交流稿发表在《手稿》上，它不代表我的水平。

[倪云飞合上眼睛，开始睡觉，他马上打起呼噜。

高　翔　为什么我听见有人打呼噜？把他捆起来关到狗窝里去。太不像话了。

倪云飞　我醒着呢，你们说的我都听着呢。我现在总是有个脑子是醒着的。我闭着眼睛也可以发言，站着也能睡，

---

① 这里仍旧借用迈克尔·杰克逊的同名音乐。

这芯片太棒了!

[倪云飞说着，站起来，手扶着桌子继续睡觉。

四　姐　你怎么这么困?

倪云飞　（闭着眼睛）一个星期了，我白天上班，晚上上医院给云妮送花，向她求婚，几乎没怎么睡。我只休息五分钟!

[倪云飞继续打呼噜。但随时都可以说话。高翔又开始不安，他时不时站起来走过去看看倪云飞是不是真的在睡觉。

四　姐　我主张马上操作。

况　卫　我主张慢。

四　姐　（对高翔）还有一个没有表态。

高　翔　我同意先干起来。

[倪云飞停止打鼾。

倪云飞　我们进展太慢。

[倪云飞继续打呼噜。

况　卫　当然!什么时候操作都可以，遇到问题再解决，可最终的问题要先解决，也就是宗旨。

[倪云飞停止打呼噜。

倪云飞　——漫长的务虚!

[倪云飞继续打呼噜。高翔站起来走近倪云飞，倪云飞闭着眼睛睡得正香。高翔向他的耳朵吹气。倪云飞停止打呼噜。

倪云飞　翔子，别打搅我睡觉!

高　翔　我真看不惯你这么睡觉。

倪云飞　我已经天眼通了，闭着眼睛也知道你看不惯！忍着点儿吧，谁让你这也不接受那也看不惯呢！

　　　　[高翔回到自己的座位上开始喝酒。倪云飞继续打呼噜。

高　翔　有人提出过结社的建议，要是那样的话就等于说《手稿》只是这个社团的一小件事了。那么谈文学杂志的宗旨还有什么意义？！

　　　　[倪云飞停止打呼噜。

四　姐　翔子说得对，结社可以不失去朋友，俱乐部可以做一些好玩的事，举行很多有意思的活动，《手稿》就可有可无了。

况　卫　我上次提到，我们的杂志同仁们，应该提升和改造我们的大脑。

倪云飞　哈哈，一个人一个宗旨！

　　　　[倪云飞继续打呼噜。高翔又站起来，走到倪云飞身边。

高　翔　我觉得你睡着的时候比醒着更清醒。

　　　　[高翔递给倪云飞酒，倪云飞停止打呼噜接过酒。放在桌子上。

倪云飞　消化器官需要休息。请不要打搅我。

　　　　[高翔觉得好玩，把倪云飞按在椅子上。

高　翔　看着真别扭，你还是坐下吧！

　　　　[倪云飞舒服地坐在椅子里继续睡觉。高翔站在倪云飞身后发呆。他有些困了，打了一个哈欠。

况　卫　对各位的文字水平，不要过高估计了，稿件的水平一
　　　　定会参差不齐。

高　翔　所以我们的宗旨还是应该以朋友为重。起点应该允许
　　　　有不足之处。

　　　　［倪云飞醒过来，站起来伸了一个大懒腰。

倪云飞　反正不好的坚决不能上，至于什么是好的，这就没边
　　　　儿了。

四　姐　怎么把握质量是个问题。还是会出现垃圾，只是自己
　　　　看不出来而已。

况　卫　要是有出垃圾的可能，还在这儿干什么！

四　姐　农村题材要不要？

倪云飞　写成福克纳那样，当然牛啦。

况　卫　我建议第一期不要出现诗歌。我这么说可能得罪人
　　　　了，但我是认真的，我也喜欢诗。

倪云飞　我编的那期里，诗歌，可以！但绝不能是浪漫主义的
　　　　东西，荷尔德林已经是浪漫主义的顶点了，他以后的
　　　　全不算数。我反对伪浪漫主义。

高　翔　你提到的两个人都是顶尖人物，我不同意一刀切，如
　　　　果一刀切，首先我就接受不了！

况　卫　我这儿有一篇东西，很短，是以前练笔时写的。大家
　　　　看一下，像这样的能不能上。

　　　　［况卫把作品递给大家看，倪云飞和四姐传阅。四姐
　　　　一言不发，露出嘲讽的表情。倪云飞把打印纸胡乱揉
　　　　成一团，扔向况卫。

倪云飞　……垃圾！这还用说吗？一篇叫人肉麻的文章，怎么
　　　　会是你写的。我看过你的小说，印象不坏呀。

　　　　[况卫笑着接过纸团，把纸一点点展开。高翔疑惑地
　　　　看着大家。他没有说话。他走到倪云飞旁边坐下。

况　卫　我现在的脑子可以让我写最优秀的文章。但如果有人
　　　　认为这种水平是他最好的东西了，你们上还是不上？

倪云飞　我们的宗旨应该是：禁止肉麻！

高　翔　我认为要以仍旧坚持写作生活的朋友为重，反对一
　　　　刀切！

四　姐　举一个圈外人的例子，比如像你说的那位浪漫主义
　　　　诗人。

倪云飞　不要！

四　姐　为什么？我敢说在座的就有喜欢他的诗的。

倪云飞　谈浪漫主义是一个历史范畴。伪浪漫主义太拙劣，简
　　　　直不能忍受。

　　　　[况卫在一摞打印纸中翻阅，找到了那位诗人的一首
　　　　名诗。

况　卫　正好我打印了他最近的新诗，不妨读一下这首诗，我
　　　　们可以具体操作一回。

　　　　[况卫站起来，刚要念。

倪云飞　（愤怒地）够了！简直让人恶心！那首诗我看了，他
　　　　怎么一点儿长进也没有，多少年前我看不上他，现在
　　　　我仍然如此！

况　卫　我还没读呢。

四　姐　你至少得尊重写东西的人，你得叫人把东西看完。

　　　　［况卫清清嗓子想开始朗读。倪云飞已经站起来走向
　　　　况卫，夺过那张打印纸。

倪云飞　你还不赶紧把它扔了！（怒不可遏）

　　　　［所有人都吃惊地看着倪云飞把那张打印纸撕得粉碎。
　　　　四姐站起来，走到倪云飞身边。

四　姐　我怀疑我是进了鬼筵了，我不了解你们，我无法再和
　　　　倪云飞交流。我认为你的标准太高了。你可以现在把
　　　　你规定的东西明确一些，免得叫大家受惊吓。

倪云飞　我看过你们的东西，不能低于那个限。这是一个标准，
　　　　我还不能有一个标准吗？十八年前我就有标准了。

四　姐　写历史的东西成不成？史诗能不能上？

况　卫　你看咱们这儿有谁像写史诗的？噢！高翔没准儿。我
　　　　还可以把云飞的某一部小说当成诗来看。

高　翔　我们其实早已提出一个标准：只要它能真诚、自然地
　　　　表现生活……

况　卫　那标准太模糊了，《手稿》的标准，应该是一种超
　　　　标准的标准，要与提升和改造我们的大脑的宗旨相
　　　　一致。

　　　　［高翔因为困倦得厉害，把几张椅子拼在一起，躺了
　　　　下去。

高　翔　我反对提升和改造大脑的宗旨。我声明我将退出《手
　　　　稿》！

　　　　［大家听到高翔要退出《手稿》都站了起来。

况　卫　　怎么搞的?

倪云飞　　他害怕了。

　　　　　[高翔猛地站起来。

高　翔　　害怕,不对。你无权讲这话! 我不喜欢有战战兢兢的
　　　　　感觉。我更不愿意因为有可能成为别人眼里的垃圾而
　　　　　小心翼翼。我没料到给《手稿》写稿子还要一刀切。
　　　　　在这之前我心里还感到幸运呢。一谈到作品我的心就
　　　　　怦怦直跳,我想总算开始进入具体了,可是越听越觉
　　　　　得不对头,什么荷尔德林啦,什么福克纳啦,我相信
　　　　　有那么一会儿我已经被误导了。我也有标准,但我的
　　　　　标准是我的好恶。

　　　　　[高翔抬眼望着其他人。冷场。高翔的声音因困倦而
　　　　　沙哑。

高　翔　　我自己也莫名其妙,想起你们两个的机脑,尤其看到
　　　　　倪云飞睡觉的时候还能参加讨论,我就开始心灰意
　　　　　懒,甚至有些恐惧。我觉得很累,此时此刻我只有一
　　　　　个念头——我想睡觉,一秒钟之后我却说成: 我要退
　　　　　出《手稿》。(停顿)

　　　　　[四姐开始收拾大包小包,准备回家。

四　姐　　我不知道如果这样的话,《手稿》还有什么意义。

　　　　　[倪云飞把她的包放回原来的地方,把四姐按回座位
　　　　　上。

倪云飞　　四姐,如果你植入了芯片,你就再不会觉得没有意义

了! 只有庸俗的人才会有"无意义生活的痛苦"[1]。

［苗苗和苏云妮提着大包正从 Shopping Mall 的大门走出来。

况　卫　我们的诗人受不了了。幸亏《手稿》还什么都没有做。

高　翔　我虽然脆弱，时时意识到无意义生活的痛苦，却不会和你们一样去植入一个小芯片去解决我的痛苦。

［苗苗看着高翔和大家争论，跑了过来，她站在一边并不知道发生了什么事情。她的目光从一个人移向另一个人。苏云妮提着大包小包走进咖啡厅。

苏云妮　苗苗，我刚买了面大镜子。

［苗苗提着包朝咖啡厅走去。Shopping Mall 打烊，保安锁上了大门。

高　翔　以往我生活得多么幸福，我写诗的时候，灵魂就像风一样，挡也挡不住。唯独怕想到一件事：要是你们看了会怎么说？现在我不怕了，因为我们太不一样了！（停顿）

倪云飞　我们是在谈原则。

高　翔　的确如此。但是原则没有规定我不可以退出。

---

[1] 指《无意义生活之痛苦》，（德）维克多·弗兰克著，朱晓权译，生活·读书·新知三联书店，1991 年版。在弗兰克看来，人是一种寻求意义的生物，追寻生命的意义是一个人最基本的动机。他说，每个时代都有自己的神经症。如果说弗洛伊德时代的神经症主要是性挫折引起的，那么今天的心理问题则主要来源于生存挫折和彻底的无意义感。

［苗苗站在咖啡厅门口，听见高翔要退出，焦急地看着高翔，不情愿地进了咖啡厅。

况　卫　你说得对。但我还是始料未及。

高　翔　我们曾经感到很愉快，因为文学是我们的第一和唯一的现实，我们坚信无视文学倡导的做人标准的生活是鄙琐的没有价值的生活。我们依赖文学，我们应该善待文学并彼此尊重。你们怎么看？

四　姐　我会像你一样退出。我本人接受不了的事情，绝不强加于人。

倪云飞　四姐，如果你植入芯片，你就不会再和高翔一样幼稚！

四　姐　如果我植入了芯片，我会用十本书抨击鄙琐的生活价值。

倪云飞　只有植入了芯片，你才能写出十本那样的书来！

况　卫　你们这么做意味着什么，你们清楚吗？你们兴高采烈地讨论了几个月的事情完全白费了，这样的事情总有一天还得从头开始，很可能还是我们这些人。重新开始还要经过多少努力，鼓起多大的勇气，而我们将不再年轻了。

四　姐　你非常清楚，我们喜爱《手稿》。

倪云飞　重新否定再重新开始……我们的生命只有一回，我们来不及做太多的选择。

四　姐　我收回我的话，即使一刀切我也得坚持我的初衷。

高　翔　等一等！（对着倪云飞、况卫）你们能做到毫不犹豫地伤害朋友吗？

况　卫　如果为《手稿》，我就能。

高　翔　你为什么底气不足？

况　卫　我？底气不足？

高　翔　对。

况　卫　那也是为了更好地想象那种场面，诚实回答。

高　翔　要知道哪怕有片刻的容忍伤害朋友的行为，也要丧失
　　　　我对我们聚在一起所筹划的《手稿》的兴趣。要是那
　　　　样，我就称《手稿》是垃圾站。

况　卫　我可没有心思听这种傻话。我们什么时候能忘掉垃
　　　　圾，到了那一天，我们的《手稿》就将是我们满意的
　　　　《手稿》。

高　翔　到了那一天，《手稿》就要受到我们在座的所有人的
　　　　憎恨。

况　卫　那有什么关系，只要我们的头脑大大发展了，已经从
　　　　被思想奴役的状态下解放了出来，我们就有判断价值
　　　　的能力。

高　翔　我现在开始质疑，你们这些机脑写的那些全人类最优
　　　　秀的东西，能不能称之为《手稿》？

况　卫　如果必要的话，我有耐心直到使所有人明白，只有最
　　　　优秀的标准才能叫作标准。那才叫热爱文学，而且是
　　　　真正热爱。

高　翔　可是爱不是这副冷冰冰的面孔。

况　卫　谁说的？

高　翔　我。

况　卫　如果你对朋友根本不能负责任，你就不配说你爱他们。

高　翔　你已经屡战屡败了，你对爱的理解糟糕透了。我保持
　　　　我的生活状态，即使有一天他们和你说的一模一样，
　　　　我仍然会自豪地说他们过去是我的朋友。在精神上我
　　　　愿与他们一直平等，如果在心灵上我做过某种努力，
　　　　也是为了与朋友们相匹配。

况　卫　你对时代固执的偏见很快就会让你发现你和大家是多
　　　　么不匹配了！

高　翔　（激烈地）然而，对于什么是羞耻，我却有正确的看
　　　　法。

况　卫　这儿所有人都理解你，尊敬你。然而不管你提出什么
　　　　理由，都不能怀疑我们的大脑比你的优越！

高　翔　我们用了这么多个夜晚讨论的《手稿》至少是一本人
　　　　道的杂志。

倪云飞　只要有利于《手稿》，就不能禁止我那期以我的标准
　　　　出来。

高　翔　（气愤地）如果规定凡未超过130斤的男人一律算女
　　　　人你能允许吗？

倪云飞　可以，如果真有必要的话。

高　翔　（站起来对况卫、倪云飞）考虑到友谊和理解以及我
　　　　们的《手稿》，我将忘掉你们刚才讲的话。不过，你
　　　　们不要忘记这一点，现在是要决定是否撤回你们的一
　　　　刀切，如果不这样我会退出。

况　卫　我倒有了一个新想法，我认为应该等大家全部植入芯片之后再来继续讨论。

倪云飞　（对高翔）一刀切！你嘴里只有这个词。难道你什么也不明白吗？如果没有标准，可能会断送《手稿》，这与从来没有《手稿》有什么两样？如果你仅只选择了慈善，那就仅仅医治每天的病痛吧，不要选择医治现在和将来的所有病痛。一个苟且的《手稿》，我现在已经开始怀疑它的文学价值了。或许咱们那位正在南方谈恋爱的朋友可以为《手稿》贡献一封一万字的肉麻的情书。你或许永远就停在人类的这个水平上了！

高　翔　那是令人骄傲的人的局限，我懂了，我们不再是同一种人了。

四　姐　我们的水平虽有差异，但大体上都差不多，在这儿的毕竟没有一个卡夫卡吧？

高　翔　我们切掉一两个朋友的文章也不能使《手稿》的质量从根本上发生改变。即使有所改变也有一个顺序问题，什么原则在先？是朋友原则还是文本原则？

倪云飞　你们没有原则。其实你们并不相信自己会办一本好东西。

　　　　［况卫站起来。

况　卫　高翔，你好像根本不信任《手稿》。（停顿）

　　　　［所有人都看着高翔。

高　翔　你叫我感到惭愧，可是我不能让你讲下去了。我接受

《手稿》是为了《手稿》是一本好朋友一起能办到的一件有意义的事情。然而我听你的话里显露了一种专制主义，它一旦确立起来，就会把我变成一台机器，而我渴望自由。我现在开始可怜你们比我优越的大脑了。

况　卫　如果实现了自由，即使由几台机器实现的，专制不专制又有什么关系。

倪云飞　我们有一定价值，这你非常清楚。因为你今天还依仗我们以往所特有的傲气讲话。

高　翔　我不仅仅依靠你们说的优越的大脑活着。

况　卫　当人们什么都没有了，只剩改善他们的大脑这一件事可以愉快去做的时候，他们不靠这件事活着又靠什么活着呢？你不认为人类一直靠这个活着吗？

高　翔　我不认为！我要靠内在的精神和清白。

况　卫　精神？如果把活着叫作一种精神的话，那么即使苟延残喘的狗也伟大。至于清白，我也许了解它。然而我决意无视它，还让许多朋友无视它，以便有一天它具有更大的意义。

高　翔　只有确信那一天一定能到来，才会否认使人乐意生活的一切。

况　卫　我确信。

高　翔　你不可能确信，因为你我到那时早已化为尘埃。

倪云飞　后继有人，我要向他们致以兄弟般的敬礼。

高　翔　（大声）后继有人……对！可是我，我热爱今天跟我做一件事情的朋友。我要向他们致敬。为了一个我没有把握的遥远的可能，我不会迎面打击我的兄弟们。我不能为一种不复存在的可能，再增添活生生的不可能。但是你们让我失望，你们都鄙视自己的头脑，把它升级、更新！

[苗苗一袭洁白的裙子从咖啡厅走出来，在淡淡的晨光中如一枝开放的娇嫩的白色百合花。高翔看见了苗苗，美丽的洁白的苗苗触动了他。况卫也看着苗苗发呆。

四　姐　你们争了一夜了，我都饿了，谁跟我去吃油饼喝豆浆？

况　卫　（回过神来）我去。四姐，我要说服你植入芯片！

倪云飞　我也去。

[倪云飞大声叫苏云妮。

倪云飞　云妮，走，去吃早点！

四　姐　或许，我真的可以考虑试试，为什么不呢？！高翔你和我们一起去吃早点吗？

高　翔　你们先去吧，我想再喝点儿什么。

[晨光照在咖啡厅的墙壁上，苏云妮穿着新衣服从咖啡厅跑出来。大家都开始收拾东西。高翔没有理大家，他呆望了苗苗一会儿，又坐回座位上，继续喝酒。四姐、倪云飞、况卫三人看了一眼高翔，下场。苗苗走到高翔面前。

苗　苗　刚买的，好看吗？

[苗苗在高翔面前婀娜地转了几圈。

高　翔　你穿这条裙子让我想起了我第一次见到你的时候。

苗　苗　就因为我穿的是白裙子，还系着白围巾，你叫我白
　　　　修女。

高　翔　那天我还带你去喝了"蓝修女"，其实那酒一点儿都
　　　　不好喝。

[苗苗坐到高翔的膝上。

苗　苗　我一直听见你和他们争论，我害怕你跟他们争论，每
　　　　次争论完，你都会好长时间不再理我！

[高翔放下苗苗，站了起来。走向舞台中央。晨光照
在他的脸上。

高　翔　我已经厌倦了争论，我还是想走得远远的。

苗　苗　去哪儿？

高　翔　去一个连我都不知道的地方。越远越好！

[苗苗扭转身，非常伤心。

苗　苗　你又要把我一个人扔在这里？为什么不带上我？带我
　　　　一起走吧！

高　翔　除非你答应我再不回来，否则，我就不带你走。

[苗苗走上前，急切地想劝住高翔要走的想法。

苗　苗　你每次都说这样的傻话，这里是我们的家呀。

高　翔　是啊，这里有我们的父母，有我们的工作，有我们的
　　　　朋友，有我们的同学。样样都有。可是我越来越讨厌
　　　　这个家，我越来越害怕它，尤其害怕朋友们。我过去
　　　　喜欢跟他们讨论问题，我不怕他们伤害我。可是我一

想到况卫、云飞我的两个最好的兄弟的脑子已经和我的不一样了，我就心灰意懒！我真替他们担心！我要走，我要马上走。

[苗苗放开高翔，走向舞台深处。

苗　苗　不要走吧，再走你的工作就丢了！

高　翔　你总是管我，让我觉得自己很没用！

苗　苗　你一走又是好长时间，我总在等待，总是一个人，我很寂寞，也很害怕。我怕有一天你回来，你都不想理我了。

[高翔转身走向苗苗，他想拥抱苗苗，但又停住，犹豫地。

高　翔　我会把我写的诗寄给你，你愿意看吗？

[苗苗高兴地点头。

苗　苗　我愿意看，你的每一首诗都是上帝送给我的点心匣子！

高　翔　你才是上帝送给我的点心匣子。

苗　苗　你答应大家要责编第一期《手稿》的。你一定要把第一期出完再走。

[高翔躲开苗苗的目光，焦虑地搓着他的大手，走来走去。

苗　苗　高翔，他们是你那么多年的朋友，你说过你爱他们，你答应大家的！

[高翔突然面对苗苗停住。

高　翔　对！我依然爱他们！我要履行我的诺言，我要实现最
　　　　初的愿望！

　　　　［苗苗高兴地上前和高翔拥抱在一起。

第三幕

［2012 年春天的一个黄昏。高翔家，舞台一分为二，左边大约四分之三或者五分之四的地方是高翔的房间。这是一间很大的像中世纪修士的房间，靠里有一张凌乱、洁白的大床，床头的墙上是苗苗画的两朵巨大的牡丹花。房间正中有沙发和茶几，茶几上有一个水晶的大花瓶。旁边是几摞装订好的新书。床边有一张非常简单的书桌和一把藤椅。椅子上有一个收拾好的旅行大包。其余什么家具都没有。靠大床的左边是卫生间的门。房间的最左面是落地大窗，从窗口可以看见许多高楼。其中电视塔特别突出（一会儿会有夜景）。这些楼、塔都要像真的一样灯火通明。大窗旁靠台口的一角是厨房的门。舞台被一个隔断隔开，门外，也就是舞台的最右面正对着高翔房间大门的是电梯口。房间门口和电梯口之间是一个小的平台。

［幕开启时高翔正躺在床上。敷着一条洁白的毛巾。他的睡衣是蓝条纹的，像病号服。电梯上升的声音，声音停止，况卫、倪云飞从电梯中走出来。况卫按动门铃。没有回应，倪云飞又抢上前按了一遍。

高　翔　谁呀？

况　卫　翔子，是我们，快开门！

　　　　[高翔迅速跑去开门，又迅速跑回自己的床上，躺好。

高　翔　门开了！

　　　　[况卫开门，倪云飞随况卫后进来。

况　卫　翔子，你真沉得住气，第一期《手稿》出来几天了？
　　　　你怎么也不早告诉大家？

倪云飞　是啊，他还整天睡大觉。

高　翔　昨天刚出来，你们看吧，在茶几旁边，印得不好。

　　　　[况卫和倪云飞兴奋地到茶几旁边打开包装纸，拿出
　　　　两本杂志。

倪云飞　牛皮纸封面，翔子，你真牛！封面设计得不错。

况　卫　这阿尔法是什么意思？

倪云飞　基督说他是阿尔法又是欧米伽，意思是说，他是第一
　　　　个，也是最后一个。高翔是这个意思吧？

高　翔　对！我就是想标明这本是第一期。

　　　　[况卫和倪云飞大声议论着杂志的内容。

况　卫　我觉得马凡的东西不该上，写得太臭！应该劝他植入
　　　　芯片之后再写！

倪云飞　你业绩不错啊！十万个芯片已经售出。今天早晨我躺
　　　　在床上闭着眼睛浏览网页的时候看到你上《经济学
　　　　家》杂志封面了！你成名人了。

况　卫　其实对于十几亿中国人的基数，十万你不觉得太少
　　　　了吗？

倪云飞　（对高翔）高翔，你知道吗？四姐是第九万个芯片的

　　　　　植入者！（停顿）

况　卫　高翔，你得植入一个。哥们儿必须对你负责！

倪云飞　看看，云妮的这个短剧写得多精彩！

况　卫　没这么夸自己老婆的，太肉麻了吧！

倪云飞　高翔才肉麻呢，看看他写的《上帝的点心匣子》，这

　　　　　首诗不就是给苗苗写的吗？这不："给 M——唯一没

　　　　　有弃我而去的一个"。真肉麻！

　　　　　[苗苗出现在电梯口。她穿着奶白色的毛衣，像颗白

　　　　　樱桃。她手捧一把春天的小花。苗苗敲门。况卫开

　　　　　门。苗苗进。况卫久久凝视着苗苗，苗苗没有搭理他。

倪云飞　说曹操曹操到，看看翔子给你写的诗吧！

苗　苗　你们什么时候到的？四姐呢？

　　　　　[苗苗拿起茶几上的花瓶要插花，她突然看见躺在床

　　　　　上的高翔。

倪云飞　四姐可忙死了，她的新书今天发行，这是她植入芯片

　　　　　后的第三本书了，厉害！

苗　苗　高翔，你怎么不起床给大家沏茶呀？

　　　　　[高翔没理苗苗，苗苗看见高翔头上的毛巾。

苗　苗　高翔，你怎么了？

　　　　　[苗苗把花和花瓶都放在床上，上去用手摸高翔的头。

苗　苗　高翔，你在发高烧！去医院了吗？

　　　　　[倪云飞、况卫听说高翔发烧，走到床边。

倪云飞　什么，你在发烧？会不会是 N1H1？

况　卫　你嗓子疼吗？嗓子不疼就不会是猪流感。

高　翔　可我是晚上 10 点的火车！

倪云飞　开玩笑，铁路查得严着呢，你现在发烧，别想上得了
　　　　火车。就连云妮咖啡店都装了电子体温检测仪了，那
　　　　东西还挺贵，我估计卖这个仪器的老板这回可发了大
　　　　财了！

　　　　〔苗苗拿起一条薄被，轻轻搭在高翔的身上，然后拿
　　　　着花和花瓶去卫生间灌水。

况　卫　高翔，也别去医院，你现在去看病恐怕会被隔离起来。

　　　　〔高翔咳嗽了起来。苗苗听见高翔咳嗽赶紧跑出来给
　　　　高翔捶后背。

高　翔　我必须得走，我一天都不想待在这里了。

　　　　〔高翔起来，敷着毛巾走到沙发上坐下来。况卫和倪
　　　　云飞跟着高翔回到沙发旁边。苗苗又去把插好的花拿
　　　　出来放在茶几上。高翔看着花出神。

高　翔　春天的花真好看！

况　卫　这些小花儿虽然叫不出名字来，但配在一起就特别
　　　　美。苗苗有眼力。

倪云飞　春天的花都好看！

况　卫　我们约了四姐到咖啡厅庆祝杂志的创刊号出来，你能
　　　　去吗？

高　翔　我要赶火车，你们玩吧！

况　卫　高翔，我劝你好好休息休息。别忙着要走。

　　　　〔苗苗取下高翔的毛巾，迅速去卫生间把毛巾重新用

凉水洗过，又迅速拿出来，给高翔敷在头上。苗苗到

书桌的抽屉里找阿司匹林。

苗　苗　我上次把阿司匹林放这儿了，怎么没了？

高　翔　我放旅行包里了，准备到火车上吃。

　　　　[苗苗从旅行包里拿出阿司匹林，拿一个杯子一起递

　　　　给高翔。高翔吃了药。苗苗又把阿司匹林放回包里，

　　　　她突然发现桌上的手机充电器。

苗　苗　高翔，你没带手机充电器！

高　翔　我连手机也不打算带了，我不打算给谁打电话了。

　　　　[苗苗焦急地到处找高翔的手机，她把手机和充电器

　　　　一起放进高翔的旅行包。

苗　苗　你要是有急事怎么办？

倪云飞　（对况卫）这家伙要革了高科技的命了。

高　翔　对！我不喜欢高科技。顺便说一句，第二期准备的那

　　　　些科技文章，我非常反感。

况　卫　那是四姐当责编的权利，我们的原则之一就是轮流责

　　　　编制，你忘了，一切都是当期责编说了算，谁也不能

　　　　阻挠责编的想法。

高　翔　我有我的原则，无论如何，我就是不喜欢那些狗屁科

　　　　技文章。

　　　　[高翔站起来，走到床边开始换在床边准备好的衣服。

　　　　苗苗呆呆地看着他。

况　卫　对了，高翔，反正你的房间闲着也是闲着，我们想借

　　　　用，做《手稿》编辑部。你不反对吧？

[高翔套上毛衣，穿好皱皱巴巴的风衣，然后把口袋里的门钥匙扔给况卫。

高　翔　记着交水电费、电话费！希望你们别在这儿做饭，我讨厌到处都油乎乎的。

况　卫　没问题。我们主要在这儿放一台印刷机，一会儿我就派人搬过来。还有，把每一期杂志都放这儿。等你回来我们再搬走。

[况卫和倪云飞站起来，各抱起一包杂志。向高翔道别。

况　卫　那翔子，我们先走了，反正也拦不住你！

倪云飞　翔子，你多保重，扛不住就回来。苗苗，你一会儿过来吧，云妮说她的几个朋友要买你的画呢。

苗　苗　我今天特别累，我想早点休息。

况　卫　今天是庆祝《手稿》第一期出版，你们都不来，肯定没意思。（对苗苗）一会儿我过来接你吧。

苗　苗　不用了！谢谢！

[况卫和倪云飞走出门，上电梯。静场，电梯声。苗苗上去把门关好。

苗　苗　高翔，你干吗把房子借给他们？你忘了你自己有洁癖？他们干吗不用他们的房子？他们谁的房子都比你的大得多。

[高翔背起大旅行包，戴上帽子。他掏出一把钥匙，交给了苗苗。

高　翔　傻孩子，这把钥匙是给你的，这间房子大，你也可以把我这儿当你画画的工作室。

[苗苗接过钥匙，恳求高翔。

苗　苗　高翔，真的别离开我，你走了我怎么办？

[高翔走向房门。他停住脚步，转过身。

高　翔　你要多画画，画你喜欢画的。我要是不回来，你可以一直住在这里。

[苗苗焦急地继续恳求高翔。

苗　苗　你答应我快点儿回来，最好明天就回来！

高　翔　看看我给你写的诗吧，就在第一期的第 24 页，我把它排在第 24 页，是因为你今天正好 24 岁。

[苗苗快步走到茶几边，打开一本《手稿》。

苗　苗　你还记得我的生日，真好！我都等好久了，你老是说还没改好呢。

[高翔深深地看了一眼苗苗。

高　翔　我想为你庆祝生日，我先去给你买礼物。

[苗苗放下杂志，她阻拦高翔。

苗　苗　高翔，你在发烧，而且你就要走了，我们多待一会儿吧，我什么礼物都不要，这诗是最好的礼物。

高　翔　我吃了药，好像好多了！今天是你本命年的生日，我要给你庆贺一下，我本来想上午去找你来着，可是我一直就躺在那里胡思乱想，要么就被噩梦纠缠。我十分钟就回来，你等着我！

[高翔走出门，匆匆上了电梯，苗苗没来得及拦，电梯门已经关上。电梯滚动的声音。苗苗走到桌边，把

旅行袋中的衣物拿出来，重新叠放整齐，再装进大包中。

[电梯滚动的声音。电梯门开，一个彪形大汉推着一台电子快速印刷机走出电梯，进房间。况卫手拿一束红玫瑰从电梯中走出来。他静静地站在没有关闭的门口看着苗苗。苗苗转过头来，看见况卫和大汉。大汉将机器放在房间一角，然后走出去。

苗　苗　你来找高翔？

况　卫　不，我是来接你的！跟我走吧，大家都在等着你。

苗　苗　不行，我要等高翔，他十分钟后就回来。今天我生日，要不你等他一会儿？

[苗苗转身将大包拎起，放到沙发上，况卫跟过来，把玫瑰送到苗苗面前。

况　卫　生日快乐！

[苗苗接过玫瑰，放在茶几上，冷淡地对付况卫。

苗　苗　谢谢！

况　卫　我和高翔上个月长谈了一晚上，我答应他在他出门的时候照顾你。

苗　苗　我又不是小孩，我不用谁照顾我。

况　卫　事实上，我不是想照顾你，而是想让你嫁给我。

苗　苗　我？你真是魔鬼，高翔把你当作自己的兄弟！

[况卫沉默。他冷静地站在原地。

苗　苗　就是高翔走得远远的，永远不回来了，我也不能和你在一起。我要在这里一直等着他！

况　卫　可是，高翔有多自私，你一点儿都不了解。我们在北
　　　　大一起读书，一起办杂志，我太了解他了，他总是只
　　　　顾自己的感受，根本不为别人着想。

苗　苗　他是诗人，他为人处事一直像个孩子，他虽然不负责
　　　　任，但是一直对我很好！

况　卫　他对你好？！他总是在外边漂泊，动不动就会爱上一
　　　　个山寨中的漂亮女孩，然后又一走了之，这些你都知
　　　　道吗？这些年他给过你什么？

苗　苗　他什么也没给我，但是他给我希望，给了我一种宝贵
　　　　的精神。

况　卫　宝贵的精神，我也可以给你，我保证你根本不知道什
　　　　么是希望，你不知道这个世界有多大，这世界上有多
　　　　少好东西。

苗　苗　我讨厌世界太大，我不喜欢你说的那些好东西。

况　卫　看吧，你跟高翔变成一个腔调了，你的大脑简直是他
　　　　的简单翻版。难道这不也是一种随波逐流吗？我不明
　　　　白你为什么不睁开眼睛看看你周围世界的变化。

苗　苗　我厌恶这样的变化。

况　卫　得了，别再模仿高翔的腔调了。

　　　　［况卫走到高翔的大床前，指着苗苗的画。

况　卫　这张画你卖多少钱？五十万你卖不卖？

　　　　［苗苗鄙视地看着况卫。

苗　苗　我告诉你，那张画是我刚送给高翔的，给多少钱我都
　　　　不卖。

况　卫　那么神学院的那幅壁画需要多少赞助费，你说个数。

　　　　[苗苗自豪地笑了。

苗　苗　那张画是我送给神学院的，我一分钱不收！

　　　　[况卫哈哈大笑，他坐在沙发上。

况　卫　不知高翔是怎么把你教出来的，他可真能干！

苗　苗　请你走吧！

况　卫　苗苗，我要向你订货，我要专门为你开一个画廊。

　　　　[况卫指着床前的牡丹油画。

况　卫　我就要你画花，十万元一张，我要四十张。就算我是
　　　　替高翔照顾你吧，从现在起你要做一个职业女画家。

苗　苗　还是请你走吧。高翔马上就回来了。

况　卫　就算是我请求你！你不答应我，我就不走。我不明
　　　　白，高翔这些年都为你做了什么，他就要把你给毁
　　　　了！你以为你怀了双胞胎天天吐得只能靠打点滴活着
　　　　我不知道？要不是你妈妈跟医生签字，给你注射了冬
　　　　眠灵，在你沉睡的时候把你推进了手术室，你还要坚
　　　　持把小孩生下来呢！

苗　苗　你怎么知道的？

况　卫　你怎么这么天真？以为生了小孩高翔会高兴？你也不
　　　　想想他拿什么养活这两个孩子？！

　　　　[苗苗站起来想躲避回忆。

苗　苗　谁告诉你的？！

况　卫　你妈妈哭着跟我说让我劝你离开高翔。

苗　苗　我妈太夸张了。

况　卫　苗苗，嫁给我吧，我保证绝不会像高翔那样伤害你。

　　　　　[苗苗站在沙发后面。

苗　苗　除非你为我写出能打动我的诗，除非你像高翔那样喜
　　　　欢我的画，我说的是真心喜欢！

况　卫　你是我的克星，我到现在没有再遇见过像你这样让我
　　　　怦然心动的女孩子！

苗　苗　可是我不但不爱你，我还厌恶你、怕你。你总是要得
　　　　到你想得到的，甚至不择手段。我从来就害怕和你单
　　　　独相处。但是我和高翔在一起想做什么就做什么。他
　　　　总是说我画得好极了。

况　卫　我夸你的话你从来都听不见。

苗　苗　我记得，你说：苗苗，你的功夫真扎实。你从没说过
　　　　我的哪张画感动过你！

况　卫　实际上，你的每幅画都让我感动。苗苗，我不是说高
　　　　翔不好，而是说就你而言，我比高翔更适合你，我懂
　　　　得对你爱护，我不会让你这么孤独。我也绝不会让你
　　　　浪费才华为一个小咖啡厅画什么见鬼的壁画！

　　　　　[苗苗沉默，况卫从衣袋中拿出一张合同、支票夹和
　　　　一支签字笔。

况　卫　我已经为你起草了合同，你好好考虑吧。这是给你的
　　　　预付款。请你跟上时代的步伐，这个时代是属于你
　　　　的呀！

　　　　　[况卫站起来，走出去，上了电梯，电梯滚动的声音。

　　　　　[灯光暗，一束光照在那张雪白的合同上。苗苗一直

沉默在黑暗中。黑暗中电梯滚动的声音再次响起。苗
苗赶紧将茶几上的玫瑰扔进卫生间。高翔进门。高翔
打开电灯，看见匆忙坐在床上的苗苗。

高　翔　怎么不开灯？

　　　　［苗苗恍若梦中。

苗　苗　高翔，你回来了？

　　　　［高翔从风衣的大口袋中掏出"蓝修女"，放在茶几
　　　　上。

高　翔　还记得它吗？这就是我想送你的礼物。

　　　　［苗苗走过来，拿起酒瓶。

苗　苗　蓝修女！

　　　　［高翔又像变魔术一般从另一个口袋里掏出一包花花
　　　　绿绿的糖果，送给苗苗。

高　翔　这个也送给你！

　　　　［苗苗接过糖果，抱住高翔哭了。

苗　苗　我会每天在这里等着你！

　　　　［高翔抱着苗苗，非常平静。

高　翔　我在楼下碰见况卫了，他说已经把机器拉来了。他早
　　　　就答应我不在的时候要替我照顾你，他看上了你的
　　　　画，希望你和他签约。前几天我们还谈这事来着。

　　　　［苗苗哭出声。她离开高翔，坐到沙发上。

苗　苗　可是，我不喜欢况卫，更喜欢像往常那样让云飞哥哥
　　　　照顾我。

高　翔　实际上，况卫向我提过多次要为你办画展的事，我觉

得他比云飞更能帮助你。

苗　苗　他……（停顿）高翔，我怕况卫。

高　翔　你就是喜欢云飞整天不靠谱地胡诌故事，只有你这样的傻瓜才相信他的胡说八道。我和况卫从大学就一直观点不同，但却从来都是最好的兄弟。平时我们老是争论不休，你是怕这个吗？那你太促狭了。

苗　苗　实际上，你对我根本不负责任，况卫他未必愿意帮你照顾我，他或许根本就没把你当朋友。

高　翔　你的魔鬼小脑瓜儿里都装了什么鬼东西？我们男人的事你在我面前永远也别想插手。

苗　苗　况卫他总是说你坏话，他还……

高　翔　苗苗！不要说了，你根本不了解我们，你其实就怕我们的争论。其实我早就厌倦这么争论了，但这不妨碍我们是最好的朋友。

苗　苗　你总是回避，我又总怕说重了伤害你。其实他……

高　翔　这么说吧，对我来说，况卫甚至比你要重要。

苗　苗　所以你听见我做流产你无动于衷？！况卫说得对，你根本就不需要我！

高　翔　你要么离开我，要么就别在我面前说朋友们的那些坏话。我比你更了解他们，我知道他们坏在哪儿，好在哪儿。

　　　　［苗苗疲倦地坐在沙发上，她突然发现合同还在茶几上。她拿起合同。

苗　苗　你呢？要走多长时间？

[高翔犹豫地走向沙发，但还是走到床边坐下。

高　翔　我，我不能肯定，也许半年，也许一年。

[苗苗点头，她站起来走到床边坐在高翔旁边。

苗　苗　我从来没卖过画。

[高翔低下头，用大鞋子踢着地。

高　翔　我知道。你是受我影响。

苗　苗　况卫要跟我签四十张油画。

高　翔　我知道，你和他签约吧，你本来该有更好的生活。

苗　苗　他那冷冰冰的态度，让我害怕极了，甚至在他对我表达好感……

[高翔沮丧地低下头，他焦虑地搓着大手。苗苗伸手把高翔的手放在自己的手里。

苗　苗　高翔，我画这么多花是因为想你。我总想让你回来时看到我画的所有花都为你开放着！

高　翔　可是对我来说它们太美了，就像你。

苗　苗　这么多年了，你从不向我求婚。

高　翔　我不适合结婚。

苗　苗　我一直等着你向我求婚。

高　翔　别等我。会失望的，真的！别忘记你最初的愿望，一定好好画画，我巴不得有一天我都想明白了，到时候我就会娶你！

苗　苗　况卫说他喜欢我，爱我。

[高翔失望地站了起来。

高　翔　你为什么还是说出来了？你以为我不知道？这是我们

少年时就做的游戏。那时候我总是把他心爱的女孩抢走，然后让他痛苦一阵子。他是用这种方式来报复我。这家伙，他总是那么较劲儿地要告诉我他永远是最牛的。

苗　苗　你不在乎？

高　翔　苗苗，你是自由的，但是你的幸福恐怕是你自己定义的。无论如何，你要用你的力量作出选择。

[苗苗哭了。

高　翔　你又哭，我要走了，你千万别送我，那样我受不了！

苗　苗　可是我真的需要你留下来！

高　翔　我必须得走了！

[高翔走到沙发前，拎起旅行包，走出去。高翔上电梯，苗苗冲出去，高翔也从电梯中出来，他们拥抱，吻别。高翔又回到电梯中。电梯滚动的声音。苗苗面对着隆隆的电梯。灯光暗。

第四幕

[2012 年秋天的早晨，场景同第一幕。Shopping Mall 大门口是一个女明星的招贴画，是一部电影的剧照，片名是《属于未来的女人》。进进出出的人们仍旧。咖啡厅门前一片狼藉，到处都是酒瓶子，椅子有些倒在地上，桌子上有无数杯子。

男招待打着哈欠正在收拾地上、桌子上的酒瓶子和杯子。

从咖啡厅里传来一阵阵的电钻声，苏云妮和一个女招待匆匆上场。

苏云妮　怎么回事？

女招待　后厨的通风口又坏了！

苏云妮　让他们停工，马上！

[二人匆匆跑进咖啡厅。片刻，电钻声消失了。

[高翔拎着大旅行包从左上。他还是第一幕的装束。

男招待看见高翔，恭敬地走上来。高翔和他打招呼。

高　翔　你好！好久不见了！

[男招待一边迅速给高翔收拾出一张桌子，一边高兴地和高翔聊天。

男招待　高翔大哥，你怎么回来晚了，昨天他们庆祝第九期出
　　　　版，一直等你来着，云飞大哥还念了你新写的那首诗。

　　　　　［高翔一屁股坐在一把木条折叠椅上，由于他比以前
　　　　　还胖，折叠椅被坐塌了。高翔屁股蹾在地上，四仰八
　　　　　叉地顺势倒下。男招待大笑。

男招待　高翔大哥，这是你在我们这儿坐坏的第几把椅子啦！

　　　　　［高翔索性把旅行包放在一边，伸出手。

高　翔　你还不快拉我一把。

　　　　　［男招待把高翔从地上拽起来。一边跑向咖啡厅，一
　　　　　边大喊着。

男招待　你等着，他们给你买了把结实的椅子。

　　　　　［高翔弹着手上、身上的土，他从旅行包里拿出一个
　　　　　干净的笔记本，放在桌上。

　　　　　［男招待从咖啡店里搬出一把藤椅。高翔心满意足地
　　　　　坐在藤椅上，用手抚摸着大肚子。

高　翔　他们呢？

男招待　他们都去吃早点了，只有苗苗姐还在等着你。

　　　　　［高翔受到触动。

高　翔　她在哪儿？

男招待　刚睡着，在里面呢，要不我把她叫起来？

高　翔　千万别，让她睡　会儿吧。给我一瓶绿牌儿。

男招待　好，你等着。

　　　　　［男招待进咖啡店。

　　　　　［高翔拿出一支笔，在笔记本上认真写着。他神情专

注，没有发现此刻苗苗正轻轻地从咖啡店走出来，她身着白裙子，在早晨的阳光中像一朵盛开的白百合。苗苗轻盈地走近高翔。她凝视着高翔的背影，她看见高翔正在写着什么，怕影响他。男招待拿着啤酒和杯子走到高翔桌前。苗苗把食指放在嘴唇上，她示意男招待不要告诉高翔。男招待把酒瓶打开，为高翔倒酒，然后走开，他卖力地收拾东西，直到把一切都收拾停当。高翔回头想说谢谢。看见了苗苗。高翔站了起来。（停顿），两个人互相看着。

苗　苗　难得看见你写东西的样子了。

[高翔有些腼腆地合上笔记本，谦逊地微笑。

高　翔　还没改好？你为什么不多睡一会儿？

[苗苗指着那把藤椅。

苗　苗　你觉得舒服吗？

高　翔　是你的主意吧？

[苗苗点头，拉过一把椅子坐在高翔的对面。高翔坐下一口气喝了半杯啤酒。

高　翔　画画得怎么样了？

[苗苗点了点头。

苗　苗　你呢？谈谈你自己。

[高翔挠头。

高　翔　我有什么好说的？我去了西北许多过去没去过的地方。去了撒拉族居住的循化县，我在那里待了很长时间，那里的大杨树比哪儿的都高，姑娘都戴绿色的丝巾，妇人都戴黑色的丝巾。那是个非常美的地方，不大，去的人很少。我还在孟达天池住过三个月，那里安静极了，是班禅大师的故乡。每天我下山去听许多小孩儿唱"花儿"。他们见什么唱什么，特别好听。他们还能把我写的诗也用"花儿"唱出来，非常轻松地唱出来。

[苗苗神往地听着高翔的讲述。

苗　苗　给我念一首你新写的诗吧。

[高翔腼腆得像个孩子，傻笑着。

高　翔　你知道，我老得改，还没改好！

[苗苗也笑了。她突然关切地。

苗　苗　还在吃百忧解吗？

[高翔的笑容消失了，似乎现实一下把他从天堂拉到人间。他沉默了一会儿。

高　翔　我停药了。

苗　苗　从什么时候停的？

高　翔　从第一期《手稿》出来以后我就停了。

[高翔不安地看着苗苗。

高　翔　在路上，我想通了，我和你，我们可以重新……

[况卫、倪云飞、苏云妮从右边上场，高翔正对着他们，高翔停住想说的话。三个人看见高翔都高兴起来。况卫跟在他们后面，看见高翔和苗苗正在一起开心地聊天。倪云飞上来用拳头捶了高翔一下，然后和高翔拥抱。

倪云飞　翔子，你又胖了。

　　　　[倪云飞拍打着高翔的熊腰，况卫也上来和高翔拥抱。

况　卫　你写的诗越来越好！翔子，你回来晚了，你应该昨天回来！

倪云飞　他要不迟到，他还是翔子吗?!

　　　　[大家笑。

苏云妮　Boy，上壶热茶来！

男招待　知道了，云妮姐。

况　卫　高翔，你得挨罚，你不在的一年，《芯片》已经出了8期了，我们每个人当两轮责任编辑了！第十期该轮到你了！

高　翔　（停顿）你是说《芯片》?!

况　卫　对，从第三期，《手稿》就改成《芯片》了，大家一致同意的，你丫离得太远，还老关机，我们想征求你的意见也不可能。

倪云飞　你是不是又拍了许多眼睛亮晶晶的妹妹？

　　　　[倪云飞一边说，一边把十个手指放在眼睛上作出放光芒的动作。

高　翔　我没带照相机，一张也没拍。

云　妮　苗苗的画展你也不回来捧场，况卫非常卖力，画展太成功了，所有的画都卖出去了。

　　　　[高翔更加失落。

高　翔　我那几天关机，收到你们短信的时候已经错过了。

倪云飞　云妮的演出也很成功，她演女主角，程冬雪演男主角，非常现代的戏剧，你没看到太遗憾了！他们下个月准备去台湾演出呢，你们大家都得去捧场呵！翔子，你也得去！

［况卫向苗苗走过去，他把苗苗搂在怀里，苗苗想躲开，可还是被他给抱住了。高翔看见了这一幕。他把笔记本放回旅行包中。男招待把热茶壶和茶杯端上来。

况　卫　高翔，我和苗苗元旦要举行婚礼，你可得捧场！

［苗苗转身脱开况卫的怀抱。背对着大家站着。高翔看到苗苗和况卫的动作。

高　翔　是吗？元旦，好啊，2013 年！

［高翔坐下来，继续喝啤酒。倪云飞和苏云妮互相看了一眼。

苏云妮　我去切哈密瓜。

倪云飞　我去帮你。

［高翔等他们进了咖啡厅，喝下一口酒，对况卫。

高　翔　事实上，我这次回来就是想跟大家说，我要退出《手稿》了。

［苗苗转过身，走向高翔。

况　卫　为什么要退出？你是我们中的一员，你是最初的发起者。

苗　苗　你说过，让我要实现最初的愿望，你自己也不要忘记。

高　翔　《手稿》现在是你们的，它已经跟我没关系了。

况　卫　怎么没关系？第三期、第六期和第八期都有你写的诗！

高　翔　我的诗写得不好，我几乎写不出好诗了！

况　卫　高翔，大家都觉得你写得越来越好！

高　翔　至少不是我要的那个样子。这有悖我的最初愿望，我
　　　　宁可退出。

况　卫　可事实是你用了三个月出完第一期就一走了之了，我
　　　　们却一直坚持着我们共同的梦想，我们从没有停过，
　　　　几乎一个月出两期。我们非常努力！

高　翔　我们努力的方向却太不一样了！你们就像机器制造成
　　　　品一样制造作品。那不是创造！这不是我认为的《手
　　　　稿》，绝不是！

况　卫　你还要怎样？

高　翔　我想让时光倒流，回到大学时代，那时我们又幼稚，
　　　　又迷茫，又痛苦，又甜蜜，那时我们根本不知道世界
　　　　能制造可以植入大脑的芯片！并且出版一本叫《芯
　　　　片》的杂志。

况　卫　你又来了！时代在前进，你却老想着从前！

高　翔　其实我很喜欢我现在流浪的生活，我没什么可抱怨
　　　　的。我只是觉得很孤独。

况　卫　你喜欢流浪，可是我不喜欢，你总不能让我们大家跟
　　　　着你在山里一待待六个月吧，我们都是现实人，我们
　　　　都得生存，我们大多数都有老婆有孩子！我们还要负
　　　　起社会责任！我希望你不是为了我和苗苗的事才要退
　　　　出《手稿》。

　　　　〔况卫上去想抱住苗苗，苗苗强硬地躲开了。高翔低

　　　　下头，然后突然抬起头，站了起来，转身看着苗苗。

高　翔　可是我觉得她不愿意让你碰她。

　　　　[况卫哈哈大笑。苗苗无助地看着两个男人。

况　卫　你原来还在乎她？我可没看出你能对她负起男人的责
　　　　任！

　　　　[高翔又坐下。他把啤酒一饮而尽。

况　卫　她现在是我画廊的签约画家，她每给我画十幅画，我
　　　　给她一百万。

高　翔　可是我了解她，她和你在一起不会快活。

　　　　[苗苗满怀希望地看着高翔。

况　卫　我带她到瑞士阿尔卑斯山上滑雪，到威尼斯去听歌
　　　　剧，到希腊去看悲剧，到山崎去泡温泉。你问问她自
　　　　己快活不快活。

　　　　[苗苗哭着上前去拽况卫的胳膊。

苗　苗　我求求你别这么对他说话，你这是在侮辱他！

高　翔　他没有侮辱我，他在侮辱他自己，和我比起来，即便
　　　　他天天不动窝儿地待在这儿，他还是一个真正的流亡
　　　　者！我虽然漂泊，可是我有根！

　　　　[况卫甩开苗苗的手。

况　卫　你是个胆小鬼，你畏惧人类不属于你的文明！你只配
　　　　到那些原始人居住的地方去寻找些安慰。

苗　苗　（鼓起勇气大吼）住嘴！你这个，你这个垃圾！

　　　　[高翔平静地重新坐回座位。

况　卫　（对苗苗）你刚才说我什么？

苗　苗　我说让你住嘴！你太过分了！

况　卫　你刚才说我是垃圾？！

苗　苗　对！你是个冷血垃圾！

　　　　[况卫给了苗苗一个耳光。苗苗踉跄地扶住桌子。

　　　　[高翔冲上去给了况卫一拳，况卫险些被打倒。他的
　　　　嘴流出血来，溅到衬衫上。

高　翔　你再敢动她一个指头，我就要你的命。

　　　　[苏云妮和倪云飞冲出来，拉住高翔。

　　　　[况卫整理了一下因为刚才气急败坏而凌乱的头发。

倪云飞　哥俩儿怎么了，有什么话不好说，还动起手来了？！

　　　　[苏云妮上去安慰苗苗。

况　卫　你们不用担心，我们在演戏。

　　　　[四姐从右边上场。她一手捻着那串长长的佛珠，另
　　　　一手拿着一本巨大的时尚杂志。

四　姐　告诉你们一个好消息，苗苗登《尚都》杂志了！快
　　　　看——《女画家的芯片头脑》！多么振聋发聩的标题！
　　　　苗苗成了名人了！

　　　　[倪云飞、苏云妮拿着杂志观赏苗苗的大幅照片。高
　　　　翔呆呆地站在台中央一动不动。四姐发现高翔。

四　姐　高翔！你总算回来了！我们等了你一夜！

　　　　[四姐发现高翔一动不动，很尴尬。她扭头看见苗苗
　　　　在哭，况卫的嘴角正在流血。

四　姐　看来刚才爆发战争了！

　　　　[高翔抓住四姐的肩膀，突然问。

高　翔　四姐，你刚才说苗苗她，也植入了……（停顿）

四　姐　对！我们都一样了，现在就剩下你一个了！我劝你别
坚持了，再说……

况　卫　（嘲讽地）对！翔子，尽管你打了我，我还是要劝你
也植入芯片！只有那样苗苗才有可能回到你身边。

　　　　［高翔冲上去想越过四姐再给况卫一拳，四姐把高翔
挡住，自己却被打倒在地上。

高　翔　你这个卑鄙无耻的机脑贩子！

　　　　［高翔已经把况卫压在身下，痛打。四姐见状从地上
爬起来去拉，倪云飞、苏云妮早就跑了过来去拉高
翔。况卫的眼角被高翔打出了血。高翔自己的眼镜早
已落得不知去处。苗苗上前捡起高翔的眼镜。高翔被
大家拉起来，因为看不见，到处找自己的眼镜。

　　　　［苗苗把已经碎了一个镜片的眼镜递给高翔。高翔抓
住苗苗的手。

高　翔　你不能要那个芯片，你赶紧把它从脑子里拿走！

　　　　［苗苗摇头，眼泪流出来。

苗　苗　来不及了！

倪云飞　为什么要拿掉？她现在多好，成了知名画家！

　　　　［高翔急得在原地转圈。

高　翔　我从她十七岁就看着她画画，她从来都画得非常棒，
她的大脑，你们……

　　　　［高翔愤怒地指着所有人。

高　翔　你们！

[高翔又指着况卫的鼻子。

高　翔　你！把她的脑子给毁了！把她的精神、她的梦想都给毁了！

[况卫从地上站起来。他眼角、鼻子、嘴都在流血。

况　卫　笑话！那些都只不过是你的精神、你自己的梦罢了。目前评论界对苗苗的画大加赞赏！你才是想毁了她的人！

苏云妮　况卫，你还是先到里面上点儿药吧！

[苏云妮、四姐、倪云飞搀着况卫走进咖啡厅。静场。隐隐听见苗苗的哭泣。

[苗苗慢慢走向高翔。

苗　苗　高翔，正像他们说的，我一直很好！

高　翔　可是我看见你非常伤心，我知道况卫骗了你。

苗　苗　不，高翔，他没骗过我，是我自己不好！

高　翔　那你为什么哭呢？

苗　苗　因为我看见了你，你非常可爱！（停顿）

高　翔　我们已经不是一种人了，你一直都希望和我是一种人，可是你终于成了和他们一样的人了！

[苗苗拉住高翔的大手。

苗　苗　你为什么回来了？我已经忘记和你在一起的那个苗苗了。看见你，我就想起那时候的我多么好，我发现我是那么想念你！

[高翔把苗苗抱在怀里。

高　翔　我要找到一个能够把你的芯片去掉的地方，我一定能

找到。跟我走吧！就是走遍天涯海角，我也要帮你找
到那个地方。

苗　苗　可是，我的心已经记住了那个芯片，它再不能从我的
心里根除了！除非……

高　翔　除非什么？

苗　苗　除非你杀了我！

高　翔　不！我现在比以往任何时候都需要你！

苗　苗　高翔，你说得对，这里一点儿都不让人高兴！你不该
回来，你为什么回来？！

高　翔　我做了一个梦。所以我就回来了。

苗　苗　你梦见什么了？

高　翔　（停顿）我梦见我死了，还参加了我自己的追悼会。
我的亲戚、朋友们都向我的遗体告别，后来，他们让
你代表大家致悼词。你就上去讲话。

苗　苗　我讲了什么？

高　翔　你看见第一排坐满了人，你就说：为什么不给高翔留
一个位子？

苗　苗　然后呢？

高　翔　大家听了你的话都笑了，他们指着我的尸体说我正躺
在上面呢。你就急哭了。

苗　苗　然后呢？

高　翔　然后你哭着说："我看见高翔就坐在你们的后面。"我
的确就坐在人群中，我看见你指着我，我就向你挥
手，可是，只有你能看见我，大家谁都没看见我。

苗　苗　然后呢？

高　翔　然后我就醒了，我决定回来把你带走。

　　　　[苗苗发出哭声。突然哭声停止，苗苗擦干眼泪，变

　　　　得异常严肃，口气变得非常冷静。

苗　苗　高翔，我该去工作室工作了。我月底前要交给画廊五

　　　　张画，这次况卫付我七十五万。

　　　　[高翔惊恐地看着苗苗的变化。

高　翔　苗苗！我还没说完，我要带你走，你还没有答应我。

　　　　[况卫脸上抹满了红药水从咖啡厅走出来。

况　卫　苗苗，你的系统太初级了，我已经通知公司把你的系

　　　　统升为高级系统了。现在你有足够的理智了！

苗　苗　谢谢况卫，我现在就回工作室，月底前一定交给你五

　　　　张杰作！

　　　　[苗苗说完，连头都不回地走向况卫。高翔一把拽住

　　　　了苗苗。

高　翔　况卫，你对她到底又做了什么？

况　卫　每个芯片都有一个密码，倪云飞、四姐的密码在他们

　　　　自己手里，苗苗的密码在我手里。我可以随时进入她

　　　　的系统，改变她的情绪、工作热情、生活方式！

　　　　[高翔恐怖地瞪大了眼睛，他突然反应过来。

高　翔　况卫，我求你放过苗苗，你要我做什么都可以。

况　卫　我可以把她的密码交给你，但是有一个条件：你必须

　　　　植入芯片。

　　　　[高翔想上去打况卫。苗苗突然说话。

苗　苗　高翔，请你不要打他，他是我的未婚夫！

　　　　［高翔的拳头停在半空，他上去抱住苗苗。

高　翔　我不能让他控制你，你必须跟我一起走！

苗　苗　请你放开我，不然我报警了！

　　　　［高翔倒退着坍塌在藤椅中。苗苗安静地从口袋中掏
　　　　出一把钥匙。

苗　苗　这是你房间的钥匙，我把它还给你。

　　　　［苗苗平静地把钥匙递给高翔，高翔呆呆地接过钥匙。
　　　　高翔反应过来，上去抱住苗苗。

况　卫　请你放开她，我看她不愿意让你碰她！

　　　　［苗苗毫无表情地走出高翔的怀抱。

　　　　［苗苗挽住况卫的手，两个人一起下场。在真正下场
　　　　之前，况卫回头。

况　卫　高翔，你可以救她，但我劝你放弃，因为你从来都不
　　　　想当英雄好汉！你鄙视我们，你鄙视我们新人类的
　　　　理想！

　　　　［高翔手握住一个啤酒瓶子猛地磕在桌边，瓶子破碎
　　　　形成尖锐的利器。高翔猛冲向况卫。况卫回过头来，
　　　　拉起苗苗躲开高翔，跑向舞台中央。

况　卫　高翔，你真疯了，这是犯罪。

　　　　［高翔将况卫逼到一个座位上，他高高举起手中的碎
　　　　酒瓶子，况卫吓得用手抱住了头。高翔手举着的碎酒
　　　　瓶子突然滑掉在地上。

高　翔　你真是个垃圾！

[高翔眼看着苗苗扶起况卫,她挽着况卫的手臂走远,他呆若木鸡地坐在刚才况卫坐的椅子上。突然他站起来抱住脑袋,发出痛苦的嘶鸣。

高 翔 啊——

[听见叫声,咖啡店里所有人都跑了出来。他们都张大嘴看着高翔。这时修理工的电钻声刺耳地响起,观众只能看见高翔和其他人的口型,高翔的声音淹没在电钻声中。

[忽然所有出出进进的人们被定格不动,所有的人都在电钻声中保持静止状态,仿佛被压缩成一张褪色发黄的历史照片。

[灯光随着电钻声渐渐变暗,声音渐小。

[音乐响起,是 WJ 的 *Heal the World*。

全剧终

静水流深

——《樱桃园》中的停顿技法

张 爽

论文摘要

安东·巴甫洛维奇·契诃夫在《樱桃园》剧作中通过 36 个停顿和这些停顿组成的链，揭示出隐藏在外部情节后面的内部情节，构成了内、外部情节的契合与统一，展示了丰富的、完整的《樱桃园》生活。

剧中的每一个停顿都不是孤立的，它们是剧作整体的有机部分，每一个停顿都构成了一个具有情节性的停顿单元。停顿单元构成的三种元素是：停顿产生的原因、与停顿相关联的突转、停顿产生的结果。

本文首先介绍《樱桃园》的停顿使用情况，其次以第 24 个停顿单元为案例，分析停顿单元的构成，最后以一幕一场的第一支停顿链为案例，分析停顿单元之间构成的停顿链。通过以上这些分析，深入阐释契诃夫是如何通过停顿技法揭示出内部情节潜流的。

上述内容分三部分论述：

第一章：介绍全剧的 36 个停顿揭示出的隐于外部情节内的内部情节，从而完整地展示出具有生活原貌的真实故事。

第二章：分析剧中的第 24 个停顿，介绍停顿单元的原因、突转、结果三元素。

第三章：分析第一支停顿链的诸停顿单元之间的内在逻辑，说明停顿链是契合内、外部情节的重要手段。

关键词：停顿，停顿单元，停顿单元的三元素，停顿链

目　录

前　言

安东·巴甫洛维奇·契诃夫是 19 世纪末 20 世纪初俄罗斯最伟大的剧作家，百余年以来，他的剧作对世界戏剧发展产生的影响经久不衰。苏联、俄罗斯以及各国学者对契诃夫剧作的研究倾注了大量的热忱，逐步深化了对契诃夫剧作艺术世界的认识并已对契诃夫戏剧的一些基本美学特征有了大体清晰的认识。比如，外部情节和内部情节双重结构[①]，契诃夫剧作中

---

① 参见《论契诃夫的戏剧创作》，（苏）叶尔米洛夫著，张守慎译，作家出版社，1957 年版，第 261 页："……这里的情节是契诃夫式的，它不是在表面上运行着，而是在剧本的深处运行着，它表达了剧本内在主题的潜流。"第 401 页，张守慎先生译后记中总结道："契诃夫剧作中的双重结构：一种是浮在表面上的直接现实的结构，另一种是隐蔽的、潜藏的、诗意概括的结构。这第二重结构构成了契诃夫的作品中的'潜流'，它反映出作家所描绘的现象的内在的本质的意义。"

的潜流、潜台词①及停顿②的美学意义，人物性格的多重性，抒情氛围的营造，新型戏剧冲突的内在本质，喜剧性、正剧性、抒情性三者的有机融合③，内部真实与外部真实的统一④，舞台提示上的特点，节奏技法的特征⑤，对荒诞派戏剧的影响⑥，等等。

---

① 关于"潜流""潜台词"两词，斯坦尼斯拉夫斯基在他的体系中、他的作品《我的艺术生活》中都有所论述，他常把两个词指向一个意思，有时又将"潜流"指向更偏重于情感的含蓄表达，笔者认为其指向性过于广泛。这些都和笔者从停顿单元三元素分析的情节潜流阐述角度不一样，但并不矛盾。笔者的情节潜流与叶尔米洛夫的双重结构中的"剧本的深处运行着，它表达了剧本内在主题的潜流"的观点更接近一些。笔者认为契诃夫剧作停顿技法的功能中，内、外部情节描述功能是很重要的。

② 关于契诃夫戏剧停顿的研究者很多，有斯坦尼斯拉夫斯基、聂米罗维奇 - 丹钦科、叶尔米洛夫、焦菊隐、邹元江等。他们各自的侧重点也都不同，但几乎都是定性的研究，斯坦尼斯拉夫斯基的论述最多，但都是结合表演技法谈停顿。邹元江先生论文的侧重点在于在场人物的部分心理分析。笔者对《樱桃园》停顿的研究是以文本分析为基础的，系统地定性、定量研究。笔者对契诃夫戏剧停顿编剧技法的分析和阐述，是从编剧法角度探究契诃夫戏剧停顿技法的使用技巧。

③ 人物性格的多重性，抒情氛围的营造，新型戏剧冲突的内在本质，喜剧性、正剧性、抒情性三者的有机融合这些观点，叶尔米洛夫在其《论契诃夫的戏剧创作》中对契诃夫的五部剧作都做了详尽阐释。

④ 这一观点见《我的艺术生活》,（俄）斯坦尼斯拉夫斯基著，瞿白音译，上海译文出版社，2002 年版，第 300 页。

⑤ 参见《戏剧节奏》,（美）凯瑟琳·乔治著，张全全译，中国戏剧出版社，2006 年版。其中对契诃夫戏剧舞台提示、节奏都有新观点。

⑥ 参见《荒诞派戏剧与契诃夫》，穆海亮著，《华北水利水电学院学报（社科版）》2008 年 5 期。

　　《樱桃园》[①]（1903 年）是契诃夫创作的最后一部剧作。自
20 世纪初至今，《樱桃园》在全世界范围内一直常演不衰，上
演率堪比《哈姆雷特》[②]。契诃夫戏剧的专家学者们对此剧的
研究甚为深入。斯坦尼斯拉夫斯基、聂米罗维奇 - 丹钦科[③]、
叶尔米洛夫[④]、焦菊隐、汝龙等前辈学者，都从自身工作实践
的角度（导演、编剧、评论家、翻译家），阐释了《樱桃园》
剧作的美学特征及其对戏剧艺术的创新。

　　在契诃夫的编剧理论、技法的研究成果中，不乏对"停
顿"技法的研究，但其中定性的多，而细致的、定量的分析的

----

① 参见《戏剧三种》，（俄）契诃夫著，童道明译，中国文联出版社，2004
　年版，第 349—440 页。下文中凡提《樱桃园》处，皆指此版本。根
　据情况，引用其对白；或只在正文中标明页码，而在脚注中列写其对
　白。所用其他版本处，皆特殊标注。

② 2009 年 5 月 16 日在单向街书店，童道明、查明哲举办讲座《从〈樱桃
　园〉说起》中提出的明确观点。

③ 研究契诃夫戏剧必得参考斯坦尼斯拉夫斯基和聂米罗维奇 - 丹钦科的
　观点，因为："契诃夫戏剧创作的主题和形象的最好的解释者，过去
　是，现在也还是莫斯科艺术剧院。"（《俄国文学史》下卷，布罗茨基主
　编，塞昌宁诺夫、赖亭、斯特拉舍夫著，蒋路、刘辽逸译，作家出版
　社，1962 年版，第 1196 页。）

④ 参见《论契诃夫的戏剧创作》，（苏）叶尔米洛夫著，张守慎译，作家
　出版社，1957 年版，第 392 页："符拉基米尔·符拉基米罗维奇·叶尔
　米洛夫，苏联卓越的批评家和古典文学研究者，从事研究安东·巴甫
　洛维奇·契诃夫的创作，已经将近二十年了。在这些年间，他曾发表
　了许多评介契诃夫的文章和专论，而一九五〇年荣膺斯大林奖二等奖
　的《契诃夫传》和《论契诃夫的戏剧创作》，就是这位严肃的批评家的
　庞大而独创的研究工作的总结。"本论文将多处引用叶尔米洛夫在上述
　两部著作中的观点作为研究《樱桃园》停顿技法的论据。

研究成果少。本文从编剧法角度探究契诃夫戏剧停顿技法的使用技巧，这种研究是以《樱桃园》文本分析为基础的、系统的定性，定量的研究。

契诃夫精湛的停顿使用技法具有非凡的编剧学研究价值。正如斯坦尼斯拉夫斯基所说："契诃夫剧本的主要魔力，在于用间歇[①]，把隐藏在对话中的东西传达出来……"他还提出："要发现契诃夫剧本的内在意义，必需首先从事挖掘埋藏在剧本中的内在感情的宝库。……就是它的角色的静止中，蕴藏有最复杂的内在活动。"[②]

《樱桃园》中共有 36 个停顿技法的使用，无论从停顿单元的原因、突转、结果，还是停顿链的构成，以及停顿作为外部动作对内部情节的掩饰与暗示，它们都堪称契诃夫戏剧停顿技法的典范。

契诃夫曾经谈到他的戏剧创作的特点："在剧本里应当按照生活的原样描写生活，按照人的原样描写人。……'要使

---

① 参见《斯坦尼斯拉夫斯基传》，（英）戴维·马加尔沙克著，李士钊、田君美译，上海译文出版社，1984 年版，第 217 页。其中的"间歇"即指停顿。有的译者把停顿翻译为顿歇。笔者认为斯坦尼斯拉夫斯基在其体系中论述的各种顿歇是舞台表演技巧，并不能说清契诃夫式的停顿剧作技法。为了不混淆停顿在契诃夫具体剧作技法上的分析，本文不予引用。另外，斯坦尼斯拉夫斯基深刻体会到了的契诃夫剧作中的"潜流"指向更宽泛。本文的情节潜流专指停顿单元三元素的内部情节描述内容。

② 参见《斯坦尼斯拉夫斯基传》，（英）戴维·马加尔沙克著，李士钊、田君美译，上海译文出版社，1984 年版，第 218 页。其中的"静止"即指停顿。

舞台上的一切和生活里一样复杂，而又一样简单。人们吃饭，就是吃饭，可是在吃饭的当儿，有些人走运了，有些人倒霉了。……'"①

正如契诃夫上面所说的那样，生活看似简单，而其实在发生了"走运"或"倒霉"的突转时，其原因和其结果都是非常复杂的。

《樱桃园》停顿技法的重点在于：停顿具有情节描述②功能，停顿通过情节的外部描述内容暗示出情节的内部描述内容③，停顿造成的内部情节的突转和产生突转的原因及其结果，是构成内部情节的重要内容。

本文中，笔者将停顿单元的三元素——原因、突转、结果所蕴含的内部情节描述的内容定义为"停顿内部情节的潜流"，或者称为内部情节、情节潜流。

---

① 参见《契诃夫传》，（苏）叶尔米洛夫著，张守慎译，人民文学出版社，1960 年版，第 410 页。

② 《罗念生全集》第一卷中《诗学》[（古希腊）亚里士多德著，罗念生译，世纪出版集团，上海人民出版社，2004 年版] 第九章："诗人的职责不在于描述已经发生的事，而在于描述可能发生的事，即按照可然律或必然律可能发生的事。史家与诗人的差别不在于用散文，用'韵文'；希罗多德的著作可以改写为'韵文'，但仍是一种历史，有没有韵律都是一样；两者的差别在于叙述已发生的事，描述可能发生的事。"笔者认为编剧技法中与情节连用的词有表达、传达、描述、布局、安排、组织等。为规范地使用《诗学》中的用语，笔者在本文中不用叙事、叙述这样的专为史诗搭配的字眼。

③ 本文中使用的外部情节、内部情节双重结构的根据是叶尔米洛夫在《论契诃夫的戏剧创作》中的中心观点之一。参见《论契诃夫的戏剧创作》第 401 页。

叶尔米洛夫在《契诃夫传》中指出:"当时的剧院还没有达到能够上演契诃夫的革新作品的水平。它充其量也只能把契诃夫剧本中的外部情节尽心尽力地传达给观众,但不能沉浸到剧本的'潜流'里……契诃夫的剧本里的人物台词永远是具有外在和内在的两重意义的。人物仿佛在谈论日常生活中的琐事,可是它们的每一个字都揭示着内在的音乐主题,表现出人物本人也往往不够了解的他们之间的深刻关系。如果上演契诃夫的剧本,而又不了解它们的这个主要特点,那就必然会使剧本的演出遭到失败,或是消弱剧本的内容,只表现出它们外表的一面。"[①]叶尔米洛夫对契诃夫剧作内部、外部情节双重结构的重要阐述,为深入研究契诃夫的停顿技法奠定了基础。

契诃夫在《樱桃园》中使用的每一次停顿都不是孤立的外部动作或者内部动作,它们是在场人物内、外部动作的复杂互动,它们整一于全剧的动作过程之中。《樱桃园》中的停顿体现了"整体性原则"[②]。停顿发生时,在场的每个人物源自其

---

① 参见《契诃夫传》,(苏)叶尔米洛夫著,张守慎译,人民文学出版社,1960 年版,第 410—411 页。

② 参见《契诃夫传》,(苏)叶尔米洛夫著,张守慎译,人民文学出版社,1960 年版,第 419 页:契诃夫对高尔基曾经说过:"'在人物的身上应当能够让人感觉到产生他的那个人群,那个环境'——契诃夫的这个原则和艺术剧院的一条最重要的创作原则,即康·塞·斯坦尼斯拉夫斯基和符·伊·聂米罗维奇 - 丹钦科努力要实现出来的整体性的原则,融合到了一起。戏里的任何一个角色,哪怕只有两句台词,也必须成为一个具有自己的'潜流'的完美的艺术形象。即便演员担任的角色只有几句台词,他也必须在这几句台词里塑造出深刻的、有力的、完整的形象,使观众可以想象出这个人物整个的一生,看出这个人物的性格、习惯,乃至他对戏里的一切事情所抱的态度。"

"深刻的、有力的、完整的形象"都"使观众可以想象出这个人物整个的一生，看出这个人物的性格、习惯，乃至他对戏里的一切事情所抱的态度"，因而造成了内部情节中人物心理互动的深刻影响。阐释停顿瞬间情节突转的原因和结果，就是阐释停顿内部情节的潜流。通过停顿技法的研究，可以全面、深入地阐释契诃夫外部情节和内部情节双重结构的编剧技法，对于理解契诃夫的剧作内容和艺术风格具有重要意义。

笔者对《樱桃园》停顿技法的研究是建立在详尽的文本分析基础上的，是一种定量的研究。本文分三章论述契诃夫在《樱桃园》中停顿技法的使用：

第一章：通过36个停顿揭示出樱桃园表层故事背后潜藏的具有生活力量的真相，以及故事发展中的"婚事"和"占有"两条主线；

第二章：通过第24个停顿，介绍构成停顿单元的三元素；

第三章：《樱桃园》中停顿单元之间形成的停顿链成为契合内、外部情节的重要手段。

本文通过对《樱桃园》36个停顿的研究，从表层和潜在层次两个方面解读了《樱桃园》，透过波澜不惊的生活表层，揭示出潜在的、戏剧性的尖锐冲突，将内、外部两种情节描述组合成一个具有立体生活形态的完整故事，这个故事不同于外部情节通常告诉我们的那个《樱桃园》，它是外部情节和内部情节的交织。

36个停顿是外部情节和内部情节间的重要环节，它构成了两者既掩饰又暗示，既消弱又加强的双重关系：一方面，停顿作为外部动作,掩饰①了内心动作,而正是掩饰的暗示性揭示了内部情节;另一方面,同一个人物的外部情节中的性格与其内部情节中的性格差异达到了最大化,外部性格既掩饰又暗示了内部性格。这一切使得被外部情节削弱的内部激烈冲突,最终都通过停顿浮出水面。

剧中的每一个停顿单元都具有三种元素,即停顿的原因、停顿瞬间的情节突转、停顿的结果。每次停顿间的突转都是情节潜流结构中的关节点。本论文解读停顿的方法,就是详尽地分析停顿单元的这三种元素,将它们视为一个不可肢解的整体。

研究停顿引起突转的真实原因和突转后的真实结果,为完整解读停顿内部情节的潜流提供了一把钥匙。

在研究停顿单元的三元素基础上,笔者深究了停顿与停顿之间的关系,提出停顿链的观点。

《樱桃园》以停顿方式揭示内部情节中的生活潜流,停顿单元的突转点往往就是情节单元中重要的情节转折点。停顿所构成的内部情节的潜流,大大超过了外部情节的表层内容。这种表面的平静与底下的动荡,构成了多变、复杂的湍流。

《樱桃园》的每一次停顿间歇,场面上虽然看似安静,而其内部正是湍流激荡之时,正如深流涌动的静静顿河。故笔者

---

① 参见《斯坦尼斯拉夫斯基与布莱希特》,(苏)T·苏丽娜著,中平译,北京大学出版社,1986年版,第281页:"康斯坦丁·谢尔盖耶维奇认为观众并不需要什么都看见,什么都听见,而是很多东西应当借助'掩饰'给予暗示……布莱希特写道,'掩饰'的技巧很接近于'陌生化'技巧(通过部分的掩盖和暗示来表现事件,使它格外令人感兴趣)。"

以"静水流深"来为本文命名。

第一章 《樱桃园》中 36 个停顿所揭示出
的故事和两条主线

本章将通过介绍全剧的 36 个停顿，全面解读《樱桃园》的真实故事。

本章由三部分组成：首先，阐释《樱桃园》完整的故事，具有戏剧性的情节往往蕴含在停顿的内部情节潜流之中。其次，阐释《樱桃园》中的两条主线。它们也蕴含在停顿内部情节的潜流中。最后，介绍停顿外部动作的掩饰与暗示双重功能，由此阐释《樱桃园》外部情节、内部情节之间的双重关系。

一、36 个停顿揭示出《樱桃园》的生活真相

《樱桃园》中的 36 个停顿，揭示了外部情节之下的内部情节的潜流，它蕴含了《樱桃园》不易被人们觉察的、富于戏剧性的潜在故事层面。

下面，笔者用四张图表详细列出各幕停顿的分布情况及其四项内容：停顿位置、停顿种类、停顿参与者、停顿所在情节单元。此四方面内容精确描述了《樱桃园》中每一次停顿发生的具体情况，在此基础上，笔者详尽分析出停顿在其情节描述中传达出的内、外部情节描述的内容。[1]

---

[1] 四个图表采用的版本：《戏剧三种》，（俄）契诃夫著，童道明译，中国文联出版社，2004 年版。下面引文同此。

第一幕共有 8 次停顿，如图所示，笔者用图表与文本分析，阐述这 8 次停顿的内、外部情节描述的内容：

图表一：第一幕中 8 次停顿列表

序号	结构单元	页码	停顿所在台词、音效位置	种类	参与者
1*	开端部—开场	353	罗伯兴：（倾听）不是……他们先取得行李什么之的……（停顿）拉涅夫斯卡娅·安德列耶芙娜在国外住了五年，我不知道她现在是啥模样……她是个好人，平易近人。我记得，那年我才是个十五岁的孩子，我父亲——他已经过世，那时他在村里做小买卖——他朝我脸上打了一拳，我鼻子流血……父亲喝醉了酒，不知为什么他把我带到了这个院子里。	台词中停顿	罗伯兴、杜尼雅莎
2		353		台词中停顿	
3		353	拉涅夫斯卡娅·安德列耶芙娜，我记得很清楚，那时还年轻，瘦瘦的，她把我领到了洗脸盆跟前，就在这个少儿室。她说："别哭，小庄稼汉，这不会耽误你结婚娶新娘的……"（停顿）小庄稼汉……我父亲倒是个庄稼汉，而你瞧，我现在身穿白色坎肩，脚蹬黄色皮鞋，猪嘴里品尝着高级点心……富了，有钱了，不过细细想想，还是个庄稼汉……（翻书）我读这本书，可一句也没读懂。读着读着就睡着了。（停顿）	台词尾停顿	
4	开端部—展开	363	安妮雅：（沉思地）六年前父亲死了，一个月后我的小弟弟格里沙掉进河里淹死了，他还是七岁的孩子呀。妈妈受不住了，头也不回地走了……（打了个寒战）如果妈妈能知道我是多么理解她就好了！（停顿）而彼嘉·特罗菲莫夫做过格里沙的家庭教师，他能让妈妈想起……	台词中停顿	安妮雅、瓦丽雅（瓦丽雅在安妮雅的房间中，是暗场处理的）

（续）

序号	结构单元	页码	停顿所在台词、音效位置	种类	参与者
5	开端部—递进	370	加耶夫：是……这是个宝贝……（抚摸书柜）亲爱的，尊贵的书柜！我向你致敬。在一百年的时间里，你一直在为善良和正义的光辉理想服务，你的对了创造性工作的无言的召唤，在一百年的时间里，从没有减弱过，（含泪）你在我们家族的一代又一代的心灵里点燃了对美好未来的信心，你在我的身上培养了善良的美德和社会自觉的理想。（停顿）	台词尾停顿	按出场顺序：瓦丽雅、费尔斯、拉涅夫斯卡娅、加耶夫、罗伯兴、彼什克、雅沙
6	开端部—高潮	377	加耶夫：是呀……（停顿）如果为了医治一种疾病，推荐了很多药方，那就意味着这是不治之症。我想，我绞尽脑汁地想，我有很多很多办法，这就意味着我没有一个有效的办法。能够继承一笔遗产多好，能够把我们的安妮雅嫁一个有钱人多好，能够到雅罗斯拉夫的姑妈那里去碰碰运气多好，她是伯爵夫人，非常非常有钱。	台词中停顿	加耶夫、瓦丽雅
7		379	加耶夫：谁？（停顿）真奇怪，有个什么东西掉进我右边的眼睛里……看不清东西了。星期四，我到法院去了一趟	台词中停顿	加耶夫、瓦丽雅、安妮雅
8		382	瓦丽雅：该睡觉了，我这就走。你不在家的时候，这里闹了点不愉快。你也知道，在下房住的都是老佣人，有叶菲姆什卡、波利亚、叶甫斯捷格涅，还有卡尔等。他们后来放进一些外边的流氓来留宿，我也忍了。可我后来听到他们放出了谣言，好像我关照只给他们吃豌豆。这是说我小气……这都是叶甫斯捷格涅干的……我想这也好。我心想，你既然捣乱，那就等着瞧吧。我把叶甫斯捷格涅叫了来……（打哈欠）他来了……我就说，叶甫斯捷格涅……你这混蛋是怎么回事……（凝望安妮雅）安妮雅！……（停顿）她睡着了……（扶着她走）我的宝贝睡着了！咱们走……（下）	台词中停顿	瓦丽雅、安妮雅（已经睡着）

爱情遭到失败的拉涅夫斯卡娅从巴黎回到樱桃园的当夜，罗伯兴就劝她租地盖别墅，并声称这是解救樱桃园将要抵债出售的危机的唯一出路。他甚至愿意一次付清两年的租金（5万卢布）。拉涅夫斯卡娅只知道樱桃园世代农奴的后代罗伯兴成了暴发户，却并不了解罗伯兴的目标对准了樱桃园。事实上，租地是罗伯兴占有樱桃园最便宜的捷径。他已经打听到大财主杰利加诺夫在8月22日（樱桃园的拍卖日）要亲自前去竞拍樱桃园了。罗伯兴想通过租用的方式捷足先登，他熟悉樱桃园的主人，他要利用拉涅夫斯卡娅生活习惯中的随意性、不面对现实的致命弱点，以租地方式抢在杰利加诺夫之前占有樱桃园，实现他的宏伟的房地产愿景。

拉涅夫斯卡娅和加耶夫宁可卖掉樱桃园也决不把地租给罗伯兴。樱桃园的主人们根本无法容忍把樱桃树全都砍掉，更不能容忍采用一个自家农奴的后代的主意拯救樱桃园，更何况还要和这个庄稼汉出身的流氓、暴发户长期合作。拉涅夫斯卡娅和加耶夫本能地抵制了罗伯兴野蛮、丑陋的租地、砍树的念头。罗伯兴不甘心，一再苦口婆心地劝他们租地，却如对牛弹琴，简直是在自取其辱。

第二幕共有15次停顿，如图所示，笔者用图表与文本分析，阐述这15次停顿的内、外部情节描述的内容：

图表二：第二幕中 15 次停顿列表

序号	结构单元	页码	停顿所在台词、音效位置	种类	参与者
9	展开部—开端	384	夏尔洛塔：(沉思地) 我没有真正的身份证，我不知道自己确切的年龄，我总觉得我还年轻。当我还是小姑娘的时候，我父母到处赶庙会，表演杂耍。他们的表演很精彩。我也能表演空中飞人和其他的一些杂耍。我父母死了之后，有个德国女人收养了我，这才教我读书。很好。我长大成人了，后来当上了家庭教师。而我是从哪里来的，我是什么人，我却不知道……我的父母是谁，可能他们没有正式结婚……我不知道。(从口袋里掏出一根黄瓜来吃) 我什么也不知道。(停顿) 真想找个人说说话，但找不到人……我一个亲人也没有。	台词中停顿几乎只是独白	夏尔洛塔、叶彼霍多夫、杜尼雅莎、雅沙
10 11		385	叶彼霍多夫：不说别的，单说我自己，我要说，命运对我很冷淡，就像风暴对待小船一样。如果我这话说得不对，那我今天早上醒来，胸膛上怎么会爬着一个大蜘蛛呢……有这么大 (用两手比画)。我要是喝杯甜酒，酒杯里总会出现点讨厌的东西，比如蟑螂什么的。(停顿) 你们读过巴克尔的书吗？(停顿) 阿芙道季雅·费多洛芙娜，我想耽误您一下，说几句话。	10, 台词中停顿 11, 台词中停顿	叶彼霍多夫、杜尼雅莎、雅沙
12		385	杜尼雅莎：上帝保佑，别让他开枪自杀。(停顿) 我开始提心吊胆了，心里发慌。我从小就被送到了老爷家里，我已经过不惯穷日子了，你瞧我的手多白，白得像小姐的手。我变得很温柔、很文雅、很高贵，胆子也变小了……好可怕。雅沙，如果您欺骗我，我不知道我的神经是否受得了。	台词中停顿	杜尼雅莎、雅沙
13		386	杜尼雅莎：我非常爱您，您有文化，对什么事情都能说出自己的看法。(停顿)	台词尾停顿	杜尼雅莎、雅沙
14		386	雅沙：(打哈欠) 是的……我是这么看的，如果有个姑娘爱上了哪个男人，那么，她就是个不规矩的姑娘。(停顿) 在新鲜空气下抽烟真舒坦……(倾听) 有人来了……是咱们家主人	台词中停顿	杜尼雅莎、雅沙

（续）

序号	结构单元	页码	停顿所在台词、音效位置	种类	参与者
15	展开部—展开	390	拉涅夫斯卡娅：别走，我求您了。有您在，我心里还松快一些……（停顿）我在等待着什么，好像有个大房子要从我们头顶上倒塌下来。	台词中停顿	拉涅夫斯卡娅、罗伯兴、加耶夫
16		392	罗伯兴：这倒不假。应该承认，我们的生活很愚蠢……（停顿）我父亲是个庄稼汉，傻瓜一个，什么也不懂，他也没有教我读书，只知道喝醉了酒之后用木棍揍我。实际上，我也是那样一个笨蛋。没有学过文化，我写的字难看得见不得人。	台词中停顿	拉涅夫斯卡娅、罗伯兴、加耶夫
17		392	罗伯兴：这有怎么的？我不反对……她是个好姑娘。（停顿）	台词尾停顿	拉涅夫斯卡娅、罗伯兴、加耶夫
18	展开部—递进	393	费尔斯：我活得有年头了。他们想给我娶媳妇的时候，你们的父亲还没有出世呢……（笑）要给农奴自由的时候，我已经当上听差。我不要自由，还是留在了老爷身边……（停顿）我记得，大家都挺高兴，但高兴什么呢？谁也不晓得。	台词中停顿	费尔斯、拉涅夫斯卡娅、罗伯兴、加耶夫
19		397	拉涅夫斯卡娅：（抖了一抖）不愉快呀。（停顿）	台词尾停顿	拉涅夫斯卡娅、罗伯兴、加耶夫、费尔斯、特罗菲莫夫、瓦丽雅、安妮雅
20		398	费尔斯：在农奴解放之前。（停顿）	台词尾停顿	费尔斯、拉涅夫斯卡娅、罗伯兴、加耶夫、特罗菲莫夫、瓦丽雅、安妮雅
21	展开部—高潮	400	安妮雅：（挥舞着手臂）你说得多好！（停顿）今天这里太美了！	台词中停顿	安妮雅、特罗菲莫夫

（续）

序号	结构单元	页码	停顿所在台词、音效位置	种类	参与者
22		400	特罗菲莫夫：整个俄罗斯都是我们的花园。世界大得很，美得很，美丽的地方有的是。（停顿）安妮雅，您倒是想想您的祖父、曾祖父和您的所有的祖先，都是占有活的灵魂的农奴主，人的精灵难道不是从花园里的每一棵樱桃树上，从每一片树叶上，从每一个树干上向您张望，您难道没有听到他们的声音……占有活的灵魂——这件事把所有的你们——过去活着的和现在活着的人都给腐蚀了，您的母亲、您、您的舅舅没有意识到你们欠着别人的债，你们是靠着别人，靠着那些你们不容许走进自家内院的穷人过活的。噢，这很可怕，你们的樱桃园很可怕，当黄昏时分或深夜里走过花园，那樱桃树的粗老的树皮发出幽暗的光，好像樱桃在梦中看到了一二百年前的情景，沉睡的噩梦压抑着她们。是的，我们落后了，落后了至少两百年，我们一事无成，对历史的过去没有明确的态度，我们只知道空发议论，只知道埋怨乏味的生活，要不就是狂饮伏特加酒。要知道这是很清楚的，如果想要生活在今天，就需要补偿过去，和它来个了解，而要补偿过去，就需要感受痛苦，就需要不知疲倦地劳作。安妮雅，您要知道这一点。	台词中停顿	特罗菲莫夫、安妮雅
23		402	特罗菲莫夫：是的，月亮升起来了。（停顿）哎，幸福来了，它走过来，走得越来越近，我已经能够听到它的脚步声。而如果我们看不见它，抓不住它，那又有什么关系？别人能看见到它的！	台词中停顿	特罗菲莫夫、安妮雅

拉涅夫斯卡娅自回到樱桃园的当夜就从哥哥加耶夫口中得知罗伯兴和养女、樱桃园的"管家"瓦丽雅有暧昧的情感关系。她下定决心要促成罗伯兴和养女瓦丽雅的婚事，一旦婚事

成功，她就可以利用"女婿"的钱来还债，她认为这是拯救樱桃园的唯一办法。拉涅夫斯卡娅和加耶夫主动请罗伯兴吃饭，在和大家的聊天中她极力表现出对罗伯兴的重视，她压抑着对罗伯兴的鄙视，以各种手段在所有适当场合不失时机地明里、暗里地要促成这桩婚事。

拉涅夫斯卡娅和加耶夫请罗伯兴吃饭，从饭店到回家的路上，他们多次试图提起婚事，但是却根本没有机会把话题引到婚事上来。罗伯兴一再苦口婆心劝他们租地，到了樱桃园门口，罗伯兴还在劝他们，拉涅夫斯卡娅和加耶夫都忍无可忍，开始挖苦罗伯兴。罗伯兴差点被拉涅夫斯卡娅和加耶夫挤对跑。但拉涅夫斯卡娅的提亲大事还没有完成，怎么能放跑罗伯兴呢？在这个关键时刻，拉涅夫斯卡娅挽留了罗伯兴，她不惜把自己沧桑的爱情不幸和命运的惩罚都摊在罗伯兴面前。这样推心置腹的朋友般的谈话之后，拉涅夫斯卡娅突然挑明让罗伯兴娶瓦丽雅。罗伯兴将计就计，他似是而非地同意娶瓦丽雅，这让拉涅夫斯卡娅终于一块石头落了地，她再不发愁樱桃园没救了。

拉涅夫斯卡娅轻信罗伯兴肯定会娶瓦丽雅。但这是罗伯兴在租地不成之后的一招狠棋，他让拉涅夫斯卡娅以为他会娶瓦丽雅，他也不再试图说服拉涅夫斯卡娅租地了。此刻，拉涅夫斯卡娅哪里知道罗伯兴决定要在 8 月 22 日的拍卖会上一举买下樱桃园，他正需要这桩婚事做掩护。罗伯兴利用拉涅夫斯卡娅轻信他会向瓦丽雅求婚，可以巧妙地避免拉涅夫斯卡娅和加耶夫阻止他买樱桃园——如果他们知道实情肯定会对他百般阻拦。罗伯兴自知无论如何他都改变不了农奴后代的卑贱烙印，作为樱桃园奴隶的后代，他买下樱桃园无疑是毁掉了拉涅夫斯卡娅和加耶夫的贵族名誉，这对他们来说简直是奇耻大辱，他们一定会不惜一切代价阻挠他的行动。要是那样，罗伯兴的麻烦可就大了，无论他有多少钱，他的房地产梦想都不可能实现了。

同时，罗伯兴还清楚地知道，他决不能娶主人的养女瓦丽雅。如果他娶了瓦丽雅就会被樱桃园的债务和贵族的挥霍拖垮。唯一的办法是表面装作要向瓦丽雅求婚，暗中积极筹备买樱桃园和盖别墅的事情。他要努力从现有的商业运作中筹备大量买樱桃园的钱，以必胜的决心，参加樱桃园的拍卖会，他必须击败自认为没有对手的大财主杰利加诺夫，一举买下樱桃园。

第三幕只有一次停顿：如图所示，笔者用图表与文本分析，阐述这一次停顿的内、外部情节描述的内容：

图表三：第三幕中 1 次停顿列表

序号	结构单元	页码	停顿所在台词、音效位置	种类	参与者
24	递进部—递进部	419	罗伯兴：我买下了。（停顿）	台词尾停顿	罗伯兴、拉涅夫斯卡娅、瓦丽雅、彼什克

罗伯兴利用他与瓦丽雅可能的婚事，争取了时间，保住了他的商业机密。8 月 22 日，罗伯兴和杰利加诺夫一决雌雄，以比底价高出九万卢布的大价钱买下樱桃园，赢得了最后的胜利。加耶夫只拿着姑妈勉强施舍的一万五千卢布去参加了拍卖，以致惨败。加耶夫亲眼看到自家农奴的后代罗伯兴是如何以不可阻挡之势击败所有对手买下樱桃园的，他受到了极大的

刺激和侮辱。最让他受折磨的是他还要和罗伯兴一路同行回到樱桃园。

这天晚上，拉涅夫斯卡娅正在举办一场尴尬的舞会，樱桃园的风光不再，几乎没有一位像样的客人愿意参加这场寒碜的舞会。所有家人也都无心跳舞。拉涅夫斯卡娅更是心烦意乱，她在焦虑中和特罗菲莫夫发生口角，还暗中指责瓦丽雅对婚事根本就不积极。罗伯兴本来先走进大厅，但他缄默不语，希望通过加耶夫之口告诉大家拍卖的结果。受了刺激的加耶夫是哭着进大厅的，他几乎没说一句话就躲起来了。罗伯兴终于以新主人的身份向大家宣告他买下了樱桃园。拉涅夫斯卡娅受到沉重的打击和侮辱，她这才醒悟过来，罗伯兴对婚事的承诺是假的。直到这个时候，她才明白貌似忠厚的罗伯兴，很有手段，很沉得住气，很会骗人。

第四幕共有 12 次停顿，如图所示，笔者用图表与文本分析，阐述这 12 次停顿的内、外部情节描述的内容：

图表四：第四幕中 12 次停顿列表

序号	结构单元	页码	停顿所在台词、音效位置	种类	参与者
25	高潮部一开端	424	罗伯兴：（在门口，朝他们身后）我诚心地邀请你们！喝一杯告别酒。没有从城里带回什么东西，在火车站我买到了一瓶酒，请赏光！（停顿）怎么啦，诸位先生！不想喝？（离开房门口）早知道你们不喝，我就不买了。我也不想喝。（雅沙小心地把托盘放在椅子上）雅沙，你来喝吧。	台词中停顿	罗伯兴、雅沙、拉涅夫斯卡娅（暗场）、加耶夫（暗场）

（续）

序号	结构单元	页码	停顿所在台词、音效位置	种类	参与者
26		424	罗伯兴：八卢布一瓶呢。（停顿）这里真冷。	台词中停顿	罗伯兴、雅沙
27	高潮部一展开	427	特罗菲莫夫：我能达到。（停顿）我自己能达到，或是向别人指明达到目标的道路。	台词中停顿	特罗菲莫夫、罗伯兴
28	高潮部一递进	434	拉涅夫斯卡娅：我的第二桩心事是瓦丽雅。她起得早早地操持家务惯了，现在没有事情干，就像鱼离开了水。她也瘦了，脸色苍白，常常哭泣，怪可怜的……（停顿）叶尔马拉耶·阿列克谢耶维奇，这您知道得很清楚，我一直想……把她许配给您，而且看得出来，您也想成家。（向安妮雅耳语，安妮雅向夏尔洛塔使个眼色，两人离去）她喜欢您，您也对她有好感，我就是不知道，你们两人为什么老是互相躲着。我真不明白！	台词中停顿	拉涅夫斯卡娅、罗伯兴、安妮雅
29		435	罗伯兴：是呵……（停顿）	台词尾停顿	罗伯兴、拉涅夫斯卡娅（暗场）
30		435	瓦丽雅：我自己打包放进去的，又记不起来了。（停顿）	台词尾停顿	罗伯兴、瓦丽雅
31		436	罗伯兴：这是在雅什涅沃村吧？离这里有七十里地。（停顿）这个房子里的生活就算完结了……	台词中停顿	
32 33		436	瓦丽雅：我没有看寒暑表。（停顿）我们的寒暑表摔坏了……（停顿）	32.台词中停顿 33.台词尾停顿	瓦丽雅、罗伯兴

（续）

序号	结构单元	页码	停顿所在台词、音效位置	种类	参与者
34		436	拉涅夫斯卡娅：怎么样？（停顿）该走了。	台词中停顿	拉涅夫斯卡娅、瓦丽雅
35	高潮部一高潮	440	〔空荡荡的舞台。听得见有人把所有的房门一一锁上的声响，听得见马车一辆辆离去的声响。寂静来临。冲破这片寂静的是斧头砍伐树木的声响，这声响既单调又忧伤。听到脚步声。从右边的房门走出费尔斯。他照例穿着西装上衣和白色背心，脚上趿双拖鞋。他病了。	音效中的停顿	樱桃园、费尔斯
36		440	〔传来一个遥远的、像是来自天边外的声音，像是琴弦绷断的声音，这忧伤的声音慢慢地消失了。出现片刻宁静，然后听到斧头砍伐树木的声音从远处的花园里传来。	音效中的停顿	樱桃园、费尔斯

　　10月份，天气仍然很暖和，罗伯兴要赶在冬天之前动工盖别墅，必须得把樱桃园里所有人全都轰走。离开樱桃园的时候，拉涅夫斯卡娅再次努力，利用最后的几分钟又一次向罗伯兴提起他和瓦丽雅的婚事，她将了罗伯兴一军，她把养女瓦丽雅当成了自己与罗伯兴进行较量的牺牲品。罗伯兴不得不再重演一次欺骗的过程（在此，契诃夫再次提醒观众罗伯兴是个骗子）。如果他立即回绝拉涅夫斯卡娅，不接受提亲，就等于他当面承认当时他骗了拉涅夫斯卡娅。

　　罗伯兴只好摆出一副愿意与瓦丽雅谈一谈的姿态。罗伯兴被逼进更加不义的墙角，他只能选择再一次欺骗拉涅夫斯卡娅，并伤害樱桃园中唯一尊重他、爱他的瓦丽雅。罗伯兴是绝不会向瓦丽雅求婚的，他永远不会让樱桃园的人拖垮了他挣钱的大梦。尽管瓦丽雅不是拉涅夫斯卡娅他们那类懒惰的贵族，但她毕竟是樱桃园的养女，脾气又那么坏。如果兑现婚事，他得承受买下樱桃园的罪恶感，忍受加耶夫永远封给他的流氓、无赖的称谓，忍受拉涅夫斯卡娅无止境地挥霍钱财。

所有人都离开了，将瓦丽雅与罗伯兴留在屋子里。瓦丽雅知道罗伯兴绝不会向自己求婚，她只希望在这个时刻罗伯兴闭嘴，给她留下一点儿尊严。她王顾左右而言他，想方设法躲避罗伯兴的伤害。但是，罗伯兴还是明确地暗示出自己对婚事的态度，刺伤了瓦丽雅的自尊心。不就是承认自己是个骗子吗？不就是伤害一个根本无关大局的瓦丽雅吗？这对罗伯兴没什么了不起的。

樱桃园的旧主人——拉涅夫斯卡娅和加耶夫兄妹，无奈、悔恨地离开了樱桃园。迎接加耶夫的新生活只是一个可能成为"金融家"的空谈。迎接拉涅夫斯卡娅的是巴黎的新债务，和抢夺她全部财产的流氓情人。

其他人都有自己新生活的方向，安妮雅在特罗菲莫夫的影响下希望赶紧离开旧生活，追求自由的新生活；瓦丽雅在遭受了拉涅夫斯卡娅和罗伯兴的双重伤害之后，决定不去给养母送行，当天就到别人家去当女管家，她也算是有了着落。

樱桃园在巨斧的砍伐声中如老仆人费尔斯一般，悄无声息地等待着死亡。这股弥漫的死亡气息预示了罗伯兴的新樱桃园没有未来。

正如叶尔米洛夫所说的：契诃夫戏剧之美，在于内部情节的潜流揭示了平凡故事中的不平凡。上述 36 个停顿揭示出的情节潜流，它们构成《樱桃园》平凡故事后面的"潜藏的生活力量"，从而深刻地揭示出"贵族之家衰落的主题"[①]。

叶尔米洛夫说："莫斯科艺术剧院满怀热忱地体会了契诃夫戏剧的重大原则，契诃夫戏剧揭示的是平凡的事物中潜在的美或'不为人所注意的'美……斯坦尼斯拉夫斯基和聂米罗维奇-丹钦科以他们自己创造的新概念——潜台词或潜流，把契诃夫的这个原则译成了剧场语言。这就是说，要善于揭示平凡事物的美，要善于透过所有台词、外部动作和举止发现那种'不为人所注意'的美。艺术剧院明白，要上演契诃夫的剧本，那就必须善于从平凡的事物里，从人们关于日常事务的日常谈话里揭示出潜藏的、隐蔽的生活力量和它的戏剧性。"[②]

---

① 参见《俄国文学史》下卷，（俄）布罗茨基主编，塞昌宁诺夫、赖亭、斯特拉舍夫著，蒋路、刘辽逸译，作家出版社，1962年版，第1184页："契诃夫在他的创作中不止一次地处理过贵族之家衰落的主题，例如，中篇小说《我的一生》描写过破产地主切普拉科娃和她的田庄，连同一个郁郁苍苍可是无人照料的老花园。这个花园里花木茂盛，但不是为了供切普拉科娃享受，因为她的田庄已经转到精明强干的工程师陀尔席科夫手中，他正在分片出租给人家使用。短篇小说《在庄园里》的主角、地主谢维奇的一件恼人的大心事，就是他必须为他的田庄付出很多钱：该付给银行的利息已经有两期未付，税款还没有交清，诸如此类。作者在短篇小说《别人家的不幸》《在故乡》，中篇小说《决斗》和其他作品里，也接触过同一个主题——贵族之家即将灭亡的主题。在剧本《樱桃园》中，契诃夫似乎把这个主题概括了一下，把他对贵族阶级的命运的想法做了一次总结。"此外，契诃夫剧作《无父人》中也有贵族之家衰落、出卖庄园的情节。

② 参见《契诃夫传》，（苏）叶尔米洛夫著，张守慎译，人民文学出版社，1960年版，第418—419页。

二、36 个停顿揭示出《樱桃园》的两条主线

契诃夫通过 36 个停顿揭示出隐藏在樱桃园表面生活背后的更丰富、更完整的故事，其中蕴含着两条非常清晰的主线。

主线一，简称婚事主线。拉涅夫斯卡娅想方设法要将养女瓦丽雅嫁给罗伯兴，好让罗伯兴成为"女婿"后，承担为樱桃园还债的家庭义务。罗伯兴买下樱桃园后，拉涅夫斯卡娅才发觉罗伯兴利用婚事做掩护轻易占有了樱桃园。拉涅夫斯卡娅在离开樱桃园之前，又提起婚事，她要让罗伯兴承认自己是骗子。罗伯兴没有求婚，间接向拉涅夫斯卡娅承认了自己是骗子。拉涅夫斯卡娅和罗伯兴一起捣毁了瓦丽雅的爱情希望。

主线二，简称占有主线。罗伯兴想尽办法占有樱桃园，先是要用最便宜、最快捷的租地方式抢在大财主杰利加诺夫之前占有樱桃园，这遭到了拉涅夫斯卡娅和加耶夫的坚决拒绝。罗伯兴租地不成，就用婚事做掩护，欺骗了拉涅夫斯卡娅，暗中操作，花重金在拍卖会上击败杰利加诺夫买下樱桃园。罗伯兴最后轰走了旧樱桃园的主人，彻底占有了樱桃园。

三、停顿暗示出内部情节

斯坦尼斯拉夫斯基认为："契诃夫是能够以一个真正大师的艺术，以一种美丽的、艺术的和纯粹的真实来消灭舞台上外部和内部的矛盾。"[①]笔者认为对停顿的分析的意义正在于揭示

---

① 参见《斯坦尼斯拉夫斯基传》，（英）戴维·马加尔沙克著，李士钊、田君美译，上海译文出版社，1984 年版，第 218 页。

《樱桃园》剧本中"美丽的、艺术的和纯粹的真实"的外部和内部双重结构的双重关系：外部真实掩饰内部真实；外部情节暗示内部情节。

如果把《樱桃园》的故事比作静静的顿河，外部情节在两条主线中都仅只是水面上偶尔被风雨激起的小而漂亮的浪花而已，真正的激流都藏在水面之下。在这两条贯穿全剧的主线的激烈冲突中，外部动作时时暗示出内部动作，同时又起到不断掩饰、消弱、缓冲情节潜流中激烈冲突的作用。这样的例子很多，比如，外部情节中强调拉涅夫斯卡娅和加耶夫对罗伯兴租地建议的抵触；拉涅夫斯卡娅尽养母、朋友之责为瓦丽雅和罗伯兴提亲。再如，在外部情节中，罗伯兴表现得举止文雅，态度友好，他似乎比樱桃园的主人更急于拯救樱桃园，他好像对自己最后买下樱桃园还有些懊恼。但这些并不是《樱桃园》的真相，而是很表面的部分。《樱桃园》的真相大部分是内部情节中所揭示的内容，其重点是拉涅夫斯卡娅与罗伯兴之间内心的较量，他们都企图利用对方。拉涅夫斯卡娅要利用罗伯兴的婚事拯救樱桃园；罗伯兴要占有樱桃园，正好利用了这桩婚事做掩护。他们之间的内部较量充满了利用和被利用，充满了算计，充满了狡诈和欺骗，充满了无奈和厌倦。

两条隐含在内部情节中的动作主线在外部动作中不断被掩饰和削弱，最典型的例子就是"婚事"主线的情势被削弱：在拉涅夫斯卡娅方面，她表面上抵触罗伯兴的租地建议，内地里试图用婚事拯救樱桃园；在罗伯兴方面，他表面上对瓦丽雅体贴、尊敬，内地里试图将婚事作为获取樱桃园的诱饵。

　　叶尔米洛夫也提过《樱桃园》对"婚事"的削弱：作为《樱桃园》创作母本的"短篇小说《在熟人家里》是直接而明显地谈到，即将破产的庄园主人们把自己得救的希望全都寄托在他们的朋友和他们的一个家庭成员的婚事上面，而在《樱桃园》里，这个情势削弱了，它只是暗示出来的。然而，它是存在的"①。在此，叶尔米洛夫并没有明确指出"情势"是如何一边削弱又一边暗示的。

　　正是停顿的技法，恰在此时发挥了重要的消弱和暗示作用。

---

① 参见《论契诃夫的戏剧创作》，（苏）叶尔米洛夫著，张守慎译，作家出版社，1957年版，第380页："罗伯兴和瓦丽雅的情形也和短篇小说《在熟人家里》的情形相仿。在这篇小说里，也有一个像樱桃园一样将要被拍卖的庄园，庄园主人们把希望全都寄托在他们的老朋友波德果林会和庄园女主人的妹妹娜杰日达结婚上面。大家都把波德果林和娜嘉看作是未婚夫妇，而且波德果林也的确喜欢这个姑娘。要是他们结婚了，那就可以挽回庄园主人们的命运，使庄园免于拍卖了。可是，就在人人都认为波德果林必然要向娜嘉求婚的这个当口，波德果林溜掉了，结果婚事没成功。这里也是这样：人都认为罗伯兴和瓦丽雅的婚事已经不成问题了，罗伯兴也很喜欢瓦丽雅，可是，就在大家都等着罗伯兴向瓦丽雅求婚的这个当口，婚事吹了。不同的是，短篇小说《在熟人家里》是直接而明显地谈到，即将破产的庄园主人们把自己得救的希望全都寄托在他们的朋友和他们的一个家庭成员婚事上面，而在《樱桃园》里，这个情势削弱了，它只是暗示出来的。然而，它是存在的。"笔者找到了汝龙先生《契诃夫小说全集》第10卷（上海译文出版社，2008年版）中第155页的《在朋友家里·故事》，这就是张守慎先生翻译中所说的《在熟人家里》。其中的主人公有：波德果林、塔契雅娜·阿历克塞耶芙娜·洛塞娃、谢尔盖·谢尔盖伊奇·洛塞夫、娜杰日达、瓦丽雅（瓦尔瓦拉·巴甫洛夫娜）。此小说中所有人物其实和《樱桃园》中的主要人物的出身、性格几乎对不上号，但正如叶尔米洛夫概括的，其主要情节和《樱桃园》主线几乎是一致的。

明确"情势"是如何通过停顿被削弱、暗示的,是非常重要的,停顿是契诃夫戏剧外部情节与内部情节的双重结构的研究的一个突破点。通过对停顿的文本分析可以得出两点结论:

第一,《樱桃园》的外部情节对内部情节构成一种遮蔽和掩饰,恰恰在当事人极力掩饰行为动机的同时,剧作者通过一系列的停顿技法暗示出人物隐藏的内心动作和心理博弈——它们构成了内部情节的潜流涌动。

《樱桃园》的外部情节描述的内容是:拉涅夫斯卡娅从巴黎回到樱桃园就面临着樱桃园将要被出售的难题。罗伯兴主动挽救樱桃园,苦口婆心地劝说拉涅夫斯卡娅以租地、盖别墅的方式解决樱桃园即将抵债出售的危机;拉涅夫斯卡娅根本无视罗伯兴的劝告,对租地之事干脆不予理睬。她还尽了养母的义务诚意为罗伯兴提亲,希望他和自己的养女瓦丽雅成婚。直到罗伯兴买下樱桃园之后,她还在尽力为罗伯兴和养女提亲。对旧主人要搬出樱桃园的事情,包括罗伯兴在内的所有人都只是又无奈,又伤感。这个拉涅夫斯卡娅与罗伯兴相互抵触的外部情节所呈现的故事,掩饰了内部情节中拉涅夫斯卡娅和罗伯兴之间激烈到白热化的冲突,这种掩饰并非全部挡住内部较量的真相,而是透露出信息暗示、暴露出内部真相。这种掩饰中的透露,遮蔽下的暗示,大多是通过"停顿"的方式体现出来的。例如面对拉涅夫斯卡娅的说媒,罗伯兴表示:"这有怎么的?我不反对……她是个好姑娘。"跟着出现了一个"停顿"的场面(第二幕的第17个停顿),在这一瞬间,拉涅夫斯卡娅和罗伯兴的内心博弈达到了这一幕的突转点,前者在暗暗欣喜,后者在暗中惭愧，同时有一个姑娘（瓦丽雅）被作为工具利用和出卖。

例如，当罗伯兴面对樱桃园的主人们说出"我买下了"，跟着场面上就出现了"停顿"（第三幕的第 24 个停顿）。这个静场的场面，揭示出了潜在的情节激变——在历史性的时刻，众人们心情激荡，既有新主人的激动，也有旧主人的恐慌，但是，没有激起河面的浪花，而是化作湍急的深流。

第二，《樱桃园》中外部情节与内部情节中的人物性格之间形成最大差异化，人物表面的性格掩饰了人物真实的内在人格。契诃夫在外部情节突转点，运用一系列停顿，揭示出人物隐蔽的内在性格。

拉涅夫斯卡娅在内、外情节中呈现的性格有着巨大的差异。内部情节潜流中的拉涅夫斯卡娅贪婪，自以为可以利用罗伯兴拯救樱桃园。她想方设法要把养女嫁给罗伯兴，她一直以为罗伯兴早被她控制在了手心里。她低估了罗伯兴，她因为受到罗伯兴蒙骗而倍感羞辱。外部情节的拉涅夫斯卡娅则是美丽高贵的、充满了同情心的、对庸俗事务极度蔑视的、母性的、乱糟蹋钱的、有着不幸爱情和婚姻的令人同情的贵族夫人。

拉涅夫斯卡娅在试图利用罗伯兴时，装出一副可怜相："别走，我求您了。有您在，我心里还松快一些……"然后，出现了一个"停顿"，她忽然脱离了角色，脱口说道："我在等待着什么，好像有个大房子要从我们头顶上倒塌下来。"（第二幕的第 15 个停顿）这个"停顿"内部发生的翻转，将她的隐蔽动机和内心恐慌揭示出来。

如果说拉涅夫斯卡娅的表演是拙劣的、半途而废的，那么罗伯兴的表演则是出色的，出色到他自己都相信了。罗伯兴谦卑地对拉涅夫斯卡娅说："应该承认，我们的生活很愚蠢……"这时有一个"停顿"（第二幕的第16个停顿），罗伯兴接着说道："我父亲是个庄稼汉，傻瓜一个，什么也不懂，他也没有教我读书，只知道喝醉了酒之后用木棍揍我。实际上，我也是那样一个笨蛋。没有学过文化，我写的字难看得见不得人。"如果说，罗伯兴前面的表现是作为农奴后代的习惯性的卑下，是一种无意识的行为，那么，"停顿"后的表现，则是开始有意识地自我贬低，迷惑对方，扮猪吃虎。在这场博弈中，老贵族被暴发户玩弄于股掌之中。

拉涅夫斯卡娅的深层人格，更多的是以心理动作展示出来的。当拉涅夫斯卡娅告别庄园之时，她环顾四周，对养女瓦丽雅说："怎么样？"然后是一个"停顿"（第四幕的第34个停顿），静场片刻，她说："该走了。"在这一"停顿"突转中，她流露出对往昔的留恋，更做好了面对命运的准备。她在此时显示出一种贵族的尊严。

罗伯兴也是内、外情节描述中双重性格差异的典型，内部情节中的罗伯兴又凶猛又有野心；外部情节中的罗伯兴却几乎是好人一个。罗伯兴是俄国19世纪初新生资产阶级的代表，他并不能看清自己的命运，是个"不成器的东西"[①]。他为自己的成功抱有两种情绪：一方面是他作为樱桃园农奴的后

---

① 《樱桃园》中费尔斯语。参见《论契诃夫的戏剧创作》，（苏）叶尔米洛夫著，张守慎译，作家出版社，1957年版，第353—354页。叶尔米洛夫认为"不成器"是《樱桃园》中所有人物的共同特征，罗伯兴是"不成器"的典型。

代，为自己成为樱桃园的新主人有种报仇的快感；另一方面他轻易骗得了拉涅夫斯卡娅对他的轻信，并利用这种轻信一举战胜了杰利加诺夫，买下了樱桃园，这让他有些不安。他在商业运作上不择手段地走了捷径，毁掉了樱桃园幸福的旧生活，他的欺骗行径对拉涅夫斯卡娅一家人的不幸负有他担当不起的责任。这两种矛盾心理使罗伯兴并不具有铁石心肠，也就是说，他还不具有资本家冷酷的心智，甚至对拉涅夫斯卡娅在他十五岁的时候曾经安慰过他被父亲毒打后受伤害的幼小心灵还铭记于心。但是，很显然，占有大庄园的快感和房地产挣大钱的梦想超过了他的不安，他根据个人利益的原则，吞噬了别人的幸福。罗伯兴是农奴的后代，他在樱桃园的主人面前永远有自卑感，他对阶级烙印的不释然是他最后占有了樱桃园最有说服力的合情理性。

在罗伯兴迎接樱桃园主人回来时，他的心情是非常复杂的。当他回忆起十五岁遭到父亲殴打时，拉涅夫斯卡娅把他领到了洗脸盆跟前说："别哭，小庄稼汉，这不会耽误你结婚娶新娘的……"这时，出现了一个"停顿"（第一幕开场的第 3 个停顿）。然后，罗伯兴说道："小庄稼汉……我父亲倒是个庄稼汉，而你瞧，我现在身穿白色坎肩，脚蹬黄色皮鞋。猪嘴里品尝着高级点心……富了，有钱了，不过细细想想，还是个庄稼汉……"这里出现的"停顿"将本来是感激的情绪翻转到了阴暗面，暗示着罗伯兴打开了内在的心理空间和心理情节，它揭示了罗伯兴内心的阶级烙印，一个农奴后代的内在人格暴露无遗。

在成为新主人的罗伯兴送走旧主人的一场戏中，他说："我

诚心地邀请你们！喝一杯告别酒。请赏光！"这时出现了一个
"停顿"（第四幕的第 25 个停顿），在片刻静场后，罗伯兴说：
"怎么啦，诸位先生！不想喝？早知道你们不喝，我就不买了。
我也不想喝。"说后便转身离去。樱桃园送客的历史场面在
"停顿"的静场中，得到了极其丰富的表达。外部情节什么也
没有发生，内部情节却异常复杂。在"停顿"中，罗伯兴完成
了心理转换，他撕下了虚假的谦卑，显露出作为新主子的自信。

剧中罗伯兴的几个停顿（包括"小庄稼汉""我买下了"），
一步步揭示了罗伯兴的从奴才心态到新主子心态，从潜意识、
无意识到有意识，从意志萌生到意志自觉的人格发展轨迹和心
理逻辑链条。

综合以上所述，正如斯坦尼斯拉夫斯基所言："契诃夫无
可伦比地能够创造内在的与外在的艺术真实。这便是他能讲出
人的真情的内在原因……"[①]

契诃夫戏剧要诀正是通过停顿揭示出内部情节潜流，并以
此支撑外部情节，从而构成完整的戏剧故事。内部情节潜流大
大增加了剧本的厚度和广度，没有情节潜流支撑外部情节，就
没有契诃夫戏剧。暗示和揭示情节潜流的重要手段就是剧中的
36 次停顿。

本章对《樱桃园》的故事和故事中的两条主线以及它们的
外部和内部的双重情节结构，进行了全面的分析和阐述。并在

---

① 《我的艺术生活》，（俄）斯坦尼斯拉夫斯基著，瞿白音译，上海译文出
版社，2002 年版，第 300 页。

分析中指出《樱桃园》能够实现外与内结构统一的核心是：运用"停顿"的技法。

本章通过对《樱桃园》各幕的"停顿"使用进行了归纳、梳理，共梳理出 36 个停顿，并采用列表的方式对其进行定量、定性的分析。通过详细的文本分析，我们了解到该剧是如何通过"停顿"的方法，实现了外部与内部情节的上下沟通、内外转化，既掩饰又暗示，既遮蔽又揭示，进而达到结构的有机统一，造成静水深流的效果。

第二章　从《樱桃园》的停顿 24，看停顿单元的三元素

第二章的主要研究内容是对《樱桃园》第三幕中唯一一次停顿——停顿 24 进行详尽的文本分析，旨在通过对这一个停顿的具体、细致的分析，揭示停顿单元的要素构成，以及它们作为一个单元，对整个第三幕发挥的重要作用。

停顿 24 单元由三部分内容组成，它们是：停顿的原因、停顿间的情节突转、停顿的结果[①]。笔者将这三部分内容称为

---

① 《罗念生全集》第一卷中《诗学》〔（古希腊），亚里士多德著，罗念生译，世纪出版集团，上海人民出版社，2004 年版〕第 76 页，第十八章："所谓'结'，指故事的开头至情势转入顺境〈或逆境〉之前最后一景之间的部分；所谓'解'，指转变的开头至剧尾之间的部分……"本文中停顿单元的原因和结果类似于《诗学》论述的"结"和"解"，但因"结"和"解"在《诗学》中专指剧作的整体情节，而停顿单元只是小的动作单元，故，笔者用停顿原因、停顿结果，而不用停顿的"结"和停顿的"解"。

停顿单元的三元素。

停顿 24 揭示了第三幕中存在的丰富、完整的情节潜流。情节潜流的产生、发展、突转与结果，最终都与蕴含和揭示这一重要的停顿相关。

一、停顿 24 发生的原因

停顿 24 位于第三幕的递进部，属于台词结尾的停顿，其内容如下（第 419 页）：

> 罗伯兴：我买下了。（停顿）

停顿时，场上人物有罗伯兴、拉涅夫斯卡娅、瓦丽雅、彼什克四人。

停顿 24 是《樱桃园》第三幕中唯一一次停顿。停顿 24 发生的原因蕴含在第三幕前多半部分中。严格地说，停顿 24 的原因蕴含于整个前三幕中。

8 月 22 日，樱桃园舞会上的所有人都清楚樱桃园会被别人买走，买主很可能是杰利加诺夫。"樱桃园到底卖给谁了"是个没有意义的问题。但是对于从来都不面对现实的拉涅夫斯卡娅来说，这不是个伪问题。拉涅夫斯卡娅极度紧张和焦虑，她甚至还在盼望出现奇迹（第 408 页）：

> 拉涅夫斯卡娅：（非常不安）列奥尼德为什么还
> 不回来？要是能知道庄园是卖掉了还是没卖掉？这

> 不幸真是不可思议呀，我简直不知道该想些什么，
> 我控制不住自己……我现在想大声叫喊……想做件
> 蠢事。彼嘉，救救我吧。跟我说点儿什么……

拉涅夫斯卡娅的焦虑、不安像原子弹爆炸之前的链式反应一样，使家中的矛盾和口角此起彼伏，每一个人都一触即发，一片人心惶惶。

拉涅夫斯卡娅在丧子、丧夫之后，用五年打了又一个爱情败仗之后从巴黎回来，她躲进樱桃园回避失败的爱情，寻找慰藉。对于一个自私到对当年只有十二岁的小女儿不管不顾，没有男人爱就活不下去的女人，她还是会再次丢开安妮雅，去找纠缠她的男人。再回巴黎就是让失败的情感再被玷污一次，但她拥有一双在爱的灰烬上旋转、滞留的翅膀，不彻底焚烧就不死心。

瓦丽雅对婚事不积极，这一点拉涅夫斯卡娅早就发觉了，可是拉涅夫斯卡娅也不去面对，因为她认为罗伯兴"答应"过她娶瓦丽雅了（参见第二幕，第392页）。

> 罗伯兴：这有怎么的？我不反对……她是个好
> 姑娘。（停顿）

上面这个停顿意味深长，罗伯兴在这个停顿中发现拉涅夫斯卡娅上了他的当，他决定放弃租地的努力，下决心集中财力，买下樱桃园。这句承诺是似是而非的，拉涅夫斯卡娅从中

得出一个糊涂的结论：她说服罗伯兴娶瓦丽雅了，樱桃园被她亲手拯救了，罗伯兴是她的女婿了，他总得替大家还债了。罗伯兴就是这么轻易地骗了拉涅夫斯卡娅的。直到罗伯兴买下樱桃园之前，拉涅夫斯卡娅没有怀疑过罗伯兴要娶瓦丽雅。罗伯兴还没娶瓦丽雅都怪这个丫头不合作，不主动。

8月22日是樱桃园的拍卖日，一切都来不及了，罗伯兴在拍卖之前不成为樱桃园的女婿就没法挽救樱桃园。这个问题、矛盾纠结在拉涅夫斯卡娅心中，在樱桃园被拍卖的这一天，它折磨着拉涅夫斯卡娅的心，她不愿意面对却无法回避。拉涅夫斯卡娅焦虑、不安，她将这一切传导给所有人。

罗伯兴买下樱桃园的事件，造成强烈的戏剧效果，猛烈、有力地影响了所有人物，同时揭开了此前情节中隐藏的真相，使整个戏剧情势发生了反转。

推动剧情发展的并不只是罗伯兴买下樱桃园的外部事件，而且在于这一事实公布后的停顿。通过停顿24，揭示了樱桃园易主这一外部事件背后，人物们极其强烈的、复杂的心理活动，展示出在生活背后潜藏着一个深邃、广阔的人物内心世界。

第三幕这唯一的停顿，它之所以造成如此戏剧性的效果，就在于揭示出此前所有人物的意志冲突、心理活动，并将它们全都并、串联起来，最终揭示出意味深长的潜在生活真实，从而形成这一幕最丰富、最强烈、最具诗意的戏剧性场面。

显然，第三幕的唯一停顿（停顿24）能产生强烈的戏剧效果，发挥如此巨大的揭示作用，是经过了内、外部情节的长久铺垫，经历了一个戏剧情势积蓄的过程。这个过程可以大致分为十步：

第一步：拉涅夫斯卡娅办的舞会

这个铁定的樱桃园灭亡日，拉涅夫斯卡娅举行了一场舞会，请来了邮局职员、火车站站长等来参加舞会。她想用花销很大的舞会来破财免灾，像第二场听到不祥的断弦之音后给了过路人一个金币一样①。但她却心神不宁地"哼唱"，这是潜意识中极度不安的流露（第 403 页）。

第二步：拉涅夫斯卡娅对瓦丽雅的不满

拉涅夫斯卡娅机关算尽，以为可以依靠罗伯兴与瓦丽雅的婚事拯救樱桃园。但她发现瓦丽雅根本不与她合作。这桩婚事一点儿进展都没有。直到罗伯兴宣布买下了樱桃园之前，她都轻信罗伯兴的"承诺"。特罗菲莫夫开瓦丽雅玩笑，瓦丽雅生气，拉涅夫斯卡娅借机责怪瓦丽雅婚事上根本没主动过（第 407 页）。

第三步：瓦丽雅对特罗菲莫夫的挖苦

罗伯兴持续两年没求婚，要么沉默，要么开玩笑，让瓦丽雅受尽折磨。特罗菲莫夫调侃她"罗伯兴夫人"让她懊恼。养母难听的话更让她敢怒不敢言。瓦丽雅的这种委屈加恼火

---

① 〔大家都沉思地坐着。一片寂静。只能听到费尔斯在轻声喃喃自语。突然间传来一个遥远的，像是来自天边外的声音，像是琴弦绷断的声音，这忧伤的声音慢慢地消失了。

……

拉涅夫斯卡娅：（慌张地）给您……（在钱包里摸索）银币没有了……反正一样，给您金币吧……

也是分两次宣泄的。瓦丽雅第一个发泄的目标虽然是特罗菲莫夫，却是对拉涅夫斯卡娅不公正地指责她进行的回击（第408页）。

第四步：拉涅夫斯卡娅攻击特罗菲莫夫，因为他指责她的情人是混蛋和小人

拉涅夫斯卡娅大怒是因为特罗菲莫夫一箭中的，正说到了她的痛处。拉涅夫斯卡娅被他的话刺痛了，她歇斯底里地攻击了特罗菲莫夫。她的话简直是对特罗菲莫夫粗鲁的人身攻击，完全有失优雅的风度。拉涅夫斯卡娅的这一怒，与她得知罗伯兴买下了樱桃园时的沉默形成对比，为她在停顿24中的内心发现与突转做了对比性铺垫（第411页）。

第五步：特罗菲莫夫被拉涅夫斯卡娅击溃，惊慌失措地从楼梯上摔了下来

特罗菲莫夫对亲密的朋友拉涅夫斯卡娅的攻击猝不及防，他败给了拉涅夫斯卡娅，逃跑了（第412页）。特罗菲莫夫的真诚害了自己，他是这场谈话的牺牲品。

第六步：仆人们的不安与紧张

舞会的气氛，尤其女主人的情绪失常让87岁的费尔斯慌了。作为樱桃园最忠诚的仆人，做主人一辈子奴仆确是费尔斯的心愿。他对主人说了不该说的话。雅沙无耻地请求女主子把他带回巴黎（第414页）。两个仆人一老、一小，比起樱桃园的主人，他们是旁观者，更清楚将要发生什么。

第七步：瓦丽雅对叶彼霍多夫的责难

瓦丽雅刚才对特罗菲莫夫的挖苦和妈妈嫌她在婚事上不主

动感到非常压抑，她终于找到了出气筒，以管家婆的身份修理了叶彼霍多夫一顿（第 416—417 页）。瓦丽雅终于发泄了自己对养母指责她在婚事上不合作的不满和委屈。

正是上面这些铺垫和其形成的原因造成了当罗伯兴宣布他成为樱桃园主人时，出现了一个扭转乾坤的停顿。虽然这一停顿是短暂的，但是，它揭示出拉涅夫斯卡娅等人得知罗伯兴成为新主人所产生的巨大震惊与人物们错综复杂的情感活动。

上面分析的产生停顿 24 的七种原因，其中最重要的原因是拉涅夫斯卡娅在舞会上把自己的焦虑、不安几乎传导到家里的每一个人身上。她在停顿 24 间歇中才明白过来她已经无处可住了，明明不能回巴黎，可还得回去。由此可以看到，停顿之前的原因铺垫是非常重要的，内部情节的潜流中对拉涅夫斯卡娅的各种贪婪心思、各种不幸经历、各种狡猾伎俩的丰富揭示，积着了停顿 24 有力爆发的基本能量。

下面分析形成停顿 24 强烈戏剧效果的最后三个原因：罗伯兴、加耶夫回到樱桃园，在罗伯兴宣布买下樱桃园之前谁都没想到竟然是罗伯兴买下了樱桃园。

第八步：罗伯兴忸怩作态

罗伯兴是在挨了瓦丽雅一拐杖之后上场的。瓦丽雅非常过意不去，罗伯兴倒是很大度，也很有礼貌（第 418 页）。罗伯兴的表现又是双重性的，他内心因为占有了樱桃园而狂喜，但表面上非常体贴瓦丽雅，很宽厚。

拉涅夫斯卡娅又问拍卖会怎么样了。罗伯兴显得节制、忸怩，掩饰心中的喜悦。罗伯兴强悍地进入樱桃园新主人的角色，可他希望宣布结果的是加耶夫，而不是他。

　　罗伯兴深知加耶夫对他深恶痛绝，也深知加耶夫懦弱、无能，从春天到夏天他仅只努力说服拉涅夫斯卡娅租地。罗伯兴在拉涅夫斯卡娅身上做足了文章：一是因为他十五岁的时候父亲毒打他之后，拉涅夫斯卡娅曾经安慰过他，二是因为他深知拉涅夫斯卡娅有容易轻信的致命弱点，三是他知道拉涅夫斯卡娅非常想留住樱桃园。在第一次遭到拉涅夫斯卡娅的回绝之后，罗伯兴一有机会仍旧会说服拉涅夫斯卡娅租地，他还花大量的时间和拉涅夫斯卡娅吃饭、聊天。罗伯兴想利用拉涅夫斯卡娅随意和轻信的弱点，实现租地的愿望。事实上，加耶夫和拉涅夫斯卡娅一直都不喜欢罗伯兴租地的建议。拉涅夫斯卡娅打定主意要用婚事来拯救樱桃园，这使罗伯兴看清不可能租地。拉涅夫斯卡娅和加耶夫坚决不砍树，坚决不租地，坚决不盖别墅。罗伯兴早就明白拉涅夫斯卡娅比加耶夫难对付得多，但他没想到她如此狡猾，他必须将计就计。再说，罗伯兴是樱桃园农奴的后代，他们绝不会同意他占有樱桃园，罗伯兴必须隐瞒自己的计划才能占有樱桃园。8 月 22 日，直到罗伯兴与加耶夫一起从拍卖会回到樱桃园，罗伯兴还是不愿意自己宣布已经不再是秘密的秘密。

第九步：加耶夫沉默不语

　　加耶夫是在竞拍的时候才知道罗伯兴要买下樱桃园的，罗伯兴和杰利加诺夫竞价的激烈过程给了他深刻的刺激（剧中这场戏是暗场处理的）。加耶夫在拍卖会上所受的刺激和羞辱剧中没说，但加耶夫一直厌恶罗伯兴，骂他是流氓、暴发户，坚决不同意罗伯兴租地盖别墅的建议，他的意志在 8 月 22 日被罗伯兴打垮了。加耶夫是哭着回家的（第 418 页）。

櫻桃园被罗伯兴买下之后，对加耶夫的外部动作就描述了这么多。可事实上，在内部情节的潜流中，竞拍中受了刺激的加耶夫与不堪忍受的流氓——买下櫻桃园的农奴的儿子罗伯兴是一同在车站等火车，坐同一列火车回来的（暗场处理）。一路上，羞耻、愤怒、无奈、不甘心、厌恶、受骗上当的感觉折磨着加耶夫。他没有和罗伯兴一同进入大厅，罗伯兴是先进来的，加耶夫是后进来的。他寄希望罗伯兴先向大家宣布他买下了櫻桃园。加耶夫进来的时候，罗伯兴还没有宣布结果，加耶夫没有回答拉涅夫斯卡娅的问话。罗伯兴是个流氓，不但如此，罗伯兴还是一个大骗子，他不会把拍卖时罗伯兴丑陋的暴力竞拍事件用自己的嘴说出来的。在试图拯救櫻桃园的过程中，他一直抵触、蔑视租地盖别墅。此刻加耶夫宁愿买下櫻桃园的是杰利加诺夫或者什么别的人，而不是这个无耻透顶的罗伯兴。就在这时，台球厅里，另一个他厌恶的败类雅沙在快乐地大叫，这对加耶夫充满了嘲讽的意味。加耶夫败给了不止一个罗伯兴，看来今天所有流氓都在嘲笑他。流氓不但买下了他祖辈的庄园，他们还竟敢在他心爱的台球房庆祝他的失败。加耶夫只说了一句："我受了这么大的打击！"看来他的精神被罗伯兴彻底摧毁了，在这之前，加耶夫觉得至少精神不可能败给罗伯兴。

本来他准备用刚买的凯尔奇生产的鳗鱼、鲱鱼让费尔斯为他准备丰盛的晚餐，用美食慰藉一下自己。但在听到雅沙在台球房里的笑，他的表情发生了变化。他本来一直在哭，可是此时他不再哭了。他甚至连用享用美食来慰藉一下自己的心都没有了，他说："我太累了。费尔斯，给我换衣服。"然后他去睡觉了。这个饭来张口、衣来伸手的五十一岁的单身贵族少爷，这个生不逢时的庄园主，在经受了这场失去家园的大骗局之后彻底蔫儿了。失去了优越感、正义感，失去了意志，失去了好胃口，甚至失去了可笑的大话。加耶夫所有受辱的感受加倍了拉涅夫斯卡娅得知罗伯兴买下樱桃园之后的痛心、懊恼、羞耻、愤怒、受骗各种痛苦。

第十步：罗伯兴宣布占有樱桃园

解开谁是樱桃园新主人的悬念如暴风急骤，只有五句话（第 419 页）：

> 彼什克：拍卖会开得怎么样？你倒是说呀！
>
> 拉涅夫斯卡娅：樱桃园卖掉了？
>
> 罗伯兴：卖掉了。
>
> 拉涅夫斯卡娅：谁买下了？
>
> 罗伯兴：我买下了。（停顿）

农奴的儿子罗伯兴买下了祖辈的主人的樱桃园，这意味着农奴的儿子将轰走主人——旧的时代结束了，新的时代到来了。这对加耶夫和拉涅夫斯卡娅是巨大的嘲讽和羞辱。如果他们早就知道罗伯兴要买樱桃园，为了名誉，他们会想尽办法阻止罗伯兴的。

　　加耶夫和拉涅夫斯卡娅阻止罗伯兴买樱桃园，并不是不可能的，他们可以把罗伯兴要买樱桃园的消息告诉大财主杰利加诺夫，杰利加诺夫在拍卖会上出高一些的价钱，以罗伯兴的财力，不一定能胜得过。还有一个更好的办法就是想办法阻止罗伯兴参加拍卖会。只要他们阻止罗伯兴买下樱桃园，就会毁了罗伯兴的房地产梦。为了保护自己的计划不受损失，罗伯兴表面上表示愿意做拉涅夫斯卡娅未来的女婿。这让拉涅夫斯卡娅和加耶夫满心盼望罗伯兴能早点儿娶瓦丽雅，还清樱桃园的所有债务。罗伯兴利用了他们这种贪婪的心理和他们对他的轻信，把他要买下樱桃园的秘密保持到了最后一刻。罗伯兴成功地欺骗了樱桃园里的人们，而拉涅夫斯卡娅、加耶夫的致命错误就是低估了罗伯兴的能力和财力，更想不到罗伯兴会欺骗。

　　综上，最终形成第三幕第 24 个停顿的十种原因或者说十步铺垫，包括了外部情节和内部情节潜流，其中有人物意志的潜在较量，人物心理、情感的复杂活动。它们可以分成两个段落：拉涅夫斯卡娅传导给家里的每一个人不安；罗伯兴、加耶夫回到樱桃园，罗伯兴宣布买下樱桃园。两个段落为停顿 24 积蓄能量，为停顿 24 间歇情节爆发的突转做了有力的铺垫。

二、停顿 24 中内部情节的突转

　　在《樱桃园》中，每一次停顿都处于重要的情节突转点上。这些停顿既是突转的外部体现，又包含了内部情节的突转。停顿中所包含的内部情节突转是全剧情节发展的内在动力，情节突转所体现的停顿是全剧内部情节潜流发展的重要形式。

停顿 24 所揭示的内部情节突转是全剧最重要的情节转折点，它在内部情节的潜流中揭示了樱桃园的命运被彻底更改了，旧主人换成了新主人，旧时代结束了，新时代到来了。樱桃园命运突转，樱桃园主人的命运跟着转变了。

下面逐一分析人物内心在停顿 24 间歇片时发生的内部情节意义上的突转。

1. 罗伯兴

罗伯兴因为买下了樱桃园而激动、兴奋、狂喜。刚才还在尽量掩饰，现在不再掩饰了。占有计划如期秘密完成，他看见拉涅夫斯卡娅吃惊、痛苦的表情，他很愉快。从夏天到秋天他生怕任何一个人发现他的商业机密，他战胜了杰利加诺夫，更战胜了想用婚事救急的狡猾的拉涅夫斯卡娅。

罗伯兴也知道自己不择手段，骗了拉涅夫斯卡娅和瓦丽雅，他心中也有无限遗憾：现在花了比抵押钱款高出九万五千卢布才买下樱桃园不说，他还要用更大一笔钱去砍树建别墅。要是当时能租下地来，他只需要每年两万五千卢布就能把整个樱桃园控制在自己手里了，即使他建别墅再花一笔钱，那样总比现在省钱多了啊！

至于瓦丽雅，和占有樱桃园整盘棋比起来，就是个弃子儿，她不但不能给他带来财富，还会用拉涅夫斯卡娅、加耶夫拖累他。

在停顿 24 的一瞬间，罗伯兴内心感到命运发生了突转，他成了樱桃园的新主人。胜利让罗伯兴无限膨胀了起来，觉得自己几乎快要成为"巨人"了。

2. 拉涅夫斯卡娅

拉涅夫斯卡娅一时都没明白罗伯兴说"我买下了"是什么意思。等明白过来之后，拉涅夫斯卡娅又几乎不敢相信自己的耳朵，她因震惊而深受刺激。她发现自己大错特错了，她被罗伯兴的婚姻承诺蒙在鼓里。她一直想利用罗伯兴拯救樱桃园，结果反倒是罗伯兴明修栈道，暗度陈仓，用婚事做幌子，没有受到任何来自樱桃园的阻力就买下了樱桃园。罗伯兴是她的樱桃园的毁灭者。让昔日樱桃园农奴的儿子这么不择手段地占有了自己的家园，而自己连一点儿防范都没有，羞耻啊！拉涅夫斯卡娅此时此刻宁可买下樱桃园的是杰利加诺夫，或者是任何人。

拉涅夫斯卡娅发现自己受骗上当了。她痛恨罗伯兴，但她必须掩饰起她对罗伯兴的痛恨，如果表现出痛恨，就等于承认她一直想利用罗伯兴娶瓦丽雅替樱桃园还债。她无奈地接受搬起石头砸自己脚的结局。

拉涅夫斯卡娅知道拍卖会上加耶夫受了多大的刺激，她为加耶夫难过。拍卖会过后，他又一直躲不开这个他最讨厌的人，还得和他同车回来，真够他受的。拉涅夫斯卡娅更为自己难过，失去家园了，她简直不敢想今后的生活。她后悔自己回来，根本就不该离开巴黎，自取其辱啊，回到樱桃园，所有痛苦都加倍了，没有慰藉她的人和让她高兴的事情。自己挽救樱桃园的如意算盘也失算了。她越来越记恨瓦丽雅了，为什么瓦丽雅不主动追求罗伯兴呢？为什么她明明喜欢罗伯兴却老躲着他呢？难道她想帮助罗伯兴拖延时间吗？

拉涅夫斯卡娅因为自己过去的罪孽，突生被惩罚的感觉，这次可是彻底的惩罚。她为自己自作聪明，利用罗伯兴答应求婚解决樱桃园危机而感到羞耻。

停顿24中，拉涅夫斯卡娅的命运即刻发生了戏剧性突转。她不再是樱桃园的主人了，她本来就知道自己还得回巴黎去，从此之后她无家可归。在这一瞬间的静场中，她百感交集，她能咽下被罗伯兴无耻欺骗和利用这口恶气吗？

3. 瓦丽雅

瓦丽雅也发现自己被骗了。本来瓦丽雅爱罗伯兴的原因很简单，觉得他是个好人，又有钱，对她一直很尊重。自从背上了要用自己的婚姻来拯救樱桃园的重大使命后，她失去了自信。罗伯兴能为了爱她这个人而甘心情愿地背上樱桃园所有的债务吗？实际上罗伯兴根本就不愿意为了娶她而背上樱桃园的债务。当停顿24之时，瓦丽雅发现自己的婚事没指望了，罗伯兴既然已经买下了樱桃园，就更不会娶她做妻子了。第一，他成了樱桃园的仇人，不会娶一个仇家的女儿做妻子让自己心里添堵；第二，罗伯兴过去几个月没有向她求婚，就说明罗伯兴不愿意娶一个不仅一文不名而且还拖家带口的妻子，更何况，拉涅夫斯卡娅和加耶夫是那么能花钱，罗伯兴的钱根本不够他们挥霍。因此，瓦丽雅反而松了一口气。反正谁买都是买，让罗伯兴买下樱桃园对她来说是个好结果。她一直爱罗伯兴，虽然知道罗伯兴肯定不会再求婚了，还是为罗伯兴高兴。

停顿 24 中，瓦丽雅瞬间意识到自己的命运发生了突转。瓦丽雅开始很震惊，但她马上发现婚姻只是罗伯兴明修栈道，暗度陈仓的幌子。瓦丽雅一无所有了，她必须自谋生路。瓦丽雅反而因此感到一阵轻松。

不过在停顿 24 的这一时刻，瓦丽雅心中还爱着罗伯兴，她扔下钥匙给罗伯兴然后就走了，她自由了，她要去找一份工作养活自己。但同时她心中还怀有爱的希望。

4. 彼什克

彼什克一直焦头烂额地四处借钱想保住土地，作为和加耶夫、拉涅夫斯卡娅同样处境的人，在停顿 24 中，他感受到了时代的巨大变迁，他意识到自己未来的不祥命运。他怕遭到拉涅夫斯卡娅和加耶夫同样的下场。在停顿 24 的瞬间，他的内心受到巨大的冲击。

彼什克刚才他还向拉涅夫斯卡娅借了一百八十卢布，现在他终于发现，拉涅夫斯卡娅成了比他还需要钱的人了，她连个住处都没有了。他同情拉涅夫斯卡娅，有点讨厌罗伯兴乘人之危。他的命运在此突转为将不择手段地保地。

笔者在上文中用许多笔墨描述了各种人物的动机、行为和丰富的心理变化，形象地描绘了光怪陆离的种种情状，而这一切都是发生在停顿 24 的短暂间歇之时，是通过内部情节潜流揭示给观众的。在停顿 24 这一刻，所有人都感到自己的命运发生了变化。短暂的停顿传达出的残酷生活和人生体验是深刻的、意味深长的。

三、停顿 24 产生的结果

在停顿 24 揭示出樱桃园主人们命运的转折和他们巨大震惊及复杂心理纠结、互动之后，戏剧的走向既出人意料又在情理之中。在停顿 24 的瞬间，表现出人物内心剧烈的情感活动，产生出各种复杂的思想，推动着此后人物的行为，造成新的戏剧情境。停顿 24 所推动的外部情节是揪心、令人同情的生活中的不如意；它所推动的内部情节潜流却是讽刺、荒诞的喜闹剧。

在罗伯兴宣布他买下了樱桃园时，樱桃园人们的命运发生了突转，庄园换了主人，拉涅夫斯卡娅和加耶夫再也不是她的主人了，新主人是她农奴的儿子——流氓暴发户罗伯兴。此刻无论是外部情节还是内部情节都凸显出樱桃园的旧时代结束了，昔日一切美景即将灰飞烟灭。

在停顿 24 的场面上，外部情节中拉涅夫斯卡娅显得无辜和可怜，而其内部情节中她则显得可笑、窘迫、懊恼。外部的无辜和可怜掩饰了内部的可笑和懊恼。但正是拉涅夫斯卡娅的无辜、可怜暗示了她的可笑——她应该和大家一样知道樱桃园肯定被卖掉了，她的震惊的外部动作的内部真实，实际上并非因为樱桃园卖掉了，而是因为樱桃园被庄稼汉罗伯兴买下了，是因为她要利用罗伯兴反被罗伯兴利用了。

在第 24 个停顿中，在场的所有人物都发生了思想情感上的变化，这种在停顿中完成的内部心理、情感变化，是一种强有力的内在情节描述，它直接导致了其后的内、外部动作，使得潜在情节浮出水面，转化为有力的外部情节，同时又继续发展了内部情节潜流中的人物关系。

停顿 24 所揭示的内部情节，正是通过外部动作暗示出来的，停顿从外部看，只是一个短暂的静场，但是，此时"无声胜有声"。

以下分析由停顿 24 引发出的外部、内部情节中的戏剧结果。即，紧紧和人们命运突转相联系的生活真相。

1. 罗伯兴

罗伯兴在宣布买下樱桃园后，言行举止发生了巨大变化，前后判若两人。这种思想情感的变化、行为举止的转变，是在何时发生、如何发生的呢？就是在停顿 24 的那短暂的片刻。在一个停顿的静场片刻，他不仅完成了身份的转变，而且特别重要的是他隐秘的自身人格凸显了出来[①]。而这种变化是通过人物在停顿之后的言行举止以及内心动作体现出来的。

罗伯兴在 8 月 22 日终于占有了樱桃园。借着酒劲儿，罗伯兴第一次在他家世代的庄园主面前表白了自己的心声（第三幕，419 页）：

罗伯兴：我买下了！先生们，等一等，我头有点晕，一下子说不出话来……（笑）我们来到拍卖

---

① 参见《剧作法》，（英）威廉·阿契尔著，吴钧燮、聂文杞译，中国戏剧出版社 2004 年版，第 311 页："'发展'（development）这个词很宜于从它用于摄影时的含义来理解。一出戏当表现性格，正如摄影者用药品'显现'底片中潜存着的图像一样。"

场的时候，杰利加诺夫早就在那里了。列奥尼德·安德烈耶维奇手头就有一万五千卢布，而杰利加诺夫一下子就喊出比抵押款高出三万卢布的价码。我一看这情形，就和他干上了，我加到四万卢布。他叫四万五。我叫五万五。他一加就加五千，我一加加一万……最后，我以高出抵押款九万卢布的价码成交。樱桃园现在属于我了！我的樱桃园！（大笑）我的上帝，樱桃园是我的了！请告诉我，我是个醉汉，我神经不正常，所有这一切仅仅是我的幻想……（跺脚）别嘲笑我！要是我的父亲和祖父能够从坟墓里站起来，看到他们的叶尔马拉耶，他们的没有文化的、小时候常常挨打、冬天光着脚在外边乱跑的叶尔马拉耶，买到了一座世界上最漂亮的庄园，那该多好。我买到了这座庄园，我的祖父和父亲曾在这个庄园里当过奴隶，当年他们连这里的厨房都不许进去。我是在做梦，这仅仅是我的幻想……这是你们在迷迷糊糊中想象的结果……（捡起钥匙，甜美地微笑）她把钥匙扔掉了，她想告诉大家，她已经不是这里的主人……（钥匙叮当作响）哎，反正都一样。（传来乐队调音的声响）哎，乐师们，请奏乐，我要听你们演奏！都来看看，看我叶尔马拉耶·罗伯兴怎么举起斧头砍伐樱桃园，看樱桃树怎么一棵一棵倒在地上的！我们要建造别墅楼，我们的子子孙孙将在这里看到新生活……音乐，奏起来呵！

　　[奏乐。拉涅夫斯卡娅·安德烈耶芙娜瘫倒在椅子上，伤心地哭泣。

　　罗伯兴：（责备地）您为什么当初不听我的话？我的可怜的好人，现在不可挽回了。（含泪）噢，让这一切快点过去吧，让我们的难过的、不幸的生活快点有所改变吧。

　　彼什克：（挽住他的手臂，轻声说）她在哭。咱们到大厅去，让她一人在这里……咱们走……（挽住他的手臂往大厅走去）

　　罗伯兴：怎么啦？音乐，更欢快地奏起来吧！都按我的意思办！（嘲讽地）新的地主，樱桃园的主人走过来了！（无意中撞了一下桌子，差一点儿把桌上的枝形蜡烛架撞倒）我全都能用钱买！（和彼什克一起离去）

　　罗伯兴的台词说清了他在拍卖会上大战杰利加诺夫的惊险的过程，他每次以比杰利加诺夫加价两倍的速度加价。他的气势最后彻底压倒了大财主杰利加诺夫，他赢了。罗伯兴陶醉在胜利的狂喜中，这泄露了他对自己几个月来为了占有樱桃园所做的努力很满意。他喝醉了，有点怀疑"这一切仅仅是我的幻想"。又马上意识到胜利的果实就攥在自己手中，樱桃园是他的了。他为自己对自己的怀疑有些恼火，他跺着脚说："别嘲笑我！"罗伯兴从来不怕别人的嘲笑，但他战胜不了阶级烙印带给他的自卑感。这句话是罗伯兴的外部对罗伯兴内部争辩的一句话。

　　罗伯兴接受现实的胜利并不比他拿出勇气来占有樱桃园容易。这对他和祖辈来说是翻天覆地的改变。罗伯兴想起了做樱桃园奴隶的爷爷和父亲，这使他的胜利变得沉重了，变成了一种他自己都没有料到的不折不扣的复仇——为了连樱桃园的厨房都不让进的受尽屈辱的苦难的祖辈。在潜意识中，这的确是他努力的方向。他占有了樱桃园，打败了主人，他成了樱桃园的新地主。为了证明这一切都是真的，罗伯兴捡起了瓦丽雅扔在地上的钥匙。瓦丽雅把钥匙交了出来，就是代表樱桃园的所有人承认他是樱桃园的主人了。如果复仇令人如此狂喜，他为什么不享受它呢？复仇的行动远没有结束，他要让他们看着他一棵一棵地砍光樱桃树，然后造别墅楼，开始他从今往后世世代代新樱桃园的富足的幸福生活。

　　罗伯兴对拉涅夫斯卡娅当初不同意租地耿耿于怀，此刻罗伯兴假装同情拉涅夫斯卡娅却欲盖弥彰。他含泪责怪拉涅夫斯卡娅不听他的话，他绝不是悲伤樱桃园的主人失去了樱桃园，而是遗憾他没能租下樱桃园，那样能节省大量的资金。

　　罗伯兴得意忘形，"我全都能用钱买！"这就是罗伯兴代表所有暴发户的无耻宣言。他复仇般的宣言无情得像疯狂的鞭子一般将拉涅夫斯卡娅的尊严、尴尬、羞耻抽打得粉碎。就如在这之前，在拍卖会上将加耶夫的尊严抽烂一样。此刻罗伯兴恶性膨胀后野心暴露，他打击了拉涅夫斯卡娅，打击了在场的贵族彼什克，打击了在樱桃园中游走的樱桃园祖先的幽灵，它们也将无家可归。

在停顿后，契诃夫含蓄地借罗伯兴之口宣布了旧时代的结束，新时代的到来。

人们会通过罗伯兴得意忘形的性格展露，返回去理解第三幕的第 24 个停顿，理解在那一瞬间的静场中，罗伯兴人格的巨大反转，一个俄罗斯"新型"人物的蜕变和诞生。

2. 拉涅夫斯卡娅

在停顿 24 之前，拉涅夫斯卡娅表面看来在租地建议上连听都不耐烦，而在婚事上她显然又一直暗中主动，她亲自向罗伯兴提亲。外部情节中对照罗伯兴粗鲁的砍树、租地的建议，她显得多么优雅、迷人而有品位，对这个庄稼汉她又多么善解人意。从春天她回到樱桃园的那个樱花之夜到秋天的这场冷清的舞会，她生活中的一切都显得那么漫不经心，大多数时候她甚至像年轻姑娘一样沉浸在无尽的苦恋之中无力自拔。但在漫不经心的背面却是内部情节潜流中的惊涛骇浪。表面矜持的假象在罗伯兴成为庄园主人后，再也维持不下去了。

在第 24 个停顿的静场之中，拉涅夫斯卡娅内心潜在的情感瞬间被震荡起来，达到了沸腾的顶点。在这一停顿中，她不仅体验了人生命运的跌落，而且完成了人格的进一步蜕变。这种内心的巨大动荡和人格变迁，都在此后的场景中展示出来。

当罗伯兴宣布他买下了樱桃园之时，羞愧、尴尬、震惊的拉涅夫斯卡娅几乎摔倒。

[拉涅夫斯卡娅·安德烈耶芙娜非常沮丧；如果她不是背靠桌椅站着，她会跌倒在地上。瓦丽雅从

腰间取下一串钥匙，把它们扔到客厅中央的地板上，然后离去。

拉涅夫斯卡娅败给了罗伯兴，她是偷鸡不成反蚀把米。她想利用罗伯兴却反被罗伯兴利用了。此刻，她"几乎摔倒"，显得极其可笑。她已无话可说，只有羞耻、羞愧、愤怒、无奈。她感到自己搬起石头砸了自己的脚，疼得要死，却不能怪罪任何人。

契诃夫通过对停顿 24 的使用，昭示了拉涅夫斯卡娅可笑的、可耻的沉默。契诃夫总希望他的《樱桃园》能引起观众的欢快的笑声，但是坐在舞台之下的观众又有几个人配得上嘲笑拉涅夫斯卡娅呢？大多数人都难免会觉得自己一样可笑。

拉涅夫斯卡娅无法说出一句话，她只有沉默地承受。罗伯兴彻底表达了胜利后的狂喜，拉涅夫斯卡娅瘫倒在椅子上哭泣。罗伯兴这个无耻、狡猾的骗子责怪拉涅夫斯卡娅应该听他的租地建议，好像这一切都是她的错。但这又能怪谁呢？

幸好彼什克把膨胀的罗伯兴拉到大厅去了。当客厅里只剩下拉涅夫斯卡娅一个人的时候，她的身体缩成一团，伤心地哭泣着。安妮雅和特罗菲莫夫进来了，安妮雅安慰妈妈，但她听不懂安妮雅在说什么，她说的是另外一个世界的事情，与拉涅夫斯卡娅现在的不幸和未来的生活毫不相干。

3. 瓦丽雅

罗伯兴买下樱桃园对瓦丽雅是致命的一击。停顿 24 中，瓦丽雅经历了强烈的内心动荡。在这停顿的一瞬间，瓦丽雅的心灵在颤抖，但是仍然不肯放弃残存的爱情幻想，这种岌岌可危的情感状态，奠定了此后的爱情幻灭的悲剧情节。

世间有各种爱，笔者姑且把瓦丽雅对罗伯兴的糊涂感情也归入爱情之列。瓦丽雅的不安一半来自于罗伯兴不向她求婚，一半来自于她对罗伯兴的爱意。她的爱情在第三幕的第 24 个停顿中几近完结。在瓦丽雅心里，罗伯兴是解救她于困境的"王子"，是有能力让她从"灰姑娘"成为"公主"的。但罗伯兴既没想拯救瓦丽雅，更不想拯救樱桃园。

瓦丽雅从第一幕第二次出现时，腰间就挂着一大串钥匙。只要瓦丽雅待在家中，她的腰间必挂着这串钥匙，这是瓦丽雅的标志。她是樱桃园的管家，这串钥匙是她尊严的外化，也是对她悲、喜剧形象的有力刻画——她是樱桃园主人的代表，但她从始至终都不是这个家的真正主人，而是仆人。她只有为这个家服务，才能报答拉涅夫斯卡娅对她的收养。瓦丽雅的尊严感几乎到了变态的地步，但是，和罗伯兴一起占有樱桃园的野心她是不敢有的。

瓦丽雅轻松地扔掉了樱桃园的钥匙，她甚至觉得与其让杰利加诺夫买下樱桃园，不如让罗伯兴买下。停顿 24 所暗含的爱情幻想，为它在第四幕最终走向幻灭埋下伏笔，停顿 24 让瓦丽雅由喜剧人物转变成悲剧人物，因为瓦丽雅从此后受到的打击不仅是爱情上的，更多的是人格尊严上的。

瓦丽雅从小被拉涅夫斯卡娅收养，十九岁时，养母因丧夫、丧子，痛离樱桃园，去了巴黎。在没有养母关照的五年里，樱桃园上上下下的人只把瓦丽雅当作受惠于拉涅夫斯卡娅的养女，她的地位自然与安妮雅不同。在这种情形下，要强、自尊的瓦丽雅，养成了设防别人、保护自己，挑别人错、掩护自己的习惯，这是合情合理的。

尊严对瓦丽雅来说是最重要的活着的意义。而她过于讲求尊严，正是她寄人篱下生活的写照。瓦丽雅虽然十分苛刻，比如她让厨房里的下人只吃豌豆充饥，她经常提醒加耶夫别说废话，她看不惯拉涅夫斯卡娅随便给人钱，她还严格监视安妮雅和特罗菲莫夫，以免妹妹嫁给一个流浪的穷光蛋大学生。她怕安妮雅上了这个穷学生的当，希望安妮雅能嫁给有钱人，在她的生活常识中女人只有嫁给有钱人才能生活幸福。

瓦丽雅虽然在樱桃园的贵族圈子里长大，但她毕竟是拉涅夫斯卡娅的养女，她学习了管理庄园，樱桃园下人因为她的精明都怕她，她也了解每一个仆人的底细，谁都骗不了她。罗伯兴虽然是农奴的儿子，但对她来说却是匹配的，他们一样精明，一样不能闲下来没事干。瓦丽雅真心喜欢罗伯兴，她不希望因为自己的缘故，让一个在她看来是好人的有钱人，无辜地赔上一大笔钱为樱桃园还债。樱桃园是个无底洞，瓦丽雅深知舅舅加耶夫懒惰，养母拉涅夫斯卡娅乱挥霍钱，樱桃园是个泥潭，谁陷进来都会被拖死，因此瓦丽雅不想主动追求罗伯兴。她的这种不主动在拉涅夫斯卡娅看来就是不合作，让拉涅夫斯卡娅非常恼火。

瓦丽雅又何尝不是盼望着罗伯兴主动向她求婚呢？叶尔米洛夫说契诃夫的小说《在熟人家里》是解读《樱桃园》的钥

匙①，但有一点是不同的：在小说中庄园里的人都是主动的，娜杰日达也是主动的，只有男主人公——那个有成就的律师波德果林是被动的。而在《樱桃园》中，拉涅夫斯卡娅和加耶夫是主动的，瓦丽雅却很被动。瓦丽雅因此备受煎熬，但她心中总有一线希望——罗伯兴是有可能娶她的。

瓦丽雅对生活有着朴素的见解，同时有一种深刻的自知之明，她直觉地感到罗伯兴一直不求婚一定事出有因。事情没有妈妈说的那么简单，幸福是不会送上门来的，幸福是存在的，但不属于她。瓦丽雅一直冷静地观察和对待婚事，她越发感到一种不可能。她反而成了关于自己婚事的局外人。瓦丽雅甚至有可能直觉到罗伯兴一直利用她的缄默和他们似是而非的关系作为屏障，欺骗樱桃园中的所有人。但这只是她的直觉，没有什么根据，她绝想不到罗伯兴最终会买下樱桃园。

因为上述各种原因，第 24 个停顿场面的静场时刻，包含着瓦丽雅非常复杂的内心思想活动，对于瓦丽雅来说，与罗伯兴的关系让她举步维艰。她一旦主动追求罗伯兴就有想当樱桃园主人之嫌，还有遭到罗伯兴拒绝的危险。但她嫁给罗伯兴才能解救樱桃园，让自己过上好日子。总之，婚事对瓦丽雅是个悖论，怎么做都让她觉得行不通。她只能等待罗伯兴求婚，顺其自然。这就为第四幕罗伯兴对她的情感污辱，使她的尊严受到致命打击的戏剧性情节，奠定了思想情感上的基础。

瓦丽雅是悲喜剧性集于一身的人物。在感情上的受骗上当和被所有人利用，这是瓦丽雅悲剧性的一面。契诃夫对瓦丽雅

① 见第 137 页内容及第 137 页脚注。

喜剧性格的刻画方面，有两笔精彩绝伦。

在第二幕（第398页）：

> 过路人：非常感谢您。（咳嗽一下）天气真好……（朗诵腔）我的兄弟，多苦多难的兄弟……在伏尔加河上，谁在呻吟……（向瓦丽雅）小姐，赏给挨饿的俄国人五十戈比吧……
>
> 〔瓦丽雅惊叫起来。

瓦丽雅平时为了省钱让厨房的下人吃豌豆，她是把樱桃园的生活费看成命根子的，她怎么可能给陌生人钱呢？别人向她乞讨，把她吓坏了，惊叫起来。此处喜剧化的处理是典型的契诃夫式的黑色幽默的手法，具有深度的讽刺性，是《樱桃园》为讽刺喜剧的最好的见证。

在第三幕开端，舞台提示中对瓦丽雅这个人物的喜剧性也有精彩的刻画（第403页）：

> 〔一间客厅，由拱门与大厅隔开。枝形烛台上的蜡烛燃烧着。听到第二幕提及的犹太人乐团从前厅传来的演奏声。晚上，众人在大厅里跳舞。西苗诺夫-彼什克的声音："一对一对地走！"舞者一对一对地走进客厅：第一对是彼什克和夏尔洛塔·伊凡诺夫娜，第二对是特罗菲莫夫和拉涅夫斯卡娅·安德烈耶芙娜，第三对是安妮雅和邮局职员，第四对

·

是瓦丽雅和火车站站长，等等。瓦丽雅轻声地哭泣着，她一边跳舞一边擦眼泪。杜尼雅莎在最后一对。众人在舞厅里走着，彼什克叫道："转大圈，身体摆动！""男士跪下向女士道谢！"费尔斯穿着燕尾服上，用托盘托着矿泉水。彼什克和特罗菲莫夫走进客厅。

请乐队、请客人、酒水……这一切花销在瓦丽雅看来都是不值得的，她非常心疼这些用在没用地方的钱，更何况，现在樱桃园欠的债根本不可能还清，都一直是借债过日子。而且 8 月 22 日这天是失去樱桃园的日子。瓦丽雅无心跳舞娱乐，她反感拉涅夫斯卡娅这么做。契诃夫用"一边跳舞一边擦眼泪"的外部动作，刻画了这个悲剧性、喜剧性双重特征的瓦丽雅。

瓦丽雅外部情节中的喜剧性格与她内部情节中的悲剧性格形成差异的最大化，恰恰是停顿 24 单元的内部潜流情节，为瓦丽雅既可笑又可悲的尴尬命运提供了内在的情感波动的充分依据。

瓦丽雅在前三幕大多呈现出喜剧性人物特征。随着剧情发展，尤其在内部情节描述层面上，瓦丽雅越来越呈现出小人物的悲剧性格。其关键性转折，虽然发生在第四幕，罗伯兴明确暗示拒绝婚事，严重打击了瓦丽雅的尊严这一场面上，但是，这种悲剧发生的基础却是由第三幕的第 24 个停顿坚实地奠定的。正是由于瓦丽雅对罗伯兴还抱有幻想，才造成了情感上、尊严上的打击。从这一点来讲，停顿 24 的静场中，瓦丽雅还对罗伯兴心存幻想，这一事实本身已经具有一种悲剧格局。只是当这种虚假的爱情幻灭后，停顿瞬间所包含的丰富悲剧性才完全展露出来。

4. 彼什克

为保住土地，彼什克将自己珍贵的白胶泥地租给了英国人。这是《樱桃园》深度讽刺性的例证。樱桃园的命运好歹还落在本国资本家罗伯兴之手，但彼什克把自己珍贵的白胶泥地租给英国资本家二十四年，这不由得让人脊椎骨冒寒气，因为他"使祖国变成外国资本家的殖民地"[①]。

从上述论述中可以得出结论：停顿 24 静场片刻的情节突转，使主要人物命运发生了转折：拉涅夫斯卡娅由庄园主变成流亡者，罗伯兴由农奴后代变成庄园新贵，瓦丽雅由养女管家变成奴仆管家，就连她仅存的爱的希望都将在第四幕被拉涅夫斯卡娅和罗伯兴合伙粉碎。

上述对停顿 24 静场片刻三个主要在场人物命运转变结果的阐述几乎都是停顿 24 单元内部情节的潜流中的戏，要比外部情节复杂得多。从外部看，瓦丽雅有些不经意，拉涅夫斯卡

---

① 参见《俄国文学史》下卷，（俄）布罗茨基主编，塞昌宁诺夫、赖亭、斯特拉舍夫著，蒋路、刘辽逸译，作家出版社，1962 年版，第 1187 页："在《樱桃园》所有描写的那一群贵族中间，还有一个西棉昂诺夫·毕希克（即彼什克）。他还在竭力防止自己破产，他积极奔走，到处找钱还债，相信会有某种幸运的偶然事件使他免于毁灭：或者是高价出售他的土地，或者是女儿中彩。他叫人感到滑稽可笑，但是他具有深刻的意义：通过这个形象，契诃夫暴露了沙皇俄罗斯的'主人'们的最有害的寄生性。因为西棉昂诺夫·毕希克可以满不在乎地把土地卖给英国人，使祖国变成外国资本家的殖民地。"

娅在促成婚事这件事上则像一个贤良的好母亲，而加耶夫总是对罗伯兴没好气。这些外部动作缓冲了内部情节中拉涅夫斯卡娅和罗伯兴互相算计、瓦丽雅对罗伯兴的爱的期望和罗伯兴对瓦丽雅冷酷的欺骗。契诃夫精确地刻画着人们的各种欲望、各种利益间微妙的抗争、所有当事人内心的相互折磨……他暗示给观众一种紧张得近乎绷断的生活，但表面上却是生活中的风平浪静。这就是契诃夫剧作的外在真实与内在真实的双重性[①]。

四、停顿 24 的单元小结

第三幕中唯有停顿 24 这一次停顿。在这一停顿的静场片刻，积蓄着前三幕中所有外部情节和内部情节的潜流中蓄势待发的能量，它们在停顿 24 中顷刻爆发。停顿 24 位于全剧的递进部的递进部，是全剧的戏眼[②]。它的强劲的余波波及全剧高

---

① 参见《我的艺术生活》，（俄）斯坦尼斯拉夫斯基著，瞿白音译，上海译文出版社，2002 年版，第 300 页："契诃夫给舞台艺术以内在真实，这种内在真实便是作为日后被称为斯坦尼斯拉夫斯基体系的那种东西的基础，这体系必须通过契诃夫才能完成，或者说这体系是通到契诃夫去的一座桥梁。"

② 参见《拉片子——电影电视编剧讲义》，杨健著，作家出版社，2009 年版，第 141 页："戏眼是指剧情发展中的令人过目难忘的独特场面，最精彩点。戏之有眼，如棋之有眼，有眼则活，无眼则死。每部影片都有一个或若干个戏眼，点亮了这些戏眼，整部影片就有了生机和神采，因而必须处理得引人入胜。戏眼往往是尖锐情境的集中体现之处。独特场面的形成，离不开独特的人物关系、独特的冲突形式、独特的情感世界。编剧者要善于找到戏眼，洞察其中蕴含的宝藏，并将它充分发掘出来，使之成为全剧的精彩之处。"

潮部和结尾。在这个意义上，停顿 24 的动作单元是全剧性的，它的原因是前三幕，它的结果是第四幕，它是全剧的关键突转点。可以说停顿 24 是《樱桃园》全剧中最强烈的一次停顿，同时又是全剧最深刻的突转点，在这个停顿点上，戏剧情势的突转，改变了所有人物命运的走向。

正如停顿 24 单元一样，《樱桃园》中每一个停顿单元都由三部分组成：停顿的原因、停顿的突转、停顿的结果；这三部分内容蕴含了外部情节和内部情节丰富、完整的故事情节，表现出停顿强大的情节描述功能。

停顿 24 形成的原因是铺垫于前三幕中的情节潜流中的两条相互冲突的动作主线：拉涅夫斯卡娅要用婚事拯救樱桃园；罗伯兴要占有樱桃园。

停顿 24 是揭示全剧内部情节的最重要的突转点。在此，每个人物的身份都因樱桃园命运的突转而转变，人格和内心情感也都因樱桃园命运的突转而凸显：拉涅夫斯卡娅、加耶夫不再是樱桃园的主人了，他们都要搬出樱桃园。罗伯兴成了樱桃园的新主人。瓦丽雅则灰姑娘变公主的梦落空。单纯的安妮雅受特罗菲莫夫的影响将走上《新娘》[①]之路……

---

① 参见《论契诃夫的戏剧创作》，（苏）叶尔米洛夫著，张守慎译，作家出版社，1957 年版，第 388 页："《新娘》也是契诃夫在《樱桃园》完稿的那一年，即 1903 年写成的。从它的主题和许多基调来看，这篇小说正是《樱桃园》的一个异本。我们在《樱桃园》里看到的那一对——安妮雅和彼嘉·特罗菲莫夫，正相当于我们在《新娘》里看到的那一对：娜嘉和萨沙。……在久别重逢之后，她觉得萨沙又灰色、又土气，而后来，更'觉得她和萨沙的相识虽然是甜蜜的，但已经是很久很久以前的旧事了'！将来，总有一天，安妮雅也会对于她和彼嘉的相识产生这种感觉。"

停顿 24 的静止场面，不但向观众释放了巨大的情节潜流中的信息和能量，还充分揭示了前三幕外部情节和内部情节的潜流中的真相。即，它是几条线索的汇合点：

1. 拉涅夫斯卡娅千方百计想把瓦丽雅和罗伯兴撮合到一起，结果不但没有实现通过婚姻让罗伯兴替她还掉樱桃园的欠债，还因此受到了罗伯兴的利用和欺骗，使罗伯兴背着她，没有任何阻力地占有了樱桃园。

2. 罗伯兴表面上为樱桃园着急，强烈建议租地盖别墅，实际上是想赶在樱桃园抵债出售之前用最省钱的办法占有樱桃园，结果租地不成，罗伯兴为了占有樱桃园采取了暗中操作买下樱桃园的办法。

3. 瓦丽雅在婚事上一直不与拉涅夫斯卡娅积极合作，遭到拉涅夫斯卡娅的责怨。

4. 加耶夫厌恶罗伯兴，他一直和罗伯兴较劲儿，除了不反对他娶瓦丽雅这一件事外，凡是罗伯兴提的建议他就会反对，他所想出的拯救樱桃园的办法（期票、向姑妈借钱、给安妮雅找个有钱人……）都于事无补，他和拉涅夫斯卡娅同样寄希望于罗伯兴娶瓦丽雅。最后在拍卖会上，加耶夫震惊于罗伯兴买下樱桃园这一现实。

停顿 24 造成的强烈内部动作的结果是推动了第三幕内部、外部动作高潮的产生：停顿 24 使得内部情节潜流中两条暗中蛟龙争斗的主线有了结果——拉涅夫斯卡娅的用婚事拯救樱桃园的计划落空，她败给了一心占有了樱桃园的罗伯兴。罗伯兴占有樱桃园对她是双重羞辱。对罗伯兴来说，婚事是占有樱桃园的掩护，占有樱桃园比和瓦丽雅结婚重要，但是占有樱桃园又让他和拉涅夫斯卡娅一家结了仇。

斯坦尼斯拉夫斯基认定："在契诃夫的剧本中，内部动作必须放在首要地位……舞台动作必须从它的内在意义中去理解，而且一个戏剧作品可以建筑在也只有建筑在那种已经澄清了一切舞台虚伪东西的内部动作上才行。外部动作只是娱乐观众，给他们亢奋，而内在动作却完全攫住了他们的心灵。"①

通过对停顿 24 的原因、突转、结果的详尽文本分析，我们可以确认：

1. 停顿 24 在结构上是全剧内部情节的总突转点。这一停顿与《樱桃园》中前三幕的一系列内、外部动作有着密切的关联，所以它成为《樱桃园》中最重要的一次停顿。

2. 分析停顿 24 的原因、突转、结果的重要意义是解读其内部情节的丰富潜流。它是契诃夫停顿使用技巧的典范，是最典型的契诃夫式停顿。

3. 停顿的外部情节既掩饰又暗示内部情节，使外部情节看上去缓冲了内部冲突。停顿 24 单元所揭示的丰富内部情节的潜流有力地驳斥了那些说《樱桃园》中没有事件的人。只从外部情节看，拉涅夫斯卡娅因为失去樱桃园彻底崩溃，但是深入内部情节的潜流却发现，她与罗伯兴以及所有人物之间展开了激烈较量，平静世界中充满了事件，有如暗流在涌动，当合情理的突转事件发生，则激起这些暗流升到水面。

① 参见《斯坦尼斯拉夫斯基传》，（英）戴维·马加尔沙克著，李士钊、田君美译，上海译文出版社，1984 年版，第 218 页。

4. 停顿的外部情节与内部情节中主人公的性格差异最大化，也使外部情节掩饰、缓冲、弱化了《樱桃园》中的内部冲突。

这一切都印证了契诃夫自己总结他剧作的特点："要使舞台上的一切和生活里一样复杂，而又一样简单。人们吃饭，就是吃饭，可是在吃饭的当儿，有些人走运了，有些人倒霉了。……"[①]

契诃夫在上面这段话里提到"要使舞台上的一切和生活里一样复杂，而又一样简单"。所谓简单，就是外部情节似乎漫不经心，所谓复杂则是内部情节潜流中走运和倒霉的内部真实。在这种外部情节对内部情节的掩饰、弱化的关联中，停顿发挥了重要的衔接、转换作用，它们暗示出情节中全部事件的复杂布局。

契诃夫剧作《樱桃园》停顿技法的重点在于：停顿具有情节描述功能，停顿通过外部情节暗示出内部情节，停顿单元的内、外部原因及其引起的内、外部结果构成了戏剧情节描述的丰富的、多层次的内容。

停顿单元由原因、结果和突转这三个最基本的元素构成。只有精确地分析停顿的原因，精确分析停顿中人物情感戏剧的情势突转，以及由此引发的结果，才能推导出外部与内部情节描述的关联，揭示出内部情节的潜流。

第二章，以《樱桃园》第三幕中的唯一停顿（停顿 24），

---

① 参见《契诃夫传》，（苏）叶尔米洛夫著，张守慎译，人民文学出版社，1960 年版，第 410 页。

作为分析停顿的案例。探索停顿构成的核心元素：原因、突转、结果。这一探索分为三部分：停顿24发生的原因、停顿24造成的突转、停顿24产生的结果。

停顿24是全剧中最强烈的一次停顿，同时又是全剧最深刻的突转点，在这个停顿点上，戏剧情势的突转，改变了所有人物命运的走向。在这个意义上，停顿24的影响不仅是第三幕的，而且是全剧性的。停顿24是全剧的戏眼。

停顿24的瞬间场面，包含着的巨大戏剧内容。为了开掘出其中的丰富内涵，笔者用大量笔墨进行了方方面面的诠释和描绘。笔者对停顿之前的丰富戏剧原因、停顿之后的巨大戏剧结果，进行了条分缕细的梳理和说明：拉涅夫斯卡娅、罗伯兴、瓦丽雅等人的行为动机、博弈策略和情感逻辑等等，它们最终都汇聚到停顿24的瞬间时刻——这一核子爆发的原爆点。在停顿之前，这是一种戏剧情势的不断蓄积；在停顿之后，则是大爆炸。停顿所释放的影响（主要表现在第四幕），如同闪爆后，还有辐射、冲击波、尘埃污染。笔者将停顿24看作是打开樱桃园的一把钥匙，一个窥探樱桃园世界的视窗。

第三章《樱桃园》中停顿单元之间形成的停顿链，成为契合内、外部情节的重要手段

《樱桃园》的36个停顿单元，合在一起构成连续不断的情节潜流。本章将以停顿1—3、停顿15—17、停顿28—34、停顿35—36，这四组停顿为例，说明停顿链的构成。

　　本章将用较大篇幅，以停顿单元的三元素分析法详尽阐述第一支停顿链中停顿 1—3 之间的链条组成方式和停顿链内部这三个停顿单元之间的内在关系。

　　外部、内部情节的双重结构通过停顿链得以契合，这一独特的编剧技法，使契诃夫的剧作《樱桃园》成为多层次、统一的结构形式。

一、《樱桃园》中停顿单元组成的停顿链

　　全剧 36 个停顿构成了有着内部逻辑的大停顿链。《樱桃园》（四幕）全剧 92 页，共有 36 个停顿（34 个台词中停顿，2 个音效中的停顿），这 36 个停顿及其组成的九支停顿链分布如下：

图表五：《樱桃园》中 36 个停顿和九支停顿链[①]

停顿序号	位置、所属结构单元	所属停顿单元	停顿方式	页码
1	（第一幕）开端部—开场	第一支：三个停顿单元构成的停顿链	台词中停顿	353
2	（第一幕）开端部—开场		台词中停顿	353
3	（第一幕）开端部—开场		台词尾停顿	353
4	（第一幕）开端部—展开		台词中停顿	363
5	（第一幕）开端部—递进		台词尾停顿	370
6	（第一幕）开端部—高潮	第二支：三个停顿单元构成的停顿链	台词中停顿	377
7	（第一幕）开端部—高潮		台词中停顿	379
8	（第一幕）开端部—高潮		台词中停顿	382
9	（第二幕）展开部—开端	第三支：六个停顿单元构成的停顿链	台词中停顿	384

---

① 停顿所在内容参见第一章《图表一》—《图表四》。

（续）

停顿序号	位置、所属结构单元	所属停顿单元	停顿方式	页码
10	（第二幕）展开部—开端		台词中停顿	385
11	（第二幕）展开部—开端		台词中停顿	385
12	（第二幕）展开部—开端		台词中停顿	385
13	（第二幕）展开部—开端		台词尾停顿	386
14	（第二幕）展开部—开端		台词中停顿	386
15	（第二幕）展开部—展开	第四支：三个停顿单元构成的停顿链	台词中停顿	390
16	（第二幕）展开部—展开		台词中停顿	392
17	（第二幕）展开部—展开		台词尾停顿	392
18	（第二幕）展开部—递进	第五支：三个停顿单元构成停顿链	台词中停顿	393
19	（第二幕）展开部—递进		台词尾停顿	397
20	（第二幕）展开部—递进		台词尾停顿	398
21	（第二幕）展开部—高潮	第六支：三个停顿单元构成的停顿链	台词中停顿	400
22	（第二幕）展开部—高潮		台词中停顿	400
23	（第二幕）展开部—高潮		台词中停顿	402
24	（第三幕）递进部—递进		台词尾停顿	419
25	（第四幕）高潮部—开端	第七支：两个停顿单元构成的停顿链	台词中停顿	424
26	（第四幕）高潮部—开端		台词中停顿	424
27	（第四幕）高潮部—展开		台词中停顿	427
28	（第四幕）高潮部—递进	第八支：七个停顿单元构成的停顿链	台词中停顿	434
29	（第四幕）高潮部—递进		台词尾停顿	435
30	（第四幕）高潮部—递进		台词尾停顿	435
31	（第四幕）高潮部—递进		台词中停顿	436
32	（第四幕）高潮部—递进		台词中停顿	436
33	（第四幕）高潮部—递进		台词尾停顿	436
34	（第四幕）高潮部—递进		台词中停顿	436
35	（第四幕）高潮部—高潮	第九支：两个停顿单元构成的停顿链	音效中的停顿	440
36	（第四幕）高潮部—高潮		音效中的停顿	440

从表中可以看出，《樱桃园》中的 36 个停顿除了少数几个像停顿 24 这样的独立停顿单元之外，停顿单元大多都两个以上的停顿组合出现在一支停顿链中。这样的停顿链在《樱桃园》中共有九支。这九支停顿链，最短的由两个停顿组成，最长的由七个停顿组成。

每一支停顿链都归属于一个相对独立的动作单元。它们之间的关系紧密，共同完成各次重要的情节突转，共同完成内、外部情节的契合任务。

第一支停顿链由停顿 1—3 组成，它对全剧内部情节潜流所揭示的两条动作主线非常有贡献。

全剧最后一支停顿链，通过老费尔斯将死，暗示旧樱桃园正在死去。

二、《樱桃园》第一支停顿链

笔者以停顿 1—3 为例，阐述一组停顿组成的停顿链是如何完成外部情节和内部情节双重结构的契合的。

停顿 1、2、3 位于《樱桃园》第一幕第一场，处于开端部的开场，三个停顿中 1、2 为台词中的停顿，3 为台词结尾的停顿。它们所在台词如下（第 353 页）：

> 罗伯兴：（倾听）不是……他们先得取行李什么的……（停顿）拉涅夫斯卡娅·安德列耶芙娜在国外住了五年，我不知道她现在是啥模样……她是个好人，平易近人。我记得，那年我才是个十五岁的

孩子，我父亲——他已经过世，那时他在村里做小买卖——他朝我脸上打了一拳，我鼻子流血……父亲喝醉了酒，不知为什么他把我带到了这个院子里。拉涅夫斯卡娅·安德列耶芙娜，我记得很清楚，那时还年轻，瘦瘦的，她把我领到了洗脸盆跟前，就在这个少儿室。她说："别哭，小庄稼汉，这不会耽误你结婚娶新娘的……"（停顿）小庄稼汉……我父亲倒是个庄稼汉，而你瞧，我现在身穿白色坎肩，脚蹬黄色皮鞋。猪嘴里品尝着高级点心……富了，有钱了，不过细细想想，还是个庄稼汉……（翻书）我读这本书，可一句也没读懂。读着读着就睡着了。（停顿）

下面用停顿单元三要素（原因、突转、结果），逐一分析这3个小停顿单元。

停顿1的主要原因是：罗伯兴懊悔自己睡过了头，没能去车站接拉涅夫斯卡娅。他今夜的目的是要说服拉涅夫斯卡娅同意租地，他还要赶早晨四点的火车去哈尔科夫，失去了火车站见面的机会，罗伯兴的时间十分紧迫。

罗伯兴出场的第一个外部动作是（第353页）：

[杜尼雅莎手持蜡烛，罗伯兴手捧一本书上。

罗伯兴捧书上场，是对罗伯兴性格矛盾绝妙的刻画。一个细致的有能力的农奴暴发户，手指纤细，心思细密，手中拿着书，但他不会读书。他想成为庄园主，但他血管中流的是农奴的血。

罗伯兴迫不及待要从樱桃园的房地产生意中挣大钱。他骂自己："我也真是个糊涂虫！"是因为他失去了在火车站说服拉涅夫斯卡娅的大好机会。罗伯兴的目的是租地，他沉着地等着拉涅夫斯卡娅。

上述原因造成在停顿1中，罗伯兴内心情绪的一次突转：他被奴隶的卑贱烙印灼痛，这更让他下决心挣大钱，改变自己的生活。他现在是有钱人了，但还不是大庄园主，如果能租到全部樱桃园盖别墅，他就能通过租别墅的房地产生意成为巨富。他今天在四点上火车去哈尔科夫之前，要努力说服拉涅夫斯卡娅。

停顿1的结果是：罗伯兴想起自己和樱桃园主人之间的巨大差距（第353页）：

> 罗伯兴：……拉涅夫斯卡娅·安德烈耶芙娜在国外住了五年，我不知道她现在是啥模样……她是个好人，平易近人。我记得，那年我才是个十五岁的孩子，我父亲——他已经过世，那时他在村里做小买卖——他朝我脸上打了一拳，我鼻子流血……我父亲喝醉了酒，不知为什么他把我带到了这个院子里。拉涅夫斯卡娅·安德烈耶芙娜，我记得很清楚，那时还年轻，瘦瘦的，她把我领到了洗脸盆前，就在

这个少儿室。她说："别哭，小庄稼汉，这不会耽误

你结婚娶新娘的……"

在罗伯兴过去的故事中，拉涅夫斯卡娅甚至堪称罗伯兴的偶像和贵人。拉涅夫斯卡娅对罗伯兴的启蒙教育是："别哭，小庄稼汉，这不会耽误你结婚娶新娘的……"年轻的、瘦瘦的、漂亮的、优雅的拉涅夫斯卡娅和她的这句话深深刻在罗伯兴的脑中，让一个十五岁挨了父亲毒打的狼狈少年，初次品尝到了阶级的差距。在拉涅夫斯卡娅的美丽和优雅的映衬下，他少年时期的没有明天的、暴力的、粗鲁的底层人的难堪生活让他感到羞耻。贵族拉涅夫斯卡娅轻易对他施舍的怜悯与同情让罗伯兴刻骨铭心。他和拉涅夫斯卡娅之间巨大的贵族和农奴之间不可逾越的鸿沟刺痛着他。

停顿1的结果即是停顿2的原因：罗伯兴被十五岁往事中的那一幕再一次深深刺痛。

在停顿2静场中：罗伯兴发现作为富人他仍旧不能改变他卑贱的历史，他甚至还是不会读书。这就引起他内心情绪的第二次突转：罗伯兴想到眼下的成功和他占有樱桃园的目标，他不在乎别人把他当作庄稼汉。

停顿2的结果是：罗伯兴深深知道自己身份已经和祖辈完全不一样了（第354页）：

罗伯兴：……小庄稼汉……我父亲倒是个庄稼汉，而你瞧，我现在身穿白色坎肩，脚蹬黄色皮鞋。

猪嘴里品尝着高级点心……富了，有钱了，不过细
细想想，还是个庄稼汉……（翻书）我读这本书，可
一句也没读懂。读着读着就睡着了。

无论如何，罗伯兴成了暴发户，如果他愿意，他随时都可
以向拉涅夫斯卡娅的养女瓦丽雅求婚。罗伯兴心里明白，他根
本改变不了他的身份，无论穿得、吃得多么讲究，他仍旧不会
读书，这让他十分恼火。但同时，他因为自己的身世转变成了
富人又变得很放松，他不太在乎杜尼雅莎对他的轻视。他要租
下樱桃园，占有樱桃园，他要挣大钱，其他都不重要。

停顿2的结果即是停顿3的原因：罗伯兴自知自己已经和
父亲不一样了，他有钱，讲吃讲穿，但仍保持着庄稼汉的不爱
读书的生活习惯。

在停顿3静场中，罗伯兴一想到有能力租下樱桃园，挣更
多的钱，就对改变自己卑贱的身世有了信心。这就引起了罗伯
兴内心情绪的第三次突转：罗伯兴暗下决心，就以自己这个庄
稼汉暴发户的身份去租下樱桃园，盖别墅，赚大钱。这一突转
是整个停顿链中的最主要的突转，也是全剧中罗伯兴内心最重
要的突转之一。

停顿3的结果是整个停顿链的结果：罗伯兴要通过占有
樱桃园填平和樱桃园贵族之间的巨大差距，抚平卑贱出身的烙
印。这正是他最终占有樱桃园的初始动机——把樱桃园变成摇
钱树，为自己带来巨额利润，以证明他这个不爱读书的庄稼汉
比爱读书的加耶夫，是个真正的巨人。罗伯兴今天的目标就是

利用樱桃园无力还债的危机，全力以赴租下樱桃园。

契诃夫用三个停顿，一步一步暗示出内部情节潜流中罗伯兴的心理突转：

1. 小时候的刺激让他被自己和樱桃园主人的差距刺痛；

2. 自己还是变富有了，这也是事实；

3. 发现自己的农奴后代的烙印无可改变，但可以通过占有樱桃园成为樱桃园新主人。

《樱桃园》全剧都在证明罗伯兴这个内部的心理突转是多么重要，它构成了罗伯兴要买下樱桃园的坚定意志的基石。在此之后，杜尼雅莎无意中说了一句本应更刺激罗伯兴的话，但罗伯兴已经不再去理会了（第354页）：

> 杜尼雅莎：家里的几只狗整夜没睡，它们也知道主人要回来了。
>
> 罗伯兴：杜尼雅莎，你是怎么啦……
>
> 杜尼雅莎：我的手发抖，要晕倒了。
>
> 罗伯兴：杜尼雅莎，你太娇嫩了。穿衣、梳头都学小姐的样子，这样不行，得知道自己的身份。

罗伯兴显得对自己非常自信和有把握，他甚至对杜尼雅莎说："得知道自己的身份。"这说明罗伯兴在三个停顿中完成的心理突变使他彻底摆对了自己在樱桃园的位置。除了租地，其他对他都不重要，他耐心等待拉涅夫斯卡娅的到来，以至于他对叶彼霍多夫魂不守舍地向杜尼雅莎献殷勤根本就不关心（第

354 页）：

  ［叶彼霍多夫拿一束花上；穿西装上衣，皮靴雪亮，走道嘎吱作响；刚走进房门，就失手把花束掉到地上。

  叶彼霍多夫：（拾起花束）是花匠让送来的，让摆在餐厅里。（把花束递给杜尼雅莎）

  罗伯兴：给我捎杯甜酒来。

  杜尼雅莎：好的。（下）

  叶彼霍多夫：早上冷，零下三度，可樱桃树开着花。我不喜欢我们这种天气。（叹气）不喜欢。我们这种天气不能让人振足精神。叶尔马拉耶·阿列克谢耶维奇，再说我这双靴子，前天才买的，我敢向您保证，它们嘎吱嘎吱响得我一点儿没有办法。可以擦点什么油吗？

对于满怀要租下樱桃园决心的罗伯兴，叶彼霍多夫的话的确太无聊了。罗伯兴不耐烦了（第 355 页）：

  罗伯兴：别扯了，烦透了。

叶彼霍多夫不但不识趣，还炫耀了他每天的不幸（第 355 页）：

叶彼霍多夫：我每天都要碰到一样不幸。可我
不抱怨，我习惯啦，我甚至还能露出笑脸来。

罗伯兴干脆不理他，他心里正盘算着大事：见到拉涅夫斯
卡娅，如何单刀直入地提出租地的建议！

这时场上发生了一场爱情喜剧，杜尼雅莎为罗伯兴拿来了
甜酒，叶彼霍多夫看见杜尼雅莎，又走神了，以致碰倒了一把
椅子（第355页）：

[杜尼雅莎上，递给罗伯兴一杯甜酒。
叶彼霍多夫：我这就走。（碰倒一把椅子）
您……（很得意）您瞧，原谅我用词不当，这叫机
缘巧合……这太妙了！（下）

罗伯兴因为租地的心事，根本没发现场上微妙的爱情，他
无心知道杜尼雅莎、叶彼霍多夫在做些什么。他在倾听载着拉
涅夫斯卡娅回家的马车声。直到终于可以断定是拉涅夫斯卡娅
他们回来了，他赶紧去院子里迎接（第356页）：

罗伯兴：真是回来了，走，咱们去迎接。她还
能认出我吗？五年不见了。

罗伯兴心中盼望租地事情能顺利，他兴冲冲地去迎接拉涅
夫斯卡娅。

正是前面的三次停顿构成的内部情节的潜流与外部情节的契合，揭示了罗伯兴的专注心态；契诃夫在这时穿插的爱情插曲映衬出罗伯兴的心无旁骛，揭示出罗伯兴在连续的停顿链的作用下，人物心理状态的微妙变化。

从以上对第一支停顿链的文本分析，可以得出以下结论：

停顿链是由几个相互关系紧密的停顿单元组成的。如第一支停顿链是由停顿单元1—3组成的。

停顿链有整体的原因、突转、结果。停顿链中每个停顿单元的三元素原因、突转、结果之间是相互接续的，即前一个停顿单元的结果即是后一个停顿单元的原因。因此可以说，停顿链具有紧密的内在因果关系。

停顿链中的每个停顿单元中都有一次突转。其中最主要的一次突转为整个停顿链的翻转点。

一支完整的停顿链附属于剧中一个相对独立的动作单元。

《樱桃园》第一支停顿链处于全剧开端部的开场，即全剧的开场。这支停顿链是剧作有机整体的一部分，具有深度的渗透性，其所揭示的内、外部事件可以看作后续所有事件发生的原因。

第一支停顿链揭示了罗伯兴在全剧中的贯穿动作，它是占有樱桃园和拖延婚事的起始点。三次停顿中罗伯兴平静的外部动作是外部情节中罗伯兴的例证性动作，而强烈的内心动作是罗伯兴内部情节中性格的例证性动作。三次停顿深度揭示了罗伯兴复杂的人格特征的内外差异。

罗伯兴的人格特征是多重的、复杂的。首先他的身份很特别，叶尔米洛夫说他具有"双重身份。""他仿佛是面向未来的，因为他代表接替贵族势力的社会力量。但是，就这个作用来说，罗伯兴的面向未来是虚幻的、不真实的，因为他的阶级的未来非常短暂和不稳固，而契诃夫出于他自己的社会敏感和他对资产阶级的厌恶，也仿佛揣测到了这种不稳定性和不确定性。罗伯兴又是一个来自民间、'没有住对街'的俄罗斯人，在他对于巨人生活的梦想里，却仍然包含着他的真正面向未来的趋向"[①]。

罗伯兴的双重身份，他的广大气魄和渺小事业之间的矛盾，说明"罗伯兴归根结底也是一个'不成器的东西'，也是一个'不够味儿'的人……一个来自民间的有才能的俄罗斯人，不满意自己的处境和自己的事业——这却是这个人物的正剧性和抒情性的一面……"[②]。

罗伯兴外表虽然漂亮，按特罗菲莫夫的话说"你的手指像演员的手指一样的纤细和柔软，你的心灵也是柔的"[③]，但这只是罗伯兴的外表，"高尔基认为契诃夫的最可贵与最突出的特点，是他的客观性，这种客观性不仅表现在他对加耶夫和

---

① 参见《论契诃夫的戏剧创作》，（苏）叶尔米洛夫著，张守慎译，作家出版社，1957 年版，第 353 页。

② 参见《论契诃夫的戏剧创作》，（苏）叶尔米洛夫著，张守慎译，作家出版社，1957 年版，第 353—354 页。

③ 第四幕，第 425 页。

拉涅夫斯卡娅的刻画上，而且也表现在他对罗伯兴的刻画上"①。

"罗伯兴是一个规矩的严肃的人，他不但为他自己在生活里所做的事情感到耻辱，而且也为那整个丑陋不堪的生活感到羞惭。但是他不能不这样做，因为他在现实里的客观地位，他在生活里的客观处境就是这样的。他用他的艺术家的纤细的指头，做着粗鲁的事。如果'事业'需要，他就会买下他自己朋友的庄园，买下他那缺少温暖的生活里唯一可贵的亲人的产业。而且我们知道，如果'事业'需要罗伯兴做一些更不体面的事情，他也一定会做的，虽然做过以后，他也许会继续抱怨这种'支离破碎的不幸的生活'。这一点也是罗伯兴身上的可悲的喜剧性的来源。通过他的艺术家的纤细的柔软的指头和凶猛的野兽般的客观社会作用之间的对比（彼嘉·特罗菲莫夫是看到这个矛盾的两个方面的），愈发烘托出、强调出罗伯兴的客观生活使命的不美。他是一个漂亮的、有气魄、有才能的人，而他所带来的生活却是不漂亮的、没有气魄、没有才能的，他的气魄是假的——这一点不仅可悲，而且可笑，其所以可笑，正如同一个人为了迈过盘子大小的一摊积水而准备做巨人般的跳跃一样。"②"……他是孤独的，没有前途的。"③

由第1—3停顿构成的第一支停顿链中包含的内容极其丰

① 参见《论契诃夫的戏剧创作》，（苏）叶尔米洛夫著，张守慎译，作家出版社，1957年版，第354页。

② 参见《论契诃夫的戏剧创作》，（苏）叶尔米洛夫著，张守慎译，作家出版社，1957年版，第354—355页。

③ 参见《论契诃夫的戏剧创作》，（苏）叶尔米洛夫著，张守慎译，作家出版社，1957年版，第355页。

富，它就像生活本身那样自然、丰富、复杂。它包含了开场的所有信息，并且由此发展出罗伯兴在此后的所有行为动机。

第一支停顿链首先为全剧的情节主线之一——罗伯兴占有樱桃园的强烈企图开了个头；其次，它确立了罗伯兴占有樱桃园的贯穿动作；最后，它揭示了罗伯兴占有樱桃园行动的现实动机——既可以通过房地产获得巨额收益，又可以洗刷自己卑贱的阶级烙印。

三、停顿链使外部情节和内部情节契合为统一体

本节中要列举的《樱桃园》中由停顿15—17三次停顿组成的第四支停顿链、由停顿28—34七次停顿组成的第八支停顿链、由停顿35—36两次音效中的停顿组成的第九支停顿链，它们和第一支停顿链一样，承担了将内部、外部情节有机地契合在一起的重要功能。

1. 第四支停顿链（停顿 15—17）

第四支停顿链[①]在《樱桃园》中是技法最复杂的一支停顿链。停顿内部情节的主要内容是拉涅夫斯卡娅想方设法促成罗伯兴和瓦丽雅的婚事。这一支停顿链的复杂性在于暗场戏提供了复杂的情境：兄妹请罗伯兴吃饭是为了向他提亲，罗伯兴则利用吃饭再劝兄妹租地盖别墅。

停顿链的外部情节：罗伯兴"好心"的租地建议被无礼蔑视，他窝火，要走，拉涅夫斯卡娅挽留他并提亲，罗伯兴似是

---

① 参看本章第一节中的《图表五》。

接受了亲事。停顿链内部情节描述：拉涅夫斯卡娅和加耶夫根本不听租地的建议，而一心想用婚事解救樱桃园的危机；罗伯兴将计就计，暗中筹划买下樱桃园。主线一、主线二在此交织成樱桃园命运的转折点。

在这一段情节中，停顿链15—17将外部情节与内部情节契合在一起。

在这支由15—17停顿构成的第四支停顿链中，隐藏了剧烈的冲突，停顿链的掩饰具有强大的暗示力量，它们为第三幕中的停顿24呈原子弹爆炸般的戏剧效果积蓄了能量。

2. 第八支停顿链（停顿28—34）

由停顿28、29、30、31、32、33、34七次停顿[1]构成《樱桃园》第八支停顿链[2]，它从外部掩饰了人物间的激烈冲突，从内部情节描述上则细致地揭示出人物内心活动。第八支停顿链集中展示了拉涅夫斯卡娅和罗伯兴的最后一次较量，瓦丽雅的爱情希望被拉涅夫斯卡娅和罗伯兴合谋破灭了。

第八支停顿链是整个剧本高潮的一个组成部分，不能孤立分析和读解，需要从两条贯串全剧情节潜流和贯串其中的人物动机为基础进行读解。这支停顿链所深入揭示的内部情节潜流，微妙地刻画出瓦丽雅的悲、喜剧的双重戏剧性格。

第八支停顿链又狠又准地揭示了内部情节中瓦丽雅的命运

---

① 邹元江论文《论〈樱桃园〉中的"停顿"》中，对这七个停顿做过分析。笔者认为邹元江先生研究这七次停顿很深入，对36次停顿的整一性的文本分析不足，从而孤立了这七次停顿。

② 参看本章第一节中的《图表五》。

悲剧，并有力地表达出拉涅夫斯卡娅与罗伯兴之间激烈冲突的白热化。这些都外化为罗伯兴和瓦丽雅一次复杂的、可笑的、短暂的尴尬相处。通过强烈的外部动作和连续停顿，掩饰了瓦丽雅命运的内部的悲剧性，弱化了拉涅夫斯卡娅和罗伯兴之间的正面较量。它提供了惊心动魄的人物内心情感的跌宕起伏。这种内部情节中的悲剧外化为外部情节的可笑、尴尬，构成《樱桃园》深度讽刺的特征。

3. 第九支停顿链（停顿 35—36）

全剧的最后一支停顿链[①]是由两次音效中的停顿——停顿35、36 组成的。它是留给全剧的主角樱桃园的。这两次停顿显示出的字眼是"寂静来临"和"出现片刻宁静"，因此非常隐蔽。

笔者认为，这两次音效中的停顿和其他 34 次台词中的停顿一样，仍旧是典型的契诃夫式的停顿技法。是研究《樱桃园》中停顿使用技法不可或缺的。它位于全剧的高潮，在情节潜流中，它们完成了全剧的最后一次突转——旧樱桃园正在死去，旧时代结束了。它外化为老费尔斯之死。

《樱桃园》全剧的 36 个停顿，构成了贯穿全剧的完整大停顿链。停顿链使得 36 次停顿形成有机的整体，它的外部情节、内部情节，排布、勾连出《樱桃园》多层面的有机统一情节。每一个停顿单元、每一条停顿链都包含有潜流情节中的情节突

---

① 参看本章第一节中的《图表五》。

转。36 个停顿、九支停顿链构成了潜流情节的连续系列性突转。单独解读一个停顿乃至单独读解一支停顿链都是没有意义的，只有读解了所有停顿单元和停顿链，将它们完全串联成一条大停顿链，才能理解停顿对于全剧内、外部情节双重结构整一性的重要贡献。

结　论

论文对《樱桃园》的 36 个停顿、构成停顿单元的三元素，以及系列停顿组成的停顿链三大方面，通过具体举例和详尽的文本分析进行了全面阐述。

在第一章，首先通过对 36 个停顿的解读，澄清了《樱桃园》的双重情节所讲述的故事和构成它们的两条主线。其间详尽分析了剧作中的 36 个停顿是如何将内、外部的双重情节契合为一有机整体的。

在第二章，详尽分析了《樱桃园》第三幕中唯一一次停顿——停顿 24。通过对它的分析，总结出《樱桃园》停顿单元构成的三种重要元素：原因、突转、结果。

停顿不是孤立的外部动作，它从属于一个相对独立的情节单元，停顿三元素全面揭示了外部情节与内部情节的内在联系。本论文所采取的停顿单元三元素分析法，是解读《樱桃园》双重情节布局的钥匙。

在第三章，通过对第一支停顿链（停顿1—3）的文本分析，阐述由停顿单元组成的链条，以及停顿链的贯穿性使用对于全剧的内、外部情节描述的双重结构所起到的契合作用。

契诃夫戏剧中广泛采用停顿技法，他通过停顿、停顿链成功地契合、统一了内、外部双重情节描述，由此构成了契诃夫戏剧的鲜明独特的艺术风格。

对《樱桃园》停顿技法的研究，有助于我们理解契诃夫剧作的潜在情节描述内容，有助于我们理解契诃夫戏剧中富有诗意的人物，有助于我们理解静水流深的契诃夫戏剧审美意境是如何形成的。此项研究，对于中国现代戏剧的创作具有广泛的指导意义。

参考文献

中国文献：

[1]［古希腊］亚里士多德.诗学［M］.罗念生译.上海：上海世纪出版集团、上海人民出版社，2004

[2]［俄］契诃夫.戏剧三种［M］.童道明译.北京：中国文联出版社，2004

[3]［俄］契诃夫.契诃夫戏剧集［M］.焦菊隐译.上海：上海译文出版社，1980

[4]［俄］契诃夫.契诃夫剧作［M］.汝龙译.合肥：安徽文艺出版社，1998

[5]［苏］叶尔米洛夫.论契诃夫的戏剧创作［M］.张守慎译.北京：作家出版社，1957

［6］［苏］叶尔米洛夫．契诃夫传［M］．张守慎译．北京：人民文学出版社，1960

［7］童道明译注．阅读契诃夫［M］．上海：上海三联书店，2008

［8］［法］伊莱娜·内米洛夫斯基．契诃夫的一生［M］．陈剑译．北京：人民文学出版社，2009

［9］［苏］阿维洛娃等．回忆中的契诃夫［M］．汝龙译．上海：平明出版社，1955

［10］路雪莹．契诃夫与美里霍沃庄园［M］．济南：山东友谊出版社，2007

［11］［俄］斯坦尼斯拉夫斯基．斯坦尼斯拉夫斯基论文讲演谈话和书信集［M］．郑雪来等译．北京：中国电影出版社，1981

［12］［俄］斯坦尼斯拉夫斯基．我的艺术生活［M］．瞿白音译．上海：上海译文出版社，2002

［13］［英］戴维·马加尔沙克．斯坦尼斯拉夫斯基传［M］．李士钊、田君美译．上海：上海译文出版社，1984

［14］［苏］玛·阿·弗烈齐阿诺娃编．斯坦尼斯拉夫斯基体系精华［G］．郑雪来等译．北京：中国电影出版社，2008

［15］谭霈生．论戏剧性［M］．北京：北京大学出版社，2009

［16］谭霈生．戏剧本体论［M］．北京：北京大学出版社，2009

［17］谭霈生．戏剧艺术的特性［M］．上海：上海文艺出

版社，1984

〔18〕顾仲彝.编剧理论与技巧〔M〕.北京：中国戏剧出版社，1981

〔19〕〔美〕J·H·劳逊.戏剧与电影的剧作理论与技巧〔M〕.邵牧君、齐宙译.北京：中国电影出版社，1999

〔20〕〔英〕威廉·阿契尔.剧作法〔M〕.吴钧燮、聂文杞译.北京：中国戏剧出版社，2004

〔21〕〔美〕乔治·贝克.戏剧技巧〔M〕.余上沅译.北京：中国戏剧出版社，2004

〔22〕杨健.拉片子——电影电视编剧讲义〔M〕.北京：作家出版社，2010

〔23〕中国大百科全书总编辑委员会《戏剧》编辑委员会.中国大百科全书·戏剧〔G〕.中国大百科全书出版社，1989

〔24〕吴光耀.西方演剧史论稿〔M〕.北京：中国戏剧出版社，2002

〔25〕廖可兑.西欧戏剧史〔M〕.北京：中国戏剧出版社，2007

〔26〕〔俄〕契诃夫.契诃夫小说全集〔M〕.汝龙译.上海：上海译文出版社，2008

〔27〕〔俄〕契诃夫.契诃夫文集〔M〕.王维译.北京：京华出版社，2001

〔28〕〔俄〕契诃夫.变色龙〔M〕.汝龙译.上海：上海文艺出版社，2006

［29］［俄］契诃夫.萨哈林旅行记［M］.刁绍华、姜长斌译.石家庄：花山文艺出版社，1995

［30］［俄］契诃夫，高尔基.契诃夫高尔基通信集［M］.适夷译.上海：新文艺出版社，1953

［31］［苏］耶里扎罗娃.契诃夫的创作与十九世纪末期现实主义问题［M］.杜殿坤译.上海：上海文艺出版社，1962

［32］［英］莎士比亚.莎士比亚全集［M］.朱生豪译.北京：人民文学出版社，1978

［33］［加拿大］诺思罗普·弗莱等.喜剧——春天的神话［M］.傅正明、程朝翔等译.北京：中国戏剧出版社，1992

［34］［丹麦］索伦·克尔凯郭尔等.悲剧——秋天的神话［M］.傅正明、程朝翔等译.北京：中国戏剧出版社，1992

［35］［苏］丹钦科.文艺·戏剧·生活［M］.焦菊隐译.北京：中国戏剧出版社，1982

［36］［美］凯瑟琳·乔治.戏剧节奏［M］.张全全译.北京：中国戏剧出版社，2006

［37］［匈］贝拉·巴拉兹.电影美学［M］.何力译.北京：中国电影出版社，1982

［38］［苏］T.苏丽娜.斯坦尼斯拉夫斯基与布莱希特［M］.中平译.北京：北京大学出版社，1986

［39］［美］罗伯特·麦基.故事［M］.周铁东译.北京：中国电影出版社，2008

［40］［美］布罗茨基主编，［俄］塞昌宁诺夫、赖亭、斯特拉舍夫合著.俄国文学史（下卷）［M］.蒋路、刘辽逸译.北

京：作家出版社，1962

[41]彭涛.谈《三姐妹》[J].戏剧（中央戏剧学院学报），2005，（3）：66.

[42]彭涛.谈《海鸥》[J].戏剧（中央戏剧学院学报），2007，（1）：33.

外国文献：

1. *DRAMATIC TECHNIQUE*, GEORGE PIERCE BAKER, HONGHTON MIFFLIN COMPANY, COPYRIGHT, 1919.

2. *SCRIPT ANALYSIS FOR ACTORS,DIRECTORS,AND DESIGNERS* BY JAMES THOMAS, FOCAL PRESS, COPYRIGHT, 2009.

3. *POETICS*. ARISTOTLE. TR. S. H. BUTCHER. ED. FRANCIS FERGUSSON. NEW YORK: HILL&WANG, 1961.

从《正义者》到《上帝的点心匣子》
——雅奈克与高翔

张　爽

阿尔贝·加缪是我热爱的文学家。《正义者》是我读过的好看的剧本。雅奈克是我喜欢的戏剧人物。1996 年，读完《正义者》，我写了两幕话剧《讨论》。可以说，加缪是我早期的戏剧老师。

《正义者》给我留下了许多启示。雅奈克是《正义者》的主人公，他是一位俄国诗人，为了实现他并不太信任的未来正义，他在莫斯科炸死了皇叔。他不害怕成为社会革命党恐怖小组中的一名谋杀犯，但极度恐惧被当作杀人犯失去一世清白。他最后如愿以偿，以谋杀者而不是杀人犯的罪名被处以绞刑。

在读到《正义者》之前，我读过加缪的小说《鼠疫》和《局外人》。加缪热情而冷静地向人类良知提出种种问题，通常，文学史会把这一部分作为重要的文学价值加以肯定。我在看过加缪作品之后，确信加缪虽然探索了良知主题，但最主要的是，他一直在通过文学写作寻找一条能够摆脱内心黑暗和恐惧的生存之路。当然，因为童年的生活、战争以及许多不可解的难题，他未必摆脱得掉。

2009 年，我将于 1996 年记录一群年轻人为一本自己创办的杂志讨论杂志名字的两幕话剧《讨论》改编成四幕话剧《上帝的点心匣子》。我无意中延续了加缪的探索，直面了我对可能不得不面对的大脑是否植入"芯片"的抉择的恐惧。剧中的"芯片"实际上是一种表征，它具有双重含义：第一，它是人类未来很有可能不得不做出的抉择——做自己还是做芯片人；第二，它是资本操控下的精致利己的人格表征。这双重含义在剧中是被捆绑在一起揭示的。从这两层意义上讲，高翔做出的抉择是宝贵的。具有买办身份的况卫既是一枚"芯片"，又是一个丧失了人性的、被格式化的、行走的脑机。我悲观地认为，在"芯片助人"逻辑和资本逻辑的同时席卷下，大多数人都难以避免认同高翔是失败者。

高翔是《上帝的点心匣子》的主人公，他是北京的一位诗人。他被塑造成一个文学团体中唯一拒绝在脑子里安装芯片的人。他按以往的节奏生活，与朋友们的根本价值观发生冲突，甚至失去最爱的女孩。他最害怕的事情一一发生，他只能带着恐惧，孤独地活下去。

我写诗人，并不是为了模仿加缪，是因为我有比较特殊的经历。我跟 × 诗社、太阳纵队、白洋淀诗群、《今天》、《圆明园诗社》、《手稿》等北京诗歌群体中的很多诗人都是好朋友。

加缪笔下的雅奈克和我笔下的高翔，作为诗人，他们对自己的悲剧命运了如指掌，充满恐惧。他们最后都没有战胜恐惧，尤其躲避向心爱的人表达爱，因为他们不想让爱人卷入自己已看清的命运。这是他们的悲剧。雅奈克明明杀了人却害怕自己被当作杀人犯特赦；高翔因为无法拆除心爱的人脑子里安装的"芯片"，同时，又不想让他爱的姑娘生活得跟自己一样，他只能忍受孤独。他们都害怕极了，一刻也无法抑制内心的战栗。尽管都是最热爱生活、热爱朋友的人，却并不觉得自己活着有什么意义。雅奈克鼓起最大的勇气捍卫正义，却恐惧自己失去清白；高翔为了躲避令他恐惧的现实生活，宁可到处漂泊。在人人都成为芯片人的情境中，他失去所有朋友。可怜的家伙，他本来就有抑郁症。雅奈克和高翔统统被恐惧吞没。

我喜欢雅奈克，因为他脆弱、敏感。他本是手无缚鸡之力的一介书生，但他想保护所有无辜的人，包括他就要杀死的大公的侄子。他宁可放弃付出很大代价准备就绪的暗杀计划，也不想滥杀无辜。雅奈克不喜欢他所做的一切。我内心为雅奈克的命运扼腕。一个脆弱而又善良的诗人，为了心中的正义，义无反顾地将自己送上断头台。他最擅长的事情肯定不是杀人，也不是革命，而是写诗。他以慈悲之心拯救世界，宁可自己陷入无底深渊。他不是天使，只是一个力不从心的革命者。

高翔更不是天使，他的生活一塌糊涂。他不但患有抑郁症，还没有保护好自己心爱的人。尽管高翔一身毛病，但他能清楚地看到未来的光明。他是被平庸生活折磨得一塌糊涂的诗人。他与雅奈克一样，坚守良心的底线，敏感、神经质，充满焦虑，不能接受人类被异化，以一己之力保持着人的天赋尊严。

《上帝的点心匣子》完成之后，它与我的命运紧紧地绑在了一起。事件和人物有原型，尤其高翔的原型，我非常熟悉。

主人公所有的不适和恐惧我都感同身受，并如实地以戏剧的形式把它们一一记录了下来。

为这部话剧，我遭遇了很多事，花了很长时间才从抑郁中恢复过来。我并没有克服恐惧，恐惧照旧存在。

编 后 记

唐 志

感谢杨老师的信任和鼓励，让我承担了这部剧作选的编辑工作。从去年夏天我收到一摞沉甸甸的剧本和论文开始，经历了确定作品、制定框架、联系作者、校对修订、对接出版社等一系列工作，其间得到杨老师的不少指点，如今，这部书终于要和大家见面了。

我要感谢六位作者。她们中有我从未谋面、只耳闻其大名的师姐，也有和我相隔千里、许久未见的老同学，尽管我们的联系大多在线上进行，但因为"中戏""戏文系""杨老师"这几个关键词，我们的沟通是如此顺畅，交流是如此真诚。我惊叹于她们在那么年轻的时候就展现了深厚的创作功力和对编剧理论的自觉探索，我感动于师生间教学相长的点滴记忆和她们对老师的感恩，我更敬佩于她们在繁忙的工作之余，依然不厌其烦地配合完成了一轮轮的修订工作，只为达到心中的艺术标准。我从她们的文字中看到了一个灵敏并坚韧、充满生命力的女性作家群像。

这一年多来的编辑工作，于我而言像是回到了戏文系的

"课堂",重新聆听了一堂内容丰富、奥义无限的写作课;同时又像是一场"心灵奇旅",我跟随六位作者的脚步穿过长长的时空隧道,回到了多年前的东棉花胡同 39 号,见证了她们当年是如何在艺术的花园中播撒种子,付出辛劳,精心培育出属于自己的花朵,而这次的剧作选编就是将这些花朵的绵长芬芳赠予读者。

从本书的编辑工作中,我主要有三点认识和收获。

一、中戏的编剧教学,重视"内功"的训练。从六位作者的创作和自述的创作经历可以看出,中戏的编剧教学强调人物的塑造和情感的开掘,作品是从作者心里自然生长出来的,它本质上展现的是作者的心灵世界,它是与作者的个人成长和生命体验紧紧相连的。通过专业教学,一方面使学生脚踏实地地学习艺术基本功,为将来的艺术创作打下坚实的基础;另一方面,在润物细无声中厚植学生的理想情怀,完善人格发展。这一切努力,最终形成一种"绵绵若存,用之不勤"的长期性、多维度的教学效应。

二、戏文系开设"编剧理论与创作实践"专业,将论文与剧作二者并行设置在一处,现在看来是十分必要的。编剧理论与创作实践是相辅相成的。编剧专业和舞台美术设计、建筑设计、工业产品设计等专业一样,天然兼具了理论与实践相结合的共通性。在编剧学领域,特别是编剧创作专业,既不能忽视专业的特殊性——形象思维、统觉意识和艺术鉴赏培养;又不能矫往过正,盲目依赖直观经验,排斥系统理论,忽略基础理论的研究。例如古希腊"写诗"一词,不用"书写"

（graphein），而用"制作"（poiein），从词源上看，他们不将写作看成是严格意义上的"创作"，而是当作一个制作——诗人作诗，就像鞋匠做鞋一样，二者都凭靠自己的技艺，生产或制作社会需要的东西。对理论的探索总结和对经典理论著作的深度研习，同样重要，它不仅有助于创作者跳出"自我"，从理论高度审视自己的作品，同时也为创作的灵感溪流提供了另一种理性的"源头活水"。

三、选择编剧专业，就是选择了一种生活方式——观察记录下生命百态，将他们展示在舞台上。这条路艰辛、孤独却充满了美丽的风景；它关乎作者与他人的对话，最终指向自我生命的本真。从六位作者毕业后的成就中，我不仅看到了她们在艺术上的成熟精进，还看到许多宝贵的文化品格——对戏剧艺术的迷恋执着，在教书育人上的厚德载物，在创作中的严肃认真。她们在车水马龙的喧嚣生活中，为自己的心灵找到一片栖息之地，通过写作了解自我，理解他人，认识人生，造福社会。她们不仅在文艺创作上追求卓越，也在思想道德修养上追求卓越。

时光如水流转，十几年过去了，六位剧作者或许已找到了属于她们个人的创作和生活的道路：有的和母亲达成了和解，有的带着对青春的记忆离开家乡扎根北京，有的走出对爱情婚姻的迷惘更加自由洒脱……她们如同天空中美丽的云朵，恣意展现着属于自己的生命节奏和姿态。这部书既是对她们编剧学习历程的记录，也是对她们青春岁月的记录。希望读者能够喜

欢她们的作品。

"千江有水千江月","云在青天水在瓶"。愿所有热爱写作、热爱戏剧创作的读者都能通过编剧这门美妙的艺术感受平凡生活中的诗意，获得人生的妙谛。

水流云在 水流云在

——中央戏剧学院『编剧理论与创作实践』专业研究生剧作选

·主编 杨健 ·执行主编 唐志

吴薇\著

作家出版社

吴薇

作者简介

吴薇，1981 年生，职业编剧。中央戏剧学院戏剧文学系 2000 级本科生、2004 级戏剧编剧与编剧理论方向硕士研究生。

主要编剧作品有：话剧《请勿打扰》（上海话剧艺术中心出品演出，2011 年），动画电影《许愿大怪兽》（联合编剧，阿里影业出品，即将上映），电视剧《民兵康宝》（联合编剧，2015 年），电视情景剧《京城后街》（分集编剧，2011 年），电视情景剧《风行四季》（分集编剧，2004 年），动画片《水漫金山》（第六届厦门国际动漫节最佳系列动画银奖，联合编剧，2012 年），动画片《喵喵小镇》（央视大风车播出，联合编剧，2009 年），动画片《小牛向前冲》（全国精神文明建设五个一工程奖，央视动画部出品，联合编剧，2009 年），动画片《郑和下西洋》（全国精神文明建设五个一工程奖，央视动画部出品，分集编剧，2008 年），动画片《天眼神虎》（第三届中国国际动漫节"美猴奖"组委会特别奖，分集编剧，2008 年），以及动画片《中国熊猫》（文学编辑，2011 年）等。

编者说明

这部剧作选集是根据中央戏剧学院戏剧文学系"编剧理论与创作实践"专业的部分硕士研究生在2003—2014年的毕业剧作和论文进行编选的。

"编剧理论与创作实践"专业,学期为三年,要求硕士生在毕业时完成一部多幕话剧和一篇论文,该论文的内容应结合创作实践进行编剧理论的探讨。

本书保存了原有剧本和论文,为使读者更多地了解剧本写作的情况,增补了"创作谈"和作者的小传和照片。

本书在编选过程中,要求作者对其剧本和论文进行再次审核和修定,除了个别剧本之外,现在呈现的剧作和文章,改动的地方不多,基本保持了原作的风貌。

本书在编辑时,针对论文中出现的文字问题,进行了纠错和删改。

为了表明各位作者在创作上的独立性质,故以分册的方式进行排版、装订。

"编剧理论与创作实践"专业的设置,体现了创作实践和

艺术制作的结合，有它的科学合理性。在本系几名写作专业教师的指导下，该专业在 10 多年中，培养了几十名编剧研究生，他们绝大多数人在编剧创作、理论研究和专业教学方面，做出了优秀的成绩。

《剧作选》的剧本和论文，折射出该专业设置的教学思想和课程设计的情况，部分地展示了教学实践的成果。

"编剧理论与创作实践"专业的设置，出于这样一种教学思想，编剧学应该是这样一门学科：它既是一个实践经验的领域，也是一个科学的范畴，它应是编剧理论与创作实践的结合，以及理论研究与技巧切磋的互动，它应体现本专业的一个美好理想——为了这个时代，培养出一批能反映时代精神的优秀剧作家。

目 录
contents

水流云在

吴薇——编剧

水流心不竞,
云在意俱迟。

——杜甫《江亭》

剧情简介

三十年前，姐姐季琳与关重阳相恋，并追随关重阳一同下乡到了一个叫山梨沟的地方。两人生下私生子关童。之后，关重阳考上大学返城并带走儿子关童，季琳因无法返城嫁给当地农民。回城后的关重阳与季琳的妹妹季二琳日久生情，没有生育能力的季二琳决定嫁给关重阳，把关童当成自己的儿子抚养。几年后，季琳的丈夫去世，季二琳把体弱多病的季琳接回城里一同生活，条件是，季琳永不与儿子相认。

一晃，姐姐与妹妹一家在一个小院儿中生活了二十多年，已经在国外定居的儿子关童带着未婚妻回家完婚。姐妹俩的夺子之战再次拉开，且愈演愈烈。当得知姐姐已经身患癌症，妹妹陷入了深深的矛盾与痛苦中。面对用命来与自己争夺儿子的姐姐，她还是选择了不放手。然而，秘密终究还是被揭开了……

人物表

季　琳　姐姐，五十六岁。裁缝。

季二琳　妹妹，五十三岁。刚刚从单位内退下来。

关重阳　妹夫，五十六岁。师范学院教师。

关　童　姐姐与妹夫所生，妹妹的养子。二十九岁。

婷　婷　关童的未婚妻。二十九岁。

场　景

1. 院子——

　　院子坐落在避暑山庄外，舞台后部的背景便是避暑山庄青色的围墙，和围墙里的六和塔。避暑山庄里的大喇叭播放的宫廷音乐经常若隐若现地飘到这里。

　　舞台后部是妹妹和妹夫居住的正房，门前是一个印有大大的"福"字的门帘。门旁有一个花架，放了一盆大大的吊兰。房顶上有一个鸽子窝，墙角抵着一个梯子。

　　正房门口有两级台阶，下来便是院子。台阶的右首边有一个水龙头，水龙头下面是一个大水缸，水缸旁边有一个脸盆架，上面搭着两块手巾。除冬天外，水缸里总是蓄满了水。中午太阳正好的时候，水缸里的水会被晒得热乎乎的，可以舀出来洗脸，洗手。有时候还会舀一盆水放在院子里，鸽子会自己跳到水盆里洗澡。沉淀过的水最主要的还是浇花，浇菜，浇葡萄。院子脏了，就给水龙头接上胶皮水管，直接冲洗一下院子，像下了一场大雨。

　　院子的左侧是一个葡萄架，一串串深紫色的葡萄已经成熟。葡萄架下扎了一些支架，架了丝瓜、黄瓜的秧，长势都不错。围着这一小块园地，摆了一圈盆栽，君子兰、四季梅、倒挂金钟。此外，还有一盆石榴，一盆无花果，都到了成熟的时候，结满了果实。

院子的右侧是姐姐居住的西厢房，门口也挂着一个和妹妹门前样式相同的门帘，只不过图案变成了一幅山水画。

院子左侧靠近正房的位置有一个小厨房和一个杂物间。

院子里散落几个小板凳，和一个小矮桌。夏天大家便坐在院子里就着小矮桌吃饭、喝茶、吃水果。院子左侧有一个竹制的躺椅，已经磨得发亮。

院子右前侧立着两辆自行车，一辆男式，一辆女式。

院子正中一条红砖铺成的路从正房和西厢房引出，直通舞台前部左侧的大门。

2. 正房——

妹妹妹夫房间。中间一间客厅，左右两间耳房，分别是夫妻俩和儿子的卧室。屋内摆设是比较现代的。墨绿色的皮沙发，透明玻璃茶几。电视柜上放着电视机和音响。音响旁边放着两个麦克风和一摞光盘，妹妹非常喜欢在家里唱卡拉 OK。

一个老式的写字台，上面镇着玻璃板。桌上有一个陶瓷笔筒，插着一把大大小小的毛笔，笔筒旁是椭圆的涮笔池和几盒颜料、宣纸。桌面上铺着一个被颜料染花的毡垫。

3. 西厢房——

姐姐房间，里外套间，外间做客厅，里间是卧室。

从屋里的摆设和色调可以看出房间主人的少女情怀和怀旧情调。白色的布艺沙发上摆着小格子的靠垫，沙发旁的竹制花筒里插着些长长的芦苇。茶几上盖着和靠垫一色的桌布。茶几下面是一块暗红色的圆形羊毛地毯。茶几对面是电视机。屋里还保留着一些老式的家具，墙上还挂着老式挂钟，因为年代久了，总是走慢，打点的声音也是慢慢悠悠，有气无力。挂钟上还盖了一块白色的手帕遮灰。屋里有很多照片，有儿子的，有姐姐自己的，还有姐姐与儿子、姐妹俩的合影。

有一个大的裁缝工作台，上面摞着各种布、尺子、大卷的各色线。墙边挂了许多做好的衣服。旁边一台缝纫机。

幕启时，市里正在进行城市环境改造，计划拆除避暑山庄围墙外的建筑物，让被遮蔽多年的宫墙重见天日。

第一幕

第一场

[这是一个初秋的上午。尽管秋老虎没有让炎热退去，却是一个秋季典型的晴朗天气。天空蔚蓝无云，又高又远，使得人们即使在炎热的阳光下，仍然觉得浑身轻松，心情愉快。季家小院儿里晒着的红红绿绿的被褥，显示出一派喜气。藏在被褥后面的姐妹俩更是喜不自禁地哼起了歌。

季　琳　（哼唱）巧儿我自幼儿许配赵家，我和柱儿不认识我怎能嫁他呀。我的爹在区上已经把亲退呀，这一回我可要自己找婆家呀！

季二琳　（一件件收下晾着的被褥抱在怀里，慢慢露出了小院儿，显露出坐在院子里的小桌儿前擀面条的大姐季琳）我说，我儿子是娶媳妇儿，你唱什么找婆家啊？

季　琳　（不理睬二琳，继续唱）过了门，他劳动，我生产，又织布，纺棉花，我们学文化，他帮助我，我帮助他，争一对模范夫妻立业成家呀！（一边唱着，一边站起来张着手伸出胳膊要接二琳怀里的被褥）

季二琳　行了行了，你看你这一手面，把我儿子的新被都弄脏了。

季　琳　脏不了，我小心着呢，放我胳膊上吧。

季二琳　（把被褥放在季琳的怀里，季琳转身进了正房。二琳把剩下的一条被子摘下来抱在怀里也朝正房走去，走到桌旁看见了季琳擀的面条）哎，我说，你这面条怎么擀这么细啊？我儿子爱吃粗的！

季　琳　（从正房走出来）我知道，儿子的都擀完了，我再擀两根儿细的，换换样儿！

季二琳　我可不吃细的啊，我爱吃筋道的！

季　琳　知道！

季二琳　对了，关重阳刚拔完牙得吃软点儿的，那细的……

季　琳　啊，是，知道了。（坐下继续擀面条）

季二琳　（看了季琳一眼，一扭身抱着被子进了正房。很快又走了出来，拿了两块儿新毛巾出来换下脸盆架上的毛巾）换块儿新的，要不我儿子又该说我不讲卫生了！

季　琳　他们年轻人都爱干净！

季二琳　对了，他们俩的杯子我还没拿出来呢！（匆匆忙忙又进了屋，从儿子房间打开的窗户探出身）我说，茄子卤做了吗？

季　琳　都准备好了，一会儿儿子回来一炒就行！

季二琳　别放姜啊，那小子打小儿就不吃！

季　琳　我都记着呢，放心吧！

季二琳　我说，儿子说这婷婷是他初中同学，小时候还上咱们家来过，我怎么一点儿印象都没有了呢？

季　琳　不是说初中没毕业就跟着爹妈去加拿大了吗！这两孩
　　　　子，能在外国又遇见，还真是有缘分。我看这门亲事
　　　　错不了！这不就是青梅竹马嘛！

季二琳　我不管什么青梅还是竹马，能好好跟我儿子过日子才
　　　　行呢！没见着真人我就放不下这心。

季　琳　人家两人在国外把证儿都领了，你还能怎么着？孩子
　　　　的事，还是让他们自己做主，咱们大人少管的好！

季二琳　我是他妈，我不点头，他这婚能结得成吗？

季　琳　我相信咱儿子的眼光，他挑的媳妇儿，错不了！而
　　　　且，我看照片就觉得这姑娘不错，长得像咱们家人！

季二琳　是吗？我看看！（回头看墙上的结婚照）哪儿像啊？
　　　　我没看出来！

季　琳　不像就不像吧，反正我觉得不错！咱儿子也觉着好！

季二琳　（从里屋走出来）不管怎么着，我算是当上婆婆了，又
　　　　多一个管我叫妈的！过两年再来个管我叫奶奶的，我
　　　　这辈子就算是彻底知足了！

季　琳　是呀，能抱抱大孙子，这辈子就知足了。

季二琳　（看了季琳一眼，撇了撇嘴向大门口走去，朝外面张
　　　　望着）怎么拔个牙这么长时间啊！你说这关重阳，一
　　　　到关键时刻就掉链子。指着他去北京接儿子呢，他倒
　　　　好，犯上牙疼了！早不疼晚不疼，非这时候疼不可！

季　琳　估计是这段时间忙活的。

季二琳　他忙什么了？儿子结婚的事不都是我张罗的，等着他

忙，黄花菜都凉了！（看手表）你看看，十一点半了，儿子都快到家了，他干什么去了？（转身往回走）

季　琳　十一点半了？（匆匆忙忙站起来就往外走，结果起身急了，眼前一黑，又和往回走的二琳撞在一起，一屁股坐在了地上）

季二琳　嗬！你撞死我了你！坐地上干什么呀，快起来！（往起拽季琳）

季　琳　别，别动我，我这脑袋里头直转个儿！

季二琳　你说你忙忙活活的干什么呀，你可别在这节骨眼儿上病了，给我添乱！

季　琳　我没事儿，就是起来太急了。我这不是要赶紧着给儿子买骨里香的烧鸡去嘛，十一点半出锅，去晚了就没了！

季二琳　你甭操心了，我去给我儿子买去！你快老实坐下待会儿，家里正办喜事儿呢，你可别找病！（把季琳拉起来按在躺椅上）

季　琳　行了，你快去吧！哎，买童子鸡，肉嫩！

季二琳　（已经走了出去，在门外答应）知道！

季　琳　（突然又站起来快步小跑到门口对着门外）酱的和烤的一样儿买一只吧！

季二琳　（门外不耐烦的声音）行了！

　　　　[季琳快步走回小桌前，继续哼着歌擀面条。突然一阵疼痛袭来，季琳放下手中的擀面杖，一只手撑在桌子上，一只手按住自己的胃，额头渗出几滴汗水。季

　　　琳挣扎着站了起来，慢慢走回自己的西厢房。

　　　[门外传来关重阳的声音。

女人声：老关，这是新下来的拆迁文件，一家一份儿！

关重阳　好！麻烦您了！

女人声：不麻烦！儿子要回来办事了？恭喜啊！

关重阳　谢谢，谢谢！到时候一定来啊！

女人声：肯定的！回见啊！

关重阳　好，您慢走。

　　　　[关重阳推着自行车走了进来，车后驮着一个西瓜。

　　　　放好自行车，关重阳朝正房走去。

关重阳　二琳？（又从正房内走出来）人呢？（走到洗脸盆前，
　　　　从水缸里舀出半盆水洗手）

季　琳　（从房间里走出来，脸上还带着淡淡的倦容）回来了？

关重阳　啊。大姐在家呢。二琳哪儿去了？

季　琳　买烧鸡去了。你牙拔了？

关重阳　拔了。

季　琳　（看到自行车上的西瓜，走了过去）呦！买西瓜了？
　　　　个儿够大的！我拿凉水镇上去，儿子回来正好吃。

关重阳　（忙上去从季琳手里接过西瓜，走向小厨房）我来吧，
　　　　沉着呢。

季　琳　你中午吃面条行吗？

关重阳　哎。

　　　　[季琳长舒了口气，坐下继续擀面条。关重阳看了季
　　　　琳一眼，拿着从厨房端来的玉米粒爬上屋角的梯子去

喂鸽笼里的鸽子。

关重阳 （站在梯子上背朝着季琳，往屋顶上撒了一把玉米）
昨天没休息好啊？

季　琳　还行，人老了就觉少，有那么四五个钟头就够了。

关重阳　还是得多休息。

季　琳　知道。

关重阳　（两人无语。从梯子上下来，洗手，把脸盆里的水倒
在葡萄架下）几点了？该回来了吧。

季　琳　快了。（关重阳要进屋）重阳啊。

关重阳　（回头）啊？

季　琳　你费事儿把我屋里那钟上上劲儿吧。

关重阳　唉。（走进季琳的西厢房）现在几点？

季　琳　（看看手表走到西厢房窗口）差五分十二点。

关重阳　又慢了一个多小时，这钟太老了。

季　琳　老有老的好。这钟从我小时候就在我们家了，嘀嗒嘀
嗒地听它走了几十年，要一下儿没有了，还不习惯
呢。放在这屋里，有点儿动静，还给我做个伴儿。

关重阳　（有所动）等儿子回来就热闹了。

季　琳　我这一年到头儿盼呀盼呀，总算是把他盼回来了。就
希望活着的时候能多看他两眼，多跟他说几句话。
（落了泪）

关重阳　说这些干吗？日子还长着呢。

季　琳　（长叹一声）唉。

　　　　[季二琳拎着烧鸡和几个装满了食品的袋子走了进来。

季二琳　烧鸡来喽！儿子还没到家吧？

季　琳　（忙回过身擦眼睛）还没呢。

季二琳　我还买了块儿酱牛肉呢。（看到自行车）老关回来了？
　　　　关重阳！

关重阳　（从季琳房间里出来）唉！买烧鸡了。

季二琳　（见关重阳从季琳房间里出来，又见季琳眼睛有些
　　　　红，觉得有事，脸立刻沉了下来）嗯。

季　琳　我让重阳帮我……

季二琳　（对关重阳）那么没眼力见儿呢，接一下呀！（关重
　　　　阳接下袋子朝厨房走去，季二琳走到脸盆前从水缸里
　　　　舀水洗手）

季　琳　我让重阳帮我给挂钟上上劲儿。

季二琳　你那钟走得比蜗牛还慢呢，也不知道留着干什么。你
　　　　就是这样儿，抱着什么都不愿意撒手！

关重阳　（从厨房拿了两个盆子出来，从水缸里舀水，然后将
　　　　装满水的盆子放在小院儿的中央阳光最好的地方）今
　　　　儿天气真好。

季二琳　我说你又把盆子摆在道中间儿干什么呀？不嫌碍事
　　　　啊！

关重阳　天儿太热，让鸽子洗洗澡。

季二琳　你这个老头子呀，你可真是气死我了！这都什么时候
　　　　了，顾我儿子都顾不过来，你还有心思伺候鸽子！明
　　　　儿我就把你那鸽子笼给拆了！

关重阳　那鸽子笼我是拿电焊焊的，要拆你得使电锯。

季二琳 （哭笑不得地捶了关重阳一下）你个死老头子，你是
　　　　气死人不偿命啊！快把水盆儿收起来，一会儿孩子们
　　　　回来落脚的地儿都没有！（说着，回了正房）

　　　　［夫妻俩说笑的时候，季琳一直沉默着擀她的面条。
　　　　季琳站起来，端起面板向厨房走去。

关重阳 大姐，我来吧。

季　琳 没事儿，这个不沉。

　　　　［关重阳把盆子里的水小心地浇到地上的盆栽里。季
　　　　二琳拿着那张拆迁文件走了出来。

季二琳 这文件是新发的？

关重阳 是，刚才街道送来的。

季二琳 你看了吗？有什么新内容？

关重阳 还没呢，晚上再说。

季二琳 你这个人呀，从来就是扔了西瓜捡芝麻！拆迁这么大
　　　　的事儿你怎么就不上心呢！

关重阳 我这不是没得出空嘛！

季二琳 咱们这回非要两套房子不可！

关重阳 儿子的户口早就销了，咱们就三口人，能给两套吗？

季二琳 咱们这院子多大呀！正房加上西厢房，面积也不小！
　　　　（季琳拿着两头蒜走了出来，坐在小桌前剥）再说了，
　　　　咱们是三个人不错，可是两户人家呀，怎么不该给两
　　　　套房子呢？

关重阳 不都一样嘛。

季二琳 那怎么一样？我姐在这西厢房里委屈了那么多年，也

该让她自己有个家好好敞亮敞亮了！是不是呀姐？

季　琳　　我无所谓。

季二琳　合着你们都无所谓，就我一个人瞎着急！不管怎么说，我在这儿是住够了，我怎么也得搬到楼房里去过几年舒心日子！

季　琳　　虽说，把咱们这些房子拆了，让山庄的围墙露出来是好事，可要离开这儿，我这心里还是挺难受的。我本来是打算生在这个小院儿，死也死在这儿的。

季二琳　你别死呀死呀的，我儿子大喜的日子，我不爱听！

关重阳　你这个人呀，你可真是……

季二琳　我怎么了？你说说，我哪儿说的不对呀？你说！

　　　　[门外突然传来汽车发动机的声音。

关　童　（在门外）妈！大姨！我回来了！

季二琳　儿子回来了！儿子！

季　琳　　回来了！回来了！

　　　　[姐妹俩抢着接了出去。

第二场

　　　　[当天晚上。正房的客厅里。电视上播放着新闻联播。父子俩坐在沙发上看电视。茶几上摆着西瓜、荔枝、葡萄等水果。关重阳面前放着儿子送的两条外国烟。季二琳背着儿子送的皮包美滋滋地照来照去。

季二琳　儿子，妈背着这包怎么样？

关　童　　那还用说。除了我妈，谁还能配得上这包？

关重阳　　多少钱啊？

季二琳　　你这人，人家送你礼物还有问价钱的？

关　童　　给我妈买东西，我根本不看价钱！是不是，妈？

季二琳　　还是我儿子疼我！不像你爸，小气巴拉的，这辈子也
　　　　　没舍得给我买件儿像样的东西！（关重阳笑笑没说话）
　　　　　儿子，明儿我就背着这包上街！

关重阳　　你要是背着这名牌皮包上菜市场，那卖菜的还不得多
　　　　　跟你要好几倍的钱啊！

季二琳　　那我也愿意！

关　童　　爸，虽然给您买烟，但还是得劝您一句，烟要少抽，
　　　　　对身体没好处。

关重阳　　知道。

季二琳　　你问问你爸，他这烟戒了多少回，哪次坚持过一个月
　　　　　了？他这人就是没毅力！（关重阳点上一根烟）你看
　　　　　看，正说着呢他还又抽上了！我都不知道吸了多少二
　　　　　手烟了，说不定我这肺比你爸的还黑呢！

关重阳　　（对关童）下盘棋？

关　童　　好啊！要不要我让您几步？

关重阳　　长能耐了？忘了谁教你下的棋了？

关　童　　什么叫长江后浪推前浪啊！（父子俩在茶几一角摆开
　　　　　棋盘开始下象棋）

季二琳　　（也坐到沙发上，看到茶几上的两瓶营养品，拿起来
　　　　　看）儿子，这是什么呀？

关　童　深海鱼油和卵磷脂，给我大姨的，她不是身体不好
　　　　嘛！

季二琳　（放下瓶子）嗯。（不说话，扭头看电视）

关　童　下次回来我再给您和我爸也带两瓶儿，这次东西太多
　　　　了，没装下。

季二琳　没事儿，我身体好着呢，用不着。

关　童　（见母亲不高兴，忙凑了上来）妈，我要吃荔枝，您
　　　　给我剥！

季二琳　让你媳妇儿给你剥！

关　童　不，我就要吃我妈剥的。

季二琳　怎么着，舍不得用你媳妇，就劳动你妈呀！

关　童　您儿子好不容易回来一趟，您就给剥几颗荔枝不行
　　　　啊？等我走了，您想给我剥我还吃不上了呢！

季二琳　臭小子，就会戳你妈的心窝子！（伸手拿荔枝过来剥，
　　　　对着关童的房间喊）你们俩在里头偷偷摸摸地干什么
　　　　呢？婷婷，出来吃水果！

婷　婷　唉！（婷婷和季琳手拉着手走了出来，季琳的手里还
　　　　拿着皮尺和纸笔）

季二琳　（一见两人的亲热劲儿，嘴又撇了起来，把一颗剥好
　　　　的荔枝塞到关童的嘴里）儿子，吃荔枝！

关　童　谢谢妈。嗯，真好吃！

季二琳　吃吧，妈再给你剥。婷婷，你也吃。

婷　婷　好，谢谢阿姨。

季二琳　还叫阿姨啊？

关　童　您可还没给改口费呢，想就这么把我们糊弄过去啊？

季二琳　你个臭小子，还算计开你妈了呢！你们看看啊，这就
　　　　开始跟我分你们我们的了，这儿子我算是白养了！

季　琳　只要知道叫妈，就没白养。（剥了一颗荔枝递给婷婷）
　　　　来，婷婷吃个荔枝。

婷　婷　谢谢大姨，我自己来吧。

关　童　大姨，桌子上那两瓶是给您的营养品。

季　琳　是吗？（惊喜地拿起瓶子，戴上挂在脖子上的老花镜
　　　　看上面的字）

季二琳　那上头都是外文，你看得懂啊？

婷　婷　这瓶是深海鱼油，这瓶是卵磷脂，店员说对心脏有好
　　　　处。加拿大当地生产的，品质比较有保障。

季　琳　谢谢你们俩，还想着你大姨呢。

关　童　大姨还跟我客气啊！小时候我可没少吃您给我买的鸡
　　　　腿儿！

季二琳　什么鸡腿儿？

关　童　完了，大姨，我说漏嘴了。（关童季琳会心地笑了起
　　　　来）

季二琳　你们俩这是打什么哑谜呢？跟我说清楚！

关　童　不行，我跟我大姨保证过，一定不跟您说。

季二琳　（有点儿急了）不愿意说拉倒，我还不愿意听呢！

关　童　糟了，我妈急了，今儿晚上肯定睡不着觉了。

季二琳　我急什么？有什么好急的？反正你们俩背着我偷偷摸
　　　　摸的事儿多了！

婷　婷　到底什么事儿呀？

关　童　就是我小时候，不是上幼儿园嘛！（盯着棋盘，半天
　　　　不说话）吃您的车！

季二琳　说呀！

关　童　妈您别急啊！

季二琳　我哪儿急了，不说你自己有话不好好说。

关　童　就是我上幼儿园的时候，我大姨每天下午都偷偷去幼
　　　　儿园的后门儿给我送点儿好吃的，还一个礼拜给我买
　　　　两次鸡腿儿。那鸡腿儿可真太香了，我现在想想还流
　　　　口水呢。

季二琳　你这臭小子，你跟我说你想吃鸡腿儿，你妈能不给你
　　　　买吗？干吗偷偷摸摸地吃？跟你妈虐待你似的！

季　琳　甭怪他，我不让他告诉你的，我不是怕你说我太惯孩
　　　　子嘛。

季二琳　你就是这样，疼孩子就大大方方地疼，干吗老偷偷摸
　　　　摸地呢？我还能让我自己儿子缺嘴吗？我从来不都是
　　　　他想吃什么我给他买什么。

季　琳　你看你，我就怕你想歪了。

关　童　妈，要早知您这样我就不跟您说了。

季二琳　行，我什么也不说，反正你们是一个鼻孔出气儿的。
　　　　（扭过头对着电视，抓了一把瓜子气哼哼地嗑着）

关重阳　（递了一块儿西瓜给季二琳）吃块儿西瓜，去火。

季二琳　（脸色好了一些）好好下你的棋吧，别一会儿输了又
　　　　不认账！（回头看到季琳还拿着那两瓶营养品不撒手，

翻来覆去地看）你老攥着那俩瓶子干什么呀，放心，没人跟你抢。

季　琳　（放下瓶子）对了，婷婷，我再量量你的身长。（婷婷站起来，季琳用皮尺测量）咱们家婷婷身材真好，我当这么多年裁缝就没见过几个身材这么标准的。

关　童　那当然，要不国外那么多美女，我怎么还是对她情有独钟呢！支仕！

季二琳　看把你美的！（对季琳）你裁缝病又犯了？见谁给谁做衣服！

婷　婷　大姨说，要给我做一身旗袍，婚宴上穿。

季　琳　咱们家婷婷这身材，不穿旗袍可惜了！

婷　婷　我还从来没穿过旗袍呢，特别期待。

关　童　我大姨绝对是设计师水平，做的衣服没有穿上不好看的！

季　琳　快别拿你大姨开玩笑了，你大姨就是个裁缝，什么设计师呀！

关　童　我大姨可不是普通的裁缝！我小时候，就是我大姨的模特儿！每次早上我把我大姨给我做的新衣服往外一穿，立马下午就有人领着孩子来找我大姨做衣服了。等我们这片儿的孩子好容易都跟着我的风儿穿上新衣服了，我这又换新的了！跟你说，想当年我就是我们这片儿儿童时装界的领军人物。

婷　婷　怪不得我觉得你穿衣服还有点儿品位，原来都是大姨培养出来的啊！

季　琳　哪儿呀……

季二琳　你听他说呢，满嘴跑火车的主儿！

关　童　你在这几条街上打听打听，像我这么大岁数的，谁小
　　　　时候没穿过我大姨做的衣服！

季二琳　那时候都穷，可不都买布给孩子做衣服穿。

季　琳　童童，要不你结婚穿的衣服还让大姨给你做？

关　童　好啊！

季二琳　结婚得穿西服！你做得了吗？

季　琳　前几年我倒还经常给人做西服，现在的人都买西服
　　　　穿，做的少了。

季二琳　我儿子自己带西服回来了，世界名牌儿的！穿上可精
　　　　神了！

季　琳　也是，咱们自己做的，肯定比不上。要不大姨给你做
　　　　一身儿唐装？

婷　婷　好啊，和我的旗袍正相配。

季二琳　穿上跟地主似的，不好看！

关重阳　现在不是挺流行的吗？那叫什么？对了，复古！

季二琳　都是老头儿才穿呢，年轻轻儿的谁穿那个呀！

关重阳　图个新鲜嘛！

季二琳　图什么新鲜啊！谁结婚不穿西服啊？精精神神，利利
　　　　索索的！穿什么唐装，土不土？把我儿子当你们山梨
　　　　沟的农民呢？（一句话说出来，季琳和关重阳脸色都
　　　　变了）

关重阳　你这个人嘴就是没有把门儿的！

季二琳　我……本来就是嘛！（姐妹二人和关重阳都沉默不语）

婷　婷　山梨沟在哪儿？叔叔的老家吗？

关　童　山梨沟？大姨，不是您下乡的地方吗？我爸也去过？

关重阳　没有，你妈就是随口一说。（关童疑惑地看着三个人）

季二琳　儿子，还是听妈的，结婚就得穿西服！

关重阳　孩子想穿什么就穿什么，你管那么多干吗？

季二琳　我是他妈我就能管！我儿子结婚，不听我的还听谁的？

关重阳　你别这么霸道行不行？又没人跟你争！

季二琳　我的儿子，想争就能争得去吗？

关　童　行了行了，多大点儿事儿呀！别生气了，听我妈的，就穿西服了！大姨那唐装留着给我儿子穿，让他当小地主儿！（夫妻俩还是互不理睬）妈，现在还练卡拉OK呢吧，我看您买了不少流行歌曲的碟，我都没听过。给我露两手儿？（见季二琳不说话，关童把碟放进机器，拿来麦克风放到父母的手中）为了咱们家的安定团结，你们俩合唱一首。

季　琳　（站起来）你们唱吧，我回去把婷婷那旗袍给裁出来。

婷　婷　谢谢大姨。

关　童　大姨，把那两瓶营养品拿上。

季　琳　好。（拿上东西走了出去）

关　童　著名业余歌手季二琳专场演唱会，现在开始——

　　　　［关童按下遥控器，音乐响了起来，夫妻俩拿着麦克风却谁也不唱。

关　童　妈，您怎么不唱啊？快唱！

季二琳　这歌儿我不会！

关　童　嗨，早说啊，换一个您会的！这个您肯定会，我听您
　　　　唱过，就是它了，《潮湿的心》！

　　　　〔音乐再次响起，季二琳投入地唱了起来，关童和婷
　　　　婷在一旁拍手打着节拍。关重阳听着歌若有所思。

季二琳　是什么淋湿了我的眼睛，看不清你远去的背影，是什
　　　　么冰冷了我的心情，握不住你从前的温馨……

第三场

　　　　〔当日晚，将近午夜。季琳的西厢房内。季琳正戴着
　　　　老花镜趴在缝纫机的台子上纫针，纫了几次都认不
　　　　上。响起敲门声。

关　童　大姨，还没睡吧？

季　琳　（忙过去开门）童童啊，快进来。（拉着关童进来坐在
　　　　沙发上）

关　童　还给婷婷做衣服呢？太晚了，歇着吧，明儿再做，您
　　　　身体本来就不好。

季　琳　没事儿，这个活儿大姨干着高兴，怎么干都不累。童
　　　　童，帮大姨个忙儿！

关　童　您说。

季　琳　帮大姨把这针给纫上。

关　童　没问题！（趴在缝纫机上把针纫上了）行了！

季　琳　年轻就是好啊！人真是不认老不行，我这眼睛花得……
　　　　什么都看不见了！

关　童　您看您那么漂亮，谁敢说您老啊？

季　琳　又笑话你大姨！我都什么岁数了，还漂亮！

关　童　我说的都是实话！我偷偷告诉您个秘密，您千万别告
　　　　诉我妈。

季　琳　行，说吧。

关　童　您比我妈漂亮。

季　琳　（笑了）让你妈听见，非打你不可。

关　童　所以说不能让她听见啊！（看见茶几上还没开封的营
　　　　养品，动手开封）

季　琳　婷婷不错。

关　童　您喜欢？

季　琳　喜欢！一看就是个好孩子，第一次见，大姨就觉着亲。

关　童　您不是第一次见。

季　琳　是吗？

关　童　我小时候把她带到家里来玩儿过，您还送了她一个花
　　　　布包呢。

季　琳　是吗？你同学那么多，我都记不清了。不过，你们俩
　　　　还真是有缘分，打小儿的同学，又在外国遇见。

关　童　大姨，跟您说个秘密。其实，她跟她爸妈去加拿大之
　　　　后，我跟她的好朋友要了她的地址，一直给她写信。

季　琳　哦，人小鬼大！不过你这孩子还挺执着的。

关　童　我不是重感情嘛！这点儿随您！（季琳笑着抚摸关童

的头）大姨，这个深海鱼油和卵磷脂都对身体特别好，您一定记着每天吃，别舍不得，吃完了，我再给您买。来，把这两个吃了。（取出两粒胶囊递给季琳，又把水递过去）

季　琳　（接过来吃了下去）好孩子，大姨没白疼你。

关　童　我小时候您是怎么疼我的，我一丁点儿都没忘，全记在这儿呢！（指指自己的心）我一定好好儿孝敬您和我妈。

季　琳　看着你身体健健康康的，又这么有出息，你不用孝敬我，大姨也知足了。

关　童　那唐装，您还是给我做一身儿吧，我回加拿大穿，那边儿的外国人可喜欢了。

季　琳　好！大姨给你多做几身儿！

关　童　那敢情好，别把您累坏了就行。

季　琳　（摸着关童的头）童童啊……

关　童　嗯？

季　琳　（说不出话）好孩子……

关　童　大姨，我这次回来看您可觉得您老多了，也瘦了。您得好好保养。这做衣服的活儿，就权当个兴趣，别为赚那点儿钱累坏了自己，有我养您呢。

季　琳　不用你养，大姨存的钱，够给自己养老送终的，你和婷婷把你们自己的小日子过好了就行了！

关　童　那可不行，您忘了？我小时候咱俩可是拉了钩的，说我长大了赚钱给大姨买好吃的，漂亮衣服，还有大房子。

季　琳　没忘！你说的话，大姨一句都没忘，全记着呢！

关　童　大姨，我可想您了。

季　琳　（眼睛红了）大姨也想你，想得晚上都睡不着觉。（抹
　　　　眼泪）

关　童　您看您！（给季琳擦眼泪）对了大姨，我有东西要送
　　　　您呢！（从兜里掏出一个包装精美的小盒子）

季　琳　别给大姨花钱了！

关　童　您看看。

季　琳　（打开盒子，里面是一把银梳子）这是……银的？

关　童　对呀。我一看见这把梳子，就想起大姨小时候给我念
　　　　的童话，那些公主，都是用银梳子梳头的。我就觉
　　　　得，我大姨也应该有一把。大姨，您喜欢不？

季　琳　（看着关童说不出话）喜欢，喜欢……

关　童　大姨，我给您梳梳头？

季　琳　好。

关　童　（给季琳梳头）大姨，人得心情舒畅才能健康长寿。
　　　　不是说人要是每天大笑几分钟，寿命都会延长。

季　琳　大姨看见你，就天天都高兴。

关　童　我不在的时候，您也得乐乐呵呵的，别老想以前的
　　　　事儿。

季　琳　知道。

关　童　我姨父也死了有二十多年了吧？

季　琳　嗯。

关　童　您自己一个人这么多年真是不容易。

季　琳　我这不是一直有你们一家三口陪着嘛。

关　童　到底还是……大姨，跟您说句贴心的话，您可千万别
　　　　多想。

季　琳　你说。

关　童　我觉得，您应该找个伴儿了。

季　琳　说这些干吗？

关　童　大姨，您听我说，我真是为您着想。这么多年，我慢
　　　　慢长大了，懂的也多了。我知道，您这些年过得，不
　　　　顺心。有时候我看着这西厢房的灯光，听着里面咯噔
　　　　咯噔的缝纫机的声音，我心里就特别地难受。我就
　　　　想，您一定特别特别地孤独，所以才老让这台缝纫机
　　　　陪着您。

季　琳　（眼泪又掉了下来）孩子……

关　童　我这些年在外头，一想到您窗口这盏灯，我就……我
　　　　有时候都忍不住流眼泪。大姨，别苦着自己了，剩下
　　　　这几十年，找个伴儿一起过吧。

季　琳　（哭了出来）童童，大姨……大姨听你说这些话，我
　　　　就是死了也知足了。

关　童　大姨，您瞎说什么呢！我还等着让您给我看儿子呢。
　　　　您得答应我，至少要活到九十岁！

季　琳　我……

关　童　咱俩拉钩！（伸出小指）

季　琳　我……（也伸出了手）

［突然响起敲门声。

关重阳　大姐，还没睡啊？

季　琳　（忙擦干眼泪）唉。（站起来打开门）

关重阳　大姐……（看到里面的关童，呆了一呆，有些语无伦
　　　　次）那什么，我……你在呢？

关　童　我来跟我大姨说说话。您有事儿呀？那我回去睡了。
　　　　（站起来朝门口走）

关重阳　不不，我没事儿。我出来锁大门，我就……那什么，
　　　　这个你看看吧！（递给季琳）

关　童　什么呀？（伸头过去看）治疗神经性失眠……大姨，
　　　　您失眠啊？

季　琳　没事儿，人老了觉都少！（对关重阳）你费心了。

关重阳　碰巧看见了。那什么，我回去了。（转身往外走）

关　童　那我也睡去了，大姨，您也睡吧，啊！

季　琳　好。睡觉把窗户关上，咱们家早晚儿凉。

关　童　知道了！

　　　　［季琳站在门口，手里拿着关重阳送来的药方，久久
　　　　地望着父子俩的背影，长长地叹了口气。山庄里突然
　　　　传出一声凄厉而悠长的猫头鹰的叫声，季琳不禁打了
　　　　个寒战。

第二幕

第一场

[清晨的小院儿。地上湿漉漉的，是关重阳刚刚用水管冲洗过。葡萄架和架下种的石榴、无花果已经成熟，结着沉甸甸的果实。还有一盆盆的花儿，倒挂金钟、月季、君子兰……都鲜亮亮地挂着水珠。山庄里传来若隐若现的宫廷音乐，小桌儿上的收音机正在播报天气预报说今日将会有短时雷雨大风。

[正蹲在葡萄架下给花盆换土的关重阳听到天气预报站了起来。他抬头看了看天，然后放下手中的小铲子去了后院的杂物房。很快他拿着几张油毡纸走了回来，放在西厢房下，又回去搬了几块儿瓦一同摞在地上。关重阳搬来梯子靠在西厢房的房檐下，刚抬脚要爬。忽然门外传来季二琳的喊声。

季二琳　关重阳！

关重阳　（吓得一脚踩空，差点摔倒，抚着自己的胸口，定了定神）啊？

季二琳　啊什么啊，快过来接一下！

［说着，季二琳扶着季琳走了进来。两人都穿着运动服，季二琳的手里拿着她自己的手帕、扇子、竹板，还有季琳的剑。季琳脸色苍白，满头虚汗，微微皱着眉。关重阳忙上前去要扶季琳，季二琳把手里的东西推给他。

季二琳　拿着这个！（关重阳接过东西走了进去）坐这儿还是回屋躺着？

季　琳　就这儿吧，晒晒太阳。

季二琳　（扶着季琳躺在躺椅上，又进了季琳的房间）你现在怎么动不动就摔跟头呢？

季　琳　可能天有点儿热，加上昨天晚上没睡好。

季二琳　（从屋里拿了一只艾蒿卷儿出来）用艾蒿给你熏熏穴位吧。关重阳，火柴！

关重阳　（从厨房里出来）什么？

季二琳　叫你把火柴拿来！

关重阳　唉。

季二琳　（搬了个小板凳坐在季琳面前，卷起季琳的裤子，见关重阳还不来）快着点儿呀，干什么呢？

关重阳　来了！（端了一杯水出来放在小桌上，把火柴交给季二琳，又走了）

季二琳　（看看那杯水，白了关重阳一眼，点着艾蒿卷儿给季琳熏烤膝盖下方的穴位）没睡好你就在家睡觉得了呗，还非得去离宫（注：离宫是当地人对避暑山庄的叫法）里凑什么热闹呢！

季　琳　（应付着）睡不着。

季二琳　你说你们那帮练什么太极剑的，非得跟我们舞蹈队抢
　　　　地方。我们本来就人多地方少，好吗，你们那剑一抢
　　　　开，谁还敢往前凑啊！

季　琳　剑都没开刃。

季二琳　没开刃就伤不了人啊？你看要往谁眼睛上捅一下，受
　　　　得了不？

季　琳　我们也不是没长眼睛，哪能往别人眼睛上捅呢。

季二琳　你长了那剑没长啊！你说你练什么不好，非练这个？
　　　　就你们那哼哼唧唧的音乐，把我们这边儿的节奏全打
　　　　乱了，我们这舞蹈特别讲究节奏。

季　琳　（笑了）你小时候跳舞就跟不上拍儿，考我们宣传队
　　　　好几次也没考上。

季二琳　行了行了啊，你不就当过几天学校的宣传队队长吗，
　　　　这个看不起人呦！那些事儿我都不愿意提，我去考试
　　　　的时候想借你的舞鞋穿穿，你怎么着都不干，真是小
　　　　气死了！

季　琳　你脚太大，我怕你把我鞋给撑坏了！

季二琳　一撑就坏，那还是鞋吗？再说了，我脚有那么大吗？
　　　　不过就比你大一个号！后来，你们开会讨论，你第一
　　　　个说我不行，说我慢半拍儿！我趴在门口全听见了！
　　　　你说有你这么当姐的吗？还大义灭上亲了，简直就是
　　　　六亲不认！

季　琳　我那是实话实说。要是跳群舞的时候有一个跟不上拍

子的，就全乱套了。

季二琳　我不跳群舞，跳独舞不就得了！

季　琳　那也得跟上音乐啊。

季二琳　行行行了！你还甭瞧不起人，好像就你一人儿会跳
　　　　舞！我现在在我们那舞蹈队里是领舞！你看看那群老
　　　　太太，有几个比我跳得好的？（见季琳笑）甭笑我，
　　　　你看你，就会整景儿，一天到晚手软脚软的，还抡上
　　　　兵器了。把自己给累晕了吧？

季　琳　我下乡的时候，还抡过锄头呢，这剑才几斤几两啊。

季二琳　甭老拿你下乡说事儿！下乡是你自己愿意去的，罪也
　　　　是你自己要受的。爸都给咱们俩开了身体证明，说不
　　　　用去，你还非去不可。还不是为了跟他……（季二琳
　　　　突然停住，两人都沉默了。季二琳把艾蒿卷儿塞到
　　　　季琳手里）你自己熏吧，我得给我儿子买早点去了！
　　　　（去厨房拿了个小盆子走了出去）

　　　　［季琳端起关重阳倒的水喝了一口，长长地叹了口气，
　　　　闭上眼睛。关重阳出来以为季琳睡着了，轻轻地爬上
　　　　梯子，去看房顶的情况。季琳睁眼看到。

季　琳　小心点儿！

关重阳　（吓了一跳）没事。说今天有雨，我看漏不漏。

季　琳　回头请人来修吧，别老自己爬上爬下的，那么大岁数
　　　　了。

关重阳　嗯。没事儿吧？

季　琳　没事儿，可能太阳底下站的时间长了。

关重阳　别太累。

季　琳　知道。

关重阳　进去睡会儿？

季　琳　在这儿挺好。

　　　　[两人又沉默。

季　琳　下来吧。这儿还出着太阳呢，下不了雨。

　　　　[关重阳从房上下来又蹲到葡萄架下给花盆换土。

季　琳　这阵子都没时间画画儿吧？

关重阳　没有。

季　琳　没给儿子看看？

关重阳　二琳早就都找出来让他们看了。还非让儿子挑一张裱
　　　　起来拿回去挂家里。这不给儿子丢人呢嘛！

季　琳　你的牡丹画得是不错。

关重阳　我这才画了几天，差得远呢。

季　琳　那时候你的字写得就好，咱们队里什么东西都找你
　　　　写。他们二队那文书，叫什么来着？秀……

关重阳　秀云。

季　琳　对，秀云，老来找你帮她刷标语。她是不是对你有意
　　　　思啊？

关重阳　都这么多年了，还提那些干什么。

季　琳　（陷入回忆中）那时候，不少人看上你。不光队里的
　　　　知青，还有村里的姑娘。有个愣丫头，叫大平的，一
　　　　见你就非要跟你摔跤，每次都把你撺得满村跑。（笑
　　　　了起来）

关重阳　有一次为了躲她，我藏在草垛里，结果睡着了，没想到一睡就睡了一天。

季　琳　可不是，满村都找不着你，可把人急坏了。

关重阳　队长气得罚了我两天的工分儿。后来大平嫁到哪儿去了？

季　琳　嫁给红石砬老孙家的二小子了。

关重阳　那小子块儿够大的，大平可遇见对手了！（两人都笑了起来）

季二琳　（正好端着早饭走了进来，两人的笑声戛然而止）好了？

季　琳　好多了。

季二琳　（放了一份儿早点在小桌上，对季琳）你的饭在这儿啊。（白了关重阳一眼，端着早饭进了屋）儿子，起来吃饭吧，妈给你买了糖果子杏仁儿茶，老李家做的！

　　　　[季琳和关重阳都不再说话，一个闷头修理花草，一个慢慢地摇着摇椅。

季二琳　（突然出现在正房的窗口）你吃不吃饭啊？

　　　　[关重阳站了起来，打开水龙头洗了洗手，走进正房。季琳长长地叹了口气，起身端起小桌上的早餐离去。院子里只剩下摇椅还在慢慢地摇摆……

第二场

　　　　[正房的客厅支起了饭桌，季二琳一家四口在吃早饭。

季二琳　好吃吧?

婷　婷　好吃!阿姨,照这么吃下去,到结婚那天,我就该穿
　　　　不下婚纱了。

季二琳　吃吧,胖点儿健康,弱不禁风的有什么好?

关　童　没事儿,有大姨呢,让她现场给你改。我大姨吃饭了
　　　　吗?

季二琳　我给她送去了!对你妈都没这么关心过。

关　童　爸,您看我妈也太爱吃醋了,这么多年,您是怎么过
　　　　来的呀?

　　　　[关重阳笑了笑,放下碗站了起来,到写字台前铺开
　　　　纸开始配颜料准备画画。季二琳瞪了关重阳一眼,站
　　　　起来收拾碗筷。

婷　婷　(帮忙)阿姨,我帮您。

关　童　别打了碗啊,你手那么笨。

婷　婷　(捶了关童一下)讨厌!

季二琳　行了,你别动手了!好不容易回来一趟,哪舍得让你
　　　　干活儿呀!

关　童　看看我妈多勤快,你好好学学。(婷婷偷偷掐了关童
　　　　一把)哎哟!妈,她掐我。

季二琳　找你爸去,我不管。(说着端了碗筷走出去,婷婷也
　　　　跟了去)

关重阳　(一边儿画画)过去看看你大姨,她早上中暑了。

关　童　是吗?早上挺凉快的呀,怎么还中暑了呢?(出了门
　　　　朝西厢房走去)

季二琳　（走了进来）儿子，中午想吃……（一见没人，就往儿子的卧室去找，一看也没有）人呢？

关重阳　上他大姨那屋了。

季二琳　（拿抹布擦桌子）昨天晚上还没说够，一大早又干什么去了？（说着，不住地往西厢房张望，一边拿着抹布上上下下心不在焉地擦，一不小心碰洒了关重阳桌上的涮笔池）

关重阳　哎呀，我的画！（把画拿起来，季二琳忙用抹布去擦画上的水）

　　　　[关童推着季琳走了进来。

关　童　怎么了？

季二琳　我惹祸了，把你爸的画给弄湿了。（看到季琳）你不在屋躺着，上这儿来干什么呀？

关　童　我大姨又在屋里干活儿呢，我拉她过来休息休息。爸，算了，别画了，咱们打麻将吧！

季二琳　打什么麻将啊，一堆事儿呢！

关　童　妈，就陪我打几圈儿吧，好几年没玩过了，都想死我了！

季二琳　也没见你那么想你妈。

关　童　来吧来吧，麻将呢？

季二琳　（从橱子里掏出毯子和麻将盒子，几个人一起铺上毯子，把麻将倒了出来）

关　童　爸，来呀！

　　　　[关重阳过来坐在季二琳的下家。

关　童　不行啊!

季　琳　怎么了?

关　童　你们俩坐上下家,那眼神儿一递,还不您要什么牌,
　　　　我爸就打什么。

季二琳　你爸什么时候跟我有过那默契啊!

关　童　反正是不行! 换地方! 妈,您和我大姨换换。

季二琳　就你事儿多! (两人调换位置,四人垒牌)

季二琳　玩儿真的啊! 五毛一块吧。

关　童　呦,玩这么大的呢!

季二琳　你拿钱了吗?

关　童　不用,打着看! 我这叫空手套白狼!

季　琳　你拿我们都当狼啊?

关　童　我没说啊!

季二琳　我先打点儿了啊。(扔色子)十二! 你们都不用扔了
　　　　吧,我的庄!

　　　　[季二琳又打色子,色子一落地,突然从厨房传来碗
　　　　碟落地的声音和婷婷的一声尖叫,关童和季琳都站了
　　　　起来。

关　童　(往门口走)怎么了?

婷　婷　(手里拿着摔成两半碗)阿姨,对不起,我把碗摔碎
　　　　了。

季二琳　没事儿,碎碎平安。

季　琳　(忙走过去接过婷婷手里的碎片扔进垃圾桶)别扎了
　　　　手。(抓住婷婷的手看)没伤着你吧?

婷　婷　没有。

季　琳　这手可真细，在家你妈都舍不得让你干活吧？上这儿
　　　　来受累了。

季二琳　（不爱听季琳的话，对季琳）哎，快点儿，该你了！

季　琳　（搬了个凳子放在自己身边，拉婷婷坐下）坐大姨这
　　　　儿，帮大姨看牌。

　　　　（掷色子）你会不会打？

婷　婷　知道一点儿。

　　　　[四个人开始打牌。没多久，关重阳就给季琳点了炮
　　　　儿。

季　琳　和了！

婷　婷　呀，大姨赢了！

季二琳　（把面前的牌一推）你怎么上来就点炮儿啊，也太臭
　　　　了！人家刚上听。

关重阳　给几个？

季　琳　一张。（关重阳递了一张牌过去）

季二琳　要和就和大的，这种小和儿有什么意思。

季　琳　积少成多嘛。

　　　　[四个人继续打牌。

关重阳　东风。

季　琳　碰！

关重阳　白脸儿。

季　琳　碰！

关重阳　一饼。

季　琳　　碰!

季二琳　　(连着三把没抓上牌,气得一拍桌子)这牌还让不让
　　　　　　人打了?没你们这么欺负人的!干脆你们俩自己玩儿
　　　　　　得了!

关重阳　　打牌嘛,你急什么急?

季二琳　　你们这样打牌能不让人急吗?不知道的,还以为你们
　　　　　　俩捣什么鬼呢!

关重阳　　我们捣什么鬼了?都在牌面上摆着,有什么鬼啊?

季二琳　　谁知道啊!

关　童　　妈,妈,冷静,冷静!您都是在牌桌上身经百战的老
　　　　　　战士了,怎么还这么冲动呢?输钱还真红眼啊?这么
　　　　　　着,输了算我的,赢了是您的,怎么样?

季二琳　　不是钱的问题,就没有这样儿打牌的。

关重阳　　我说就你这牌品,外头人愿意跟你打吗?

季二琳　　你管不着!

关　童　　妈,妈,注意啊,我可上听了,就等着您放炮儿呢!

季二琳　　美的你!

关　童　　妈,咱们这院儿什么时候拆啊?

季二琳　　快了,一两个月吧。

关　童　　从生下来就住在这个院子里,一说要拆,心里还挺舍
　　　　　　不得的。其实咱们这院儿还不算太破。

季　琳　　新来的市长要进行城市改造,说离宫的城墙应该露出
　　　　　　来,所以宫墙外围的房子都要拆。到时候,宫墙外围
　　　　　　全种上草坪,景色可好了。

关重阳　这宫墙可被围了不少年头儿了，终于要重见天日了。

关　童　那这段时间你们怎么办呢？

关重阳　先出去租房住，等楼房盖好再搬回来。

季二琳　儿子，咱们这院子能分两套楼房，咱们家一套，你大姨一套。

关　童　是吗？不错呀。

季二琳　儿子，要不搬迁这一段儿，妈上加拿大投奔你去怎么样？我可不想再在这儿受你爸的气了。

关重阳　你可真是……（无奈地摇了摇头）

关　童　没问题啊，绝对欢迎，过去我带您好好玩玩儿，那边儿的环境好极了。

婷　婷　我爸爸妈妈也说邀请您和叔叔过去玩呢。

季二琳　是吗？那妈就真跟着你去了。

关　童　我本来就打算，以后您和我爸岁数大了，我就把你们接到那边儿去养老。那边儿环境好，医疗设施也好，主要是我和婷婷能照顾你们。

季二琳　好儿子，有你这句话，妈就没白养活你。老来从子，我儿子在哪儿，哪儿就是我的家。八万！

婷　婷　大姨，您好像和了！

季　琳　（本来在发呆，缓过神儿来）啊？是呀，和了。（把牌推倒）

季二琳　手气还挺顺。给你！

　　　　［季二琳扔给季琳扑克牌，牌飞到地上，季琳低头捡牌，结果突然眼前一黑，差点儿一头栽到地上，幸亏

婷婷及时扶住。关童忙走过去扶着季琳坐在沙发上。

关　童　大姨，没事儿吧？

季　琳　没事儿，就是低头低猛了。

关　童　婷婷，给倒杯水。以后您也跟我爸妈一块儿过去，那边的环境污染少，气候也湿润，对您的身体有好处。

季　琳　童童……

季二琳　行了，你别玩儿了，回去歇着吧，躺下睡一觉。婷婷，你上来，咱们玩儿。

关重阳　（起身离开了牌桌，又到了书桌前拿起画笔）行了，一会儿再玩吧。

季二琳　（不满地扔掉手中把玩的牌）婷婷，阿姨用纸牌给你算命？

婷　婷　好啊！（坐了过去，两人摆起了纸牌）

关　童　大姨喝水。（把婷婷倒来的水递到季琳的手中）

季　琳　（喝了口水）童童，大姨打算把那套新房子放在你名下。

[季二琳手中的牌停了下来，关重阳的笔也停下了。

关　童　大姨……

季　琳　大姨也没什么别的能留给你的，那套房子就算是大姨送给你和婷婷的结婚礼物。大姨这身体你也知道，我怕自己哪天晚上上了床就再也下不来了，所以，先把这件事儿办好，我也就没什么牵挂了。

关　童　您说这些干什么呢？

季　琳　你听大姨说完。那套房子住也好，卖也好，都随你们。大姨活着的时候，就算大姨跟你们借来住的。

关　童　大姨，您这样儿，我都不知道该说什么……

季　琳　大姨一辈子无儿无女，就把你当成自己亲生的……

　　　　［"啪"一声，季二琳把手中的牌扔到桌子上，就要发
　　　　作。突然窗外传来隆隆的雷声。

关重阳　（走到门口看天）真要下雨了。西屋房顶可能还是有
　　　　点儿漏，我上去铺几张油毡纸。（说着走了出去）

关　童　爸，我去吧！（和婷婷一同跟了出去）

　　　　［屋里只剩下姐妹俩，沉默着。

第三场

　　　　［小院儿被乌云笼罩着，雷声不时作响，父子俩半蹲
　　　　半跪在西厢房的房顶上忙碌着。婷婷站在梯子旁边，
　　　　不时往上递油毡纸和瓦片。季琳走了出来，看着房上
　　　　的父子俩。

季　琳　（朝房顶喊）童童，小心点儿，你别再往上爬了，就
　　　　在那儿吧！

关　童　没事儿！

季二琳　（也跟着季琳走了出来，拉开要吵架的架势）我问
　　　　你！

　　　　［房上关重阳的脚下一滑。

季　琳　（不禁喊了出来）小心！

季二琳　（也向房上看去）关重阳，你踩稳了不行吗？你要吓

死我啊！儿子，你也小心点儿！破房子，年年漏，早该拆了！（季二琳紧张地看着房上的两个人，季琳看看她，没有说话）

关　童　（对父亲）我妈现在的脾气挺冲呀，好像连嗓门儿都大了呢。

关重阳　一直不就这样？！

关　童　我妈那人，就是嘴硬心软，脾气又急，从来都是想说什么说什么。

关重阳　是。

关　童　她现在这样儿，是不是因为更年期啊？

关重阳　可能吧。

关　童　那过几年就好了。这两年，您多担待点儿。

关重阳　没事儿。

关　童　我大姨跟我妈都是一母同胞，怎么就一点儿都不一样呢？

关重阳　龙生九子还各有不同呢。

关　童　我大姨确实好。不过，我妈也有我妈的可爱。是吧，爸？

关重阳　（不知该怎么回答，正好雨点落了下来）掉雨点儿了，快着点儿。

[房下的姐妹俩也发现了落在脸上的雨点。

季二琳　哎呀，掉雨点儿了，儿子，下来吧，别浇感冒了！听话，快下来。

关　童　（朝下面喊）没事儿，雨不大，你们俩进去吧！婷婷你也进去！

婷　婷　我没事儿，你们小心！

[姐妹俩谁也不肯进屋。

季二琳　爷儿俩一块儿为你忙活，高兴吧？

季　琳　干吗说这种话？

季二琳　你敢想怎么就不敢说呢？

季　琳　二琳，你要老这么想，咱们这日子就没法往下过了。

季二琳　我早就过够了！你以为这二十多年就你难过？我比你难熬一百倍！

季　琳　二琳，我知道……

季二琳　你知道什么？你知道一只老鹰长年累月守在你身边，一有机会就要把你的眼珠子抢走的感觉吗？换成是你，你能不害怕吗？你每天晚上能睡得着觉吗？

季　琳　二琳，我不是……

季二琳　你就是！你就是想把他们爷儿俩都从我身边抢回去！

季　琳　我从来没有过这种想法。

季二琳　那你刚才是什么意思？

季　琳　房子我不留给童童留给谁呢？

季二琳　留给童童是没错儿，可是犯得着现在就跟他说这些吗？你想干什么？让儿子觉得他大姨比我这个妈对他还好，你这不是在跟我抢儿子是什么？你虽然没让他管你叫妈，可是这二十多年你就一直在偷他的心，从我这儿把他的心一点儿一点儿地偷到你那儿去！你这样做就是在挖我的眼珠子！

季　琳　我亲生儿子在我眼前，我能不疼他吗？

季二琳　你儿子？你忘了那天，下着大雨，我去山梨沟看你，你求我想办法把你弄回城里的时候你是怎么答应我的，你说童童就是我的儿子，你这辈子都不会让他喊你一声妈！

季　琳　我全记着，我没忘。

季二琳　那你是怎么做的呢？自从你回到这个小院儿，你就一点儿一点儿地抠我的心，我的血都快让你给吸干了！

季　琳　我每天眼睁睁看着我自己生的儿子管别人叫妈，我的心就不流血吗？

季二琳　季琳我告诉你，我季二琳绝对没做过对不起你的事！当初关重阳自己带着童童从农村回来，我是看童童可怜才去照顾他。要不是你先在农村嫁了个农民，我也不会嫁给关重阳，我不想让童童管别的女人叫妈！没错儿，我这辈子都生不了孩子，所以我就是把童童当成我自己的儿子养的，我疼他疼得绝对不比你这个亲妈少！他叫第一声妈叫的是我！我才是他妈！

季　琳　我从没跟童童说过一句不该说的话！

季二琳　可是你都做了！这么些年，我恨不得自己长着八只眼睛好盯着你和他们父子俩。你就是在一点儿一点儿把他们俩往你的怀里拽，我就拼了命地往回拉。儿子出国了，我想他，可是也觉得轻松多了，起码我不用天天跟你争儿子了。可是儿子一回来，你就又开始了……我也争不动了，我服了，我认输。这样，关重阳我不要了，还给你，你把儿子留给我，行不行？你说，行不行？

季　琳　二琳你别胡说八道了！

季二琳　我没胡说八道！你给我个痛快话儿，你同不同意？

季　琳　你——我不会再和你争了。

季二琳　你以为我还能信你的话？

季　琳　我没骗你。

季二琳　谁能知道。

季　琳　我都活不了几天了，我还骗你干什么呢？

季二琳　你二十年前就说你活不了几天了！要不我也不会把你接回来！结果我大半辈子都让你给毁了！

　　　　〔沉默。

季　琳　原来是这样。这次，是真的，你可以放心了！我得的……是胃癌。

季二琳　胃癌？

季　琳　我本来想等儿子的婚事办完了再说。

季二琳　胃癌？（呆住了，半晌缓过来）你行，你真行，你是拿命来和我争啊……

　　　　〔头顶又是一声闷雷，如野兽在咆哮，雨点更大更急了，姐妹俩还呆立在雨中。

关重阳　快，把这块儿砖头压在那边儿。

关　童　爸。

关重阳　干什么？

关　童　您……

关重阳　说呀！

关　童　您是不是……喜欢过我大姨？

　　　　〔关重阳呆住了，不知道该如何回答。突然一声炸雷，
　　　　大雨倾盆而下。父子俩互相搀扶着下了房，全家人跑
　　　　进正房。院子里只剩下一架空空的梯子。

第三幕

第一场

[婚礼的前一天，小院儿里张灯结彩喜气洋洋。关重阳和关童父子俩在挂彩灯、灯笼。婷婷穿着红旗袍从西厢房里冲了出来。

婷　婷　（对着关童转了个圈儿）怎么样？

季　琳　（也从西厢房跟出来）看看你媳妇儿，是不是跟电影明星一样？

关　童　（一把搂住婷婷）哪个电影明星比得上我老婆啊！

季　琳　（上去拍关童）衣服皱了！（整理婷婷的旗袍）这儿好像还有点儿肥，我再去缝两针。

婷　婷　不用了，大姨，已经非常完美了！谢谢您，大姨！我太喜欢了！（搂住季琳）

[正好季二琳拎着大包小包的菜和一只活鸡走了进来，看到这一幕不言不语往里走，大家都有些尴尬，只有婷婷还搂着季琳不放。

季　琳　行了，衣服都皱了，明天该不好看了！

婷　婷　不会！我妈妈要是看到我穿这件衣服，肯定也喜欢死了！

季　琳　　把你妈妈的尺寸告诉我，我也给她做一件。

婷　婷　　真的呀！大姨，我爱您！（亲了季琳一下）

关　童　　（见季二琳兴致不高，走过去一把抱住她）妈，我也
　　　　　爱您！

季二琳　　（反应比较冷淡）行了，我鸡皮疙瘩都出来了！

关重阳　　（对季二琳）怎么买只活鸡呀，收拾起来多麻烦。

季二琳　　（坐下择菜）我自己收拾，你帮我把鸡杀了就行。

季　琳　　婷婷，进屋，大姨再帮你改改衣服。

婷　婷　　好啊。（两人手拉着手一起进西厢房）

关重阳　　明儿就办事了，怎么想起来买只活鸡回来做？

季二琳　　（并不抬头）这几天都累坏了，炖只鸡好好补补。

关重阳　　买只收拾好的不得了，这得费多大事呀。

季二琳　　（不耐烦）我不是说了我自己收拾嘛！

关　童　　（忙说）爸，您还敢杀鸡呢？真没看出来。

季二琳　　你小时候吃的鸡都是你爸杀的。

关　童　　是吗？我可都忘了。

季二琳　　你打小儿就胆子小，一听见要杀鸡早就躲到被窝儿里
　　　　　去了。

关　童　　有这事儿吗？我怎么一点儿都不记得了呢？

关重阳　　行了，都装完了。（从墙上下来，舀盆水洗了手，回
　　　　　了正房）

关　童　　（坐在季二琳身边，帮她择菜）妈，您跟我爸说话老
　　　　　那么大声儿干什么呀？

季二琳　我天生的大嗓门儿!

关　童　是不是对我爸有什么意见? 跟我说说, 回头我批评
　　　　他去。

季二琳　没有。

关　童　肯定有, 说吧, 儿子给您做主!

季二琳　儿子, 明天要娶媳妇了, 美吧?

关　童　妈, 明天要娶儿媳妇了, 美吧?

季二琳　娶了媳妇会不会忘了娘啊?

关　童　您也太看不起您儿子了。(搂住季二琳)我妈永远都
　　　　是最亲的, 我一定好好地孝敬您!

季二琳　妈真是后悔把你送到那么远的地方, 一年都见不上一
　　　　面儿! 以后生了孙子, 还不知道能不能抱上。

关　童　能, 当然能了! 我不是说了吗, 以后把你们都接过去
　　　　养老, 好好享享儿孙福。

季二琳　只要你能认我这个妈, 我就安心了。儿子, 你就是妈
　　　　的眼珠子, 就是妈的命啊!

关　童　看您说的, 我要是连自己亲妈都不认, 不得天打五雷
　　　　轰呀!

季二琳　(不觉呆住了, 沉默许久)反正, 你得记着, 是谁一
　　　　把屎一把尿把你拉扯大……

　　　　[西厢房的门开了, 婷婷拉着季琳走了出来。

婷　婷　关童, 我没有能配那件旗袍的鞋, 你陪我去买一双
　　　　吧。大姨也一块儿去!

关　童　你和大姨去就行了。

婷　婷　你也去嘛，我想让你帮我选。不会花很多时间的。

关　童　那，妈，我跟她们去一趟，一会儿就回来。（快步跑
　　　　回正房）

婷　婷　（对季二琳）阿姨，您有什么需要的东西吗？

季二琳　没有。（见关童拿着钱包跑出来）早点儿回来吃饭。

关　童　知道了。

　　　　[三人说笑着出了门，只剩下季二琳坐在院子里发呆。

　　　　关重阳穿得西服笔挺地走了出来，看起来风度翩翩，

　　　　似乎年轻时的光彩又找了回来。

关重阳　怎么样？精神吧？

季二琳　（抬头看他不禁呆住了，仿佛是又看见了年轻的关重
　　　　阳，心中伤感，又不想让关重阳看出来，又低下头继
　　　　续择菜）穿它干什么？

关重阳　这不是高兴吗，我穿上试试。怎么样，我打扮起来，
　　　　不像快六十的吧？

季二琳　嗯。

关重阳　怎么了？你不舒服啊？（伸手摸季二琳的头）

季二琳　没有。（躲开关重阳，端着菜站了起来，打开水龙头
　　　　接水洗菜）

关重阳　这可比咱们结婚的时候我穿的那套西服强多了。

季二琳　咱们结婚你穿的是中山装。

关重阳　你什么记性啊！你去看看咱们那张结婚照，我穿的不
　　　　就是西服嘛！

季二琳　那套西服是照相馆的，就照相的时候穿了一下。

关重阳　是吗？我怎么没记着我穿的是中山装呢？

季二琳　你还能记住什么呀？

关重阳　时间长了，有些事儿就跟从脑子里头擦没了似的，一
　　　　点儿印象都没有了。

季二琳　我该记住的事儿，从来不忘。

关重阳　有件事儿我可一直没忘。（从口袋里掏出一个盒子递
　　　　到季二琳的面前）给。

季二琳　什么呀？

关重阳　你打开看看呗。

季二琳　（没有停下手里的活儿，冷淡地）我手湿。

关重阳　没事儿，看看！

季二琳　人家忙着呢。

关重阳　（打开盒子，里面是一只精致的手表）看看，喜欢
　　　　不？

季二琳　你……送我手表干什么？

关重阳　我记着咱们结婚的时候，你说，别的什么都不要，就
　　　　想要一块手表。你说你从小就喜欢手表，可是从来没
　　　　戴过自己的表。咱们俩去百货公司逛了半天，最后你
　　　　还是没舍得让我买，说钱给童童留着，万一有什么事
　　　　好应急。这些年来，也没给你买块儿像样的表，挺对
　　　　不住你的。

季二琳　那买表的钱，我寄给季琳了。

关重阳　是这样……二琳，我……

季二琳　行了，什么也别说了，没意思。

关重阳　二琳……那你把表戴上看看喜欢不，这就是你当年想
　　　　买的那个牌子，天狮。

季二琳　不用试了，挺好的。

关重阳　（执意拉过季二琳的手，把表给她戴上了）戴上！明
　　　　天就戴着去参加婚礼。（握住季二琳的手）二琳……

季二琳　（把手抽出来）干吗呀？我鸡皮疙瘩都出来了。

关重阳　（笑了）你这脾气呀，一点儿没变。

季二琳　你想让我变成什么样？季琳那样？

关重阳　你就是你，干吗要变成她？

季二琳　是呀，她从小就漂亮，聪明，懂事儿，又会跳舞，谁
　　　　都喜欢她，夸她，我这辈子怎么也变不成她那个样儿
　　　　了。可是不有那么句话吗，什么红颜薄命，天妒英
　　　　才，她命苦。她这辈子就没过过几天好日子。

关重阳　你怎么这么……

季二琳　怎么了？我说她你不爱听了？

关重阳　算了。二琳，大喜的日子，咱们不说这些了。这二十
　　　　多年，我们父子两，还有季琳，都应该好好儿谢谢你。

季二琳　你这话什么意思？

关重阳　我，我没什么意思，就是想谢谢你，真的。

季二琳　季琳是我姐，用得着你替她谢我？你说这话到底有什
　　　　么用意？

关重阳　好，算我说错了，我就代表我们父子两谢谢你。

季二琳　你们父子两？你要谢我什么？

关重阳　谢谢你，一直把童童当亲生儿子，抚养成人。现在儿

子成材了，也成家立业了。我知道你为了**童童**和这个
家付出了很多很多，我真不知道用什么来感谢你……

季二琳　所以就买了这块儿表？

关重阳　这块儿表跟你为我们做的比起来，实在算不了什么。

季二琳　关重阳，其实，你当初跟我结婚，完全是为了儿子
吧？

关重阳　这……也不能这么说。

季二琳　那怎么说？现在，我把儿子给你养大了，我的任务也
完成了，你就用块儿表来感谢我，跟我结账了。

关重阳　你这是什么意思？

季二琳　这些年你心里根本就没有过我，我就是你雇的一个
保姆。

关重阳　我怎么可能把你当成保姆呢？你是我爱人！咱们是一
家人。

季二琳　一家人？我就是她季琳的一个替代品！自打她从农村
回来，我就变成多余的了！我还偏偏不知趣，非得死
皮赖脸地拉着你过了二十多年。

关重阳　你简直无理取闹。（要走）

季二琳　你别走，话还没说完呢。你说说，你把我季二琳到底
当什么？我爸给我起名叫季二琳，可我不是季琳第二！

关重阳　我从来没把你当成季琳的替代品！

季二琳　从小到大，什么事都是她排在前头，我就只能当那个
第二。没想到结了婚，在我丈夫的心里也是她第一，
我第二。我告诉你，我这辈子比她活得冤多了，苦

多了!

关重阳　二琳，我跟你说过多少遍了，我和季琳早就结束了，我们之间什么都没有了!

季二琳　你当我是瞎子还是傻子? 一个院子里住了二十多年，我当瞎子、当傻子当了二十多年! 你对她什么都没有了，她对你也什么都没有了吗? 你信吗? 我问你，你自己信不信?

关重阳　她是个人，我不可能当她不存在啊。

季二琳　你是从来都当我不存在! 我在你眼睛里就是一根木头!

关重阳　我要是完全不在乎你，我怎么可能跟你过了二十多年?

季二琳　为了儿子呀! 你当初跟我结婚不就是为了儿子? 行了，这么多年了，我苦也受够了，眼泪也流干了。我也不在乎了。你想走了就走吧，我绝对不强留你。可是儿子我绝对不会还给她，他是我养大的，他管我叫妈，这是我的儿子，我的命，谁都别想抢走。

关重阳　你什么意思?

季二琳　什么意思? 关重阳，我告诉你，我跟你过够了，我不受那个气，那个罪了! 你愿意找谁就找谁去吧!

关重阳　你过够了，我也过够了! 这是什么日子呀!

　　　　[关重阳一脚踢翻了地上的小桌子，上面的茶杯茶碗落在地上摔得粉碎。关重阳出了大门扬长而去，季二琳终于忍不住放声大哭。

第二场

[当日晚间。季琳的房间内。婷婷的那件旗袍穿在一个塑料模特上，季琳站在旁边精心地做着修整。

季二琳 （自门外）快开门。

[季琳开门，季二琳端着一碗热气腾腾的鸡汤走了进来，把碗放在桌子上，季二琳烫得直摸耳朵。季二琳看起来疲惫而憔悴，眼睛微微红肿，似乎一下子老了五六岁。

季二琳 鸡汤，放了人参。

季　琳 （有些不知所措）给孩子们喝吧。

季二琳 特意给你买的。土鸡，没喂过饲料，有营养。

季　琳 多麻烦呀，你弄了半天吧？

季二琳 快喝吧，一会儿凉了。

季　琳 你也喝点儿。

季二琳 我怕上火。（坐下，把勺子递给季琳，季琳喝汤）

季　琳 嗯，好喝。

季二琳 你从小就身体不好，三天两头地爬炕头儿。那会儿天天吃棒子面儿，妈还老是偷着给你弄点儿东西补身子。有一次不知道妈弄的什么汤，让我看见了，我就趁着妈没注意，全给喝了。结果流了一个礼拜鼻血。

季　琳 是呀，你从小就火气大。（喝鸡汤）

季二琳 要我说，是命贱。喝粥就咸菜都长肉的人，非要进补，结果补了多少就流出去多少！

季　琳　　净瞎说。身体好那是多大的福气啊。我随咱妈，身体
　　　　　弱。你像爸。

季二琳　　身体好又怎么样，爸还不是活活把自己累死了。

季　琳　　是呀。爸就是觉得自己身体好，不知道爱护自己，干
　　　　　什么都拼了命似的……唉，他们俩去得都太早了。

季二琳　　以前我心里对咱妈一直有怨气，觉得她偏心眼儿，光
　　　　　知道疼你。我心里不服气，可我也知道，我身上没有
　　　　　一个地方比得上你。我凭什么让妈疼我不疼你呢？你
　　　　　老说羡慕我身体好，我倒宁愿病病歪歪的那个是我，
　　　　　那咱妈就整天围着我转，给我做好吃的补身子了。

季　琳　　二琳，我没觉得自己比你强。

季二琳　　行了吧，你说这种话就不实在。你没觉得你比我长得
　　　　　漂亮？你没觉得你比我聪明？你没觉得你舞跳得比我
　　　　　强，歌唱得比我好？连我买的衣服，都没一件儿你觉
　　　　　着好看的。你说说，我长这么大，你夸过我吗？不是
　　　　　嘴头上的，是从心里往外的，觉得我好过吗？

季　琳　　你做饭做得好，真的，特别是鱼和饺子，特别好吃！
　　　　　我这辈子都没做出来过那么好吃的东西。

季二琳　　得，看来我就是个伺候人的命！

季　琳　　你人好，真的，你特别特别地善良。

季二琳　　甭说这种让人起鸡皮疙瘩的话。

季　琳　　我是真心的。小时候，你老说妈偏心眼儿，说再也不
　　　　　和我好了，可是家里那些买米买面、挑水倒土的重活
　　　　　儿累活儿都是你干的。

季二琳　把你累坏了，挨说的还不是我？反正我是没人疼没人
　　　　爱的，老二就是这命！

季　琳　是我这个当姐姐的不够格儿。这些年，都是你照顾
　　　　我。现在又得了这个病，还得让你受累……

季二琳　不管怎么说，你活着，我也还算有个亲人，照顾你，
　　　　就当是我对咱爸咱妈尽孝了。

季　琳　他们走得太早了。

季二琳　那时候妈就是怕咱们下乡受罪，让爸托关系给咱们俩
　　　　开了健康证明，说身体不好不能下乡劳动。谁知道，
　　　　你非要跟着关重阳去山梨沟不可，咱妈说什么也没拗
　　　　过你。你走了之后，妈心疼你疼得晚上都睡不着觉。
　　　　后来又得了那个病。妈最后那段日子，天天念叨你，
　　　　每天一睁开眼睛就盯着窗户外头，等你回来。临死，
　　　　妈都没闭上眼，还是我给她合上的。

季　琳　（擦了擦眼睛）收到你信的时候，我大着肚子就快生
　　　　了。你说我哪敢那个样儿回来见妈呀？那不得把她活
　　　　活气死吗？我就盼着快点儿把童童生出来，好回来看
　　　　妈，谁知道……我太对不起妈了，也不知道她恨不恨
　　　　我……

季二琳　你自己当了妈你还不知道？天下哪有恨儿女的父母。

季　琳　我本来想，对妈没尽到儿女的责任，我以后一定好好
　　　　孝敬咱爸，没想到爸也那么快就没了。

季二琳　他是突然昏迷，昏迷了三天，大夫就宣布死亡了。用
　　　　现在的话说，爸就是过劳死。

季　琳　他也是因为妈死了，心里难受，更是没日没夜地工作了。

季二琳　他们俩都走得早，你说你咋就不能好好活着，非得这要命的病。你这病到什么程度了？大夫说没说怎么个治法？开刀还是化疗？

季　琳　这些都等儿子办完事儿，去了加拿大再说。你也别想了，我自己都不想。

季二琳　别骗我，你能不想？我天天半夜起来上厕所都看见你屋里灯开着。治这个病估计得用不少钱，我想好了，咱们仨住一套楼房，那套就卖了给你治病。

季　琳　不行，我那套房子是留给童童他们俩的。

季二琳　你什么意思？那就是说留着你那套，把我和关重阳那套卖了呗！

季　琳　我不是这意思。

季二琳　你就听我的，命不比钱重要？咱们都是半截子在土里的人了，留着钱干什么呀？

季　琳　咱不是还有儿子嘛！

季二琳　你豁了命留下的房子和钱，咱儿子能要吗？我要是听了你的，他得怨恨我一辈子呀！

季　琳　我这病，治也是白费钱。

季二琳　胡说八道！不治怎么着，在家等死？

季　琳　活得好好的，谁愿意死啊？以前老是觉得，活着这么受罪，还不如死了算了。可是真知道自己得了癌症，活不了多少日子了，还是怕呀，害怕得整晚整晚睡不

着觉。我就想，老天爷咋这么不公平呢，这辈子没让
我过几年好日子，临了又让我得这么个病。后来我想
通了，都听老天爷的吧。老天爷能让童童在我身边儿
长大我已经知足了，他又让我看着儿子结了婚才走，
我真是应该跪在地上给他磕头了！

季二琳　你那是想通了吗？你那是自己钻进死胡同了！趁早儿
自己走出来，该吃饭吃饭，该睡觉睡觉，该治病治
病，咱们有多大力量就使多大力量。

季　琳　可千万不能麻烦咱儿子。他刚成家，事业上也正在奋
斗呢，说什么也不能拖累他，这个你必须答应我。

季二琳　嗯。

季　琳　等到我真不行了那天，你就打个电话告诉他一声，他
要能回来，就回来让我再看一眼，实在赶不上，就在
我坟前头上炷香，让我知道儿子回来看我了就行了。
（眼泪又掉了下来）

季二琳　别老说这不吉利的话，等儿子走了我再带你去别的医
院查查，说不定误诊了呢，现在的医院最能吓唬人
了！

季　琳　错不了，我自己有感觉。

季二琳　你那感觉不算数，你自己说说你是不是一年到头儿的
不是这儿疼就那儿疼，哪有好时候啊！说不定这就是
个胃溃疡啊什么的，吃点儿药好好调养调养就好了
呢！快把这鸡汤都喝了！

季　琳　二琳，对不住你。

季二琳　你怎么又来了？

季　琳　真的。我有时候也想，要是我没回来，你们三口人应
　　　　该能过得更好，你日子过得也能舒心点儿。都是我回
　　　　来给你们添乱……

季二琳　是我自己愿意让你回来的。

季　琳　是你心眼儿太好。我知道你心眼儿好，所以当初我才
　　　　求你，我知道我求你，你肯定会答应我，让我回来。
　　　　二琳，你别恨我。当初我自己一个人在山梨沟实在是
　　　　过不下去了，我想儿子，想得眼睛都快瞎了。

季二琳　看你现在这样儿，我也没什么恨不恨的了。

季　琳　我把你的日子都给搅和了。临了儿，又给你添了这么
　　　　个大麻烦。欠你的，下辈子还吧！

季二琳　（叹了口气）咱们俩，哪说得清谁欠谁的呀！

季　琳　二琳，你嫁给关重阳，你没让童童管别的女人叫妈，
　　　　没让他因为离开亲妈受一天委屈，你对我们娘儿俩都
　　　　有恩呀！

季二琳　那时候我跟小刘子搞了一年半的对象，日子定了，房
　　　　子布置了，连同事街坊的礼都收了，谁知道婚检检出
　　　　来我不能生孩子。打那以后，我就再没见着小刘子这
　　　　人。我这辈子没丢过那么大的人，我都下了决心这辈
　　　　子不嫁人，就自己一个人儿过。这时候，关重阳带着
　　　　童童回来了……不管怎么说，你给了我一个儿子，让
　　　　我当了二十多年的妈，这比什么都重，这是恩情啊，
　　　　我也得还。

季　琳　咱们姐儿俩，这是什么命啊！

季二琳　我一定尽全力给你治病，实在不行，两套房子都卖了！姐，我就求你一件事儿。

季　琳　什么？

季二琳　儿子，你不能要回去。

季　琳　儿子？

季二琳　你答应过我，你不能反悔。

季　琳　我……

季二琳　我知道你可怜，我一定倾家荡产地给你治病，我好好伺候你，我给你当牛做马都没问题，可是儿子我说什么都不能给你。

　　　　[季琳端着鸡汤的手颤抖起来。

季二琳　姐，你别这样儿，我跟你说这种话我的良心也不好受，我知道你熬了这么多年，熬出了这种病，我再不把儿子还给你，我……我良心上真是过不去。可是我思前想后，我实在是舍不得，我宁愿天打五雷轰，我也不能让儿子管你叫这声妈！叫了这声妈，这儿子我就再也要不回来了。

　　　　[季琳放下手中的汤，靠在沙发上合上了双眼。泪水顺着眼角流了下来。

季二琳　姐，你别怨我……

　　　　[季琳摆了摆手，季二琳住了口，两人沉默着。突然，窗外传来关童和婷婷欢快的叫声。

关　童　妈，大姨，快出来呀！

婷　婷　妈，大姨，我们要点彩灯了，你们快出来看呀！

季　琳　（抹了一把眼泪）来了！（起身走了出去。二琳看着
　　　　姐姐的背影，长出了口气，也起身跟了出去）

第三场

[天已将近全黑，小院儿里没有点灯。姐妹俩站在西
厢房前，婷婷站在院子的中央，关童站在正房窗下的
电源前。

关　童　准备好了吗？

婷　婷　好啦！

关　童　三，二，一——爸！

[关重阳出现在门口，黑暗中，看不清他脸上的表情，
可是从他的步态看起来有些踉跄，不知是疲惫还是
醉意。

关　童　爸，您上哪儿去了，怎么才回来？

关重阳　我去离宫里走走。

关　童　又上水流云在听戏去了？

关重阳　嗯。（径直往正房走）

关　童　您先别进去，我们正要点彩灯呢。

[关重阳没说什么，转回身在正房前的台阶上坐了下
来。

关　童　重新来啊！（婷婷和他一起喊）三，二，一——

[顿时，整个小院儿灯火灿烂，一闪一闪的彩灯，和

各种颜色的灯笼都亮了起来，大家的脸都在灯火中若隐若现。两个孩子欢呼起来。

婷　婷　哇，太美了！太奇妙了！

关　童　放烟花好不好？

婷　婷　好啊！

[两人点起各种小烟花，欢笑着追逐打闹。三个大人都看着两个孩子出神。

季　琳　孩子们多高兴啊。

季二琳　是呀。

季　琳　看着孩子们能这么高高兴兴的，咱们这辈子受了什么罪，都值得。

季二琳　没错儿。

季　琳　让孩子们高高兴兴地过日子吧，那些事儿，咱们仨就带到棺材里去。

季二琳　嗯。

[灯火与欢笑中，老姐儿俩的手拉在了一起。关重阳起身回了正房，很快拿了一瓶茅台和几个酒杯出来。

关重阳　（把东西都放在小桌上）明儿个儿子就成家了，我挺高兴，这瓶茅台放了十年了，今儿拿出来咱们一家子喝一杯。（说着，把酒打开，开始往杯子里斟。儿子过来从关重阳手中接过酒，往杯子里满。关重阳对着惊诧着的姐妹俩）过来呀，你们俩愣着干什么？

关　童　就是，难得我爸这么高兴，把压箱底儿的好酒都拿出来了，咱们也趁机会尝尝，妈，大姨，过来坐。

[姐妹俩坐了下来。

关重阳　都端起来！这第一杯，祝关童和婷婷新婚快乐。干！

　　　　（自己先一口气喝干）

季二琳　你慢着点儿。

关重阳　你们倒是喝呀！

　　　　[其他人只是抿了一点儿。关童站起来给关重阳满酒。

关重阳　儿子，这酒怎么样？

关　童　确实香。

关重阳　（又举杯）这第二杯……

关　童　爸，第二杯我来吧。

关重阳　（放下酒杯）行，你来。

关　童　（站起来举起杯）这第二杯，我和婷婷敬爸妈。爸、

　　　　妈，谢谢您二老把我养育成人，明天儿子就要成家

　　　　了，儿子长大了，从今以后，咱们就翻过来，让儿照

　　　　顾你们。我一定让二老安享晚年。

季二琳　好，好儿子！

关重阳　爸相信你！

　　　　[四人都把酒饮尽。关童又给大家斟酒。

关　童　（又端起酒杯）这第三杯，我敬我大姨。大姨……

关重阳　跪下！（全家愣住）我让你跪下。

季二琳　你喝多了？

关　童　爸，现在没人……

关重阳　你忘了你从小到大你大姨是怎么疼你的？她还受不起

　　　　你这一跪？（关童还在犹豫，关重阳突然站起来大吼）

　　　　我让你跪下！

季二琳　（上去拉关重阳）你干什么呀？

关重阳　（一把甩开季二琳）你别管！

季　琳　重阳！你是不是喝多了？

关重阳　关童，我问你，你到底跪不跪？你要不跪，你大姨这
　　　　些年就算白疼你了，我也白养了你这个没良心的儿子。

季　琳　重阳你别胡闹了！（起身要走，被关重阳一把拉住）
　　　　你别走，我没说完呢。

季二琳　（急了，上去拉关重阳）你耍什么酒疯，快回去睡觉
　　　　吧。

关重阳　我没喝多！你们听不懂啊？

　　　　［季琳挣脱开关重阳就要回西厢房，关童突然跪在了
　　　　季琳的面前。

关　童　大姨，我爸说得没错，我应该跪下给您敬这杯酒。我
　　　　虽然不是您生的，可是您一直拿我当亲生儿子看待。
　　　　说句我妈可能不爱听的话，我一直把您当我的另一个
　　　　妈。大姨，您放心，您没白疼我，我一定把您当自己
　　　　的亲妈一样孝敬，您也就把我当成您的亲儿子，把您
　　　　的后半辈子就交给我吧，我给您养老送终。

季　琳　（已经泪流满面上前抱住关童）好孩子，大姨知道，
　　　　大姨知道你是好孩子……

　　　　［关重阳也忍不住流了眼泪，季二琳在一旁呆呆地看
　　　　着两人。

关　童　婷婷，把酒给大姨。（婷婷把酒放在季琳的手中）大

姨，这杯酒是外甥敬您的，感谢您二十九年来对外甥的疼爱。以后，您就看着外甥怎么孝敬您吧！

季　琳　好！

　　　　[二人正要喝酒，季二琳突然开了口。

季二琳　叫妈。（全家愕然）

关　童　妈您……您说什么？

季二琳　我让你管她叫妈！

季　琳　不、不用，二琳，别……

季二琳　她才是你妈！

季　琳　二琳，你说什么呢！

季二琳　你听见了吗？我说她才是你亲妈，叫妈！

关　童　（手中的酒杯掉在了地上）妈，您、您怎么了？您、您生我气了……

季二琳　关重阳，你告诉他！

关重阳　二琳，你……

季二琳　说呀！我让你说！

关重阳　儿子，你妈没糊涂，你大姨，才是你的亲妈。

　　　　[关童脑中一片空白，下意识地双手撑在了地上。

季　琳　童童！（忙上前拉起关童的手，他的手已经被地上的玻璃碎片扎得鲜血淋漓，关童却毫无感觉）

婷　婷　关童！（忙上前查看）

季　琳　二琳，快拿医药箱来。

季二琳　唉，唉，医药箱，医药箱在哪儿？（已经慌乱得不知所措）

关重阳　我去拿。（快步跑回正房）

季　琳　儿子，对不起，妈对不起你。

关　童　（仿佛不认识一般看着姐妹俩，不住地摇头）

季二琳　儿子，疼不疼？疼不疼啊？妈没骗你，她才是你的亲妈，你就叫一声妈吧，啊！

　　　　［关童盯着季琳的脸，仿佛想要说什么，季琳充满希望地等待着，关童却突然推开众人疯了一般冲出大门。

婷　婷　关童！（也跟着跑了出去）

季二琳　儿子！

　　　　［季二琳追到门口停了下来，呆呆地看着门外。季琳默默地转身，蹒跚着回了西厢房，慢慢关上门。关重阳拿着医药箱走出来，却发现儿子不见了。

关重阳　人呢？（走到季二琳的身边）

季二琳　（突然瘫倒在关重阳的怀中，放声大哭起来）我活不下去了……

第四幕

第一场

〔当晚近午夜。小院儿里依旧灯火灿烂,却显得冷冷清清。季琳从西厢房走出来,到门口张望了一会儿,见没有动静,走回来坐在小桌儿前,不觉又落下泪来。季二琳匆匆忙忙从大门外进来。

季二琳　回来了吗?

季　琳　没有。

季二琳　(像泄了气的皮球,走进来也坐在小桌儿旁)这可怎么好?

季　琳　(倒了杯水给她)别急,喝点儿水。重阳还在外头找呢?

季二琳　嗯。(点了点头)你说这俩孩子深更半夜的跑哪儿去了?

季　琳　可能就是在外头散散心,有婷婷跟他在一块儿,没事儿的,放心吧。

季二琳　哪放心得下啊,俩孩子明天还得办事儿呢!你说我这人,大喜的日子跟孩子说那些干什么呀!

季　琳　是不该说呀。

季二琳　你还说我！要不是为了你，我还能……唉，看孩子那样儿，我真心疼啊，也不知道他以后，还愿不愿意认我这个妈……

季　琳　你就是他妈，他哪能不认呢？

季二琳　毕竟不是亲妈呀！

季　琳　亲妈又怎么样？生娘没有养娘大。真不该说，不该说呀。

季二琳　你以为我想说呀，都是关重阳闹的！说来说去，还不是因为你！这回你高兴了吧！你这二十多年没白熬，儿子终于抢回去了，你如愿了！早知道这样，我二十多年前……

季　琳　你就不应该让我回来。

季二琳　不，你一回来我就应该走！那时候我就应该把他们父子俩都还给你，也就没有这么多的麻烦了。你们本来就是一家，我跟着搅和这二十多年，我是干什么呀我！（落下泪来）

季　琳　你说这些，还不如让我去死呢。（也流了泪）

季二琳　咱们俩争了这一辈子，到了儿，你连命都豁上了，我输了，我服了，该是你的都还给你吧。

季　琳　你当儿子是件东西，想还就还啊！不知道儿子心里头到底怎么想。

季二琳　得难受些日子。

季　琳　希望他别怨恨咱们。咱们也苦啊。

季二琳 这回孩子结婚都结得不痛快，一辈子就一次啊！都赖我。

季 琳 别怨自个儿了，这是老天爷拿咱们消遣呢！跟你说句实话，你别骂我，其实我心里头天天求老天爷，盼着有一天，儿子也能喊我一声妈。可现在，看着他受这份儿罪，我又希望他什么都不知道。

季二琳 我明白你的心思。我也怕呀……算了，我现在就希望儿子能赶紧回来，明天的婚礼顺顺利利的。

季 琳 他都那么大了，想明白了会回来的。

[门外响起脚步声，两人都站了起来。进来的却是关重阳。

季二琳 找到没有？（关重阳摇了摇头。季二琳失望地跌坐在凳子上）

季 琳 累坏了吧，快过来喝口水。（倒了一杯水给关重阳，关重阳颓然坐在凳子上）饿了吧，我给你们做点儿吃的去。

季二琳 我吃不下去。

季 琳 吃不下也得吃，明天还有的忙呢，你们可不能先垮了！（起身去了厨房）

[夫妻俩沉默许久。

关重阳 今天的事儿……对不住。

季二琳 （抢过去）是我冲动了。

关重阳 真没想到你会……

季二琳 我也没想到。可能是看到她们娘儿俩的感情那么深，

　　　　　知道这事儿是瞒不住的。就跟咱们后面的宫墙一样，遮得再严实，也会有重见天日的一天。

关重阳　其实，你说出来了，我心里头倒轻松了，这些年这件事儿压在我心上，真难受啊。

季二琳　这些年你净受我的气了，也不好过吧？

关重阳　不能怪你，都不容易。你能做成这样儿，已经非常非常地不容易了。

季二琳　有你这句话，也算我这些年没白熬。（流眼泪）

关重阳　（为她擦眼泪）别哭了，哭多了伤神。今天中午的事儿，我跟你道歉。

季二琳　是我自己心里不痛快，拿你撒气呢。

关重阳　我太冲动了，应该多体谅体谅你。

季二琳　头一次看你发那么大脾气，还掀桌子，肯定是气坏了。

关重阳　对不住，以后不会了。

季二琳　那表，挺好看的。

关重阳　我真没有你说的那些意思，你别误会。

季二琳　我知道。我也是说气话。这是你的一份儿心意，我不应该那么说。我就是，我就是……

关重阳　行了，不提了。

季二琳　老关，我这心里头……我……你能懂吗？

关重阳　我懂。

季二琳　我也不知道我做得对不对。我真不想把儿子还给季琳，可我良心上……我过不去啊！

关重阳　二琳……你太好了。你们两个都太好了，是我对不起你们，还有童童，都是我的错呀！我是个混蛋！

季二琳　你别这么说。咱们仨，就是这个命，这辈子就非绑在一起不可，分不开了。

关重阳　要没有我，你们姐儿俩这辈子也不会过得这么苦。

季二琳　大半辈子都过来了，还说这些干什么。这些年，我也没好好对你，老是挤对你。

关重阳　不能怪你，你的心，我能懂。

季二琳　你能懂，我就……我就没白熬这些年。虽然日子难熬，可我还是离不开这个家，离不开儿子……还有你啊，我舍不得……

关重阳　不说这些了，以后咱们和和睦睦地好好过，心口上那块儿大石头没了，咱们俩，还有大姐，都轻轻松松地过完剩下的这几十年。

季二琳　剩下的这几十年……

关重阳　以后咱们高高兴兴、痛痛快快地过日子，才对得起咱们受的这些苦。

季二琳　（哭了）老关，你说儿子还能认我这个妈吗？以后他是不是就得管季琳叫妈，我就变成他二姨了呢？

关重阳　你就是他妈，永远都是。

季二琳　我怕呀！以后不一样儿了，肯定跟以前不一样儿了，儿子不要我了，我怎么办啊？

关重阳　他敢！

　　　　［突然，关童出现在门口。他一言不发地走了进来，婷婷跟在后面。

季二琳　儿子……

　　　　［关童看都没看他们便往正房走。

关重阳　你站住！（关童停下脚步，可是并没有回头）

季二琳　儿子，你的手……

婷　婷　叔叔阿姨，他的手已经去医院处理过了，没什么事
　　　　儿，都是皮外伤。

季二琳　好。

关重阳　我有话跟你说。

季二琳　（一把拉住关重阳）让他去休息吧，明天还得早起呢。

　　　　［季琳听到动静从厨房跑了出来，望着关童却欲言又
　　　　止。关童看了季琳一眼，什么也没说，径直进了正
　　　　房。婷婷也跟了进去。三人一言不发，小院儿里死一
　　　　般的宁静。头顶的彩灯还在一闪一闪。

第二场

　　　　［第二日傍晚，婚礼刚刚结束。小院儿里凌乱而喜庆，
　　　　正房的门两旁都贴着大红的喜字。院子各处散放着一
　　　　些椅子，地上满是彩纸彩带以及花生瓜子的皮屑。季
　　　　二琳和婷婷正在门外和刚送出门的客人寒暄着。季琳
　　　　穿了一件深宝蓝色的旗袍，拖着疲惫的身体在收椅
　　　　子。穿着正装的关童收了脸上摆出来的笑容，转身要
　　　　回正房，一边走一边摘胸前的新郎花牌。

关重阳　你等等。（关童站住。关重阳上前接下季琳手中的椅

子）累坏了吧，进屋歇着去，我和关童收拾。

季　琳　我没事儿，童童你回去歇着吧，手还没好呢。

　　　　[关童并不搭话，转身开始收椅子。

关重阳　你快进去吧。

季　琳　这样儿吧，我给你们煮元宵去，我看你们在饭店都没吃什么东西，净顾着招呼客人了。（往厨房走。经过关童的身边，关童拿着椅子让了一下，却并不说话）

　　　　[父子俩正收拾着，季二琳和婷婷走了进来。婷婷穿着那件红旗袍，头发、妆容都非常精致。季二琳穿了一身紫红色的套装，化了妆，头发也是去美容店精心做的，显得整个人年轻了不少。她本来带着笑容，可是一走进小院儿看见低头干活儿的父子俩，笑容却不禁消失了。

季二琳　儿子，不用你干，进屋歇着吧。婷婷你们俩都回去，昨天晚上没睡几个小时吧？

婷　婷　我不累。

关重阳　二琳、婷婷，你们都去歇着，我和关童收拾。

季二琳　不用……

关重阳　就听我的，你们都进去！（把二琳往屋里推）

季二琳　这么多活儿呢……

关重阳　我们俩一会儿就干完了。你快进去把高跟鞋脱了泡泡脚，不是早就说站不住了吗？

季二琳　那我先去换个鞋，还真累坏了。婷婷，走，你也先进去，咱们歇歇再来换他们。儿子，你要是累，就先歇着，别干了啊。

关　童　（并不抬头看她）嗯。

　　　　[季二琳拉着婷婷进了屋。父子俩沉默着干活儿。关
　　　　童去墙角拿来扫把和撮子开始扫地。

关重阳　想问什么就问吧。（关童并不开口）你也快三十的人
　　　　了，处理问题应该像个大人，像个男人了。你这个样
　　　　儿，你妈和你大姨得多担心啊。（关童还是不抬头）
　　　　过去的事儿，你得尽量理解，那都是历史造成的，我
　　　　们也有我们的苦衷。特别是你妈和你大姨，这些年太
　　　　不容易了，你绝对不能怨她们。其实当年的事儿……
　　　　咳，真不知道该怎么开始说。

关　童　您是不是做了对不起我妈的事儿？

关重阳　什么？关童，事情不是你想的那样。

关　童　（扔掉手中的扫把）那是什么样？我早就觉得您和我
　　　　大姨之间……要不，我也不会问您是不是喜欢过她。

关重阳　我和你大姨之间是有一段，不过绝对不是你想的那样。

关　童　您看看您让她们这些年过的什么日子？她们是姐妹
　　　　俩，亲姐妹啊！您怎么能做出这种事儿？我真看不
　　　　起您！

关重阳　你——你混账！（扬手要打关童）

关　童　您想打就打吧，您毕竟是我爸，我不能跟您动手。

关重阳　咳！（垂下手，颓然坐在椅子上，点了一支烟，猛抽
　　　　几口，大声咳了起来。半响，关童又拾起地上的扫把
　　　　继续扫地）我和你大姨是打小儿的同学，就跟你和婷

婷一样。我们都是一中宣传队的，你大姨是宣传队队长，舞跳得特别好。那年头儿，学校根本不怎么上课，我们就整天在剧场、学校、工厂，还有大街上演节目。走到哪儿演到哪儿。你大姨就是咱们这儿的明星。后来高中毕业，我们都得下乡。本来你姥爷找了关系，你大姨根本不用去，可她为了我，还是去了……

关　童　山梨沟？

关重阳　对，就是山梨沟。我们都转成了农村户口，还写了愿意扎根农村的决心书，一待就是六年，还以为再也回不了城市了。我和你大姨天天在一块儿劳动、吃饭，后来……后来就有了你。那时候突然来了新政策，知青可以考大学返城。我考上了，你大姨没考上。那会儿，你正生着肺病，不把你带回城，你可能就得死在那个小山沟里了。为了让你能捡一条命，我把你带了回来。她以为自己没机会回城了，嫁给了山梨沟的一个农民。我回来之后，你妈经常帮我照顾你，我们俩，就在一块儿了。没几年，你那个农村的姨父就病死了，你妈看你大姨一个人实在太可怜，就把她接了回来。事情就是这样儿，别怪你那两个妈，她们为了你都受了不少罪，要怨，你就怨我吧！（扔掉手中的烟头儿，起身往外走）

季　琳　（端着元宵走了出来）重阳，你上哪儿去？吃碗元宵啊！

关重阳　不吃了，我去山庄里走走。

季　琳　这么晚了……

　　　　［话音没落，关重阳已经走了出去。季琳把手中的两碗元宵端进正房，一会儿，又走出来，从厨房端出一碗放在院子里的小桌儿上。关童继续打扫着院子。

季　琳　童童，歇会儿，吃点儿东西。

关　童　（并不抬头）嗯。

　　　　［季琳见关童出了声，心里有了些安慰，期待地看了关童一会儿，关童却始终不肯抬头，季琳不免失落。

季　琳　想着吃啊！（转身回了西厢房）

　　　　［关童停下了手里的扫把，坐在小桌儿旁，呆呆地看着那碗元宵，用勺子搅动了几下，又放下。突然站起来，走到西厢房的门前。

关　童　大姨！

季　琳　唉！（脚步声到了门口）

关　童　等等，您别开门，我就在门外跟您说几句话。（突然跪了下来）大姨。

季　琳　唉。

关　童　妈！（沉默许久，从门内传出季琳隐隐的抽泣声）其实从小到大，您在我心里，跟我妈是一样的，没想到，没想到……我实在不知道该跟您说什么，只能叫您一声妈！我妈她养了我那么多年，虽然不是她生了我，可是，她永远都是我妈。所以，今天是我第一次叫您妈，可也是最后一次。以后，咱们还跟以前一样，我叫您大姨，您还是我心里的那个妈妈。妈！

（流着泪磕了个头，起身回了正房）

［季琳推开门，关童却已经离去。季琳朝正房走了几步，还是停在了台阶下，坐在台阶上泣不成声。

第三场

［小院儿里的灯笼和彩灯已经撤去，大红的喜字还贴在正房前，可是颜色已经褪去许多。小院儿中间放着关童和婷婷的大皮箱。季二琳还在往关童的手提袋里塞东西。

关　童　妈，这都什么呀，这么沉？

季二琳　这是绿豆，这是小米儿。婷婷，给你妈他们带的，这个不值钱，可是那边也不好买吧。

婷　婷　谢谢妈。

季二琳　谢什么呀，你们吃上头一定不能对付，得把身体弄好了！

关　童　知道了，放心吧！

季　琳　（拎着两个袋子从西厢房里匆匆忙忙走了出来）婷婷啊，这袋是核桃，这袋是榛子，我都已经把壳去了，给你们减轻分量！

婷　婷　大姨，那多麻烦呀，您弄了一晚上吧？

季　琳　没有，一会儿就完了。还塞得下吧？

关　童　我来，没问题！

[门外传来汽车发动机的声音，关重阳从外面跑了进来。

关重阳　快着点儿，车来了！

关　童　妈，我走了。过一阵儿，就接你们过去。

季二琳　别管我们，先忙你自己的事儿！一定注意身体，别让妈担心！

关　童　放心吧，您也多保重！（回身看着季琳，抓住她的手）大姨，您也高高兴兴、健健康康的，我一有时间就回来看你们！

季　琳　好！（紧紧抓着关童不放，上上下下地看着他）

关重阳　行了，走吧，还得赶飞机呢。

[关童一手拿行李，一手拉着季琳。季琳拉着关童的手一直送出了门。季二琳也拉着婷婷的手送了出去。

季二琳　回去记着给你爸妈带好！

婷　婷　知道了。

季二琳　到了家给我们来电话。

关　童　下了飞机就给你们打。

季二琳　（自门外）路上小心啊！

关　童　（自门外）回去吧！妈，大姨，再见！

[关车门和汽车启动、远去的声音。姐妹俩走了进来，坐到小桌儿前。

季二琳　现在走高速三个多小时就到北京了吧？

季　琳　嗯，差不多。

季二琳　那关重阳下午两三点能返回来了，现在真是快了。

季　琳　是呀，过去，去一趟北京得一天的时间。

季二琳　机场在北京哪个方向啊？

季　琳　儿子说，不用进北京城里，直接就能到。

季二琳　哦，那还行。一会儿去医院吧。

季　琳　好。先歇一会儿吧。

季二琳　嗯，歇一会儿。

　　　　［天上响起鸽哨，山庄内又传来若隐若现的宫廷音乐，姐妹俩闭上眼静静地听着。忽然，远处传来轰隆一声。

季二琳　呦，什么声音？

季　琳　动工了。

季二琳　对，看来是动工了，快拆到咱们这儿了吧？

季　琳　快了。

　　　　［又是轰隆一声。

全剧终

先行事件的设置及揭示与戏剧结构的关系

——四幕话剧《水流云在》创作阐述

吴 薇

论文摘要

笔者的毕业创作采用了"回顾式"（有人称"倒叙式""锁闭式"）的结构方法。在使用这种结构方法的时候，前史，更具体来说是先行事件起到了非常关键的作用。

发生在大幕拉开之前的事件，包括前史和先行事件两部分。先行事件是那些能够与大幕拉开之后的舞台事件构成情境危机、引起强烈冲突的事件。对于那些采用"回顾式"结构的戏来说，先行事件在戏剧结构的组织上起着非常重要的作用。

先行事件的揭示过程也就是一部戏的结构的组织过程，剧作家有层次地、合理地揭示出先行事件，并且在揭示的同时，引发一系列舞台事件，使其最终导向高潮。

本剧的外部事件并不明显，主要是用人物关系的发展变化来推动情节的发展。而人物的关系来自先行事件，人物关系的发展变化导致先行事件被揭示，先行事件的被揭示又建立新的情境从而影响着人物关系的走向。可以说，全剧的一个总的情势就是先行事件的揭示，先行事件的一步步揭示构成了全剧的结构。

关键词：先行事件，回顾式，戏剧结构

目 录

前 言

"回顾式"的结构方法是利用先行事件组织结构的一种形式。

"所谓'回顾式'的结构方法，指的是从一系列因果相承的事件中，选取临近结局的事件作为剧本情节的主体内容，在情节发展中用'回顾''倒叙'的方法，把以前的事件交代出来。"①

笔者的毕业创作《水流云在》便是一部采取了"回顾式"的结构方法的戏。

在使用这种结构方法的时候，前史，更具体来说是先行事件起到了非常关键的作用，那么到底该如何利用对先行事件的"回顾""倒叙"来组织结构呢？笔者将通过对三部经典的"回顾式"剧作的分析，来探讨先行事件的设置及揭示与戏剧结构的关系问题，以及在《水流云在》中对这种方法的具体运用。

一、先行事件的设置及揭示与
戏剧结构的关系问题

（一）何为先行事件

戏剧中的事件包括发生在大幕拉开之前和发生在大幕拉开之后的。发生在大幕拉开之后的事件一般被称为舞台事件。而发生在大幕拉开之前的事件，包括前史和先行事件两部分。先行事件是那些能够与大幕拉开之后的舞台事件构成情境危机、引起强烈冲突的事件，而前史是那些构不成情境危机，仅营造

① 谭霈生.世界名剧欣赏［M］.北京：中国戏剧出版社，2005：16.

戏剧环境、条件的事件。对于那些倚重先行事件的戏来说，先行事件在戏剧结构的组织上起着非常重要的作用。

（二）"回顾式"剧作中先行事件与高潮之间的逻辑关系

高潮是一部戏结构上的顶点，戏的各部分都应该是指向高潮的。甚至很多剧作家认为戏应该从高潮写起。那么，在"回顾式"剧作中，作为结构的重要角色的先行事件是不是也应该与高潮有着某种特殊的联系呢？

"回顾式"结构方法始于索福克勒斯的《俄狄浦斯王》，易卜生的《玩偶之家》和曹禺的《雷雨》都是运用这种结构方法的典范。那么，我们就来看一看在这三部戏中，先行事件与高潮有着什么样的联系。

《俄狄浦斯王》中的先行事件是俄狄浦斯在不知情的情况下杀父娶母，并生下了几个儿女，从而给忒拜城带来瘟疫。戏的高潮部分则是俄狄浦斯终于在牧人那里证实了自己就是那个杀父娶母的不洁的罪人，他的妻子和母亲伊奥卡斯特自杀身亡，俄狄浦斯刺瞎自己的双眼。

《玩偶之家》的先行事件是娜拉为了给丈夫治病曾假冒父亲的签名借了一笔钱，并多年来偷偷独自还账。它的高潮部分是娜拉的丈夫海尔茂从克勒克斯泰的信中得知这一切，夫妻之间的战争爆发，娜拉看清了丈夫的真实面目和他们婚姻的实质，离开了这个家，全剧结束时的碰门声，"比滑铁卢或色当的炮声还更有力量"（萧伯纳）。

在《雷雨》中，先行事件要更为复杂一些，周朴园同被他赶出家门的女仆侍萍生了儿子周萍，多年后，周萍与继母蘩漪发生乱伦之情，又将其抛弃，与家中的女仆、侍萍之女、他的同母异父的妹妹四凤相爱，并且四凤已经怀有身孕。戏的高潮是周萍与四凤的兄妹关系被揭出，周萍与四凤相继死亡和自杀。

从这三部戏中我们可以看出一个规律，就是先行事件被全部揭出的一刻就是高潮到来的时刻。这个揭出不是向着观众，而是向着舞台上的主要人物。剧作家让人物在高潮处知晓最为关键的秘密，然后引发整部戏最强烈的反应，达到情感和动作的高潮。也就是说，先行事件是以高潮为基点和目标来设置的。劳逊说："先行的事件似乎是一大堆或然性或可能性，但当它们经过选择和剪裁后，我们便看到了各种需要和目的是如何合乎理性地使最后的情况变为不可避免的。"①

那也就是说，先行事件和高潮之间有着一种必然的因果关系：俄狄浦斯的杀父娶母是因，强烈的痛苦中刺瞎双目是果；娜拉假冒签名是因，夫妇之间一场战争是果；周朴园的抛妻弃子和周萍与继母、妹妹的乱伦是因，家破人亡的悲惨结局是果。那么在先行事件与高潮之间的部分，即大幕拉开之后直到到达高潮的部分，就是一个论证先行事件与高潮之间因果关系的过程。在这个过程中，人物关系扭结并发生矛盾冲突，人物的情感从弱到强逐渐受到冲击，直到先行事件被全部揭出，矛盾冲突和人物的情感冲击都到达顶点并爆发，引发一系列的动作，使整部戏完成。

---

① 〔美〕J.H.劳逊.戏剧与电影的剧作理论与技巧〔M〕.邵牧君、齐宙译.北京：中国电影出版社，1999：240.

如此说来，在这三部倚重先行事件的戏中，先行事件的揭示过程也就是一部戏的结构的组织过程，剧作家有层次地、合理地揭示出先行事件，并且在揭示的同时，引发一系列舞台事件，使其最终导向高潮。

（三）对三部经典剧作的具体分析——《俄狄浦斯王》《玩偶之家》《雷雨》

下面我们就来分析一下《俄狄浦斯王》《玩偶之家》和《雷雨》这三部编剧技法都非常出色的"回顾式"戏剧中，先行事件的设置与揭示对戏剧结构的组织功能。

古希腊三大悲剧家之一索福克勒斯的《俄狄浦斯王》是一部典型的一人一事单线结构的古希腊戏剧，主人公俄狄浦斯的全部动作就是对先行事件的追查：为了把城邦从瘟疫中解救出来，忒拜国王俄狄浦斯追查杀害拉伊奥斯的凶手，追查的结果却是俄狄浦斯离奇身世的揭露——他自己就是那个给城邦带来灾难的不洁的罪人。剧中先行事件的揭示对象是俄狄浦斯，全剧的任务就是把所有的先行事件一件一件揭示在俄狄浦斯的面前，而如何让俄狄浦斯依次得知这些事件，就是整部戏的组织形式。

全剧分为七个部分：开场，进场歌，第一场，第一合唱歌，第二场，第二合唱歌，第三场，第三合唱歌，第四场，第四合唱歌，退场。

剧中的先行事件可分为六个：

（1）拉伊奥斯与伊奥卡斯特生下俄狄浦斯之后，得到神示，拉伊奥斯将死在儿子的手中，于是拉伊奥斯钉住了婴儿的双脚，并且交给手下的牧人让他将孩子丢弃。牧人可怜孩子，将孩子送给了科任托斯国王波吕波斯的牧人。

（2）而波吕波斯的牧人又将孩子献给了他的主人，波吕波斯将俄狄浦斯收养。

（3）俄狄浦斯听说自己不是波吕波斯的亲生儿子，去祈求神示，却得到自己将弑父娶母的神示。为了躲避这一神示，俄狄浦斯远离伊斯特摩斯。

（4）俄狄浦斯在三岔口杀死忒拜城的国王拉伊奥斯。

（5）俄狄浦斯解开妖兽的谜语，解救了城邦。忒拜城的居民拥立俄狄浦斯为国王，俄狄浦斯娶了拉伊奥斯的遗孀伊奥卡斯特为妻。

（6）忒拜城发生瘟疫，俄狄浦斯派克瑞昂去求神示，请先知。

剧情是这样展开的：

开场：祭司偕乞援人向俄狄浦斯乞援，请俄狄浦斯解救瘟疫中的城邦，因为俄狄浦斯曾破解女巫的谜语，解救城邦。俄狄浦斯告知祭司他已经派克瑞昂去向阿波罗求神示。正好克瑞昂归来，克瑞昂说出神示：要清除污染，驱逐或杀死杀害拉伊奥斯的凶手。俄狄浦斯问及线索，克瑞昂说只有一个吓坏了的人说拉伊奥斯在出国求神示的路上被一伙强盗杀害的。俄狄浦斯誓要追究到底。

戏的开头，利用祭司与俄狄浦斯的对话，向观众交代出俄狄浦斯已知的第六、第五两个先行事件，克瑞昂求回的神示又把第四先行事件作为一个谜团提了出来。第六先行事件是俄狄浦斯的追查动作产生的原因，而第四先行事件是追查的对象。三个距离大幕拉开时间最近的先行事件是故事展开的成因及动力，同时发起全剧的中心动作——追查。

第一场：俄狄浦斯向所有公民寻求线索。先知忒瑞西阿斯到来，但忒瑞西阿斯不愿说出他所知，俄狄浦斯认为忒瑞西阿斯是有意破坏城邦，挖苦诅咒忒瑞西阿斯，并说拉伊奥斯是忒瑞西阿斯所杀。忒瑞西阿斯无奈说出俄狄浦斯就是此地的罪人。俄狄浦斯大怒，认为是克瑞昂收买了先知，陷害自己，辱骂二人。于是先知忒瑞西阿斯说出预言：

> "他将从明眼人变成瞎子，从富翁变成乞丐，到
> 外邦去，用手杖探着路前进。他将成为他同住的儿
> 女的父兄，他生母的儿子和丈夫，他父亲的凶手和
> 共同播种的人。"
>
> ——《俄狄浦斯王》第一场

其实先知的预言已经揭示出了先行事件的关键内容及其引发的后果，但此时俄狄浦斯是无法相信先知的预言的，因此这种揭示虽然对俄狄浦斯的情感有一定的冲击，但绝不是致命的震慑。他感到恐惧、愤怒，为了消除这种恐惧，他必须将此事追查到底，要不然这种自我怀疑的折磨将让俄狄浦斯无法生存下去。所以接下来剧本的任务就是向俄狄浦斯揭示出先行事

件的全部内容，让俄狄浦斯毋庸置疑地相信一切。而所有的揭示，都是由主人公自己来完成的。但由此开始，俄狄浦斯的追查动作有了本质上的改变，他的追查已经由单纯的寻找凶手变成了一种反证，他的中心任务不再是追查凶手，而是证明自己不是凶手。

第二场：克瑞昂向俄狄浦斯解释自己从无不轨之心，俄狄浦斯不相信。伊奥卡斯特问询二人争吵的原因，俄狄浦斯说克瑞昂指使先知说出假的神示，说自己是杀死拉伊奥斯的罪人。伊奥卡斯特为了开解俄狄浦斯，给他讲述了自己曾得到的一个没有实现的神示——拉伊奥斯会死在他和伊奥卡斯特的儿子手中。但他们的儿子小的时候就已经死了，而拉伊奥斯在一个三岔路口被一伙强盗杀死。俄狄浦斯听了吓得魂飞魄散，询问拉伊奥斯被害的时间、地点，拉伊奥斯的模样，随行的人数，俄狄浦斯预感他已经获悉了真相，为了证明这一预感并不属实，俄狄浦斯让伊奥卡斯特立刻召回当年的报信人。伊奥卡斯特询问俄狄浦斯为何不安，俄狄浦斯讲述自己的身世。他曾得神示将弑父娶母，所以远离家乡，躲避预言。在三岔路口与几个人发生争执，并杀死对方，他怀疑他杀的就是拉伊奥斯，那么他就是不洁的罪人。俄狄浦斯把所有希望放在牧人的身上，希望他能坚持他的话：拉伊奥斯是死在一伙强盗手中。

由于俄狄浦斯终究是相信神示的，他所能追查到的自己无罪的唯一出路就是证明先知说了谎，他的话并不代表神的旨意。因而俄狄浦斯为自己找出一条自认为合理的生路——先知是受了克瑞昂的指示来陷害他的。除此之外，俄狄浦斯找不到其他的理由为自己辩护,证明自己的无罪。然而无论是忒拜的长老还是他的妻子,都相信克瑞昂的清白,但是俄狄浦斯无法让自己相信这一点。因为如果相信了克瑞昂的清白,那么他就不得不相信自己是罪犯。伊奥卡斯特明白了俄狄浦斯的困惑,为了将俄狄浦斯从灵魂的挣扎中解救出来,伊奥卡斯特试图为他的辩白找出另一个出路——否定神示的准确性。伊奥卡斯特讲述了一个否定神示的故事,那就是第一与第四先行事件。然而,伊奥卡斯特的良苦用心并没有达到她希望的效果,第一先行事件没有引起俄狄浦斯的注意,而再次提及的第四先行事件中的一个新的细节却让俄狄浦斯大惊失色。他自己讲述了第三先行事件及他脑中的第四先行事件。其实第四先行事件就在俄狄浦斯的头脑中,只是从前他从没将那件事与拉伊奥斯的被杀联系在一起,而伊奥卡斯特提供的三岔路口的新细节吻合了俄狄浦斯的记忆,终于引起了他的注意。俄狄浦斯继续追问,却事与愿违地在时间、地点、人物上处处得到一致的印证,而只有最后一个细节是他反证的突破口——凶手的人数。能够给这个细节以有力证明的只有那个报信的牧人。于是俄狄浦斯抱着一线希望不可抑制地继续对第四先行事件进行追查与反证。

第三场:伊奥卡斯特正要为俄狄浦斯去向众神祈求神示,报信人到来,告知波吕波斯寿终正寝,请俄狄浦斯去做伊斯特摩斯的王。俄狄浦斯得知此事依然不愿回家乡,虽然关于弑父的神示没有实现,但是他仍然对娶母的预言有所惧怕。报信人得知俄狄浦斯的忧虑,告知他不是波吕波斯的亲生儿子,是他从山谷中捡来。俄狄浦斯追问详情,报信人告知他是在基泰戎峡谷放羊时捡来俄狄浦斯，并且当时俄狄浦斯的双脚被钉在了一起。俄狄浦斯追问身世，报信人说是拉伊奥斯的牧人把孩子交给他的，而这个牧人就是他正在寻找的报信人。伊奥卡斯特试图阻拦俄狄浦斯追查身世，被俄狄浦斯认为是因为自己的出身卑贱而羞耻，伊奥卡斯特痛苦地冲进宫殿。俄狄浦斯誓要追查出自己的身世。

这一场中揭示先行事件的闯入者到来。报信人在结构上的任务是揭示先行事件，但是剧作者为了情节的合理、顺畅，把闯入者来此地的动作任务设置为通报波吕波斯的死讯。波吕波斯去世，人民推举俄狄浦斯为王，需要俄狄浦斯回到家乡。可是俄狄浦斯慑于神示，不敢回到母亲的身边。那么，为了解除俄狄浦斯的顾虑，让他回到家乡，报信人便揭示出了第二先行事件——俄狄浦斯并非波吕波斯亲生。震惊的俄狄浦斯的追查又多了一重任务——追查自己的身世，父母为何人。在他的坚持追问下，报信人道出了先行事件的具体细节：孩子的双脚被钉住，而将孩子交给他的人就是拉伊奥斯的牧人。于是俄狄浦斯更加急切地要召回牧人，因为他几乎知晓着俄狄浦斯想要追查的一切秘密：俄狄浦斯的身世，杀死拉伊奥斯的人是谁。与此同时，知晓第一先行事件的伊奥卡斯特听到报信人讲述第二先行事件之后，已经得知俄狄浦斯的身份，但她并没有将一切说出，因为如果伊奥卡斯特将她所知告知俄狄浦斯，俄狄浦斯的娶母罪行将得到证实，但弑父一事仍然没有最后确定，作为全剧情节的生发点及推动力的第四先行事件仍然没有揭示清楚，那么，就不如把俄狄浦斯头脑中的这两个谜团都留到最后揭示，给他致命的一击。所以，伊奥卡斯特徒劳地拦阻俄狄浦斯的追查不成之后，意识到悲剧已经不可避免，伤心地奔向后宫寻死。

第四场：牧人终于被找来，报信人认出了他，并与他对质孩子的事情，牧人却不愿多说。在俄狄浦斯的追问逼迫下，牧人终于说出是伊奥卡斯特把孩子交给他，并让他把孩子杀死，因为国王害怕那个弑父的神示。牧人可怜孩子，没有杀死他，而是把他送给了报信人。俄狄浦斯明白了一切，冲入后宫。

这场戏的结尾部分是全剧的高潮。本场的前半段是对高潮的最后准备，已知的第二、三、四、五、六先行事件已经卡住了俄狄浦斯的脖子，所以他也别无选择地用拷打来威吓逼迫牧人说出最后的秘密。于是俄狄浦斯终于揭晓了第一先行事件，同时，他也承认了神示的力量，不需再追查便接受第四先行事件——既然已娶了亲生的母亲，那么在三岔路口杀死的一定是亲生的父亲。先行事件全部揭晓，或者说，主人公完完全全知晓先行事件，全剧的任务基本完成。

退场：传报人向歌队长讲述宫内王后自杀，俄狄浦斯刺瞎双眼的过程。俄狄浦斯悲叹自己的命运，请求克瑞昂将自己流放，并照顾一对女儿。

退场是结构上的结尾或者尾声，是高潮所引发的后续行为。

全剧由追查这一动作组织而成，追查的对象就是先行事件。开场第六、第五先行事件引发主人公对第四先行事件的追查。而后，第一场中为了追查第四先行事件所找来的先知却揭示出了第四先行事件的秘密，可是俄狄浦斯无法相信。于是为了证明先知的错误，俄狄浦斯继续追查。第二场为了帮助俄狄浦斯证明先知的错误，伊奥卡斯特揭示出第一与第四先行事件。俄狄浦斯也讲述了第三以及他所经历的第四先行事件。而伊奥卡斯特对第四先行事件的地点三岔路口的提及又引发俄狄浦斯的进一步怀疑与追查。第三场闯入者的到来本是为了通报波吕波斯的死讯，却为了解除俄狄浦斯的顾虑而揭示出第二先行事件。到了第四场，牧人揭示出第一先行事件，因而印证了第四先行事件，一切真相大白。

第四先行事件是全剧的戏核。其他的事件或者引发了它，或者因它而被揭示，它造成了一系列连锁反应，发现、逆转，再发现、再逆转，先行事件由距离大幕打开由近到远的次序一个一个在主人公面前被揭示出来。当最远的第一先行事件揭示给主人公的时候，全剧到达高潮。

下面我们再来看一看易卜生的名剧《玩偶之家》。

《玩偶之家》的先行事件相对《俄狄浦斯王》来说要简单得多，只是娜拉曾假冒父亲的签名借了一笔钱给丈夫治病，因此这两部戏在结构组织上对先行事件的利用也有很大的不同。但《玩偶之家》的结构方式仍然是先行事件的揭示过程，而这个揭示不再是向主人公，而是向主人公的丈夫海尔茂。海尔茂是否知晓这一先行事件，对主人公娜拉至关重要，它影响着娜拉的生活、家庭，以及性命。因此这一揭示过程对于主人公来说是恐惧、矛盾、痛苦的，可以说是一个生死抉择，主人公的主要动作是隐藏先行事件，对先行事件的揭示做出羁绊。整部戏都是由先行事件而起，也因先行事件的揭示而告终。

全剧共分三幕，从先行事件的角度来说，结构的组织是这样的：

第一幕：交代先行事件。

第二幕：延缓先行事件被发现。

第三幕：先行事件被发现，以及其引发的后果。

首先，我们来看看第一幕中先行事件是如何向观众交代出来的，先行事件又造成了怎样的情境危机推动情节继续发展。

大幕拉开的时候是圣诞节的前一天，娜拉正在为圣诞节做准备。开场时夫妇俩的一段对话是对其玩偶式的家庭生活的描写，同时也暗示给我们一些端倪：娜拉希望海尔茂用钱作为给她的圣诞礼物，海尔茂说娜拉一天到晚睁大了眼睛到处找钱，而且海尔茂说起去年圣诞节娜拉三个礼拜晚上把自己关在屋子里熬到后半夜做圣诞彩花，可是最后什么都没看到。似乎这个娜拉对钱很感兴趣，而且颇有些神秘感。

接下来林丹太太到来，远道而来的老同学林丹太太的作用正是对先行事件的揭示。娜拉向林丹太太讲述了自己借钱给海尔茂治病并偷偷还债这一经历，但是隐瞒了一个关键细节，就是她假冒了父亲的签名才借到那笔钱，这也是林丹太太心中的一个悬念。有了这番交代，接下来勒索者克勒克斯泰到来并利用先行事件勒索娜拉的时候，就可以直奔主题，省去了一些向观众交代的麻烦。正是在这场勒索中，先行事件被真正地交代了出来。刚刚当上银行经理的海尔茂开除了克勒克斯泰，克勒克斯泰正是当年借给娜拉钱的债主，克勒克斯泰为了夺回工作，来要挟娜拉。而用以要挟勒索娜拉的把柄就是娜拉假冒签名这一先行事件。娜拉不得不为了不让丈夫知道自己的违法行为，帮助债主和勒索者克勒克斯泰向刚刚当上经理的丈夫求情。而一直喊着要坚守做事原则的海尔茂，坚持要开除克勒克斯泰，而且告知娜拉，克勒克斯泰声名狼藉的原因就是曾假冒签名。娜拉陷入两难境地之中。

第二幕开始的时候是圣诞节当天。娜拉继续经受着折磨，她也在为阻止先行事件的揭示继续做着努力。

首先，娜拉继续向海尔茂求情，希望不要辞退克勒克斯泰，海尔茂告知娜拉他辞退克勒克斯泰的另一个原因是作为老同学的他在银行里对海尔茂颇为不尊重，并且当着娜拉的面把辞退信送了出去。

接着，娜拉想到也许爱慕她的阮克大夫愿意帮助她还了这笔账，这样就可以要回借据。娜拉开始挑逗阮克大夫。可是当阮克大夫向娜拉表白自己多年来的爱慕之情的时候，娜拉放弃了这个办法，一方面她不能利用阮克的感情，再一方面，知晓阮克的爱慕并且加以利用，虽然算不上出轨，毕竟是不道德的，娜拉过不了自己这一关，她不愿背叛海尔茂。

克勒克斯泰再次到来要挟娜拉，让娜拉把一切告诉海尔茂，这样海尔茂为了娜拉和他自己的名誉，就会把职位还给克勒克斯泰。可是娜拉拒绝了。于是克勒克斯泰将写有内情的信投入了海尔茂家的信箱。

娜拉仍然陷于先行事件造成的绝境中，而且这个夹住娜拉的钳子越来越紧，她似乎已经走投无路。娜拉告诉林丹太太若是自己出了什么意外，要证明假冒签名的是自己，不是海尔茂，她害怕海尔茂会替自己顶罪。这时却绝处逢生，林丹太太得知要挟娜拉的是克勒克斯泰，说出自己与克勒克斯泰曾有非同寻常的关系，并要去说服他收回信。她让娜拉尽量拖延海尔茂打开信箱。娜拉抱着最后的希望努力拖延着先行事件的揭示，让海尔茂指点自己跳舞，海尔茂答应明晚舞会之后才会去看信箱。

然而林丹太太回来告知娜拉克勒克斯泰出了城，明晚才能归来。娜拉已经绝望，她知道海尔茂知晓假冒签名的事已经是必然，而且她相信爱的奇迹会出现，海尔茂会一力承担下这件事，可是娜拉不会让海尔茂为了自己牺牲他的名誉，所以，她做了死的决定。先行事件揭晓的时刻，就是她的死期。

第三幕开场楼上的化装舞会已经临近尾声。就在娜拉跳着最后的死亡之舞的时候，林丹太太已经解救了她，克勒克斯泰答应归还借据。可是一切并没有就此打住，先行事件还是要被揭示出来。林丹太太认为让海尔茂知道这一切会增进他们的夫妻关系，让他们彼此之间更加地坦诚，于是揭示先行事件的信仍旧留在信箱里。

舞会结束后，充满欲望的海尔茂对娜拉甜言蜜语，说自己愿意为了娜拉豁上性命。娜拉相信了丈夫的爱，并且决心做最后的一搏。娜拉让海尔茂看了信，并且等待着奇迹的出现和死亡的到来。随着先行事件的最后揭示，全剧的高潮到来。但海尔茂的表现让娜拉彻底失望，并看清了自己的生活，最后，她选择离开这个家。

剧中人物的命运和先行事件息息相关，因此人物的动作也全部围绕先行事件展开，俄狄浦斯的动作是追查、揭示，而娜拉的动作正相反，是掩饰、隐藏。娜拉的动作线索是单一的，因而结构的层次主要在于娜拉的心理活动历程。而娜拉的心理变化都是先行事件带给她的，先行事件与舞台事件共同造成的越来越沉重的压制，让娜拉的心理压力一步一步升级，最终将她逼上了自杀之路。之后她做着垂死的挣扎，尽量推迟结束生命的时间。可是面对先行事件的揭示，海尔茂的自私反应与娜拉所预料的大相径庭。娜拉认清了自己的婚姻与生活，决定离开海尔茂。这个隐藏了七年之久的先行事件的揭示，改变了娜拉的一生。

最后，我们再来看一看《雷雨》是如何利用先行事件组织结构的。

和前面两部戏比起来，《雷雨》不只先行事件复杂，人物关系和线索更是复杂得多，其先行事件主要有这样三个：

第一先行事件：二十七年前，无锡周家的使女梅（鲁）侍萍为大少爷周朴园生了两个儿子之后，被赶出了周家。侍萍抱着出生三天的小儿子跳了河，却被好心人救起。侍萍为了养活孩子再次嫁人，和现在的丈夫鲁贵生了女儿四凤。

第二先行事件：三年前，侍萍为周朴园生的儿子周萍与继母繁漪相爱，两人发生性关系。

第三先行事件：周萍又与家中的使女、同母异父的妹妹四凤相爱，使四凤怀有身孕。

而几个主要人物：周朴园、鲁侍萍、蘩漪、周萍、四凤对先行事件各知晓一部分，随着情节的发展，戏的高潮部分，兄妹乱伦的周萍、四凤知晓第一先行事件，明白他们的关系之后，家庭惨剧发生，周萍、四凤、周冲惨死，两位母亲侍萍、蘩漪精神崩溃。

全剧除了高潮、尾声分成四幕，第一幕作为开端部的作用主要是对周、鲁两家的人物及人物关系做出介绍，对先行事件进行了一些暗示。戏一开头就用了贝克的那个"碎嘴长舌的管家和女仆，大谈他们就事以来必定知道的事情"的交代方法，周家的两个下人鲁贵、四凤父女在周公馆说话，他们谈自己的家事，也谈主人一家的事情，他们交代出：四凤与大少爷有非同寻常的关系；鲁贵的二儿子不是鲁贵的亲生；四凤有一个反对她做使女的要强的妈妈；还有一个重要的交代就是对周公馆闹鬼的揭示——大少爷与太太的非常关系。但是由于这父女两个和周家除了主仆之外还有其他的复杂关系，这场交谈的作用除了交代大幕拉开之前的事件之外，还有建构人物关系的作用，说明四凤、周萍、蘩漪三人形成三角恋的关系。鲁贵已经打算好利用他掌握的第二先行事件对蘩漪进行要挟。而后在第二、第三先行事件的推动下，蘩漪、四凤两个情敌短兵相接，蘩漪为了赶走四凤，已经找了四凤的母亲。接下来周朴园出场，喝药一场戏是周家人物关系的全景揭示。最后，周朴园为了教育周萍，提及了他生母的名字——侍萍。这是第一先行事件的初现。

第二幕是发展部。开场周萍与四凤的对话证实了周萍与四

凤的暧昧关系即第三先行事件。接着周萍与蘩漪的对话也证实
了两人的关系即第二先行事件，并且蘩漪为了让周萍抛弃仁义
道德的虚伪外衣与她继续相好，指出周萍的身世：

> "你就是这年轻的姑娘生的小孩。她因为你父亲
> 又不要她，就自己投河死了。"
>
> ——《雷雨》第二幕

接下来，在第二与第三先行事件的双重重压下，蘩漪把鲁
侍萍这个闯入者叫到了周公馆，而鲁侍萍在周公馆与周朴园不
期而遇，从而两人的对话揭示出了第一先行事件——

> "听说她跟那时周公馆的少爷有点不清白，生了
> 两个儿子。生了第二个，才过三天，忽然周少爷不
> 要了她，大孩子就放在周公馆，刚生的孩子她抱在
> 怀里，在年三十夜里投河死的。
>
> ……她不是小姐，她是无锡周公馆梅妈的女儿，
> 她叫侍萍。
>
> ……她被一个慈善的人救活了。
>
> ……（那个小孩）也活着。
>
> ……她现在老了，嫁给一个下等人，又生了个
> 女孩，境况很不好。
>
> ……她的命很苦。离开了周家，周家少爷就娶
> 了一位有钱有门第的小姐。她一个单身人，无亲无

故，带着一个孩子在外乡，什么事都做：讨饭，缝
衣服，当老妈，在学校里伺候人。

……为着她自己的孩子她嫁过两次。

……都是很下等的人。"

——《雷雨》第二幕

到此时，观众已经知晓除了四凤怀有身孕之外的全部先行
事件，繁漪、四凤相互知晓了第二、第三先行事件，但第一先
行事件——侍萍与周萍的母子关系，还只有周朴园、侍萍两人
知情。

第三幕是递进部。第一先行事件的揭示使得鲁贵与四凤都
被周家解雇，四凤面对龌龊的父亲、要强的母亲，在第三先行
事件的压力下煎熬。闷热的天气，狭小的贫民窟，造成了一个
内外共同煎熬的闷罐，给四凤加着压。周萍来与四凤幽会，跟
踪而来的繁漪看到了这一幕，绝望中的繁漪堵上了周萍逃走的
路，使周萍与四凤的关系大白于鲁侍萍、鲁大海的面前。第一
个同时知晓第一、三两个先行事件的鲁侍萍明白了兄妹俩的乱
伦的关系。

第四幕是高潮部。在前高潮段落，周萍向鲁大海详细讲
述了他与四凤的相恋，大海打算让两人远走高飞。鲁妈到来，
阻止两人离开，但是四凤揭示出了只有她一人知晓的先行事
件——她怀了周萍的孩子。鲁侍萍明白一旦自己揭晓第一先行
事件，两个儿女都无法再活下去。无奈，为了让两个孩子能
够留住性命，鲁侍萍决定永远地隐瞒第一先行事件，让两人一

辈子蒙在鼓中。然而繁漪为了破坏二人，叫来了周冲，先把第三先行事件向周冲揭露，没有达成目的之后，她又叫来了周朴园。周朴园和侍萍是唯一两个知晓第一先行事件的人，而侍萍决定掩饰，那么也就只有让周朴园出场揭开所有的秘密。周朴园以为这是一场认亲，未加思索地将一切大告天下，而除他以外在场的所有人都知晓了全部的先行事件，此时全剧达到高潮。

由于周朴园与侍萍的第一先行事件造成了第三先行事件的发生。又由于第二先行事件，在爱恨中挣扎寻求生命出路的繁漪促成了第一先行事件的最后揭示，高潮到来。第一、三先行事件就像火药，一旦遇到火星，必然引起大爆炸。在第一、三先行事件的共同作用下，引发了高潮的"发现与突转"，导致三个孩子死去。

这三部戏都是利用先行事件的揭示来组织动作与结构，然而组织的方式是不同的：《俄狄浦斯王》是向主人公揭示先行事件；《玩偶之家》中主人公已知先行事件，她试图隐藏先行事件，对先行事件的揭示做出羁绊；而《雷雨》中的各个人物知晓先行事件的一部分，最终完整的先行事件在所有人面前揭晓。不同形式的先行事件的设置，决定着人物的动作：俄狄浦斯王在追查，娜拉在隐藏，《雷雨》中的各个人物都在先行事件的阴影中求生存。

先行事件推动着现实人物的动作进程，现实人物动作进程又影响着先进事件的揭示。结构的组织，其实就是人物动作在先行事件推动下的情节发展。因此，在创作倚重先行事件的"回顾式"结构戏剧时，设计好先行事件，是结构组织的第一步。

二、话剧《水流云在》利用先行事件对结构的组织

（一）结构形式的选择

谭霈生先生认为，"结构，属于剧本的形式因素，它必须服从于剧本的内容，并能为更好地表现内容服务。因此，任何一种结构方法都不完全是由剧作家主观任意选取的。特定的结构方法应该适合特定的题材内容，至少不能妨害对题材内容的充分表现"[①]。

《水流云在》在内容上有两个特点：

其一，缺少强烈的外部事件。我认为这部戏的特点是它的自然、细腻、生活化，然而，却缺少能够把全剧贯穿、组织起来的强烈的外部事件。人物行动的丰富性也在于它对人物内心复杂状态的体现，而不足以引发重大的舞台事件，推动情节向前发展。

其二，先行事件重要而复杂。本剧的人物关系都形成于大幕拉开之前，复杂的先行事件造成了人物复杂的关系与状态，要让观众真正体会人物丰富的内心情感，就必须要把先行事件交代清楚。

经过对以上因素的思考，我采用了"回顾式"（有人称

---

① 谭霈生.世界名剧欣赏［M］.北京：中国戏剧出版社，2005：16.

"倒叙式""锁闭式")的结构方法。

（二）利用先行事件对结构的组织

对名剧进行学习之后，笔者开始利用先行事件设计《水流云在》的结构。当然，笔者的才力与功力都无法与大师相比，因此，《水流云在》的结构还有着很多的不足与缺陷。在笔者创作的话剧《水流云在》中，先行事件也是较为复杂的，可以追溯到三十年前。主要可以分为以下五件事：

（1）姐姐与妹夫关重阳相恋，并追随关重阳下乡。两人生下私生子关童。

（2）关重阳考上大学返城带走儿子关童，姐姐嫁给当地农民。

（3）关重阳与不能生育的季二琳日久生情，两人结婚。关童成了季二琳的儿子。

（4）季琳的丈夫去世，季二琳把季琳接回家一同生活。姐姐许诺，永不认回儿子。

（5）季琳患上胃癌，决定保守秘密直到儿子完婚。

在这部戏中，并没有激烈的外部事件，人物之间的矛盾冲突都是来自微妙的情感纠葛和内心变化，可以说，这些矛盾冲突都是暗藏在看似简单、琐碎的日常生活的表面之下的。而这复杂的人物关系，以及人物内心的矛盾挣扎都来自先行事件。那么要让观众了解场面上的冲突，理解人物内心的矛盾，就要让观众对先行事件有所了解。但是笔者并没有在开场便将先行事件交代出来，而是用了暗示的方法。

第一幕：通过对人物关系细致描写对先行事件进行暗示——开端

第一幕一开场姐妹俩便在等待儿子儿媳的归来，姐妹俩的夺子之战也拉开了序幕。从对话中观众可以了解到，妹妹季二琳的儿子和媳妇即将归来完婚，而姐姐季琳对外甥的情感也非同一般。两人对儿子的称呼也很有意思，姐姐季琳口中总是说着"儿子""咱儿子"，而季二琳则加上了一个充满自豪感的所有格，称其为"我儿子"。姐妹俩看似说说笑笑，而话语中却夹杂着明争暗斗，渐渐地，观众心中会形成悬念——这姐妹俩到底有什么矛盾？为什么她们要争着表现对儿子的疼爱？

接着，妹夫关重阳出场。妹夫与姐姐之间的欲言又止，妹妹看到两人单独相处后的不快，也在暗示着三人之间的特殊关系。

儿子终于归来。儿子送给姐姐的礼物引起妹妹的不快，姐姐与媳妇之间的亲密关系更让妹妹不舒服。当姐姐提出也为儿子做一身唐装的时候，妹妹终于按捺不住，借此机会表达不满，并无意中提起了姐姐曾下乡到一个叫山梨沟的地方。并且，妹夫似乎也与那里有着不同寻常的关系。妹妹的话引来妹夫的指责，姐妹俩以及妹夫三人面对此事都选择沉默，悬念便留给了儿子，以及观众——这三人之间到底有什么不可告人的秘密？姐妹俩到底在争夺什么？在山梨沟到底发生过什么事情？

接着，是儿子与姐姐的一场戏。这场戏在描写了两人的深厚感情的同时，也模糊地交代了一部分先行事件——姐姐曾经嫁过人，她的丈夫去世之后，她便和妹妹一家生活在一起。当然，这种交代仍然是暗示性的：寡居的姐姐和妹妹妹夫之间应该有着非同一般的关系，二十几年的朝夕相处，他们之间到底发生了什么事情？同时，第一场中姐姐突然出现的身体不适，也为后文先行事件的揭示起着暗示铺垫的作用。

第二幕：人物关系的进一步激化导致先行事件对观众的揭示——发展

第二幕的第一场仍然是一个生活场景的描写，在这一场戏中，人物开始回顾过去。姐姐在晨练时晕倒，妹妹扶姐姐归来，姐妹俩进行了一场关于往事的闲谈，由晨练时的矛盾，引出了童年往事，以及姐姐下乡的缘由——为了某个人。这次回顾触动了妹妹的心事，妹妹突然结束了此次谈话。接下来姐姐与妹夫的交谈则解开了这个谜团。两个人由妹夫的画引出下乡时的往事，从而交代出姐姐与妹夫确实曾一同下乡到山梨沟，那么妹夫会不会就是姐姐曾经追随的那个人？三人之间的矛盾是不是也源于此？

第二场是全家打麻将的一场戏，麻将桌上，妹妹又吃起了姐姐的醋，几次差点起了争端，人物之间的矛盾逐渐升级。妹妹借提出跟着儿子去国外生活刺激姐姐，而姐姐则说出将自己的房子送给儿子做结婚礼物，妹妹被彻底激怒。

第三场，暴雨将至，看着一同在房顶上为姐姐忙碌的父子俩，妹妹忍不住质问姐姐，为何不信守诺言，而与自己争夺儿子。姐姐无奈之下说出，自己已经患上胃癌，时日无多。从而，妹妹知晓了她唯一不知情的第五先行事件，而观众也基本知晓了全部的先行事件。同时妹妹也陷入了深深的矛盾与痛苦之中：

季　琳　我亲生儿子在我眼前，我能不疼他吗？

季二琳　你儿子？你忘了那天，下着大雨，我去山梨
　　　　沟看你，你求我想办法把你弄回城里的时
　　　　候你是怎么答应我的，你说童童就是我的
　　　　儿子，你这辈子都不会让他喊你一声妈！

季　琳　我全记着，我没忘。

季二琳　那你是怎么做的呢？自从你回到这个小院
　　　　儿，你就一点儿一点儿地抠我的心，我的
　　　　血都快让你给吸干了！

季　琳　我每天眼睁睁看着我自己生的儿子管别人
　　　　叫妈，我的心就不流血吗？

季二琳　季琳我告诉你，我季二琳绝对没做过对不
　　　　起你的事！当初关重阳自己带着童童从农
　　　　村回来，我是看童童可怜才去照顾他。要
　　　　不是你先在农村嫁了个农民，我也不会嫁
　　　　给关重阳，我不想让童童管别的女人叫妈！
　　　　没错儿，我这辈子都生不了孩子，所以我
　　　　就是把童童当成我自己的儿子养的，我疼
　　　　他疼得绝对不比你这个亲妈少！他叫第一
　　　　声妈叫的是我！我才是他妈！

季　琳　我从没跟童童说过一句不该说的话！

季二琳　可是你都做了！这么些年，我恨不得自己

长着八只眼睛好盯着你和他们父子俩。你就是在一点儿一点儿把他们俩往你的怀里搋，我就拼了命地往回拉。儿子出国了，我想他，可是也觉得轻松多了，起码我不用天天跟你争儿子了。可是儿子一回来，你就又开始了……我也争不动了，我服了，我认输。这样，关重阳我不要了，还给你，你把儿子留给我，行不行？你说，行不行？

季　琳　二琳你别胡说八道了！

季二琳　我没胡说八道！你给我个痛快话儿，你同不同意？

季　琳　你——我不会再和你争了。

季二琳　你以为我还能信你的话？

季　琳　我没骗你。

季二琳　谁能知道。

季　琳　我都活不了几天了，我还骗你干什么呢？

季二琳　你二十年前就说你活不了几天了！要不我也不会把你接回来！结果我大半辈子都让你给毁了！

　　　　［沉默。

季　琳　原来是这样。这次，是真的，你可以放心了！我得的……是胃癌。

季二琳　胃癌？

季　琳　我本来想等儿子的婚事办完了再说。

> 季二琳　胃癌？（呆住了，半晌缓过来）你行，你
> 　　　　真行，你是拿命来和我争啊……

戏到这里，留给观众的悬念变成了妹妹季二琳是否会把儿子还给季琳，也就是说，季二琳是否会向儿子关童揭示先行事件。

第三幕：人物关系变化基础上的抉择与揭示——高潮

由于第二幕中第四、第五先行事件的揭示，姐妹之间的关系发生了变化，妹妹对姐姐除了防范、妒恨，又增添了愧疚与怜悯，同时也把妹妹推入了矛盾之中。到底要不要把儿子还给时日无多的姐姐？

这一幕主要对妹妹心中的矛盾痛苦进行了描写，是她对于是否揭示先行事件的抉择。

第一场，妹妹心中的煎熬与婚礼前喜庆的气氛形成鲜明的对比，妹妹更是与对第五先行事件——姐姐患癌症毫不知情的妹夫发生了冲突。妹夫为感谢妹妹多年来对他们父子所做的一切送了妹妹一块手表。此时的温情对于矛盾心理中的妹妹来说无疑是一种刺激，妹夫的话在妹妹那里都被安上了弦外之音。妹夫的不理解与愤怒更让妹妹感到痛苦与无助。

第二场，妹妹已经下定决心不放弃儿子，因而她来恳求姐姐向儿子永远隐瞒先行事件。

> 季二琳　我一定尽全力给你治病，实在不行，两套
> 　　　　房子都卖了！姐，我就求你一件事儿。

季　琳　什么？

季二琳　儿子，你不能要回去。

季　琳　儿子？

季二琳　你答应过我，你不能反悔。

季　琳　我……

季二琳　我知道你可怜，我一定倾家荡产地给你治病，我好好伺候你，我给你当牛做马都没问题，可是儿子我说什么都不能给你。

　　　　〔季琳端着鸡汤的手颤抖起来。

季二琳　姐，你别这样儿，我跟你说这种话我的良心也不好受，我知道你熬了这么多年，熬出了这种病，我再不把儿子还给你，我……我良心上真是过不去。可是我思前想后，我实在是舍不得，我宁愿天打五雷轰，我也不能让儿子管你叫这声妈！叫了这声妈，这儿子我就再也要不回来了。

　　　　〔季琳放下手中的汤，靠在沙发上合上了双眼。泪水顺着眼角流了下来。

季二琳　姐，你别怨我……

　　第三场，看到幸福快乐的儿子，姐姐也做出了决定，与妹妹一同永远隐瞒这个秘密，不让儿子受到伤害。然而突然归来的关重阳却使场面发生了戏剧性的变化，在新的情境下，季二琳的内心被触动了，她亲手向儿子揭开了先行事件。

关　童　大姨，我爸说得没错，我应该跪下给您敬
　　　　这杯酒。我虽然不是您生的，可是您一直
　　　　拿我当亲生儿子看待。说句我妈可能不爱
　　　　听的话，我一直把您当我的另一个妈。大
　　　　姨，您放心，您没白疼我，我一定把您当
　　　　自己的亲妈一样孝敬，您也就把我当成您
　　　　的亲儿子，把您的后半辈子就交给我吧，
　　　　我给您养老送终。

季　琳　（已经泪流满面上前抱住关童）好孩子，大
　　　　姨知道，大姨知道你是好孩子……

　　　　〔关重阳也忍不住流了眼泪，季二琳在一旁
　　　　呆呆地看着两人。

关　童　婷婷，把酒给大姨。（婷婷把酒放在季琳的
　　　　手中）大姨，这杯酒是外甥敬您的，感谢
　　　　您二十九年来对外甥的疼爱。以后，您就
　　　　看着外甥怎么孝敬您吧！

季　琳　好！

　　　　〔二人正要喝酒，季二琳突然开了口。

季二琳　叫妈。（全家愕然）

关　童　妈您……您说什么？

季二琳　我让你管她叫妈！

季　琳　不、不用，二琳，别……

季二琳　她才是你妈！

季　琳　二琳，你说什么呢！

季二琳　你听见了吗？我说她才是你亲妈，叫妈！

第四幕：对先行事件的补充说明导致人物关系新的走向——结局

这一幕戏的主要作用是向剧中人物，也是向观众补充说明先行事件的具体内容。而交代的结果，便是建立了新的人物关系的走向，儿子做出了他在两位母亲之间的选择。

第一场，在先行事件揭示之后，姐妹俩等待着儿子选择以及命运的判决，她们都害怕先行事件的揭示会带来让她们失望的后果——失去儿子。然而她们等来的是儿子的冷漠回应。姐妹俩的煎熬还在继续。

第二场，儿子的婚礼结束，儿子看起来仍旧不愿接受突如其来的现实。妹夫决定对儿子进行劝导，没想到儿子却对妹夫发生了误解。

关　童　您是不是做了对不起我妈的事儿？

关重阳　什么？关童，事情不是你想的那样。

关　童　（扔掉手中的扫把）那是什么样？我早就觉得您和我大姨之间……要不，我也不会问您是不是喜欢过她。

关重阳　我和你大姨之间是有一段，不过绝对不是你想的那样。

关　童　您看看您让她们这些年过的什么日子？她

们是姐妹俩，亲姐妹啊！您怎么能做出这
种事儿？我真看不起您！

关重阳　你——你混账！（扬手要打关童）

妹夫为了解开儿子的心结，让他了解上一代人的苦衷，接
受两位母亲，向他讲述了往事。

关重阳　咳！（垂下手，颓然坐在椅子上，点了一
　　　　支烟，猛抽几口，大声咳了起来。半晌，
　　　　关童又拾起地上的扫把继续扫地）我和你
　　　　大姨是打小儿的同学，就跟你和婷婷一样。
　　　　我们都是一中宣传队的，你大姨是宣传队
　　　　队长，舞跳得特别好。那年头儿，学校根
　　　　本不怎么上课，我们就整天在剧场、学校、
　　　　工厂，还有大街上演节目。走到哪儿演到
　　　　哪儿。你大姨就是咱们这儿的明星。后来
　　　　高中毕业，我们都得下乡。本来你姥爷找
　　　　了关系，你大姨根本不用去，可她为了我，
　　　　还是去了……

关　童　山梨沟？

关重阳　对，就是山梨沟。我们都转成了农村户口，
　　　　还写了愿意扎根农村的决心书，一待就是
　　　　六年，还以为再也回不了城市了。我和你
　　　　大姨天天在一块儿劳动、吃饭，后来……

后来就有了你。那时候突然来了新政策，
知青可以考大学返城。我考上了，你大姨
没考上。那会儿，你正生着肺病，不把你
带回城，你可能就得死在那个小山沟里了。
为了让你能捡一条命，我把你带了回来。
她以为自己没机会回城了，嫁给了山梨沟
的一个农民。我回来之后，你妈经常帮我
照顾你，我们俩，就在一块儿了。没几年，
你那个农村的姨父就病死了，你妈看你大
姨一个人实在太可怜，就把她接了回来。
事情就是这样儿，别怪你那两个妈，她们
为了你都受了不少罪，要怨，你就怨我吧！
（扔掉手中的烟头儿，起身往外走）

至此，先行事件被全部揭示完毕，儿子接受、正视了先行
事件，并决定了今后的人物关系——妈妈还是妈妈，大姨还是
大姨，然而大姨永远是他心目中的妈妈。而面对即将走向死亡
的姐姐，姐妹俩的战争也终于结束了。

本剧的外部事件并不明显，主要是用人物关系的发展变化
来推动情节的发展。而人物的关系来自先行事件，人物关系的
发展变化导致先行事件被揭示，先行事件的被揭示又建立新的
情境从而影响着人物关系的走向。可以说，全剧的一个总的情
势就是先行事件的揭示，先行事件的一步步揭示构成了全剧的
结构。

参考文献

[1][美]乔治·贝克.戏剧技巧[M].余上沅译.北京:中国戏剧出版社,1985

[2][英]威廉·阿契尔.剧作法[M].吴钧燮、聂文杞译.北京:中国戏剧出版社,1964

[3][美]J.H.劳逊.戏剧与电影的剧作理论与技巧[M].邵牧君、齐宙译.北京:中国电影出版社,1999

[4]谭霈生.世界名剧欣赏[M].长沙:湖南人民出版社,1983

[5]顾仲彝.编剧理论与技巧[M].北京:中国戏剧出版社,1981

[6]罗念生.论古希腊戏剧[M].北京:中国戏剧出版社,1985

结构的魅力

吴 薇

话剧《水流云在》创作于 2007 年，距今已经过去了十五年。当时的答辩委员会成员黄维若教授笑评这个剧本写得太过标准，就像一个教学样本。如今自己重新翻看剧本，也有这样的感觉。与剧本搭配创作的论文题目是《先行事件的设置及揭示与戏剧结构的关系》，现在想来，这个剧本有些过于匠气的原因，可能是因为我当时确实对于戏剧结构方面的技巧非常感兴趣，所以在创作中也过多地重视了结构技巧的运用，甚至可以说，是在用创作来验证自己关于戏剧技巧的学习和研究。不过，也正是对戏剧结构技巧的运用，才帮助我顺利完成了剧本的创作。

我对戏剧结构的兴趣，开始于大学二年级的编剧理论课，杨健老师让我们梳理《拯救大兵瑞恩》这部电影的结构。这是一部长达 169 分钟的电影，我记得在看 DVD 的年代，是要分成上下两张碟片的。要厘清这样一部大片的结构，对于当时的我来说并不容易。首先要反复拉片子，记录下所有的情节点。然后再划分大结构，将全片划分为开场、开端、发展、递进、高潮、结局，然后再在每个段落中细分出结构组成。这样，才能看懂创作者是如何用上百场戏搭建出一部电影的。那是一次新奇却并不简单的旅程，为我打开了一扇戏剧技巧的大门，让我开始了对戏剧结构的初探。

大学四年级，我报考了杨健老师的编剧理论与创作实践专业的研究生。研一，学习了劳逊的《戏剧与电影的剧作理论与技巧》、贝克的《戏剧技巧》，开始了对戏剧创作技巧更深入的学习。而研二，我们有了一段非常宝贵的学习经历，为杨老师做助教，到成人教育学院教授电影、电视剧创作课程。

在电视剧编剧的教学中，教学片，是两部剧，一部是25集的香港连续剧《上海滩》，另一部则是11集的日本电视剧《悠长的假期》。假期里，杨老师先让我和另一位助教同学，自己拉出两部电视剧的结构，之后才将他的教案拿来跟我们分享。那时候我已经开始参与一些情景喜剧和电视剧的创作，但是完整拉出一部电视剧的结构，仍然不是一件容易的事，需要准确找出情节点，再进行逻辑性思考，对其使用的结构方式、戏剧技巧加以提炼总结。在做助教的过程中，我得以系统地学习了电视剧的一些结构方法。

经过两年多的学习，研三，我们开始创作自己的毕业大戏。

这个故事最初是我从母亲口中听到的：一个男人年轻的时候爱着一个患有先天性心脏病的姑娘，可是姑娘一直不肯接受他，因为姑娘知道自己因心脏病无法生育，而那个男人是家里的独子，承担着传宗接代的重任。后来，姑娘把这个男人介绍给了自己最好的朋友，两人就这样结合了。十几年后一直独身的姑娘心脏病发去世，男人在病房外号啕大哭，身边站着他的妻子。

这个患有心脏病的姑娘是我母亲最好的朋友的妹妹。而最先引起我关注的是这个男人。他接受了心爱的姑娘为他安排的姻缘，把对姑娘的爱情在心底里埋藏了十几年，当姑娘离开人世的时候，他已人到中年。面对心爱的人的离世，心中巨大的悲痛使他无暇顾及他人的目光和妻子的感受，他在病房外尽情宣泄的应该不只是对爱情的悲痛，还有对姑娘的愧疚以及对当初选择的悔恨吧。

故事中的两个女性引起了我的兴趣。患有心脏病的姑娘为什么要把最要好的朋友介绍给自己的追求者？是因为对这个追求者的欣赏，本着肥水不流外人田的想法？还是不愿让这个男人就此从自己的生活中消失的心理在作怪？姑娘到底爱不爱这个男人？这些年来她有没有后悔，有没有痛苦？会不会因妒生恨？而那位妻子，知不知道这个男人是好友的追求者？她为什么会接受好朋友的撮合？是出于对好友的信任还是对男人的倾心？这些年来她有没有发现丈夫心中的秘密？当她看到丈夫为别的女人悲痛欲绝，她能否原谅？在对原型人物进行深入思考、理解的过程中，《水流云在》的人物关系结构开始慢慢地形成了。

为了让人物关系更加紧凑，人物之间的矛盾更加激烈，人物内心的情感更加复杂，我把这两个女性角色由好朋友变成了亲姐妹。在女人的一生中，最重要的人除了丈夫，还有孩子，甚至在许多女人的心目中，孩子的地位是高过丈夫的。于是，我在这对姐妹之间又加上了一个孩子。构思在一次次的修改下，逐渐变成了这样一个故事：

三十年前，姐姐季琳与妹夫关重阳相恋，并追随关重阳一同下乡到了一个叫山梨沟的地方。两人生下私生子关童。之后，关重阳考上大学返城并带走儿子关童，季琳因无法返城嫁给当地农民。回城后的关重阳与季琳的妹妹季二琳日久生情，没有生育能力的季二琳决定嫁给关重阳，把关童当成自己的儿子抚养。几年后，季琳的丈夫去世，季二琳把体弱多病的季琳接回城里一同生活，条件是，季琳永不与儿子相认。

一晃，姐姐与妹妹一家在一个小院儿中生活了二十多年，已经在国外定居的儿子关童带着未婚妻回家完婚。姐妹俩的夺子之战再次拉开，且愈演愈烈。

在这个构思中，姐妹俩、妹夫以及儿子的内心情感都是相当丰富的，他们之间的关系也都是千丝万缕的，姐妹之间，夫妻之间，姐姐与妹夫之间，父子之间，母子之间……都是斩不断，理还乱。每个人心中都有难言之痛，人物之间有着尖锐的矛盾，也有着深沉的爱。那么究竟应该选择谁来做中心人物，选择哪一对人物之间的关系作为中心人物关系呢？

在做了较为详细的人物小传之后，我选择了妹妹季二琳，因为她是剧中内心情感最为复杂、最有矛盾性的一个人物。她的丈夫是姐姐曾经的爱人，她的儿子是自己的姐姐与自己的丈夫所生。看起来，她占有了姐姐生命中最为宝贵的两样东西，然而，这一切，却都不是完完全全地属于她。她对姐姐怀有愧疚与怜悯，姐妹之情让她不忍看着姐姐一个人孤苦伶仃地生活在穷乡僻壤，而对丈夫和儿子深厚的情感，更是她无法割舍的。于是，她接受了姐姐的请求，把姐姐接回家一同生活，同时她也让姐姐许诺，永远不会把这一切再要回去。然而生活并不像季二琳想象的那样简单，人是具有丰富情感的动物，人与人的相处，必然会发生情感上的纠葛。姐姐与妹夫之间悲痛的情感经历让两人的相处有着不一样的意味，而姐姐对儿子的母爱更是无法抑制的。季二琳感受到了情感上的危机，这个危机来自姐姐，她觉得姐姐一直在与她争夺丈夫与儿子的感情。姐妹俩打了一辈子感情的仗，然而情感是不可斩断的，那么这场战争也就永远不可能得出胜负。虽然看起来姐姐季琳应该是这个家里活得最苦的人，然而季二琳却是这个家里活得最累的人。院子里的人没有一个能让季二琳放得下心。她时时刻刻监视着姐姐、丈夫、儿子、媳妇，生怕他们有哪一句话自己没有听见，生怕一不留神有人瞒着自己做了什么。偏偏她一掉以轻心，就会有事发生，偏偏有些秘密是她没能发现的。她是最没安全感，也是活得最累、最可怜的一个人。

选择了妹妹季二琳作为中心人物，姐妹关系作为核心人物关系之后，我把人物行动的最高任务确定为争夺——争夺丈夫，争夺儿子，争夺媳妇，这是一场争夺爱与爱的权利的战争，是一场情感之战。这并不是一场明刀明枪的战争，而是一场无声的，甚至是无形的战争。小院里的生活表面上看如一潭静水，而水面下却是暗涛汹涌。姐妹俩的战争体现于生活的细枝末节中，一杯水、一件衣服、一盆花都有可能引发战争，或者作为姐妹俩斗争的手段。这些，都需要我去重新观察生活，从生活经验中寻找有价值的素材，增添创作的丰富性和生活底蕴。因此我将故事的发生地放在了我的家乡承德，把自己成长过程中的诸多生活体验融入剧本中。这样一个着重讲述人物关系张力，同时生活细节丰富的剧，是需要结构技巧来使其成形的，我选择了比较倚重先行事件的"回顾式"结构方法，把对先行事件的研究应用在自己的作品中，进行了有效的实践。只不过我当时的创作还比较稚嫩，没有能力将技巧化解于无形中，留下了较多技术痕迹。

毕业后结合日常创作，我阅读了不少好莱坞电影编剧书籍，因此，在电影结构方面，也就不可避免地要学习从我们惯常的史诗戏剧的开端、发展、高潮、结局的四幕结构思维，向好莱坞电影的三幕结构过渡。这个过程看似容易，但其实彻底转换思维模式，并不是一个简单的过程。经过很长时间的努力，反复用杨老师教授的拉片子方法去提炼经典影片的结构，才帮我完成了这个转化。

十几年过去，我仍然喜欢提炼和研究影视剧的结构，一直订阅《世界电影》杂志，阅读上面最新的电影剧本，挑选自己喜欢的文本进行反复精读，列出结构图表，找到编剧结构剧本的规律。看到一些精彩的美剧、韩剧、日剧，也忍不住要把一些单集拿出来拉一下结构，看看这一集为什么这么好看。

研究结构技巧，是工作，也是兴趣。帮助我不断提升自己的专业能力，也让我获得做手工一般的快乐。这可能就是结构的魅力吧！

编 后 记

唐 志

感谢杨老师的信任和鼓励，让我承担了这部剧作选的编辑工作。从去年夏天我收到一摞沉甸甸的剧本和论文开始，经历了确定作品、制定框架、联系作者、校对修订、对接出版社等一系列工作，其间得到杨老师的不少指点，如今，这部书终于要和大家见面了。

我要感谢六位作者。她们中有我从未谋面、只耳闻其大名的师姐，也有和我相隔千里、许久未见的老同学，尽管我们的联系大多在线上进行，但因为"中戏""戏文系""杨老师"这几个关键词，我们的沟通是如此顺畅，交流是如此真诚。我惊叹于她们在那么年轻的时候就展现了深厚的创作功力和对编剧理论的自觉探索，我感动于师生间教学相长的点滴记忆和她们对老师的感恩，我更敬佩于她们在繁忙的工作之余，依然不厌其烦地配合完成了一轮轮的修订工作，只为达到心中的艺术标准。我从她们的文字中看到了一个灵敏并坚韧、充满生命力的女性作家群像。

这一年多来的编辑工作，于我而言像是回到了戏文系的

"课堂",重新聆听了一堂内容丰富、奥义无限的写作课;同时又像是一场"心灵奇旅",我跟随六位作者的脚步穿过长长的时空隧道,回到了多年前的东棉花胡同39号,见证了她们当年是如何在艺术的花园中播撒种子,付出辛劳,精心培育出属于自己的花朵,而这次的剧作选编就是将这些花朵的绵长芬芳赠予读者。

从本书的编辑工作中,我主要有三点认识和收获。

一、中戏的编剧教学,重视"内功"的训练。从六位作者的创作和自述的创作经历可以看出,中戏的编剧教学强调人物的塑造和情感的开掘,作品是从作者心里自然生长出来的,它本质上展现的是作者的心灵世界,它是与作者的个人成长和生命体验紧紧相连的。通过专业教学,一方面使学生脚踏实地地学习艺术基本功,为将来的艺术创作打下坚实的基础;另一方面,在润物细无声中厚植学生的理想情怀,完善人格发展。这一切努力,最终形成一种"绵绵若存,用之不勤"的长期性、多维度的教学效应。

二、戏文系开设"编剧理论与创作实践"专业,将论文与剧作二者并行设置在一处,现在看来是十分必要的。编剧理论与创作实践是相辅相成的。编剧专业和舞台美术设计、建筑设计、工业产品设计等专业一样,天然兼具了理论与实践相结合的共通性。在编剧学领域,特别是编剧创作专业,既不能忽视专业的特殊性——形象思维、统觉意识和艺术鉴赏培养;又不能矫往过正,盲目依赖直观经验,排斥系统理论,忽略基础理论的研究。例如古希腊"写诗"一词,不用"书写"

（graphein），而用"制作"（poiein），从词源上看，他们不将写作看成是严格意义上的"创作"，而是当作一个制作——诗人作诗，就像鞋匠做鞋一样，二者都凭靠自己的技艺，生产或制作社会需要的东西。对理论的探索总结和对经典理论著作的深度研习，同样重要，它不仅有助于创作者跳出"自我"，从理论高度审视自己的作品，同时也为创作的灵感溪流提供了另一种理性的"源头活水"。

三、选择编剧专业，就是选择了一种生活方式——观察记录下生命百态，将他们展示在舞台上。这条路艰辛、孤独却充满了美丽的风景；它关乎作者与他人的对话，最终指向自我生命的本真。从六位作者毕业后的成就中，我不仅看到了她们在艺术上的成熟精进，还看到许多宝贵的文化品格——对戏剧艺术的迷恋执着，在教书育人上的厚德载物，在创作中的严肃认真。她们在车水马龙的喧嚣生活中，为自己的心灵找到一片栖息之地，通过写作了解自我，理解他人，认识人生，造福社会。她们不仅在文艺创作上追求卓越，也在思想道德修养上追求卓越。

时光如水流转，十几年过去了，六位剧作者或许已找到了属于她们个人的创作和生活的道路：有的和母亲达成了和解，有的带着对青春的记忆离开家乡扎根北京，有的走出对爱情婚姻的迷惘更加自由洒脱……她们如同天空中美丽的云朵，恣意展现着属于自己的生命节奏和姿态。这部书既是对她们编剧学习历程的记录，也是对她们青春岁月的记录。希望读者能够喜

欢她们的作品。

"千江有水千江月","云在青天水在瓶"。愿所有热爱写作、热爱戏剧创作的读者都能通过编剧这门美妙的艺术感受平凡生活中的诗意，获得人生的妙谛。

图书在版编目（CIP）数据

水流云在：中央戏剧学院"编剧理论与创作实践"专业研究生剧作选／杨健主编 . -- 北京：作家出版社，2024.7

ISBN 978 - 7 - 5212 - 2522 - 8

Ⅰ. ①水… Ⅱ. ①杨… Ⅲ. ①话剧剧本 - 作品集 - 中国 - 当代 Ⅳ. ①I234

中国国家版本馆 CIP 数据核字（2023）第 180605 号

水流云在——中央戏剧学院"编剧理论与创作实践"
专业研究生剧作选

主　　编：杨　健
执行主编：唐　志
责任编辑：田小爽
装帧设计：丁奔亮
出版发行：作家出版社有限公司
社　　址：北京农展馆南里 10 号　　邮　　编：100125
电话传真：86 - 10 - 65067186（发行中心及邮购部）
　　　　　 86 - 10 - 65004079（总编室）
E - mail: zuojia@zuojia. net. cn
http: // www. zuojiachubanshe. com
印　　刷：唐山嘉德印刷有限公司
成品尺寸：135×210
字　　数：370 千
印　　张：29.875
版　　次：2024 年 7 月第 1 版
印　　次：2024 年 7 月第 1 次印刷
ISBN　978 - 7 - 5212 - 2522 - 8
定　　价：188.00 元（全六册）